燃烧吧！剑

司马辽太郎

燃よえ剑

北京联合出版公司
Beijing United Publishing Co.,Ltd.

（日）司马辽太郎著　计丽屏译

雅众文化 出品

黑暗祭

"阿岁。"

这是没有旁人时,新选组局长近藤勇对副长土方岁三的称呼。

"那小子咋处理?"

在没有旁人时商量如何处置囚犯的事情,他们俩会自然而然地说家乡武川多摩的地方话。

近藤勇是上石原人,土方岁三是石田村人,这两地均在甲州公路沿线,相距不足三里[1]。又都是农村,入夏后蝮蛇便会在草丛中游来游去。

那么,被新选组局长近藤勇称为阿岁的究竟是一个什么样的人物呢?

阿岁大名叫岁三,是石田村农民喜六最小的弟弟。他的人生发生重大转折是在安政四年[2]的初夏,刚过完立春后的第八十八天,也是蝮蛇开始出动的季节。

这一年的这个时节比以往任何一年热得都早。

一天傍晚,岁三出了村庄,上了甲州公路,脚步匆匆地朝两里半开外的武藏府中走去。

他身上的和服下摆高高卷起。

此人高个子,宽肩膀,虎背熊腰,步履稳健。从背后看,不折不扣一个谙熟剑法的剑客。

他的头上扎着一条藏青色的超大头巾,头巾的一角潇洒地垂挂

1　1日本里大约相当于4公里。——译者注,本书脚注若无特别说明,均为译注。
2　1857年。

在胸前。

如此的打扮实在帅气得很。

这是一个连扎一条头巾都要花上一番心思的男人。

从外貌上看，首先会注意到他的发髻与众不同。作为一个农家子弟，发髻本该像其他人一样简单大方。这位男子却别出心裁，自己设计了一个很特别的发型，与武士的发髻颇多相似之处。

"你知不知道自己是什么身份！"

名主[1]佐藤彦五郎看到他这个奇怪的发髻，曾多次提醒他要注意自己的形象，可岁三很不以为意，他总是低垂着眼帘，嘴角挂着一丝微笑，回应道：

"那又怎么啦？反正早晚我会当上武士的。"

不管别人怎么看，他坚持不改自己独特的发型。只是此后头上多了一条藏青色的头巾。村里的人因此没少在背后说三道四。他们议论岁三说：

"阿岁这小子真没治了。"

而佐藤因为和岁三家有姻亲关系，后来对岁三的奇异装束也就睁一眼闭一眼，不再过问了。

不过，岁三身上最引人瞩目的还不是头巾，而是头巾下面炯炯有神的双眸。这是一双细长的凤眼，但凡见过他的女人都说他的眼睛"很清凉"，而村里的男人是这样评价他的眼睛的：

"看阿岁这小子的眼睛，真不知道他会干出什么事儿来。"

的确，这个男人心里在想什么，旁人很难猜得出来，自然也不可能知道他会做出什么样的事情来。

此时，他正行走在甲州公路上，看上去身上好像只穿了一件和服，你无论如何也不会想到，和服下面其实还有一身柔道装束呢。

快要出镇的时候，他迎面碰上一个从田间回来的熟人。

"阿岁，你这是去哪儿啊？"

岁三听见了他的招呼声，却未加理睬，自顾自地继续往前赶路。毕竟他不能告诉人家说自己是去找女人的。

这天晚上，府中的六社明神内有一个祭祀活动，这种祭祀也叫黑暗祭。

岁三这次参加黑暗祭是有备而去的。他准备在祭祀活动上物色一位心仪的女子，在祭祀开始后趁着夜色把她按倒在地，和她做一夜夫妻。到时候，他会脱下身上的和服铺在地上，让女人躺在上面，以免被夜间的露水弄湿了身子。而穿在里面的柔道服则是为了预防万一。他担心万一有别的男人和他争同一个女人，难免会起争执，那时柔道服就可以派上用场了。

但我们不能因此说岁三就是一个坏人。

真正邪恶的，是这样的一种祭祀形式。

这天夜里前去府中参加祭祀活动的人当中，不仅有来自府中周边的人，也有来自三多摩各村的人，甚至有不顾路途遥远，从江户[1]赶来的人。他们都是为了参加黑暗祭而特意来此的。

祭祀活动开始后，所有灯火将一齐熄灭，周围将只剩下一片黑暗。这时男人和女人都会变成原始人，男人随手拉过一个异性就可以交媾。

过了下谷保，手提灯笼向府中六社明神方向走去的人一下子多了起来。

在江户方向的上空，月亮已经悄然升上中天。

月光下，男男女女一律左手拎着灯笼，右手拿着竹竿，在竹竿点地的敲击声中前行。此时正是蝮蛇猖獗的季节，所以他们手中的竹

竿有一头被劈成了两半。用这样的竹竿敲打路面,可以吓跑蝮蛇。

岁三的手中也拿着一根竹竿,只是他的竹竿很有些与众不同。原来在出发前,他对竹竿进行了改造。他掏空竹节,往里面灌满了铅。所以他的竹竿异常沉重,犹如一根铁棍。

这根竹竿与其说是用来吓唬蝮蛇的,不如说它用来吓唬人更准确。

"石田村的刺儿头。"

这是邻近地区的人们在背后对岁三的评价。意思是说,这是一个招惹不得的家伙,是一根一碰就会扎人的刺。刺儿头这个词专指脾气暴躁、动辄动粗的人。现在神户一带依然有人用这个词来称谓不良青少年,所以当时很可能在各诸侯国都有这种说法。

岁三到达府中的时候,已经快到戌时了。

府中镇上的屋檐下,挂满了写着俏皮话、画着诙谐画的纸灯笼和深红色灯笼,参道二丁的街树榉木上也挂着一盏盏灯笼,亮如白昼。

可以说,这是女人的晚上。

岁三边走边物色心仪的女人,路上遇到几个带着女儿或妻子前来参加祭祀活动的同村人。他们很热情,见到岁三就拉着他的袖子跟他打招呼。每当此时,岁三总是露出恶狠狠的眼神,一甩手喝道:

"松手!"

岁三在私情方面,有一种常人难以理解的羞耻感。他从来没有和同村的女人有过露水姻缘。因为他害怕和同村人发生关系,迟早会传出去。

"阿岁这人太死板。"

这是人们对他在男女关系问题上的评价。而岁三又极度恐惧因私情被人说三道四。

没有理由。

只是一种怪癖。

"阿岁是只猫！"

有人这样形容他。的确，相比较而言，狗是一种行为不知羞耻、不顾场合、非常露骨的动物，而猫却从来不会让人知道自己的情事。说起来，岁三不只在男女关系问题上，在其他方面也不太擅长与人交往，很有点像夜行的猛兽。

实际上，岁三不愿意和同村女人交往还有一个更重要的原因，那就是乡下女人不能勾起他哪怕一丝丝情欲。

"女人最重要的是身份！"

这是他对女人的看法。他认为女人长得漂亮不漂亮并不重要。他很执着地坚持自己的这一观点。

对于比自己身份地位高的女人，他会感受到一种令他心动的魅力。事实上，有这种性欲倾向的男人不在少数。

去年冬天，岁三曾经想方设法和一位处女发生了奸情，究其原因就是因为她的身份。

那个姑娘是八王子一个规模很大的真宗寺院住持的女儿，按照寺院的礼节，信徒们都尊称她为大小姐。

岁三没见过这个姑娘，但是当他听到大家对她的这个称呼时，竟怦然心动。他决定占有这个女人。

岁三为了和这个女子私通，特意跑到二里开外的八王子住了几天。

八王子的居民都叫他药贩子，因为当时他在做药材生意。

岁三家虽然是农民，却是石田村一带有名的富裕户，所以就算不做药材生意，生活照样可以过得衣食无忧。但他家有一个对骨折、跌打损伤有神奇疗效的祖传秘方，叫"石田散药"。

这种药所用的原料是一种类似于牵牛花的草，叶子带刺，在流过村外的一条小河边上可以采到。每年在立夏或立冬的丑日，土方家都会组织村民采集这种草，洗净晒干后进行烘焙直至完全焦黑，然后再用药碾子捣成粉末状，最后制成散药，患者用温酒吞服即可。这种药的疗效出奇地好。在后来发生的池田屋事件中，岁三就让那些在冲突中受伤的新选组队员服用这种散药，结果仅仅两天时间，伤痕就都褪去了，骨折后的肌肉也没有出现扭曲。

岁三在做祖传的"石田散药"生意时走遍了整个武州地区，还到过江户、甲州及相州等地。少年时代开始的这种天马行空般的从商经历，也成就了岁三独特的剑术修行。

在卖药的过程中，每到一处，他总会给当地的道场送去这种治疗骨折、跌打损伤的灵丹妙药，所要求的回报就是请道场教一招剑术。

当时岁三常去并逗留的甲府樱町也有一家道场。这家道场的场主是神道无念流的梶川景次。很久以后，当他听到有关京都新选组的传闻后，他说：

"土方岁三就是武州的那个药贩子呀。要真是他的话，这种事情他是完全做得出来的。"

岁三能进入八王子的真宗寺院也多亏了药贩子这个身份给他提供的方便。

寺院的名称叫专修坊。

这里的住持很喜欢岁三。他对岁三说：

"你可以住在寺院的库房里，白天去外面卖药。"

当天，岁三并没有见到住持的女儿。不过在天黑之前他对寺院的环境勘察了一番，仔细察看了寺院内各个建筑、各个院落等的位置，了解到住持的女儿就住在寺院内一间叫作客殿的茶室建筑风格的小屋里。

第二天，岁三见到了住持的女儿。当时她正坐在院子的池塘边上沐浴着早晨的阳光,似乎是要给池塘里的鱼儿喂食。当她觉察到从旁边走过的岁三时,抬起了头。

她皱了皱眉头,脸上布满了问号。

也难怪她会是这样一种表情。

当时的岁三,头上扎一条藏青色的头巾,身上穿一件真丝条纹的和服,腰间系一条博多产的和服带。这一身打扮让人乍一看以为是哪个名主家的长子。不过,再仔细一端详,发现他的和服后襟掖在腰带上,全身透着一股霸气。还有穿着紧腿裤、背着药箱的样子,又不能不让人把他与商人联系在一起。可是凭这些还真不敢肯定他就是一位商人,因为这个年轻人身上还带着一把剑。

姑娘从来没有见过装束如此奇怪的男人。然而,这身行头还挺适合面前这个眼神有些清凉的男人。

"这是谁呀?"

姑娘目不转睛地盯着他看。

岁三见到这位女子,第一印象是长得算不上漂亮,但她文文静静、小巧玲珑的样子是他所喜欢的。

他没有施礼。

尽管岁三喜欢有身份地位的女人,但向女人低头献殷勤不是他愿意做的事情。

向前走近两三步,他说了一声:

"我会来的。"

来?来做什么?

姑娘抬头想问他的时候,岁三已经转身向寺院外走去了。

这天晚上,子时,岁三来到了姑娘住的房间外面。他先在套窗外撒了一泡尿,然后悄无声息地推开了这扇套窗。武州多摩农村的年轻人在偷偷潜入姑娘家的时候,通常都是这样做的。

床上睡着两个女人。

一个是姑娘的乳娘。岁三在她的枕头边探了探动静，只见她睡得跟一个死人似的，全然不知屋里的异常。

　　接着他又看了看姑娘。姑娘呼吸均匀，显然睡得很沉。

　　岁三翻起盖在姑娘下半身的被子，露出了姑娘白皙的身体。

　　岁三两手分别抓住她的左右大脚趾，向上拎起姑娘的两条腿。显然这样子抬腿有点费劲，但是岁三知道为了不弄醒姑娘，他只能这么做。

　　姑娘的两条腿毫无防备地扩张开来，仍然睡得死死的，毫无知觉。

　　姑娘醒来的时候，岁三的那个东西已经在她的身体里了。

　　出乎岁三意料的是，姑娘并没有吵闹。她只是僵硬着身体，屏住呼吸，不敢发出一丝丝声响。

　　我会来的！

　　此时，姑娘大概终于明白了岁三说这话的意思。当然也可能对这个看上去很帅气的年轻人，她同样也有所期待吧。毕竟在这个地方，年轻男女私通非但不算什么恶行，甚至挺盛行。

　　看到姑娘如此沉着，岁三隐隐感到一丝失望。

　　——难道所谓的大小姐就是这样的吗？

　　第二天再见到姑娘的时候，只见她穿着一身农家女的衣服，正在寺院后面开阔的桑树田里采摘桑叶。这让岁三再次感到了失望。

　　——不应该是这样的。

　　这不是他想要的女人！

　　穿着农家女的衣服、满身桑叶味儿的姑娘在自己的村里有的是，又何必大老远跑到八王子来呢！当天傍晚，他就离开了八王子，从此再也没有踏进专修坊一步。

　　这只是一段插曲，目的是想说明他只对身份高贵的女人充满期待之情。

岁三的这一怪癖令他很难找到意中人。在武州三多摩地区没有武士门第，有的只是幕府领地或寺院神社领地。而村里的女人又尽是些浑身沾满马粪味儿的农家女，完全不符合岁三的要求。没办法，岁三只好退而求其次。就在几年前，他勾搭上了府中六社明神的摇铃巫女小樱，一有空就会溜到她住的地方去找她。

今天晚上小樱也要参加祭祀活动，而且会在祭祀活动中跳舞，所以说不定能碰上她。但岁三还是准备在活动结束后，拂晓时分再悄悄跑去她的住处。

当然在这之前，他首先要另外物色一个女人。一旦相中哪个女人，按照祭祀习惯，必须在灯火熄灭之前搞定，然后只等灯火一灭就开始行事。

遗憾的是，岁三并没有发现一个让他感兴趣的女人。

——要是能碰到一个从江户来的武士家的姑娘就好了！

岁三满怀着期待，在廊灯下来来回回地寻觅，又到神社的院落里来来回回地找。

——还是没有。

他已经来回找了有两个钟头了。想想也是，像这种淫秽的祭祀活动，怎么会有江户旗本家的子女来参加呢。

说到这里，你大概以为前来参加祭祀活动的人多少都有些下流，事实确实如此。尽管如此，六社明神（大国魂神社）自古以来一直是武州的总社，祭祀的规格相当高，所以在江户的各个神社甚至会经常派神职人员来这里工作。

——算了。

岁三打算放弃了。其实在他物色女人的同时，女人也在物色中意的男人。有不少看上去像是农家妻室的女人曾经试图勾引过他，但是他连正眼都不看人家一眼。

这时，神社正殿的树林附近传来了祭祀活动司仪的叫喊声，祭祀时间子时已到的钟声随之响起，瞬时，所有灯火齐刷刷地熄灭，刚刚还如同白昼般的神社一下子变得漆黑漆黑。

只有星星依稀可见。数以万计的人屏声静气，男人们等待着进入女人的身体，男女之间的媾合就要开始了。所有的人都很坦然，因为前来参加祭祀的人都坚信这是祭神的一种方式，目的只是取悦六社明神。

男人和女人叠合在一起，悄无声息。他们不会也不敢发出一点声响，因为他们都害怕自己的声音会玷污神威。无论是处女还是人妻，无论是站着还是躺在地下，女人们在男人进入自己身体的时候都只是紧闭着嘴，绝不敢发出一点声响。

这个晚上，岁三是幸运的。几乎就在万灯齐灭的一刻，岁三发现自己身边站着一个女人。

没人知道这个女人为什么会在岁三的身边。

他们所处的位置不是人头攒动的参道上，而是神社院落的树林里。因为这地方有树丛遮挡，所以在灯光还亮着的时候，岁三并没有注意到这个女人，想必那女人也没有注意到岁三。岁三一伸手，把她拉了过来。他摸到这个女人身上穿的竟是手感极为柔软的真丝衣服，禁不住心里颤了一下。

——这是个什么人呢？

岁三用手摸索着她的衣服，感觉她穿的好像是四片掩襟的和服，下摆可以脱卸。这种衣服平时在这一带难得见到，甚至连名主家的子女也很少穿这样的衣服。

手伸进了女人的和服里面，感觉她怀里好像揣着一个香袋，散发着岁三从来不曾闻到过的香味儿。

"你是什么人？"

岁三情不自禁地打破禁忌，发出了问话。

不知道这个女人是因为相信祭神时有禁忌还是因为别的原因，总之她没有开口，只是摇了摇头。

"快说啊！"

"我不能说。"

声音很悦耳，听上去很柔和。不是武州农民口中说的那种生硬的土话。

"你，可以吗？"

"没关系。"

岁三把女人按倒在草地上，紧紧地抱住了她。他再次感受到了第一次抱女人时的眩晕。此时岁三还没有意识到，抱这个女人的举动竟最终让他抱住了自己新的人生。

——谁知道呢！

女人的身体显然是了解男人的，但她的穿着还是姑娘的样子。

岁三一边抱紧这个女人，一边迅速从女人的腰带间抽出了装着怀刀的锦袋，心想，只要有了这个东西，以后就不难查到这个女人的身份。

女人没有注意到这个细节。在情事结束后，她穿好衣服，很快消失在黑暗中。

祭神结束，天色开始发亮的时候，岁三溜进了位于巫女居住区内的小樱的房间里。

"就是这个。"

他拿出怀刀给小樱看。

刀身细腻如女人肌肤。这是一件上等货色，上面刻着作者的名字——则重。如果此则重乃越中则重的话，那么世上还真找不出几把这样的刀。

小樱并不在意这把怀刀，却对装怀刀的锦袋备感好奇。她拿起锦袋，对着灯笼仔细看了起来。

"你和这个人……"她非常吃惊，"做了？"

"是啊。我身上还有那个香袋发出来的香气呢。"

"你知道这个纹饰吗？"小樱指着用金线缝在红色锦袋上的五叶菊纹饰问岁三。

"不知道。"

"这是府中宫司猿渡家的纹饰。你，你可闯大祸了。我见过这个怀刀袋。这是当今从四位下[1] 猿渡佐渡守殿下的妹妹佐绘小姐的。"

"是吗？"

岁三拿起锦袋，紧紧地盯着袋上的那个五叶菊纹饰，看入了迷。

1　日本品秩、神阶之一。

杀六车

的确，这个男人的恋爱行为有点像猫。

自从黑暗祭之后，岁三又三番五次神不知鬼不觉地潜入府中六社明神的神官猿渡佐渡守的家里，和睡在蚊帐中的佐绘交媾。

无人知晓此事。

他也惧怕有人知道此事。在这一点上，岁三实在很有点像猫。

更有甚者，他甚至没有告诉佐绘自己是哪个村子的人。

"以后你就叫我阿岁吧。"

岁三临走就留下这么一句话。这让佐绘觉得他其实非常怕羞，不像一个有胆量敢在夜里偷偷溜进猿渡家来找女人的人。

——这男人可真奇怪。

岁三的确很怪，却又非常温柔。

岁三第一次来的时候，佐绘着实吃了一惊。她下意识地坐起来想叫喊，却被这个男人一把抱住。他用手捂住佐绘的嘴，在她耳边轻声地说：

"别害怕，我是前几天在黑暗祭上的那个人。那天晚上的事情谢谢你。今天我是来还你东西的。"

说着，他从怀里掏出红色锦袋，从刀鞘中抽出那把怀刀，塞进佐绘的手里，说：

"你要是讨厌我的话，就用这把刀杀了我吧。"

一切看上去无懈可击，非常老到。

他没有给佐绘留出哪怕是一星半点用来害怕的时间。

"您是哪里人？"

佐绘每次都要问他这个问题,她说:

"万一我怀孕了,你总不能让孩子连自己的父亲是谁都不知道吧。"

然而,岁三对佐绘的这个问题总是置之不理。

与此相反的是,佐绘的事情岁三却知道很多。

第二次溜进佐绘房间的时候,岁三问她:

"听说过些天你要去京都为公卿工作,是真的吗?"

"哟,你怎么知道的。"

知道这个消息的,当时还只限于猿渡家里的人。

"你听谁说的嘛?"

"……"

岁三说的没错。因为某些原因,一到秋天她就要去京都的九条家工作。

其实佐绘对于此次京都之行并不感兴趣。她之所以答应去完全是为了顾全一位幕府阁僚要人的面子。那位幕府要人为了说服佐绘前去京都,甚至跪在她的面前,请她无论如何都要答应他的要求。当然这位阁僚的目的很明确,是想通过佐绘及时了解朝廷的动态。

当然,这个过程、这些细节,岁三是不会知道的。

"真是可惜。要是您丈夫还活着,您也是三河旗本松平伊织[1]家的人,完全用不着去京都那种地方。"

"你好像很了解我嘛。"

"这些事情,周边百姓家的男人都知道。"

佐绘十七岁的时候,嫁给了小普请组[2]俸禄八百石的松平伊织,住进了本所。可是没多久丈夫就去世了,她不得已只好回到娘家。

---

[1] 旗本是江户幕府时期俸禄不足万石的武士,为将军的直属家臣,拥有自己的军队。松平氏一族于十五世纪后期扩大领地,分封于三河各地,于江户时代多为旗本、大名。
[2] "普请"有建筑、施工、修缮之意。小普请组为旗本中俸禄在三千石以下,没有担任城内勤务工作的人。

娘家猿渡家远在镰仓幕府之前就从京都迁到关东并定居下来，是全国数一数二的名门望族。又因为他们家不是武士门第而是神职之家，所以一旦和江户的旗本攀上姻亲关系，势必会和京都的士大夫家也谈及嫁娶的事宜。

这次去九条家工作的事情也是缘于京都的这种门第关系。

岁三第三次来的时候，佐绘告诉他：

"一到秋天，我就要离开家去京都了。"

"秋天的什么时候？"

"九月。"

"已经没有多少时间了。"

"阿岁，你没想过去京都吗？"

"去京都？"

"是啊。"

岁三像一个不谙世事的少年，一脸茫然："京都有值得我去的事情吗？"

"你是个男人！"

"什么意思？"

佐绘漫不经心地说："男人的未来是不可预测的。"

她说这话的时候并没有想到，几年后，这个男人竟然会成为名震京都的新选组副长。

而岁三的命运之所以发生如此的巨变，还真是缘于发生在他和佐绘之间的这种暧昧关系。

他杀人了。

那时，六社明神内有一个叫濑木扫部的房间，里面住着一位食客，名叫六车宗伯，三十岁上下，是甲源一刀流的剑客。

岁三见过这个人。

短粗的脖子,头发扎成一个发髻。据说,他的剑术除了江户府内,是武州最厉害的。

六车宗伯在神社内租了一个房间做道场,招收武州一带的百姓徒弟。

当时的武州,习武之风非常盛行。城镇居民、乡下农民都争相习武,其盛况是其他地方难以企及的。

尚武精神是习武之风盛行的原因之一,更主要的原因是武州属于朝廷(幕府领地),与大名领地相比,对农民的管制要宽松许多。

效仿武士的百姓自然也大有人在。不管在哪个村子,都会有一些年轻人自诩武艺高强,每当与邻村发生争夺水源之类的冲突时,他们会冲在最前面。他们在这种场合表现出来的勇武之风,是那些已经习惯了三百年来太平盛世的江户武士自叹弗如的。

在武州一带,有三个乡下剑术流派传授剑术。

一个是以武州蕨为根据地的柳刚流。这一流派主张以对方的小腿胫为进攻目标的打斗式剑法。江户剑客都不喜欢这种打法,所以一听是柳刚流的,一般都不愿意和他们比武。

还有一个流派是远州浪人近藤内藏助所创的天然理心流。这一流派的特点是尽可能迷惑对手,在对方尚未反应过来时突然发起进攻。与江户精巧的剑法相比,这一流派的打法显得过于野蛮,但是用在实战中相当厉害。宗家近藤家在内藏助死后已经过去了三代,继承该流派的三代宗家都是平民出身的剑客。现在的第三代宗家近藤周助(周斋)[1]也已经到了古稀之年,他在武州上石原(现在的调布市)收了一个义子做天然理心流的继承人。此人是一个农民家的第三个儿子,叫胜太。近藤周助给他另取了一个姓名,让他到三多摩一带传授武艺。他就是大岁三一岁的近藤勇。

1　近藤周助,传宗师位于近藤勇之后改名周斋。

最后一个流派是甲源一刀流。

在武州秩父地区，这是一个古老的流派，已经趋于衰落。然而前些年，由于高丽郡梅原村出了一位名叫比留间与八（死于天保十一年）的高人，忽然又兴盛起来。

比留间死后，他的儿子半造在武州八王子设立了道场总部，让剑术师傅六车宗伯常年住在府中，以甲州公路沿线的农村为对象，与近藤的天然理心流争夺徒弟。

这一天晚上，岁三在佐绘的住处一直逗留到天色将明。当他翻过猿渡家的土墙，准备打道回府的时候，突然听到脚下的草丛中传来一声叫喊：

"有贼！"

"……"

他赶紧蹲下身体，眼前出现了一个黑色人影。

糟糕，被发现了——

一想到此，岁三不禁浑身直冒冷汗。

对方在慢慢地靠近，他的手已经握住了剑柄。

"别动！动一下我就杀了你！"

"……"

"你是什么人！"

岁三不说话。

"早就听说最近总有人晚上偷偷摸摸溜进猿渡佐渡守大人的家里，我还不相信。没想到真有此事。你胆子不小啊！"

——这小子，说什么呢！

岁三一边后退，一边把手绕到背后，悄悄解开背在肩上的草袋，迅速抽出了里面的长剑。

每次走夜路的时候，他总会把剑负在身后。

装剑的袋子有点寒碜，但剑是武州铁匠铺的无铭利器，还是家传的。按照姐夫、日野镇的名主佐藤彦五郎的说法，这把剑很可能还是康重利剑呢。

剑光闪过，足有二尺四寸长，长剑出鞘的气势仿佛令空气也凝固了。

"哟，"对方见此开口说道，"你不会是想跟我拼命吧？那我得提醒你一下，我可是住在这个神社里的六车宗伯。"

六车宗伯这个名字，在武州一带几乎无人不知、无人不晓，只要听到这个名字，大多数人都会心生胆怯。

"把剑放下。"

就在六车说这话的时候，十六日的月光穿过云层照到了岁三的脸上。

月光照亮了岁三的半个面孔。

"我见过你。"

六车宗伯一边逼过来，一边说道：

"日野镇的佐藤彦五郎家里有一个天然理心流的道场，对吧？"

"……"

"前几天我去找近藤要求比武，被他拒绝了。当时在他身边的那个人就是你吧？"

——被他认出来了！

岁三于是下定了决心。

在六车看来，岁三听到这里必定会逃之夭夭，不料他反而停下了脚步。

"不错。那个人就是我，岁三。"

六车意外之下也站住了。

岁三接着说道："我的姓是土方，你记好了。天然理心流的目录[1]、师傅近藤是我的结义兄弟。今天我就替近藤来接受其他流派的比武请求。"

"年轻人，别说傻话了。"

六车很镇定。

"不过是夜访。今天我可以放你走，但是不要让我再看见你接近猿渡家。佐渡守大人已经察觉到佐绘小姐的异常，早就托我出来探查了。他说了不管是谁，只要抓住就关进牢里。不过今晚我可以先放过你。"

"拔剑吧。"

岁三如此坚持。说这句话的时候，其实他还没有摆好架势，握在右手上的剑还向下耷拉着。厚厚的、颇有些特点的眼帘下，两只眼睛闪着冷冷的光。在他心里，既然这个男人知道了自己的秘密，那他必须得死。

"为了慎重起见，岁三，我再问你一句。"六车宗伯说，"你一再挑衅我，不是因为你不知道我是武州第一的高人吧？"

"我知道你。"

"好。"

六车沉下腰，好像要割草似的慢慢拔出了长剑。他还是只想吓退岁三，所以只是平举着剑向前踏了一步。

岁三右脚后退一步，双手握剑，高高举过头顶，全身毫无防备地完全暴露在对方面前。

剑光迅捷无比地一闪，带着尖锐的鸣声落下。

岁三杀将过来，动作毫无章法。六车勉强在头顶上接了这一剑。

——这小子不会是傻子吧。

来不及细想，岁三没有给六车喘息的机会。

1　剑术达到一定水平的资格称谓。

唰——

岁三的剑又从右侧刺来,六车急忙挥剑接下这一招,手腕震得发麻。

马上剑又从左边刺来。

六车勉强躲过。

不知什么时候,六车只剩下招架之功。险象环生,连连后退。

——怎么会这样!

他想站稳后反击,可是岁三的剑步步紧逼,完全不给他一点机会。

他不是输在剑术上。

他输在了气势上。

岁三在做药材生意的时候学过很多流派的剑术,眼看着剑分明刺向面孔,到了跟前却一翻手剑尖朝下刺向了六车的小腿胫。这是柳刚流的一个招数,又加进了刀法。

"哎呀——"

六车跳起来躲过这一剑。

而岁三的剑好像正等着他似的,六车的脚刚着地,剑紧跟着对准腹部又刺来了。

"等等!"

六车边躲边说:

"这里可是神社。"

"……"

"咱们改天再……"

改天再……六车的话还没有说完,岁三单手刺来的剑已经刺中了六车宗伯右侧的太阳穴。

血挡住了六车的视线。

"改天再……"

六车转身。

他挣扎着想跑，可是岁三的剑再次无情地刺中了他的后脑勺。

六车的眼睛看不见了，意识也开始模糊。这家伙到底想怎么样？六车转过身再次面对岁三，可是提着剑的身体已经站立不稳了。

——难道这就是人们如此惧怕的武州第一高人六车宗伯吗？

岁三慢慢举起了剑。

"呀——"

他用尽全力刺向六车。

岁三的剑横着划过，只见宗伯的脑袋在空中飞起又落下来，身体随之倒在了草丛中。岁三心想，杀人原来就这么简单。

再往后的事情，凶手就管不了了。

当天晚上，岁三就离开了府中。他直奔江户小石川小日向柳町，跌跌撞撞地跑进了位于小山坡上的近藤的江户道场。

近藤什么也没有问。

岁三也什么都没有解释。

对于近藤来说，因为岁三是天然理心流在武州的坚强后盾佐藤彦五郎的内弟，所以虽说只是道场的门人，但从义父那一代开始就一直对他格外照顾。两人性格迥异，却很投缘，相处非常好。所以早在几年前，两人已经结拜为兄弟了。

几天后，甲源一刀流的六车宗伯被人杀死的消息传到了江户的近藤道场。

"你听说了吗？"

近藤来到躺在道场尽里头的岁三身边。

"真不敢相信。像宗伯这样的人竟然也会死于被杀。实在难以置信。听说尸体的小腿胫上有很多伤口，大家猜测杀他的人是柳刚流的。而且还听说这个人最近经常从蕨过来，晚上偷偷溜进猿渡佐渡守家里。据说八州的官吏正在蕨一带调查呢。"

"伤口——"

"大大小小有十二三处。伤口这么多，不可能是一个人干的。前往府中查案的井上源三郎也在报告中说，估计参与此事的人不在少数。"

"不对，"岁三坐起身，"就是一个人干的。"

"你怎么知道？"

"伤口多只能说明下手的人剑术太差，而且他也不是柳刚流的。"

"……"

近藤紧紧地盯着岁三的脸。

"那你说是什么流的？"

岁三没有说"那个人就是我"。他把脸扭过一边，苦涩的脸上越发显得苦涩。

就这样，岁三住进了江户道场，同时装束也换成了武士装束。

自从杀了六车宗伯以后，岁三在道场里表现出来的剑术风格完全变了。

是更有自信了，还是悟到了什么道理？

在这之前，由于近藤是周斋老人的义子，所以他的剑术自然比岁三高出一筹。但是现在的情形完全不同了。

两人在道场练习的时候，十招中近藤勉强能接住八招。终于，他发话了："跟阿岁练剑不好玩。"

从此再也不陪岁三一起练了。

在柳町的近藤道场里，经常有一些食客出入。他们中有神道无念流的松前浪士永仓新八，北辰一刀流的目录、御府内浪士藤堂平助等。这些人的剑术与近藤不相上下，他们同样也败在了岁三的剑下。于是有人戏谑说："土方先生是不是见鬼了。"

秋天到了。

自从发生那次杀人事件后，这是岁三第一次踏上甲州公路。他向西走去，来到了府中。

这一年雨水不多，武州的天空湛蓝湛蓝的。

岁三穿过明神境内，来到猿渡佐渡守家的土墙外。

——就是这里。

岁三摘下草帽扔到秋天的草地上。

右边有一条污水沟流过，水沟旁边有一棵小漆树，树叶已经开始微微泛红。

就在这个地方，在那个月夜，岁三杀死了六车宗伯。他真的杀了六车宗伯，却好像只是做了一个梦，没有任何感觉。

和那天一样，岁三嗖的一下拔出剑，举过了头顶。

他闭上眼睛，想要唤回那一晚的记忆。一会儿他又睁开眼睛，眯缝着双眼，试图看到举剑站在那里的宗伯的身影。

——为什么没能一剑杀了他？

这几个月里，他的心思全在这个问题上。在道场和近藤对打的时候也好，和永仓、藤堂等人对打的时候也好，他都把对手看作那天晚上的六车宗伯。

——想不明白。

现在，六车宗伯就在那里。

岁三一剑刺了过去。

六车闪开。

像这样试了几次，岁三都不满意，他感觉自己的剑术太不入流了。于是他停下来，把剑举过头顶开始运气，足足有半个时辰，他一直保持着这样的姿势。

终于，他看见了。

他看见六车宗伯退缩了。岁三想起了当时六车出现重大破绽的瞬间。

岁三突然向前一冲，双手高高举起长剑，从右侧向六车狠狠砍去。

"嘎吱"一声，漆树的树枝扫过空中落在地下。岁三的眼中清清楚楚地出现了六车宗伯被劈成两半的影像。就在这时，后面传来一个声音：

"您在做什么？"

回头一看，是佐绘站在那里向他喊话，乌黑的眼睛里透着恐惧。

"啊，没什么，玩儿呢。"

岁三赶紧把剑收进剑鞘，想一走了之。看到岁三沮丧的样子，佐绘想起了岁三第一次偷偷溜进自己房间里来的那个夜晚，临走只说了一句"以后你就叫我阿岁吧"就转身离去的那个非常羞涩的岁三。

佐绘放心了。她笑着说：

"阿岁，明天我就去京都了。"

七里研之助

距离江户内藤新宿六里。

位于甲州公路沿线的调布市在当时的中心区域叫布田,加上附近的国领、小岛、下石原和上石原,统称布田五宿。

现在的情形与当时区别不大。这里有一条宿场町,吹过的风一年四季都带着公路边青草的气息。

当时,公路沿线建有一排木板屋顶的客栈。每家客栈都雇有两三个女人,名义上是下女,实际上是妓女。有意思的是,这些客栈雇用的女人个个都跟黑炭似的,皮肤黝黑。所以在这里投宿的客人之间流传着这样一个称呼:

——布田黑芦苇。

而往来于甲州公路的小商贩们都很愿意到这里的客栈投宿。

这一天的下午。

也就是岁三辞别前往京都的猿渡家的女儿佐绘后,过去了约半年时间的某一天的下午。

太阳还高高地悬在半空。这时,有一个男人径直走进了上州屋理兵卫客栈。

"是我。"

来人取下身上的剑。原来是从江户的道场来的人。

"哟,是老师来啦。"

客栈老板理兵卫赶紧过来招呼来人,并亲自把他引上了二楼的一个房间。

这天,土方岁三穿着一件印有左三巴纹饰的黑色外褂,呢料裙

25

裤下摆用真皮包边，浑身上下都很考究，只是随身带的剑略显粗糙，是青冈栎质地的。头上扎了个发髻。那身行头十足一个威风凛凛的武士，令人刮目相看。

岁三每个月都要从江户沿甲州公路来这里传授剑术。外出授课是天然理心流的近藤道场勉强维持道场经营的一个不得已而为之的办法。

近藤道场位于江户小日向柳町的一个小山坡上，周围有很多小旗本的住宅。但是这些出身于高官显贵家的孩子看不上天然理心流这种不起眼的小剑术流派，愿意来这里习武的也就是些好事的镇上居民、武家仆从、传通院私塾的侍童等等，人数不多，收费也不敢太高。毕竟这些都是不太有钱的人，费用自然要控制在他们可以承受得起的范围内。所以道场的收入主要依赖外出授课，派老师去多摩地区传授剑术。

外出授课的老师中有土方岁三、冲田总司、井上源三郎等人，也包括近藤本人。大家每月轮流去多摩地区住上几天，教授剑术。

在布田，上州屋是他们固定投宿的客栈。对他们来说，晚上可以在这里玩女人也是一种享受。除了岁三对黑芦苇没有兴趣外，其他人都很热衷于和这里的女人厮混。说起来，岁三除了让她们给自己斟酒，连手指头都不会碰一下。

"你先给我来一壶酒，过会儿再吃饭。"

岁三吩咐客栈老板。

其实他并不好酒，所谓喝酒也只是抿一抿酒杯，根本算不上是喝。

"还有，你再给我叫一个女人。"

他又加了一句。老板理兵卫很吃惊，他说："今天这是刮的什么风啊？"

岁三没有理睬他的话。

"这里是不是有个下女叫阿咲。"

"是啊。"

"请你把她找来。"

老板跑下楼直奔后门。出了后门，外面就是庄稼地。

庄稼地里有两三个女人正撅着屁股吵闹。这些女人虽然到了晚上也会穿上脏兮兮的真丝窄袖衣服，但白天她们不是睡觉就是穿着深蓝色的农家女衣服，到庄稼地的田埂上抓泥鳅。

她们会把抓来的泥鳅放在锅里煮了吃，据说女人经常吃这种东西，夜里身体就可以经受住男人的折腾，而且还能保证终身无疾无痛地接客，直到人老珠黄，不再有男人上身。但也正因为这样的原因，甲州公路沿线的客栈下女身上都有一股泥鳅的土腥味儿。

"阿咲，快回来去把手洗干净。"

老板像训牛似的喊道。阿咲仍撅着屁股，皱着眉头扭过头问：

"有客人？"

她们知道，通常大白天里召妓的男人都特别好色。

阿咲回到客栈，洗净手，换上窄袖衣服，还在脖子上象征性地搽了点香粉。岁三见到阿咲的时候，已经过去了半个小时。阿咲年纪不大，只有十八九岁，嘴唇薄薄的，说话带上州口音。

岁三坐在一个朝南的房间里正独自饮酒，看到阿咲进来，斜眼瞟了她一眼，说：

"你就是阿咲？"

"对。"

"这么说，前天夜里接待井上源三郎的人就是你啰？"

"是啊。"

井上是近藤道场年龄最大的一位。他的剑术并不突出，但是他在进攻的时候有自己独特的风格，非常稳健，像他的人品一样。他也是近藤道场上一代场主的关门弟子，原是南多摩一个农民家的孩子。

土方今天指名要见阿咲是因为前天夜里这个妓女和井上同床共枕的时候，说了一件很蹊跷的事情。

"告诉我事情的详细经过。"

"才不呢。"

阿咲瞪了他一眼。

"抱歉，我说错话了。我重新说过。麻烦你告诉我事情的详细经过。"

事情是这样的。

前天夜里，阿咲躺在井上的身边，告诉井上源三郎一件听起来很奇怪的事情。她说，前几天有三个结伴而来的浪士剑客在客栈里投宿，其中一个人晚上要了阿咲。躺在床上的时候，他向阿咲详细询问了来布田必投宿于上州屋的近藤道场的人的情况。

井上回到江户道场后，把这件事情告诉了岁三，还提醒他说：

"我也不清楚他们的用意何在。不过我猜想，下次你去的时候他们可能会来找麻烦。所以你去多摩的时候尽量不要在夜里出去。"

岁三听了井上的话后，直觉告诉他，那些人一定跟六车宗伯有关。当然杀六车的事情他从来没有跟道场里的任何人提起过，包括道场主近藤。因为岁三知道人的嘴是最靠不住的，只要走漏了一点风声就有可能传扬出去。

"不管怎样，"井上源三郎建议说，"详细经过你去的时候问上州屋的阿咲吧。"

"他都问了你些什么？"

岁三问阿咲。

"问你们的长相来着。"阿咲边给他斟酒边说，"他问了你们所有老师的相貌。听他的口气，好像是在找去年秋天在府中六社明神境内砍了一棵漆树的人。你说，那棵漆树会不会是神树呀？"

28

——漆树怎么会是神树呢。

他想到了六车。一定是自己杀了六车之后，为了弄清楚自己杀六车时的剑法以期提高剑术再次来到现场的时候，被当地的什么人看到了。

可以想象这件事情已经在甲州公路沿线的农村传开了，还传到了六车宗伯的同门的耳朵里。

"那个男的长什么模样？胡子周围有没有皱痕？"

"有。"

阿咲很肯定地点了点头。

那一定是戴面罩留下的痕迹。如果真是这样的话，此人的地位还不低呢。

"那可是个不错的男人。头发有点长，梳一个半月形的发髻，右眼下面有一颗痣。身高大约有五尺七八寸的样子。"

"哪儿的口音？"

"怎么说呢，看上去像在江户待过。不过看他口音很重的样子，我想很可能是上州人。"

第二天，岁三离开了布田的客栈。

他去了上石原的近藤家。附近有一些年轻人聚集在近藤家等候他前来教授剑术。岁三在这里上完课后，第二天又去了连雀村。

这个村里没有道场。

当地人把名主家的豆酱仓库收拾了一下用来做练剑场。岁三到的时候，已经有五六个年轻人等在那儿了。他们一见到岁三就说："老师，昨天村里来了一个浪士。这人很奇怪，他向我们打听老师您什么时候来这里上课。"

岁三一听，怔了一下，问："是打听我吗？"

"对。他还说老师的名字来着。"

看来对方连自己姓甚名谁都已经掌握了。

"他说什么事儿了吗？"

"他说想请您和他过一招。不知道您认识不认识这个人，他的右眼下面有一颗痣……"

"我不认识。"

岁三装出不感兴趣的样子脱去和服，在系腰带的时候好像突然想起了什么似的，问："他是哪儿的人？"

"是八王子的人。"

一个叫辰吉的年轻人说得很肯定。每个月的十日，这个年轻人都会背上村里人做的草鞋去八王子镇卖。他说自己在八王子见过这个人。

第二天，岁三离开连雀村直奔八王子。

从连雀村过去有五里的路程。

武州八王子是一个小镇，离甲州不远。公路从甲州往西进入山区，翻过小佛岭就到了。

从古代战国时期到德川家康入主江户期间，无数关东、甲州等地的武士不约而同地聚集到这里。他们是因为在历次战争中失利无处可去才流落至此的。

德川把他们统称为八王子千人同心。他把这些人招安后收归于自己的旗下，向他们提供宅基地，允许他们居住在方圆四里的范围内。作为回报，这些武士组建了一支德川幕府旗下守卫甲州要塞的部队，镇守此地，防御敌人从小佛岭入侵。

于是在这里，以这些武士为对象的剑术道场也应运而生。其中比留间半造的甲源一刀流最兴盛。岁三杀死的六车宗伯就是这个道场的老师。

——看来我猜得没错。

岁三心想。

那个脸上有一颗痣的人肯定是六车宗伯的同门弟子，是以八王子为根据地的甲源一刀流的剑客。看来他们在找那个杀死六车的凶手。

岁三来到八王子的专修坊。

以前做药材生意的时候，只要来八王子，他都会投宿于真宗寺院。在这里他曾经偷偷溜进寺院住持的女儿的房间，和她有过一夜情。

住持善海看到岁三的一身打扮非常惊讶，问他是不是在江户的什么人家里做管家了。

"不是。我是怕路上被贼人盯上才这身打扮的。"

岁三为了避免住持问东问西，主动问道：

"您女儿呢？"

他不是真的关心住持的女儿，只是因为一时找不到合适的话题而已。

"去年秋天嫁出去了。"

岁三对住持的话倒也不觉得吃惊。

"小仙嫁给千人町比留间道场的场主半造了。"

小仙是住持的女儿的名字。

真是天助我也！正发愁不知道怎么把话题引到比留间道场上去，住持先提到了比留间道场。

"是吗？哦，对了，我听说那家道场有一个叫六车宗伯的老师，是吗？"

"是啊。不过他已经死了，是去年秋天在六社明神的猿渡家后墙外被人杀死的。因为小腿胫上有多处剑伤，所以一开始大家都以为是遭到了蕨柳刚流的人的围攻而死的。不过现在又在流传另一个说法。"

"噢，是怎么说的？"

"说是天然理心流的人干的。只是好像还没有找到确凿的证据，道场的人还在四处找呢。"

"那家道场里——"岁三顿了一下,说,"是不是有一个长得白白净净、右眼下面有一颗痣的人?"

"你说的是七里研之助老师吧。"

"七里?"

岁三假装不知道,又问:"那是个什么人?"

"七里吗?他好像来头不小。原先他不是甲源一刀流的人,他在上州马庭学过念流。来到武州后,成了道场的一名食客。他可是居合剑术[1]的高手,据说像他这么厉害的人现在在江户也找不出几个。"

岁三在寺院里住了几天。这几天里,他足不出寺,只是向认识的寺院男仆打听七里研之助的情况。

据说七里年龄三十岁上下,喝醉酒的时候喜欢显摆自己的剑术。如果是在道场,他会要求徒弟把自己的手反捆起来,然后扭身把剑抛入空中,再飞快地跑过去用剑鞘接住落下来的剑。

居合剑术是荒木流的一门绝技。住在上州厩桥江木町的乡士大岛新五右卫门(死于安永八年四月十四日)在荒木流的道场里向徒弟传授这门剑术。他经常做示范给徒弟们看。每当这时,他会站在屋檐下,叫徒弟从房顶上扔剑下来,自己则用挂在腰部的剑鞘去接从上面落下来的剑。看来,七里研之助学到了这门绝技。

——没什么了不起的。

岁三是一个天不怕地不怕的人,与其被七里研之助追杀,不如先发制人杀死他。

回到江户的道场后,岁三马上就去找已经隐退的上一代道场主周斋老人。

"师傅,如果在对打中,一方使出居合剑术,另一方应该怎么

---

1 跪坐抽刀杀敌后迅即入鞘的剑术招数,讲求一击必杀。

防呢？"

他问老人。

"这种情况下当然只能后退了。"

老人解释说，被打的一方必须在后退的同时迅速抽剑，并在对方的剑还没落下来的时候，对准对方的要害快速刺过去，这样就能取胜。

"假如——"岁三又问，"背后有大树或者土墙，没法往后退，又该怎么办呢？"

"那就只能设法阻止对方出剑了。"

"可是万一这些都不行，又怎么办呢？"

"那就只有等死了。"

周斋非常清楚居合剑术的厉害。

几天后，岁三向少场主近藤请假。

"我想回一趟药铺看看。"

换了一种发型，变了一身行装，岁三再次向八王子走去。

这次他没有去专修坊，而是直接去了千人町。甲源一刀流的比留间道场就在这里。岁三满不在乎地进了道场的门，吩咐里面的人说：

"请向贵道场的老师七里研之助通报一声，就说土方岁三求见。"

七里出来了。他傲慢地看了一眼岁三，说：

"哟，是卖药的来了。"

"是的，我是来卖药的。我这里有石田散药，这种药对跌打损伤……"

岁三一边介绍药效，一边偷偷观察七里研之助。

此人个头很高，右眼下面有一颗痣，右手似乎比左手长。因为练居合剑术的人一般右胳臂会比左胳臂长，所以七里的这一特征无疑告诉岁三他会居合剑术。可是，再看他，脖子上居然长了一堆大得几乎快要挂不住的肉瘤，这使他看上去实在不像一个练武之人。他的长相好像比三十岁的实际年龄显得要老。

"你是第一次来我们这里吗？"

"不是。以前我常来，一直承蒙贵道场场主夫人的关照。"

"你家是哪里的？"

研之助问。

岁三告诉他自己是哪里人，只是说话的语速极快，估计没人听得清楚他说的话。接着他又补充道："夫人知道。"

"是吗？"

研之助给手下使了个眼色，让他进里头去通报。他自己则上下打量起岁三来，看到了岁三手上的剑，脸上露出了一副不怀好意的笑容，说："卖药的，你手上怎么还拿着剑呢？"

岁三并不害怕。他镇定回道："我喜欢玩剑。会那么一点儿。"

"哦，那你是什么流派的？达到什么水平了？"

"您太高看我了。我只是玩玩，没有专门跟老师学过。"

这时，七里手下的人回来了，说场主不在，出去了。

"卖药的——"研之助好像有了一个主意，"我正闲得无聊。这样吧卖药的，我陪你玩玩，出点汗怎么样？"

"这……"

对岁三来说，这当然是求之不得的事情。他之所以特意跑到这里来，不就是为了看一看七里研之助的功力吗？

岁三在道场的一角，并拢膝盖，套上了研之助扔过来的护具。

嚷嚷天王

土方岁三套上防身护具后来到道场中央，看到七里研之助什么准备都没做。

只见他还是一身刚才的练剑服，此时正一手托着下巴，盘腿坐在道场正中央。

"卖药的，准备好了吗？"七里的嗓门很洪亮。

"好了。"岁三低声应了一句，催促道，"请您也准备一下吧。"

"我已经准备好了。"

七里用下巴指了指道场一侧。那里站着五六个道场的门人，都戴着面罩和护手。

"你先跟他们过过招。他们都是本道场的高手，有目录、免许[1]的水平，所以你下手时不必有顾虑。"

看样子，七里已经看出这个卖药的不寻常。

"裁判呢？"

岁三问。

"裁判嘛——"七里微微一笑，"本道场比赛向来不用裁判。本八王子甲源一刀流的比赛规则是双方只管尽兴地打，最后站不起来的一方出局。"

比赛开始了。

有一人突然从队伍中冲了出来。

岁三本能地向后一跃，随手刺出一剑，正中对方身体。对方并没

---

1 有独自开门授徒资格的武士。

有因此退下，反而挥剑刺了过来。因为没有裁判，所以无所谓输赢，只要对方没有倒在地下，比赛就得继续。

——这也太霸道了。

岁三避开对方刺过来的剑后，反手向对方的身体刺去，然后跃起刺向他的手腕，再向前刺向对方的头部。岁三的剑法极尽完美，连他自己都感到意外。然而对方的目的是要拖垮岁三，尽管屡屡挨打，依然不依不饶地纠缠着岁三。

打了好一会儿，他终于退了下去。

可是，紧跟着又一个人挥剑上来了。

照此情形打下去，什么时候才算完？

——这是想要冠冕堂皇地杀我吧。

岁三刚意识到这一点，第三个人又持剑冲了上来。

此人挺剑向岁三的头部刺来。岁三反身挑开他的剑，同时用尽全力刺向对方的右侧。

这一剑刺中了他的腋窝。这里是护身服套不到的位置。

对方的肋骨几乎被这一剑挑断了。他噌的一下跳起来，接着重重地摔在地上，昏了过去。

——来吧。

到了这种时候，岁三反倒更沉着了。

又一个人冲了上来。岁三连刺他的手腕，对方手上的剑应声落地。岁三还是一剑紧似一剑地刺出去。

"不好。"

对方退至道场的一角坐了下来。他摘下面罩，满脸是血。

这时，岁三也累了。

第五个人上来后，岁三的手脚已经不太听使唤了，动作明显比刚才迟钝了许多，只能被动地抵挡对方刺过来的剑。

对方的剑毫不留情地频频刺向岁三的肩、手腕、肘等裸露部位。

岁三已经完全处于下风。

眼睛开始模糊了，拿在手里的剑重得像灌了铅的铁棒。

——难道我就这样要被杀死了吗？

这个念头刺激到了岁三的神经，他举起剑，不顾一切地向对方的小腿胫刺去。

在杀六车宗伯的时候他也用过这一招，但这一次，对方向后跳起来躲开了岁三刺来的剑。

再刺过去。

又跳起来后退。

对方在岁三不断刺过来的剑面前招架不住，跳起来退一步，退一步又跳起来，整个身体好像是在跳舞，步伐完全乱了。

前面已经提到过，这种专门刺对方小腿胫的招数在剑术界被看作不入流的一种邪术，几乎被所有流派所不屑。八王子道场的宗派甲源一刀流自然没有这种招数，近藤这一门的天然理心流也没有这种招数。

使用这种招数的只有柳刚流。

其实在剑术界，最近发生的一件事情就与柳刚流有关。

事情的经过是这样的。前些时候由尾张大纳言出面举办了一场剑术比赛。据说在这场比赛中，一位时任胁坂侯爵武术指导老师的柳刚流剑客用这一招几乎打败了所有的参赛剑客。

当此人在比赛中使出这一招时，挑战者往往会不自觉地把注意力转移到如何躲开刺来的剑上。这样一来，他就很难采取进攻的架势，只能被动地勉强招架。不过，在这场比赛中，最后获胜的不是这位柳刚流的剑士，而是千叶荣次郎。他是千叶以狂妄自负出名的周作的次子。

"等等。"

就在双方打得难分难解的时候，他抬手示意对方暂停比赛，自己坐到道场正中央，抱着剑默默想了一会儿。然后站起身又继续比赛，并很快把柳刚流的人打得落花流水。

荣次郎当时坐在道场中间是在思考如何对付柳刚流的那一招。他想，被动应付对方刺来的剑绝对没有胜算，只有主动出击才有可能变被动为主动。于是他在对方的剑向自己的小腿胫刺来的时候，没有和其他人一样一味地后退，而是不躲也不闪，反而向前迈出另一条腿，那条快要被对方刺到的腿则尽可能地向后往高处抬，以此躲过对方的一击。这样一来，他就不再因为只顾防备对方而失去主动权。荣次郎在一条腿前进另一条腿后抬的同时，迅速实施反击，从而变劣势为优势，取得了最后的胜利。这也是千叶的北辰一刀流独创的一个新招数。

可惜岁三现在的对手不是北辰一刀流的人，而是武州八王子的剑客。他们不知道在江户已经尽人皆知的这一防守招数，只剩下挨打的份儿了。

看到这里，七里研之助站了起来。

——果真是这个男人杀了六车。

从岁三舞剑的手法中，七里看出，府中猿渡家土墙外被杀的六车宗伯尸体上的伤痕就出自他的剑法。

——六车小腿胫上的伤口虽然很像柳刚流所为，但是疑点很多。从身上的伤痕来看，杀六车的人应该是掺杂了很多剑术流派的男人。

那个人就是眼前这个卖药郎。

"比赛就到这里吧。"七里举手示意，然后两眼盯着已经精疲力竭的岁三说，"卖药的，到后面去喝杯茶吧。"

岁三被带到道场一侧的一个房间里。这时他才发觉天色早已经暗了下来。

然而他在房间里等的时候，既没有人拿灯笼进来，也没有人给他端茶进来。

——不好。

这个机灵的男人突然像是意识到了什么,一跃从窗户跳了出去。

他环视了一圈四周。

这里好像是道场的后面,岁三的脚踩在田里柔软的泥土上。

面前有一口井,从井的上方看过去,不远处是甲州的群山,此时已经笼罩在西天的暮色中。

小佛岭上面,一弯新月挂在天空。

岁三沿着屋檐向西走去,突然他停下了脚步。前面出现了一扇小门,透过木门的门缝向里看去,可以看到道场主比留间半造的家正对着这扇门。门旁白色墙壁前面有一棵黑松。

岁三突然停下脚步并不是因为他看见了屋前那棵巨大的黑松,而是因为那棵大树旁边的小门突然开了,里面走出来一个女人。

是小仙小姐。

小仙是八王子专修坊的住持的女儿,与岁三有过一夜情。

自从小仙嫁给比留间半造后,这是岁三第一次见到她。

小仙的打扮完全是一个习武之人的妻子的模样。

当小仙认出岁三的时候,她显得非常镇定。这又让岁三感到异常吃惊。

小仙两眼盯着岁三,什么话也没说,只是吹灭了手上的灯,慢慢靠近岁三,压低嗓音说:"您的事情,我们道场的人都知道了。"

"……"

"七里研之助老师说了要替六车宗伯殿下报仇。您应该还记得六车殿下吧?"

"……"

"不管怎样——"小仙说,"您得赶快离开这里。从这口井边一直往下走,那里有一片低洼地,过了低洼地就是桑园。"

"您就是小仙小姐吧？"

"是。"

岁三以前做药材生意的时候，曾经在晚上偷偷溜进她的房间侵犯过她，所以对她的身体还有一些印象，可是不清楚她叫什么名字。

——真想看看她现在是什么模样。

岁三此刻有一种冲动，他非常想看看自己以前冒犯过的女人现在的形象。无奈此时天色已黑，今晚难以实现他的愿望。

小仙身上的香袋散发出来的香气直往岁三的鼻子里钻。它勾起了岁三偷袭这个女人卧室时的记忆。

——那时候真冷啊。

专修坊的院落清晰地浮现在岁三的脑海里，女人就在院落的一角。晚上偷女人是武州男人千年来传下来的习俗，岁三谙熟这一门道。女人已经睡着，她全然不知反抗岁三的侵犯，也或许女人的直觉让她早已经知道，前一天晚上住进寺院来的这个年轻人会在这天晚上偷偷来找自己。

"喂。"

岁三忍不住又想非礼她了。

"不行。"

比留间半造的妻子语气坚定地说。在武州多摩地区，据说女人还是姑娘的时候可以放胆做任何事情，但是一旦嫁为人妻则会变得比任何地方的女人都要坚贞。

岁三苦笑了一下，连忙道歉，说："对不起。"

作为一个女人，听到男人因为自己拒绝而道歉，会觉得很过意不去，所以小仙一直很戒备的心也放松下来。

"土方先生。"

她碰了碰岁三的手叫了一声，好像是在暗示岁三可以握自己的手。可是岁三听到她叫出自己的名字，不由得吓了一大跳。

"你，你怎么会知道我的姓？"

"我当然知道，您就是土方岁三先生。没错吧？"

"你是怎么知道我名字的？"

"你问我怎么知道的？"

"告诉我，你是怎么知道我的名字的。"

他骨子里还是很介意这种事情。

"我是听道场的七里研之助老师说的。他说您不是卖药的药贩子，您是江户小石川柳町的近藤道场的老师，叫土方岁三。"

"……"

这时岁三突然听到背后有动静。他皱起了眉头，同时人影一闪离开了小仙的身边。

他像箭一样飞速蹿了出去，就好像一个影子在飞跑。转眼工夫，岁三消失在道场后面的那片低洼地中。

岁三敏捷的身手让小仙异常惊讶。等她反应过来的时候，岁三已经走在小佛岭上空月光照映下的桑园里了。

岁三回到江户道场后，又过去了几天。

岁三回来之后，轮到近藤去多摩地区授课。没多久，近藤也回来了。

近藤回来后，说正好赶上农忙，来上课的人没有预期的那么多。

"你辛苦了。"岁三说，"除了来人不多，你没有发现其他的异常吗？"

"异常？"

一向表情呆板的近藤慢吞吞地说。

"对了，我差点忘了。我去日野镇佐藤家的时候，正好你哥哥也在那儿。是石翠哥哥，不是喜六哥哥。他说阿岁这浑蛋最近一直没回家，也不知道在忙些什么。"

石翠是岁三的大哥。

因为一生下来眼睛就是瞎的，所以石翠没有继承家业，而是把继承权让给了二弟，自己只要了一个带院子的八张榻榻米大的房间。平日里他就在那里弹弹三味线，或者教村里人学习义太夫净琉璃，过得不可谓不潇洒。同时他对世间百态看得很透，让人不敢相信他竟是一位盲人。

岁三的直觉告诉他，石翠一定对近藤说了些什么。

"我大哥说的不会只是这些吧。"

"这个……"

近藤不知道该怎么对岁三说。他沉默了一会儿，像下了很大的决心似的，说：

"岁三，你，杀人啦？"

岁三没有回答。

"是石翠悄悄跟我说的。他问我六社明神的六车是不是你杀的。我还听说最近八王子甲源一刀流的人经常去石田村偷偷地盯你家的梢。石翠说他们是在找你。可是我不信。"

"是我干的。"

"……"

这回轮到近藤不说话了。在近藤还是胜太的时候，这位出身于上石原的宽下巴男人就已经学会了喜怒不形于色。可是他有一个毛病，就是吃惊的时候会挠自己的屁股。

"你说的是真的？"

"是真的。我一直没有告诉你，是我不好。对不起。"

"为什么？"

"我不想给道场添麻烦。所以你就当什么都没听说过。这件事情我自己会处理。"

"好吧。"

当时在武州和上州一带，流派之间的纷争时有发生。对此，近藤早已习以为常。

近藤虽然嘴上答应岁三不管这件事，过后却又叫来冲田总司，把大致的情况告诉了他。他对冲田说："岁三这小子很要强，他说要自己解决这件事，可是对手毕竟人多。万一岁三出了什么事，终究会影响到我们道场的声誉。"

"的确如此。那么，您是要我去那边打探消息吧？"冲田含笑频频点头。当天他就离开了道场。

几天后，冲田回到江户立即向近藤做了汇报，之后一头钻进道场后面的房间里沉沉睡去。看得出来，这几天他跑了不少路，累得不轻。

第二天早上，冲田在井口边碰到岁三，点头打了一声招呼。随后突然放低声音，戏谑岁三说：

"原来土方老师也是个好事之人啊。"

"你什么意思？"

"我知道你认识一个很特别的艺人。"

"艺人？什么艺人？"

"就是那个嚷嚷天王哪。"

岁三不明白冲田的话。

"什么嚷嚷天王？"

"就是佛面祭祀[1]上的那些嚷嚷天王——"

冲田咬着可爱的嘴唇，笑眯眯地说。

"我不明白。你说的佛面祭祀是指九品佛的佛面祭祀吗？"

"不是。你真够笨的。土方老师，你平时挺机灵的一个人，没想到有时候脑子也这么迟钝呀，跟换了个人似的。"

1　每隔三年静心寺在九品佛举行祭祀活动，人们戴着金色白发面罩走过拱桥。

冲田洗完脸，自顾自进了道场。

过了几天，又轮到岁三去多摩了。

通常，当班老师去多摩的时候常常在太阳还没有出来之前就出发。

按照惯例，不管轮到谁去多摩，走的时候都会把门开到八字形的大小，然后把印有纹饰的灯笼挂到门框上，此时近藤则穿着印有纹饰的和服把他送到门口的铺板前。

这天早上，岁三坐在铺板上系草鞋带，近藤站在他的背后对他说：

"我跟总司说了，这次就让他和你一起去。你等他一会儿，那家伙动作太慢。"

"让总司跟我一起去？为什么？"

岁三感到很突然，但很快猜到了近藤的心思。他很不高兴地转过身看着近藤。近藤有点心虚，脸上堆满了难得的讨好的笑，说："路上好有个人说说话。"

"我不要。让我跟总司这种絮絮叨叨的人一起走会累死我的。"

"好了，他来了。"

总司好像是从道场另一边过来的，只见他手上戴着手背套，腿上绑着绑腿，腰间插着一盏马灯，后衣襟向上掖着，没穿裙裤。这个年轻人不过二十出头，这身打扮看上去非常潇洒。

离开内藤新宿进入甲州公路的时候，冲田总司开口了："这次去多摩，一定会在某个村子里碰上那些人。"

"什么人？"

"你还装呀。我真受不了你。"

冲田像个孩子似的歪戴着他最喜欢的大山诣斗笠，说："就是七里研之助之流的八王子的那些人呗。"

冲田于是把自己打探到的消息一五一十地告诉了岁三。按他的说法，最近八王子的人化装成嚷嚷天王的样子，时常出没于甲州公路一带。

他们都戴着猿田彦的面具。

自从安政大地震以后，社会上掀起了一股抵御外国商人的潮流。随之关东一带开始出现了这样一群人。他们挨家挨户推销号称是向牛头天王祈来的保佑家人平安、消灾祛病的神符。人们称他们是乞丐神官。

他们上身穿带纹饰的黑色短外褂，下身穿裙裤，随身带两把粗制滥造的剑，嘴里唱着"嚷嚷天王爱嚷嚷"，走在一条又一条路上。由于世道动荡不安，所以买这种神符的人倒是不在少数。

"不过——"冲田说，"土方老师的老家石田村那儿，听说每隔两三天就会有人去。而且一去就是三个人，还都是从八王子来的。"

那天，他们照例住进了日野镇的佐藤家。傍晚时分，岁三正和冲田两人一起吃饭的时候，听到院子外面传来了一阵沙沙的脚步声。

"总司。"

岁三向冲田使了个眼色。

冲田放下筷子一跃而起，打开了隔扇。

廊檐下站着一个高大的男人。

他的头上戴着一个巨大的猿田彦面具，两眼一眨不眨地盯着岁三。

分倍河原

戴面具的男人静静地站在廊檐下。

一双目光如炬的黄金巨眼盯着这边，身子一动不动。

——哼，吓唬谁呢。

岁三自顾自地喝他的汤，连正眼也不看一下那个戴面具的闯入者。

要说岁三胆子也是够大的，每当遇到类似的情形，他总是表现出满不在乎的样子。此时，他有点像使性子的孩子似的只顾闷头喝自己的汤。

"土方老师，"冲田总司忍不住了，说道，"来客人了。"

"哦。那我就听听这位客人究竟有什么事儿。我想应该会听到带江户口音的怪声怪气的上州话吧。"

岁三的直觉告诉他，来人就是七里研之助。

——他们是在找我。

自从听到冲田说最近甲州公路沿线的多摩各村时常有装扮成嚷嚷天王的人出没时，他就已经想到了这点。以七里研之助为首的八王子甲源一刀流的人早就计划着，只要一见到岁三，就杀死他为六车宗伯报仇。

——不过这家伙胆子也真够大的。

岁三心里暗暗佩服七里的胆量。

佐藤家（佐藤家的宅基还在东京都下面的日野市，只是主人换成了邮政局局长。老房子早已拆除，变成了冷冰冰的钢筋结构的邮局宿舍）是甲州公路沿线大名鼎鼎的大名主，宅邸的建筑结构坚固，

46

只在墙上开了一个进出的大门洞，围墙也很高。而且宅邸里还住着用人、男仆、雇农等等，不是那么容易进来的。

"你有什么事？"

冲田问嚷嚷天王。

十五夜的圆月高高地挂在天空，月光照在这个戴面具的男人右肩上。院子里的松树在月光的辉映下闪着微光。

"我想请里面的那个人移驾跟我走一趟。"

戴猿田彦面具的人终于开口说话了，正是七里研之助。

"去哪儿？"

"别管，跟着走就行了。"

"请问究竟是去哪里？"

冲田自幼教养一直很好，所以说话很有礼貌，而且他还生得一张连武将身边的色小姓[1]都黯然失色的美貌面孔。

"你是天然理心流的冲田总司君吧？"

"咦，您还知道我呀？"

冲田笑了。这个年轻人也很有些胆量。

"很荣幸在这里见到贵流派的两位老师。贵流派与我们前仇未尽。我便是为解决此事而来。"

"您是谁？"

"那位把玩筷子的土方岁三君应该知道我是谁。"

他用"君"字来称呼他们。

这是最近横行各地、叫嚣攘外的浪士之间流行的一种称谓，七里不太像因循守旧的上州人，也许他是个对新事物很敏感的男人。

"卖药的。"

这回又换成了这样的称呼。

1　将军、大名乃至武士身边的侍从称小姓，色小姓则为娈童性质的侍童。

"我们已经掌握了你杀死六车的证据。只要我报官，事情就可以了结。但是这样做太便宜你了。所以你放心，我们比留间道场是不会报官的。"

"……"

顺便提一句。

武州（东京都、埼玉县和神奈川县的一部分）包括江户在内，面积大约有三百九十方里[1]。

武士俸禄为一百二十八万石。

这里基本上属于德川将军的幕府领地。虽然管理此处的是江户的关东地方官和伊豆的韭山地方官（江川家）等幕僚，但是与各诸侯国的大名领地比起来，管理相对宽松许多，税收也低于法定的税额，治安管理也松懈。所以这里的百姓都有一种优越感，他们自己就说：

——我们不是大名的乡间百姓，我们是将军的直辖百姓。

三百年来，这种优越感培养了武州百姓内心对德川家的敬慕之情，同样也渗入了近藤和岁三的骨髓里。

在武州，由于管理权掌握在地方官的手里，所以即使发生什么事情，也由地方官代为处理，幕府通常是不会知道的。因此武州各小镇聚赌成风，乡下剑客聚众闹事不断。遍数全日本六十多个州，除了武州和上州这两个地方，恐怕很难见到这样的情形。

正因为如此，七里研之助才说不准备向地方官起诉岁三，而是要用剑来解决剑的事情。这种处理恰恰是武州剑客特有的解决问题的方法。岁三对此十分清楚。

"总司，送客。"岁三端起饭碗说，"问清楚地点和时间。"

这顿饭，岁三比平时多吃了整整一碗。

1　日本大宝令中规定的郡管辖的小行政单位，每五十户为一方里。

刚吃完饭，冲田总司回来了。他告诉岁三："地点是分倍河原桥上，时间是月上中天时，也就是戌时下刻[1]，他说他们去两个人。"

"好。"

岁三躺下了，转眼又一骨碌坐起来，拿过剑检查了一番。

杀六车时，剑刃上留下了许多卷刃，肯定不会好用。

"总司，你看这玩意儿还能杀人吗？"

"我怎么知道。我又不像你杀过人。"

冲田可爱的嘴唇边上挂着一丝笑意。看样子他已经从近藤那里听说自己杀六车的事情了。

"不过你这把剑的剑刃也太惨了吧。"冲田瞧了瞧剑，说，"就这东西也能杀人？"

岁三起身去仓库，找出四五种磨刀石，在井口边磨起了剑。岁三一向灵巧能干，只要他愿意花上一点点工夫学习，当一个一般的磨刀师傅是绰绰有余的。

月亮钻进了云层里。当月亮再次从云层中钻出来的时候，岁三听到背后传来拖拖沓沓的草鞋声。一会儿脚步声走近，停下。一个人蹲在岁三的侧后面，看岁三的两只手来回移动。

"……"

岁三以为来人是冲田，所以头也没回继续磨自己的剑。

"这么晚了，怎么还在磨剑呀？"

原来来人不是冲田，而是这家的主人佐藤彦五郎。

前面已经多次提到，佐藤是岁三的姐夫，是姐姐阿信的丈夫，比岁三大五六岁。

佐藤家是战国以来的名家，祖上都很喜欢武术，尤其是彦五郎死去的父亲更是酷爱剑术。他不仅在经济上曾经资助近藤的义父周

1　江户时代的时间说法，两小时为一刻，三等分中最后的三分之一刻叫下刻。

助，甚至把自己家的房子腾出来给他们做道场，又从中牵线搭桥，让周助把石原的农家孩子胜太收作义子。而近藤勇这个年轻的剑客也是佐藤家已故的父亲教育培养出来的。可以说如果没有佐藤家，天然理心流在多摩地区就无法得到发展，自然也不会有近藤勇这个人。

现在的主人彦五郎年纪还很轻。他和他已故的父亲一样酷爱武术，眼下已经得到近藤勇的义父周助的首肯出徒了。

佐藤彦五郎是一位天生有着长者风范的男子，性情很温和。若干年后，新选组刚成立之际，他在金钱方面给了新选组极大的支持。

"……"

岁三没有回答，默默地继续磨他的刀。

"不要再跟人打架了。"

"我不打架。我是因为附近有野狗，太闹，想去结果了它。"

"是去打野狗啊，那你可得小心。记住，那东西不能顺着它的毛砍，要逆着毛砍才行。"

佐藤用手比画了一个砍的动作，又说："还有，既然你要杀野狗，就一定要杀死它，知道吗？"

不知道是因为成长环境还是因为性格，彦五郎总是笑眯眯的，对别人的话从来都深信不疑。

正因为如此，算不上是好人的岁三也好，近藤也好，都很尊重这位胖乎乎的兄长，近藤甚至和他喝酒结拜做了兄弟。

"姐夫，我想麻烦你件事情。"

"什么事儿？"

"分倍河原的南边有一座叫分倍桥的小桥，听说那儿野狗很多，我现在就去那儿杀它们。到时候我会把它们的尸体扔在桥下。天亮后，你叫家里的男仆去收拾一下。"

"好。"

岁三回到了房间。

刚才托彦五郎的事情，实际上是要他帮忙处理自己和冲田的尸体。

去往分倍河原要走两里地的路。

岁三和冲田趁着夜色悄悄出了佐藤家。两里的路程在黑暗中行走，感觉会比白天远一些，所以两人在时间上打了点富余，提前出发了。这是一个晴好的月夜，路面非常清晰。岁三吹灭了特意准备的灯笼，问冲田："对方肯定是两个人，没错吧？"

"哎呀，真没想到你会是这样的人。"

冲田总是很开心。

"为什么？"

"想不到你真的相信啊。八王子那群人说来两个，其他人难道不会顺便一起来吗？无论如何他们都会来很多人的。这是肯定的。"

"说得也是。"

的确，他们口口声声说要报仇，为此还乔装打扮成嚷嚷天王掩人耳目。其实他们真正的目的是要想方设法争夺天然理心流的地盘，做出来的事情怎么都觉得有点下三烂。他们以为只要借口报仇，杀死冲田和土方，多摩各村的习武人就会投奔甲源一刀流了。

"那么，"岁三微微一笑，说，"你是喜欢对方人多呢，还是人少？"

"我觉得还是人多的好。因为是在夜里打嘛。"

夜里因为天黑，相互之间不太容易看清楚长相。所以一旦人少的一方杀进对方人群里，对方很难分辨出谁是敌人、谁是自己人，于是就会分心，就会很被动，就会一个接一个地被打被杀。

看来冲田还有股子聪明劲儿。

"你小子行啊，知道这么多。"

"我是从说书人那里听来的。最近因为世道不太平，去说书场听书的人中多了许多武士。说书人就会为了迎合武士的口味，说一些

《太平记》呀、《三国志》什么的。你要是有时间看看这些书就好了，你一定能成为一名出色的谋略家。"

"哼。"

岁三心想，当一名出色的谋略家是需要天分的。没有天分只知道死读书是不可能成为谋略家的。岁三认为自己就有这份天赋，对此他信心十足。他很有野心，他要好好利用自己的这份天赋，如果浑浑噩噩地过一生，到死他都不会甘心的。

沿着甲州公路，两人边走边聊，不知不觉中到了如今的西府农协附近。

"该向右拐了。"

两人向右一拐，就只有田埂可走了。这里距离约定的分倍河原已经不远，如果继续满不在乎、大摇大摆地走在大路上，既有可能会遇到敌人的埋伏，遭到夜袭，也有可能被敌人看清自己的行踪。

"我们得走得隐蔽点。"

两人在夜露的湿气中，踩着草地，小心翼翼地一步一步向南走去。大约走过十五六条田埂后，面前出现了一片墓地。这附近有一座寺院，如今还在，叫正光院。

岁三认识寺院里一个上了年纪的男仆，叫阿权。阿权年纪不小了，依然嗜赌成性。有一次他又到附近村庄的一个赌场里赌博，结果遭到了群殴。那时岁三到这个村里授课，正好路过赌场，看到这一情形就把他救了。

岁三把阿权从床上揪起来，带到了墓地，吩咐他说：

"你替我往分倍桥跑一趟，看看那儿现在是什么情形。不要拿寺院的灯笼，免得让人起疑。"

岁三让阿权先去侦察一番。

分倍桥在这片墓地的东面，相距也就五条田埂的样子。从这里到分倍桥，中间全是庄稼地，水洼很多，在月光的映照下反射出淡淡的光。

墓地周围杂草丛生。

岁三坐在石塔和卒塔婆[1]之间，又叫冲田也过来坐下。

"总司，你把灯笼点上吧。"

岁三把灯笼放在地下，捡起一根小木棍，就着灯光在地上画了一幅地图。

"这是分倍桥周围的地形，能看明白吗？"

地图上，一条条公路纵横交错，非常复杂。

所谓分倍河原，只是带了河原两个字的一个地名。早在二三百年前，这里就已变成一片庄稼地，上面还零零星星出现了一些村庄。附近真正的河原是多摩川河原，在分倍河原的南边，离这里还有相当一段距离。

自古以来，这里一直是武士们的战场。所以在这片庄稼地里，时不时地会出现一些战斗中遗留下来的盔甲部件、刀剑或人骨等等。冲田也听过这些传闻。

前几天说书人在讲到《太平记》的时候，有一个章节正好跟这里有关。说的是在遥远的南北朝时代，即元弘三年五月，南朝的新田义贞从久米川方向前来攻打北朝，就在这片分倍河原上遭遇了镰仓的军队。由于不敌对方，于是暂时退到堀兼，重新整编部队，并在当地招募新士兵。其间，有一个叫三浦义胜的人带着自己旗下的六千余骑从相模投奔到了他的帐下。义贞喜出望外，随后，义贞把十万骑的军队分成三个部分，分头袭击分倍河原上的敌阵，大败镰仓军队。现在世人口口相传的分倍河原之战指的就是这次战斗。

"从兵法上来说，分倍河原是兵家的必争之地。"

岁三解释说。

---

1 为祭祀死者而立在墓石后的塔形木牌。

所谓必争之地指的是有无数条公路从四面八方汇集到一处的所在。在这样的地方，军队相对容易调度，所以自古以来也就成了最容易发生大规模会战的地方。美浓的关原正处于这样的一个位置上，所以也是各路军队必争的一个地方。

除甲州公路和它的岔道外，还有镰仓公路、下河原公路、川崎公路等，或与分倍河原相交而过，或在附近通过。

"这是分倍桥。"

冲田看了一眼岁三画的地图。说实话，他心里挺佩服岁三的。他佩服岁三的沉着镇定，在以两个人的少数力量即将对付不知道多少人的绝对多数的敌人时，岁三还在认真地画地图，思考作战方案。

——他可不是个头脑简单的鲁莽之人。

这时，阿权老头回来了。

"不得了啦，"阿权在岁三旁边一屁股坐了下去，说，"那边来了好多人。因为晚上天黑，我看得不是很清楚，估计至少有二十来个人。"

"……"

"不过桥上只有两个人，"阿权又补充道，"其余的人三三两两地躲在河堤下面十几户百姓家的房子后面。"

"看清楚哪个方向的人最多了吗？"

"应该是分倍桥的北边人最多，北边河堤下的榉树周围人也不少。"

"这就对了。"

"您早知道了，施主？"

"差不多吧。"

岁三并不想在老人面前炫耀自己的能耐，但是分倍河原上的情形的确和他预测的没有两样。因为岁三早就想到，对方一定认为他们会沿着甲州公路走到府中跟前，然后再拐到镰仓公路上，然后一直南下直到分倍桥。其实七里的这个猜测也没有错,因为按常理,从日野到分倍桥应该那样走才对。

"太好了。"

冲田忍不住哼起歌来。

"别吵。"

"你不要生气嘛。我今天才发现土方老师原来有做军师的潜质。刚才我们要是继续沿甲州公路,按正常路线去分倍桥的话,这会儿很可能已经在桥北遭到对方的包围了,说不定早被撕成碎片了呢。"

"阿权老爹,"岁三指着地图上桥南边的一点说道,"这里是不是人最少?"

"对。我看见那儿只有一个人影在晃动。"

"噢。"

岁三盯着地图出神地看了一会儿,好像有了什么主意。他把手伸进怀里,取出腰包,对阿权说:"阿权,这个你拿去。记住,今天的事情你就当从来没有看见过,就算撕破了嘴也不许对任何人提起。"

"我明白。"

阿权消失在黑暗中。

"总司,咱们就沿河边杀过去。一会儿你绕到上游去,从上游冲下来,我就从下游往上冲,咱们争取在桥下先给他们一个下马威。然后再从那儿跑上河堤,解决掉躲在河堤暗处的那些浑蛋。"

"你太厉害了。就这么办。"

冲田很聪明,一听就知道岁三打的是什么主意。此时就是要打敌人一个措手不及。

岁三根据阿权侦察来的情况,迅速对敌人的布阵做出了判断。他认为躲在河堤暗处的人应该相对较弱,而最厉害的人一定在桥上。阿权说桥上有两个人,那么其中一人必定是七里研之助,而另一个人很可能是道场主比留间半造。在七里研之助的计划中,桥上的两个人只是一个幌子，意在麻痹岁三和冲田。而岁三从阿权侦察到的敌人阵营的布置上判断，桥上应该还兼顾了指挥战斗的功能。

岁三还认为，作战能力仅次于桥上两个人的，应该是躲在桥北的那伙人。因为他们负责包围并杀死自己。

这样一来，堤坝下面的人应该只是用来壮壮声势而已，是最不顶事的那部分人了。

作战中，以寡敌众的情况下通常有两个办法效果极佳。一是偷袭敌人主帅，一举结果他，然后迅速撤离战场。这是上策。二是攻敌之弱点，从气势上打垮敌人。

岁三选择了后者。

"桥上的人不会想到我们会在桥下发起夹攻。到时候咱们先设法解决掉周边的人，然后再对付比留间和七里。最好能杀死比留间和七里中的任意一个。万一对方很厉害，我们难以实施这个计划，就见机行事，杀他们四五个人后就赶紧撤走。记住，千万不要恋战。"

"知道了。然后咱们在哪儿会合？"

"就在这片墓地。"

岁三指了指放在旁边的包裹，说："我带了更换的衣物。一会儿打起来的时候衣服上会溅到血，穿着带血的衣服在公路上走会引起不必要的麻烦。所以一到这里后先换上干净衣服，然后直接回江户。"

岁三又掏出一个哨子递给冲田，说："万一我们被冲散了，就用这个哨子互通情况。我的哨子声是撤退的信号，你的哨子声则是告诉我你有危险，我听到后会去帮你。"

说完，两人就出发了。

月与泥

田埂绵延不断，望不到尽头。

土方岁三和冲田总司深一脚浅一脚地走在田埂上，向敌人所在的分倍桥靠近。

头上繁星当空。这是一个晴朗的月夜，只是天上依然飘着几朵浮云，时不时地会把月亮遮住。

每当月亮钻进云朵的时候，下界的武州平原就会变得一片黑暗，伸手不见五指。

这时岁三和冲田就会像约好了似的一齐滚到地里，弄得身上、脚上全都是泥。

"真受不了。"冲田直咧嘴，抱怨道，"我都快成泥龟了。我要是这个样子出现在他们的面前，肯定把他们吓得屁滚尿流。是吧，土方老师？"

"闭嘴。"

"我跟你说，你的战术没用的。说书人讲的故事中，我还从来没听到过你这样的战术。你说你这是楠正成创立的楠流派战术，还是武田信玄喜欢的甲州流战术？"

"是土方流战术。"

"得了吧。我看这是泥龟流战术。"

冲田总司是奥州白河藩的浪士。他的父亲生前是江户诸侯的臣子，所以冲田是地地道道的江户人，与岁三等武州人不同，嘴上功夫很好。

土方和冲田此时猫腰前进的地方大概是现在的分梅町三丁目

正中间一带。

离分倍桥还有三四条田埂的距离。

两人突然感觉踩在脚下的土壤变了。

"……？"

前面出现了一片桑园，脚下感觉轻松了许多。两人又走了一会儿，在月光的映照下，前方出现了分倍桥桥下那棵巨大的榉树。岁三发出了指令："总司，那边就是河原。咱们就在这里分头行动吧。"

冲田应了一声。按照计划，冲田这时要离开岁三迂回绕到河的上游，然后从上游方向向桥下靠拢，而岁三就从这里接近桥下。他们将沿着河原悄无声息地来到桥下，然后拔剑突然冲出河堤，打敌人一个措手不及。

"准备好了吗？"

"嗯。"

冲田有点发愣。

这也难怪。冲田虽然在道场里剑术一流，什么人都不怕，但是真刀真枪地动手这还是第一次。

"你怕了吗？"

"有点。毕竟我不像你杀过人。唉，真没想到，我居然也要开杀戒了。你说我怎样才能下得了手呢？"

"到时候你就知道了。这种事情是很难说得清楚的。总之，你要知道，与其想方设法躲开敌人的剑锋以图不被杀死，不如主动出击去砍杀对方。对不对？不管怎样，战斗中最重要的是要抢占先机。"

"土方老师，"冲田的声音有点怪，他说，"我有点不舒服。屁眼儿直发痒，肚子疼……"

"唉，真拿你没办法。"

"不好意思，我去那边的桑树地里。你等我，我马上就回来。"

"快点。"

说着话，岁三自己也感觉肚子有点不对劲儿了。

"可恶，让冲田这小子给传染了。"

得赶紧先解决掉这个问题。他跑到一棵老桑树旁边蹲了下来，意外地发现冲田就蹲在他的旁边。

"你也——"

"是啊。"

"我听说小偷第一次行窃时，下手前肚子会疼，要先拉出来才行。没想到还真是这样。"

"你给我闭嘴。"

两人互相闻着臭气熏天的气味，肚子的不适渐渐退去，一股勇气涌上心头。

"好嘞。"

穿好裤子，岁三又检查了一下身上的剑。

"总司，好了吧？"

"当然。"

冲田的声音又恢复了明朗。

岁三与冲田分手后，下了河原。

河原是一片沙滩，中间有一条沟渠似的小河流过。从这里到桥下大约还有一条田埂的路程。

冲田猫着腰走进了桑园地里。他要绕一个大圈迂回到河的上游去。

起风了。

岁三在月亮钻进云里时趁黑紧跑几步，月亮出来的时候就停下来。就这样跑跑停停，终于到了桥下的隐蔽处。

头顶上就是分倍桥。

可以听到上面来来回回走动的脚步声，大概是比留间半造或是七里研之助在来回踱步吧。

月光照不到岁三所在的这个位置。

岁三挨着一个桥墩坐下了。

河堤上、路上，好像都有人，听得见四面八方传来的轻轻的说话声。

——真是些没脑子的蠢猪。

岁三心里骂道。其实这也好理解，毕竟遇到这样的打斗，敌人也会害怕。他们希望互相说说话以驱赶内心的恐惧。

——这将是伊香保以来最大的一次斗殴事件了。

在上州地区曾经发生过所谓的伊香保事件。

那是文政三年的四月份，当时千叶周作还只有二十七岁。周作在游历各诸侯国的时候，来到上州，留了下来并开了一家道场，招收门徒，传授剑术。

上州和武州一样，也是个爱好剑术的诸侯国。听说周作开道场，各村有名无名的剑客纷纷前来报名，仅十天工夫，应募的人就达到了一百数十人。

周作还太年轻。

如果周作不那么年轻，也许那次事件就不会发生了。可是当时的他实在太年轻，非常自负，甚至目空一切。为了显示自己创立的北辰一刀流的威风，他做了一块大匾，刻上新入门的一百数十个上州剑客的名字，准备挂到附近的伊香保明神前。

对此，上州马庭本地的剑客真庭十郎左卫门大感震惊。十郎左卫门是念派的宗家，是第十八代掌门。

上州的剑坛一直以来都是由真庭一门独占鳌头。然而现在周作来了，他不仅抢走了自己的弟子，而且还要把刻有弟子姓名的匾额挂到明神前。这让真庭忍无可忍。

为了阻止周作的行为，真庭十郎左卫门把分散在全国各地的三百多个弟子召集起来,租下了伊香保的十一家旅馆,与千叶的一百数十人形成对峙状态。不仅如此,他还把当地的千余赌徒也组织起来作为后备力量,在地藏河原待命。

真庭一方做好了对决的准备。

他们随时可能冲进千叶入住的旅馆。这时,周作表现出了江户人机灵的一面。他充分衡量了与乡下剑客发生冲突的得失利弊后,只身逃离了上州。

但岁三不是江户人。

对方也不是。

这是甲源一刀流和天然理心流这两派乡下剑客之间的争斗,所以他们一定要打到口吐鲜血直至毙命方肯罢手。

"哟……"

岁三发现冲田已经匍匐到了自己的脚下。

"是我。"

冲田抱住岁三,在他耳边轻声说:"那儿有两个人。"手指了指河堤的背面。

"好吧。先结果他们,然后我跳过河冲到对面的河堤上。开始行动吧。"

"好。"

冲田和岁三离开桥下,绕到了那两个人的身后。

"喂。"冲田喊了一声,两人吃惊地回过头来,"冲田总司在此。"

说着,一把抓过对方的身体,抢起来重重往地上一摔,立时毙命。真是出手不凡。

"土方岁三在此。"

岁三向前一步,剑从左侧斜着刺向了敌人的肩部。接着迅速跑下河堤,一步跳过小河,抓着对面河堤上的草,大步流星地上了河堤。这一连串的动作干净利落,好像在告诉世人,他到这个世上来就是专门为了打斗的。

路上开始出现骚动。

奇袭成功了。因为岁三他们是从一个谁也没有想到的地方钻出来的，敌人显得异常狼狈。又因为岁三他们兵分两路，上下夹攻，使敌人闹不清岁三他们究竟来了多少人。

岁三到了河堤上面。

眼前是一棵巨大的榉树，无疑这里就是桥北了。根据阿权老头的说法，这里就是人数最多的地方。他们中有几个人听到了河堤下面传来的悲鸣声，跑下了河原。

岁三迅速蹿到榉树下面，举剑刺向一个黑影。

黑影发出一声凄厉的叫声，应声倒在地上。又是一剑夺命。

岁三上前，拿起死人的剑。

——这剑能杀死人吗？

岁三退回到榉树下面。

黑暗的树下是个藏身的好地方，对手轻易发现不了自己。相反，从暗处可以很清楚地看到月光下路上和桥上的动静。

——就让你们像没头苍蝇一样乱飞吧。

岁三突然跳出去，拦腰刺向旁边的一个人。此人骨头太硬，剑反弹了回来，没能一剑结果他。

这个男人挺起腰板，踉踉跄跄走了五六步，才明白自己身上发生了什么事。他非常后怕，大叫一声："在那里，在榉树下面。"

——糟糕。

岁三迅速回到树下。

听到叫喊声，有四五个人前后脚跑了过来。但是榉树很大，枝密叶茂，看不清树下的情形。他们不敢贸然靠近。在月光下，榉树发挥了堡垒的作用。

"把他包围起来！"

传来一声沉着镇定的命令。

是七里研之助。

人渐渐多了起来，很快，在此聚集了十四五个人。

"深津，"七里指示一个门徒，说，"点火。"

看来，他是想点火照亮树下。

那个叫深津的男人走到众人背后，蹲下身子准备击石取火。

他先在草把里放进火药，然后拿起两块燧石，一打，"啪"的一声，火点着了。

岁三赶紧绕到树背后，脚下是悬崖峭壁。

——不好。

他想回到原地，却看见点火的深津举着已经点燃的草火炬准备向树下扔来。

可是，不知道为什么，那条高高举起来的胳臂突然落了下去。原来是冲田绕到了他的背后。

好小子！只见冲田以迅雷不及掩耳之势挥剑刺向旁边一个拿矛的男人，同时飞起一脚，把草火炬远远地踢下了河原。

周围再次陷入一片黑暗。

火把的火一灭，岁三立刻从树下跳出来，挥剑刺向一个高大的男人，他认定此人就是七里研之助。

岁三用尽全力挥杀过去，却遭到七里顽强的抵抗。岁三的剑被七里挑开，几乎与此同时，对方的剑直直地往脸上刺来。岁三勉强接住了这一剑，只听见"咔嚓"一声，眼前溅起一道火花。剑断成了两截。

——糟了。

岁三赶紧向后退去。

——什么破剑，误我的事。

他急急抽出自己的剑。这时右边已经汇拢了好些人。

这群人蜂拥而上。岁三在黑暗中奋力挥剑,砍向众人的手腕、手臂、肩膀,砍得敌人连连惊叫,乱了阵脚。

冲田冲进来,绕到岁三的后面。两人互相掩护,不让敌人靠近一步。

"总司,你杀了几个?"

"三个。"声音很镇定。

"不过,土方老师,这不合理呀。"

冲田边说边挥剑砍向冲到跟前的男人右侧。

"你看,难道你真的不觉得奇怪吗?"冲田追着说。

"奇怪什么?"岁三感觉有点累了。

"你看呀,剑都成木棍了。根本就杀不死他们。"

"是剑刃起卷了。咱们溜吧。"

"溜?"

又有一个人向冲田冲来。冲田巧妙地挑落对方手上的剑,向后退了一步,问:"溜是什么意思,土方老师?"

"跑吧。"

"好啊。我也打烦了,心里开始觉得怕了。"

话虽如此,冲田挥剑的样子依然沉着冷静。

"快跑。"

话音刚落,岁三一个箭步冲出去,挥剑刺向一个男子的右侧太阳穴。那个男子应声倒地,岁三踩着此人的尸体,快步跑到了河堤上,跳下河堤又一头钻进下面的桑园。冲田紧随其后。

走出约二三十步开外,回头已经看不清敌人的影子了。

跑回正光院的墓地,只见岁三的和服上沾满了泥和血。他解开藏在石塔之间的包裹,说:"总司,动作快点,赶紧换衣服。"

"我吗?"

冲田看了看自己的和服,说:"不用了。和服上只是沾了点泥,等干透了，掸掸就行了。"

"……"

岁三回过头，对着冲田从上到下看了个仔细，张着的嘴越发合不拢了。他很惊讶，不知道冲田是怎么杀人的，身上居然没有溅到一滴血。

"你……"岁三的脸上有点尴尬。

——这小子，不会是鬼化身吧。

岁三换上从佐藤家借来的带有纹饰的粗布衣服，套上裤裙，系好手背套和绑腿的绳子，说："也不知道现在几点了？"

远处传来了报时的钟声。

"亥时（晚上十点）了吧。"

"总司，"岁三已经抬腿走了，月光照在他油光发亮的肩上，"你自己回江户去吧。"

"你呢？"

"我回日野。"

岁三脚步很快，冲田在后面追着他，说："一起回去吧。"

"傻瓜。我们俩怎么能一起在公路上走呢？"

"土方老师。"

冲田哧哧地笑了。

他没有再缠着岁三。他知道自己再怎么劝，岁三也不会跟自己回江户的，他会装出一本正经的样子糊弄自己。

——一定是去找女人。

冲田从来没有碰过女人。他好像天生对这种事情没兴趣，甚至对道场里的其他人沉溺于妓女街感到难以理解。

但是，此时此刻他很理解岁三的心情。所以只说了一句："那好吧。回头见。"

冲田留下一个乖孩子般的微笑，消失在漆黑的桑园中。他很谨慎，没有直接上公路。他打算先沿多摩河走，到矢野口后，在一个叫国领的地方再上公路。到那时，天也该亮了。

而岁三直奔公路，大步流星地向府中的小镇走去。

街上的灯光已经全部熄灭了。

月亮也躲进了云层里。

岁三用手摸着小镇上的一座座房子，一闪身走进了六社明神院内的树林里。

神社内的灯笼还亮着。

他找到巫女居住的屋子，轻轻敲开了摇铃巫女小樱的房门。

他不是随便乱敲门的，他们之间有暗号。

听到特殊的敲门声，小樱知道是岁三来了。她打开门把岁三迎了进去。

"你怎么啦？"

小樱拉起岁三的手，马上又松开了。

"什么味道？"

手上可能还有血腥味。

"你这里有膏药吗？"

"怎么啦？你受伤了？"

小樱觉得很奇怪。

"还有烧酒。"

他脱掉衣服，露出上身。他没有告诉冲田自己受了伤。此时一看，身上的伤口还不止一处。右肩胛有一处，左胳膊上半截有一处，伤得不轻，白色的肉都翻了出来。小樱吃了一惊。

"别怕，是狗咬的。"

"狗？狗会咬成这样吗？"

小樱起身想进里屋去给岁三找东西。岁三看到她纤细腰肢的背影，忍不住叫住了她："别去了，快过来。"

他很冲动,已经等不及了。分倍桥上挥剑奋战时的亢奋此时还没有退去。

——打架和女人是一回事儿。

他认为两者都是血腥的。

岁三拉过女人把她放倒在自己的膝盖上。

此时,冲田正哼着记忆中的童谣,沿着多摩河的南岸,向东走去。

江户道场

爬上柳町的斜坡,上面就是近藤的江户道场。

周围一片绿意。

远处可以看到水户殿的房子(现在的后乐园),道场附近有不少小旗本的家,后面是传通院宽敞的院子。

可能是因为有一个传通院,附近经营法事用品的店和花店很多。而且这里小鸟也不少。

尤其是到了傍晚,道场后面的鸟齐声啼鸣,格外热闹。为此,附近有些嘴巴不太干净的居民背地里称近藤的道场是"鸟道场"。

岁三从多摩回到道场是在第三天的傍晚。此时正是道场特有的一景上演的时候——小鸟正放开喉咙,竞相歌唱。

——吵死了。

这个浑身杀气的男人好恶分明,而鸟偏偏不是他喜欢的动物。

他绕到道场后面,站在井口边打水洗脚。冲田总司走了过来,说:"你可真悠闲啊。"

依然是一副油腔滑调的样子。

"……"

岁三没理他,自顾自地低头冲脚。冲田看着他的脸,说:"近藤师傅夸我了,直对我说辛苦了。"

"什么!"岁三白了他一眼,说,"分倍桥的事情,你跟近藤说了?"

"怎么可能呢?这种事情我怎么会说呢?"

"那你还辛苦什么?"

"当然是去授课的事啰。"

"什么嘛。"

岁三拿这个年轻人毫无办法。

"不过,"冲田不依不饶地盯着岁三的脸说,"我有一个不太好的消息。你刚回来我就告诉你可能有点不近人情,你就姑且听之。我知道你够聪明,不过这件事如果不提前告诉你,到时你一定会不知所措的。"

"什么事儿?"

岁三洗完脚开始洗脸。冲田看了一眼他的脖子,说:"现在我总算明白什么叫风尘仆仆了。"

"又胡说了。快告诉我,不好的消息到底是什么?"

"先把你的脸洗干净了再说吧。"

"快说!"

岁三一头伸进了水桶里。

"是这样的,就在刚才,那个流派的乡下剑客来了,他说要和我们比武。"

"不就是比武吗。"

这种事情也值得大惊小怪!

再说了,现在各道场之间不是很流行比武吗?

最近自觉剑术还过得去的人时不时地会找到江户的一些二流或三流小道场,要求和道场的剑士比武,以此挣点零用钱花花。

天然理心流的近藤道场也有过几次类似的比赛。每次不是土方就是冲田出面应战。

在这个道场里,如果按剑术水平的高低排序,少场主近藤的位置略有些靠后。这让人有些难以置信。总之,几个人当中,冲田总司当属第一,其次是土方岁三,而近藤勇只能排在他们俩的后面。(这种排序只限于使用竹剑的比赛。如果用真剑比的话,不知道这一排序是不是会有所改变,因为没有比过,谁也说不好。)

刚才说的是使用竹剑的情况。实际上天然理心流的剑法很粗俗，属于打斗式的剑法。近藤曾经慷慨激昂地说："所谓剑道，首先是要有气势，其次还是要有气势。只要在气势上能压住对方，不管是用真剑还是木剑，本流派一样会赢。"

话虽如此，在道场里的比赛中他们却屡屡失手。

剑术的传授，在幕府末期的这个时候得到了前所未有的发展。

从古至今，有名的剑术老师中，有古时的冢原卜传、伊藤一刀斋、宫本武藏等人，他们传授的剑术与幕府末期的大道场场主千叶周作、斋藤弥九郎、桃井春藏等人的相比，显然朴素许多。

特别是千叶周作，为人非常聪明，具有超强的分析和判断能力。如果他活在当今这个时代里，去大学当个校长也是绰绰有余，完全可以胜任。他的剑术彻底摈弃了存在于以往各个剑术流派中的神秘主义表现，而是从力学的角度研究各流派的风格，找出合理的招数，留下精华，去除糟粕。同时他对教学语言也进行了改良，彻底抛弃了夸大空洞的、难以理解的语言，使用的是谁都听得懂的通俗语言。

正因为如此，北辰一刀流吸引了数千门徒在神田玉池和桶町的两个道场学习剑术。（据说，在千叶的玄武馆只要学上一年就可以达到其他道场学三年的功力，而其他道场需要花五年工夫学习的剑术，在这里只要花三年时间就可以达成。）

但是天然理心流与他们不同。

那就是近藤常常挂在嘴边的"气势"二字。

在道场里，戴着面罩护手，用竹剑进行比赛的时候，天然理心流的气势无论如何都不能得到淋漓尽致的发挥，所以他们很不擅长竹剑比赛，自然会输给当时的其他各流派。

于是每当有人前来挑战，要求比赛，近藤他们就会视对方的实力来决定如何应战。如果对方比较厉害，就不劳自己人出面应战，而是派人去其他道场请求援手。

为了迎战较强对手的挑战，他们很早以前就联系了神道无念流的斋藤弥九郎的道场，并达成了默契：一旦有高人挑战近藤道场，就由那里派人前来应战。斋藤弥九郎的道场规模很大，人才济济，被认为是当代江户三大道场之一。

最初斋藤道场位于饭田町，来近藤道场非常方便。后来该道场不幸遭遇了一场火灾，搬到了很远的三番町。

所以，一旦需要帮助的时候，近藤道场就要派年轻人特意跑到三番町，用轿子接剑士过来。一路上要穿过十多条街道。当然事后还要再跑一趟，送去谢礼。

岁三抬起头，问冲田："要到三番町去接人吗？"

"场主说了，"冲田竖着大拇指说，"土方和冲田恐怕对付不了，所以已经让人去了。反正比赛时间定在明天上午巳时，还不用太着急。"

"挑战者就住在这附近吗？"

"他们没说住哪家客栈。依我看，现在这个时辰，应该就在附近的哪家店里听着鸟叫声喝酒吧。"

"他们是什么人？"

"我告诉你，你可别吓着。"冲田咻咻地笑着说，"流派是甲源一刀流，道场是南多摩八王子的比留间道场。"

岁三停下了正在洗脸的手。他想，那不就是几天前的晚上在府中镇外的分倍桥上刚刚交过手的人吗？

"原来是他们追到江户来了。"

"是啊。"

"来人是谁？叫什么？"

"七里研之助……"

说着，岁三骂了一句"你这浑小子"，提起水桶向冲田泼去。冲田赶紧一跃向后跳去。

"为什么不早说？"

"你可别冤枉我，我一直在等你，是你自己回来太晚了。这不，你一回来我就急不可待地跑来告诉你了。"

"算了算了。"

岁三的思维跳到了另一件事情上。

"总司，咱们在分倍桥上干的事情，近藤师傅连做梦也想不到吧？"

"场主可是很伟大的。"

"什么意思？"

"这种小事情他当然不会知道。他和土方老师你不一样，可是个大人物。"

"你想说什么呀。"

岁三想了想，又问："七里也没提那事儿吧？"

"当然没提。不过这次七里挑战我们，我猜想他是想借助在道场里的比赛，堂堂正正地赢我们，然后到多摩地区大肆宣传，让天然理心流的声望一落千丈。你不觉得这才是他打的如意算盘吗？"

"也许是吧。不过我是不会跟他比的。"

用竹剑比赛，岁三完全没有必胜的信心。他不是怕七里，应该说是天然理心流的剑术不适宜竹剑比赛。

"如果是分倍桥的继续，再和他比一次也未尝不可。"

"你饶了我吧。"

冲田笑着走了。

晚饭时，近藤邀请岁三一起吃。岁三于是来到了近藤的房里。

伺候他们吃饭的是近藤的妻子阿常。阿常性格很内向，话很少，表情也很冷漠，总是一副冷冰冰的样子。岁三觉得让她来伺候自己吃饭，无论多好的山珍海味吃到嘴里都会索然无味。

岁三对吃的东西很挑剔，不合他口味的菜，吃一口就不会再去碰第二筷。

　　而阿常又不太会做菜。岁三觉得她做的菜很难吃，难以下咽。对于岁三来说，与其到近藤家吃饭，不如去附近餐馆叫外卖来吃得好。然而岁三的这种想法近藤并不了解。

　　这天晚上的炖菜主料是小杂鱼，尽是骨头。这些小杂鱼也不知道是什么鱼类，岁三只是觉得自己好像从来也没有见到过这样的鱼。他尝了一口，辣得舌头直打卷。近藤却热情地劝着岁三，说："吃，多吃点。"边说边满不在乎地大口大口往嘴里送。主食是杂粮，四分麦、六分陈米。

　　心灵手巧的匠人看一眼就想吐的这种主食，近藤竟连吃了五六碗。因为他的下颌很大，小杂鱼到了他的嘴里，连身子带骨头轻轻松松就被咬碎了。或许正因为他的下颌过大，看他吃东西的样子，就像是用脸在咀嚼。

　　"阿岁，你怎么啦？肚子不舒服吗？"

　　"没有。"岁三很勉强地回答，"我在吃。挺好吃的。"

　　"是吧。阿常最近厨艺可是大有长进。是吧，阿常？"

　　"嗯？"

　　阿常抬了抬眼睛，脸上依然是冷冷的表情。

　　"你听到了吗？阿岁夸你来着。你知道吗，他可是轻易不夸人的。所以他说好吃，说明你做的菜相当不错呢。"

　　——他在说什么呢？这个老好人，舌头怎么像牛皮做的似的。

　　岁三觉得很可笑。他眼睛一眨不眨地盯着近藤的脸，暗自思忖。这时，近藤突然转了话题。他说："你听总司说了吗？"

　　"说什么？"

　　岁三假装不知道。

　　"是这样，今天下午八王子镇那边来了一个人。他自称七里研之助。这人看上去不太招人喜欢，不过听说剑术很厉害。"

"哦。"

"因为有六车宗伯的事情，所以我以为他是来找你碴儿的。结果不是那么回事儿。他说他想和我们比剑。"

"就这事儿啊。我听说了。"

近藤终于吃饱了，起身去茅厕方便。这是他的习惯。

"谢谢你的款待。"

岁三向阿常道谢。阿常在收拾餐桌，面无表情地应了一句："不客气。"

这样的老婆我可不敢娶，岁三心想。

一会儿，近藤回来了。他一落座，就打开了拿在手里的一封信，对岁三说："利八（年轻的门徒）从三番町回来了。明天的事情三番町（斋藤道场）也答应了。"

"明天谁来？"

"对方说会派一个新近刚升助教的人来。据说此人很年轻，好像还会一些绝招。"

"叫什么？"

"说是叫桂小五郎。"

"……"

岁三和近藤都没听说过这个人。

其实桂小五郎在江户有头有脸的道场里名声已经很响了，只是还没有传到柳町之类偏远地区的小道场里。

——能当上斋藤道场的助教，剑术一定很厉害。

岁三心里暗暗思忖。他不是羡慕桂小五郎，而是觉得同样是助教，人家在一个很气派的道场里，自己却只能窝在这种名不见经传的小地方。

——男人想有所作为，也是需要背景和门第的。

他这样想着，回到了道场的寝室。冲田总司正对着昏暗的灯笼低着脑袋，不知道在干什么。探头一看，原来他把内衣翻了个面正抓虱子呢。

"住手，总司。"

他很生气。他生气不是因为冲田抓虱子，平时他自己也抓虱子。只是他看到今天冲田抓虱子的样子，与这家三流道场的地位太相符了。这让岁三难以接受。

"怎么啦？"

冲田抬起头，表情依然是那样的开朗。岁三看到冲田真诚的表情，心里这才平静下来。他说："明天来这里挣零花钱的人听说叫桂小五郎。你听说过此人吗？"

"我知道他。"

冲田到底是个万事通，连这个人他都知道。

"我听永仓新八师傅（近藤道场的食客，与桂小五郎同流派不同门，也是神道无念流的免许皆传[1]）说起过这个人。听说他的剑法已经到了出神入化的地步，速度快得不得了。你知道桃井道场的那次大赛吧。他几乎横扫各路剑客，最后是被北辰一刀流桶町千叶的助教坂本龙马刺中一剑才没有折桂的。而他的失误据说也不是因为技不如人，而是因为太累。还有，他是长州藩的人。"

"长州啊。"

长州这个藩名并没有引起岁三多大的兴趣。当时的长州藩还只是一个极普通的藩，因为引发日本政治剧烈动荡的尊攘运动还在若干年以后，此时尚未开始。再说，岁三此时也还只是一个小道场的助教，不是什么新选组的副长。

"他在长州是什么身份？"

1　本来只能传给本家或宗家的核心武技，如可不受此限而传给外人，即称免许皆传。

"也算是个名门吧。听说桂家原先是一百五十石的门第,后来在继承门第的时候出了点状况,降到了九十石。不过,就他本人而言,在长州藩,可算得上是最优秀的上士。不仅剑术高超,而且也很有学问,可受藩主器重了。是个难得的青年才俊。"

"哼。"

岁三心里很不服气。

如果换作别人,听到冲田这样评价一个从没见过的人,他的第一反应可能是苦笑一下,然后随声附和一句"还真不是我们能比得了的"就完了。毕竟集师父、主君、门第、才能等所有方面的好运于一身的人在这个世上并不多见。但是岁三的反应不一般。他内心有一种很受挫的感觉。他确实不服气,认为上苍过于垂顾那个人了。

"总司,你是不是觉得他特别好,忍不住要夸他几句?"

"没有,我可没有夸他的意思。我不过是把从永仓师傅那里听来的话如实告诉你而已。"

"不对,你就是在夸他。不过,总司,要是一个人生在大藩的上士家而不是浪士家里,从小接受正规的教育,你不认为他就会比别人多一些出人头地的机会吗?就是你,如果是这样的出身,也完全有可能成为一个优秀的人才,得到主君的器重,从同辈人中脱颖而出。一个人要是投对了胎,头上的光环就是不一样啊。"

"……"

"是这样吧?"

岁三嘴上拿总司来说事,其实内心里是在替自己打抱不平。

"会吗?"

总司对这种事情兴趣不大。

第二天早晨——

在约定的时间,七里研之助出现了。

脸上的一堆赘肉看上去还是那么别扭,就像刚从煤堆里爬出来似的显得脏兮兮的。只有一双眼睛非常犀利，让人看了心惊胆战。

此刻，那双眼睛里却含着笑意。七里神态自若地走进了道场。

只有他一个人，身后没有徒弟跟着。

由此可见他的胆量有多大了。相反，近藤道场的弟子显得有些尴尬。

"请通报近藤先生，就说昨天约好的八王子的七里研之助前来赴约了。"

"请进。"

近藤已经在道场等候他的到来。

他的身边站着助教土方岁三、免许皆传冲田总司、目录井上源三郎、食客原田左之助和永仓新八等人。

"早上好。"

七里研之助穿着一件脏兮兮的带纹饰的木棉和服，套了一条木棉条纹的裙裤。从装束上看，十足一个武州上州的乡下剑客。

七里和在场各位一一打完招呼后，微笑着转向了岁三，说："早啊，土方先生。前几天，咱们可是在一个很特别的地方刚刚见过面哦。"

"是的。那次冒犯你了……"

岁三铁青着脸，轻轻地施了一个礼。

"噢，彼此彼此。那个时候也只能互相冒犯了。这位就是冲田先生吧。前几天的事情真让人难忘啊。"

真是个目中无人的家伙。

过了一会儿，一个陌生人装作本道场的徒弟从一扇门外走了进来。他没有要求通报，也没有人陪着进来（也许是故意避开这种礼节）。岁三第一次见到这个人。

桂小五郎。

此人进来后，一声不吭地在末座上坐了下来。

桂小五郎

"这位是本道场的徒弟户张节五郎,今天就由他来和你比赛。"

近藤向七里研之助介绍桂小五郎。户张是桂小五郎此时的名字。

"我想在开始比赛之前,您最好先了解一下本流派的剑法。"

"好吧。"

七里研之助点了点头,但掩饰不住内心的疑惑。户张节五郎,他在大脑里来来回回翻了几遍,还是想不起来这个名字。这也难怪,因为世上原本就不存在叫这个名字的人,他自然不可能见过或听说过。

不就是一个小矮子吗。

——没什么大不了的。

七里脸上的表情透露出这样一个信息。

近藤道场给三番町的神道无念流斋藤道场派来的人,一律冠以户张节五郎这个子虚乌有的人物名字。

又过了一会儿,已经退休的道场前场主近藤周斋老人进来了。

"我是近藤周斋。"

他向七里研之助行了个注目礼,径直走到了道场的中央。今天他将担任这场比赛的裁判。

这一年,他六十三岁。

他是在场的近藤、土方和冲田的剑术启蒙老师,其中近藤和冲田分别取得了免许皆传的资格,只有土方岁三只取得了这位老人授予的目录资格。

"阿岁剑术不错。"

周斋老人曾经这样说过。他评价道："要是真刀真剑动起手来，他完全可以技压群雄。但是他的剑术太杂，不是纯粹的天然理心流剑术。像他这样的剑法，再怎么努力也很难纠正过来。所以在天然理心流，他只能是目录。不过，如果按个人流派体系来评价的话，无疑也是免许皆传。"

从这点上可以看出，一个流派对资格的认定是非常严格的。

桂小五郎站了起来。

七里研之助也站起来了。

两人同时向道场中央走去。按照讲武所的礼节，双方相距九步时互相行注目礼，然后弯腰拔竹剑。

刚才已经提到了，桂小五郎是个小个子的男人。所以他拿了一把短于正常尺寸的竹剑，此时随意地在头顶上挥了挥剑。

七里研之助拿的是大号的四尺大竹剑。他的眼神和气势看上去都与桂小五郎很不一样。

"近藤师傅。"

岁三看着桂小五郎，轻声叫了一声近藤。

"我们能赢吗？我觉得那人有点浮躁。"

"是啊，而且也没有什么气势。"

所谓气势就是气力和气魄。相对于其他流派偏重技术，天然理心流更尊奉气势。尤其是近藤，不仅在剑术理论上如此，而且在评价一个人的时候也会把这一条作为依据。他会根据一个男人是否有气势来判断此人的价值。

"看来也不过如此。"

岁三自言自语道。听他的口气，似乎比讨厌七里研之助更讨厌这个好不容易雇来的自己人。

"阿岁，"近藤开口道，"我不是跟你开玩笑，你要做好心理准备。万一那小子输了，就得你或者总司上。"

"你饶了我吧。要是用真剑我肯定会上。七里研之助这浑蛋总是没完没了地找碴儿，我早就想教训教训他，把他彻底打趴下，免得他再惹是生非才好呢。"

"你可别闹出什么乱子来。"

这时站在道场中央的周斋举起了手，宣布："三局两胜定输赢。"

七里研之助向后退了一步，取下段位出剑。据说下段位出剑是一手很狡猾的招数，因为这种招数看上去像是在进攻，实际上只是在试探对方的虚实。当然，这一招数的姿势并不雅观。

桂小五郎虽然个子不高，但是他挥剑的样子很潇洒。只见他漂亮地一挥手，剑过了头顶。大方自然，毫无矫揉造作之嫌，充分显示了他作为一个优秀男人的大气。

但是，就因为这一招出自一个矮小男人的手里，七里很有点不以为然。

七里换招，改成了中段位出剑。他平举着剑，一步一步地逼近桂小五郎。

"呀——"

七里举起剑准备刺向对方的身体。这时桂小五郎以迅雷不及掩耳之势，一剑刺中了七里还没有举过头顶的手。

"击中。"

周斋老人举手判桂赢。

接着桂也采用中段位，改成了平举。

七里研之助采用右上段位的架势。但是这种架势脚步很不自然，有点像旧剑法中的出脚法，步子很大。这种打法如果用在木剑或真剑的比赛中还好，但是用在竹剑的比赛中显然缺少了柔韧性。

——真臭。

连岁三都这样认为。甲源一刀流听上去好像挺厉害的，终究只是武州八王子的一个乡野流派。

桂小五郎的架势与他的身材形成了截然不同的风格，身形丝毫不显别扭，竹剑也显得很轻盈。不愧是经过严格训练的江户大流派的门人。

"啪"，七里的剑刺向了桂小五郎的脸。桂小五郎不慌不忙地后退一步，同时用剑挑开对方的一击，再向前一步反刺七里的面孔。

"漂亮！"

岁三忍不住发出一声赞叹。

但是由于这一剑深度不够，周斋没有判输赢。在天然理心流，如果刺出去的剑没有碰到骨头，就不算赢。因为力度不够是不能杀死对方的。

桂小五郎继续向前，接二连三地刺向七里的脸，但是周斋还是没有裁决。

现在轮到七里进攻了。他也对准桂小五郎的面孔出剑。桂小五郎面对七里刺来的剑，突然身体向前一挺，右膝跪地，竹剑漂亮地画了一个圆，直刺七里的身体右侧；接着桂小五郎又抬起左腿上前一步，剑随手动，刺向七里的身体左侧；最后桂小五郎一跃站起，手中的剑直刺七里的手腕。面对桂小五郎这种杂技表演似的竹剑，七里看得眼花缭乱，不知所措，也动弹不得。最后竹剑在桂小五郎的头顶上又转了一圈，刺向了七里的侧脸。

"击中。"

周斋判这一局为桂小五郎获胜。

还剩下最后一局。已获两胜的桂小五郎出于礼节，主动让七里刺中了自己的一只手，并抽回了自己的竹剑。

——装模作样。

看到桂主动放弃比赛，自认失败，岁三心里很不受用。

"比赛到此结束。"

周斋举起了手。

比赛结束后，桂小五郎摆出一副快快无趣的样子，自顾自地换好衣服，准备离开道场。

"阿岁，茶点招待二位。"近藤急忙吩咐，"我去招待七里，你去招待桂小五郎。别忘了给他准备回去的轿子。"

"嗯。"

岁三觉得很没意思，但他还是出了道场，在玄关的铺板前叫住了桂小五郎。

"桂先生，请留步。我们在房间里准备了一些小茶点，请您在这里稍事休息。"

"不用了，我还有事。"

桂小五郎没有回头。如果按现在的眼光来看当时桂小五郎和岁三之间的关系，他们俩更像是一家综合医院的副院长和街道医院的代理主治医生之间的关系。

"等等，桂先生。"

岁三一伸手拉住了桂小五郎的袖子。桂小五郎回头一看，吓了一跳。

他看见岁三的眼睛里流露出强烈的憎恶感。

——这个男人为什么会这样看我？

桂小五郎觉得很奇怪，也很好奇。于是他答应留下来。

"那好吧。"

桂小五郎顺从地跟在岁三的后面。茶点就摆在周斋老人的房间里。

桂小五郎在房间里的立柱前坐下。岁三虚情假意地向他恭恭敬敬跪拜，自我介绍道："我是本道场的助教土方岁三，希望您能记住我这个人。"

"彼此彼此。"

桂小五郎轻轻地点了点头。

近藤的妻子阿常端来了茶点。

这是个表情冷漠、总是阴沉着脸的女人。她郑重其事地问候了客人，但是脸上没有一丝笑意。

除了茶点，阿常端来的茶盘上还有纸和钱。她把茶盘推到桂小五郎的面前。桂小五郎很熟练地拿起钱随手揣进怀里，然后面无表情地端起了茶杯。

"桂先生。"

岁三十分殷勤地叫道，此人的年纪看上去与岁三相差无几。

"您的剑法太漂亮了。我真有眼福，今天有幸欣赏到这样一场赏心悦目的比赛。像我们这种甲源一刀流、天然理心流之流的乡下剑法，实在学不来您那么潇洒的剑法。"

"你过奖了。"

"承蒙您的光临，敝道场保住了面子。不过我有一个问题想问您。先生精妙的竹剑手法在木剑或真剑上也可以做得同样漂亮吗？"

"这个我说不好。"

桂小五郎还是一副冷冰冰的样子。岁三假装没看见，又说："像我们天然理心流，还有甲源一刀流、马庭念流等等，武州、上州的剑法都是以实战为前提的。所以在道场里的比赛总是敌不过江户的大流派。"

"是吗？"

桂小五郎好像对岁三说的话毫无兴趣。

"如果……"岁三凝视着桂小五郎，说了声，"又会怎样？"

"什么怎样？"

"如果不用竹剑而是用真剑的话，您是不是也能像刚才一样轻易击败七里？"

"我不知道。"桂小五郎答道。

桂小五郎心里想，这人可真够俗气的，尽说些没头没脑的话。不过桂小五郎对岁三的这些问题早已习以为常。每次去乡下给那里的小流派授课，总会碰到像岁三这样的人。他们也和此时的岁三一样，纠缠不休。

——实战的话会怎样？

"那么桂先生，如果，我是说如果，这里有一个暴徒突然袭击先生，您会怎么办？"

"袭击我？"桂小五郎脸上终于有了笑意，他回答说，"我会逃走。"

"……"

看来，此人和岁三根本不是一路人。

近藤在自己的房间里招待七里研之助，他让阿常端来酒菜，亲自招呼客人。

七里闷声不响地连喝了差不多有十杯酒之后，开口了。他说："再来一次怎么样？"

"什么？酒吗？"

"不是，是比赛。"七里带着挖苦的表情说，"下次我希望贵道场派高手到八王子去和我比赛。您同意吗？"

"这——"

"八王子的酒可能没您这里的好喝。但是论比剑，比留间道场还是有能力接待的。我今天之所以来这里比赛，目的也是邀请你们过去。您看怎么样？"

"我需要和大家商量一下。"

"商量可以，"七里又喝干了一杯，说，"找人做枪手不行。"

"啊？"

"你们太自以为是了，以为我看不出来。你们要是再找那种身怀绝技的竹剑怪人，我可不答应。"

"是吗？"

近藤的脸沉了下来，看上去非常吓人，也不再说一句话。他就是这样的一个人，一旦情形对自己不利，他就会以沉默来掩盖自己内心的不安，脸色也很难看。

这时，冲田总司拿着酒进来了。

"总司，这位贵人说了，"近藤对冲田说，"要和我们在八王子再比一场。看样子是容不得我们拒绝了。他还说，比赛时不想用竹剑。"

"是吗，七里先生？"总司吃惊地回过头问七里，"您真的要用真剑比赛吗？我看这主意不怎么样，听着像打架似的。再说了，要真这么做的话，早晚会牵连其他道场。地方官会下令取缔多摩的剑术道场的。"

"不是这样的。"七里矢口否认。

"那么，时间定在哪天？"

"改天再说吧。"

"也对，打架是不需要事先约定时间的。"

"总司！"近藤慌了，赶紧让总司闭嘴，他呵斥道，"退下！"

总司走出房间，在走廊上碰到了岁三。

"桂先生回去了吗？"

"回去了。"

"你辛苦了。"

冲田做了个鬼脸。岁三知道，这个年轻人一做鬼脸就不会有好事。

"土方老师，我看你情绪可不太好。你和近藤先生是不是约好了，他现在也跟你一样，正苦着脸烦恼呢。"

"七里还在吗？"

"当然还在。这浑蛋实在太缠人，你猜他对近藤先生说什么来着？"

"说什么？"

"他说想用真剑和我们比一场。"

"胡说八道。"

岁三骂了冲田一句。可转眼一想，又觉得像七里这样的人是完全做得出这种事来的，对于他来说，提这样的要求再正常不过了。想到此，他表情严肃起来，要冲田详细说一说是怎么回事。

"其实也没什么。他说想邀请我们去八王子的比留间道场比赛，时间改天再定。要求比赛的时候不用竹剑而用真剑。"

"他是这么说的吗？"

"错不了。"

冲田总司摸着自己可爱的下巴点了点头。岁三转身去了道场后面。

那里，牛高马大的食客原田左之助正光着膀子躺在乌黑的地上，高高隆起的肚子与乡下的相扑力士有一拼。

这是他每天必做的功课之一。因为他肚子上受过伤，现在还留着一条伤痕，这条伤痕有时候会让他疼痛难忍。每天定时晒太阳可以减少疼痛的次数和程度。

"原田君。"

听到叫声，原田坐了起来。

"我好像听你说过很想试试杀人是什么感觉，对吧？"

"我是说过。"

又是一个表情冷漠的男人。

他身材肥胖，肤色很白，刮掉胡子后的下巴泛青，眼神冰冷。此人性子特别暴躁，所以近藤和岁三跟这位食客说话的时候，都会很注意措辞。

"现在机会来了。"

岁三捡起一根钉子。

这是岁三的习惯。在决定做什么之前，他首先要做的事情就是画地图。他画的地图位置、角度等都非常清楚，一目了然，谁都看得明白。这在当时可以算是一种很难得的才能了。

他先画了一条直线，解释说："这是甲州公路。"

"嗯。"

"浅川河从北面流过来。"

"你是想说八王子镇吧。"原田左之助点点头。

"你看。"

岁三一边说一边移动手中的钉子。地图越来越复杂，他指着其中的一点说："就是这里，原田君。后天夜里你就到这里住下来。这家客栈不大，但是名字起得很响亮，叫江户屋。详细的行动计划我会向冲田总司交代清楚。只是这件事——"他竖起了大拇指，说，"千万不能让少场主（近藤）知道。"

随后他又找到食客藤堂平助和永仓新八，同样向他们布置了这一计划，最后才把冲田总司叫到自己的房间里，向他说明了详细的作战计划。

"后天你带着大家去八王子。明白了？"

"明白。你的意思是要我们住在江户屋，在那里等你的信号，偷袭比留间道场，对吧。那么，土方老师你呢？"

"我嘛。"岁三想了想，说，"我现在就走。"

"现在？"

"是的。趁七里研之助还在这里，我要先他一步到八王子。"

"你又惊到我了。"冲田的脸上却看不出一点吃惊的样子，他说，"你到了八王子准备怎么办？"

"我会去拜访比留间家。"

"拜访？"

"兵法上不是说了要出奇制胜嘛。你想啊，等对方都准备好了再去袭击，我们的胜算有多少？最多只有五成。所以我要提前去侦察一下，到时候好让你们顺利进去。"

"你真是个不折不扣的军师。"

岁三就此别过冲田离开了道场。

到八王子有十三里。途中经过日野的佐藤家，他没有拐进去。他准备一到八王子就直奔比留间道场。

当然在岁三的计划里，从来也没有过要堂堂正正拜访比留间道场的想法。

偷袭八王子

岁三长着两条飞毛腿。

在日野镇一带，凡是认识小时候的岁三的人都知道，他走路速度奇快，总是像个鬼魂似的在你面前一闪而过。

冲田总司等人曾经这样取笑他。

——土方老师是个妖怪，他是韦驮天化身。

这种时候，岁三总是一声不吭。但是岁三的个性是记仇的，就连这种小事他也会记在心里，然后伺机报复。他就曾经带着报复的快感挤对冲田说："冲田，你难道不知道吗？腿脚好使的人大脑也很好使的。"

他走路的确很快。走在路上，他总是表情冷峻，双唇紧闭，只管迈步前行。此时，他的一双眼睛会时不时地滴溜溜转动，边走边观察前后左右。

这天傍晚，趁七里研之助还在和近藤说话的当儿，岁三像个影子似的悄悄出了小石川柳町的道场。

当他沿甲州公路走过十三里的路程，走下八王子浅川河桥的时候，天还没有亮。所以说岁三的两条腿快得出奇，一点儿也不夸张。

——七里应该还没有回来吧。

刚进入小镇，做早行路人生意的茶馆已经在卸套窗了。

岁三来到位于浅川河桥下的辻堂后面换了行装，扮成以前做石田散药生意时的药贩子模样，一条藏青色的头巾系在头上。

路上还有点暗。岁三用草席包好剑，走进了横店镇的客栈江户屋。

“是我。”

“是您呀。今天是什么风把您给吹来啦。”

下女们竞相上前招呼岁三。这家客栈岁三很熟，以前做药材生意的时候他经常在这里投宿，所以这里的人都知道岁三是个药贩子。

岁三要了一个房间，踏踏实实地睡了两个时辰。然后让下女端来早饭，把汤浇在米饭上痛痛快快地吃了一顿。

——行动吧。

离开客栈走到街上，早晨的雾还带着一丝凉意。

雾中已经有人在走动。从这里到千人町的比留间道场大约还有两公里的路程。岁三没有马上动身。这个男人在找人麻烦的时候是无所顾忌的，但是在决定动手之前又慎之又慎。有时候，他的小心谨慎甚至会让人觉得他过于小题大做。

他先去了趟专修坊。目的自然很明确，他打算在专修坊先了解一下道场的情形。他刚刚走到位于神社内太鼓楼旁边男仆住的房间门口时，就被坐在套廊外晒太阳的老住持一眼认了出来。

“是卖药的啊。”

住持向岁三招了招手。运气不错，岁三对住持露出了笑脸。

“最近在做些什么？”

住持让岁三坐在套廊边上，亲自为岁三倒了一杯茶。

“还不是老样子。”

“那就好。”

住持夹起一块咸菜放到岁三的手上。

“对了，嫁到比留间道场的大小姐还好吧？”

“你是说小仙吗？她很好，谢谢。”

住持很善良，他怎么也不会想到这个药贩子是个招惹不得的恶棍，甚至睡过自己的女儿。

“你听说了吗？”住持依然很开朗，喜欢说话，他说，“比留间道场好像出大事儿了。"

"哦？"

岁三满脸笑容，歪着脑袋听住持絮叨。

"出什么事儿了？"

"哎呀，就跟赌徒打架斗殴一样。你知道剑术流派向来是以那条浅川河为界的。东边是天然理心流的地盘，西边是甲源一刀流的地盘。攘夷运动这么没规矩，现在也是世风日下。说起来那两个流派也真是的，居然想用武力来争夺地盘。这不是又要回到元龟、天正时候的乱世了吗？"老和尚眯着像女儿小仙一样的单眼皮眼睛，继续说，"听我女婿说，有一个日野镇下面石田村的男人，我忘了叫什么名字，现在在天然理心流的道场当助教。据说这个人是个恶棍，很难对付。比留间一众本来打算把他诱到分倍河原杀了他，没想到反而被他伤了几个徒弟，那人却毫发无损，逃回江户了。"

"有意思。"

"什么有意思。这个人一定是个非常讨人厌的家伙。"

"哦。"

岁三慢吞吞地喝下一杯茶。

"要不要再来一杯？"

"好的，谢谢。不过我也听到一些传闻，是甲州公路沿线的人说的。他们说，比留间道场的助教七里研之助也是个招惹不起的恶棍，说得可难听了。"

"好像是这样。"老和尚点了点头，说，"这个七里原本不是八王子的剑客，也不是甲源一刀流的人。据说他是从上州来的浪士，是比留间道场雇的助教。我家女婿比留间半造对他也很头疼。自从这个男人来了以后，道场里平民徒弟、赌棍徒弟一下子多了许多。女婿却只能睁一眼闭一眼。不过听说此人的剑术很厉害。"

"是吗？"

"他曾经夸下海口，说用不了多久，八王子的甲源一刀流将大败三多摩的各个流派而独霸西武一带。再来一杯？"

"啊？"

岁三在想其他事情。

"要不要再来一杯茶？"

"不要了。"

岁三起身向住持施了一个礼，辞别住持，走出山门上了公路。

雾已经散尽。岁三沿着小镇上的屋檐向西走去。

八王子镇是甲州公路沿线最大的一个镇，下面有十五个很小的小镇。岁三向西走过横山、八日市、八幡和八木这些小镇，到达武士家连成一片的千人町一角的时候，太阳已经高高挂在天上了。

岁三没有一丝犹豫。他从容不迫地走过比留间道场的门前，直接绕到后门。这还不够，他还大胆地进了道场的院子里面，真有点像大白天强盗闯民宅的样子。

幸好没有碰到什么人。

——我真够胆大的。

他耸了耸肩，蹑手蹑脚地走过道场和住房之间的一条窄小通道。里面的地形他知道。只要一直往前走，前面会有一扇木门，打开木门，外面就是一片桑园。

他正要继续往前走的时候，只听背后"嘎吱"一声，门开了。

"……"

他停下脚步，但没有回头。他已经想好了怎么回答对方的盘问。他会说：

——我是来卖药的。

虽然这个借口在这个道场已经不管用了，但是岁三准备厚着脸皮暂时用谎言来掩饰自己的莽撞。

"……"

岁三坚持着不看后面。奇怪的是，后面的人也一句话不说。沉默中，岁三听到后面的呼吸声开始变得急促起来。是个女人。

——是小仙小姐吧？

这真是太巧了，居然会碰到自己此刻非常希望碰到的人。他想，难道世间真的有一根肉眼看不到的线在有过肌肤之亲的男女之间牵着吗？岁三什么话也没说，又抬腿向前走去。

小仙站在这个药贩子的身后直发抖。她的脸上早就没有了血色，嘴唇苍白。她不是因为见到这个夺走自己第一次的男人而激动成这样，她是因为害怕。她不知道这个男人一次次地来自己的夫家究竟要干什么。

当然小仙早知道岁三不是什么药贩子，知道他是天然理心流的助教，知道他是杀死六车的凶手，也知道发生在分倍河原上的事情。

正因为如此，她很害怕。

到了木门前，这个药贩子没有开门出去，而是不慌不忙地拐向了右边。岁三知道右边有什么。那里有一个仓库，就在酱坊和杂物间的中间，平时家人和门徒很少到这里来。岁三像个惯偷一样对此一清二楚。

而且，这个药贩子也很清楚小仙此时的心情。

——她一定会跟来的。

岁三猜得没错，此时的小仙好像被什么东西牵着似的，蹑手蹑脚地跟在岁三的后面，连她自己也不知道为什么要这样做。岁三走到杂物间和仓库之间停下了脚步。

等小仙走近，岁三突然一回身，伸手紧紧抱住了她。

"我是不是给你添麻烦了？"

岁三在小仙的耳朵边轻轻地说。小仙心想，这还用问吗？可岁三不管，他一边轻声细语地说着话，一边用左手撩开小仙的衣服下摆，手一个劲儿地直往里伸。小仙就这样被岁三拥着，她的脚踩在茂密的鱼腥草上，鱼腥草蓝色的草汁打湿了她的脚趾。小仙实在是个老实人。

她没有挣扎，只是很艰难地轻声说了一句："您来了。"

云彩遮住了太阳，天色有点阴沉。风吹过土仓的西侧，栗树瑟瑟作响。

"你和我这个坏男人缘分不浅啊。"岁三的声音有点发干。

"不要。"

"别动。"

岁三在手上加了点力。小仙急得快要哭了。她想挣扎却被岁三的另一只手紧紧地抱着，动弹不得。

"可是，现在还是白天——"

"你是说晚上可以，是吗？"

"我害怕。请您以后不要再到这里来了。"

小仙总算可以扭动身子踩踏起鱼腥草来。她说："你要是答应以后不再来这里，我可以接受——"

"那好，明天晚上十点，你把对着桑园的后门打开。记住，你自己一个人来。只要完成了这个心愿，以后我保证再也不会踏进这里一步。就这么定了？"

"是。"

小仙艰难地点了点头。

——行了。

岁三找小仙就是为了这事，现在也办妥了。余下的事情就是把冲田总司、原田左之助和永仓新八等人带进这扇打开的木门里就行了。

岁三并不觉得自己这么做有多坏。对于岁三来说，现在最重要的是如何在打斗中取胜。

第二天傍晚，岁三留在客栈江户屋里哪儿都没去。他在等冲田一行人的到来，不久他们按计划准时进了客栈。

为了避免引起客栈里其他人的怀疑，他们与岁三分别住在楼上楼下。这是事先约好了的。

吃完饭，冲田总司一个人来到岁三的房间。

"……"

岁三低着头，膝盖上放着一个什么东西，双手忙碌不已。冲田走近一看，原来他正在往加热过的五合德利酒中加散药。

"这是什么？"

"这是专治跌打损伤的灵丹妙药。加在温酒里先喝下去，到时候伤口会好得快。"

"这就是你们家祖传的灵丹妙药石田散药啊。"

"对，这就是我卖过的东西。"

说这话时，他的表情还是冷冰冰的。

前面已经提到过，这种散药的原料来自土方家所在的村子旁边、多摩川河的支流浅川河的河床上，那里生长着一种带刺的水草，现在依然很茂盛。把这种草采来后洗净晒干，农闲时把它烘焙至焦黑，再用药碾子磨碎制成散药。每年到了收割这种草或制作散药的季节，土方家都会雇用全村人帮忙。岁三在十二三岁的时候，就开始为自家制作散药充当起指挥员了。他不仅要召集村人，还要安排他们的工作等等。岁三善于调兵遣将或许就得益于那个时候。

"这东西效果相当好。"

说到自家祖传的散药，岁三有些兴奋。

"是吗？不过土方老师，到时候受伤的可是他们。我们替他们喝这玩意儿也管用吗？"

"你这小子。记住喝药时一定要用心，只要你认定它有效，那就一定有效。"

"是吗？这药可真了不起。"

"一会儿你把这酒拿到楼下去，让大家都喝上五六杯。"

"他们一定会感激涕零的。"冲田吐了吐舌头。

"晚上和他们交手的时候，我们要用木剑。即使对方拿出真剑对付我们，我们也要坚持用木剑打败他们。在分倍河原的时候，因为那里很开阔，对我们有利。但是这次不同，我们要在八王子镇上交手。"

"你是说我们要等到他们睡着后再去打吗？"

"不是。"岁三说，"我们是和他们比赛。不同的只是我们首先要把他们敲醒，然后强迫他们拿起木剑来。"

"原来如此。"

这真是一个绝妙的想法。如果事情真的可以按照岁三的设想进展，不管实际如何，至少表面上是采用了比赛的方式。如果赢了，舆论绝对对自己有利。在剑道中，得到肯定的一方和得不到肯定的一方之间，方方面面的境遇都将有天壤之别。

"既然七里研之助在我们道场下了战书，我认为这场比赛早已经开始了。所以我们一定要多加小心，千万不能马虎。"

"对。到时候我们从哪个方向冲进去？"

"我已经想好了。到时候你们跟着我就行了。"

离十点还有一段时间。岁三撵走冲田，躺了下去。

正睡得迷迷糊糊的时候，岁三的老熟人、一个中年下女进来了。她说："怎么样？"

她是问岁三一起睡怎么样。

"不用。"

"你是嫌弃我吗？"

"我闻不得你身上的香粉味儿。"

"你这人可真怪。那我把香粉洗了再过来，你乖乖地躺着等我。啊，我先声明，我不是为了挣你的钱才的，我是看你这么漂亮的一个男人孤孤单单地睡觉，于心不忍。我这是在积德。"

"不胜感激。不过今晚不行。我半夜就要动身去甲州。"

"哟，你也半夜动身？算了，别走了，你还是留下来吧。你知道吗，楼下那些习武的人也在说要半夜动身呢。"

"他们是他们，我是我。"

"可是，"女招待很小心地环视了一眼周围，压低声音说，"那些人可奇怪啦。你说他们会不会和比留间道场打起来呀？"

"什么？"岁三吓了一下，慢慢地坐起身来，他想会不会是走漏了风声，警惕地问，"你听谁说的？"

"谁也没说，是直觉。"

女人味味地笑着。这真是让人着急。岁三扭过脸去，他受不了皱纹里嵌满香粉的女人雪白雪白的脖子。这个下女脸上也涂满了香粉，却掩饰不住她青春已逝的面孔，看上去怎么也五十有余了。

"是我的第六感，小子。"

女人得意地说道。

"……"

岁三虽然好色，但有时候也会害怕见到女人。每当这种时候，他会感觉女人令他毛骨悚然。很显然，他的内心深处对女人并没有好感，甚至有点厌憎。也因此，从来也没有哪个女人可以把岁三迷得神魂颠倒。因为害怕女人，他总是采取逃避的态度。

"哎，你想不想听？"女人用她瘦骨嶙峋的手指戳着岁三的膝盖，说，"很有意思的。你等着吧，这条街上很快就会有好戏看了。这场戏到现在为止还只有我一个人知道。"

"那好吧，你说来我听听。"

"是这样的。"

刚才这个女人在楼下如厕的时候，看到大街上站着一个武士模样的人。她觉得奇怪，出去看了一眼，发现外面这样的人还不止一个。

他们有人假装悠闲地在大街上溜达,有人站在对面那家客栈的防火桶后面。总之看上去样子很不寻常。她以为这些人可能是来抓人的。

可是仔细一看,他们并非捕吏,而是比留间道场的那些小伙子。

"比留间道场?"

岁三大吃一惊。

糟糕,行踪暴露了。

看来对方已经抢先一步在监视江户屋了。说不定客栈外面除了这个女人说的,还在其他什么地方设下了埋伏。

——会是谁泄露出去的?

岁三脸色煞白。他想,这一定是小仙说出去的,绝对错不了。一定是小仙脆弱的心承受不了这么大的事情,于是拐弯抹角地告诉了她的丈夫半造或七里研之助。

"小子哎,"女人若无其事地笑着用手指直戳岁三,说,"你是不是骗过很多女人?"

"什么?"

岁三吓了一跳。因为他心里想的正跟女人有关。不过这个女人并不是在故意刺激岁三,她搂住岁三的脖子,说:"因为你长得帅嘛。"

"滚开。"

岁三站起身来。楼下有冲田总司、原田左之助、永仓新八和藤堂平助。岁三对于他们几个人能不能顺利逃出八王子,没有把握。

踢踏和尚

几个人正在客栈的楼下喝酒。

土方岁三一进他们的房间，就闻到满屋子的酒味儿，忍不住皱起了眉头。原田左之助正躺在地上，一手拿着小酒杯，仰着脖子喝杯里的酒，圆滚滚的肚子上放着一壶五合德利酒。

"原田君，你看你这是什么样子，快起来。亏你还想当武士呢，真不像话。"

岁三冷冷地看着他说。本来岁三就不喜欢喝酒，酒后的丑态更是他不能接受的。顺便提一句，近藤和土方一样，两人都不嗜酒。但两人对待喝酒的态度截然不同。近藤不善喝酒却非常喜欢酒宴，而且他好像也很理解酒徒嗜酒的感觉。土方则不然。他忍受不了酒鬼嘴里喷出来的酒臭味儿。岁三是在去了京城以后才真正接触酒的。在那个王城之地，他第一次知道了酒原来是那样一种液体，这多少冲淡了他之前对这种液体的厌恶感。

"有事儿吗？"原田问。

"我有话跟你们说。"

岁三告诉他们计划已经泄露，比留间道场已经知道今晚的事情，而且甲源一刀流的人此时已经包围客栈，并封锁了镇上的各条要道。

"我们怎么办？"

"跑！"

"我不跑。"

"住嘴，你又喝多了。"

这天晚上，位于八王子镇千人町的甲源一刀流比留间道场召集了几乎所有在附近的门徒。

门徒的成分很复杂，有平民，有赌徒，还有八王子千人同心的人等等，人数在三四十之间。他们手里拿着木剑、木枪，还有人穿着护身锁子甲。这是他们的一个策略。因为没有使用真刀真剑，即使官府追究起来，也有理由搪塞。到时候他们可以说这是一场和天然理心流之间的非正式比赛。可以想象，这个主意一定是助教七里研之助出的。

道场主比留间半造是个性情温和的人，所以道场的指挥权实际上掌握在七里的手里。

妻子小仙称自己有点感冒，躺在家里没有出来。此时，她连寻死的心都有，因为是她出卖了"卖药的"。其实为了告诉丈夫有关岁三的事，她着实费了一番心思。一方面她不能让丈夫和七里怀疑自己婚前和那个药贩子有过瓜葛，另一方面又要说清楚岁三的企图，确实是难为她了。好在上天是公平的，在必要的时候总会向弱者伸出援手，赐予了这个女人自我保护的智慧。尽管她运用上天赐予的智慧告发了药贩子的企图，但是当帷幕拉开，戏就要上演的时候，她却不敢看了。

七里研之助把门徒分成了两个组。按照他的设想，不管对方是同时出现，还是分头行动，这一次无论如何都可以把他们打得落花流水。

从这一点上大致可以看出七里的为人。他喜欢打架已经到了病态的地步，和岁三有得一比。这天，七里在佩戴剑术护具、布置阵容的时候，眼神都与平时大不一样。

七里安排一组人留在比留间道场，负责保护道场主比留间半造。这是主力，约二十人。

另一组安排在明神林中设下埋伏。

七里认为在这样的布置下，天然理心流的五个人不论是进是退，都将成为瓮中之鳖。

"我再说一遍，和他们的交锋绝不能发生在街上。你们要知道，以前在上州曾经有过类似的事件，结果全乡所有剑术道场都遭到了取缔。所以我在这里再三强调，先把对方引到道场或明神林，然后再出击。"

七里反反复复地提醒众门徒。

"我想——"岁三在客栈江户屋楼下的一个房间里对大家说，"比留间的人应该不会在热闹的八王子镇上闹事。他们大概会在我们离开镇上一段距离后袭击我们。最危险的地方应该是在浅川桥一带。离桥不远处，左边有一片杂树林，叫明神林。如果我是七里研之助，我会在那儿设埋伏。所以说那里应该是个危险地段。"

"既然这样，"原田左之助说，"你说，我们该怎么做？"

"现在，我来说一说计划。"岁三环视了一周在座的各位，说，"冲田君，你和藤堂（平助）君、永仓（新八）君三个人先走。你们三人为隐蔽组，一路上不要点灯。"

"嗬，我们要打一场祭祀战了。"

冲田总司很聪明，他马上想到了这种战术。在岁三出生地的日野镇，自古就有这样的一种战术。

自从家康入主关东以来，三多摩地区作为幕府领地成为江户成千上万人赖以生存的农副产品供应地。在这之前，该地区的农民不仅要务农，而且也会练武，个个都是骁勇的斗士。只要一听到要打仗，他们就会主动披挂上阵。自源平以来，他们一直保持着他们以精锐而著称的"坂东武者"形象。

岁三家即土方家现在已经沦落成平民中的首领，而在遥远的源平时代，这个家族曾经出过一位源氏武士叫土方次郎（记载于日本史书《东鉴》）。还有在战国时期，作为小田原北条氏的屯田司令官（诸侯的家臣），邻近地区有许多勇士曾经所向披靡，其中就有多摩十骑中的一轩（《新编风土记》）、土方越后、同善四郎、同平左卫门和同弥八郎等人。

所以在三多摩地区有很多源平武士、战国武士的后代，他们的性情偏于暴戾。虽说是农民，却多少传承了祖先武斗的方法和如何在战斗中取胜的战术。后来土方岁三指挥的新选组在会津之战、函馆之战中运用的战术，无一不是出自三多摩土战术。

冲田总司说的"祭祀战"就是其中一种。

"土方先生，"原田左之助略带不满地说，"你好像把我给忘了。"

"别急。你和我一组。在祭祀战的战术中，咱们俩充当点灯组。"

"什么意思？"

"到时候你按我说的做就是了，很有意思的。"

监视客栈江户屋四周的比留间道场的人共有七个。

他们的任务很简单，只有一个。七里研之助给了他们明确的指示。

——只要他们一出门，立即回来报告他们的去向。

因为七里不清楚岁三一行是要去千人町（道场），还是会沿着公路向东回江户。

究竟他们会选择去哪里呢？

比留间道场的人或蹲守在客栈的树丛里，或躲在防火桶的后面，或混迹于客栈的门厅里。他们一个个瞪大着眼睛盯着客栈里的动静，不敢有一丝松懈。不久，戌时的钟声响了，外面突然起风。就在这时，有三个戴着同样斗笠的武士走出了客栈。

他们是冲田、藤堂和永仓三个人，充当祭祀战中的隐蔽组，没有人点灯笼照明。

——出来了。

正在监视的那些人紧张起来。

夜空异常晴好，星星在天上一闪一闪。斗笠下面，三个人出了客栈径直朝江户方向走去。很快，这几个武士的黑影上了公路，消失在黑暗中。"他们上了甲州公路，是要回江户。快去千人町通知七里殿下。"

一个小头目吩咐手下。报信人顺着屋檐刚要迈步，客栈江户屋里又出来了一个形迹可疑的人。

是个大和尚。

因为天黑看不清楚，大体感觉此人戴了一顶和尚帽，头上还缠着一条绳编的头巾，腰部扎了一条稻草绳，身后斜背着一领草席，腰间又插了一盏大大的灯笼。

"哎——嗨，善男信女，世间众生……"此人唱着、跳着离开了客栈。

这可是原田左之助鲜为人知的拿手好戏，是以前在伊予（爱媛县）松山藩的某上士家做仆人时，闲来无事学会的酒宴上的助兴歌。

直到现在，只要一喝醉酒，他还会唱上一段。曾经有嘴巴不饶人的人为此调侃他，说："原田君，这就是你做仆人时学的玩意儿啊。没想到你还有这本事。是不是你在人家里的本职工作就是这个呀？"

可见左之助的这点小本事还是挺拿得出手的。

此时，他手里拿着一种简单的乐器，正噼里啪啦地敲着。说是乐器，不过是夹在手指间的两块竹板。他一边敲打竹板，一边嘴里念念有词：

"踢踏踢踏、踢踏踢踏，踢踏和尚来时——"

"这是什么人？"

"一个踢踏和尚。"

有人回答。

很早以前，各诸侯国随处可见化缘的和尚，却不知什么时候不见了踪迹。然而近来化缘的和尚又像从地下冒出来似的，开始出现在各条公路的沿线。究其原因，也许是因为攘夷运动引起了社会的不安定吧。

"踢踏踢踏、踢踏踢踏，踢踏和尚来时，腰扎七九注连绳，头戴紧箍帽，口诵大日如来，代僧、代祭、苦行的踢踏和尚匆匆走不停。"

原田左之助唱着跳着向江户的方向走去。斜背在身后的草席中藏着他引以为傲的肥前铁匠藤原吉广制作的二尺四寸剑。

岁三走在原田的身后，一身药贩子的装束，藏青色的头巾裹住了他的头和脸，和原田一样腰间插着一盏普通的灯笼。

两人一前一后走过了浅川桥。

过了桥就算出八王子镇了。前面是武藏野的黑土壤草地和树林，被甲州公路横切成两部分，在星空下绵延向东。

很快两人走近了明神林。

这片树林供的神是横跨在山城和近江边界的比叡山的守护神，叫日枝明神。在遥远的战国，这一带曾经是叡山延历寺的领地。大概是为了守护这块领地，此明神才被请到坂东这块地界上的。

寺庙被杂树林所包围，公路两旁的榉树枝叶茂盛，互相缠绕在一起，在公路上方形成一个穹顶，遮住了夜空中的星光，看过去像一个深不见底的洞穴。

"原田君，大声点。"岁三说。

"好嘞。"

长尾林鸮在啼叫。

"哎——嗨，"原田继续大声唱了起来，"善男信女，世间众生。踢踏踢踏、踢踏踢踏，踢踏和尚……"

还没唱完，旁边的树林里突然跳出十二三个壮汉，团团围住了两人。

至此，一切都在岁三的预料中。

"喂，和尚，"一个人向前举着灯笼喝道，"往哪里去？"

"哟，这里是关卡吗？"

原田理直气壮地说，一副要打架的架势。岁三大吃一惊。他原打算到这里后，态度放谦和些，以图顺利通过。

——看来我选错人了。

他有点后悔。

"我来问你，"原田左之助沙哑着嗓子说，"这一带是不是伊豆的韭山代官管辖的地方？难道是代官换了人在公路上设起了关卡？还是你们这些东西拉帮结派，霸占此地敲诈过往百姓，强收过路费？我告诉你们，这可是灭九族的大罪，是天下第一等恶事。你们可要想好了再回答我。"

"你胡说什么！"

对方有点心虚。这时，岁三周围的几个人往上举了举灯笼，问："你是和尚的随从吗？"

问话间，有人认出了他，禁不住"啊"地叫了起来。

"这人是，是那个卖药的……"

"哪个哪个？"

有两三个人拿着灯笼直往岁三的脸上照，眼睛像扫描似的看着岁三的面孔仔细辨认。

"喂，药贩子，你把头巾取下来。"

他们想确认一下岁三的长相。

"行。"

岁三扭了一下腰，把背在后背上的草席移到左侧，装作解斗笠绳结的样子，突然握住剑柄，唰的一声抽了出来。

"呀，你想干什么！"

岁三的剑弹性极好，像飞一样弹了出去，随即狠狠砍向了对方的手，一条提着灯笼的胳膊飞了出去。

踢踏和尚原田前来帮忙，他拿着剑横扫而来。

一伙人迅速向后退去。

"快后退，"小头目慌忙喊道，"围大圈。他们只有两人。"

岁三和原田像是故意暴露自己让对方来砍杀似的，腰间各自挂着一盏大大的灯笼引着对方。

"原田君，先别动手。"

"为什么？"

"咱们先等等。"

岁三显得很镇定。他知道，甲源一刀流的人正一步步地走进自己设的圈套里。

这种战术在几年后的会津之战中也用到了。当时岁三利用这一战术，把山上的萨长土[1]官兵打得魂飞魄散。

这时，冲田、藤堂和永仓三人组成的隐蔽组正悄悄地向这边靠近。冲田从杂树林、藤堂从庄稼地、永仓从公路的东面分头袭来。

这一带的农村，年轻人在夜里和其他村的人打架时，基本上都是这样做的。

三人各自从不同的位置一声不吭地突然跳了出来。

目的当然是要给敌人造成一个错觉，让他们搞不清自己究竟有多少人。

他们悄无声息地移动脚步，突然出现在敌人的背后，举起木剑，以最快的速度向敌人的后脑勺打去。

藤堂打了三个。

永仓新八左右开弓，转眼间打昏六人。冲田总司挥舞着真剑，跳进对方的人群里，见有灯笼的地方就砍，使得有亮光处一片又一片地暗下来。

混乱中，岁三和原田左之助从正面杀入敌阵。他们只盯着敌人

---

1 萨摩藩、长州藩和土佐藩。

的肘部，见一个砍一个。

比留间的众门徒向西溃败而去。黑暗中来自背后的奇袭，让他们误以为来人无数。

"撤！"

比留间的小头目叫嚷着。

他们看准时机跑出打斗区向西溃逃，与此同时，岁三一行则向东飞也似的跑了。打架的关键就是看准时机。对于他们来说，此时不宜恋战，不宜拖沓。否则千人町一定会很快派来援军对付他们的。

又一个月过去了。

这一天，太阳还高高挂在天上，去多摩地区授课刚回来的近藤来到道场后面的井边，一边洗脚一边大声叫道："阿岁在吗？"

岁三从道场里跑出来，笔直地站到近藤的旁边。

"什么事？"岁三问。近藤正在洗脚趾缝。

"我在日野镇的佐藤家听说了有关八王子的消息。"

"什么消息？"

岁三一下子警觉起来。他担心上次的事情已经传到近藤的耳朵里了。

"八王子的比留间道场近期要闭馆。你听说了吗？"

"没听说。"

"哈哈，我太高兴了。这次总算比你消息灵通了。"

近藤张开大嘴笑了。

"那又怎么样。不过，那么受欢迎的道场为什么突然要闭馆呢？"

"好像是因为门徒的人品太差。那家道场直到上一代场主一直都是以八王子千人同心的人为对象勉强维持经营的。但是到了现在这一代，因为聘用了七里研之助做助教，道场的风气一落千丈。本来嘛，聘用这种上州流浪过来的、不明底细的人做助教就是失策。七里这小子当上助教后，声称为了改善道场的经营，招募了很多徒弟。其中相当一部分人是八王子到甲州一带的赌棍。从此，道场里外暴力事件不断，动刀动剑的武斗不停。八王子千人的头领原三左卫门殿下居中调停，说要改变道场的风貌。"

"哦。那么七里呢？"

"据说被扫地出门了。"

"嗯？"

岁三表情有点复杂。

"据说，"近藤用毛巾擦着脚，说，"他带着道场的几个人去京城了。走之前还吹牛说以后武士的用武之地是京都。我猜想他可能会摇身成为现在流行的攘夷浪士，然后用神舆抬着公卿，做出一些让幕府难堪的事。"

"以后武士的用武之地是京都——"

岁三陷入了沉思。

——武士的用武之地是京都……

这个时候，他的大脑里还没有形成一种明确的想法。

这个想法成为现实是在第二年的秋天过后。

瘟神

首先声明，笔者不是宿命论者。但是纵观人类历史，人的命运确实是受一条无形的线所牵引。

近藤勇也好，土方岁三也好，都是时势造就的英雄。他们之所以能在幕府末期的历史中留下辉煌的声名，也是因为有一条神奇的线牵引了他们。

那就是麻疹和霍乱瘟疫的发生。

他们可能没有意识到，正是这两种传染病让他们离开了江户道场，并最终在京都创建了新选组。

这一年是文久二年。

元月前后，有一艘外国船在长崎靠岸。除了船上的病人，其他人都登上了岸。

这些上岸的人中出现了几个因高烧倒地且咳嗽不止的人。原来他们在上岸前就已经传染上了麻疹。那时大西洋的法罗群岛（丹麦领地）上麻疹病毒爆发，并很快蔓延到了整个欧洲大陆。随着这条欧洲船的到来，病毒就这样被带到了长崎。

长崎镇上房子鳞次栉比，住在这里的人都受到了病毒的侵袭。不仅如此，病毒还蔓延到了附近的中国[1]及近畿地区。

刚巧那时候有两个江户的和尚去京都、大坂[2]云游。

在江户，紧挨着小石川柳町的近藤道场"试卫馆"，有一个传通院，这两个和尚正好就是那里的僧人。

1　日本的一个地区。
2　现在的大阪。

两人一路上并没有任何不适，顺利地回到了江户。但是进了传通院的僧房，刚脱下草鞋就发病了，致使寺院内一大半人因此倒下。

　　尽管麻疹病毒现在已经是国内常见的一种地方病，但是在闭关锁国的古代日本，由于基本上没有受到过麻疹病毒的侵袭，所以几乎没有人有免疫力。

　　于是，死者无数。

　　传通院的两个和尚带来的"舶来品"——麻疹——很快击倒了小石川一带的男女老幼，并开始蔓延到整个江户。这时，霍乱也跟着开始捣乱。

　　——这就是幕府没有得到京都皇宫允许就擅自向外国人开关的结果。

　　攘夷论者十分畏惧这种病毒，他们开始抨击幕府。

　　江户人斋藤月岑编写的《武江年表》中，有关文久二年夏季的情况，是这样写的：

　　　　有时候一天内日本桥上就会有超过二百具以上的棺材经过。

　　　　很多人死后遍身通红。病人因高烧不止而变得性情狂暴，口干舌燥。为喝一口水而跑到河里被溺死的人、因痛苦难忍而投井自杀的人，难以计数。用来退烧的犀角等药物完全不起作用。到了七月，事态越发严重，死者已经不计其数。而这时霍乱也开始流行开来。（日本第一次流行这种病是在几年前的安政年间，文久二年的这一次是第三次。这种传染病病毒也是在向外国开关后由西方人带来的。）

　　"太可怕了。"

　　冲田总司随时上街了解情况，回来后告诉岁三。

根据冲田的报告，江户街头家家户户紧闭门户，路上不见行人，街上死一样寂静。

尽管时值炎热的夏季，却没有一个人跑到两国桥去乘凉，夜市也关张了，连花街柳巷也因此病的蔓延而关门不再接客。

没有人去澡堂、浴池或理发店等公共场所，江户的男女老少一个个蓬头垢面，像一只只蛴螬憋在家里不敢出去。

"全江户的人都把小石川看成人间地狱了。"

"因为这里地处上风嘛。"

近藤眉头紧锁，忧心忡忡地说。

传染病的发源地就是小石川，所以这一带的患者尤其多。没有人敢到这里来，连近藤道场的门徒也不见了踪影。

"传通院的臭和尚。"

近藤咬牙切齿地骂了一句。近藤做梦也不会想到这种病毒是从大西洋上的丹麦绕过半个地球传到近藤道场周围的。所以要说恨应该恨对外开放政策，应该恨前年三月在樱田门外被杀的大老井伊扫部头直弼。[1]

"不过，你们不觉得奇怪吗？"近藤抱着两条胳臂说，"我们道场里居然没有人传染上这种病。"

"是啊。外面的人都在骂我们呢，说那家道场居然一个人都没有染病，真走了狗屎运。松床的老头还到处散布说，至少有一个人得病也比现在这样让人心里平衡一些。"冲田说。

"说得也是啊，阿岁。"近藤觉得很有意思，他说，"你就代表大家得这病吧。"

"土方老师？那可不行。"冲田揶揄道，"土方老师自己就是个大瘟神，瘟神见了他还不得夹起尾巴赶紧溜走。"

1　对外开放门户由井伊直弼批准。扫部头，幕府时期的一个官职。

"你胡说什么。"

"不过,阿岁。"近藤插话。近藤虽然是义子,但现在毕竟是这家道场的经营者。他有些担心,说:"这样下去,道场会支撑不下去的。你说,我们该怎么办呢?"

"有什么办法。只能等啰。在米柜彻底变空之前,我们只能守在家里。"

"守在家里吗?"

那也是需要钱和米的。

为此,岁三几次派人到日野镇的大名主、姐夫佐藤彦五郎家要钱要粮食,甚至让姐夫送来酱、盐及药物等东西。

瘟疫持续到七月、八月,依然很猖獗,没有一丝减弱的迹象。往年在江户颇受欢迎的浅草田园的长国寺举行的鹫大明神启龛仪式,今年也只有附近的几只野狗前去捧场。

到了九月,传染病的蔓延势头还是没有减退的迹象。

直到十月,终于出现衰减的势头。

然而,一度被冷落的道场依旧门可罗雀,以前的门徒没有一个人回来。

其实说是门徒,实际上尽是些街上闲逛的年轻人、旗本家的仆人、赌徒及寺庙仆从等。这些人意志力薄弱,欠缺毅力。所以离开练剑场一段时间后,就没有心气重新拾剑了。不过近藤道场也有过真正的门徒,那还是在上一代场主周斋的时候。这位门徒是有名望、有俸禄的武士,是奉行所[1]的与力[2]。

秋天即将过去,冬天匆匆来到。

道场里依然只有几个闲来无事的食客,颇有点《水浒传》中梁

1　日本古代的官府,相当于中国古代的衙门。
2　奉行所的管事、负责人。

山泊的光景。这些人愿意来这里,可以说是因为近藤非同常人的人品。

近藤为人大大咧咧。

他的这种性格使得道场的气氛异常轻松,任何一个人都可以满不在乎地跑去厨房自己盛饭吃而不必介意主人的脸色。

食客中什么样的人都有。

江户人藤堂平助(北辰一刀流目录)自称是伊势津的藤堂先生的私生子;永仓新八原是松前藩人,后来脱离了藩籍,他是神道无念流的皆传;斋藤一是播州明石的浪士。这几个人分别来自不同的流派,与天然理心流的近藤、土方和冲田不同,都擅长竹剑比赛,经常代表道场与前来挑战的其他流派的人进行比赛。与其说是道场养着他们,不如说是道场需要他们。所以道场无偿向他们提供食宿也是应该的,是天经地义的,他们吃住在道场完全可以心安理得。只有一个人和他们几位不同,那就是原在伊予松山藩做仆人的原田左之助,他只会用长矛。他是在大坂松屋町的道场主谷三十郎(后来在原田的引荐下参加新选组)那里学的宝藏院流的长矛术,还拿到了皆传的资格。但是他的剑术并不出色。

不过此人力大无比,且勇气超人。在这一点上,他很有点像源平时代的荒法师[1],可是他不能像其他食客那样靠替道场比赛来赚取饭费。

他常常坐在厨房的一角,一边嘴里喃喃道"真难为情",一边不住地往嘴里送饭。

道场的生活日见窘迫。

但是原田要吃饭,而他的饭量又大得惊人,非常人所能及。

"给原田君一桶饭。"

近藤经常这样说。

1　武艺高强的和尚。

近藤颇有大将风范。

这是近藤的食客中年龄最大（二十九岁）的山南敬助说的。他原是仙台伊达藩人，此时已脱离该藩籍。岁三不太喜欢这个学问不深却有些妄自尊大的男人。

"山南是只狐狸。"

岁三这样对冲田说。每次看到山南干瘪的脸，岁三就会作呕。

当时，在仙台、会津等一些实力雄厚的东北藩镇，藩教育开展得很彻底。所以山南拿起笔来可以写得一手很好的字。

"字写得好的没好人。"

岁三还对冲田说过这样的话。

按照岁三的理论，能写一手好字只说明此人模仿能力强，而善于模仿又只能说明这个人没有骨气，或者至少骨头不够硬。模仿的本质说到底就是阿谀逢迎。岁三这套理论的依据是整日围着大财主转的司茶人、医生和俳句师等，他们个个都写一手漂亮得不能再漂亮的好字。

当然冲田不同意岁三的说法。他谴责岁三说："土方老师总是先入为主。"

山南剑术高超，在神田玉池的千叶道场已经取得了免许皆传的资格。但是他的剑术中缺少近藤常说的"气势"。这可能跟他的性格有关（正是他的这种性格最后导致他走向了自我毁灭）。

山南的交际很广。

他出自江户第一大道场、号称有三千弟子的千叶门下。这一门出了许多为国奔走的志士，比如清河八郎、坂本龙马、海保帆平、千叶重太郎等等。该门聚集了众多来自各藩的慷慨悲歌之士，他们相互关照，互相影响。虽然不能说当时的情形与现在的东京大学或早稻田大学学生联合会一样，但是仔细想想，也有不少共同之处。

因为在江户府有很多朋友，所以山南消息很灵通。他经常会把听来的消息带到这个柳町斜坡上的小小道场里，其中包括国内局势等等。

如果没有山南敬助这个交际广泛的聪明人，近藤、土方等人恐怕终其一生只能是这个小小道场里的一名剑客而已。

文久二年年底的某一天。

山南神色匆匆地来见近藤，开门见山地说："近藤先生，我有一个重要的消息要告诉你。"

"重要的消息？"

近藤对山南的素养打心眼里服气。

"是有关幕府阁僚的秘密。"

"既然如此，那让土方岁三也一起来听吧。"

"不，此事非同小可，我希望只有先生您一个人知道。"

"我和土方岁三，还有日野镇的佐藤彦五郎（岁三的姐夫）情同手足，又是结义兄弟，还分什么彼此呢？"

"结义兄弟？听起来像是赌徒。"

"古代武士也有结拜兄弟的。"

因此，岁三也被叫来了。他和山南对视一眼，彼此都没有打招呼。

"以前我在千叶武馆时，有一个出身出羽地方的同门俊才，叫清河八郎。他文武双全，既有辩才又有计谋，不逊于战国的谋士。今年三十出头，在神田玉池开了一家文武兼授的私塾，聚集了东京府内很多攘夷党人，与幕府大臣中的有识之士也来往密切。"

"是吗？"

近藤没听说过此人。这时不知道江户才子清河的人，可以说是太不关心时势了。

"那个清河。"山南敬助说。

他说，清河说服幕府阁僚，由幕府出资组建浪士组。据说，幕府老中板仓周防守已经表示首肯。

幕府对攘夷党人的目无法纪、横行暴虐很是头疼。前年，他们杀了大老井伊，去年又发生了多起攘夷浪士骚扰外国人的事件，他们甚至闯进江户高轮东禅寺的外国人旅馆刺杀外国人。活动之猖獗，以至于京都竟成了一个法不能及的地带。更有甚者，他们还借天诛之名滥杀幕府的开国派论者，拥护公卿企图倒幕。

——清理污浊之物的最好办法，就是把它们集中起来纳入篮中。用幕府的钱把他们养起来，他们应该就不会再做出对幕府不利的举动了吧。

这是老中板仓的想法。

事情既定，就着手开展工作。招募浪士的工作交给了讲武所的老师松平忠敏等人负责。

松平的做法是让清河一派的剑客（后来脱离彦根藩的石板周造——一直活到明治中期，成为实业家，以及艺州浪士池田德太郎等人）利用私人关系，向江户府内以及附近的剑术道场散发檄文。

"檄文？"近藤很疑惑，"我们试卫馆怎么没有收到呢？"

"这个嘛——"

山南露出怜悯的表情。自安政中期以来，江户的剑术道场多达三百家，像近藤道场这种名不见经传的平民道场是不可能收到檄文的。

"当然不会送到我们这里来。"

"为什么，山南先生？"岁三在一旁不服气地插嘴。

岁三的性格本就不能容忍嘲笑与冷遇，但他此时并非生清河一派的人的气，而是因为这话出自大流派出身的山南敬助之口而不爽。

"这个嘛，土方君，沧海遗珠，在所难免，不是吗？"

"两位别争了。请问山南先生，这个浪士组今后是归旗本管的，是吗？"

"不！这——"

山南坚决地摇了摇头。山南并不是一个单纯的剑客。作为当时有知识的人，想法很正统，动机很单纯。他不过是一个思想保守的攘夷论者。

"这不是归不归旗本管的问题。作为一个堂堂正正的大和武士（当时的流行语，意思是抛开藩的割据意识，视自身为一般武士），浪士组是驱逐外国人的攘夷先驱。"

"但有朝一日可以直属于幕府吧。"

近藤的思想很简单，很直接，也很传统。此时，他想到的是德川幕府之前的惯例，即在战国时代，一旦发生战争，囚犯可以加入到大名的队伍里参加战斗，并在战后论功行赏，成为武士。

"阿岁，你以为呢？"

近藤高兴之余不禁问起岁三。其实近藤并不在乎能否成为武士，就目前的情形来看，道场的经营越来越困难，总有一天大家吃不上饭。而作为道场主，如果选择加盟浪士组，这种状况就可以一举得到解决，他自然非常高兴。

"怎么样，阿岁？"

"如果我们加盟浪士组，天然理心流的试卫馆将不复存在。兹事体大，需要慎重考虑。不过……山南先生毕竟不是我们流派的人，我不方便表达意见。"

岁三很是执拗。他要是讨厌一个人，是永远不会改变看法的。

"大师傅（周斋）还在。我们与其在这里空发议论，不如去听听他的意见。"

"好吧。"

近藤马上起身去对义父周斋老人说了此事。周斋年纪大了，对时局并不了解。所以用山南口中的主义或思想去说服老人是不现实的，于是近藤只用了一句话来解释此事。他说："将来可以成为幕府直属的道场。"

这句话周斋听明白了，他说："这么说，我也能成为幕府直属道场的前辈了。"

主意已定，近藤便把道场里的门徒和食客召集到一起，让山南说明这件事情的始末。

"太好了！"

食客原田左之助雀跃不已。不只是因为又可以有饭吃了，还因为这个家伙还生性好斗，好像他就是为了吃饭和打架才到这个世上来的似的。如果生在战国时代，说不定靠他手中的矛，就可以轻松拿到一两千石的俸禄呢。

"冲田君，你呢？"

近藤问道。

"我？我无所谓。就算是地狱，我也会跟着近藤师傅和土方老师一起去。当然最好是天堂。"

"井上君呢？"

"我同意。"

从上一代场主以来就像管家一样一直待在近藤道场的井上源三郎是个性情温和的弟子，很痛快地表示同意。

"斋藤君？"

"我也参加。只是有些事情需要回一趟明石去处理，可能会迟一点到。"

"永仓君、藤堂君，你们二位怎么样？"

"这可是千载难逢的好机会，当然要参加。"

但总有一部分人放弃。最后，连近藤、土方在内，一共九个人决定加入浪士组。至此道场不复存在。

各个道场前来应征幕府浪士组的人多达三百，但为此关闭道场的只有近藤的试卫馆。话说回来，道场关闭并非为了应征浪士组，最大的原因还是因为小石川麻疹和霍乱的流行。

浪士组

岁三从心底里讨厌山南敬助。山南从其他道场得来的关于幕府成立"浪士组"的内幕，对于一直梦想成为一名有名望的武士的岁三来说，原本绝对是一桩足以令他欣喜若狂的好事。但此时的岁三无法体会这种心情，因为他不喜欢消息的来源——山南敬助。

"还是再确认一下吧。"他劝近藤。

山南敬助说，幕府成立浪士组的宗旨是"攘夷"。这是谋士清河八郎的主意。可是岁三还是心存疑虑，果真是这样吗？

岁三和近藤一起，去位于牛迂二合半斜坡拜访负责招募工作的松平上总介，去的时候带上了一封介绍信。

松平上总介很痛快地接见了他们。这是时局所趋。松平上总介的身上流着第三代将军家光的弟弟忠长家的血，俸禄虽然只有三百石，却是德川宗家的一个分支，在千代田城内，他可以坐到亲藩大名的末座。可以想象，如果不是时势所迫，这样一位贵人怎么可能屈尊会见名不见经传的平民浪士剑客呢。

"哦，你们是说这件事啊。"这位贵族解释道，"我们成立浪士组的目的是保护将军家。"

上总介说，将军近期就要去京都。

他说，京都是激进派浪士的巢穴。这些人每天舞刀弄剑，威胁和刺杀反对派政客，所以幕府要招募一些并不清楚将军身边究竟有多大危险的重武道名誉之士。

"这——"近藤非常激动，"这是真的吗？"

近藤此时激动的心情，是今天的我们难以想象的。因为在当时，将军如同神，是两百多年来，天下一切价值、权威的根本。浪士近藤勇低头跪拜在草席上，身体抖个不停。岁三侧脸看了一眼近藤，只见他早已泪流满面。对于此时的近藤来说，就是贡献出自己的今生甚至来世都绝不后悔。

男人有时就是这样。

近藤唯一喜欢的书是赖山阳写的《日本外史》。《日本外史》是一部描写权力兴亡的，壮丽、浪漫的文学读物。在这部浪漫史中，近藤最喜欢的男性形象是楠正成。

楠正成是南北朝历史中某个时期突然出现的一个人物。在那之前，他只是一个住在河内金刚山一个名不见经传（镰仓的家臣名单中也没有他的名字）的土豪，后来巧遇流亡至此的南帝（后醍醐天皇）。当时，南帝拍着他的肩说了一句"救救我"。为此他感激涕零，率领一族人奋不顾身地为南朝而战，最后在凑川自杀性地战死疆场。赖山阳在这部书中，把楠正成写成了日本史上最杰出的好汉。

英国也有这样的事例。

传说中，著名的狮心王查理在位时，曾率领十字军远征，国王的弟弟乘机试图篡夺王位。是谢伍德森林的绿林好汉罗宾汉奋起维护了王权。这位草莽英雄的故事现在依然深受英国人的钟爱。当然这是一段闲话。

几天后，岁三拜访日野镇名主佐藤彦五郎家，说了加盟浪士组的事情。

"我有一个不情之请。"岁三说。

"什么事？阿岁就要当武士了，只要我能办的事情我都可以答应你。说吧，到底是什么事？"

"我想要一把剑。"

"我真是粗心。我早应该想到送你一把剑的。"

急性子彦五郎马上带岁三去了佛堂，啪啪地敲打着用青冈栎木材制成、钉有金属配件的大刀柜,脸上挂着老好人般的微笑,说:"这里有三十多把。你随便挑吧,把你喜欢的都拿走。"

看着姐夫的笑容,岁三不知该怎么说。

像这等劣质的剑,就是倒贴给他,他也不想要。他想要的是名剑,对工匠铭更是期待很高。

"姐姐在吗?"

"你问阿信吗?她出去了,不过马上就该回来了。阿信那里你也有事吗?"

"我想当着你们夫妻俩的面再厚着脸皮提要求。"

"这样啊。"

阿信是给先人扫墓去了。她一回来,就从岁三口中知道了他要参加浪士组的消息。

"是吗?"

这是一个心胸开阔的女人,她没有多说什么。

阿信是土方家兄妹六人中的老四,非常疼爱这个让全家人头痛的小弟。岁三也喜欢这个姐姐。小时候他就经常待在姐姐的婆家——佐藤家,比在自己家的时间还要多。

"你究竟想要什么东西?"阿信说。

"我想买一把好剑,所以厚着脸皮想跟你们要一些钱。"

"你要多少?"

"既然开口了,我不希望被拒绝。你们先答应。"

"可以。"彦五郎充分表现出了他心胸开阔的一面,说,"要多少?"

"一百两。"

夫妇俩沉默了。一百两的数目实在太大,就算把周围的良田都卖了也凑不出这么多钱来。在那个年代,家里雇用一个男仆的工钱一年也就三两。

彦五郎的声音不自觉地大了起来。他说："你要买什么剑，要这么多钱？"

"我想买一把将军、大名他们用的那种剑。"岁三很坦然地回答。

"荒唐……"

"姐夫认为这荒唐吗？"

岁三两眼直直地盯着彦五郎。

"可是，毕竟钱的数目太大了。"

"在京城，西部各藩、不法浪士肆意妄为，我要在他们疯狂的刀剑下保护将军，所以我用的剑也要有符合保护将军身份的品位和锋芒。"

"……"

"我听说近藤师傅也在找虎彻。"

"找虎彻？"

那也是大名用的东西。

"阿勇？找虎彻？"

"没错。爱宕下日阴町的刀剑店正全力以赴地替他在找。到京城以后，我们全得靠剑术和剑来保护自己的生命。所以我也想有一把和虎彻不相上下的利剑。"

"这……说得也对。"

彦五郎好像有点底气不足地看着自己的妻子阿信。阿信表现得很镇定。她很清楚自己的梳妆台里还放着出嫁时父亲给的五十两。她说："阿岁，你问姐夫要五十两吧。"

"五十两行吗？"

阿信拿出自己的五十两，加上彦五郎的五十两，每包二十五两，包了四小包交给岁三。

"太感激了。我会永远记着你们的大恩大德。"

这个在别人面前桀骜不驯的男人接过四个小包，脸上露出了稚童般的笑容,让阿信忍不住想捏一下。

第二天,岁三开始走访各家刀剑店,爱宕下的刀剑店一条街是他首选的目标。除了这里,全江户的所有刀剑店他都走访到了。

每次一进店门他就问:"有和泉守兼定吗?"

那可是名震天下的利剑。

这种剑绝对锋利。如果真是和泉守兼定的杰作利剑,削南洋铁如泥土。有名的刀剑很多,但还是有优次排序。如堀川国广、藤四郎佑定、津田助广等名工匠就有二十一个,他们的作品绝对出众,和泉守兼定更是名列前茅,排在他们所有人的前头。有人评价说,和泉守兼定的剑锋利无比,剑刃就像带了魔力一般。

"兼定?您是……"

所有刀剑店的店主都惊讶不已。那可不是一个普通浪士所能拥有的东西。

"我们有第一代和第三代的兼定。"

有刀剑店这样回答岁三,但是岁三并不想要那些。同是和泉守兼定,第一代和第三代的东西都很普通,价格也便宜,应该说最适合浪士使用了。但是岁三看不上,他说:"我要宝盖之。"

宝盖之是第二代和泉守兼定的作品,也是利剑兼定的别名。因为他在作品上刻名字时习惯性地把"定"字刻成"芝",所以人们对这个字进行分解,把它叫成了宝盖之。

战国时代的武将细川幽斋和忠兴父子俩就很喜欢兼定的作品,还有丰臣秀吉的猛将、被称作"鬼武藏"的森武藏守也极偏爱兼定的十字矛,还亲手在上面刻下了"人间无骨"这四个令人不寒而栗的字,意思是杀敌犹如穿芋头串儿一样轻而易举。

岁三知道这个"人间无骨"的故事。由此他推想,只要利剑兼定出鞘,敌人身上就会像没了骨头似的散了架。

"有和泉守兼定吗？"

每天他都在重复这个问题。

"有。"

终于有一天，在浅草的一家旧武器店里，从一个两眼发白的瞎老人嘴里听到了肯定的回答。

"是真的吗？"

"不信你可以不买。"

"我不是这个意思。我是说你的眼睛鉴定出来的东西不会有错？"

"剑这种东西，"老人嘶哑着声音笑道，"恰恰是明眼人才容易看走眼。我是十年前，也就是七十岁的时候，眼睛才瞎的。因为眼睛看不见，所以鉴别剑的时候，心思全在这上头了。就是从那时起，我鉴别东西几乎没失过手。连爱宕下的刀剑店店主也经常跑到我这里来，让我摸一摸他们拿不准的东西呢。"

"好吧，我看一下。"

老人从店里拿出一把脏得不能再脏的旧白茬木制刀鞘。

"你看吧。"

岁三抽出剑。

剑身锈迹斑斑。岁三一看，不禁怒气冲天，脸色刷白。他强忍住怒火，装着若无其事的样子，说："多少钱？"

"五两。"

岁三没有说话。他盯着这个干巴巴的瞎老头，好半天才开口："为什么这么便宜？"

"小伙子，"瞎子张开嘴笑了，满口看不见一颗牙齿，"买东西还有嫌便宜的吗？难道我开口要一百两你才满意？"

"你是在耍我吗？"

岁三声音低沉了下去。老人没有因此而害怕。

"小伙子，你别激动。你应该听说过，剑和人一样是有剑运的。这把剑是永正（足利末期）朝代的作品，那时候这把剑的剑运如何我不知道。总之，后来它一直没有成为哪位大名或其他有身份的武士的随身物，长期以来一直躺在出羽一个杂草丛生的豪门家的仓库里。数百年后，有窃贼进这仓库，盗走这把剑，这才使它有机会在世上露面。我有幸被窃贼看中，他把赃物拿到我这里来了。就这样，这把举世无双的剑到了我的手中。这就是剑的来历。"老人很坦诚，向岁三说出了剑的来历。而他的这番解释很可能给自己带来牢狱之灾，可见这位老人是诚心诚意要成全岁三和剑了。

"我一直相信——"

以盲人的直觉，老人认为这位专找和泉守兼定的浪士不是一个简单的人物。他继续说："几百年来，这把剑一直在等一个人的出现，那就是你。我非常清楚这一点，所以我才开价五两。你要是不愿意，白送给你也可以。你可能觉得我这人很怪，我开了五十多年的武器店，愿意赔本做生意这可是第一次。"

话很仗义。这真不像是一个纯粹只靠经营武器店为生的老头，他暗地里或许还干着什么令奉行所备感头疼的事情。

"那我就给你五两。"岁三说。

离开店，岁三直奔爱宕下。他要让这把剑彻底恢复它原本应有的本色。

文久三年元月，距离出发去京城还剩下不多时间的某一天，剑终于打磨好了。

剑上的饰物全部是实用的铁，刀鞘是抛过光的黑漆。这都是按岁三的要求做的。

一切都做得非常完美。任谁看了都不能不心悦诚服地承认这是真正的和泉守兼定。

剑刃上布满了类似小豆粒的不规则的点，剑身幽蓝，好像有一种魔力能吸引人的眼瞳，表面纹理像鸡皮疙瘩一样。

"的确锋利——"

岁三握剑的手不由自主地微微颤抖。

从这天晚上开始，岁三的举止变得非常古怪，这让冲田总司心里直起疑。

晚上在道场看不到他的身影，直到东方破晓时分，才能看到他拖着一夜未睡的身体回到道场，经常是一回来便倒头就睡，一觉睡到日上中天。然后到了傍晚又不见踪影。

"土方老师，"终于有一天，冲田总司逮住了岁三，他歪着脑袋，露出惯有的纯真笑容说，"我不得不相信真有那么回事儿了。"

"什么事儿？"

"狐狸附身呀。我看你连面孔也越来越像狐狸了。这样吧，我认识一个会妖术的人，让他来帮你去去邪。"

"又胡说八道了。"

岁三边说边往剑身上擦磨刀粉。

太阳渐渐西沉，灯一盏盏地亮起来了。冲田的脸在昏暗的光线下显得模糊不清。

"今晚去哪条街？"

"……？"

"你别糊弄我，没用的。"

这个年轻人似乎已察觉到了岁三的行踪。

最近街上暗杀行人的事情时有发生。凶手是一些浪士剑客，他们的目的不是抢劫，更多是因为攘夷运动的热潮，使他们变得杀气腾腾。这些浪士剑客声称为了防备外夷的入侵，要努力练好剑术，于是到了晚上就在大街上乱开杀戒。

几乎每天晚上都有人命丧街头。

受害者大部分是武士。为此夜间外出的武士少了许多。

发生这类事件最严重的，是在小石川附近。

在彗星向东方飞逝而过的这个年末的同一个夜里，小日向清水谷有一起，大冢洼町有一起，户崎町的庄稼地有一起。死者都是有主人家的武士。

这一年，在道场所在的柳町的石屋前，一个旗本家的仆人惨遭杀害。自此，奉行所同心[1]开始盯上了近藤道场。他们三番五次来到道场，不厌其烦地询问道场相关人员的情况。

"你这样不好。还是趁早收手吧——"

冲田发自内心地劝说岁三，态度非常诚恳。

但是晚上，岁三还是出去了。

刺杀行人并非他的目的。

他是为了找一个人。为此，他每夜在街上游荡，去一个又一个有可能见到此人的地方。

终于，他见到了这个人。

戌时下刻。

岁三经过金杉稻荷的鸟居前，走到一个叫久保田某的旗本家的拐角处时，突然从背后传来挥剑的声音。

他匆忙跳到围墙脚下，转过身时，和泉守兼定已经握在了手上。他习惯性地取了下段位姿势，准备应战。

"……？"

岁三绷着脸，一声不吭。天空挂着一轮圆月，在月光下面，对方的影子正悄悄地向左移动。

——厉害。

岁三这么想是因为对方已经收了剑。只见他垂着两条胳臂，围着岁三走了起来，听不到一丝脚步声。看那架势，此人脚下功夫、腰上功夫、居合功夫已经练到了炉火纯青的地步。

1　负责街道治安的下级捕吏。

岁三盯着这位非等闲之人。

一般来说，黑夜里看东西不能平视，目光最好稍高于影子，这样影子就可以清清楚楚地看在眼里。这是夜战的经验。

"喂，"对方开口了，"你是谁？哪个藩的？只要你告诉我名字，我会给你上香。"

"呸。"

岁三吐了一口唾沫，又不说话了。

对方像是在等岁三出手。此时两人相距不过六尺，不管谁先跃起，终将有一人变成尸体。

岁三也在等对方出手。

如果岁三先出手，那就正中对方下怀，对方正好可以用上居合的招数。

——怎么才能让他先拔剑呢？

对付居合只有这一种方法。

岁三悄悄弯腿，又突然挺直，在围墙前横向闪开，同时快速抽出短刀，与对方厮杀在一起。

他向对方扔出了短刀。

对手见状迅速做出了反应。只见他一弯腰，白色的剑刃唰的一声挥向空中，从岁三的头顶上笔直劈了下来。

火光四溅。

不知什么时候，岁三的左手多了一把铁扇。他反持铁扇，接住了敌人砍下来的白刃。

接着，岁三早已拿在右手的和泉守兼定像龙卷风似的转了起来，钻进了男人的右脸，割断了敌人脸上的骨头。骨头连着右眼窝，整根断裂。眼球飞出去了，下巴没有了。带着这样一副面容，男人扑倒在地，当场气绝身亡。

——这剑的确锋利。

这一天是元月三十日，夜里。

几天后的二月八日，岁三等新招募的三百浪士在小石川传通院集合后从江户出发了。途中经过中仙道，走过一百三十里的路程，于文久三年二月二十三日傍晚到达京都。

岁三住进了壬生寓所。

袖子上还渗着江户的鲜血。

清河与芹泽

壬生乡位于京都西郊,是古寺、乡土宅邸和农家相对集中的地方。在王朝时代,这里曾经是朱雀大街的中心街,所以保留了非常浓郁的古典气息。

岁三等天然理心流的八位壮士被安排在壬生乡八木源之丞的家里。

"好气派的房子。"

近藤非常高兴。

的确,这房子比岁三见到过的武州任何一座豪宅都要漂亮。用在柱子、地板上的木材是上等香木,选自同一棵树;种着花草树木的里院、前后院都非常典雅。要是爱好茶道的人看到这房子,很可能会兴奋得浑身颤抖。

"阿岁,你看,这才是名园啊。"

武者近藤又走到套廊参观,怎么都看不够。其实这哪里是名园啊!后来近藤在京都住的时间长了,知道像这样的房子在京都很是寻常。他在感情上有点难以接受,说:"京都这地方太让人震惊了!"

但是当时,看着这样的一座大房子,他只剩下目瞪口呆的份儿。

"是吧,阿岁?"

近藤回头看岁三。岁三正站在一旁欣赏院子。突然,他对近藤说:"以后别再叫我阿岁了。"

到了京城以后,他觉得近藤太土气了。不仅老土,而且整个人看上去好像也小了一号。

"那叫你什么?"

"你就叫我土方君吧。我叫你近藤先生或近藤师傅。刚开始可能会不习惯，但是表面文章很重要。我们不再是武州的无名之辈了。我在想，咱们八个人也不能群龙无首，最好按年龄大小和能力高低确定主次关系。"

"这主意不错。"

"当然头领还得由你来当。"

"是吗？"

近藤嘴里没说，脸上却明显流露出"那是当然"的神情。近藤从小就是个孩子王，至今还没有一次屈居第二。

"对。所以，你就要像个头领那样注意自己的言行举止。"

"我知道。不过阿岁，我在浪士组里只是个小小的组员。"

近藤说得没错。离开江户的时候，清河八郎与幕府派来接洽此事的山冈铁太郎等人已经商定了浪士组的体制。他们从应募的浪士中选出若干人，分别担任组长和监督员等。而近藤的这一组人，没有一人入选，都是普通组员。

这就是无名之辈的悲哀。

任命的头领中有一个非常愚蠢的人叫祐天仙之助。他以前是个赌徒，因为他带着自己平时豢养的保镖喽啰等一大群人加盟浪士组，所以他名正言顺地成了五番队的组长。

除了此人，这次被任命的其他干部头领也尽是在江户攘夷浪士中徒有虚名的轻薄之徒（至少岁三是这么认为的），如根岸友山、黑田桃珉、新见锦、石坂周造等。他们当上头领后，好像已经得了天下似的，架子十足。他们装腔作势的水平或许是一流的，但是到了真枪真剑的战场上，落荒而逃可能就是他们的第一选择。

——只会说些蠢话。

岁三在前往京都的途中，几乎没有和那些人说过话，有时甚至拿白眼瞪他们，所以很不讨头领们喜欢。

——都是些乌合之众，也就这么一点本事，总有一天他们会作猢狲状散去的。

岁三等待着这一天的到来。

岁三的战斗已经打响。他要依靠武州天然理心流的力量来夺取这个集团的最高权力。

——怎么才能实现这个目标？

岁三终日阴沉着脸思考这一问题。

浪士们分住在不同的人家。

浪士组的总部，设在新德寺。

他们征用了壬生乡的几家民居，包括寺院仆从田边家，乡士中村、井出、南部、八木、浜崎、前川等人的房子以及众多的农家。面积不太大的壬生乡里，如今到处可见关东口音的浪士。

事情发生在这天傍晚。

也就是浪士组抵达京都的第二天。傍晚，总部新德寺派了一个人来到岁三他们住的八木家。来人进门就喊："清河先生在新德寺总部的正殿有话要说，请大家马上过去。"

说完又匆匆跑远了。

"土方老师，你猜他会说些什么？"

冲田放下了筷子。

大家都聚在近藤的房间里一起吃饭。每人的盘子里都有腌制的壬生菜。

这种菜他们在关东未曾见过。

这是水菜（京都菜）的一个变种，呈墨绿色，叶子和根茎都很粗，咬起来又软又有韧劲。

"真好吃。"

山南敬助一次又一次地要八木家的女用人添这道菜。岁三很看不起山南的这副模样。

山南也有意思。不光对吃的如此，只要是京城的东西，他都毫不吝啬自己的溢美之词。

——真不愧是王城之地。到京都以后，我越来越觉得我们不过是关东的野虾而已。

这样的话，他不知重复了多少遍。岁三于是把山南如此赞美的壬生菜从自己的盘子中拨出去，一口不沾。

——野虾又怎样。像这种一点咸味都吃不出来的咸菜有什么好吃的。

岁三不是对吃的东西反感，而是对山南厌恶至极。

"什么，清河先生有话要说？"

山南放下了筷子。这个文化人正因为自己有文化，所以尤其敬佩才识渊博又能言善道的清河八郎。

"各位，走吧。"

"我们还没吃完呢。"岁三说，"你也用不着这么性急吧。山南师傅，清河八郎又不是我们的主人，不过是负责照顾我们的人而已。让他等着就是了。"

"土方君，"山南很勉强地笑着说，"你也是好不容易才到京城来的。京城人说话不扎人，你最好先学学这一点。"

"我还是打算我行我素。"

岁三表情严肃地撕了一块鱼干。冲田在一旁扑哧一声笑了。

"土方老师，那是我的鱼干。你的是那个。"

"我知道。"岁三嘴里不肯认输，他说，"别人碗里的东西好吃嘛。我这只是学京都迷山南师傅而已。"

近藤一干人吃完最后一碗茶泡饭后才慢吞吞地出了寓所的门。八木家的男仆为他们打开大门。大门上装着沉甸甸的铁环，好像大名的家。门洞很大，有武士家的风格。这个大门洞和武州日野镇上喜欢武道的佐藤家的大门洞有所不同，墙面是红色的，窗户上镶了纤细的京格子，感觉有点弱女子的味道。

出门就是坊城街。岁三一行人只要穿过这条路就到新德寺了。新德寺就在八木家的斜对面。

小小的正殿里已经挤满浪士。他们让了让，岁三一行人就在末座上挤着坐了下来。

坐在正殿须弥坛右侧的是山冈等幕僚，清河就在他们的旁边，此时正表情黯然地抚摸着下巴。在他的周围坐着心腹石坂周造、池田德太郎和斋藤熊三郎（清河的亲弟弟）等人，一个个神情紧张。

——看来是真的有事儿。

岁三这样想着。

三十张榻榻米大的正殿里只放了五个烛台，没有灯。就在这昏暗的房间里，清河的党徒石坂周造首先站了起来。

"各位请安静。现在我们请清河氏给我们讲话。"

清河八郎站了起来。他个子很高，身姿挺拔。

他一步步走向须弥坛前。

清河皮肤白皙，五官秀丽，长得非常端正，连男人看了都会为之心动。他眼光锐利，浑身充满活力，态度不卑不亢，不失为北辰一刀流的精英，很有大将风范。说他是一代人杰绝不为过。

"诸位，"清河把剑换到左手，说，"今天我要说的是我们自己的事，所以希望大家用心来听。我们是浪士，会有流血牺牲。在座的各位都是勇敢剽悍、视死如归的好汉，流血是不怕的。但我们必须清楚流血是为了什么。如果我们的鲜血是为了错误的选择而流，那么我们将会蒙上永远也洗刷不掉的乱臣贼子的恶名——"

清河环视了一周众人。

大家都紧张地看着清河。清河接着说："我们在江户传通院结盟的时候，告诉大家是为了保护近期上京的将军（家茂）。其实这只是表象,我们真正的目的是要保护天皇基业,做尊皇攘夷的先驱。"

"啊——"

这太出乎意料了。

感到意外的不只是在场的浪士,还有协助清河为组建浪士组而说服幕阁的幕府方面的幕僚们。山冈铁太郎等人脸色铁青。清河的这番话,山冈也是第一次听到。(几年后,山冈成长为一个让人刮目相看的响当当的人物,而当时他还太年轻,更多是为谋士清河的口才所折服。)

"的确,我们是响应幕府的号召组织起来的,但是我们没有拿德川家的俸禄。我们可以自由选择我们的路,所以我们选择做天朝的兵。今后,如果有幕府官员(如老中、京都所司代)背叛天朝、违抗皇命,我们将毫不留情地置之于死地。"

清河八郎就在壬生的新德寺里,举起了维新史上第一面倒幕旗帜。为了手中没有一兵一卒的天皇,清河准备采取强硬的手段,试图以此摇身一变,成为旗本,并确立高于江户幕府的京都政权。可以说,这是维新史上一出最大的闹剧。

"有异议吗?"

一屋子的人被清河的话镇住了。在座的即便是受过教育的人也不能真正理解他的这番话,更别说提出反对意见了。

清河内心是看不起在座各位的。他心想:我不需要你们的头脑,我只需要你们做我的追随者就够了。

没有一个人发言,会就这样结束了。

从这天晚上起,清河开始了说服京都公卿的工作。他请求公卿们上奏天皇,禀明浪士组的心迹。当时的那些所谓公卿,政治素养简直跟白痴没什么两样,而当时的天子(孝明帝)又患有高度的白人恐惧症,对幕府的开关政策始终持反对意见。

所以,清河提出的"尊奉天意,行先攘夷"的倡议极大地震撼了朝廷。很快，清河得到了天皇的圣言：甚合吾意。

清河欣喜不已。如果形势的发展能如他所愿，说不定出羽清川村的一介乡士，真的会坐上京都新政权的首席之位。

"阿岁，依你看，我们该怎么办？"

当晚近藤把岁三叫到了自己的房间里。近藤此时还不甚了解时势这个东西，也不太理解所谓的志士们议论的话。岁三也一头雾水。毕竟在这之前，他还只是一个在武州多摩的乡下和八王子的甲源一刀流打来打去的男人而已。

但是岁三身上有非常敏锐的直觉和男人的气节，这些都是近藤所不具备的。

"那个人不是什么好东西。"岁三的一句话彻底消除了近藤的疑虑。他说："阿岁，你说得对。清河那小子说的话我不是很懂，但很明显那是叛变行为。再怎么披上正义的伪装，也还是一个祸国殃民之徒。既然这样，我们怎么办？"

"我想我们只有一条路可走，就是除掉他。"

"杀了他吗？"

近藤的思想很简单。但是岁三认为，杀死清河一个人，还不能彻底解决问题。所以他又说："我们还要成立一个新的组织。"

"成立新组织？"

"对。现在我们只有八个人，敌不过清河众多的追随者，所以现在杀他为时尚早。我们不要操之过急，需要假以时日，一步步实现目标。"

"那我们怎么做呢，阿岁？"

"请叫我土方君。"

"哦，对不起。"

近藤表情有点尴尬。

岁三侧着耳朵注意隔壁房间的动静，拿出纸和笔，写下了三个字——芹泽鸭。

"要想成事，必须把这个人拉拢进来。"

芹泽鸭原是水户藩的人，后来脱离了藩籍。他自称是天狗党的同伙，身材魁伟，力大无穷。他也是神道无念流的免许皆传，有自己的徒弟。但此人性格暴烈，容不得一点忤逆，什么事都干得出来。这一点非常让人头痛。

"芹泽。"

近藤轻声念道。他很不喜欢芹泽。在进京的途中，近藤和这个男人有过好几次不愉快的接触，要和他联手，近藤有些迟疑。

岁三也不喜欢芹泽鸭，甚至比近藤更讨厌这个残暴的家伙。但是为了今后的目标，岁三要说服近藤，同时也要说服自己，和芹泽联手合作。

"为什么非得是他不可？"

"因为他手下的人都很厉害。"

芹泽手下只有五个人，但是个个剑术高超，以一当十。而且他们又是清一色的水户人，同是神道无念流的出身，在芹泽的带领下加入了浪士组。与近藤这一组不同，他们之中后来出了两个浪士组的头领（芹泽鸭是督导，新见锦是三番队伍长。另外三人分别是平间重助、野口健司和平山五郎）。

"还有，"岁三用手指着纸上的"芹泽鸭"三个字，说，"你知道这个人的真名吗？"

"不知道。"

"他的真名是木村继次，他有个哥哥叫木村传左卫门，就在水户德川家在京都的分部任职，职务是公用方[1]。你看，既然他是水户德川家的公用方，那他应该和京都守卫官松平中将殿下的关系很密

1　常驻京城的联络官。

切吧。"

"嗯。"

"说到京都守卫官松平中将殿下——"岁三顿了顿,看着近藤。京都守卫官就是幕府设在京都的代表机构。

"明白了。"近藤兴奋起来,"你的意思是通过芹泽去说服京都守卫官阁下批准我们成立一个新的组织,对不对?"

"对。芹泽其人不可交,但现在是一服良药。而且,对我们来说,还有一个便利之处,就是他们五人和我们都住在这里。"

岁三把手中的纸揉成一团。

这实在是太巧了。在安排浪士组住处的时候,近藤和芹泽两组刚好分在一起,住进了八木家里。如果没有这样的巧合,后来的新选组是否会诞生,也未可知。

"芹泽先生,我想和你谈一下。"

近藤和岁三分手后就去了芹泽的房间。他们的住处中间隔着一个内院。

"哟,稀客呀。"

芹泽热情招呼。他们虽然住在一个屋檐下,但各自占据一方,两个头领还从来没有坐下来平心静气地聊过天。

对于近藤的来访,芹泽显得非常高兴。此时,他已经有些醉意蒙眬了。

"喂,给近藤先生拿一副碗筷来。"

他指示手下平间重助,还把自己正用着的朱漆大杯洗干净递给近藤,说:"先来喝一杯。"

"谢谢。我不客气了。"近藤一饮而尽。

近藤不太会喝酒,但此时为了达到和芹泽联手的目的,就是毒酒他也会毫不犹豫地喝下去。

"痛快。您来可是有什么事?"

"是关于背叛的事情。"

"背叛？"

"就是清河说的事情。"

近藤没有用敬称称呼清河，而在这之前一直敬称他为清河阁下。

"哦，就那小子说的事情啊。"

芹泽好像从一开始就没把清河放在眼里。他接过近藤递过来的杯子，说："你为什么说那小子是背叛？"

"芹泽先生心里应该早就想清楚了吧，此事我们可不能大意。"

"嗯。"

芹泽的神情凝重起来。的确，仔细想来，清河是利用了当今流行的尊皇攘夷口号，巧妙地掩盖了一个事实。那就是作为武士，背叛了大公义[1]的信任。

"对武士来说，那就是叛变。"

"是啊。"

听了近藤的说法，芹泽脑海里的清河八郎与戏剧中明智光秀的形象渐渐重叠起来。

"要杀了他吗？"

他放低了声音。

"关于这一点——"

近藤说出岁三的计策。芹泽连连击掌，看上去很是兴奋。

"有意思。就这么办！这下京城可有好戏看啰。"

1　幕府。

新选组诞生

岁三和近藤来到京城,第一项工作就是除掉清河。当然,是采用暗杀的方式。

这事绝对不能走漏一点风声,否则岁三计划中的下一步,即通过秘密结盟,由近藤、芹泽两派共同组建一个新组织的事情就会困难重重。

近藤派的八个人每天都到壬生周围散步,看似很悠闲,目的实则是刺探清河的动静。芹泽派的五个人也积极协助他们。但是以芹泽鸭之鲁莽随性,并不适合做这种需要小心加耐心的侦察工作。

"近藤君。"芹泽几乎天天都踩着重重的脚步声来找近藤抱怨,"整天这样子,烦死了。"

他的性子确实急躁,且总是带着一身熏人的酒气。此外,他还有一个毛病,喜欢一边说话,一边用一把大铁扇不停地拍打膝盖。铁扇上刻着几个字——"尽忠报国"。这是当时在水户很流行的一句话。

"不如——"芹泽干咳了两声,说,"深夜闯进清河八郎那浑蛋的房间,不管三七二十一把他干掉就是了。"

"嗬,真不愧是芹泽先生。"

"是个好主意吧。"

"先生不愧是英雄豪杰。"

近藤极尽花言巧语之能事。此时他必须安抚住芹泽,因为一旦芹泽鸭轻举妄动,后果将不堪设想。

"不过我们还是慎重些好。对了,你哥哥那边有消息了吗?"

"你是说找守卫官的事吧?"

"对。"

"昨天我又去了。我哥说应该很快就会有消息。只要得到守卫官的认可，近藤君，京城就是你我的天下了。"

"哪里，我不过是个乡下人。"近藤苦着脸哄芹泽，"不过，先生一定会成为京城第一国士。"

"你别给我戴高帽子了。"

"你觉得我是一个会花言巧语的人吗？"

"说得也是。"

芹泽很得意。

尽管说这些话让近藤很不爽，但他必须这样做。这是幕后主谋岁三的主意，在事成之前，无论如何都要稳住芹泽鸭。

——近藤师傅，就算芹泽让你舔他的脚底，你也得照做，只要他高兴。总之，你要尽一切可能讨他欢心。

上一章已经提到，芹泽有一个哥哥是水户德川家的家臣，在京城担任公用方。这对岁三来说非常有利用价值。通过芹泽，可以让他的哥哥对京都守卫官、会津中将松平容保的公用方做工作，拿到密旨，诛杀清河八郎。现在正是近藤他们的关键时刻。

根据岁三的观察，对于清河的突然倒戈，幕府极为愤怒（正如岁三所料，老中板仓周防守已经向在讲武所任教的幕臣佐佐木唯三郎下了命令，责令他设法暗杀清河）。所以作为京都的幕府探题[1]，京都守卫官当然也对清河耿耿于怀。这一判断绝不会有错。

——密旨一定会下的。

所以，岁三一边让芹泽去他哥哥那里活动，一边继续开展暗杀清河的计划。

一切不出他所料。

1　镰仓、室町幕府时期，在一定面积的地域上兼管政务、司法、军事的地方官员。

第二天，京都守卫官松平容保的公用方、一个叫外岛机兵卫的人派人来找芹泽，说要见他。还叮嘱了一句，说要保密。

"这事儿有着落了。"岁三对近藤说。一群名不见经传的浪士剑客和权力大于江户幕府的京都守卫官搭上关系，仅这一点，这收获难道还不算大吗？

"是啊。"

因为过于兴奋，近藤的面孔涨得通红。他说："阿岁，这事儿应该通知老家，一定要的。"

结拜兄弟日野镇名主佐藤彦五郎一定会为他们高兴的。彦五郎非常惦记他们，他说在京城需要用钱的地方会很多，时不常地差人送钱过来。这就是好朋友的情谊。

第二天，几个人离开了住处，跟大家说是要去"参观市区"。

一行人从壬生出发一路向东。

近藤勇、土方岁三、芹泽鸭、新见锦，此时此刻，这四个人无论如何也想不到，几个月后他们会惊动整个京城。

他们到达位于黑谷的会津本营时，午后的太阳已经开始向西倾斜。

"嗬。"

近藤抬头向上看去。

一扇装有铁钉的大门赫然耸立眼前，看上去好似一座城门。这里说是会津本营，实际上是净土宗本寺金戒光明寺。而这里的建筑与其说是寺院建筑，不如说更像是一座背靠丘陵的城堡。不只是像，这其中还有一个故事。

江户初期，德川家除了在二条城建了一座正式的城堡以外，在京都还建了另外两座城堡，以应对万一发生的叛乱。一座是位于华顶山的知恩院，另一座就是位于黑谷的金戒光明寺。对幕府来说，现在正是面临"万一"的时候。为此，幕府派会津的松平驻扎在京都，并将本营设在备用的城堡金戒光明寺内。德川氏祖先的智慧在经过两百多年后的此时，终于有了用武之时。

"芹泽先生，你看这本营多气派。"

"哦，是啊。"芹泽对建筑兴趣不大。

他们一行人被带进了住持的房间。不一会儿，从外面进来一位眼光犀利的中年武士，在末座上向四人行了个礼。

"让诸位特意到这里来，很是过意不去。我是公用方外岛机兵卫，以后请多多关照。"

此人按照会津藩士的礼节向大家做了自我介绍。

接下来就是喝酒。外岛机兵卫的表现很像一个风流雅士，与他的长相似乎并不相称。他先是说一些无关痛痒的玩笑话，酒喝多后，又用可爱得让人捧腹的声音说一些会津的俚谣，周旋于众人之间。这是近藤第一次出席这种场合，他显得非常紧张，浑身不自在。

岁三也是两眼骨碌碌地转，脸上没有一丝笑容。

到了告辞的时间。外岛机兵卫把一行人送到大门外。他轻轻摸着自己的脸颊，说道："今晚过得很愉快。"说完又突然压低嗓音，叫了一声："近藤先生。"

"啊？"

"清的事就拜托你了。"

消磨了一个下午的时间，这是他说的唯一一句切题的话。清当然是指清河。京都守卫官终于下达了暗杀清河的命令。

清河八郎每天都要出去，目的地是皇宫。

皇宫里新设了一个办事机构叫"学习院"。这里集中了从公卿中选出来的天资聪慧的人，他们每天研究并讨论对付幕府的政策。然而自源平以来，公卿被剥夺执政权力已达七百多年，他们从来没有接受过政治训练，几乎不具备判断能力。所以这个机构事实上只是一个空架子，受出入于此的"尊攘浪士"的意见所左右。清河正是这个机构的幕后人物之一。

岁三悉心研究了清河每天往返的路线，不由得感慨道："不愧是个剑客。"因为清河每天都走不同的路线，防范有刺客对自己不利。

但是岁三的努力也没有白费，他终于找到了一个清河的必经之地。这地方位于九条关白[1]家的南面，在丸太町街（东西向）与高仓街（南北向）相交的一个拐角。那里有一栋无人居住的空屋，正是设埋伏的理想地点。

岁三与近藤和芹泽商量，决定就在那里下手。

"暗杀一定要在夜间进行，"岁三对芹泽说，"而且要一击得手。稍有耽搁，我们可能就会暴露身份。"

"我自有分寸。你还真像军师。"

"不要让太多人知道这件事。"

"知道。不用你在这里指手画脚的。"

近藤、芹泽两派人中，只有拜访过会津本营的四个人知道这个秘密，其余的人均蒙在鼓里，所以暗杀行动便也由这四个人来实施。他们分成了两组。近藤勇和新见锦一组，芹泽鸭则和土方岁三一组。两组人轮流到那栋空屋里等待机会。之所以没有按同伴搭配，是因为如果那样的话，一旦取了清河的首级，会成为两派中其中一派的功劳，引起不必要的争执。对于这些后果，岁三也先一步考虑到了。

计划开始实施，但仍然很棘手。清河的保护措施做得滴水不漏，他出门的时候，一定会有几个身材魁梧的心腹陪伴左右；太阳下山之时，他也早已回到住处。连近藤都感慨清河的细心。尽管每天都在空屋里守候，但是清河回来的时候天色实在太早。

1　辅佐天皇处理政务的最高职务，于平安时代设立，相当于中国的丞相。王政复起之后被废除。

芹泽急得直咬牙。每次从木篱笆的小孔看出去,看到清河一步步地走近,芹泽恨不得一跃而上,每次岁三都要费好大的劲才能制止他。

机会终于来了。

这天傍晚,轮到芹泽和岁三这一组埋伏。夕阳已经沉沉落去,却不见清河从学习院回来。

"看来今天有戏可唱了。"

芹泽说着,在木篱笆脚下痛快淋漓地撒了一泡尿,飞溅开来的尿滴毫不客气地溅到岁三的衣服上,芹泽很不以为意。

岁三皱了皱眉头,心里暗暗骂了一句:"讨厌的家伙。"

他正想闪开,木篱笆外有了动静。先是几盏灯笼进入视野,谈笑声随之而来。

"是清河!"岁三说。

"在哪儿?在哪儿?让我看看。"芹泽凑到小孔前,脸上露出了笑容,"四个人哪。"

来的人是清河八郎和他的心腹手下石坂周造、池田德太郎及松野健次。这几人个个剑法娴熟,足以开道场广揽门徒。

"土方君,清河就交给我来解决。"

"好,我来对付那些鼠辈。记住要速战速决,千万不要动静太大。"

"真啰唆。"

芹泽不慌不忙地戴上事先准备好的面具,岁三也用黑布蒙住了脸,只露出两只眼睛。

"土方君,上。"芹泽一个箭步飞身出了木篱笆。岁三紧随其后,边跑边抽出了和泉守兼定。

"怎么回事?"

灯笼停止了移动。他们看到前面跑过来两个黑影。黑影之一的脚步声大得惊人,仿佛要吵醒整个大地。

——芹泽这小子……

岁三边跑边对芹泽的鲁莽感到不满。而清河一伙人却因为芹泽这种不加掩饰的脚步声放松了警惕。

"会不会是什么地方着火了?"

石坂周造还在茫然猜测。清河八郎不愧是首领,他马上意识到这脚步声有古怪。

"大家把灯笼放到地上,向后退。我们等等看究竟是什么情况。"

清河很有经验。他知道如果来人是刺客,一定会冲着灯笼去的。

芹泽果然冲向了空无一人的灯笼堆。发现无人之后,他跨过灯笼,高高跃起,在空中把剑高高举过头顶,落地的同时向着清河当头劈去。

清河后退两步站定,喝道:"什么人?"

芹泽很想潇洒地报上自己的名字,但还是忍住了。他默不作声地向前迈了两三步,再次挥剑刺去。

清河接住了这一剑。岁三再三强调的速战速决的战术已经无法实现了。

——芹泽这小子,就会嘴上功夫。

岁三与石坂、池田和松野三人缠斗在一起,一时间,剑影纷飞,看得人眼花缭乱。不能再恋战了,再不走会被认出来的。

挑开石坂周造刺来的剑,岁三趁机脱身,芹泽紧跟在他身后。两人从高仓街一直向南跑到夷川街,再向西拐去穿过间之町,在二条街再向东,到川越藩的京都屋跟前时,终于甩掉了敌人。

"芹泽先生,我们失败了。"

"哼。"

芹泽直喘粗气。岁三对打架习以为常,一路跑下来呼吸动作和平时也没有什么两样。

——神道无念流的免许皆传就这么点本事。

芹泽鸭大概察觉到了岁三的心思，很不高兴，说："都是你的错。"

"你什么意思？"岁三一时心头火起。

"刚才只要再有一个回合，我就可以杀死清河了。就因为你跑了，才把那条大鱼给放走的。"

"你错了。最初定下的策略就是一举击毙他，一旦失手，立刻就跑。"

"就你聪明。"

"我只是个不学无术的人。"

"不，你当然聪明。口口声声说策略、策略，不过是用来掩饰怯懦的借口罢了。"

"你说什么?!"

红松的影子淡淡地落在川越藩屋的篱笆上。

"我是不是胆小鬼，您可以试试。芹泽先生，拔剑吧。"

"来吧。"芹泽也拔出了剑。

这时，围墙的一侧出现了几个人影。

芹泽和岁三看见有几个人跌跌撞撞地跑过来，可能是清河的人。

"不好。"两人转身就跑。

第二天——

清河再次把浪士组的全体成员召集到了壬生的新德寺。

"诸位，我要告诉大家一个好消息。"清河说，"天皇了解了我们攘夷的决心，并且已经下了诏书。所以我们来京城是正确的，是值得的。但是，上次生麦暴动事件——"

所谓的生麦事件是指前些时候，在东海道的生麦（位于神奈川与鹤见之间），一个英国人骑马横穿萨摩岛津久光的队列，导致藩士一人死亡、两人重伤的事件。此事致使幕府和英国政府之间在外交问题上出现了裂痕。甚至在横滨一带，因传言将爆发战争，而出现居民举家搬迁的现象。

"现在幕府和英国之间已经开始出现裂痕。所以一旦英国拉响战争导火线，我们将成为赶走他们的先锋。我们也接到了朝廷的通知，很快就要启程回江户。"

这其实是幕阁的一个手段。谋士清河被迷惑了。他带领浪士组回到江户后，改名"新征组"。不过，发起人清河最终还是在赤羽桥遭到了佐佐木唯三郎等人的暗杀。

"我们不回去。"

在壬生新德寺的会上，近藤、芹泽、土方和新见等住在八木源之丞家里的一群人站出来，断然拒绝了清河的要求。随即，离开了会场。

由清河领导的浪士组离开京都返回江户，再次走在木曾路上是在文久三年的三月十三日。他们在京都逗留的时间前后只有短短的二十天。

近藤勇一行八人和芹泽鸭一行五人继续留在寓所八木的家里，自成一派。

自成一派，听起来很有面子，实际上不过是一个浪士集团而已，既不能够享受幕府的资金资助，又没有任何身份的保障。

"阿岁，怎么办？"

近藤不知该如何是好。没有钱，连填肚子的米都是觍着脸向八木家借的。这可不是长久之计，总不能老吃白食。

"找京都守卫官。"

对于岁三来说，目前的情形都在他的预料之中。他要利用芹泽的哥哥去做京都守卫官的工作。如果能成为"京都守卫官会津中将的预备浪士"，那么不仅有了响当当的靠山，而且还会有经费拨款。所以，首先必须确立在壬生扎营的合法地位。

"好主意。"芹泽很高兴，他说，"不过，近藤君，丑话说在前面，到时候总帅要让我来当。"

"那是当然。"

他的这个要求完全可以理解。因为首先芹泽有那样一个哥哥，是他们达成目的的关键；其次，社会上很认可水户天狗党芹泽鸭的名字，所以这时只能把芹泽作为招牌推到前面去。

近藤等人请会津藩公用方外岛机兵卫向京都守卫官转达了他们的意愿，没想到第二天就有了回音。守卫官很支持他们，也批准使用"新选组"的名字。

"阿岁，真像是一场梦啊。"近藤握着岁三的手感慨。岁三反握他的手，说："这只是第一步，今后的路还长着呢。"

岁三的脑海里出现了芹泽的面孔。

四条大桥

清河八郎走了。

新选组诞生了。

文久三年三月十三日，壬生乡八木源之丞家的门口，挂起了醒目的牌匾——"新选组"。题词为山南敬助所书。此时的京都春意正浓。距离该寓所不远处，坊城街四条一角的元祇园社内，樱花开满了枝头。

这两天，壬生附近的樱花竞相开放。

只有岁三的脸上还是阴沉沉的。

"近藤先生，钱还是有问题。"

正像岁三说的，新选组的成立虽然得到了京都守卫官会津中将的首肯，但毕竟还只是一个私党。经费怎么办？十三个人的吃喝又怎么解决？

岁三知道，壬生乡的人看到队员们穿着破衣烂衫，已经在嘲讽他们了。这也难怪，因为这十三人中的八人身上还是刚来京都时的装束，有人的裙裤已经磨破，有人的外褂补丁累累。如果没有佩戴刀剑，五十来岁的井上源三郎等人一定会被看作乞丐的。

穷浪士。

有人在背后议论他们。

"从古至今，钱是军队的根本。攘夷也好，尊皇也罢，聊这些问题固然重要……"

队员们每天无所事事，所以他们整天围在山南敬助的周围议论天下事。岁三说的就是这个状况。

"是啊，钱。"

近藤当然清楚，在柳町试卫馆的时候，近藤最头疼的事情也是钱。在江户，他的道场穷得叮当响，人们背地里甚至叫他们是"芋头道场"[1]。而妻子即使在自己吃不饱饭的时候，给义父周斋老人的伙食也绝不敷衍，每三天至少会给他做一次鱼，但有时候真的难到连买这一条鱼都十分窘迫。

"要不还是麻烦日野？"

近藤提议。到京都以后，佐藤已经帮过他们一次了，这次如果再找他，就是第二次了。还在试卫馆的时候，真到了走投无路时，近藤总会厚着脸皮向武州日野镇名主佐藤彦五郎要钱。这好像是近藤经营道场的唯一方法。

"没用的。"

岁三不同意。就算厚着脸皮向姐夫（彦五郎）开口，能送来的钱数也就五两七两，只够维持几天的生活而已。

"马上派人去吧。"

"近藤先生，"岁三一脸严肃地说，"我有一个想法。我想我们应该召集天下的剑客到壬生来，把新选组扩大成二三百人的大组织，成为护卫皇城最大的一支义军。"

"阿岁。"

近藤很吃惊。他从没有想过这些。岁三这个人，他想，简直就像是为了专门惊吓自己而一直陪在自己身边的。

"为此，我们需要钱。"岁三用手指敲打着榻榻米，说，"我们需要足够多的钱。怎么用都用不完的、像温泉水一样会源源不断涌出来的钱。所以——"

"什么？"

1　芋头曾经是一种廉价的根茎食物，在此用来强调道场的穷。

"你必须改变以往的做法，不能总是五两十两地向日野要零花钱。我先声明，要养活二三百人的精锐部队，至少需要五六万石的经费，相当于一个小大名。你说，他们给得了吗？"

"是啊，你说得对。"

听岁三说到小大名三个字，近藤不禁喜上眉梢。这样一来，自己岂不是要一步登天，坐到常人想都不敢想的位置上了吗？他情不自禁地激动起来，说："就这么办！"

"那么近藤先生，咱们马上找芹泽，再给他戴一顶高帽子。"

说到这里，岁三突然意识到这话可能会扰乱近藤的思想，马上换了口气，说："我的意思是让芹泽再去活动活动，把我们的意愿传给会津侯。对我们来说，现在芹泽可是珍贵得很。"

"好，就这么办。"

近藤马上去芹泽的房间找他。

芹泽鸭正在自己的房间里与新见锦、野口健司、平山五郎等来自水户的心腹们饮酒。

几个男人的面前放着一般人很少吃得到的好酒好菜。

芹泽派的五个人和近藤派的人不同。他们不必担忧吃喝，生活过得相当奢华。个个身上穿的是黑色绉绸外褂，芹泽本人每隔两三天就要去一次岛原，据说还有了女人。

近藤知道他的资金来源。他们经常刁难城里那些有名的富豪，故意找他们的碴儿，强行向他们借钱。

"强行借钱"是那些口口声声高喊尊攘的流浪志士的行为，而京都守卫官认可的新选组的责任就是要阻止这种行径。

近藤坐了下来。

"来一杯怎么样，近藤先生？"

新见锦递给近藤一个杯子。

"不用了。"

"是了，近藤先生不喝酒。要不要来些点心？"

"不，不必了。我们从小就过穷日子，经常睁开眼睛就不得不为这一天的伙食操心。如果我在这里吃了这么奢侈的东西，会遭报应的。"

"哦。"

新见锦已经喝醉了。半年后，这个男人因为耽溺于吃喝玩乐而失职，并为此在祇园受到近藤派的逼迫，不得不自行了断。不过此时，他很想讥讽近藤一番，他想说："你让我好感动啊。真不愧是芋头道场的人。"

他想说的话没错，因为这是毋庸置疑的事实。但可能意识到这样的话有点过于伤人，所以没敢说出口，改口说了一句："你真够俭朴的。"

近藤没说话。

芹泽坐在床柱前，问近藤："近藤君，有事吗？"

"有。"

近藤向前靠了靠，把岁三说的话一五一十地告诉了芹泽。

"小大名？"芹泽听了也很高兴，说，"你说得太对了。为了保卫皇城，做将军家御警，我们的确需要一定数量的队员和武器，十万石大名的规模是必需的。我马上去找守卫官谈这件事。"

"我和你一起去。"

近藤提了要求。总是芹泽一个人去找京都守卫官接洽的话，近藤一派只能永远处在下风。

近藤命令岁三备马。

马牵来了三匹。

芹泽等近藤上马后，发现还有一匹。

"近藤君，怎么还有一匹马？"

"这……"

近藤假装不知道。

沿坊城街出了四条后，岁三从后面骑马赶了上来。

"你来干什么？你也要去吗？"

"我跟你们一起去。"

"怎么不早说。要是知道你去，我应该叫上新见的。"

到了黑谷，见到了会津藩公用方外岛机兵卫等人。三人尽可能详细地说明了自己的想法。岁三为了抬高近藤，话说得很含蓄，也很巧妙。所以，后来，会津人自然而然地冲近藤说话了。

"好，明白了。"

会津人办事效率极高。

他们马上去了另一个房间，在那里家老横山主税、田中土佐等人经过商议，向藩主容保通报了此事。容保当即做出决定，同意近藤等人的想法。事情非常凑巧，当时会津藩刚刚提出预算方案，除了正常的二十三万石之外，幕府追加了五万石的职务俸禄给京都守卫官，加上几天前加拨的五万石，京都驻军的费用多得快溢出来了。

"立即着手招募队员。"

岁三说。

首先确定了招募的办法。他们准备打出"京都守卫官预备队"的牌子，到京都、大坂的各个剑术道场进行大肆宣传。相信剑客应该会闻风而来。

"近藤先生，招募的宣传工作一定要让我们武州派的人来做。这很重要。"

"为什么？"

"如果我们让芹泽的人去做，那么前来应征的浪士自然会成为芹泽派的人。"

"你想得很周到。"近藤苦笑了一下。

岁三当即做出安排，开始了招募工作。而住在同一屋檐下的芹泽一伙人浑然不知。

第二天开始，岁三带着冲田、藤堂、原田、斋藤、井上和永仓所有近藤派的人走遍了京都、大坂的各个道场，动员剑客们前来应征。

在京都和大坂，道场不是很多，但加起来也有三四十家。

要求是应征者必须具备目录以上的资格，会剑术的优先，会柔道、长矛术也可以。

"我报名应征。"

很快有人申请加入。

在宣传的过程中，也碰到过难缠的道场主。他们会提要求，说："你们难得光顾我们这里，所以想请你们赐教一两招。"

话说得很客气，实际上是想暗中试探一下新选组的实力。因为他们不了解新选组，更多的人还是第一次听到这个名字。

"荣幸之至。"

冲田、斋藤和藤堂等人毫不客套。他们拿出竹剑迎接挑战，一次也没有输过。

在大坂松屋町，有一对经营长矛术和剑术道场的谷兄弟。哥哥三十郎曾经是原田左之助的长矛术师傅。

"来吧——"

他表现得非常傲慢，怎么也不肯松口。不知道是因为把浪士组看成了一个来历不明的组织，还是因为连自己的弟子都当上了头领，于是对自己以后的待遇有过高的期望。总之态度非常暧昧。

冲田总司很聪明。他认为这样的人，与其没完没了地解释，不如比试一番更有效果。于是他站起来，说："谷先生，我想请您赐教一手。"

两人同时出手，冲田连续三次击中对方拿着长矛刺过来的手后，取下了鲜艳的面具。

就在他们快走遍各道场的时候，芹泽来找近藤了。他说要商量一下招募队员的事情。

"我们该开始着手招募队员了。"

——你来迟了。

近藤早有准备，装出一副若无其事的样子表示同意，并请芹泽派的人一起参与招募工作。芹泽的手下懒散惯了，近藤他们却一直尽心尽力，后来芹泽就完全放手让近藤的人去完成这项工作，同时也把自己送上了绝路。不过，这已经是后话了。

新招募的队员达上百人，其中，长期流浪诸国、最后来到京都或大坂的人居多。这些人身上几乎都有一两种不好的习气。

岁三和山南敬助商量如何安排这些人的住宿。一百几十人的队伍，编制也是个重要问题。

"近藤君，我想把队员分成两队，你我各负责一队，这样可以吗？"

对于芹泽的办法，近藤并无异议，但岁三极力反对："如此一来，岂不成乌合之众了吗？"

在岁三看来，正因为这群从四面八方凑起来的人本来就是乌合之众，所以必须建立起一个铁的组织。只是什么样的组织可行呢？

日本原有"藩"的组织，但这是武士才有的组织形式，不能效仿。而且藩有藩主，藩主与武士之间为主仆关系，与新选组性质不同。再说，藩兵制度从战国时代一直沿用至今，多有不合理之处。岁三一时找不到可以用来参照的先例，只能考虑建立一个独创的编制。

岁三去了一趟黑谷的会津本部，通过公用方外岛机兵卫，见到了熟悉西方用兵制度的一位藩士，从他那里了解了外国军队的体制。这一趟去黑谷收获匪浅。他全面采纳了西方军队中的部队组织体系，并根据新选组的特点，加入了自己特有的元素，形成了这个新型剑客集团的体制。

首先是确定中队副将，官称为助勤，这个词取自江户汤岛的昌平黉（幕府学问所，东京大学前身）书生宿舍自治制度的一个词。岁三从知识渊博的山南敬助那里听来后，觉得很合适，马上采用了。作为士官的助勤在内务工作上要协助队长，在实战中则为小队长，负责指挥一个小队。他们可以住在外面，性质和西方军队中的中队副将一样。

队长名称决定用"局长"。考虑到芹泽派、近藤派的势力关系，队里设了三个局长。芹泽派两人，分别为芹泽鸭和新见锦。近藤派一人，为近藤勇。局长下面再设两个副长，都由近藤派担任，分别为土方岁三和山南敬助。

"阿岁，你为什么不当局长？"

近藤铁青着脸问岁三，岁三笑了笑没有回答。从队伍的组织结构来说，直接管理助勤、监察等部队士官的不是局长，而是副长。他很清楚，为了更好地控制队员，以便尽早确立近藤的总帅位置，副长的身份有诸多便利，实为上策。

最初响应号召一起来京都的人都担任了助勤，另外又从新招募的队员中选拔了几个人。最后确定助勤十四人、监察三人、诸役四人。在这些士官中，近藤派的人占了绝对多数。

大功告成。岁三非常高兴。

樱花落去，初夏悄悄降临到京都。

队旗做好了，制服也做好了。新选组名正言顺地登上了历史舞台。对于岁三来说，这是他创造的第一件作品，是无与伦比的杰作。

樱花尚未落尽的一天夜里，正在市内巡逻的近藤和冲田、山南在四条乌丸西入鸿池京都屋的门前，杀死了企图越墙而入的四五个浪士强盗。从这一天开始，城里几乎每晚都会发生捕杀"流浪武士"的事件。

当时任会津藩公用方的一个叫广泽富次郎的人在他的随笔《鞅

掌录》中这样写道：

> 　　浪士们一律身披外褂，长剑及地。发髻高高梳起，外形
> 粗犷，昂首阔步走在街上。路人见之纷纷闪避，不敢正眼相
> 看。似心有畏惧。

　　新选组彻底掌握了管理市内大街小巷的治安权。有时候他们也"出征"大坂、奈良等地，见到流浪武士格杀勿论。

　　其间的一天，岁三在建仁寺的塔顶上与会津藩的公用方外岛机兵卫做了一次长谈之后，就带着冲田总司沿大和路向北走去。

　　微风习习，非常怡人。

　　"京都和江户确实不一样，连树芽的气味都有分别。"冲田依然一副漫不经心的样子。

　　"总司，你喜欢京都吗？"

　　"当然。"

　　冲田微微一笑。岁三从总司的答案中隐隐觉察到冲田似乎在这里已经有了爱恋的对象，尽管不知道此人是谁。

　　"我觉得土方老师好像不太喜欢京城。你说京城究竟有什么地方让你讨厌？"

　　"泥土的颜色太红了。土这种东西应该是黑色的才对。"

　　"那倒是，武州的土是黑的嘛。不过，你决定好恶的理由总是出人意料。我可没办法认同。"

　　"有什么不能认同的？"

　　"没什么。"冲田狡黠地笑了笑，"一定是你不谈恋爱的关系。如果你爱上了京都女人，我想你的想法一定会变的。"

　　"又胡说了。"

　　岁三嘴上强硬，脑海里却突然出现了武州府神官猿渡家佐绘的

名字。她不就在九条关白家吗？奇怪的是，这个曾经让他如此迷恋的女人，岁三现在怎么也想不起她的长相了。到了京都以后，过去的一切似乎都成了遥远的往事。

"在武州的时候，事情可真不少。"冲田突然换了话题。

"怎么说？"

"你还记得八王子比留间道场的七里研之助吧。听说他现在经常出入河原町的长州屋。"

"你听谁说的？"

"我听藤堂老师说的，他说昨天看见七里进了长州屋。"

"哼。"

两人来到四条街，向西走过大桥，进了一家茶馆稍事休息。他们打算一会儿向茶馆租一盏灯笼。此时天色已经开始发暗，鸭川河水中闪烁着挂在一家家酒馆门前的灯笼的倒影。

路上人来人往。这条路白天非常清静，正因为如此，一到黄昏时分，走在这条路上的行人匆匆的脚步声显得格外有情趣。

一群灯笼向西渐渐远去。

又一群灯笼向东而去。

突然，灯笼群中有一盏灯笼灭了。

"总司——"

岁三站了起来。

路上飘散着血腥味，掉落的灯笼旁，一具尸体横在那里。

高濑川河

"总司，看看这是个什么人。"

冲田总司在尸体旁边蹲下，死者是一名武士。

"土方老师，从着装和发髻上判断，这人像是公卿家的杂掌。"

"杂掌？"

杂掌是武士的一种，很有些本事。他们实际上是公卿的侍从，在平安时代称作青侍。近来，在京都名门望族中间，非常流行雇用这样的人。

这名武士看上去有三十五六岁的样子。从现场的情形来看，很可能是以一敌众，在五六个敌人的围攻下遭到毒手的。

"先生。"

负责祇园一带的一个捕吏向前探了探脑袋。

捕吏在江户算得上相当体面的职业，此时，这个捕吏却吓得浑身哆嗦。的确，像他们这种人对平民百姓总是趾高气扬，威风无比，然而对于尊攘派的猖獗行为，只会藏起捕棍抖个不停。就说去年的闰八月里，曾经发生过一件事。一个叫猿之文吉的人，是个坚定的挺幕主义者，他为了幕府到处呼吁，被过激分子杀害，并曝尸在三条河原上。而捕吏对此没有任何作为。

"喂，你见过此人吗？"

"见过。"

"他是谁？"

"他叫野泽带刀，在九条关白大人手下工作。"

——他说的九条，会不会就是猿渡的佐绘服侍的那位公卿呢？

死者的主人名叫九条尚忠，据说曾经是京都的挺幕派头领，被尊攘派视作眼中钉。自从去年同门的谋臣岛田左近、宇乡玄蕃被暗杀后，迫于形势，他暂时离开了政界。但是，尊攘浪士中依然有人固执地盯着此人。关于这一点，岁三也曾有耳闻。

——此人被杀是不是也因为这个？

岁三站了起来。

调查就这样结束了。与官府不同，对于新选组来说，案件发生的动机、经过并不重要。因为新选组的工作就是用剑来回应用剑说话的人。

"对方有几个人？"

"六个人。"

看样子，捕吏目睹了案件发生的全过程。

"有什么特征？"

"三个人带长州口音，两个人是土州人的打扮，还有一个好像与先生您的口音一样。"

"武州口音？"

在京都的尊皇攘夷浪士中，很少有武州人。

"他们往哪个方向逃了？"

"不是逃，是顺着这条先斗町大街向北从容离去的。"

"总司，跟我走。"岁三说走就走。

——我一个都不会放过。

岁三脱下棉布外褂，卷成一团扔到衙门里，顺着先斗町妓院街的屋檐下迈出了脚步。

这条街只能用一个字来形容：窄。像剧场内演员通道般狭窄的街道两侧，挂在茶馆门口的灯笼淡淡地照着格子门窗，一直向北延伸，直到融化在三条街的黑暗中。

"总司，身体行吗？"

"什么行吗？"

"我是问你能坚持吗？"

最近，冲田总司常常咳嗽。岁三很担心他患上肺痨。

"没事儿。"

冲田开朗地笑了。

岁三之所以这么问，是因为他根本没有向队里请求紧急增援的想法。他打算靠两个人的力量来解决此事。岁三认为，新选组要想在京都提高威名，最好的办法莫过于以少胜多、以寡敌众了。

——宿缘店。

门前挂着灯笼，艺伎们进进出出。

岁三和冲田静静地走进去。

"我们是会津中将预备队新选组的，奉命前来搜查。"

两人里里外外搜了一遍，没有发现他们要找的人。

就这样一家一家地向北搜查，不知不觉过了先斗町。

"土方老师，他们会不会在木屋町呢？"冲田站在三条桥畔说道。木屋町是由此向北的小酒馆一条街。

"嗯。"岁三在十字路口淡淡的灯光下看了看冲田的脸色，又问了一句，"真的不要紧吗？"

冲田的脸色很差。

木屋町可以说是尊攘浪士的巢穴一条街。长州藩京都屋正门对着河原町，后门就对着这条木屋町。

行凶的人数量比岁三他们多，而且又是在这样的一个地点。一旦动起手来，想必长州藩京都屋的人会出来帮助敌人。可以想象，战斗将异常激烈。

岁三很担心冲田的身体。他知道，在战斗的过程中，一旦咳嗽起来，那就意味着死期的来临。

"没事儿。"冲田抢先一步走进了木屋町。

木屋町内有一家居酒屋叫红次，是红屋次郎兵卫的缩写。

"红次。"

冲田站定，轻声重复了一遍，又慢慢地从格子门旁边走过。

里面传来一阵阵酒席助兴歌的歌声。冲田侧着脑袋，仔细倾听里面的歌声，点点头，叫了一声："土方老师。"

他听到了武州的踏麦苗歌。

"知道了。总司，你盯住这里。"

岁三一把拉开了格子门。"我们是奉命前来搜查的。"说着，跳上门槛向前一步，又一把拉开了里面的隔门。

"什么人？"

在场的武士们吃惊地看着岁三。人数正好是六个。从发髻上看，土州人有两个，眉清目秀、长得像长州人的有三个，还有一个岁三见过，只是不知道此人的名字，他应该是武州八王子甲源一刀流的人，是七里研之助的手下。

——不是说七里也来京都了吗？怎么只有这个人？

"你是什么人？"

靠近门口的一个人闪了闪身，像是信号似的，所有人立刻直起身拔出了剑。岁三扫视了一眼在场的人，心想，看情形，这些人都有几分实力。他两手悄悄拽住裙裤，慢慢地卷起下摆。

"无礼至极，报上名来。"

"土方岁三。"

"啊？"

六个人齐刷刷地站直了身体。岁三这个名字在京都的尊攘浪士中已经传开了。

"刚才在四条桥畔，杀死九条家杂掌的是你们，没错吧？"

"这，这事，"靠近门口的一个高个子男人接了话，"是又怎样？"

"跟我走一趟，听候审讯。"

当然不会有人傻到愿意跟他走。

靠近门口的人突然从侧面向岁三挥剑而来，算作回答。岁三躲开这一剑，一跃跳进了屋里。趁对方还没来得及反应，径直穿过房间，抬脚踢翻隔门，站在房间外的走廊上，转身与房间里的人展开对峙。

他亮出剑来，明摆着不准备让这几个人逃走。正门有冲田守着，他们轻易跑不出去。岁三实在是一个高明的战术家。

"他只有一个人，"有一个人喊道，"一起上，杀了他。"

"小心烛台啊。要是着起火来，按京都的律令可是会连累到你们家上下三代的。"

说这话的是岁三。他已经摆好架势，取了右下段位的姿势。

没有人向前。

岁三的背后是套廊，套廊前面是一个窄小的庭院，庭院那头的木篱笆外就是鸭河原。

"诸位，怕什么呢！"

刚才靠近门口的高个子男人平举着剑冲了上来。

岁三判断出他是冲着自己的手刺来的，就在对方向上抬手的时候，岁三也稍稍往上提了提剑。

"杀——"

对方高喊一声，带着惊人的气势，撞向岁三。

但岁三此时已经单膝跪地，挺直身体，屏息凝神。就在此人撞来的时候，岁三的剑向前一冲，扎进了他的身体。

一击得手，他立刻把剑抽回，又一跃跳过溅满血的榻榻米，从右侧斜刺向了另一个人。

接下来的情形可以用混战来形容。

岁三固然勇猛，对方的实力也不弱。有一个人转身从背后向岁三袭来，情急之下，岁三一闪身钻到了门框下面。

"咣当"一声，剑砍在了门框上。岁三转身一看，眼前是一张似曾相识的面孔。

武州人。

他的眼中充满了恐惧。

此人抽回剑，神色慌张地跳到庭院里。

岁三紧紧跟上。脚踩在庭院里的苔藓上，凉丝丝的，令人感觉新鲜却又不安。

男人打开了后门。

后门外面是一丈多高的石壁，几乎与地面垂直。从这里跳下去，必定会伤到脚。

男人犹豫了。

月夜里的星星在东山的上空一闪一闪。

"喂，"岁三叫道，"七里研之助还好吗？"

"土方，"男人的身体探出门外，纵身一跃，消失在黑暗里，"我们会再见的。"

"……"

岁三沉默了一会儿，回头看房间。冲田正站在那里，剑已经入鞘，左手揣在怀中。他的脸看上去好似冷漠无惧，却还带着稚气。

地上躺着两具尸体，不用说，也是冲田的手笔。

"土方老师，回队里吗？"

"嗯。"岁三放下裙裤，说，"刚才那浑蛋是八王子甲源一刀流的人。"

"是七里研之助的手下吧。"

"差一点就报了武州之仇，让他给跑了，真是可惜。"

"土方老师可真执着。"

"这是我的优点。"岁三一边走上套廊，一边说道。

"好奇怪的优点。"

"不管怎样，我一定会碰到七里研之助的，他肯定也希望早点遇见我。"

"我真搞不懂你们到底是怎么想的。"冲田看了看岁三的脸，说，"难道非得把乡下的架打到这个花团锦簇的京城里来吗？"

"是的。"

"土方老师，你真是公私不分，国事私仇一起上啊。"

"因为我是斗士嘛。"

"我看你算得上是日本第一斗士了。只是很遗憾，你就会武斗，却不懂天下事。"

"你这话是从山南敬助那儿听来的？"

"不行吗？"

两人上了大路。

不知道是不是因为害怕剑戟之灾，木屋町的家家户户都关着门，悄无声息。路上没有行人。三味线的声音也消失了。

"刚才那件事情还没完。咱们先去一趟会所吧，这边。"

两人向北走去。

不幸的是，会所旁边就是长州屋的后墙。

——太危险了。

冲田心想。

进了会所，町方[1]们一听是关于刚刚发生在红次居酒屋里的事情，都围了上来。

"我们是壬生的土方和冲田。刚才在四条桥畔发生了一起凶杀案，被杀的是九条关白家的家臣野泽带刀。经过调查，凶手共有六个人，事后他们一起去了红次居酒屋。本来我们打算把他们抓起来。因为遇到抵抗，打了一场，最后杀了五个人，一人漏网。"

1　江户时代町政务长官下属的下级公安人员和侦探等。

"啊！"一群人听闻，吓得直哆嗦。

"有茶吗？"

"有有有。"

马上有人跑出去，拿了满满一枡[1]冷酒回来。

"这是茶吗？"

"啊？"

"我说的是茶。"

岁三的眼睛闪着寒光，刚刚经历了一场厮杀，他的身上满是戾气。

会所的看门人在一个大茶碗里倒上了茶。

"总司，喝。"说着他自顾自先出去了。茶虽然不是镇咳药，喝一点总是有好处的。

外面传来犬吠声。

岁三开始向南走去，尽可能走在河边上。这条河叫高濑川河。冲田从后面追来的时候，正好有一艘挂着灯笼的夜行船通过。在高濑川河的西岸，自北向南可以看到长州藩、加贺藩、对州藩、彦根藩和土佐藩等藩在京都的藩邸的白色后墙。

"土方老师，木屋町的这个会所，"冲田压低嗓音说，"跟长州藩和土州藩都有关系。我觉得他们对我们不太友好。"

"那又怎样？"

"我觉得他们会去长州藩邸报告，说我们朝这个方向走了。"

"总司，你是不是累了？"

"你真讨厌。"冲田说，"我体力比你强多了，还可以再打一场呢。"

岁三停下了脚步，四面八方都是受惊的犬吠声。

---

1 装液体或谷物等的容器。

"总司，好像有人来了。"

"是——从后面吗？"

冲田继续向前走着。

"对，是从后面来的。"

"前面也有哦。"

两人继续前进。

前后各有五六个人。前面的一组速度较慢，后面一组的脚步声则有些急促。渐渐地，两人所处的空间越来越小。

"总司，你离开这里。"岁三命令道。他想分散敌人的目标，从敌人的包围圈中杀出去。

冲田闪到左手边的屋檐下，与岁三分别站到了路的两侧。

路中央是人群的影子，看上去个个都是精悍的武士。

走到岁三和冲田所在的地方，他们同时停下了脚步。一半人对着冲田，一半人对着岁三。

"什么事？"岁三开口问道。

"你们是壬生的人吗？"

"没错。"

"红次居酒屋的事是你们干的吧？"

"你是在审问我吗？"

"我们是要为弟兄报仇。"

又一场战斗开始了。岁三的剑刚出鞘，就有一人被劈成两半。噔噔噔，岁三冲到了路中央。

尸体倒在地上。

"多杀无益。"

他收起剑，大步流星地走了。

冲田已经走在了前面，右肩在剧烈地颤抖。

他好像又在咳嗽了。

祇园 "山之尾"

京都有大寺院四十家、小寺院五百家。

旧历七月，一到盂兰盆节，市内所有道路、空地上到处都能听到念佛声、敲钟声和诵经声。

"迷信。"岁三恨恨地说。虽然武州的盂兰盆节有点土气，至少不像这里感觉阴森森的。

"真受不了。外面街上的行人身上都是佛香味儿，连衣缝里都飘着香气。"

冲田也觉得节日仪式搞得有些夸张。当然在新选组内部，即便是盂兰盆节，队员也不会烧香供佛。他们觉得这样做很傻，更不相信世间真的有神佛存在。对他们来说，所谓的神佛就是自己腰上的一把剑。这种意识已经深入了每个队员的心里。

在这样的氛围里，一天早上，队里接到了奉行所的通告，说是在千本松原有一个人惨遭杀害，此人很可能是新选组的人。

"山崎君、岛田君，"岁三叫来两个监察，吩咐说，"你们去看看。"

没多久，两人回来，直接到副长室向岁三报告。

"死者是赤泽守人。"

死者身上有几处伤口，第一剑好像是刺在背后。此外，正面左侧往下的部位和脖子上各有一处伤口。这两剑像是断气后刺的，没有出血，只有白色的皮肉向外翻卷。

岁三陷入了思考。他目光炯炯，却什么也没说。监察有点害怕，说了一声"我们再去仔细检查一下，回头再向您汇报"，说完就退下了。

岁三立刻起身去了隔壁近藤的房间。

"什么事？"近藤头也不抬地问了一句。他最近开始练习写字，此时正在案上临摹。

——都这把年纪了，还学什么写字。

岁三经常这样取笑他。

近藤的字写得很难看，确实让人不敢恭维。来到京都以后，突然有一天他意识到自己的这一弱项："身为新选组局长就算不能事事成为表率，也总不好因为一手烂字而遭人耻笑。"就这样，他开始了练习写字。在近藤看来，书法是一名士大夫最好的通行证。如果字写得不好，很多时候会因此受到奚落。

"哟，"岁三探头看了看，说，"写得不错嘛。"

"当然啦。我有天分嘛。"

近藤的所谓天分，是彻头彻尾模仿的天分，他模仿的是赖山阳体。赖山阳曾经是勤王运动的发起人，他的字体如今却得到新选组局长的青睐，说起来也真是讽刺。

"阿岁，你不练练？"

"我？"

"你不会甘心永远当武州的一个芋头剑客吧？"

"我就算了。"

"那怎么行。听说书法可以改变一个人的。"

"那只是儒雅之士的说辞而已。"

"你总是这样我行我素，这可不行啊。"

"你说这种华而不实的东西能改变一个人？我看我还是做我自己算了……"

"做自己当然也不错，不过——"

"做我自己就行了。"

"不过，写字真的会让人心情变得平和。"

"心情平和怎么行？在这个乱世里，如果你平心静气地生活，说不定什么时候就会白刃加身。你也是，尽学些莫名其妙的东西。你可不要把我们关东武士的气概消磨殆尽。"

"对了，你说到白刃，"近藤为了回避这种没有意义的争论，换了个话题，"我听说，一个叫赤泽守人的队员凌晨在千本松原被杀了，有这回事吗？"

"啊。"

岁三突然装出一副困倦的样子应了一声，同时大脑迅速转动，负责监察团的是作为副长的自己，不是局长近藤，为什么他会这么快知道这件事呢？一定是有人先告诉了他。那是越级行为。无视上下级关系是岁三最大的忌讳。毕竟这个组织的体制是他制定的，是他的得意之作，他容不得有人破坏他的成果。

"谁告诉你的？是哪个监察？"

"不是监察告诉我的。"

"不是？"岁三从近藤的手上夺过笔，说，"这就奇怪了。现场回来的监察刚刚向我报告了这件事，我就赶紧过来打算告诉你。这到底是怎么回事？难道你比监察还要更早知道这件事？"

"当然。我早听说了。"

"早听说了？"

"是这样，大约一小时前吧，我去厕所的时候，在走廊碰到了野口君（野口健司，助勤），是他告诉我的。他说，赤泽守人君被长州人杀了。"

"长州人？野口君居然知道凶手是谁。真是奇怪。"

"你看我这字写得怎么样？"近藤给岁三看自己刚写完的山阳的诗，是本能寺长诗中的几句，"认识吧。"

"我又不是笨蛋。"

——老坂西去备中道。

岁三扫了一眼。

难道——

岁三慢慢地扫视过近藤用蹩脚的字写的长诗,心想,难道杀赤泽的不是长州人,而是芹泽一伙?也许敌人就在本能寺。

直觉这样告诉他。岁三很相信自己的直觉,甚于相信神佛。

野口健司与新见、平山、平间一起,从水户就开始追随芹泽,是他的得力臂助。野口剑术高超,口才也好,又有学问,甚至有些小聪明。但这些都是表面而非实质,事实上这个家伙一无是处。对于这样的人,岁三无论如何也喜欢不起来。

岁三回到房间,侍卫端来一壶茶,茶叶立在水中。

"看来是有好事将近了呢。"

"哦,我们老家有这样的说法,难道京城也有?"

岁三皱眉看着茶碗,心里想的却是:我这样的人能有什么好事啊。

——赤泽守人。

他又陷入了沉思。

对于已死去的赤泽守人,说实话,岁三并不喜欢。

他原是长州藩的人,是脱离藩籍后加入新选组的。

事情的经过是这样的。这年六月,新选组的主力去大坂办事期间,一天,赤泽守人突然跑到新选组在天满的临时驻地(京屋・船宿),说自己受到了同藩人的羞辱。

他声称再也不想回去了,希望加入新选组,为新选组出力,还表示自己可以替新选组秘密打探长州藩的动静。岁三仔细询问了前因后果,原来他只是个来自下关的平民,是长州藩奇兵队的队员,没有显赫的背景。所以,他从一开始就缺少对藩的忠诚。

——那就留下吧。

芹泽和近藤都表示同意。于是他被安排在监察部。表面上，他与新选组没有任何关系，每天依旧若无其事地进出京都的长州屋。

赤泽送来过几个情报，都非常准确，最初怀疑他是长州藩卧底的疑虑也就消除了（之所以有此般疑虑，是因为这段时间里，新选组发现两三个长州藩的探子混了进来。在队里被揭发出来后，几个可疑的人都被斩杀，其中有御仓伊势武、荒木田左马助等人）。

赤泽的境遇就不同了。他的怀里经常揣着厚厚一摞新选组给的钱，他用这些钱邀请长州藩的藩士或脱离了土州藩籍的人去祇园、岛原等地的风月场所，从这些人口中套取情报，然后送到岁三这里。

赤泽送来的情报中总有一些出乎意料的内容。

他说自己在祇园和岛原等地玩的时候，经常碰到新选组的人。岁三一听，就猜出他说的一定是芹泽鸭和他的手下。因为近藤派的人没有钱，根本不可能在那种地方出现。

"有意思。"岁三对这些情报很感兴趣，"赤泽君，他们是怎么玩的？"

"这个……"

赤泽说他们很过分。欠钱不给算是客气的，对于店主来说，最头痛的莫过于芹泽喝醉酒后耍酒疯。只要一喝醉他就会发怒，一发怒不是摔东西，就是去其他房间骚扰那里的客人。祇园就有一家居酒屋深受其害。别说是城里居民，连各藩在京都屋的公用方都不再去那儿了。居酒屋都快关门了。

——原来这事是真的。

在此之前，岁三已经从会津藩的重臣那里听说这件事了，他们都是在新选组成立的过程中帮过忙的。

一天，近藤和岁三在三本木的餐馆里与会津藩公用方外岛机兵卫等人一起用餐，就在餐桌上说起了芹泽的事情。

"近藤先生，"外岛机兵卫说，"你有没有听说过，在京师，不管一个人多么显赫,只要他在祇园、本愿寺和知恩院这三地中任何一地不受欢迎,就会被革职?"

"我见识浅陋,不知道这事。"

"土方先生呢?"

"我也未曾听闻。"岁三放下了杯子。

外岛说:"这是代代所司代及地方官铭记在心的处世良言。僧人和艺伎几乎能够出入各级权贵人物的大门,这些人的闲言碎语往往会传到你想也想不到的高级官员那里。说实话,我们的主人——"

"啊——"

近藤显得很惊讶,他是说京都守卫官会津中将松平容保吗?

"比我们更清楚芹泽先生的所作所为。"

"哦……"

"两位先生,"外岛机兵卫表情有点奇怪,说,"别的我就不多说了。这件事请你们一定要放在心上。"

"明白了。"近藤应道。

回寓所的路上,近藤对岁三说:"刚才我只顾着回话,外岛殿下的话究竟是什么意思?"

"就是让我们把芹泽鸭杀了。"

"可是阿岁,芹泽毕竟是新选组的局长,就算不谈这一点,也是名震天下的攘夷运动勇士,我们不能随便动他吧?"

"犯罪必杀,怯懦必杀,违反队规必杀,亵渎队名必杀。除此之外,新选组没有别的纪律。"

"阿岁,我只是随便说说,"近藤缩了缩脖子,半开玩笑地说,"假如我触犯了其中的一条,也要被杀吗?"

"当然。"

"你真下得了手吗,阿岁?"

"真要有这么一天,我土方岁三的一生也就随之结束了。我会在你的遗体旁切腹。我想，总司大概也会死。到那时，天然理心流也好，新选组也罢，一切就都结束了。近藤师傅——"

"嗯？"

"你是总帅，你不能把自己当普通人看。请你为天下武士做一个不骄、不奢、不淫的典范。"

"我知道。"

后来，岁三通过赤泽，又了解到了芹泽的诸多不良行为。

芹泽赊账，滥杀无辜，甚至干出了一件令全京都人大为震惊的恶行。一天，芹泽带着他的手下去一条葭屋町，到大和屋庄兵卫家敲诈勒索，遭到了拒绝。芹泽气急败坏，下令说"烧了这里"。

于是，他们把队里仅有的一门大炮拉到一条街上，对着大和屋庄兵卫家的土墙仓库倾泻炮弹，直到仓库变成一堆废墟。

这件事情闹得太大了，用不着赤泽回来报告，岁三也知道了。那天，近藤终日把自己关在房间里练字，不肯见任何人，大概是气坏了。

监察山崎丞回来了，他一并带回了有关赤泽守人被杀的消息。

"情况基本搞清楚了。"

山崎丞是个聪明的年轻人。他是大坂高丽桥一位名医的儿子，会剑术，也会棒术。最难能可贵的是，他从小接受了良好的教育，人很机灵，非常适合当监察。

"头天晚上，他确实和长州的几个人一起去岛原的角屋[1]玩了。"

"哦？"岁三略有些失望，"你确定是跟长州人在一起？"

"这一点错不了。一共有四个长州藩士，其中一个是久坂玄瑞。"

"哦，这可是个大人物。"

"大概是辰时前后，他们醉醺醺地离了岛原，至此事件的脉络是清晰的。之后他可能被带到千本松原，并在那里遭了毒手。"

1　旧时位于京都岛原花街（现京都市下京区）的酒馆。

"等等，他是和久坂等人一起离开岛原的吗？"

"是啊。"

"你确定？"

"要不我再去确认一下。"

"算了，不用了。"

岁三在日暮时分离开了驻地。他穿着罗织外褂、仙台平的裙裤，随身佩着和泉守兼定长剑和堀川国广腰刀。

他此行的目的地是岛原角屋。岁三曾经和近藤一起去过，并在那里认识了一个叫桂木大夫的艺伎。那个艺伎好像很喜欢岁三，自从第一次见过岁三后，经常让下女拿着古诗，隔三岔五地去请他。

这天晚上，岁三和桂木大夫坐到了一起。岁三不太会喝酒，绷着脸坐在那里一声不吭。

大夫想讨好岁三，却又不知如何做才好，只得问道："你玩双陆吗？"游戏的道具、描金的莳绘盘子也拿出来了，可岁三连正眼也不看一下。

"你是不是哪里不舒服？"

"不是，我有事要求你帮忙。"

"什么事？"

"这事也不难。"

岁三简单地说了说他想让大夫做的事情。

"这可不太好办。"

大夫听后付之一笑。这里有一条不成文的规定，因为号称是人间仙境，所以服侍客人的人一律不得谈论和接触俗世的事情。

"不行吗？"

"不行。"

大夫嘴上一口回绝，可行动上并没有拒绝。她站起身，跟贴身服侍自己的下女咬着耳朵说了几句话。

原来如此。

那天晚上，赤泽的确是和久坂等长州藩士一起离开角屋的。不过久坂等人是坐轿子走的，只有赤泽守人一个人走着回去。所以，实际上他们出了岛原的大门就分手了。这正是岁三想知道的真相。

同时他还搞清楚了另一件事。那天晚上，芹泽和他的心腹新见锦也到角屋来了，而就在赤泽守人离开的时候，他们也起身准备离开。这时小雨淅淅沥沥地下了起来。芹泽和新见向店里借了伞和灯笼，据说当时新见问了一句："赤泽君拿灯笼了吗？"

"拿了。"一名男店员点头。

"是角屋的灯笼吗？"

"是的。"

——这样啊。

岁三的脑子又转动起来。他想起了死在千本松原的赤泽守人，他的尸体旁边的确有一盏带角屋纹饰的灯笼。

接下来就是几天后的一个夜晚。

这天傍晚，岁三带了几个人去了祇园一家叫山之尾的居酒屋。

"我是捕吏。"他首先镇住了酒馆老板和下女。

"新选组局长新见锦先生现在应该在这里，告诉我他在哪个房间？"

"啊？"老板吓得两腿发抖，"在，在里面的单间。"

岁三马上下令，让一起来的冲田总司、斋藤一、原田左之助和永仓新八埋伏在正对着单间南侧的庭院里。

"若有人喧哗、捣乱，格杀勿论。"岁三递给老板一把剑，然后一个人优哉游哉地从走廊上过去，手上拿着另一把剑。

这是赤泽守人的遗物。

里面单间的隔扇上映着两个人影。

手指拨动琴弦的声音从里面流淌出来。人影之一无疑是艺伎。

另一个影子梳着一个大抓髻的发髻，一看就知道是新见锦。他是芹泽从水户带来的手下，剑术流派和芹泽一样，他们是同门同派的神道无念流。剑术水平也达到了免许皆传的资格。

岁三在驻地的道场里和新见交过手，两人的竹剑实力不相上下。

"谁？"

新见松开艺伎，屈膝跪起问道。

"是我。"

岁三用剑鞘打开了隔扇。

士道

"土方君？"

局长新见锦皱起了眉头。

他很奇怪，平时没有什么交情的副长土方岁三为什么会突然到这里来找自己。

"新见先生，抱歉打扰您的雅兴。可是为了国家社稷，我不得已才到这里来找您，请您做一个决定。"

"决定？"

"是的。"岁三脸上始终没有表情。

"找我？"

"当然。"

"土方君，你可是副长，至于这么急吗？新选组有三个局长，除了我，还有芹泽先生和近藤君。有事找哪个局长不行，有必要特意跑到这种地方来吗？"

"我跟他们俩已经谈过了。"

岁三说的不全是真话。此时，在驻地，近藤应该正在和芹泽促膝谈判，高大威猛的侍卫侍立在他的左右。

"总之，"岁三说，"这件事情需要新选组三位局长的一致同意。"

"哦。既然这样，我无所谓。就交给你去处理吧。"

"真的可以交给我来处理吗？"

"嗯。"

新见锦好像很不耐烦的样子，挥了挥手，又拿起已经变凉了的酒杯。岁三盯着他的手，说："那好，我现在就告诉您我们的处理意见。

请新见先生在这里切腹自尽。"

"什么——"新见锦本能地一把握住了佩刀。

"等等。"岁三举起手,说,"刚才您已经同意了。作为一名武士可不能失信,要说一不二才对。"

"土方君,你——"

"我知道。我土方岁三,一会儿会帮您取走腹中的剑。"

"为,为什么我要切腹——"

"您很不甘心是吧?说起新见锦先生,昔日在江户可是名盛一时的水户志士呢。怎么样,拿出点武士的样子来吧。"

"我是在问理由。"

"您说过由我全权处理,所以现在我已经得到了芹泽先生、近藤先生以及新见锦先生三位局长的同意。根据三位局长的决定,原水户藩浪士、现已脱离该藩籍的新见锦因涉嫌入室抢劫、敲诈钱财,责令其切腹自尽。"

"等等,我要回驻地。"

"哪儿的驻地?"

"明知故问,当然是壬生。"

"看来你还没忘记自己新选组局长的身份。很遗憾,你已经被撤职并除名了。当然,做出这个决定的是新选组的前任局长新见锦。不过他现在已经不是局长,而是不法之徒新见锦了——"

"你,你——"

"难道你希望我动手吗,新见锦?我可是希望你像个真正的武士一样自己动手,切腹自尽。这也是会津中将殿下的恩典。"

"去死吧。"

新见锦暴起拔剑向岁三砍来。他喝醉了,剑法很乱,已经是癫狂之状。岁三用手上那把未及拔出的赤泽守人的佩剑拨开了新见刺来的剑。黑色的刀鞘破了,剑身露了出来。

"这把剑，"岁三一边摆好架势，一边说，"是你杀死的赤泽守人的佩剑。就请你用这把剑自行了断吧。"

此时冲田总司也来到了他的背后，隔壁房间的隔门咔啦一声开了，斋藤一、原田左之助和永仓新八一言不发地出现在门口。

"把剑放下。"岁三厉声说。

新见锦脸色苍白，双腿发抖，只是剑还在他的手上。

这时，有人想从新见的后面跑出去。新见回身横剑一扫，血立时飞溅开来，一只手腕离开了那人的身体。她扑通一声倒在地下，在血泊中呼天抢地地喊叫起来，原来是经常接待新见的艺伎。新见见她要逃，一剑砍中了她。

艺伎疼得发疯，满地乱滚，嘴里骂声不绝。新见已经彻底崩溃了。他反手一剑，刺向艺伎胸口，顺势又坐到她的身上。艺伎的尸体弹了一下，不动了。

"土方，你看好了。"

新见毕竟是当过新选组局长的人，他慢慢地从怀里掏出白纸，裹住剑身。

"我这就动手。"

岁三绕到他的背后。新见准备刺向腹部，手却怎么也举不起剑来，一双闪烁的眼睛紧紧地盯着榻榻米上的一点。

"原田君，你帮他一把。"

"哎。"

原田左之助在故乡伊予松山时，因为一件小事曾经切过腹。现在，他的下腹还留有伤口缝合后留下的疤痕。

"对不住了。"

原田天生力大，他从背后抓住新见握成拳的双手，让他镇定下来。

"新见先生，要这样做。"

他猛地撞向新见，只见新见上半身向后一仰，随即跪倒在地。就在这一瞬间，岁三的剑越过原田的头顶，一颗脑袋落在了前面。

新见死了。随着新见的丧命，芹泽鸭的势力大大削弱。用攻城来比喻的话，就是外城已经失陷，只剩内城负隅顽抗了。

就在岁三带人去找新见之时，在壬生驻地的一室，芹泽受到了近藤的严厉指责，因为近藤一再强调士道为上。芹泽最后被迫同意惩处新见。

"好了，好了。我知道了。"

芹泽希望尽快结束这个话题，因为他打算晚上去岛原。

但是近藤不依不饶。他继续说："芹泽先生，这件事情很重要。我再问一句，你认为领导新选组的应该是怎样的人？"

当然这个问题不是近藤自己想出来的，而是岁三事先教给他的。

——说什么鬼话。

芹泽脸上非常不屑。在他看来，领导新选组的当然是第一局长的自己了。

"近藤君，你脑子还正常吧。"

"我很清醒。"

"那好，你说来我听听。"

"领导这支队伍的不是芹泽先生，不是新见君，当然也不是我近藤。一句话，只要是有七情六欲的凡人都不能成为这支队伍的领袖。"

"哦，你说什么样的人才能成为这支队伍的领袖？"

"士道。"近藤说。在他的思想里，只有无愧于士道的人才能成为新选组的队员。背离士道者，唯有一死。他接着说："如果我们做不到这一点，就无法号召各国的热血剑士，也不能形成皇城之下众人敬畏的一支力量。"

"那好，我来问你，"芹泽冷笑着说，"你口口声声士道、士道。请问近藤君，你说的士道究竟是什么？"

"你什么意思？"

"你出生在多摩的平民家，可能有所不知。我们水户也有士道，是我们从小学习的东西。长州藩也有，萨摩藩、会津藩及其他各藩都有他们自己的士道。不同的藩，士道可能会有所不同。但有一点是相同的，那就是士必为主死。这才是士道。请问新选组的主君是谁？"

"新选组的主君——"

"对，新选组的主君。"

"是士道。"

"你还没明白吗？我刚说了，离开了主君，士道是不存在的。没有主君的新选组拿什么来衡量士道，管理士道？"

芹泽出身的水户藩里，很多人都能言善辩。所以尽管芹泽表面看上去大大咧咧的，但对于辩论方法已烂熟于心。

"怎么样，近藤君？"

近藤被噎住了，无话可说。

——不开眼的平头武士。

芹泽脸上明显带着这样一种意思。

晚上，岁三回来了。他向芹泽和近藤两位局长汇报了新见锦切腹的经过。芹泽听到这一消息气急败坏，脸上青筋毕露。

"你，你们已经办了？"

芹泽当时以为近藤也就是那么一说，根本没当回事。没想到，眼前这两位武州南多摩的平民剑客与只会嘴上功夫的水户人不同，他们竟不动声色地把这件事情办了。芹泽觉得自己好像见到了一个前所未见的新人种。

芹泽踢掉坐垫站了起来，随即，从水户带来的三个手下依次走了进来，分别是助勤野口健司、助勤平山五郎和助勤平间重助。他们都是脱离了水户藩籍的浪士，和芹泽一样，也都是神道无念流的同流派师兄弟。

三个人围着芹泽坐下，表情凶戾。

平山五郎准备拔剑。他抬起下巴，脑袋微微向左倾。这是他准备动手时的习惯动作。"独目五郎"是他的外号，他没有左眼，据说是被火烧瞎的。这个习惯动作很可能就源于此。

芹泽开口了。他说："近藤君、土方君，我要再听一遍你们让新见锦切腹的理由。"

近藤沉默不语。岁三微微一笑，答道："不守士道。"

正像芹泽说的，岁三和近藤不属于任何一个藩。正因为如此，他们极为崇尚武士精神，并带有非常鲜明的理想主义色彩，与三百年来承袭了怠惰和玩世不恭态度的幕臣及各藩藩士迥然不同。

武士。

每当说到这两个字，岁三和近藤的语气中总有一种纯真的感觉。

还不只这些。他们出生在武州多摩。三多摩是朝廷领地（幕府领地），现在生活在那里的人都是普通百姓。而在战国以前，上溯到源平时代，这块地方曾经是以威猛而名震天下的坂东武者辈出之地。两人的士道理想图自然就是坂东时代的武士。

他们不是怯懦的江户时代的武士。

"芹泽先生，你是真的不知道吗？"岁三说，"新见先生非常不守士道，这是我们要求他切腹的唯一理由。还有——"

"还有什么？"

"如果芹泽先生违反士道，也要和他一样切腹自尽，不然就斩首。"

"你说什么——"

平山五郎霍然站起。

"平山君，"岁三慢条斯理地举起手，"你想在这里动武吗？别忘了，这里是驻地，只要我一拍手，我们从江户一起来的同志马上会蜂拥而入。"

芹泽带着手下表情阴郁地离开了。

按说，从这天晚上开始，他们应该立志为新见锦报仇。但是他们没有，他们反而选择了另一种方法来泄愤——沉湎于酒色，而芹泽胡作非为的程度比以往又有过之而无不及。

新选组局长芹泽在京城简直无所不为。有时候走在路上，他会无缘无故地斥责街上的行人无礼，上前就砍。他看上队员的情妇，嫌该队员妨碍了自己，不由分说诱杀了他（佐佐木爱次郎）。位于四条堀川的和服店菱屋给他做的一身和服早就送来了，他却一直分文未付，为此菱屋老板一直催他付钱，有时候老板自己来讨，有时候让小妾来要。菱屋老板的这位小妾名叫小梅，芹泽不仅不付钱，还在她来讨钱的时候乘机占有了她，此后又公然在驻地与小梅过起了荒淫的同居生活，成了堀川一带居民茶余饭后的谈资。

岁三什么也没说，近藤也未置一词，但是他们的计划正一步步地在付诸实施。计划执行者名单已经确定。

近藤勇、土方岁三、冲田总司和井上源三郎四个人。

永仓新八和藤堂平助不在执行者名单里。这二人虽然是从江户一起来的同志，也参与了近藤派一系列秘密的活动，但是在这件事情上岁三还是撇开了他们。原因很简单，因为他们不是天然理心流的人。

藤堂平助是北辰一刀流的，永仓新八是神道无念流的。他们曾经是位于江户小日向台的近藤道场的食客，也就是说，他是近藤的旗本，但并非三河以来的旗本。岁三为了谨慎起见，决定对他们保密。

计划将经他们四人之手来实施。这四个人曾共同经历了为维持天然理心流的穷道场而呕心沥血的日子。对于岁三来说，只有共患难过的人才最值得信任。

"我还是有些不放心。"近藤说。既然要除掉芹泽，当然希望同时解决芹泽派的其他人。但是仅靠四个人难免会有闪失。

"阿岁，你看怎么样？"近藤说着在习字纸上写下了一个字：左。

是指原田左之助。

"对呀，这小子可以。"岁三点头同意。这是一个如猛犬般的家伙，却又像真正的犬一样忠心耿耿地追随在近藤左右。

近藤叫来了原田左之助，岁三也在场。近藤拐弯抹角地提到了芹泽，问他对芹泽有什么看法。

"是条汉子。"原田放声大笑。

近藤感到很意外，转念一想，有些方面原田其实和芹泽属于同类人，不同的只是原田出身卑贱。他曾经在松山藩做短期雇工，从小饱尝生活的艰辛。正因为如此，他的感情非常脆弱。

"原田君，我就开天窗说亮话。我要亲自去杀了芹泽鸭。"近藤说。

听到此话，原田大吃一惊。

"先生自己一个人？"

"对。可是土方君极力反对。他说要和我并肩作战。"

"那不行。"原田思想很简单，他说，"土方先生说得对。芹泽局长可不是一个人，他手下还有独眼龙平山，还有野口和平间。万一先生受了伤，新选组怎么办？是吧，土方先生？"

"嗯？"

"你必须说服他。近藤先生好像只把他的性命当成自己一个人的。"

"我知道了。"岁三露出了少见的和煦笑容，"原田君，要不咱们一起参加吧。"

"我当然要参加了。"

杀死第一局长是对还是错，这个家伙是不会去想的。他的大脑里不存在这种是非观念。或许岁三一直在寻找的新选组的"士道"就是原田左之助这样的男人。

原田的口风很紧。

在决定动手的日子到来之前，近藤和岁三再也没有提起这件事。

文久三年九月十八日，日落之后，天降大雨。

从辰时下刻起，狂风席卷而来，紧接着下起了滂沱大雨，把鸭川荒神口上的桥都冲垮了。

就在这样的一个深夜，芹泽喝得醉醺醺地从岛原回到驻地，和等在房间里的小梅赤身露体地缠在一起睡下了。

一同去了岛原的平山和平间也各回各的房间睡了。此时，芹泽派的人还住在八木源之丞的家里。

隔着一条路，对面是近藤派入住的前川庄司家。

半夜十二点半左右，天然理心流的四个人，加上原田左之助共五人，像旋风一般突然袭击了八木源之丞的家。

小梅先被刺死。

向芹泽刺出第一剑的是冲田。芹泽躲开剑锋想要起身的时候，岁三的剑紧跟着刺中，芹泽急忙一个鲤鱼打滚，滚出了套廊，一张桌子挡住了芹泽的去路，这时近藤的虎彻直直地刺进了他的胸口。

独眼龙平山五郎正和岛原的娼妓吉荣睡在一起。冲进他房间的原田左之助一脚踢开吉荣的枕头，喊了一声："快跑啊。"

吉荣哇哇大叫着，连滚带爬推倒拉门跑了出去。原田很念旧情，他不想吉荣受牵连，因为他和这个妓女睡过。

惊醒过来的平山迅速滚到一边，手伸向佩刀。

就在这时，原田的剑到了。

平山用肩胛骨挡了这一剑，没有受到重创。原田在黑暗中，大着胆子探出身子找平山所在的位置。

"呀——"

平山听到叫声，吃惊地抬起头来。

一颗脑袋飞起又落下，骨碌碌地滚进了壁龛。平山已经身首异处。

平间重助逃走。

野口健司不在。

这一年的年底，二十八日的这一天，野口因"不守士道"被迫切腹自尽，芹泽派彻底土崩瓦解。

再会

文久三年，京都秋意正浓。

对于新选组副长土方岁三来说，每天依旧忙碌。只是他近来脾气有点古怪，有时候会半天半天地把自己关在房间里，大门不出，二门不迈，也不见任何人。

——副长闭关了。

队员们在背后议论纷纷，猜不透他闭关是为了什么，心里非常害怕。

——会不会又在打什么主意了？

他们担心岁三又瞄上了哪个人。

这天一早，天上下起了毛毛细雨。

九月只剩下没几天了。新选组在几天前刚刚为局长芹泽鸭举办了告别仪式。近藤、岁三向队里，也向会津藩宣称芹泽是猝死（新队员中，有人猜测是遭到了长州人的袭击）。总之，事情已经过去，对于新选组来说，这事已经彻底过去了。队员们没有回首往事的习惯，大家只知道要努力活在今天。

这天下午，冲田总司巡街回来。一上台阶，他叫住了局长侍从——一名见习队员问道："土方老师在吗？"

他只是问岁三在不在房间里，可是见习的表情有点飘忽不定。他回答说："在是在，不过——"

"不过？不过什么？"

"这……"

"说明白点。"

见习队员说得不很清楚，看起来岁三从一早开始就不让任何人进他的房间。

"哦，又闭关了。"

冲田想起来了。他扑哧一声笑了。

只有冲田一个人知道岁三把自己关在房间里做什么，连近藤都不知道这个秘密。

冲田顺着走廊走到中庭，剑换到另一只手里，停下了脚步。这里是岁三的房门外。

"是我，冲田。"

冲田隔着隔门喊道，喊完，又恶作剧似的竖起耳朵听里面的动静。

不出所料，他听到了里面慌里慌张收拾东西的声音。过了好一会儿，才听到岁三咳嗽了一声，说："是总司吗？"

冲田拉开了隔门。

"什么事？"

岁三正对着华葱窗，窗前有一个砚盒，右侧壁龛里有一座剑架。在岁三乏味的日常生活中，这两样东西是他最好的陪伴。

"今天我去巡街，"冲田坐下来说，"碰到了一个意想不到的人。你猜她是谁。"

"别卖关子了，我忙着呢。"

"那好吧。"

冲田慢慢把手伸到岁三跟前，岁三条件反射似的要闪，东西已经被冲田抢走了。

是一个本子。

冲田打开本子，哗啦啦地翻了起来，里面是岁三用歪歪扭扭的字写下的密密麻麻的俳句。

"丰玉（岁三的笔名）师傅，你真努力啊。"

"臭小子。"岁三脸红了。

冲田悄声笑了。这个年轻人知道，岁三不好意思让别人知道自己在写俳句，所以只好偷偷地写。

"总司，快还给我。"

"就不。新选组副长土方岁三先生每个月会有一次变成丰玉师傅，像得了疟疾似的憋在房间里苦吟俳句不让大家知道。你想过没有，因为大家不知道副长在干什么，所以一个个都提心吊胆地瞎猜疑。你知道大家为此要消耗多少气力吗？本来你写俳句也不是什么坏事，可是出现这样的结果总归不好吧。"

"总司。"岁三伸手。

冲田向后退了两张榻榻米的距离，看起了岁三的大作。

岁三创作的俳句充满了乡土气息，而吟俳句和石田散药一样都是土方家的祖传。

祖父号三月亭石巴，文化文政时期，在武州日野镇一带很有名气，与当时著名的俳句作者、江户浅草的夏目成美及八王子镇的松原庵星布尼等交往密切。

亡父隼人在俳句上没有太大的作为。到了岁三这一辈，岁三的大哥为三郎号称石翠盲人，在家乡一带小有名气，只是还没有传到江户。

为三郎是土方家的大哥，但没有继承家业。因为为三郎是一个盲人。根据当时的法律，残疾人不能继承家业。所以土方家的家业就由岁三的二哥喜六继承了，他还使用了世袭的名字——隼人。以前，岁三还在老家的时候，为三郎经常对他说："幸好我的眼睛看不见。否则，我绝不会死在榻榻米上。"

他是一个胆识过人的盲人。据说在他年轻的时候，有一次去府中镇嫖妓，回来的路上下起了瓢泼大雨，多摩川河堤决口，渡船不见踪迹。大家看着洪水不知所措。就在这时，为三郎脱去身上一层又一层衣服，捆在头上，一跃跳进了激流之中。

——看得见反倒会束缚人的自由。

为三郎为他人感到悲哀。最后他靠着爬泳游到了石田在。

他还精通净琉璃，据说水平超过很多票友。不过他最得意的还是俳句。他创作了许多俳句，很像他的性情，非常豪放。

岁三深受大哥影响，但是他创作的俳句与他的性情相去甚远，更多表现出纤细软弱的女性特征，当然也没有太值得欣赏的句子。即使在外行人冲田的眼里，也尽是让人看不下去的、庸俗的句子。

"呵呵。"冲田忍着笑。

春山宛若掌上砚。

——这么差劲的句子不知道他是用哪根神经想出来的。

菜花毯上升朝阳。

人间难寻此梅花。

春夜处处有故事。

——真臭。

冲田很高兴。在他看来，这是岁三身上唯一称得上可爱的地方。如果岁三连俳句都写得很出色的话，那他真的是没救了。

"怎么样？"岁三有点难为情，但还是期待冲田说几句好话。

"呵，这句不错。"冲田指着其中的一句。

"哪个哪个？"

"为公之路与春月。这句才像新选组副长写的。"

"是吗？这是我以前的作品。还有没有你觉得不错的？"

"哦。"

冲田继续往下看。看着看着，扑哧一声笑出声来。

贺岁路上天鸢筝。

"哦，你喜欢这句？"

"还行。"冲田忍住笑，继续往下看。

——这一句太逗了。

　　黄莺笤帚皆无声。

"你喜欢吗？"

"土方老师真是可爱得厉害。"冲田不由得认真看了看岁三的脸。

"说什么呢。"岁三慌忙地摸了摸自己的脸。

冲田接着又哗啦哗啦翻起了本子，翻到最后一页，眼光停留在最后一句上。

从墨迹的颜色来看，像是刚刚写成的。

"这句不错，好极了。"冲田盯着最后一句说。

岁三漫不经心地凑上去一看，一把抢过本子，说："哎呀，这个你不能看。"

岁三匆匆收拾起笔砚和本子，对冲田下了逐客令，说道："总司，你出去。我忙着呢。"

冲田充耳不闻，一动不动。"那个句子——"他盯着岁三的脸说，"你写的是谁？"

"不知道。"

本子最后一页上的最后一句是：

　　知而茫，不知则清，
　　难解恋爱情。

岁三出了驻地。他只告诉了冲田自己要去哪里。

岁三从来也没有感受过今天这样的心动滋味。

上午，他想起了佐绘，就有点蠢蠢欲动。还在关东的时候，他曾经与武州府中六社明神的神官猿渡佐渡守的妹妹佐绘偷过几次情。那时，岁三和几个女人有过情事，摇铃巫女小樱、八王子专修坊住持的女儿小仙，但他从来没有体会过恋爱的感觉。此外，还有一件岁三很不愿意提及的往事。那是在他十一岁的时候，他在江户上野的一家和服店——松坂屋做学徒，在那里受到店里下女的挑逗。下女偷偷教给他男女间的事，后来被老板发现送回了家。当然，这些都已经是过去的事了。

——只有佐绘……

他有时还会想起她，不过也只是偶尔想想。

——是个好女人。

来到京都以后，岁三也去岛原、祇园之类的地方玩过。但即便是床上功夫了得的京都妓女，也不如佐绘留给岁三的印象深刻。

"唉，都过去了。"岁三心想。

所以尽管他知道佐绘现在就在京都，也知道她就在九条家工作，但从没有想过要去找她。

——我是一个不懂恋爱的男人。

他早就给自己下了定论。他甚至认为，只有这样才算得上是真正的男子汉。

然而，就在今天早晨，在梦里，他感觉自己迷迷糊糊地抱着佐绘。醒来后躺在床上还恋恋不舍地回味梦中佳境，心头忽然涌上了人们常说的恋慕之情，让岁三觉得很窘。

——难道我也会有这种感觉？

他穿好衣服，想叫侍从，却又感觉心里空落落的，打不起精神来。

岁三有时候会遇到这样的情形。每当这种时候，他就大门不出二门不迈，把自己关在房间里，靠写俳句宣泄自己心中的惆怅。他知道自己的俳句写得不好，所以很害怕别人看见，于是这种时候他就拒绝别人进入自己的房间。

一句写好了。

就是前面的那一句。

但是男女之间的事情有时候真的很玄妙。冲田总司说，今天在街上意外地碰到了佐绘，地点在清水。

冲田还说，佐绘当时穿着新年参拜时穿的衣服，从清水的斜坡上下来。到安详院的正门前，与冲田一行人面对面走过。冲田不认识佐绘，佐绘却知道他。

"我想见见土方阁下。"

佐绘托冲田转告岁三，并说随后会派人来接他。

"冲田阁下，您能替我转告吗？"

佐绘对冲田说。她像真正的武州女人那样，说话干脆，不容反驳。冲田已经许久没有听到武州话了，猛一听觉得格外亲切和高兴。

"当然，我一定会转告。"

"一定哦。"

佐绘走了。冲田说，佐绘梳了一个高高耸起的普通发髻，一身武士家人的打扮。

佐绘侍奉的前关白九条尚忠因皇女和宫的下嫁事件被看成亲幕派而受到了冷落，现在隐居在九条村。所以岁三有点担心佐绘目前的处境。

不久，一个陌生人来驻地接岁三。

岁三跟着这个男人走出了壬生。

出门的时候，冲田说了一句："土方老师，现在的京都到处都隐藏着妖魔鬼怪呢。"

他是在提醒岁三千万要小心，不要大意。冲田有一种不祥的预感。

沿着绫小路一直向东，到麸屋町才转而向北。这条路的西侧是一片开阔地，上面有一栋古旧的房子。

——她会住在这里吗？

岁三被带到这座房子最里面的一个房间。他坐下后环视了一下，怎么看都像是单身女人的住处。

"请用茶。"

仆人端来了茶。

"佐绘小姐在哪里？"

"哦，刚刚还……"

回答听起来含糊其词。

"这里是佐绘小姐的住处吗？"

"不是。我听说她的住处还在下面。"

"这么说，你不知道她住在哪里啰？"

"是。"

看来这个男仆是临时雇的。

因为后来岁三再也没有见到这个人。

一个小时过去了。

——奇怪。

天色已经开始转暗。岁三心生疑虑，站起来打开了破旧的衣柜。里面空空如也。

岁三走了出去，问隔壁的女主人，这房子的主人是谁。她说是室町的野田屋太兵卫。

"这房子没有人住吗？"

"是啊，好久都没人住了。不过我听说最近被一个公卿的家臣租下了。"

——京城真的有妖魔鬼怪。

岁三转身又进了房间。

又过去了好一阵子,格子门开了,佐绘拿着灯笼穿过土间[1]走了进来。

"……?"

岁三坐在黑暗中一动不动。

"是土方阁下吗?"

毫无疑问是佐绘的声音。

"我来晚了,对不起。"

"这是——"岁三放低声音,"怎么回事?"

"这里吗?"

佐绘的声音很愉快。

"是我工作结束后休息的地方。"

"你真的在这里休息吗?"

"是啊。"

"如果真是这样的话,为什么衣柜是空的,榻榻米也有发霉的气味?"

岁三十分谨慎地站起身,下了土间,看着佐绘的脸。

"没错,"他用手指点了点佐绘的下巴,"这张脸还是武州六社明神的佐绘的脸。是不是到了京都以后身上长尾巴了?"

"你说什么呀?"

"不爱听是吗?"

岁三的眼睛在笑。

"现在的京城可怕得很。尽管你是关东女子,可毕竟你们猿渡家是跟京城关系很深的神官之家,也是官吏教育者之家。再加上你现在侍奉公卿,所以难免会受到社会上一些奇谈怪论的影响。"

1　没有铺榻榻米的房间。

"哎呀。"佐绘脸上很兴奋,说,"这跟房子有什么关系?"

"难道你不是把我骗到这里,设计要陷害我吗?"

"我回去了。"

佐绘抬脚要走。

"不许走。"

岁三一把抓住了佐绘的手。

"讨厌。你太令我失望了。我来这里只是想见见过去那位让我叫他阿岁的岁三而已,没想到等来的是新选组副长土方岁三这个了不起的妖怪。"

"别动。"

岁三的怀疑立时烟消云散。

他把佐绘拉过来。佐绘手上的灯笼掉了。

佐绘在挣扎。

"讨厌,你讨厌。"

岁三没有道歉。

他急着想占有佐绘。只有两个人的身体合二为一,他心中的不安才会彻底消除。岁三希望尽快让眼前的这个人重新成为自己的女人。

"躺下。"

岁三一把把她拉倒在地。

"现在是六社明神的黑暗祭之夜,我是日野镇石田在的恶魔。"

说话的方式好像是在讨好佐绘。

"这种事情,已经……"

"已经什么?"

"已经过去了。我不喜欢了。"

但是佐绘的反抗力还是减弱了,只是身体依然僵硬。

——真奇怪。

岁三的脑海里隐隐约约感觉有些不妙。他觉得佐绘的言行举止很放荡。以前她可是一个矜持的、高雅的女人，也正是因为这样才深深地吸引了当时的平民剑客岁三。佐绘变了。在京都侍奉公卿，按理应该磨炼得更加优秀才对。这究竟是怎么回事呢？

——不管怎样，看看她的身体怎么反应，应该能弄明白吧。

岁三的手很温和。也许是因为累了的关系，佐绘安静地躺在了榻榻米上。

二帖半敷町 [1] 的十字路口

两人做完了那件事。

岁三背对着佐绘坐好，佐绘在他的背后穿戴衣服。

——真没出息……

岁三的眼光落在泛黄的榻榻米上，他说不出此刻自己到底是一种怎样的心境。

——真无聊。

他觉得自己很无聊。

好不容易与猿渡家的佐绘重逢，却急急忙忙地在这种破榻榻米上发泄自己的情欲，想想都让人心寒。

岁三曾经非常希望体验高雅的男女之事。他认为男女之事就应该是高雅的。在武州的时候，他总是恋慕权贵人家的女儿，佐绘是其中之一。

这样的两个人在京城重逢了。可这次相逢的场面就像一个下等男人在马厩里和女人媾合。

佐绘也很难过。她好像被强暴似的接受了岁三的身体，心里越想越不是滋味。

就这一次，美好的过去烟消云散。

——或许我应该找另一个地方，这样就不会失去以前美好的记忆了。

她觉得想要保持过去的回忆，很需要用一些智慧和心思。

1　武士住宅群中的街道。

——真没意思。

此时的心情不是用"难过"两个字就可以形容的。

岁三从佩刀鞘中抽出小刀,坐在一旁开始削指甲。他内心有一种冲动,很想削破指甲出点血。

"土方阁下。"

佐绘转过身。

她现在对岁三改了称呼。很显然,在佐绘的眼里,他已经不是武州日野镇石田在的药贩子阿岁,而是名震京城的新选组副长土方岁三了。

"什么?"

"你变了。"

语气中带着轻蔑。看来佐绘是失望透了。

"我觉得我没变。"

"不对。你像换了个人似的。"

佐绘捋了捋领侧的头发。

"我哪里变了?"

"整个儿都变了。"

"你说具体点,我听不明白。"

"那时候,咱们俩的交往像过家家一样开心。土方阁下,不,是阿岁,也像孩子一样单纯。可现在不是了。"

"怎么不是了?"

佐绘说不清楚,岁三自己也说不清楚。

仔细想想——

岁三削下一个指甲,心里想道。

——以前我很羡慕佐绘的身份,但是现在的我与过去身份不同了。在我眼里,武州乡下神官的女儿已经不再是高不可攀的人。是的,我是变了。也许这是一次质的变化。

又削掉一个指甲。

——我真傻。过去应该是用来回忆的，不是应该放在心上的。

"你也变了。"

"当然。因为土方阁下变了，所以在您眼里我当然也变了。但是，佐绘还是原来的佐绘。"

——不对。

很明显佐绘变了。按理她在公卿家侍奉公卿，那么穿着打扮应该符合这样的身份才对。但看此时的佐绘，浑身上下还是以前的武士家人的装束，和服下摆脏兮兮的，仿佛生活很落魄。

"你还在九条家工作吗？"

"是的。"

"骗我吧？"

佐绘突然脸色发白。

——她肯定在骗我。虽然来京都的目的是给九条家工作，而且也确实去九条家了，但是这期间肯定发生了什么事，使她离开主人家，自己住在外面。岁三换成左手拿小刀，削右手的指甲。

——我真不愿意这样想，可是……

岁三把小刀贴在大拇指指甲上，突然一用力，指甲飞了出去。

——佐绘小姐的身体明显与以前不同。她一定有丈夫或情人了。看情形生活好像也不是太轻松。

岁三盯着佐绘看。他说："你丈夫是不是长州人？"

佐绘的脸色又一变。

"我们不应该见面的。"

岁三笑了。

"我会忘记今天的事情。佐绘小姐，你也忘了吧。"

忘了吧。岁三站了起来。虽然有点任性，但是岁三真的不愿意破坏猿渡家的女儿在自己心目中的形象。

拉上拉门，下了土间。

在昏暗中摸索着找鞋的时候，岁三突然感觉外面有异常。虽然他也想可能是隔壁家的声音，但还是习惯性地警觉起来，没有从前门出去。

岁三转身来到后院，打开后门走了出去，这里没有人影。

——说不定她真是在给我设圈套呢。毕竟她在公卿家待过，应该见过不少进出公卿家的尊攘浪士。从九条关白搬到城南的九条村过起隐居生活，也许佐绘和那些尊攘浪士中的哪个人走到了一起。

岁三沿着绫小路向西走去。他打算到佛光寺前，雇一辆轿子回驻地。

——她的情夫会是个什么样的人呢？

岁三边走边想。他很嫉妒，感觉心口隐隐作痛。

此时，岁三还不知道，这个曾经和自己私通的女人现在已经是一个女强人了，是颇受勤王浪士欢迎的才女。

猿渡佐绘，曾经是九条家的侍女长。

现在她住在宝镜寺尼姑院的宝刹大佛后面的一所旧房子里，以教授和歌为生。

当然这些只是表象，实际上这个宝刹还是各藩脱离了藩籍的浪士的一个藏身之处。佐绘理解这些浪士的思想，同情他们的遭遇，所以她管理着这所旧房子，还照顾着他们。她已经变成了一个彻头彻尾的勤王烈女。其间她有过几个男人，其中有土州藩士，也有长州藩士，甚至还有不知道从哪里来的地痞似的"志士"。每换一个男人，佐绘的内心受他们的感化就会深一层。

佐绘还在九条家时，有她的旧主九条做后盾。在服侍公卿的时候，她就在家里工作，于是有机会认识了很多浪士，很受浪士们的欢迎。有浪士提出想见公卿，她会帮忙替他们引荐。所以她在浪士心目中的分量自然是越来越重。

佐绘很满足于现状。她想，自己是嫁过人的人，既然娘家现在已经由哥哥做主，自己回去也只能寄人篱下，于是思来想去觉得还是留在京都好。每天都有事情可做，每天都很有意义，每天干劲十足。

——佐绘变了。

岁三走近佛光寺前面的芳轿馆，想要一顶轿子。

芳轿馆的老板见过岁三。

"呀。"

他唯唯诺诺地招呼岁三，吩咐店里的年轻人赶紧去祇园叫一顶轿子回来。

这是京都和江户的不同之处。在江户随处都可以看到轿子，随处都可以雇到轿子。可是京都不同，在京都只有游乐场所附近才会有轿子。连芳轿馆这样的店，到了晚上也是一顶没有。

把轿子叫回来还需要一些时间，岁三就坐在门框上等。再看芳轿馆内，一个个神色紧张。女主人沏好茶端上来时，脸色是苍白的。

"真对不起。您到屋里等吧。"

"不用。"

岁三一口回绝了，脸上是一副孤寂的神情。

"可是，这……"

夫妇俩不知如何是好。新选组在最初芹泽主事的时候，他们的暴行就令百姓胆战心惊。现在又加上京都守卫官预备队的光环，给人印象非常沉重。眼前这位新选组副长又是名震京城响当当的人物。在京城，连三岁幼童都知道新选组副长土方岁三的大名，不过真正见过他的人很少。岁三平时喜欢待在驻地，从来不与各藩交往，正因如此，他这种阴沉、冷漠的样子让百姓备感害怕。

芳轿馆的夫妇看着眼前的岁三，心惊胆战。这当然是因为他们先入为主的想法，怕岁三喜怒无常，突然向他们发难。

时间过去了许久，岁三终于开口了。"老板，"岁三的眼睛穿过昏暗的土间一直看着路上，"好像有人在偷看店里。"

"啊？"

"你不用害怕，可能是跟踪我的人。对不起，我想麻烦你太太，帮我去看一下外面的情形。"

"啊？"

老板很害怕。

这种时候看来还是女人沉得住气。这位因眉毛剃光而眉间略有些发青的芳轿馆女主人说："好吧，我去看看。"

她拿着灯笼就出去了。

没一会儿，女主人回来了。她说："外面有五个浪士。竹屋町的一个角上有两个，二帖半敷町的一个角上有三个，看上去都很面生。"

"是五个人吗？"

"是。"

"来的还真不少。"

岁三笑了。

女主人也跟着笑了，露出一口漂亮的黑牙[1]。她对岁三似乎开始有了好感。也难怪，本来一直以为新选组副长是个魔鬼般的人物，然而站在面前的是一个双目清澈、轮廓分明的年轻人。

"土方先生，要不要叫我们这里的年轻人去一趟壬生？"

她的意思是替岁三去搬援兵。老板偷偷拉了拉女主人的衣袖，不让她多管闲事。

他有些担心，一旦自己现在帮了新选组，以后不知道会遭到浪士什么样的报复。

岁三的神情又恢复了往昔的冷漠。

又过了一会儿，终于有轿子回来了。

---

1 日本妇女婚后习俗，将牙齿染成黑色。

轿子四周有帘子围着，这种轿子在江户叫四手轿，在京都则叫四路轿。两地的轿子外形大同小异。

"老板，这个年轻人看上去很有胆量啊。"

"是的。因为他是丹波人。"

"丹波人很勇敢吗？"

"是啊，大家都这么说。"

"那就好。"

岁三从怀里掏出一把碎银递给年轻人。

"不用这么多。"

"行了，你拿着。我走着回去，不坐你的轿子了。"

"啊？"

在场的人都愣住了。

"不过，我要麻烦你一件事。你把那个木桶装满水后送到鸭川河去。"

"先生……"

芳轿馆的老板好像猜出了岁三的计谋。

"您这太为难我们了。"

竹屋町的一角有两个人在蹲守，他们看到装着木桶的轿子，以为里面坐的是新选组副长，一定会出手袭击。届时，只要年轻人机灵些，弃了轿子就跑，倒不至于受到伤害。只是他们往后的麻烦就大了。横行霸道的浪士会借口他们帮了新选组而来找碴儿。承担这种后果的注定是芳轿馆老板。

女主人也猜出了岁三的意思，但是她和丈夫的态度不同，她马上吩咐店里的下人，说："阿安、阿七，去把木桶装上水。尽量装满些，让他们以为里面坐的是人。"

"哎。"

丹波人把轿子拉进土间，拿上水桶，装好水，"嗨"的一声把水桶扛上了轿子。看上去怎么也有十七八贯[1]重。

轿子出门了。向东而去。

岁三紧跟着也出了芳轿馆，朝相反的西边走去，手上没有拿灯笼。跟踪者的注意力被轿子吸引，估计不会有人注意到岁三。

走出十几步远的时候。

后面果然传来了预料中年轻人扔轿子时喊出的"呀"的一声，位置大约在竹屋町的十字路口。

——干得好。

岁三已经走过了二帖半敷町。根据刚才女主人侦察到的情况，这个十字路口应该有三个浪士，但是岁三没有看见一个人影。大概是受了轿子的迷惑，跑到东边去了。

就在这时，身后传来了啪嗒啪嗒的脚步声，四五个人从竹屋町向这里跑来了。原来他们发觉自己上当后，转身追来了。

——来了。

岁三已经猜到来人就是那几个浪士，一闪身躲进了路南一所房子的屋檐下。

——看样子我可以平安回到壬生了。

岁三身子紧紧贴着昏暗的格子门。直到此时，一切尽在岁三这个打架大师的预料中。

出乎他意料的是，对方并没有向自己追来，而是直奔位于竹屋町和二帖半敷町中间的芳轿馆。

"不好——"

他们一定是去为难芳轿馆了。尖利的叫声传进了岁三的耳朵里。

岁三走出黑暗，来到路中央。

1　日本度量衡重量单位，一贯约等于3.75公斤。

他继续向西往壬生走去，没有理会后面的惨叫声，但是脚步明显在犹豫。

——女主人太可怜了。

可是他又想早点回驻地，这让他感到非常郁闷。此时手边有一杯酒就好了。

犹豫再三，岁三还是抬腿向前走了。

有一点可以断定，佐绘的确和那些人有某种联系。佐绘是个诱饵，是来引诱自己的。岁三意识到了这一点，奇怪的是他并没有生气，也没有因此激起他的斗志。

知而茫，不知则清，
难解恋爱情。

——这一句写得可真不怎么样。

岁三抬头望了望星星。

恋爱。岁三怀疑自己是否真的恋爱过。他觉得心灰意冷。

无疑他曾经占有过女人，但是没有和她们中的任何一位真正恋爱过。就算和记忆中的佐绘勉强可以算作恋爱，但是就连这一点点恋爱的感觉也在刚过去的一瞬间被残忍地抹掉了。

——看来我的人生并不完整。

岁三像彻底死了心似的打算放弃了。

——说不定我岁三这辈子都不会有恋爱的机会了。

就算如此，那又怎样？他安慰自己。

——反正我也不想和别人一个样。

岁三走着想着，想着走着。

——我本来就是个薄情郎。女人们应该知道这一点，不会有人傻到会迷恋上我的。

但是我有剑，还有新选组。我对剑和新选组的忠诚谁也比不了。而且我还有近藤，有冲田。我对近藤和冲田的友情谁也比不了。这就足够了。我拥有这些，难道还不算拥有一个满意的人生吗？

"想通了吗，阿岁？——"

正自言自语间，岁三突然停下脚步，又一个回身。

他在路中间蹲了下去，手已经搭在剑上，准备出剑。

他听到四五个人的脚步声正朝自己追来。想必是芳轩馆的老板告发了他的去向。

前面出现了五个影子。

其中三个在二帖半敷町停住了，另外两个毫无防备地继续向岁三靠近。

"是这边吗？"

其中一个说。

"不管怎样，先去室町路看一眼吧。"

他们完全用不着去那儿。

他们又向前走了几步，差一点撞到岁三，这才发现路上蹲着一个人。

"啊。"

其中一人想往后跳开。他右脚抬起，手握剑柄，却就这样仰面倒了下去。原来岁三的和泉守兼定早他一步向上挑去，刺破了那人的颌下。

岁三站了起来。

"我是土方岁三。"

"……"

没有受到袭击的另外一个人张着大嘴，目瞪口呆地看着眼前发生的这一切。他好半天才回过神来，嗓子里吼着不成调的声音，一跃向二帖半敷町的十字路口逃去。

十字路口的三个人一片哗然。

这时路上已经看不见岁三的身影。他在路北一排房子的掩护下，正沿着屋檐下面一步步地靠近十字路口。

"真在那儿吗？"像是头领的一个家伙沙哑着嗓子说。

——那不是七里研之助的声音吗？

岁三真想立刻冲出去。他抓了把泥土，极力抑制住自己的冲动。

他非常惊讶。他知道七里已经来到京都，还听冲田说过藤堂平助目睹过七里出入位于河原町的长州屋。而且岁三自己也和七里在八王子时的一个同伙发生过冲突，在木屋町让他跑掉了。

"七里！"

岁三在黑暗中喊了一声。

"是我。"

说着，岁三一个箭步冲了出去。这时他已经变成一个斗士，没有感伤也没有彷徨，只有手脚在舞动。站在七里旁边的人被岁三从脖子右侧刺中肩膀倒了下去。岁三一跃跨过他的身体，第二剑直刺七里。

七里来不及抵挡，跳着退到灯柱旁。他终于拔出了剑。

队规

"土方岁三,终于又见面了——"

七里研之助背靠着灯柱的护栏,边说边把剑慢慢地往下放,摆出了下段位的架势。

"土方。"七里好像挺高兴,"当年武州芋头道场的助教当上花之都的新选组副长了。真应了乱世出英雄这句话。"

"……"

岁三高举起剑。

"不过,虽然你发达了,我也不能让你把我七里看扁了。"

"那好啊,我现在就在你面前。"

"好好好。对了,近藤可好啊?我有心想去拜访拜访他。"

"好得很。"

岁三的话很简短。

"那就好。我还挺想念他的。还有,咱们俩的缘分实在不浅,本来见面应该互相问候问候。可惜这缘分是逆缘。"

"没错。"

"在武州多摩的时候,咱们可是打了不少交道。我实在不想把那种意气用事的架打到这个花之都来,只是我无论如何都没办法和你们握手言和。"

"我听说你在长州混。"

"我母亲娘家是长州藩驻江户的武士,所以我与长州有千丝万缕的联系。我觉得我不该留在武州乡下和土里土气的乡下佬打架,所以离开了那里,准备像个真正的男子汉那样闯荡一番。只是没想到那个乡下佬不死心，也跟着到京城来了。"

"不好意思，我打断一下。"岁三说，"你认识佐绘小姐吗？"

七里没说话。

岁三看出来了，他认识佐绘。七里和佐绘之间一定有关系，所以今天他们才能盯上岁三。

"不认识。"

"怎么突然说话没底气了。没想到你还挺诚实的。"

七里没有回答，只是把剑抬了抬，改成了中段位的架势。就在这时，岁三高举的剑落了下来。

而七里已经不在原地了。

咔的一声，岁三的剑尖划破了灯柱的护栏。他收剑抬腿，一脚踹倒了灯柱。

七里从灯柱的另一边跳出来。

"我只是耍耍你。"

七里笑道。

这时，绕到岁三背后的一个人突然冲了上来。岁三闻声跳开，裙裤还是被剑划破了。

——怎么搞的？

岁三的剑完全没有气势。打斗的时候有气势才会有胜算，看来对佐绘的复杂情感使岁三的情绪有些失控。

其实，这种时候不能有顾虑，抽身而退才是稳妥的策略。岁三对此非常清楚。如果是在武州的乡下，这个时候岁三早已跑得不见人影了。但是现在的他已经不是那时的他。现在的他是新选组的副长，打斗也要顾及面子。如果自己跑了，以后在京都不知会传出多难听的话呢。

——佐绘说得没错，我是变了。

岁三一边用右手挥着剑，一边用左手脱外褂。他不是真的要脱去外褂，外褂只是岁三引诱对方的一个道具。

果然，右侧一个男人看到了岁三脱外褂时露出的破绽，高举着剑刺了过来。

——来得好。

岁三单手从下往上挑剑，刺向了得意忘形的对手的身体。

"还是那么有傻力气。"

七里在暗处直砸吧嘴。如果没有足够大的力气，靠一只手是根本刺不死人的。这一点只有像七里这样的人才知道。

岁三终于脱掉了外褂。

"七里，靠过来些。"

"我不会靠近你。没有人会傻到和一个正来劲的家伙正面交锋。"

七里也不是一个头脑简单的剑客。他很清楚打斗的要领。他看到岁三的气势越来越盛，就收回剑，准备开溜。

"撤！"

几个人一哄而散。

岁三没有追。

——七里好像胖了。

在聚集到京都的众多浪士中，人杰不少。七里可能是平时就混迹在这些人中间，常谈论国家大事，所以感觉他变化很大，不像是在八王子时候的七里。

——男人真是奇怪的动物。

不能否认，人有时候会像毛毛虫蜕变成蝴蝶那样发生质的变化。

这一年的十二月，幕府颁布了取缔浪士的法令。凡是流入京都或大坂的可疑浪士一律捕杀。

原因在于，将军家茂近期要到京都来，而京城只能依靠武力来确保治安不出问题。

"情况就是这样。"近藤召集所有队员开会,他说,"我们要拿出大幕府的威仪,彻底扫清流浪浪士,不让一人漏网,保证禁苑的安全。我们必须清楚,从今天起,王城的大街小巷就是新选组的战场。"

就是从这个时候起,新选组开始了恶魔般的行动。京城上空弥漫起血腥味儿。

队员的人数约一百来人。

新选组的队员并非都是一流剑客,其中有完全不会武术的,也有胆小怯战。凡是在打斗中退缩的人,事后一律受到了处分。新选组的惩罚不是以往武家社会中的闭门思过或关禁闭,而是死刑。对于当时已经习惯了三百年安逸享受的武士来说,这样的处分让他们备受震撼。

对于队员们来说,要么在打斗中丧生于敌人的剑下,要么临阵脱逃,回来后接受队里死刑的惩罚。所以他们每天都处在生死边缘。

"这样的处分是不是太严厉了?"

一天,山南敬助看到一天内处死三人,或斩首,或切腹,就在近藤和岁三面前提出了异议。

前一段时间,肃清了芹泽鸭和他的同伙之后,山南敬助在队里的地位提高了。之前他和岁三一样都是副长,现在已升为"总长"。

新选组的组织架构也因此变成了局长近藤勇、总长山南敬助、副长土方岁三。

提拔山南敬助是岁三向近藤提议的。

"让山南做总长吧。"

近藤听岁三这么说,非常高兴。岁三不喜欢山南,这一直是近藤的一块心病,可是现在岁三竟然主动为山南特别设了总长的位置,而且还在他自己之上。

"阿岁,今天不会下雨吧?"

近藤不相信地说。

"下什么雨呀。"

岁三面无表情。

总长的位置听起来好听，实际上只相当于局长近藤的私人参谋、顾问或是军师，没有实权。更重要的是，这个听起来很好听的职务没有指挥和调动队员的权力。有权指挥、调动队员的依次是局长—副长—助勤—队员。所以用现在流行的话来说，总长山南敬助就好像是近藤的私人雇员，而不是在编人员。

岁三把山南抬到一个体面的位置上，却让他成了摆设。一开始山南也很高兴，后来等他了解了这个职位的实质后，比以前更恨岁三了。他请求近藤说："还是让我做回副长吧。"

近藤也有这想法，就找岁三商量。

"阿岁，我看还是让他当副长吧。"

"不用，现在这样挺好。"

他还举了一个让人匪夷所思的例子。

岁三还是少年的时候，每当夏季农闲时节，他会带上几个村里人为祖传的石田散药采集原料，并在制作散药的过程中，给村里人分配各自的工作。他第一次做这事时才十二三岁，因为年龄尚小，大哥、二哥不放心，所以经常会干涉他的安排，说三道四。他发现每次只要大哥或二哥指手画脚，改变他的安排，村里人的工作效率就会明显下降。他思来想去，最后发现原来是因为指挥的人太多了。

"所以如果新选组有两个副长，最后也会变成这样。近藤师傅，如果你发出的命令不马上传达到副长，下达到助勤，让他们带领队员电光石火般地迅速动起来的话，新选组就会越来越迟钝。一个组织的行动就像剑术一样，反应不敏捷是不行的。所以说，副长有一人就可以了。"

这又是岁三独创的理论。幕府及各藩的体制包括江户町奉行，所有的职位都是二人制。这曾经让当时来日本的外国使臣备感奇怪。而新选组则轻松打破了这一常规旧习。

"我是为了新选组的发展，所以才让山南先生坐到那么体面的位置上的。"岁三说。

这些都是题外话。

"处分是不是太严厉了？"

总长山南敬助向近藤进言的时候，岁三眼睛望天，傲慢地看着山南。

"山南先生，"他说，"这是你应该说的话吗？难道你想削弱我们队伍的威势吗？"

"谁这么说了？"

山南非常生气。岁三没有任何表示，只是平静地说："我听到的就是这个意思。"

真是个讨厌的家伙。山南肺都快气炸了。

"山南先生，我呢，一直认为全日本的武士都是废物。我已经目睹了无数所谓的武士，他们口口声声自称武士、武士，不过是逞威风罢了。造成这种局面的罪魁祸首是世袭的俸禄制和三百年来的太平日子。新选组绝不能成为那样的队伍。我们要锻炼出一群真正的武士来。"

"真正的武士是什么样的？"

"不是现在这样的武士，而是从前那样的。"

"从前的？"

"像坂东武者或元龟天正时候的战国武者。具体的我说不清楚，反正就是他们那样的武士。"

"土方先生，你太天真了。"

山南脸上带着明显不屑的神情，或许他真正想说的是"幼稚"。

岁三直直地盯着他的脸。之前和芹泽鸭辩论"士道精神"的时候,芹泽脸上也是这样一副不屑的神情,现在又挂在了山南的脸上。

——讨厌的平民剑客。

事实上,山南也的确是这样想的。但是岁三的心底有一种冲动,他想大喊,理想本来就是纯真无邪的东西。

"好了好了。喝酒吧。"

近藤赶紧插话劝解二人。近藤认为岁三是独一无二、无可取代的人,而山南敬助这位才子他也不想失去。平时递交给京都守卫官、京都所司代、御所国事主管和见回组首领等的公文几乎都要依仗山南起草。还有与各藩公用方会谈时,他也要带山南同行。新选组里勇者不少,但是在那种场面,能做到口若悬河、侃侃而谈的只有原仙台藩藩士、后脱离藩籍的浪士山南敬助。

让侍童拿来酒后,近藤来回看着山南和岁三的脸,说:

"我很幸运,身边有你们二位的帮助。山南君有智慧,土方君有神勇。"

但是岁三只有神勇吗?

近藤对岁三的才能究竟了解多少,是个疑问。山南的智慧是明面上的,只是纯粹的知识,而岁三具备极强的创造力。

——看着吧,我一定会把新选组建成一支精锐的队伍。

那天晚上,岁三房间里的灯一直亮到很晚很晚。

冲田总司看到了,又来调侃岁三。

"哟,又写俳句呢。"

冲田伸头去看岁三面前的一张纸。

"哦,是队规啊。"

岁三已经粗略完成了队规草案。

岁三面前展开的纸上,密密麻麻地写满了出自这个男人之手的小字,按条款写成,共有五十条。冲田拿过来粗粗看了一遍,笑着说:"你可真了不起,土方老师。你打算让队员照此执行吗?"

216

"当然。"

"五十条是不是太多了？"

"我还没弄完呢。"

"什么？真受不了你。这么多了，你还要往上加？"

"不是，是要删。我想把它们压缩成五条。所谓规定，其实有三章就足够了。约法三章嘛。"

"这话我听说书人说过。好像是大唐的一位大将最先说出来的。我得问问山南这位大将是谁。"

"你烦不烦。"

说着，岁三随手划掉一条。

夜深人静，五条规定终于出台了。

一、不得有违武士道精神。

二、不得擅离组织。

三、不得擅自筹款。

四、不得擅自受理（外部）申诉。

五、不得搞明争暗斗。

违反上述任何一条规定者，一律切腹。

除了上面这五条，岁三还制定了相应的细则。

其中一条很有意思，而且岁三相信只有这一条才能让新选组队员变得更加坚强。

——队员非因公务与外人发生争执，并刀刃相见，不能打伤或杀死敌人，让其逃脱的情况。

"这种情况怎么处理？"

"切腹。"

岁三说。

冲田笑了。

"这太残忍了。打伤敌人应该算立功,漏网总是难免的。让对方逃掉也要切腹有点说不过去。"

"只有这样大家才会拼死作战。"

"依我看,你费尽心思制订这一规定,很可能是自寻烦恼。站在队员的角度来说,与其与敌人对打最后让他逃掉,还不如一开始就跑对自己更有利。"

"那也是切腹。"

"啊?"

"第一条是不得有违武士道精神。"

"哦。"

总之,作为队员,一旦剑出鞘,就只有一心一意地向前冲,直到杀死敌人才算无过。

"如果队员不接受呢?"

"切腹。"

"这样一来,胆小的人就会因惧怕队规而出逃的。"

"根据第二条规定,那也是切腹。"

规定公示出去了。

一石激起千层浪。规定公示出来后,那些年纪尚轻、血气方刚的队员感受到一种飞瀑袭身的壮烈情怀,而那些入队时日不长、年龄稍大的头领思想上出现了动摇,他们感到恐惧。

岁三很认真地观察大家对这个规定的反应,不出所料,有人出逃了。第一个出逃的是助勤酒井兵库。

酒井兵库是大坂浪士,是一个神官的儿子。此人是队里难得有国学修养的人,和歌写得非常好。

这样一个人最先跑路了。

岁三调动了监察部的所有力量,到京都、大坂、堺、奈良等地追踪酒井。

不久得到消息，说酒井就躲在大坂住吉明神的某神社里。

"山南君，你看这事怎么处理？"

近藤找山南商量。

山南建议饶了酒井。山南与酒井关系不错，经常找酒井兵库帮自己修改和歌。

近藤则想杀酒井。因为酒井是队里的助勤，经常参与队里的重要事务，知道很多队里的机密。一旦这些机密传出去，不仅对新选组不利，还会累及京都守卫官。

"阿岁，你看呢？"

"现在不是谈论和歌或担心机密的时候。局长，我觉得总长如果不带头执行队规的话，以后的工作可就不好开展了。"

"你的意思是杀了他？"

"那是毫无疑问的。"

冲田总司、原田左之助和藤堂平助三人立即动身赴大坂执行任务。

他们到住吉神社找到了酒井兵库。

酒井很绝望，他拔剑应战。

原田一下打掉了他手上的剑。为了避免在神社内动手，他们把酒井带到了我孙子公路边的一片竹林里，又把剑递给了他。

几个回合后，战死。

从此以后，队员们不敢再轻举妄动。队规开始在队员身上发挥效力。

很快新年到了。

池田屋

卖劈柴嘞。

有劈柴的卖啰。

头顶着柴火大声叫卖的女人走过河原町大路，晴天雨像追着她的脚步似的滴答滴答落了下来。

"真安静。"

冲田总司说。

这是如画般的一个下午，元治元年的六月一日。

祇园会已经临近。

此时，岁三和冲田就在叫卖柴火的女人刚走过的一栋房子的二楼。这里是位于河原町四条的小百货批发商茨木屋四郎兵卫的家，楼上略有些昏暗，还散发着一股霉味儿。各种各样的小商品堆满了整个二楼。

二楼正对着河原町大路的窗户敞开着。冲田从这扇窗户向外看着下面的路上。

"从早上到现在只出现过三个人。一人武士打扮，另两人从穿着上看像是街上的居民，不过身材很像武士。"

冲田说话的时候，嘴里咬着干果子。

"是吗？"

岁三刚刚上楼。

从这扇窗户看出去，可以清楚地看到河原町路东的一排房子，还有一条向东去的无名小路，要观察进出该无名小路的行人，这里的地势最好不过了。

从河原町大路拐入那条无名小路，走过大约五六所房子，右侧有一家叫"枡屋"的武器店。

冲田就在茨木屋四郎兵卫家的楼上监视着这家武器店。当然，负责监视的不止冲田一个人。

还有监察部的山崎丞、岛田魁、川岛胜司和林信太郎等人，他们乔装打扮成药贩子、修行者等在枡屋周围转悠。此外，原田左之助在无名小路另一头的西木屋町路上租用了一所房子，从那里监视路上的动静。

"监视这种活儿真没意思，不适合我的性格。"

"是吧。"

的确，冲田的性格非常不适宜做监视工作，尽管这是公务。

"你忍忍，明天就给你换下来。"

"肯定？"说着，冲田随手放了一块点心在嘴里，一副漫不经心的样子。

岁三苦笑着说："不过今天你可不能偷懒。"

"你就把心放回肚子里去吧。你说，枡屋的那个老头会怎么做呢？选这样一个有风的夜里。"

"嗯？"

"对啊，就是大风天的晚上。"冲田咽下点心，说，"不是他们召集了十几个浪士，准备在京都市内各处纵火，然后闯进御所带出天皇陛下去长州建立一支倒幕义军吗？这种事情一般来讲是不太可能成功的。这样做太不理智。他们要是真这样做了，那一定是脑袋出了问题。土方老师，你说枡屋是不是疯了？"

"不，他们没疯，他们很正常。他们也是一群有血性的人，只是这样的一群人整天聚在一起，几天、几十天、上百天地谈论同一个梦想，梦想就不再是梦想了。他们越来越相信倒幕势在必行。"

"那不就是疯了吗？而且还是成群地发疯。真有趣。"

"是很有趣。不过正因为是成群地疯了，所以才难说他们会做出什么事情来。"

"新选组也一样。"

冲田哧哧地笑了。

"土方老师还是疯子的师傅呢。"

"又胡说八道了。"

岁三拉长了脸。不过冲田一点也不怕这位让新选组队员怕得要死的岁三。在冲田总司这个开朗的年轻人看来，岁三越是耍威风就越显得滑稽，就像壬生狂言哑剧中的熊坂长范[1]那样。

"总司，盯紧点。"岁三皱着眉头说，"有消息说准备在京都放火起义的浪士不下五六十人。能否制止他们关系到新选组是否能成为天下第一。"

"吃一个？"

冲田塞给岁三一块点心。岁三很不情愿地放进嘴里，走了。

随后他又去了原田左之助的监视点，还到高濑川沿线的路上和装扮成药贩子的监察山崎丞打了个照面。山崎故意垂下眼帘走过岁三的身边，一切表现得非常自然。山崎剑术很好，又因为他是大坂高丽桥一位针灸医生的儿子，所以走在街上，看不出他与其他行人有什么不同。

和山崎碰过面后，岁三到木屋町三条叫了一顶轿子，回到了壬生。

"怎么样？"近藤问。

"还不清楚。不过，总司和原田都看到有武士模样的人频繁出入那条无名小路。"

1　日本历史上传说中的人物。

"这事不会有错吧？"

"希望如此。"

这件事情是近藤最先得到的消息。

就在几天前，近藤亲自带领队员在市内巡逻，返回到堀川本国寺（水户藩兵在京都的驻地）的时候，马前出现一个武士挡住了他的去路。

当时这位武士说了声："哟，是近藤先生。少见。"

是刺客！队员们赶紧围上来，只见那武士不慌不忙地说：

"别紧张，是我。原先住在江户山伏町的岸渊兵辅。在江户的时候多蒙贵道场的关照……"

近藤下了马。听岸渊一说，他想起来了。近藤的江户道场临近后乐园，当时的确有不少水户藩邸的下等藩兵经常去自己的道场玩，岸渊是其中的一人。一开始只听说他是一名步卒，但实际接触后发现他很有学问，而且为人敦厚，让人很难相信他只是个身份低下的藩兵。

眼前的岸渊穿着依然朴素，仅以皮肤色的木棉外褂和洗得发白的裙裤裹体。不过身材胖了许多，看上去比以前魁梧了。

"去年我就来京都了。听说土方氏、冲田氏都干得不错。"

"是啊。这样吧，路上说话不方便，咱们去壬生吧。"

近藤非常热情，他拽着岸渊回到了壬生。

一回壬生就叫来岁三，摆上了酒席。

当时，在京城的武士只要有两个人坐在一起，话题就离不开国事。紧张的空气时时弥漫在京都的上空。这是一个充满腥风血雨的时代。

去年八月发生了所谓的文久之变。一直以来占据京都政坛的长州藩一夜之间从政界消失，随之，长州七位公卿回了老家。

之后，长州藩的年轻人开始了过激的行为。各藩脱离藩籍的激进浪士也纷纷投奔长州藩，等待举兵倒幕的时机。

然而，那些对政治敏感的大藩如萨摩藩、土佐藩以及会津藩、越前藩等都反对长州藩（他们的这种感情带有很复杂的成分。由于长州藩为夺取权力而展开的各项活动太偏激又太激进，而且也太前卫，以至于大家怀疑长州侯有取代幕府的意图。而长州侯本人似乎也被年轻的家臣团巧妙地利用了。传说在维新以后，这位长州大臣还问身边的人自己什么时候当将军呢）。总之，仅靠长州藩一个藩的军事力量是无法抗衡幕府及右"官武一体派"的四个藩的。

这就是当时的形势。

所以有传言说，长州藩成立了一个秘密军事组织，其中包括支持长州藩的浪士团，并派人潜入京城，准备一举烧毁城市，发动勤王起义。为此京城内各种谣言四起，性急的人们已经准备卷起铺盖跑到乡下去避难。此时的长州似乎被逼到了绝境，处境非常尴尬。如果起义成功，他们就是义军；一旦失败，整个藩都将被定性为叛匪。

岸渊兵辅侃侃而谈——谈时局，谈时势。这位水户藩士是非常典型的官武一体派支持者，他认为长州要夺回权力毫无希望。

近藤非常认同他的观点。

近来，近藤经常参与各种议论。因为他本不是一个懂幽默的人，所以他的陈述往往话少分量重。

岁三没有说话。对岁三来说，空洞的议论毫无意义。他的兴趣和热情完全放在新选组上，他只关心如何能使新选组发展成为天下最强大的组织。他相信只有实际行动才是向天下阐明自己思想的唯一方法。武士不需要口舌之争。

就在这个酒席上，岸渊说到了一件出乎他们意料的事情。

"你们知道，我们藩在政见方面一直很复杂。藩士们各有各的想法，他们互相敌视，所以谣言传得也快。昨天晚上，我就听说了一个非同寻常的传闻。"

是关于枡屋的喜右卫门。

他说，开武器店的喜右卫门用的是假名，他的真实身份是长州藩的古高俊太郎（江州物部村的乡士、毗沙门堂住持僧的宫侍），还是个大人物。

"并且，"岸渊接着说，"他们已经把起事时要用的武器弹药存放到了枡屋的武器仓库里。本国寺水户藩总部的人都知道这件事。"

起事者在策划过程中也出了纰漏。就在岸渊告诉近藤、岁三的同一天，枡屋的用人、一个叫利助的人跑到町长那里告发了此事。

利助是枡屋新雇的人。当他看到仓库里放了许多铁炮、火药、刀枪等时，不禁大吃一惊。他担心自己受到牵连，于是第一时间向官府进行了告发。

町长马上知会定回同心，而同心渡边幸右卫门刚好又是与新选组来往密切的人，他在得知这一消息后，没有向自己所属的衙门报告，而是直接跑到壬生驻地，告诉了新选组。

"马上报告会津藩总部。"

但是岁三阻止了近藤的做法。他说："我们先侦察清楚后再去报告不迟。"

如果情况属实，那么对于新选组来说，就有了一个自结盟以来展现自我的大舞台。

——不能轻易让会津藩或京都见回组抢去功劳。

这是岁三的如意算盘。他认为对新选组来说，这是一次绝好的机会，可以昭示天下，近藤和岁三费尽周折建立起来的新选组是一个实力强大的组织。

第二天傍晚，侦察的队员回来了。

"无聊。"

原田左之助说。这个家伙看样子也不适合做侦探，一个劲儿地喊无聊。

冲田只是微微笑着。而山崎、岛田和川岛这几人不愧是监察，他们详细汇报了各自探听到的情况。

"土方君，立即出发。"

近藤下达了出征的命令，但是岁三没动。

"这可是新选组展示实力的绝好舞台。局长，你应该到现场坐镇，我来留守驻地。"

"好。"

近藤当即选了三名助勤——冲田总司、永仓新八和原田左之助。各位助勤又分别带了几名队员，加起来共二十几人。等他们到达现场的时候，太阳已经落山了。

近藤此人自有非常人能及之处。

他把队员分成四组，分别安置在无名小路的东西进出口和前后方。一切都按常理出牌。但是随后的行动让人为他捏了一把汗。他让利助去敲枡屋的门，等下女一开门，自己独自走了进去。

里面很黑。好在室内的格局已经听利助介绍过，所以他心里有数。

近藤跑上二楼八张榻榻米大的房间，气势凛然地站在已经睡下的古高俊太郎枕边，大喝一声："古高！"

"我们已经掌握了你偷偷召集流浪浪士，企图在皇城根下谋反的证据。奉上所令，速速受缚。"

"你是谁？"

古高也是无数次出入刀光剑影的人，他很镇定。相比之下，倒是近藤显得有些激动。

"京都守卫官会津中将属下新选组局长近藤勇。"

"你就是——"

说着，古高瞟了一眼近藤。

"我马上起来。反正我没做亏心事，用不着逃，也用不着躲。我需要一点时间,等我一会儿吧。"

古高慢悠悠地脱去睡衣,穿上带纹饰的衣服,梳理好头发,又让下女拿来盆,洗漱了一番,这才说:"行了,你要带我去哪儿?"

他说完站起身来。

就在这期间,在楼下进行搜查的队员发现了一份古高一伙联名签署的公约。

当晚,古高被关进了壬生驻地的牢房里。第二天在京都所司代的官吏的押解下,被投入了六角的监狱中。并自这天晚上起,不断受到狱吏的拷问,但他始终没有松口。七月二十日那天,他被拉出去执行了死刑。

事态发展至此,已经不再需要古高的证词了。根据从古高家里搜出来的那份联名公约,官府完全掌握了那些人姓甚名谁。新选组、会津藩、所司代和町奉行展开了轰轰烈烈的拉网式搜捕。从所掌握的第一手消息看,可以知道位于三条一带的旅馆里住着许多来历不明的浪士,尤其三条小桥西头的旅馆池田屋惣兵卫似乎是这些浪士活动的中心。于是,山崎乔装成药贩子住进了池田屋。

经过暗中调查,山崎发现住在这里的人说话几乎都带长州口音。

守卫官暗示分头抓捕这些人,但是新选组没有贸然行动。原因是他们接到了山崎的报告,报告里说:"他们好像已经知道古高被捕了。"

既然如此,他们一定很慌乱,也一定会重新考虑下一步计划,是中止起事就地解散,还是兵戎相见,立即行动。

"他们一定会碰头商讨的。"岁三说。

近藤却觉得没有多少把握。

"要是他们就这样解散了,那我们可就什么都捞不着了。"

"只能赌一把了。"

可怜长州藩士及其党徒实在太大意。他们在三条一带狭窄的旅馆街上，每天毫无戒备地互相走访各住处。

"地点是池田屋，时间就在今晚。"

六月五日傍晚，山崎把情报送到了新选组驻地。

几乎在同一时间，町奉行所的密探也送来了情报。这份情报中说：

"时间就在今晚，地点可能在木屋町的酒馆丹虎（四国屋重兵卫）。"

丹虎是长州人和土州人经常光顾的一家酒馆，似乎要比池田屋的可能性大。

近藤听到这样两个情报，脸色显得异常难看。因为这样一来，他必须把自己本来就不多的兵力分成两部分。

"阿岁，今天晚上咱们就赌一把吧。"

近藤的意思是集中兵力或者去池田屋，或者去丹虎。

"不行。这可是大事。我们还是把队员分成两部分吧。只是——"

如何分配兵力的问题。

这要根据判断，按可能性大小来决定人数。

"山南先生，你以为呢？"

近藤问总长山南。

"丹虎吧。"

山南回答。这是比较稳妥的判断。丹虎作为倒幕派的巢穴是众人皆知的。

"我认为是池田屋。"

岁三说。他没有明确的理由，凭的就是他特有的直觉。

"是吗？"

近藤一直以来就相信岁三的直觉。

山南对于近藤采纳岁三的意见表示出了明确的不满。近藤注意到了他的这种情绪，说："山南君说得也有道理。所以岁三，你去山南君说的丹虎那边吧。"

这是近藤一贯的和事佬做法。

岁三点了点头。

山南明白了近藤的用意,说:"那我去池田屋吗?"

近藤笑眯眯地说:"那边就交给我吧。山南君的霍乱后遗症还没痊愈。我可不想失去你这个重要人才。"

山南没有作声。近藤知道,山南对长州多少怀有一丝同情。

人员的分配是这样的:负责袭击丹虎的土方队队员为二十余人,负责袭击池田屋的近藤队队员七八人。

事后,近藤在给江户的义父周斋老人的信中这样写道:

> 不巧的是,队里多病者。可用之人仅三十位。分两路攻两处(敌人),一处遣土方岁三为首……不才仅带数人。

不过,这次的人员分配非常巧妙。近藤带领的七八个人都是队里最精干的队员,其中包括冲田总司、藤堂平助、原田左之助、永仓新八等,而土方带领的一组,虽然人数较多,却几乎都是平庸之辈。

"阿岁,行吗?"

"行。"

太阳开始西斜的时候,两支队伍出发了。

突袭池田屋的时间定在亥时(晚上十点)。近藤还在信中写道:

> (为守住门口,人手又减少了)冲进去时,以不才为首仅为五人,分别是冲田、永仓、藤堂和周平(近藤的养子)。我们以寡敌众,厮打在一起。只见刀光剑影,火花四溅,所有人都打得兴起。这一情形持续了一时有余(两个多小时)。及此,永仓新八的剑折了,冲田总司的剑柄断了,藤

堂平助的剑劈了……就在这危急关头，土方岁三赶到。随后我们开始了拘捕行动（因援兵的到来，放弃了撤退的念头）。此前，我们经历战斗无数，但少有两个回合。

近藤对自己的这次战斗经历非常自豪，他说："尽管敌人在数量上占据优势，但我们个个都是以一抵十的勇士，可以在险境中得以保全自己。"

当时队员的装束是这样的：所有人一律身着印有山形的麻制浅黄色队服外褂，有一部分队员在队服外套护胸铠甲，里穿金属护身铠甲，头戴头盔。岁三的头盔至今还保留在东京都日野市石田的土方家中，上面有两道剑痕。

片断·池田屋

在袭击池田屋的前一天，岁三为了确保万无一失，仔细侦察了一番周围的地形。

三条大桥是以江户的日本桥为起点的东海道上的一个小镇，大桥东西向路边是一家挨一家的驿站。

池田屋便是其中的一家驿站。

这家驿站门面宽三间[1]半，深十五间，是一栋二层楼建筑。一楼右侧是格子门窗，左侧是红墙，二楼也用京格子相隔，里面可以看到外面，但是外面的行人看不到里面，设计非常合理（这栋建筑已于昭和六年时拆除。现在立在这块土地上的是佐佐木旅馆，一座钢筋混凝土的四层楼建筑物）。

祇园町有一个会所。

会所位于一个叫实成院的负责祇园社事务的寺院门前，这一带行人较少。近藤、岁三选择这里作为进攻发起点。

这一天，队员的外褂队服、护身用具等提前送到了这里。到了傍晚，队员们按要求，乔装打扮成各种身份，分头从壬生出发。他们或假装在市内巡查，或假装成群结队地外出游玩。

约定太阳下山后，在右会所集合。

同一时刻，长州、土州、肥后、播州、作州、因州和山城等各藩的藩士、浪士二十余人也准备在日落后到池田屋的楼上集合。时间据

1　长度单位，建筑内柱与柱之间的间隔距离为间。相当于1.9米左右，三间相当于5.7米左右。

说定在戌时（晚上八点），还听说长州的桂小五郎（木户孝允）也要前去参加会议。

关于这件事，孝允在自传中是这样写的："约定当晚在池田屋驿站碰头。戌时抵达该驿站，可其他人尚未到。因而决定过后再来，于是去了对州的藩邸。"

也就是说，桂小五郎当晚准时去了池田屋。但是因为其他人都还没到，于是就去位于附近的对马藩京都藩邸（河原町姐小路一角）找熟人了。

他接着写道："然而，没多久，新选组突然袭击了池田屋。"

这天，桂小五郎捡了一条命。桂小五郎的命实在很大，除了这一次，他前后多次遇到险情，但都逃脱了。在维新史上，像他这么走运的人似乎找不出第二个来。

桂小五郎离开池田屋不久，其他人陆续到了。其中颇有些响当当的人物，他们分别是：

长州：吉田稔麿、杉山松助、广冈浪修、佐伯稜威雄、
　　　福原乙之进、有吉熊太郎

肥后：宫部鼎藏、松田重助、中津彦太郎、高木元右卫门

土州：野老山五吉郎、北添佶麿、石川润次郎、藤崎八
　　　郎、望月龟弥太

播州：大高忠兵卫、大高又次郎

因州：河田佐久马

大和：大泽逸平

作州：安藤精之助

江州：西川耕藏

这些人如果有幸活下来的话，相信至少有一半人会在维新政府

232

中担任要职。在场的各藩浪士中，为首的是吉田稔麿和宫部鼎藏二人，在当时被认为是一流的志士。

大家在二楼一落座，酒宴便开始了。

第一个议题：如何救出古高俊太郎。

其次是讨论计划中的壮举，即"乘月高风大放火焚烧京都各处，冲进御所抢出天子，坐镇长州。若尚有余力，继续攻击京都守卫官，斩杀容保"。由于古高的被捕，关于此"壮举"究竟是中止还是继续实施，需要在会上做出决定。

土州派的浪士比较激进，他们主张按原计划实施行动。

"这种事情还用得着商量吗？事已至此，就按原计划今晚动手吧。"

"那可不行。这样太冒失。"

阻止土州派的好像是京都、大和与作州的人。

在这里，长州藩的人数最多，也最偏激。不过，由于事先京都留守居役（常驻京都的藩的外交官）桂小五郎千叮咛万嘱咐，说现在还不是时候，时机尚不够成熟，所以他们暂时没有表态。但随着酒精作用的渐显，原本就有的过激情绪终于抬头了。

在楼下扮成药贩子的新选组监察山崎丞正在厨房帮忙。他说："我去买外卖吧。"

因为他出生在大坂的一个商人之家，所以这种事情对他来说熟门熟路。连老板池田屋惣兵卫（事后死于狱中）也被他蒙骗过去了。

京都有一种独特的生意模式叫"外卖"，专为商家举办的宴席提供膳食。山崎说了声去买外卖就出门了。回来后，山崎进了二楼房间，指挥下女们上菜。

酒宴设在二楼靠里的一个八张榻榻米大的房间里。一下子坐了二十几个人，这里就显得很拥挤了。没有足够的空间让大家盘腿而坐，所有人几乎是半支着膝盖蹲坐在里面。而且每人身体的左侧腰间还都挂着佩刀，非常碍事。尤其是下女一道道上菜的时候，一不小心就会碰到脚。

"哎呀,这房间太挤了。"山崎说,"万一下女不小心碰到腰上的东西就麻烦了。要不我帮你们放到隔壁房间,怎么样?"

"行啊。"

其中一人把配刀交给了他。山崎恭恭敬敬接过来放到了隔壁的房间里。接下来几乎没费什么力气,就从一席人的手中一把把接过佩刀送到旁边的房间,捆好后收进了壁柜里。

在座的没有一个人怀疑山崎。这二十几个人可是准备占领京城的壮士啊。

就像近藤在信中写的那样,这些人是"万夫不当的勇士"。然而,他们也实在是太大意了。可以说,他们完全不具备阴谋叛乱所必需的缜密心机。

他们大口大口地喝酒,无所顾忌地议论。越喝越醉,越醉越乱,话题也越扯越远,最后竟互相攻击起来。这让他们享受到了一种奇异的快感。仔细想想,似乎应该归咎于各藩的代表中好发议论的人太多太多了。

祇园实成院前的会所里,近藤和岁三有些急不可耐了。

"戌时出发。"

这是他们和京都守卫官(会津藩)早就约好了的。所以这个时候,会津藩、所司代和桑名藩的两千多人应该早就出发了。然而,他们的行动实在太慢。戌时早已过了,街上依旧看不到他们的人。过了三百年的太平日子,藩的军事机能已经退化到了无以复加的地步。

"这些藩根本靠不住啊。"

岁三催促近藤快下命令。近藤默默地站起身。此时已经是晚上十点了。

"阿岁,马上向木屋町(丹虎)出发。"

岁三戴上头盔,金属护颈一直垂到肩头。这是非常特别的装束。

234

"请静候我们的佳音——"

岁三从盔檐下露出两眼，冲近藤笑了笑。近藤也笑了。少年时代在多摩川河边和岁三一起玩时的情景突然出现在近藤的眼前。

岁三冲向了昏暗的街道。

近藤也冲到了前面的路上。

岁三一行突袭了木屋町的丹虎，那里没有敌人。

近藤一行径直向池田屋进发。

在池田屋，药贩子山崎早已悄悄打开了大门的木锁。

二楼，持续了两个小时的酒宴还在继续，醉意已经笼罩了在场的每一个人。

近藤推开门一脚踏进土间，冲田总司、藤堂平助、永仓新八和近藤周平紧跟着走了进来。余下的人分别把守前后门。

"老板在吗？我们是奉命搜查。"

惣兵卫大吃一惊，立刻跑上两三级台阶，大声喊道："二楼的客人们，有巡逻官来了。"

近藤用力打了他一记耳光，老板滚倒在地上。

遗憾的是，老板的一声大喝并没有惊醒二楼的人。土佐的北添佶磨听到了喊声，以为是迟到的同伙来了，还应了一声说："来吧，就在上面。"

他还向楼梯口探了探脑袋，打算热情地招呼对方。结果正好看到近藤从楼下往上看，两人打了个照面，北添吓得赶紧缩身。然而已经太迟了。近藤三步并作两步跑上二楼，一剑砍了下去。

是虎彻。

永仓新八紧随其后也跑了上来。

此时，只有近藤和永仓两人上楼。他们进了里面的房间。

直到此时，房间内的人才明白发生了什么。

他们想拔剑，可是剑不在身边，只好用短刀。在狭窄的室内对打，用短刀更方便，所以他们并没有落在下风。

充当议长的长州人吉田稔麿时年二十四岁，是吉田松阴的爱徒。与桂小五郎相比，松阴更看重吉田稔麿。

也难怪松阴会喜欢他，即使在眼前这种情形下，吉田稔麿竟然还能思考对策。位于河原町的长州藩邸（现在的京都宾馆）离这里很近，他决定去那里搬救兵。于是他躲过近藤和永仓的刀剑，跑到了楼梯口。

近藤头也不回地一剑过去，刺中了他的肩头。

吉田从楼梯上滚下来，又挨了等在楼下的藤堂平助刺过来的一剑，依然不屈，跑到了外面。在那里，原田左之助挥剑一刺，刺中他的腰部，但他还是没有倒下，拖着多处受伤的躯体逃脱了。

到了藩邸门前，他用尽全力敲门。

"是我，吉田，快开门。"

门开了，他急切地喊道："大家快来呀。"

但是，他很不走运。此时留在藩邸内的只有几个病人、步卒和仆人，能打的人一个都不在。藩邸负责人留守居役桂小五郎在里面，他阻止了打算跑去帮忙的人，说："前途事大，不得擅自行动。"（《孝允自传》）

桂小五郎见死不救，但这也是不得已的事情。因为只要他出手相救，长州屋势必会与数千幕府兵发生正面交锋。

吉田稔麿没办法，只好借了一支短矛，浑身是血地回到了同伴们正浴血苦斗的池田屋。不幸的是，他刚进屋，就遇上了冲田总司。

吉田刺出去的短矛被冲田轻轻一拨拨开了。接着冲田的剑顺势划过矛柄，从吉田的右肩刺了下去。

这时，岁三的队伍也来到池田屋。岁三一来就进了土间。

只见浪士中，有人夺过长剑挥舞，有人使用短矛刺杀，有人挥动短刀乱砍。二十余人奋勇作战。藤堂平助身负重伤，已经倒在地下。

236

"平助，你要坚持，你不能死。"

岁三说着，反身一剑砍向一个从储藏室跳出来的人。他的一只脚已经迈出房门，尸体像弹簧一样飞起又落下，正好落在藤堂的身上。

二楼，近藤还在奋力厮杀。近藤此时所处的位置是正面楼梯口。

后面的楼梯口，是永仓新八在战。楼梯口走廊很窄，不足三尺，对于浪士而言非常不利，他们无法群攻近藤，只能单独与近藤交手。

肥后的宫部鼎藏冷静下来，阻止了准备一起冲出走廊的同伙，并指挥大家把近藤引到室内较宽敞的地方，随后群起而攻之。

近藤看到敌人不出来，就又进了房间。

宫部第一个迎战近藤，双方都取中段位姿势。宫部不是近藤的对手，几个回合后，宫部面孔被划破。尽管如此，他还是振作精神，和近藤一直打到了正面的楼梯口，却遇到杀死吉田稔麿后跑上来的冲田总司，又挨了几剑。他可能想到自己此生已了，说了一声："不成功便成仁。"

说完，他反手一剑刺中自己的腹部，头朝下滚下了楼梯。

肥后的松田重助还在二楼。他的武器只有一把短刀，因为这天重助换了市民的装束。

这时，冲田冲进来了。以彪悍著称的重助拿着短刀应战，终究不敌，左手被冲田砍断。在惯性的作用下，向前扑去，不料又被同伴大高又次郎的尸体绊了一跤，摔了出去。就在倒下去的瞬间，他发现尸体的手上还握着一把长剑，于是抽出这把剑再次和冲田厮打起来，只一个回合就战死了（松田重助的弟弟山田信道在明治二十六年当上了京都府知事，就任期间，把所有战死者集中安葬在一个地方，并立了一块大墓碑）。

池田屋的周围已经被会津、桑名、彦根、松山、加贺和见回组的近三千人围了个严严实实。

侥幸跑出池田屋的人有不少在路上被追杀而亡，更多的则是受伤被捕。

土州的望月龟弥太在室内杀了新选组的两个人后，躲过乱作一团的刀剑逃向长州藩邸，途中被会津藩的藩兵追杀，便在路上切腹自尽。

同是土州藩的野老山五吉郎也身受数创，好不容易逃出来，逃到了长州藩邸。他连连叫喊开门，门却始终未开。追到这里的会津和桑名藩二十几个藩兵将他团团围住，于是他也在门前切腹自尽。

志士一方当场死亡七人，被活捉二十三人，其中因伤重而死去的为数不少。

他们非常勇猛善战，区区二十几个人给袭击者造成的损失远远大得多。

根据玉虫左大夫在《官武通纪》中的描述，幕府方面的损失如下：

会津：当场死亡五人，伤三十四人。

彦根：当场死亡四人，伤十四五人。

桑名：当场死亡二人，伤数人。

松山、淀右二藩各有数人死伤。

实际上，真正参与战斗的只有新选组。新选组一人当场战死，此人是奥泽新三郎。因重伤而死的有两人，他们是安藤早太郎和新田革左卫门。此外，藤堂平助也受了重伤。

而战斗一开始就冲锋在前、奋勇作战的近藤和冲田毫发未损。当然，岁三也没有受伤。

岁三是在战斗打到一半的时候赶来的，他一直留在土间作战，没换过地方。

楼上有近藤坐镇，楼下有岁三指挥。这不是两人事先商量好的，而是他们多年来自然形成的一种默契。

就在战斗难解难分的时候，守在门口的原田左之助从门外探头进来，说："土方先生，楼上只有近藤先生和冲田、永仓，打得很艰难。你上去帮他们吧，楼下我来照应。"

但是岁三没有走。他想，自己作为副长还是守在楼下为好，就让近藤在楼上尽情展现他的实力，通过这次征讨，提高近藤的威名，对新选组来说非常有必要。

楼上不时传来近藤惊人的呼喊声。

"就他现在这样，没问题。"

岁三笑了。

岁三有别的任务在肩。战斗快要结束的时候，会津、桑名的人都想挤进屋里来。

在新选组彻底打垮敌人后，他们进来准备抢战利品来了。这种行为实在是卑鄙至极。

"怎么着，有事吗？"

岁三提着白刃挡在这些人的面前。他不想让别人进屋，里面是新选组凭借自己的实力打赢的战场。

"里面有我们，请回吧。"

看着目光如炬的岁三，谁也没敢再往前走动一步。幕府兵约三千人成了警卫兵，专门追捕逃到路上的浪士。新选组独享了战斗的荣耀和胜利的果实。

京师之乱

池田屋之变使新选组声名鹊起，也给历史的进程带来了重大的影响。一般认为，正是由于这次变故，使得当时的实力派志士中不少人被杀或被捕，因此导致明治维新的时间至少推迟了一年。然而，事实也许刚好相反。

确切地说，应该是这一次变故使得明治维新运动提前到来。或者说如果没有这一次变故，也许由萨长领导的明治维新运动将永远不会发生。革命需要革命者狂风暴雨般的军事行动，但是当时亲京都派的各藩既没有投身这项事业的可能性，也没有采取任何行动的想法。所有雄藩的决策人甚至没有想过要与幕府作对。只是三十六万石的长州藩（长州因为制蜡、造纸等轻工业政策和新田开发，所以实际经济实力达百万石）这一火药库被触爆了而已。

关于是否应该采取这次行动，新选组的上级机关京都守卫官（会津藩）曾经非常犹豫。笔者虽然没有见过原件，但在事发后的第三天，从京都的会津总部（黑谷）送往江户会津屋的公用方文书中记载了为实施此次行动而思前想后的情形。译成白话文是这样的：

> 如果对长州人及其周边人（浪士）的密谋置之不理，那么不仅殿下（松平容保）的位置（京都守卫官）可能不保，而且祸患将迫在眉睫。可是一旦实施镇压，无疑会引起他们更深的仇恨情绪。殿下忧心忡忡，可是又找不到其他更好的办法，一旦坐失良机，很可能反被他们所制，不得已……

当政府面对革命派时，其所持的立场和苦恼在任何一个国家、任何一个时代都是相同的。

究竟该不该采取行动？关于这个问题反复进行了讨论。直到近藤和岁三率领的新选组队员在发起总攻的位置，祇园实成院门前的会所集合时，还在没完没了地继续。

"不得已而为之。"

最后时刻终于下定了决心。

京都守卫官的这一结论传达到下级检察官厅京都所司代和町奉行后，他们一致表示同意。当时的京都所司代是京都守卫官松平容保的亲弟弟松平定敬（伊势桑名藩主），兄弟俩同时负责京都的治安，所以两人之间的沟通非常迅速和畅通。

但是，由于他们的讨论耗时太长，再加上藩兵行动迟缓，所以总攻开始的时间比原先约定的晚上八点晚了整整两个小时。近藤左等右等等不来命令，最后不得已决定擅自行动，分别袭击了池田屋和木屋町（丹虎）。

近藤他们之所以敢于果断行动，是因为近藤和岁三没有政治上的顾虑，他们考虑的只是剑。

事情结束后，幕府给京都守卫官送去了感谢信。信中有这样一句话：

"新选组果断出击，捉拿、讨伐恶党，功绩卓著。"

幕府不仅向新选组拨发了赏金，而且非正式地提出请新选组局长近藤担任"与力上席"[1]。

对此，岁三力劝近藤不要接受。

——当与力没意思。

确实没有意思。所谓的与力虽然直属将军，但是身份只是地方

1　幕府下隶属于行政长官部下的指挥、管理捕吏、庶务的官职。

官，也不是世袭制，而且连面谒将军的资格也没有，不过是一个下士，与仆人相差无几。再加上专司抓捕犯人，甚至会失去采取军事行动的权力，被武士社会看作"捕吏"而受到轻视。当然按现在的说法，也可以把这个身份看作纯粹的警察而不是军人。

幕府把新选组当成警察来用，这对近藤来说，让他实在高兴不起来。

近藤自命为志士，他把新选组的最终目标定在攘夷上。先不管他的本意是否如此，至少他多次对内对外明确表示过这一志向。所以他们是一个军事组织。

事情结束后，近藤和岁三感觉最不痛快的就是幕府把他们当成了警察组织。他们觉得幕府太小看自己了。

"我们还需要等待。"

岁三说。只要假以时日，相信总有一天幕府会高看他们的。当然，把他们提拔到大名的位置上也不是完全没有可能。

近藤梦想成为大名，"与力上席"的封号却给他的梦想浇了一盆凉水。近藤没有放弃。

"我的梦想是，"近藤只对岁三一人说过，"成为攘夷大名。"

他特别加上了"攘夷"两字，这是身处那个时代的志士的特点。成为大名、守护日本的野心自从在池田屋之变中立下空前的功绩以来，在近藤的心里越来越膨胀。

"好啊。"

岁三很赞同近藤。先不说攘夷之类的，总之随着形势的发展，有朝一日成为大名，或者运气好的话，夺取天下都是自古以来武士的梦想，没有什么正义非正义之说。

"我会永远支持你。"

"拜托了。"

近藤拒绝了与力上席这一并不算高的职位，心甘情愿地位居官设的浪士队长这一自由身份。而幕府和守卫官不知其意，还在为近藤淡泊功利而感动。

近藤不是没有欲望。

在池田屋之变以后，他买了一匹白马，为它配上了华丽的马鞍。在市内巡逻时，他总是骑着白马，率领一支持矛骑马的队伍，威风无比，给市民的印象很像是一位大名。平民出身的一介浪士竟敢像大名那样在街上带着队伍巡逻，这在数年前的幕府体制下是想都不敢想的事情。

去守卫官所在的二条城时，同样也是这样一支马队。

近藤摆出了一副大名的架势，应该说这是武州芋头道场出身的近藤和岁三之流的剑客无知无畏的一个行为。

池田屋之变发生在六月五日。

很快，就到六月二十六日了。这一天，太阳下山后，因此次事变而产生的不良影响开始显现。

事情发生在河原町的长州藩邸。

这个藩邸在池田屋之变过后，一直悄无声息，没有动静。而实际藩邸内依旧有长州藩士及各藩脱离了藩籍的过激浪士多达一百数十人。

他们的一举一动是幕府最关心的事，因此，在长州藩邸的周围，时常有幕府不同组织、不同机构的密探出没。其中有会津的密探、见回组的密探和新选组监察部的密探等等，他们严密监视，丝毫不敢大意。

二十六日深夜。这天晚上和池田屋事变的晚上一样闷热异常。睡梦中的岁三被监察山崎丞叫醒了。

"出什么事了？"

岁三急忙穿好衣服。

"今天黄昏时分开始，河原町长州藩邸的举动不太正常，不断有人从里面出来。"

他说，那些人三三两两地、尽量不惹人注意地走上街头。

"往哪个方向去的？"

"出小门的时候东南西北各个方向都有。但是根据密探跟踪回来的消息说，他们在半道上都转向西去了。"

"向西？那边有什么？"

"现在还不清楚。"

"派了多少密探在监视？"

"市内有二十几个人，估计很快就会有消息。"

"马上通知各组首领叫醒队员。还有，近藤先生那里也派一个人去通报一声。"

岁三听到长州藩邸出来的人向西去的消息，马上想到他们可能会去袭击京西的壬生。但是这次他错了。

壬生的确在西边。但是壬生的西边，还有一座嵯峨的天龙寺。

"看来这次事情要闹大了。"

消息不停地传来，每接到一次报告，岁三心里就紧张一分。

临济宗本山天龙寺是京西的一座大寺庙，土砌的围墙很高，可以说是一道天然的屏障。而现在京都的长州人正不断向这里会聚。

根据事后了解到的情况，据说一百几十个长州人到了天龙寺后，曾经遭遇寺院执事的阻拦。但是，寺院一方架不住他们手中武器的威胁，最终被迫让出此地。早在文久二年，长州藩和天龙寺曾经有过一次合作。那一年，长州藩接受了保护京都的敕命。由于京都市内没有可容纳大量浪士和武士的地方，所以在下嵯峨的乡士、勤王志士福田理兵卫的斡旋下，天龙寺成了长州藩驻扎军队的临时军营。只是后来没有再来往。

"近藤师傅，我看这次没有池田屋那次那么简单。"岁三面无表

244

情地说。

"你是指杀进天龙寺吗?"

近藤不甘示弱。他认为,这是长州人给自己创造的又一次立功的机会。

"怎么说呢,我感觉这次很可能会演变成一场战争。"

"战争?"

"至少我们要有这种准备。"

他说的准备其实是要把新选组从警察部队转为军队。为此,首先必须配制必要的武器装备,包括大炮。

还在新选组成立之初,会津藩已经把自己的一门旧式大炮借给他们使用。那是一种叫作榴弹发射炮的青铜制野战炮,炮弹要从炮口方向装填。发射的时候,先要把炮弹烧到通红,然后从炮口滚进炮膛,再用火绳点火进行发射。炮弹的射程非常近,能射出去一丁[1]的距离已经相当不错了。

——会津总部应该有韭山造的新式炮弹。

岁三并不是想利用大炮来提高新选组的实际战斗力,而是要与大名看齐,新选组需要相应的装备,特别是大炮。

第二天一早天刚亮,岁三就策马向黑谷的会津总部驰去。

在会津,他见到了公用方外岛机兵卫。

"外岛先生,这次一定会演变成战争的。"

他威胁外岛机兵卫。

外岛见土方岁三来了,于是联系了会津藩的几位重要官员。不一会儿一干人来了,连家老神保内藏助也来了。所有人的表情都很严肃。自从池田屋事变以后,新选组的待遇得到了空前提升,他们对待岁三的态度就像对待一个藩的重要官员一样。

---

1 1 丁相当于 109 米。

"土方先生，关于如何对付天龙寺，我们有必要尽早召开军事会议，研究相应的对策。"

会津家老神保内藏助说。他说这番话大概有向岁三示好的意思。

"是的。不过这次不像池田屋那次，只靠我们手上的剑去翻越山门争取胜利是不现实的。壬生需要大炮。"

"你们应该有炮。"

"没错。但是一门炮远远不够。"

岁三向在座的各位解释说，要想杀进天龙寺，首先必须用炮在土墙上打开缺口。如果只有一个缺口，队员们只能一个接一个地进去，势必造成惨重的损失。如果我们手上有五门炮，同时打开五个缺口，队员们从五个缺口分散突入，那么损失必将大大下降。因此，他强调说新选组需要五门大炮。

岁三的话让在场的会津高官们大感意外。如果应了岁三的要求给他五门大炮，会津藩自己可就没有大炮了。

"而且我们希望你们能提供韭山炮。"

岁三补充道。这让会津高官们再次感到为难，因为整个会津藩也只有一门韭山炮。

"那不行。"

外岛脸色苍白。

岁三说壬生的那门榴弹炮威力太小，比大木槌好不了多少。

"那玩意儿真的起不了多大的用。芹泽鸭早就给我们做过示范了。"

已死去的局长芹泽鸭生前有一次向一条通葭屋町的富商大和屋庄兵卫勒索钱财，遭到拒绝而恼羞成怒。为了报复大和屋庄兵卫，他把存放在驻地的大炮拉到了大和屋的店门口，在大炮的旁边生起炉火，一个接一个地往里把炮弹烧成通红后，再装到炮膛里向土仓

246

发射。

但是，土仓厚重的墙壁并没有被打穿，也没有被烧毁。于是芹泽只好灰溜溜地离开，并不再向大和屋提要求了。岁三说的所谓示范指的就是这一次。

"可是——"

会津方也说了自己的难处。他们解释说，自己的武器装备非常落后，甚至不及萨摩藩（当时与会津藩的关系非常密切，近乎同盟的一个藩）。

"这样吧，土方先生。我们跟幕府接洽一下，尽可能满足贵方的要求。我们先给你一门炮，你们暂时凑合一下，好吗？"

神保内藏助这样说道。岁三其实也只是狮子大开口，他的目的不是真的要五门炮。对他来说，有一门也可以，甚至旧式的也没关系。总之重要的不是数量的多少，而是要借此提高自己队伍的威信。

"好吧。那我们先凑合吧。"

要来了一门炮还让对方觉得过意不去，这个岁三着实厉害。对于岁三来说，尽管会津给的是旧式炮，但至少自己的队伍有了两门洋炮。有了两门炮的装备，可比五万石左右的小藩威风多了。

他马上回到壬生的驻地。此时，有关天龙寺的动静还没有传来任何消息。

之后的几天风平浪静。

不久之后，在幕府还没有得到确切的情报之前，京都已经流传开了一个可怕的谣言。说长州藩兵分几路，已经从周防的商港三田尻乘船分别扬帆东上了。

"以武力雪耻。"

这是他们出兵的理由。也就是说，因文久三年的政变，把长州势力清除出京都政界是一次天大的冤案。还有在池田屋事变中，该藩志士多人毫无理由地被捕、被杀也是一起冤案。出兵只是为了讨一

247

个说法，是为了证明长州藩是正确的。当然这些都只是表面理由，实际上他们是想通过军事行动以控制京都，挟天子坐镇长州，实现攘夷倒幕之阴谋。

这一谣言闹得京城人心惶惶，市民中很多人已经把自己的家财收拾整理后，运往了丹波一带。

真木和泉守、久坂玄瑞等人率领的长州浪士团三百人在大坂登陆后，流言变成了现实。就在他们登陆后的第二天，长州藩家老福原越后率领的武装部队也在大坂登陆。其余的长州船只则在内海继续向东航行。

负责守卫京都的会津藩连日来不断举行重要官员会议，新选组近藤应邀列席参加。

会上，会津方面有人提出了一个想法。他说："请主上（天子）暂时移驾彦根城，让我们在山崎、伏见和京都等地歼灭长州反贼。"

这话不知怎么的传了出去，很快传到了大坂长州屋远征军的耳朵里，并因此激怒了他们。

总之，在当时，不论是长州还是幕府，双方的焦点都在争夺并护住天子这一点上，因为谁得到天子就意味着谁是政府的军队。当时，由于《大日本史》及《日本外史》中的尊王史观的普及，这种观点成为理所当然。

近藤很兴奋。他一回到驻地，人还在走廊上，就迫不及待地嚷嚷起来："阿岁，阿岁在吗？"

岁三在自己的房间里正对着桌子，翻着队员的名单思索如何改编队伍。他冥思苦想，想着如何把新选组从一支维护市内治安的队伍一举改变成适应夜战攻城的队伍。对于岁三来说，公卿、各藩和各位志士的政治议论怎么样都无所谓。

"阿岁。"近藤一把拉开岁三房间的拉门。

岁三不高兴地转过头来，说："听见了。阿岁、阿岁的，像卖货郎叫卖似的，丢不丢人。"

"是天子。"近藤咳嗽一声，说。

"天子？"

"是的。"近藤伸出一个手指头，表示天子，他说，"他是必须争取的。他要是被敌人抢去的话，我们就会成叛军，连将军也会成叛贼。你说得对，这次作战跟池田屋的情况不同。就算御所[1]门前堆满了新选组队员的尸体，我们也要守住天子。知道吗？"

"知道。"

"总之，就算新选组全军覆没，只剩下你和我，我们也要守住天子。"

这就是近藤的优点，岁三心想。真到了那个时候，大概多摩平民出身的这两个人就算背着天子，也会守着他不让长州人把他抢去吧。在二条城的会议上，有关观念的东西、名分的东西等非实质性的议论太多，而这一切在近藤的脑海里是具体的、现实的。

而岁三比他更现实。这个男人的大脑里除了使新选组强大起来，容不下其他任何想法。

其间，长州藩兵开始陆续进入伏见。大将福原越后穿戴盔甲，率领部队骑马经过伏见京桥口时，守卫在此的纪州藩兵试图阻止他们。

"我们长州人随时准备与外夷作战，武装就是我们的日常装备。"

福原越后利用威胁恫吓的手段，顺利通过此桥，进入了伏见的长州藩邸。

新选组得到的情报是，真木和泉守率领的长州浪士队已经在大山崎的天王山及其山脚下的离宫八幡宫（现京都府乙训郡，位于国铁山崎车站附近）、大念寺和观音寺布下阵地，而驻扎在嵯峨天龙寺的部队因没有大将，于是任命了在长州藩以骁勇善战著称的来岛又

1　皇室宝邸。

兵卫担任指挥，此刻他正在赶往那里的路上。

天王山、嵯峨和伏见的长州兵故意在夜间点起一堆堆篝火，给京都市内制造无声的恐吓，同时开始上书朝廷。

元治元年七月九日，号称长州军主力部队的一支由家老国司信浓指挥的八百兵力到达大山崎阵地。国司进入嵯峨天龙寺坐镇指挥全军。

新选组的阵地已经确定，他们将与会津藩一起守卫御所蛤御门。

岁三第一次穿戴上了真正的盔甲。

长州军的进攻

新选组事先向京都的武器店购买了足够数量的盔甲，以供助勤以上的干部作战时穿戴。这些盔甲看上去都差不多，旧得像古董一样。

近藤自己有两套。

岁三也有一套。而所有干部同时穿戴盔甲，却是空前绝后的一次。

原出云浪士、助勤武田观柳斋（后来在队内被执行处决）很熟悉武士装束的穿戴方法，包括盔甲。于是就由他指导大家，手把手地教大家盔甲的穿法、武者草鞋的系法等。

近藤是武田帮着穿戴上盔甲的。

看着身穿铠甲、戴着头盔的近藤，武田恭维道："您简直是军神摩利支天再生。我们可就仰仗您了。"

岁三不喜欢武田观柳斋。他觉得这个男人奉承近藤的话过于肉麻，身上直起鸡皮疙瘩。

"土方先生，我来帮您吧。"观柳斋过来招呼岁三。

岁三绷着脸说："用不着。"

观柳斋其实很怕岁三，所以平时尽可能避免和他接触。

"那您自己来吧。"说着，他回到近藤身边，脸上明显有些不快。近藤因为总想装腔作势地摆出一副大将的架势，所以观柳斋的恭维让他心里非常受用。他抵挡不了别人的阿谀奉承。

——这小子我得防着点。

岁三也很不高兴。后来，也就是此后的第三年，由于观柳斋与萨摩藩串通，致使队里的机密源源不断地泄露出去，事情败露后，近藤和岁三经过合议，决定由队里的一流杀手斋藤对其执行死刑。这是后话。

岁三的动手能力很强。虽然这是第一次穿戴盔甲，但他还是自己琢磨着穿戴好了。最后披上无袖外褂，头盔搭在脑后。

冲田总司来了。他看上去非常高兴，说："哟，武士偶人做好了。"

岁三没理他。按观柳斋的说法，近藤可是摩利支天，而自己要是像冲田说的是武士偶人的话，岂不是太没出息了。

"总司，都准备好了吗？"

"就这样啦。"

冲田等众助勤穿戴好盔甲后，外面又套上了队里的外褂队服。

"我知道你准备好了，其他人呢？"

"都已经等在院子里了。"

岁三走了出去。

所有人都已经披挂完毕，等在那里了。助勤以下的士兵中，有人穿着锁子甲，外面还套了击剑的胸铠，队服披在最外面；有人只戴了一顶头盔；有人只缠了条头巾。总之形形色色，什么样的都有。

这天傍晚，守卫官帐下来了一位使者。他传达了会津藩的部署，说："新选组在九条河原的劝进桥附近阻止沿竹田公路从伏见北上的长州军主力。"

"长州主力？"

近藤很兴奋。他认为竹田公路上的劝进桥将是战斗最激烈的地点。

"阿岁，听见了吗？让我们去阻击敌人的主力部队。"

"是吗？"

岁三轻轻点了点头。岁三还有疑问，但是他没有在使者面前说出来。因为他知道那样会让会津藩没有面子。

"队伍的安排是这样的。"

使者详细传达了守卫官的指示。在劝进桥的阵地中，盟军分别是会津藩家老神保内藏助利孝率领的藩兵二百人，备中浅尾一万石的领主、京都见回组负责人蒔田相模守广孝率领的幕臣佐佐木唯三郎以及见回组队员三百人，还有就是新选组。

新选组只派出了百余人。这百余人都是岁三从各番队精挑细选出来的精兵强将，余下的人或留守驻地或负责收集情报。

在竹田公路劝进桥下的鸭川河西岸布阵，是在元治元年七月十八日的日暮时分。

桥西头插上了印有"诚"字的红色队旗，队旗周围点起了篝火。

篝火映照着队旗，让敌人老远就可以知道在此布阵的是新选组。

岁三派出探子到京城内外四处打探情况，随时了解敌人的动向。他采用了在故乡多摩打架时的做法。

"真奇怪。"

岁三的疑虑越来越重，他越来越想不明白幕府方面的兵力配置究竟是何意图。

幕府（京都守卫官）以会津、萨摩这两大藩为主力，还动用了大垣、彦根、桑名、备中浅尾、越前福井、同丸冈、同鲭江、丹后宫津、大和郡山、津、熊本、久留米、膳所、小田原、伊予松山、丹波绫部、同柏原、同筱山、同园部、同福知山、同龟山、土佐、近江仁正寺、但马出石、鸟取及冈山等三十余藩的兵力，共约四万人。

长州方面的兵力主要集中在嵯峨（天龙寺为中心）、伏见和山崎（天王山为中心）这三处，觊觎着进京的机会。各处兵力只有数百人，总共加起来也不过千来人。这是显而易见的。问题是他们的主力部队在哪里？

幕府认为是伏见，所以部署了会津、大垣、桑名和彦根这些世袭大名对阵。新选组也在其中。

理由是统率伏见长州兵的是长州藩家老福原越后。

"可是,你不觉得嵯峨的实力更强吗?"岁三对近藤说,"长州确实是把总帅放在了伏见,但这不过是一种假象。一旦他们决定闯京城,你不认为嵯峨方面会出人意料地发起攻势吗?"

"你怎么知道?"

"嵯峨方面聚集了各藩脱离藩籍的浪士,大将又是长州藩以骁勇善战著称的来岛又兵卫。而且根据我们得到的情报,那里的浪士士气异常高涨。相反,总帅所在的伏见却看不到这样的情形。那边的队伍是由长州藩家臣组成的,这些家臣一代代享受着高俸禄,过着悠闲自在的生活,根本不是打仗的料。对付这种弱兵,我们没必要大动干戈,部署这么夸张的阵营。"

为了阻止伏见的部队北上,除了新选组在内的劝进桥阵地外,幕府还在稻荷山和桃山部署了阵地,分别由大垣藩和彦根藩驻守。还安排了桑名藩负责对付伏见街上的长州藩邸。另外还有两支机动部队,分别是越前丸冈藩和小仓藩两个藩。这样的部署,在岁三看来,实在过于小题大做。

"这样的部署,一定会被敌人钻空子的。"岁三咬着指甲说。

近藤不明白。他说:"这是上头决定的事,就这样吧?"

"可是近藤师傅,劝进桥这里,我们不会遇到武功高强的人。"

"就算是这样,阿岁,我们也不能弃这里于不顾,把部队拉到嵯峨去呀。"

"没办法。见机行事吧。"

就此结束了对话。

结果不出岁三所料。

就在这一天夜里,长州藩家老福原越后率领纠集在伏见的家臣部队开始了他们的行动。

一开始，他们打算沿大佛公路进入京都，但是这支队伍士气平平，缺乏进攻性。此外，温厚的福原越后并不主张动武，依旧没有放弃向宫中陈情的姿态。在他的心目中，唯一要除掉的只有他的仇敌会津中将松平容保（这一斩杀令已经通过长州藩士椿弥十郎之手发到了所有人的手中）。

福原率领五百士兵北上的途中，在藤之森碰到了幕府军大垣藩（户田采女正氏彬）防守的关卡。

穿戴着盔甲的福原越后在马上大声喊道："长州藩福原越后有事进宫，请求通过。"

就这样，他们很顺利地通过了关卡。

大垣藩兵目送他们远去。这个藩的藩主是户田采女正，此时因身体不适，由小原仁兵卫代为指挥。小原号铁心，当时已经是一位威名赫赫的战略家，尤其精通洋炮战术。

小原不动声色地让长州军通过了关卡。就在长州军快要通过筋违桥（关卡向北约四百米处）的时候，小原命令步兵分散，紧接着向福原军送去了一阵激烈的枪声。

枪战开始了。

十九日凌晨，四点不到。

"阿岁，战斗好像已经打响了。"

近藤用下巴示意枪声响起的方向。

"那个方向应该是藤之森。"听力超常的冲田总司说。

"藤之森应该是大垣藩的阵地。他们藩号称铁炮大垣，一定没问题。"

近藤握着武田观柳斋做的长沼流的指挥扇，显得很沉着。

——真是的。装腔作势也该看是什么时候。

岁三有点急了，他觉得最近近藤的反应越来越迟钝了。岁三立刻吩咐监察山崎丞马上去枪声响起的地方察看情况，同时派出使者去会津队神保内藏助的阵地。

山崎丞身体紧贴在马背上走了。

大佛公路在藤之森一带与竹田公路平行。连接这两条公路的只有田间小道。

山崎胆子很大。他没有点灯，在黑暗中摸索着向松明[1]成群、枪火四起的藤之森跑去。

跑到大佛公路的战场上，山崎大声问："大垣藩的阵地在哪里？我是新选组的山崎丞。"

山崎骑在马背上穿行于枪林弹雨之中。突然有两三颗子弹擦着他的耳朵飞过，一群持枪的士兵围了上来。

"这小子是新选组的。"

不好。山崎急忙向南掉转马头。他像是跑进了长州兵的队伍中。

山崎从马上砍了一个人，伏身在马背上跑掉了。这时，长州和大垣在路上已经打成一片，分不清敌我。

"使者、使者。"

山崎喊着跑着，跑着喊着。终于在藤之森明神的玉垣前，遇到了大垣藩的大将小原仁兵卫。

"我是新选组使者。"

山崎想从马上下来，小原阻止了他。他说："请你马上去找援兵。这里的长州人很厉害。"

后来才知道，这支长州最弱的部队在大垣的枪火攻击下，曾几度溃败。但每当出现这种势头的时候，该藩藩士太田市之进就挥舞长剑，呵斥士兵："不许退。谁敢退，格杀勿论！"

他指挥队伍拼死作战。太田市之进本是嵯峨方面的一个队长，应福原越后的要求，在出发前赶来充当这支队伍的临时队长。

---

1 用松、竹、苇等扎成的火把。

很快，山崎回到队里向岁三汇报了藤之森的战况。岁三看着近藤。

近藤点了点头，一跃骑上了马。

"目标，筋违桥。"

近藤下达了命令。就这一句话，各番队队长已经明白了他的意图。他们要从筋违桥的桥北攻过去，把长州兵夹在中间。可见他们之间已经有了相当高的默契度。

会津队和见回组也动了起来。

然而当他们赶到战场的时候，长州兵扔下同伴的尸体，已经在数町外的南面四散逃窜。大将福原越后被打中脸颊，满脸是血地回到了伏见的长州屋，可大垣兵穷追不舍，他于是不得不继续向南逃窜，最后跑进了山崎的阵营（家老益田越中）。

天亮了。

近藤、岁三等新选组队员乘胜追击进入伏见的时候，彦根兵已经在伏见的长州屋放了一把火，火在熊熊燃烧。

——马后炮，雨后送伞。

岁三很不高兴。这一仗让大垣、彦根藩抢了功劳。

这时，位于京都西郊嵯峨天龙寺的长州军八百人也开始了行动。他们在家老国司信浓的率领下正在向京都方向挺进。

不出岁三所料，这支部队异常勇猛，和伏见的部队不可同日而语。先锋大将是来岛又兵卫，督军是久坂玄瑞，队员中还有许多各藩的尊攘浪士，他们抱着不成功便成仁的思想，准备在今天和幕府军决一死战。

总帅国司信浓只有二十五岁，一身大藩家老的装束，头顶风折乌帽，身穿大和锦礼服，外套葱绿色铠甲，披着画有云龙水墨画的白罗无袖外褂。帅旗在马前迎风飘扬，上面写着：

"尊王攘夷　征讨会萨奸贼"。

队伍在国司信浓的率领下前进。由于幕府对嵯峨方面几乎没有设防，所以队伍在途中没有遇到任何阻拦，直接进了京城，向御所行进。国司的主力到达现在的护王神社前的时间是凌晨四点左右。

在这里，国司布置好了作战队形。他让来岛又兵卫带领二百人进入蛤御门，让儿玉民部带领二百人突进下立卖门。

国司自己的队伍则目标中立卖门。

世人皆知的蛤御门之战就此拉开了帷幕。

长州方面在伏见佯动以吸引幕府军的计策奏效了。

国司在进军中立卖门的途中遭遇了一桥兵。一桥兵向他们开炮。

长州方面要的就是这一结果。他们知道，如果自己抢先在禁宫周边开炮，难免会落下话柄而处于被动。

国司信浓下令反击并发起了冲锋。一桥兵不是对手，很快败退。

长州兵继续向前，又遭遇了筑前兵（黑田）的阻拦，互相开炮射击。但筑前的态度是同情长州藩的，所以他们故意认输。

没多久，长州军就推开了中立卖门，涌进御所。中立卖门的正对面是公卿御门，也是会津藩的地盘。

国司看到会津的纹饰，下令：

"那就是会津。砸了它。"

从禁门之变到池田屋之变，始终把长州看作敌人的就是会津藩。

长州藩的进攻很凌厉，会津兵一个接一个地倒地身亡。

这时，蛤御门也响起了炮声，来岛又兵卫带领的两百人打进去了。几乎同时，儿玉民部的两百人也从下立卖门冲了进来。他们的目的不是要取得战斗的胜利，而是要讨伐会津、萨摩两藩。

而此时，新选组还在伏见。

岁三安排在京都市内的监察快马赶到伏见，急报御所的战况，但是已经没有用了。京都上空熊熊燃起的火焰已经告诉人们那里发生了什么。

——看到了吧，幕府全搞错了。

岁三两眼盯着近藤说："马上回京都。"

"阿岁，大家都累了。现在去京都，路上要走三里。就算赶到也起不了什么用。"

"快走。"

岁三直挺挺地站在路上，摆出一副非走不可的架势。太阳渐渐升起来了，队员们倒在一座座房子前睡着了。昨晚的战斗中，尽管新选组只顾着追赶敌人，一次也没有交手，但是毕竟一晚上没有合眼了。

"你看到了吧，这个样子能参加战斗吗？"近藤说。

"不行，得让他们去打。我不能接受人们说三道四，说在重要战场上见不到新选组。"

现在不正是改变组织形式，一跃成为军事性组织的最好时机吗？岁三心想。

"阿岁，这种事情急不来的。只能怪我们自己运气不好。你这样想就行了。"

近藤很有大将风度地劝说岁三。但是，岁三认为在争夺天子的一战中，新选组居然不在御所，这算什么。不能就这样放弃。

"土方老师——"冲田总司笑着从对面的房子里出来，手上拿着一个黑色木桶，"怎么样，吃点儿？"

"什么呀？"

岁三很心烦。冲田把木桶拿到岁三的鼻子底下，岁三闻到了醋拌生鱼片特有的恶臭味儿。

"是鲫鱼生鱼片。这应该是土方老师最喜欢的东西。"

"我现在很忙，你自己吃吧。"

"我不吃。这么臭的东西，只有土方老师才吃得下去。"

"分给大家吃。"

"谁都不会吃的,除了新选组的副长。"

"总司,你到底想说什么?"

岁三苦笑着。冲田好像是借生鱼片在喻指什么。

没多久传来了长州兵败北的消息。来岛又兵卫在最后一搏的反冲锋之后,倒拿着自己的矛在马上刺透喉咙,当场死亡。久坂玄瑞和寺岛忠三郎在鹰司屋自尽。长州军的大部分人在禁宫外被打死。国司信浓在极少一部分人的掩护下得以逃脱。

幕府军为了搜索敌人的残兵,不断放火烧毁民居。为此京城几乎成了火的海洋,浓烟笼罩了京城上空,连伏见的天空都变成了灰蒙蒙一片。

长州败兵退到山崎,在那里举行了最后一次军事会议。

有人提出暂时驻守天王山,准备再打一仗。但是迟迟形不成决议,最后向国许方向撤退的方案占了上风。当即下山西行。

还有人留在山崎营地,他们是真木和泉守率领的浪士队中的十七个人。他们登上了山崎营地后面的天王山。二十一日,山顶上飘起了"尊王攘夷 征讨会萨奸贼"的旗子。

新选组抢先登上山顶的时候,十七人已经全部剖腹自尽。

"真不走运。"近藤说。

没有从御所抢出天皇的长州运气非常不好。同样,对于没有能够和长州兵交上手的新选组来说,运气也不佳。

二十五日,队伍回到壬生。

又开始了往日的市内巡逻。京城内有一大半地方遭受了这场战火的浩劫。

伊东甲子太郎

话题可能扯得有点远。笔者还在准备参加高等专科学校考试的时候，使用的英译日参考书目中，有一本通称"小野圭"的、长达二十几年位居考试参考用书畅销榜首的书。

书的编者是小野圭次郎。这个名字对于三十至六十岁的人来说，应该非常熟悉。小野于明治二年出生于福岛县一个中医之家，东京高等师范学校毕业后进入英语教育界，后来在松山高等商科学校担任教授，并于昭和二十七年十一月，即现任皇太子的立储仪式过后的第二天离开了人世，享年八十四岁。

当时各家报纸都登了讣告。因为长期以来深受考生的欢迎，所以所有报纸刊登的讣告内容都非常详尽。但还是有遗漏。所有讣告都没有提到此人的岳父竟然是新选组的队员铃木三树三郎，以及他的姻亲伯父竟然是伊东甲子太郎。

小野有自己的志向，只是这个志向有些特别。他把参考书"小野圭"的版税全部拿来用在了研究自己的父亲小野良意以及铃木三树三郎和伊东甲子太郎，并于昭和十五年汇编成册，出了一本非卖品书籍。这本书即使在旧书行内也属于珍稀本。

伊东甲子太郎。

此人是常陆志筑的一位浪士之子，身材高挑，气度不凡，是典型的美男子。

他年纪轻轻就离开了故乡。由于最初是在水户学习武艺和学问，因此深受水户尊王攘夷思想的影响。后来和水户藩的尊攘派头领武田伊贺守（家老，后称耕耘斋，因建立攘夷义勇军而被判死刑）过从甚密,所以伊东的尊攘思想无疑有些过激。

伊东现在在江户。

他在深川左贺町开了一家道场。门徒有百来个人,是一家规模较大的道场。

岁三听到伊东甲子太郎有意带领同伴和弟子多人加盟新选组的消息,是在蛤御门之变以后。

是近藤告诉他这个消息的。

"真的?"

岁三听说过伊东的大名。

"当然是真的。平助在信上是这样说的。"

他把此时尚在江户的助勤藤堂平助的来信递给了岁三。

岁三扫了一眼,说:"嗯,这个伊东甲子太郎——"他满腹疑惑,"靠得住吗?"

"没问题。"

近藤总是很轻信。

此时新选组正是需要人手的时候。此前,从池田屋之变到蛤御门之变以及镇压大坂长知屋等,重大的行动一次接着一次,队员战死战伤无数,再加上临阵脱逃的,现在已经锐减到只剩下六十人左右了。如果伊东率领众门徒前来加盟的话,局长近藤自然是喜极而泣,热烈欢迎。

"是吗?"岁三盯着近藤超大的下巴说。

"阿岁,你不愿意?"

"那小子不是学者吗?"

"那不是挺好吗?新选组里都是剑客,既通晓四书五经又熟读兵书,还能写一两篇文章的,目前也只有山南敬助、武田观柳斋和尾形俊太郎三人。"

"这些人可都不是好对付的。"

对于岁三来说，他完全猜不透这些人尾巴长在什么地方，秉性又是怎样的。学问的确是不错，但是他们都太在乎自己，太为自己着想了。对于新选组这种需要战斗精神的组织来说，这样的人并不需要。岁三相信这一点，他自始至终都想把新选组改编成一支有铁一样纪律的队伍。

但是近藤和他不同，近藤喜欢有学问的人，譬如武田观柳斋。谁都知道此人只会溜须拍马、阿谀奉承，靠嘴上功夫混日子，是个口舌武士。而近藤不仅封他做助勤，还任命他当秘书。重用他就是很好的证明。学者也好，好发表议论的人也好，都是当前近藤装点门面最急需的人才。

近藤经常有场面上活动。现在他已经可以和幕府在京都的代表京都守卫官松平容保面对面交谈，和各藩的重臣也可以平等对话了。席上，近藤和那些有名的论客一起谈时势、聊政务、说时局。现在的近藤已经不再是一个普通剑客，而是京都的重要政客之一了。

为此，他的身边需要有知识、有学问的人，而武田和尾形之流的人已经不够档次了。

就在这时，传来伊东甲子太郎有意加盟新选组的消息，这对近藤来说无疑是天大的好消息。

难怪近藤这么积极地想促成此事。

"伊东甲子太郎是北辰一刀流的吧。"

"是啊，是天下一大流派。"

和天然理心流之类的芋头流派不同。

"可是——"

岁三还是不太愿意。

说起北辰一刀流（流派创始人是千叶周作，道场在江户神田玉池），水户德川家是它最大的保护伞，这个门户里已经出了许多水户学派的尊攘论者。稍稍扳指一算，海保帆平、千叶重太郎、清河八郎、

263

坂本龙马等人的名字立刻出现在岁三的脑海里。

他们是反对幕府的,甚至是倒幕论者。可以说,他们与长州藩的尊攘论者没有任何区别。

"伊东这人靠得住吗?"

岁三的顾虑在这里。

"没问题。"

近藤指的却是伊东的学问和武艺没问题。

伊东甲子太郎最初在水户学的流派是神道无念流。到了江户以后,转到深川左贺町的伊东精一门下专攻北辰一刀流。靠着自己的悟性,他悟到了武术的秘诀,升为助教,并娶了精一的女儿梅子做妻子(后离异),入赘精一家,改姓伊东,并在精一病死后继承了道场。

继承道场以后,他开始不满足于只教授剑术。

"文武教授"。

他在门口挂出了这样的牌子。由于在传授剑术的同时,还教授水户学,因此吸引了众多志士求学门下。

伊东与江户府内最优秀的学者交往密切,所以在尊攘论者中名气越来越大。来自各诸侯国的浪士都说:"到了江户,怎么能不听听伊东先生的高论呢?"

拜访他的人络绎不绝。

"近藤师傅,他要是来了,我们就好比放了一颗定时炸弹在身边啊。"

岁三很担心。

"阿岁,你呀,你的主观意识太强。你究竟为什么那么讨厌北辰一刀流?"

"我不讨厌他们的剑术。只是那个门下倒幕论者太多,几乎已经形成了一个倒幕派系。"

"你别说得那么夸张。"

"是没到那个程度。但不是有俗话说血浓于水吗？流派也跟血脉一样，按流派归在一起的人是最有力量的。"

按现如今的说法，他很看重学缘关系，也就是同窗校友的意识。

新选组的干部中，北辰一刀流的人目前只有总长山南敬助和助勤藤堂平助两个人。这两人都是江户近藤道场的食客，是和近藤、土方一起来京城的同志。

但是在一起来京城的同志近藤、土方、冲田和井上这些天然理心流的人看来，总觉得他们两位的血没有和他们流在一起，性情也和他们很不投缘。说夸张点就是知识分子和平头百姓之间的区别，用现代社会的现象来比喻，就好比东京名牌大学的毕业生和地方上名不见经传的私立大学的毕业生之间的区别，差距非常大。

所以在决定加入浪士组的当时，也就是清河八郎（北辰一刀流）在说服幕府要人，组建官设浪士组，并向江户及其周边各道场发送檄文的时候，近藤的天然理心流并不在送檄文的名单之列。

是北辰一刀流的两个食客（山南和藤堂）从他们同流派的其他道场得知这个消息后，告诉了近藤，这才有了他们的今天。

山南和藤堂等人出身于大流派，交际范围自然很广，也很有面子。

岁三看不上北辰一刀流的剑客广泛结交社会关系的做法。当然，这不是他讨厌北辰一刀流的理由，而是偏见。

"你不能这样挑人家的刺。"近藤说，"平助（藤堂）去江户招募队员，好不容易才跟伊东甲子太郎搭上了关系。他要是知道你这种态度，该有多伤心。"

"平助倒是个不错的人。"

"你这话就免了。"

"我就是不喜欢平助的流派。如果平助真的把伊东甲子太郎手下一帮北辰一刀流的人带回来,那么新选组迟早会被他们吞掉的。"

这样一来,想必总长山南敬助一定会很高兴。

既然来的伊东和他是同一流派的,他们完全有可能联起手来,结果难免演变成那样。

"新选组就会变成尊攘倒幕的组织。"

"这个……"近藤举手做投降状,他说,"你别那么说。就算伊东是棵毒草,把毒草用作药是我的特长。"

"是吗?"岁三很无奈地笑了笑。

藤堂平助回到江户招募队员,顺便要办一些"私事"。

他到深川左贺町的道场拜访了同流派的伊东甲子太郎。

前面已经简单介绍过藤堂平助这个年轻人。他喜欢开玩笑,自称是"伊势藤堂侯的私生子"。

此人性格开朗。在池田屋之变中,他的头部受了重伤,据说都快不行了。可回来后只缝了几针,很快就康复了,并在之后的蛤御门之变中,表现得更为抢眼,也更加勇敢。

近藤对平助宠爱有加,不仅因为他们是老朋友,还因为平助看上去既单纯又活泼,还很勇敢。总之,所有这一切都深得近藤的赏识。其实像平助这样的年轻人,别说是近藤,相信谁都会喜欢的。

但是藤堂平助虽然是近藤的老朋友,却不是近藤道场出身。他是岁三内心很抵触的北辰一刀流的门徒,对此平助似乎还很郁闷。

"平助有烦恼。"

要是有人这么说,估计队里没有人会相信。的确,从表面上看,平助是个挑不出任何毛病的人,然而他的思想深处依然受水户学的影响,也就是北辰一刀流这一剑门的影响,是门第之见。

——新选组已经成了幕府的爪牙。完全背弃了浪士组在成立之初的宗旨,违背了清河提出的成为攘夷先驱的宗旨。

应该说，新选组不仅背弃了这一宗旨，甚至在池田屋之变中还袭击了攘夷先驱长州、土州的激进派浪士，又在蛤御门之变中，与长州藩发生了正面冲突。

——这不是我最初的愿望。

藤堂心想。但是这个男人非常聪明，他知道自己的这种不满只能放在心里，时机不成熟绝不能流露出去。他很清楚，只要自己流露出这种情绪，岁三一定会将他处以死刑。

蛤御门之变后，队员人数剧减。新选组面临紧急招募新人的问题。这时，近藤流露出回江户的意思。他说："我有些公务要回一趟江户，顺便就在那儿招募些队员吧。"

藤堂听到此话，高兴得快跳起来了。

"请允许我为您打头阵，先去江户和各道场打个招呼。"

近藤当然是一口应允。

藤堂去了江户，通过同门旧识，和深川左贺町的伊东甲子太郎搭上了关系。

（伊东原姓铃木，曾经叫铃木大藏。藤堂前去拜访他的时候，已经改姓伊东，叫伊东大藏。后来上京都的时候，正好那一年是元治元年甲子，所以又改名叫甲子太郎。以后一直沿用了这个名字。）

藤堂见到伊东后，毫无顾忌地说出了他一直憋在心里的话。他说："近藤、土方是叛徒。"

伊东大吃一惊，忙问："什么意思？"

"是这样，先生。他们和我们结盟当初，曾经发誓要勤王。但是到了京城后，近藤、土方不守诺言，成了幕府的爪牙，一心只想着为幕府出力。最初我们许下尽忠报国的愿望，却看不到实现这一愿望的希望。伙伴中愤愤不平者大有人在。"（出自《新选组永仓新八翁遗言》等。）

"所以——"

看似单纯活泼的藤堂，在伊东面前说出了一番令人难以置信的话。他说："这次近藤出府是一个绝好的机会，我们可以乘机干掉他。然后请立志勤王的您（伊东）出任队长，把新选组改编成纯粹的勤王党。我就是带着这样一个目的，抢在近藤前面出府的。"

"哦。"

伊东微笑着听完了藤堂的话。因为这件事情过于重大，除了微笑，他暂时无法做出答复。

"让我当队长？"

"是的。"

"暗杀近藤君？"

"无论如何应该这样做。"

藤堂点点头。

"……"

伊东看着藤堂平助红扑扑的娃娃脸，怎么也不敢相信这个孩子似的剑客是个如此有心计的谋士。伊东很有眼力，看人一向很准，他相信藤堂的人品。

"不过，藤堂君，这件事情太突然，也太大了。你现在就要我做出决定，我做不到，只能拒绝。"

"不，请您下决心吧。我既然说了，当然是做好了死的准备。此事一旦泄露出去，我难免一死。如果您不能现在就做出决定，我只能在这里切腹自尽，或者——"

"杀了伊东我？"

"是的。"藤堂笑了，表情有些僵硬。

他两眼紧紧盯着伊东，说："怎么样？"

"藤堂君——"

伊东拿过自己的剑，藤堂一惊。

"我发誓。"伊东咽了口唾沫，说，"我是武士。我绝不会向任何人泄露你说的话，我会让它们烂在心里，请你放心。不过，靠我的力量能不能把新选组改造成勤王党就要另说了。"

"只要伊东先生出马，一定行的。"

"我先答应你加盟新选组。下一步计划必须以此为前提才能进行。只是在正式加盟新选组之前，我要先见到近藤君，和他好好聊一聊。"

"聊什么？"

"我要先听听近藤君的想法、他们的初衷，之后再提出我的观点。即使在勤王的问题上我们不能统一意见，只要在攘夷这件事情上能达成一致，我就同意加盟。"

伊东不只是个单纯的勤王论者，他还是个倒幕论者。此时，他暂时收敛起他的倒幕思想，打算以单纯的攘夷论者的姿态加入新选组。

"还有待遇的问题。我自己怎么样都可以，但是我的门人、同志中有很多有为之士，把他们当成普通的新队员恐怕不行。"

"那是当然的。从才识、人数上来说，新选组和伊东道场的合作应该是平等的。"

"要真是那样就太好了。你说的那件事情也会好办得多。"

"我太高兴了。"

两人相谈甚欢，之后就摆开了酒宴。

酒席上，伊东突然问道："土方君是副长吧？他是个什么样的人？"

藤堂一听土方的名字，眼神陡然一变。藤堂脸上表现出来的对这个名字的恐惧，被伊东看在眼里。

"哟，此人竟如此厉害？"

"不是的，先生。"藤堂放下杯子，说，"他是个蠢货。"

"什么意思？"

"我只能说他是蠢货。他根本不知道尊王的道理，不知道夷人的可怕，不知道时世背后的危机。甚至，我想他连尊府（幕府）的道理也不懂。这个家伙的眼里只有新选组，他心里想的只有一件事，就是如何壮大队伍。"

"是这样，"伊东歪了歪脑袋，说，"也许他才是最可怕的人。近藤君勉强可以算是个志士，给他讲道理或许能说通，可土方这个人恐怕不是能听进去道理的人吧？"

"没错，"藤堂点了点头，说，"即使伊东先生亲自出马，跟他畅谈您的高见，恐怕也是对牛弹琴。"

"藤堂君，看样子不好对付的是这个人。当然，我没见过他不好说什么，但是这个家伙可能会妨碍我们下一步的计划。"

"干掉他。"

藤堂做了一个"杀"的手势。

伊东甲子太郎不久见到了回到江户后的近藤。时间是元治元年，已近深秋时节。

伊东答应了加盟。

甲子太郎进京

伊东甲子太郎与新选组局长近藤勇的见面地点是在小日向柳町的斜坡上，近藤道场内的一个房间里。

——伊东先生。

近藤这样称呼甲子太郎。近藤的眼神很毒，看人的时候总像刺扎在人身上。

然而，这一天的他没有往日的严厉。他侃侃而谈，笑声不断。守在他身旁的武田观柳斋、尾形俊太郎和永仓新八等队员很吃惊，他们从来没见过近藤像这天那样兴奋。

"尾形君，先生的杯子空了。"他甚至提醒部下给伊东斟酒。

"不必了。我已经喝很多了。"伊东客气地低了低头。

"不用客气。我可听说您海量，请尽情喝吧。今天咱们就敞开心扉，聊个痛快。"

"求之不得。"

这天，伊东甲子太郎穿着当时流行的平纹外褂、带纹饰的黑纺绸夹衣、竖条纹高级丝绸裙裤，两剑的剑柄上镶着银饰，护手是竹制的，带金象嵌[1]，还有镂雕的雀鸟，非常威风。这身打扮很容易让人误以为他是个有身份的旗本。

"哈哈，今天太高兴了。"

近藤平日里滴酒不沾，但是今天破天荒连干了三杯，脸烧得通红。

1　记载此刀过往的、镶嵌在日本刀刀身上的金属。

看来，他的心情真是好得出奇。

"这是个怎样的男人呢？"

伊东一边喝酒，一边观察。对于将来准备夺取新选组的伊东来说，观察的结果很重要。

他得到的印象是："和传说中的一样，此人的确不一般。"

他的意思并不是说近藤是个杰出人物，而是近藤身上有一种非常特别的气质，让人感觉有点像动物，也许应该说是称作男人的这种动物吧。近藤浑身上下充满了野生动物所特有的精气神，在他的目光中，有一种让人战栗的气势。

——的确很可怕。

同时，他又很看不起近藤，他心想："这种人也就是在乱世里才会有价值。"

伊东为了排解近藤带给他的心理压力而努力藐视他。

——他身上还是有一些出乎意料的弱点。

本来不过是根钢钎，然而这个男人太热衷政治，未免令人觉得悲哀。

这一天，近藤像换了个人似的，吹嘘起了自己的身份。

按照他的说法，他这次东下的理由是为了说服将军。

"说服将军？"

"是啊。"

他说要说服将军前往京都，敕命之下坐镇京城，指挥大军征讨长州。

"哦。"

伊东开始时还半信半疑。

他想，虽说幕府的权力已大不如从前，但是堂堂幕府将军又怎么可能接见一介浪士组织的头领呢？

"这太让我吃惊了。近藤先生竟然被准许拜谒将军。"

"不是，不是。"近藤连忙解释说，"不是这样的。我不是谒见将军，是拜会御老中松前伊豆守殿下为首的诸位阁老，告诉他们眼下的京城局势有多紧张，并说服他们同意将军前往京城。请求将军上京已经迫在眉睫了。"

"原来是这样。"

就是这样也很了不起。向幕府提出政治上的建议本来是御亲藩、谱代[1]大名的事情。在井伊大老执政的时候，就因为有大名（非幕府家臣）对幕府政治发表议论，导致几个大名受到牵连而被降罪。而现在近藤以一介浪士的身份担当起了说服幕府阁僚的工作（当然近藤在拜见老中前，已经请会津藩事先做了铺垫）。

——就算这样，幕府的权威也太微弱了。

伊东不能不这样想。

"那幕阁的意向如何？"

"伊东先生，"近藤放低嗓音说，"你得保证不向任何人透露。"

"那当然。"

伊东清秀的面孔透着机灵，他点了点头。

"我可是把你当自己的至交才告诉你的。你要切记这是幕阁的机密。如果让长州、萨摩、因州、筑前和土佐这些想取代幕府、争夺天下主权的西部大名知道，麻烦可就大了。"

近藤竟然从幕府的老中口中得知了如此重大的秘密。难道近藤真的要拿这个秘密来向伊东甲子太郎炫耀？

"伊东君，"他换了称呼，好像伊东已经是至交了似的，"幕府的

1　世袭的家臣。

金库里已经拿不出钱来供将军西上征讨长州了。"

"钱？"

"是啊……没有了。"近藤点了点头。

"你说的是幕府——"

"是的，没钱了。如果将军上京，势必要带大批随员，但是幕府没有钱给随员发补助。而且，既然是征讨长州，除了给随员的补助外，还需要大炮、马匹、火药，还要准备军粮，准备运送这些东西的船只，等等。伊东君，幕府拿不出钱来做这些事情。"

近藤好像自己就是老中似的，脸上的表情痛苦万状。

事实是，那个时候，幕府为了筹措用来征讨长州的军费和幕府军引进西式装备的费用，正在与法国就借款事宜进行秘密谈判（经过几番交涉，终未达成协议）。可见幕府的财政已经窘迫到了极点。

"不过，"伊东不无敬佩地说，"江户有无数旗本家臣，三百年来享尽了德川家赐予的荣华富贵。现在，将军有难，希望自东照权现（家康）以来，亲自树旗西上。这种时候，他们难道不应该献出自己的家财，为幕府买马备炮吗？还说什么补助，这都应该由他们自己设法解决。他们现在要做的难道不是应该豁出性命来报答将军三百年来的恩德吗？"

"谁说不是呢。"近藤很不满，他说，"可是伊东君，你大概也听说了。这些旗本个个都拿家计困窘做借口，不愿意从军。"

伊东确实听说了。虽然不是所有幕臣都这样，但起码有一半以上的幕臣是反对将军亲征长州的。他们中还有人公然在江户城里大放厥词，说："不过是征讨一个三十六万石的西部大名，有什么必要让将军亲自出征。"

一旦将军亲征，旗本家臣作为他的士卒必须追随其后。对他们来说，这不只是金钱上的损失，更重要的是必须放弃在江户的安逸生活，到战场上去与敌作战。这是三百年来被尊称为直参（只属于

274

将军的一万石以下的武士）、殿下的他们无法想象的。

"虽有旗本八万，"近藤说，"却跟稻草人没有什么两样。伊东君，将军是遵敕命去京城保卫御所，镇压长州，保卫国家不受外夷侵略的。可是，这样的将军又由谁来保护呢？旗本们不愿意打仗，所以，保护将军、保卫王城就只有新选组了。"

近藤一口喝干酒，把杯子递给了伊东。

伊东接过酒杯，侍立一旁的尾形俊太郎赶紧给他斟上。

"伊东君，我们起誓结盟吧。"

"荣幸之至。"

伊东静静地干了酒。没人知道他心里在想什么。

见过近藤后的第二天，伊东把道场的主要门人、同志召集到了深川左贺町。

一共七个人。

没有一个是挺幕主义者。

他们个个都想抓住机会，把旗子插到京城，拥立天子，实现尊王攘夷的愿望。

七人中有伊东的亲弟弟铃木三树三郎（后来投奔了萨摩藩，狙击过近藤。维新后为弹正小巡察[1]。大正八年去世，享年八十三岁）。

还有：

筱原泰之进（同上，明治四十四年去世，享年八十四岁）

加纳道之助（雕雄，后投奔萨摩藩）

服部武雄（维新前战死）

佐野七五三之助（维新前剖腹自尽）

这四位是伊东的旧交。

1　日本施行律令制时法院的法官职称。

伊东的门人有两位,分别是:

中西登(后投奔萨摩藩)

内海二郎(同上)

其中公认剑术最好的是武州出身的服部武雄和脱离了久留米藩藩籍的筱原泰之进。而加纳、佐野等人的剑术与新选组的现任头领相比也不差。

伊东向这几个人详细介绍了与近藤会面的情况,并坦率地说出了自己的想法。他说:"我们和新选组的关系说到底就是合并。到了京城后,我们要尽快取得领导权,把新选组改编成讨幕义军。"

伊东说:"当然,我们这一次入虎穴的目的不只是得到虎子,还要赶走猛虎占领虎穴。所以希望大家能和我同心协力。"

大家一致表示同意。

只有一个人除外,这便是在座的各位中最年长的筱原泰之进。他对伊东提出的这个妙计尚有顾虑。

"不会有问题吗?"筱原带着讨好人的久留米口音说。筱原是激进的"尊王攘夷"论者,前些年曾经与在场的加纳、服部和佐野等人谋划过烧毁在横滨的外国公馆。但平时他表现得很稳重,颇像一村之长。除了剑术,他还会柔道。

"什么意思?"

"我呢,不太擅长演戏。如果带着二心进了新选组,恐怕不出三天就会露馅。"

"那好办。"伊东自恃才高,毫不在意,"戏就由我来演。各位只要听近藤、土方的命令,默默地做些队里的事情就可以了。万一出现什么意外,我们就立刻起事。"

"这样好,这样我就轻松多了。"筱原一笑说道,"不过主角——"

"是指我吗?"

"对。我说得可能不太好听,只是我觉得主角才华过甚,万一从舞台的过道上掉下来，戏就不好看了。"

"篠原君——"

"你先听我说完。新选组不是只有傻瓜和木偶，他们有会看戏的人。特别是土方岁三，我听说此人就很会看戏。"

"不要紧，我早就了解过了。土方只是个不学无术的家伙，不值一提。"

"是吗——"

"篠原君，这可不像你啊。怎么，害怕了？"

"不是。"篠原笑笑，"既然我已经决定了，那我的性命、我的想法就都交给你这个聪明人来支配了。我只是在正式结盟之前，把自己的担心说一说。"

"担心完全不必。我听藤堂君说，新选组就是乌合之众。篠原君，你太高看他们了。"

"我担心的不是新选组的近藤或土方。"

"那是什么？"

"是你的聪明。你有些过于相信自己的才能了。你看看在座的各位，我们可都是些笨拙的演员，主演只有你一个人。所以希望你慎重自知，不要太高调。"

"篠原君。"

"我就说这些。总之，我的命就交给你了。酒，该喝酒了，服部君。"

"干什么？"

"大家凑钱去买酒。咱们最后在江户喝一次。今晚大家可要喝个痛快，一醉方休。"

当天晚上，大家离开道场后，伊东给独自住在老家常州三村的老母户代写了一封信，告诉她自己要去京都的事，还对妻子梅子说了进京结盟的经过。几天后，伊东在三田台町租了一套房子把家人安顿好后，关闭了深川左贺町的道场。

前面已经提过，伊东原名叫大藏，在离开江户的时候改名为甲子太郎。从这点上应该可以看出，伊东已经做好了充分的心理准备。

关于伊东前往京都这件事，还有其他相关的逸闻。从他的妻子梅子的信等文章中可以看出，她是一个极有教养的妇人。但是，有一次她大概过分挂念身在京都的丈夫了，于是在给伊东的信中谎称母亲大人病重，让伊东速回江户。大吃一惊的伊东快马加鞭回到江户后，妻子却告诉他："母亲大人没有生病。我只是太担心你的身体，不想让你再为国事奔波，才去信骗你回来的。"（这一段与小野圭次郎所著《伯父·伊东甲子太郎》一书中的内容一致。）

我们不知道伊东在当时是怎么想梅子的，总之他"非常生气"，撂下一句话，说："女人就是女人，只顾自己，完全不懂得国家社稷的重要性。"然后就一去不返。

在幕府末期的维新运动中，地位较高的志士里面，"妻管严"出奇地多，而以国家大事为由与妻子分手的大概只有伊东甲子太郎一人。（这是闲话，据说老母户代把甲子太郎的肖像画挂在壁龛间，每天一早一晚都会在画像前为他祈祷，祈祷他的健康。明治二十五年，户代在常州石冈村次子三树三郎的家中去世，享年八十二岁。）

伊东甲子太郎一行人到达京都的时间是元治元年十二月一日。

这天天气异常寒冷。

中午，岁三在自己的房间里独自用餐。作为副长，他有一个见习队员做他的侍从，但是岁三从来不让他伺候。

他拉过饭桶，盛了一碗饭，吃了起来。岁三从小就不喜欢和别人同桌吃饭，这一点也很像猫。

"谁？"他停下筷子问道。

拉门上有人影在动。

"哗啦"一声，门毫无顾忌地被拉开了，冲田总司走了进来。

"是总司啊。"

只有对这个年轻人，岁三毫无办法。

"你吃你的。"

"有急事吗？"

"没有。我就坐在这里看你吃饭。不知道是不是因为自己饭量小的缘故，我就喜欢看别人吃饭吃得很香的样子，尤其是看土方老师吃饭的样子，会感觉浑身充满力量。"

"你这个讨厌的家伙。"

岁三端起饭碗。

"你一定有事。"

"你知道了吗？"

"知道什么？"

"近藤师傅的住处（兴正寺内一处房子）来了八个江户客人。"

"哦？"岁三放下碗，"是伊东吧。"

"你的直觉真灵。我看见伊东了，皮肤很白，模样好像个演员，可帅了。而其他人则像弁庆[1]、伊势义盛[2]那样，都是魔鬼一样的莽汉。"

"是吗？"

岁三拿起牙签开始剔牙。

"山南先生和藤堂师傅已经过去了。到底是同流派的人，表现就是不一样。"

"奇怪。我这个当副长的竟然还不知道这些人已经来了。没人向我报告。"

"对不起，是我没说清楚。我就是使者，近藤先生有请土方老师。"

"笨蛋，为什么不早说。"

---

1 平安时代末期的僧兵，源义经的家臣。
2 平安时代末期的武将，与佐藤忠信、佐藤继信、武藏坊弁庆并称为"义经四天王"，是最早追随源义经的武将之一。

"可是——"

冲田扑哧一声笑了出来。

"有什么好笑的？"

"因为我可以欣赏到土方老师表情的变化呀。"

"又胡说了。"

"可以麻烦你立刻动身去兴正寺吗？"

"我不去。"

岁三继续用牙签剔着牙。他有他的理由。新选组副长为什么一定要先去会见新入伍的队员呢？

"要是想见我，就劳烦那个伊东到驻地的副长室来找我吧。"

他随手扔掉了牙签。

冲田又忍不住笑了。他喜欢捉弄岁三，但他也真的喜欢这样的岁三。

庆应元年元月

从江户回来后，近藤莫名地变得很浮躁。

"他变了。"岁三心想。

"是不是出什么事儿了？"

岁三很纳闷，有一段时间他不知如何是好，但是现在他已经可以很冷静地看近藤了。

"总司。"

有一天，岁三在木屋町一家常去的小酒馆二楼，和总司坐在一起聊天。大概只有在这个年轻人面前，岁三才能敞开心扉，毫无隐瞒。

"这话我可只对你一个人说，你觉不觉得近藤师傅最近有点奇怪？"

"有啊。"

冲田笑了。他似乎也有同感。这个年轻人从一开始吃饭就只挑生鱼片旁的配菜吃。他吃东西非常挑剔，从不吃生食。

"人哪，在荣誉和名声面前几乎不堪一击。他在江户见到了老中，我感觉他就是从那个时候开始，整个人变得怪怪的。"

"这个嘛——"

是这样的。冲田内心很认同岁三的说法。近藤毕竟只是多摩一个寻常百姓家的孩子，没有值得炫耀的背景，甚至连家姓都没有。而这样的近藤竟能和老中面对面促膝谈论政治。开始的时候，冲田还怀疑近藤是否真的见到了老中。

他甚至怀疑近藤在说大话，也许实际情况不过是在大门旁边的用人房间里和老中家的家老之辈说了说话而已。

近藤从江户回京后，有一段时间像和尚念经似的，总是喃喃自语："伊豆殿下，伊豆殿下。"

他不说御老中松前伊豆守大人，而是一副同事关系的口吻。于是在新入伍的队员中间，就有人发感慨了："新选组局长真不愧是大名级的人物啊。"

近藤去二条城的次数也明显增多，基本上三天必去一趟。

二条城的城堡是德川家的祖先德川家康建在京都市中心的一座城堡，将军上京时，就用作将军府。此时，禁里御守卫总督一桥庆喜（后来的第十五代将军）就住在这座城堡里。

近藤时常前往拜访，或者与京都守卫官的公用方谈论国事，或者和一桥家的公用方议论天下形势。

从江户回来以后，近藤去城堡时的穿着也越来越像大名了。他的坐骑是一匹白马，后面经常跟着二三十个人。一行人就这样走在堀川路上，不明底细的人看到，还以为他是一个小诸侯呢。

"越来越不像一个草莽志士了。"

冲田听一起结盟来京城的干部山南敬助在背后这样议论过。

"不过，土方老师，"冲田说，"一直以来想把近藤师傅培养成大名的不就是土方老师你吗？"

"哼。"岁三把脸扭到一边。

"没错，是我。"

"所以错在土方老师。"

"不对。我只说过要提高新选组的实力，跟会津、萨摩、长州和土州等大藩平起平坐。现在我还是这样想。当然了，一旦这个理想实现，近藤师傅自然也就能获得像大名一样的声望，毕竟近藤勇昌宜始终都是我们的领袖。但现在这种状态是不对的。"

"反正这件事——"冲田歪着脑袋说。

"什么？"

"土方老师说的这些太复杂，近藤师傅是不会明白的。他跟土方老师你不同，骨子里是个老好人。"

"你这话是什么意思，总司？"

"哟嗬。"

冲田用筷子夹了一块烤鱼。他很聪明，不会多说什么。但是近藤现在可笑的举动也好，岁三内心的真实想法也好，冲田是再清楚不过了。

近藤自觉可以摆大名的派头了，其中一个重要的原因就是队员人数的大幅度增加。

在江户，他招募到五十个人，现在都已经到位。

新加盟的人中，伊东一派的人数最多。这一派的人都是文武双全的高人，与之前的队员不能相提并论。

伊东是一流的国学家。无论是学问学识还是个人见解，近藤都望尘莫及，甚至连竹剑比赛，近藤也不见得能打过伊东。

事实上，自从伊东加盟新选组后，队里的氛围变了很多。最明显的就是副长岁三等人的影响力削弱，近藤的人气也有所下降。

——所以，近藤师傅想倚仗自己的地位和等级来控制队员吧。

冲田是这样看待近藤的变化的。既然什么都比不过伊东，那近藤就只能靠"大名资格"了。

——只有我才是特别的。

近藤就是这样做给伊东和所有队员看的。只是他这样的做法，多少带有多摩乡下剑士的土气。

"但是——"山南敬助曾经对冲田说，"我们不是近藤的家臣。在结盟当初，大家都立志成为攘夷的先锋，这才千里迢迢从江户来到京城。新选组是志同道合者的团队，不是主仆关系。近藤和队员们应该是平等的，是我们的战友。可是近藤整天端着架子，摆出一副大名的派头，三天两头去二条城，这算什么。"

的确，近藤做得是有点过火。再这样下去，说不定什么时候新选组就会成为伊东甲子太郎的天下。冲田这样想。

"总司，"岁三开口了，"现在近藤以大名自居为时尚早，他应该等到天下纷争平息之后，至少要在讨伐并消灭长州，得到他们全部或者一半的领地之后。"

"啊？"

冲田大吃一惊。新选组的真正目标原来是这。这让冲田总司感到非常震惊，他从来没想到过这些。

"土方老师——"冲田放下筷子，"你刚刚说的话是认真的吗？"

"什么话？"

"新选组得到长州的一半领地。"

"我只是举个例子。武士论功行赏得到领地是源平以来的惯例。如果这场纷争平息了，幕府不会一声不吭吧。"

"这太让我吃惊了。"

岁三的这种想法也太落后于时代了，他简直就是战国时期的武士。真不知道该说岁三单纯还是守旧。如果是守旧，实在太远离这个时代了。

"土方老师，你也想成为大名吗？"

"浑蛋，"岁三非常生气，"我怎么会这样想？"

"真的？"

"这还用说吗？生在武州多摩的刺儿头大王岁三怎么可能做大名旗本？我只想做我该做的事情，想出人头地。"

"什么样的事呢？"

"我还没想好。我是个商人，不是志士，我什么也不是，天下事我也不想。我只想把新选组建设成为天下第一能征善战的队伍。我知道自己有几斤几两。"

"这我就放心了。"

冲田又露出了纯真开朗的笑容。

"近藤师傅会怎么样呢？"

"他的想法吗？"

"是啊。"

"这我可不知道。反正不管他将来是鸿运当头，当上大名，还是不幸只能回到武州多摩，继续做河边闲逛的芋头剑客，我要做的事情只有一件，就是支持他。当然了，如果他自己主动放弃新选组，那可就是我和他分道扬镳的时候了。"

——这才是这个家伙的真实想法。

冲田出神地看着岁三。他看到了岁三身上的一种狂热，如果没有这种狂热，也许新选组早就四分五裂了。

"所以——"岁三又说回多摩方言，"现在近藤师傅以大名自居为时尚早。伊东来了，人心都在向伊东靠拢。近藤师傅一个人装腔作势摆大名的架子，队伍早晚会毁在他的手里。"

岁三以前曾经要求近藤"摆出大名的架势来"，与此时说的话正好相反。然而世易时移，现在的新选组由于伊东的加盟，局面已经发生了变化。像伊东这样野心勃勃的家伙是一定会和近藤争夺新选组的。此时，岁三内心非常复杂，无疑他已经看出了事态的严重性。

这段时间，岁三着实目睹了一些无聊至极的事情。

这一年，正好是更换年号后的第一年，即庆应元年。元月，岁三去大坂办事。

回来后发现，在京城装饰在门口的新年门松没了踪影。

回到驻地，又看到队员正在院子里吵吵嚷嚷。

——出什么事了？

这时，近藤出现在走廊上。

他的脸上敷了厚厚一层香粉，雪白雪白的，几乎把公卿都比下去了。

——这家伙疯了。

岁三一步从庭院跳上走廊，向近藤追去。

"哟，你回来啦。"

中间经过伊东的房间，正好伊东甲子太郎从房间里出来，还郑重其事地向岁三打了个招呼。

伊东肤色非常好，雪白细腻如女人。他眉毛清秀，面容秀丽，笑起来很像戏剧中平氏家族的贵公子。

——不会是近藤想和这小子比哪个更白，才在脸上抹了香粉在外面晃悠吧？

岁三拉开了近藤房间的门。

"啊。"他傻了，只见近藤满脸白粉地端坐在里面，他忙问，"你这是怎么啦？"

"你说这个吗？"近藤指着自己紧绷的脸，"是摄影。"

"……"

岁三坐了下来。他脸色铁青，心想，你这明明是化妆，难道京都人把化妆叫作摄影？

"最近你的举止太过分了。今天我必须好好和你谈谈。"

岁三直言不讳地把自己对冲田说过的话当着近藤的面又说了一遍。

"都说人头上有了光环就会变，看来你也不能免俗。我跟着你来京城，可不是为了帮你变成轻薄、恶心的白面怪物。"

"阿岁，请注意你的语气。你不要多说了，我一听到你喋喋不休的多摩土话就头疼。"

近藤生气地离开房间，下了庭院。

院子的中央铺着一块毯子似的东西，近藤绷着脸坐在上面。

不一会儿，门口出现了一个很有儒者风范的人，后面跟着三个提着药箱的侍者。他们走到近藤旁边围成一圈。

"怎么回事？"

岁三问旁边的队员。原来这事在队里一早就嚷嚷开了，大家都知道是怎么回事儿。

"是摄影。"

其实就是拍照。因为当时摄影用的感光板感光效果非常差，所以要拍照的人需要用大量的香粉，把脸涂得雪白。这还不够，拍摄时还必须再用一块白布来帮助增加感光效果。

大村藩藩士上野彦马是当时有名的摄影师，他在长崎的一家化学研究所，从荷兰人庞培那里学到摄影技术，第一个拍摄的对象是松本良顺（荷兰学派医生，将军家茂的御医，对幕府末期的新选组颇有好感。维新后改名为顺，当了军医总监，后被封为男爵）。良顺拍照的地点在长崎的南京寺。此人后来与近藤交往甚密。

与眼前的情况一样，上野彦马往良顺的脸上抹了大量的香粉。

良顺皮肤黑，所以为了拍摄效果好，着实用了不少香粉。但是因为他是麻子脸，脸上坑坑洼洼，凹凸不平，所以厚厚一层香粉抹上去后，一张脸显得特别可怕。

"不管怎样，我这是为了艺术。"

他忍住了。拍摄开始后，为了使感光效果更好些，摄影师上野彦马让良顺爬到寺院大殿屋顶，一动不动地站在那里。同一个姿势保持了相当长一段时间，成了长崎街头的一景。有人看到后，以为是"南京寺内的屋顶修了一个新的鬼瓦[1]"，于是广而告之，一传十，十传百，大家纷纷跑去围观。

现在准备给近藤拍照的正是这位上野彦马。

岁三听旁边的队员说，上野彦马是二条城派来的。

1　屋脊两端装饰用的兽头瓦。

据说还是禁里御守卫总督一桥庆喜主动要求给近藤照相的。

庆喜非常喜欢拍照。只要有大名去了二条城,他总会拉着人家,非要给人家拍照。岁三听说庆喜为了讨好大名,还经常请他们拍照。

——哦,原来近藤已经和大名平起平坐了。

他已经不是从前那个默默无闻的普通浪士了。岁三这才发现,不知不觉中,近藤已经成了幕府相当重要的一个人物。

"请屏住呼吸。"摄影师说。

"这样吗?"

"对。"

摄影师打开镜头盖,脑袋钻进硕大的暗箱,开始为近藤拍照。

"……"

近藤憋着气。

摄影师一直没有开口,近藤就一直憋着。

很快,近藤脖子上的青筋暴了起来。本来就挤在一起的眉毛此时显得更可怕了,他痛苦得直咬牙。

终于摄影师盖上镜头盖,说了一声:"可以了。"

近藤这才长长地吐了一口气。

岁三觉得很无聊。而已成京都政界要人的近藤的形象,随着这张照片的诞生可以永远地保留下去了。一张因憋气而痛苦得像魔鬼似的近藤的照片。

"阿岁,你也来一张吧。"

"你饶了我吧。"

岁三向后退到走廊上。

上了走廊才发现,满满一院子围着看的队员中独独不见伊东甲子太郎和他的同伙。而注意到这一点的大概只有岁三一个人。

——他们刚才还在房间里的……

一定是他们不愿意出来看。当时,摄影还是新鲜事物,不管是谁,表现出好奇是很正常的,但是伊东他们完全没有想看的意思。

——真是些没情趣的家伙。

岁三有点生气。

他们不看的理由显而易见。伊东是国学派的攘夷论者。虽然大家都是攘夷主义者,但是他们的攘夷主义带有超现实的神国思想。在他们看来,只要涉及洋人,一切都是危险的。他们甚至认为连外国人的脚印都是不洁净的,更何况摄影。如果今天和大家一起看了,一定"会伤着眼睛的"。

所以一伙人就闷在伊东的房间里没有出来。

岁三故意走到伊东的房间外,隔门开了一条缝,往里一看,几个人围在火炉旁边,好像谈得正欢。

伊东脸上露着微笑,显得很稳重。筱原、服部、加纳、中西和内海等伊东派的队员就像信徒似的围坐在他的周围。再一看,山南敬助也混迹其中。

"山南这浑蛋——"

岁三忍不住在心底里骂了一句。

自从伊东加盟新选组后,山南的表现就不太正常了。山南是新选组的总长,而他在和伊东的交往中,总是无视总长的身份,让人误以为他也是伊东的弟子。

——难道那小子想背叛近藤?

于是,岁三把对新入伍的异己分子伊东甲子太郎的憎恶感转移到了一起结盟上京的老伙伴山南所表现出来的叛逆上,而且这种感情来势更加凶猛。

岁三走过那个房间,听到房间里传来了一阵笑声。

他们不是在笑岁三,但是这笑声还是让岁三的脸色变得铁青,他两眼直愣愣地看着走廊的尽头。也许近藤满脸涂粉、兴致勃勃照相的时候,正是这一伙无所顾忌、大声谈笑的家伙掌握新选组主导权的时机。

　　——我怎么可能让你们得逞。

　　岁三有这样的预感。

　　他的预感竟然以一种意外的结果浮出了水面。

　　山南敬助跑了。

可憎的岁三

庆应元年二月二十一日凌晨,新选组总长山南敬助给近藤留下一张字条,离开了新选组的驻地。

——山南?

天色未明的时候,岁三在漆黑的房间里接到了这个报告。前来报告的人站在走廊上,是监察山崎丞。

"山崎君,你不会弄错吗?"

"不会。他留下了一封信,而且他房间里的剑和东西都不见了。当事人也不在,所以请您定夺。"

"给我看看那封信。"

岁三点着引火条,一边点灯笼,一边漫不经心地说。但是山崎没有进来,也没有推门。

"怎么啦?"

"对不起,信是写给近藤先生的。"

"哦,是这样。"

自己竟然被当成了外人。但岁三还是努力冷静了下来。

"山崎君,你已经去近藤师傅的住处报告过了吧?"

"还没有。"

"为什么不早点去?"

"我这就去。只是我想应该先告诉土方先生,所以就来了。"

——够机灵。

山崎没有越级直接找近藤。他很了解副长岁三对职务、级别的重视。此时岁三心想,一个组织需要的就是像山崎这样的人。

291

岁三穿好衣服的时候，黎明的钟声响了。走廊上，防雨套窗一扇扇地拉开了。外面依然黑乎乎的，天还没有全亮。

"真冷——"

二月的早晨，寒意尚未褪去。岁三一个人走出驻地去近藤的住处。这里虽然没有武州多摩那么冷，也不会冻出霜柱，但也是寒意浸骨。

不知什么时候，冲田总司走在了岁三的身旁。

"怎么会这样。"

冲田轻声说了一句。这个十分开朗的年轻人，此时的声音听上去非常沉重。冲田还在江户的芋头道场时，与山南的关系就很不错。山南三十二岁，比冲田大十岁，他一直把冲田当弟弟一样看待。

"他原本是个很好的人。"

冲田看着岁三的侧脸。

岁三沉默。

冲田觉得此时的岁三面目可憎。他认为山南敢于违反队规出逃，完全是因为这个人，是因为他太恨岁三了。

不光冲田这样想，相信队里所有人都会这么看。

一个是总长。

一个是副长。

级别相当。不，应该是总长高于副长。但是队里的指挥权掌握在副长手中，总长被架空，成了局长近藤的私人顾问。而导致这种状况的罪魁祸首就是岁三。山南敬助被彻底架空，这个仙台人成了队里的摆设。

——山南恨透了这个家伙。

不仅如此。

山南有自己的想法。他是北辰一刀流的出身，这个流派自创始人千叶周作以来一直与水户德川家关系密切，千叶一门有相当多的人被招为水户藩的上士，门徒中也是水户藩士居多。

自然，道场也带上了浓厚的水户学色彩。门徒们在学习剑术的同时，也接受水户式的尊王攘夷主义思想的洗礼。这一门究竟出了多少积极的尊王攘夷主义者，恐怕很难数得清楚。冲田知道的就有已死去的清河八郎和新加盟的伊东甲子太郎。

"山南骨子里还是那一流派的人。"

冲田走在渐渐发亮的坊城街上，心里这样想着。

"但是土方老师不一样。"

在岁三看来，思想这种东西根本是无稽之谈。就像艺人热衷于演艺事业一样，为了使自己创建起来的新选组强大起来，他没有任何杂念。这是冲田喜欢岁三的地方。但山南敬助是有学问、有思想的人，他大概无法再继续忍受岁三这种无主义、无思想的无知之辈吧。

"这地方待得很辛苦。"

山南在池田屋之变后曾经跟冲田说过自己的想法。

"我真搞不明白新选组为什么要杀人。我们难道不是盟誓要做攘夷先锋吗？我们的理想难道不是攘夷吗？应该攘夷的新选组却在到处砍杀攘夷志士。你不觉得奇怪吗，冲田君？"

"是啊。"

冲田总司当时只是带着暧昧的笑容随声附和。

"冲田君。"

山南显得很兴奋。他固执地要求冲田清清楚楚地表明自己的意见。

"你这可真是难为我了——"

冲田挠了挠头。在池田屋，冲田手下有不少亡魂，而山南没有参加那次战斗。

"你是怎么看新选组的？"

"我？"冲田不知所措，"我和哥哥林太郎都是近藤道场上一代

293

道场主周斋老先生的旧弟子。姐姐阿光和土方家走动很勤，像亲戚一样。所以像我们这样的关系，既然近藤师傅、土方老师决定进京，那我当然要跟来。所以，攘夷呀、尊王呀什么的——"

"无所谓吗？"

"是啊，是这样的。不过——"冲田不好意思地笑了笑，"我觉得这样挺好。"说完才又像平时一样变得阳光起来。

"你是个很奇怪的年轻人。我每次跟你说话，都觉得你像是上帝或天神派到这个世上来的。"

"哪有啊——"

冲田慌里慌张地踢飞一块小石子，害起羞来了。

"土方老师。"

冲田这时也踢了一块小石子，小声喊了一声岁三。他想知道岁三准备如何处置山南。

"你打算怎么处置山南？"

"你问我？我怎么知道。这种事情最好问新选组的总指挥。"

"是问近藤师傅吗？"

"傻瓜，当然是队规了。"

岁三说的新选组总指挥原来是指这个。而队规和队规细则在制定当初都是经过山南同意的。

"那就是切腹啰。"

冲田心想。他很不甘心，大声嚷嚷起来。

"土方老师，你不知道自己很遭人恨吗？山南老师也恨透了土方老师你。你就像蛇蝎一样可恶。"

"那又怎样？"

岁三很坦然，丝毫不为所动。

"不怎样。只是大家都怕你，都恨你，你就不能体谅体谅大家的感受吗？"

"大家不恨近藤吧？"

"那当然。对近藤先生，大家只有仰慕。队员中有人甚至把近藤先生看作父亲，而你可不一样——"

"我是蛇蝎。"

"哟，你知道啊？"

"我当然知道。总司，你要记住我是副长。自从我们建立队伍以来，为了提高队伍的素质，严肃队伍的纪律，曾经发布过一些令人憎恨的命令以及处置意见。你想想，这样的命令或是意见哪一件不是出自我的口中？你再想想，像这样的命令和意见你从近藤的口中听到过吗？一直以来，我把我们的将领近藤高高地捧在神佛一样的位置上。总司，我不是局长，是副长。副长必须承受所有人的憎恨，时刻不能忘记让局长做好人。新选组这个组织本来就是乌合之众，稍不留神，随时可能成为一盘散沙。你知道什么时候会变成这样吗？"

"这……"

"是副长开始顾虑队员的想法，开始讨好队员的时候。副长如果像山南或是伊东（甲子太郎）那样想当队员眼中的好人，那么招人怨恨的命令就要从近藤的嘴里说出来，憎恨的情绪、毁誉褒贬也就都会针对近藤了。近藤会失去队员的信任，队伍也就该四分五裂了。"

"啊。"冲田老老实实地向岁三道歉，"我太笨了。我不知道，原来土方老师所做的一切都是为了让大家不要憎恨近藤先生。"

"行啦。"

从冲田的嘴里说出这种话来，岁三感觉像是又被戏弄了一番。

"当然，性格也有关系。"

岁三皱起眉头。

近藤脸色铁青。山南是江户近藤道场的食客，是一起结盟来京的伙伴，又是队里职位最高的首领之一。他的出逃可以说是对队伍走向的一个无言的批判。

"就算他是老队员，这种事情也不能原谅。"

近藤很清楚，如果因为出逃人是山南敬助而加以宽恕的话，那么队伍的纪律就会松懈，出逃事件将接踵而至，局面将变得不可收拾。

"理由是什么？"

"是因为恨我。这就足够了。"

岁三回答。

"也不全是这样。"

监察山崎丞好像替岁三打圆场似的，意外地说了一件事。他说："山南先生这几天听到关于水户天狗党的遭遇的传闻，情绪非常低沉。"

"天狗党的遭遇？"

近藤的视线移向空中。的确队里最近都在传一个传闻，说在离京城不远的越前敦贺，水户天狗党受到了惩处。

事情是这样的。水户尊攘派的激进分子在水户藩原执政人武田耕耘斋的带领下，在常州筑波山举兵，打出了攘夷先锋的旗号。他们一路西行，前往京都准备向幕府驻京代表庆喜请愿。终因不堪旅途劳累，于去年十二月十七日在中途投奔了加贺藩。加贺藩自然非常高兴，把他们看成义士而热情相待。因为他们不是倒幕论者，他们只是想恳请幕府支持攘夷而已。

然而进入新年后，若年寄[1]田沼玄蕃头为处理这次事件来到了京都。他先是对浪士采取怀柔手段，随后却收缴了他们的武器，并让他们脱光衣服，赤身裸体，最后像对待牲畜一样把他们监禁到了敦贺鰊藏。据说，他们在监狱里受到了非人的待遇。

---

1 次于老中的职位。

然而这还不是全部。

到了二月份，田沼玄蕃头又下令在敦贺郊外的来迎寺内挖了五个边长为三间大小的正方形墓穴，把那些赤裸着身体的浪士拉到墓穴旁边斩首，再把尸体踢进墓穴。二月四日斩杀二十四人，十五日斩杀一百三十四人，十六日斩杀一百二十人，十九日斩杀七十六人。最后累计斩杀人数达三百五十四人之多。这是自幕府执政以来，不，是日本史上极为罕见的一次大屠杀。

在这些遭到迫害的人中间，大部分是水户德川家的家臣。其实这些人虽然呼吁攘夷，却并非叛逆者。他们从来没有想过要把幕府怎么样，可是幕府像杀虫子一样把他们残酷地杀害了。

"幕府疯了吧。"

这是时下人对这次事件的评论。可以说，正是这次事件促使了日本浪士的激进言论由攘夷转向了倒幕。他们扬言，像这样的杀人机构有何正义可言，有何必要保留？

"我无法说服自己继续为幕府服务，我也不能再接受幕府的钱。"

山南曾经向队里的人流露过这样的意思。

是真是假，山崎不知道。

但是，山南受到的打击无疑是巨大的。在那些受害者中，至少有七八个人是山南在江户时旧识的同忧之士。

山南对时局，也对新选组感到了绝望。

"他说回江户。"

近藤看完信后说。

听了这话，冲田松了一口气。尽管山南和伊东甲子太郎走得很近，对他的主张也有共鸣，但毕竟没有和伊东合谋成立党中党。山南只是回江户了，不带任何政治色彩。

——不管怎么说，他是条好汉。

冲田呆呆地站在近藤住处的庭院里，心里想着那个带仙台口音的武士。而近藤的表情非常难看，他的嘴嚅动着像要说些什么。岁三抢先叫了一声："总司。"

声音带着逼人的寒意。

"我看还是你最合适。平时你跟山南君关系不错。现在立刻骑马去追，估计到大津附近就能追上他。"

"你是让我去当杀手？"

冲田总司此时的心情很复杂，脸上露出了茫然又夹杂着恳求的神情。冲田剑术高超，自然不是因为要当杀手而如此惶然。

"你不愿意吗？"

岁三直直地盯着冲田。

"不是。"

冲田微微一笑，又露出了惯有的开朗笑容。大概他已经想通，并斩断了对山南的感伤情绪吧。

冲田跑回了驻地。

骑上马。

策马走了。

真冷。从嘴巴、鼻子钻进来的冷气让马鞍上的冲田忍不住咳嗽起来。在冲田的咳嗽声里，马在三条街上一路向东疾驰。到粟田口附近时，冲田抬起手，用手背套捂住了嘴，殷红的血迅速浸透了单薄的织物。

——看来我活不长了。

一想到此，右侧华顶山上的翠绿在冲田眼里突然变得鲜艳无比。

来到大津镇外的时候，冲田听到一家茶馆里传出来的喊声。

"冲田君。"

是山南。他好像捧着一个宝贝似的，双手紧紧捧着一个硕大的葛粉汤汤碗。

冲田从马上跳了下来。

"山南先生，我是来护送你回驻地的。"

"是吗？没想到杀手居然会是你。"

山南看冲田的眼神依然和蔼可亲。

"既然来的人是你，我就没办法了。如果来人是土方君手下那些监察，我是不会让他们活着回京都的。"

"没关系。如果山南先生无论如何也要回江户的话，那就请拔剑吧。我愿意在这里受死。"

"为什么？受死的应该是我，而且我的剑术也比不上你。"

太阳还高高挂在天上，此时动身回京都时间完全来得及。但是冲田不忍心催山南，于是决定第二天一早回去。当晚两人就在大津住下了。

两人并排躺在地上。

"今晚可真冷啊。"

山南说。

冲田没有说话。他很生气，他在想这个不走运的仙台人为什么要被自己追杀呢。

山南无疑是条真正的好汉。他在离开队伍的时候没有隐瞒自己的去处，反倒留下书信，明确无误地写下了自己的行踪——回江户。不仅如此，他还在镇外的一个茶馆里叫住自己——追杀者。这样的举动只有山南做得出来。

这天晚上，山南没有向冲田倾吐自己对队里的不满，也没有说回江户后准备做什么。总之有关出逃的事，他什么也没提。

他只提到了自己的老家，说起了一些无关痛痒、无聊至极的事情。譬如像在仙台，盛夏里会下冰雹，大的直径可以有一寸多；像大家都搞家庭副业，挖山芋最赚钱，等等。

"山南先生也挖过山芋吗？"

"是啊，小时候挖过。对啦，在我们那里，挖山芋主要是孩子的事

299

情，可有意思啦。山芋刚种下不久，我们就上山在种山芋的地方播撒麦粒，等麦子长出来的时候，山芋在地下也长大了。所以麦子就是标志，哪里有麦子，哪里就一定能找到山芋。"

"到江户——"

冲田想问山南去江户准备做什么。

山南平静地说："不要再提江户了，那是在我的生命中已经消失了的一个地方。"

他大概还没有想过回江户以后的打算。

第三天，即庆应元年二月二十三日，山南敬助在面向坊城街壬生驻地的前川屋的一室，静静地按队规切腹自尽。为他断头的是冲田总司。

山南有个女人，是岛原一个叫明里的妓女。队员永仓新八知道这个女人，就把山南的事情告诉了她。这个女人在山南切腹的前一天，站到了面向坊城街的前川屋的大门旁。

"山南先生——"

女人哭着伸手抓住突出的窗户。这扇窗户里面关着山南。

山南从室内伸出手，握住了抓着格子窗的女人的手。

两人就这样隔窗相望。冲田偶然从门后看到了这一幕。冲田没有看到女人的面孔，只看到她在晴好天气里穿的黑色矮木屐和白色布袜子。

冲田立刻闪到门后。

"这人的脚真够小的。"

砍下了山南的脑袋后，总司还在想这个。

四条桥之云

庆应元年五月。

维新史的高潮时期。

将军家茂为了第二次征讨长州到了京城。当德川家的金扇标识自家康以后再次进入二条城的时候,京都市民开始议论纷纷。

"幕府的威望必将大大提升。"

然而,事实上幕府既没有征讨长州的军事实力,也没有足够的经济实力。

不仅如此,幕府还没有找到合适的理由再次征讨为表示恭顺而砍掉了三个家老脑袋的长州,只能算作强行出兵。

幕府在自掘坟墓。

关于征讨长州一事,德川家的亲藩、家门、谱代以及旁系的人几乎都表示反对。只有守卫京城的会津藩和下属的新选组强烈建议征讨长州,而新选组主要是近藤个人的意见。

"现在出兵消灭防长[1]二州,取消毛利家三十六万石,彻底斩断幕府的祸根才是上策。"

近藤在庆应元年元月前后开始频繁拜见会津藩家老,力陈此意。近藤从来没有想过自己主张的征讨会要了幕府的命。毕竟他的思维不过是一介军人的思维而已。

"你说得对。"

会津藩方面没有表示异议。

---

1 指旧时的周防国和长门国,位于现在的山口县。周防国位于山口县的东南半部,长门国位于山口县的西北半部。

会津藩家老和近藤勇等人的所谓会津论点非常极端。传来传去，最后传到了尊王主义者越前福井松平庆永的耳朵里。

关于此事，庆永留下了自己的记载，翻译过来是这样的：

> 有关第二次征讨长州，幕府表现出了十足的信心。幕阁要人甚至扬言打长州就像打一个鸡蛋一样容易。但是有风闻说，天下之所以如此动荡是因为有西部八藩，即萨摩、土佐、尾张德川、越前松平（庆永本人）、肥后细川、肥前锅岛、筑前黑田和因州池田八个藩。他们还说："这些藩只提议勤王，实属可恶。征讨长州之后应乘胜追击消灭所有这些藩。"有人提醒我，说："表面上幕府给您的待遇很高，但是您不能掉以轻心。"看来他说得没错。

上述内容与近藤的意见惊人地一致。当时，近藤不断向老中进言，他的意见通过会津藩又影响了江户幕府的决策。可以认为，近藤摆出一副志士的姿态向会津藩要人提出的意见最终成了幕府的意见。

因为幕府要人个个愚蠢得厉害，让幕臣胜海舟十分绝望，于是从职务关系、责任关系出发，幕府在京都的代理会津藩和新选组的意见以及他们对形势的分析就成了幕府最重要的参考依据。

恰逢此时，法国皇帝拿破仑三世答应了要做幕府的后援，法国公使莱昂·罗修斯也频频向幕府进言，这也是导致幕府态度突然强硬起来的另一个重要原因。遗憾的是，这位法国皇帝自己在若干年后也遭到了类似的厄运，这是幕府要人谁也没有料想到的。

将军进京时，近藤异常兴奋。他抓着岁三说："以后会有好戏看了。"

他想，会津藩一定会拥戴将军，新选组将成为会津藩的核心，而自己的声望将大大提高。

已经有人在说："现在已经是会津藩的天下了。"

也有人传言，说："会津是不是要加封百万石？"

总之各种谣言四起。

"至于这么高兴吗？适可而止吧。"

岁三拿出了监察在三条大桥上揭下来的一首打油诗，说道。

> 愿他（会津），果断绝往来，
>
> 再得贤内助，
>
> 举杯回望伊（长州）。

"不错。"岁三像俳句师似的歪着脑袋说。

"你这个傻瓜，这样的俳句也值得感慨。"

"不不，很不错。俳句语言很难这么通顺。"

岁三笑出声来。

"你给我撕了。"

大体上他是个不喜欢开玩笑也不懂幽默的人。

"是奸细所为吧？"

"不会这么简单吧。"

大名中，同情长州的人越来越多，京都的百姓也对惨遭失败的长州表现出越来越多的同情。这中间还有一则逸闻，就是长州藩在京都最鼎盛的时候，为了提高长州的人气曾经在市内花过不少银两。

近藤在将军即将进京的前一天晚上住到了驻地。这天晚上，他手里捧着最喜欢的《日本外史》朗声诵读，直到夜深人静。

"声音还真不错。"

岁三很感慨。虽然近藤时有读错，也有汉字不会读的时候，但总的来说读得还算顺畅，并且声音洪亮。

在读到建武中兴的段落时，近藤几乎是含着眼泪读下去的。

这是关于后醍醐天皇灭了镰仓的北条氏后，与先锋楠正成会师京城的其中一段。

近藤把自己设想成楠正成，而后醍醐天皇则是将军家茂。草莽介士楠正成，若无忠诚之心，流浪之帝何以为依。这就是他此时此刻心境的写照。

"阿岁，如果我是楠正成，你就是恩智左近吧。"

"是吧。"岁三随声附和。

"听说他们原都是些河内金刚山的乡士、山上的僧侣、山贼之类的，没有什么来历和背景，跟我们一样。"

"出身怎么样都无所谓，关键是现时的角色。"

"这个我无所谓。不过新的编制我已经整理好了，是不是把伊东君叫来，大家一起商量商量？"

"好。"

近藤叫来了伊东甲子太郎。

伊东穿着印有黑色纹饰的白罗夏季外褂，非常雅致，依然像个演员一样气宇轩昂。

"新的编制完成了吗？"

说着就坐下了。

——这家伙真是个怪人。

岁三无法理解伊东这样的男人。

这个男人自从进了新选组以后，对队里的工作漠不关心，时常离队外出，和萨摩、越前、土佐等对幕府明显持批判态度的各藩人士见面（当时，萨摩藩表面上还是摆出一副憎恨长州，与会津藩保持统一行动的姿态，但他们不是纯粹的佐幕主义者，随时都有可能擅自行动。所以幕府既要笼络他们，同时又不得不保持戒备）。

伊东曾经向近藤提过，说"准备游说各诸侯国，特别是九州方面"。

他的意思是在了解西部形势的同时，和所谓的志士们多交谈，共议国事，顺便向他们介绍新选组的立场。

"好啊。"

近藤当然高兴。但是在岁三看来，近藤实在很可悲。他过于喜欢和信赖知识分子以及他们的言行了。无疑，近藤变了，变成了一个能说会道的理论家，他频繁地去祗园和在京各雄藩的公用方见面。

岁三听说，席间说话最多的就是近藤。

"你要多提防伊东的行踪。"

岁三无数次地提醒过近藤，但是近藤充耳不闻。他甚至认为岁三作为自己的结义兄弟，这样说完全是出于妒忌。

他还批评岁三，说："将来新选组的首领必须都是国士。你有想法或意见可以堂堂正正地提出来，也必须有足够的胆识向将军、老中陈述自己的意见。如果你没有这样的气度，我会很难办。"

"是吗？"

岁三不服气。在岁三看来，新选组不过是一个剑客集团。他的目的只是希望新选组越来越发展壮大，最终成为幕府最大的一个军事组织。政治结社不是他的目的，而且从幕府的角度出发，当然也不希望新选组变成那样。

"是吗？"

岁三绷着脸应了一句。近藤当然对岁三也明显表现出了不满。他认为，岁三已经无法胜任自己可以依托的左右手了。

——这小子要是有学问就好了。

看岁三的眼神也比以前冷淡了许多。

近藤的感情开始向伊东甲子太郎倾斜。

"伊东老师。"称呼总是带敬语，有时候甚至会叫"伊东先生"。

而对岁三则一如既往地、简单地叫一声"阿岁"。由此可见态度是如何的不同了。

伊东甲子太郎吟唱和歌很有天赋。虽然他的和歌中缺少一些趣

305

味，但是中规中矩，完全遵循古今及新古今和歌的创作传统。所以，他创作的和歌大都是一些类似教科书式的短歌。

伊东为加盟新选组，在离开江户到达大森的时候，写过一首和歌。

留下和歌作别离，
无言以告故土人。
我欲凭歌传我意：
若是为了真君主，
仇恨亦可埋心底。

"哟，您在看《日本外史》啊。"伊东看了看近藤手上的书。

"是啊。我很喜欢大楠公。"

"哦。"

伊东微微一笑。因为伊东是水户学派出身，所以他同样像敬神一样敬慕楠正成。

"真不愧是近藤先生。"

"这个浑蛋——"

岁三心里暗暗骂了一句。近藤喜欢的楠正成拥戴德川将军，与拥护天皇的伊东甲子太郎性质完全不同。

"前几天我去大坂的时候去看摄海，途中特意去了一趟位于兵库凑川的森，到大楠公墓前跪拜了他。我还作了一首和歌，写了当时的偶感。不好意思——"

他整了整仪容，开始朗声吟唱起自己写的和歌来。

愿吾归宿亦如此，
凑川河畔竖石碑。

"好极了——"

近藤像是什么都懂似的点了点头，岁三没有理睬。

"对了，土方先生，你说要商量新编制的事，对吗？"

伊东好像这才回到现实世界中似的，白净的脸转向了岁三。

岁三把近藤手上的草案递给伊东甲子太郎。上面有"参谋　伊东甲子太郎"。

这是和伊东商量过的。伊东派其他人的首领任命也都根据伊东的意见做了调整。

这次编制废除了助勤（士官）的称呼，参照幕府步兵的编制，改成了法国式的军事编制。

"这个队伍编制很好。"

伊东说着，看了一眼岁三，是上对下的眼神。

"是啊，土方君对这种事一向在行。"

近藤也很高兴。只有有关组织机构的事情，近藤认为天下还没有人能胜得过岁三。

新的编制如下：

局长　近藤勇昌宜

副长　土方岁三义丰

参谋　伊东甲子太郎武明

队长

一番队　冲田总司

二番队　永仓新八

三番队　斋藤一

四番队　松原忠司

五番队　武田观柳斋

六番队　井上源太郎

七番队　谷三十郎

八番队　藤堂平助

九番队　**铃木三树三郎**

十番队　原田左之助

伍长

奥泽荣助、川岛胜司、岛田魁、林信太郎、前野五郎、阿部十郎、桥本皆助、茨木司、小原幸造、近藤芳祐、**加纳雕雄**、中西登、伊东铁五郎、久米部十郎、富山弥兵卫、中村小三郎、池田小太郎、葛山武八郎

监察

筱原泰之进、吉村贯一郎、山崎丞、尾形俊太郎、芦谷升、新井忠雄

名单中，加粗体的是伊东从江户带来的人。除了这些担任职务的人之外，还有一位伊东派的服部武雄作为队里的剑术老师享受干部待遇，内海二郎、佐野七五三之助为普通士兵。不过，由于他们剑术高超，所以决定在他们熟悉队务以后提升为伍长。

"可以。"

伊东没有表示出过多的兴趣。

"让我当参谋，我已经很知足了。"

参谋一职的性质和以前山南敬助的"总长"职位一样，只是近藤的个人顾问，不像副长掌握队伍的指挥权。

"为了新选组，我希望与天下英雄多多结交，使队伍的发展不会偏离我们的宗旨。"

"那就拜托了。"

近藤低头致谢。

"对了，我又想到了一首短歌。"

伊东拿出怀纸，用青莲院派的正宗毛笔，唰唰唰，豪笔一挥，一首和歌跃然纸上。

千万次，

不拘身价奔波在秋野的旅途中，

一心只为报效吾君之国。

——此人和歌的确写得不错，真不能小看了他。

岁三想起了二月份因出逃而切腹的总长山南敬助。

山南出逃江户似乎跟伊东有关，他们之间很可能有什么约定。山南死后，伊东为吊唁山南，曾经作了四首和歌给队员们传阅。岁三知道，这些和歌在队员中间曾经激起过一阵波澜。

乱世方显英雄色，为吾君死何惧哉！

春风拂过，山樱飘落，亦为我叹息。

"可恶的家伙。"岁三心想。

然而，伊东甲子太郎在队员中的声望在无法抑制地上升。他在队员中间不断发展着尊王攘夷主义的信徒，可以说他的这种思想带有一定的宗教色彩。

岁三只要发现有这样的队员，就会设法找一些理由，要求他们切腹自尽。

岁三有一个坚定的信念。

"思想是毒瘤，新选组不需要思想。"

然而局长近藤越来越热衷于政治和思想，现在，他很少把心思放在队务上。

再看看伊东，也真有一手。最近，他几乎每天出入于大原三位卿（官职等级）等尊攘派的公卿官邸，谈论世道与时势。

只有岁三像是被这个世界遗忘了似的，从不与外人交往。他只专注于队务，在所有新选组首领中，只有他一个人没有在外面另找住处，每天张着那双冷冷的眼睛，和队员们生活在一起。

夏天过去了。

再征长州的军令已经发出，但是军队没有任何动静，处于休整的状态。原来是将军到大坂城后就病倒了，至今尚未下达作战方案。最主要的原因其实有两个。其一是军费紧张，难以满足征战长州所需，也没有筹措到足够军费的可能；其二是各诸侯的行动步调还没有统一起来。然而，就在幕府进退两难之际，政治形势发生了剧烈的变化。迄今一直与会津藩站在统一战线上的萨摩藩，态度来了个一百八十度的转变，他们暗中决定支持倒幕，并在土州海援队长坂本龙马的斡旋下，缔结了萨长秘密同盟，维新运动史从此拉开了帷幕。然而，萨摩藩的同盟手足会津藩和新选组被蒙在鼓里，更别提幕府了。

秋天到了，幕府依然没有发出进攻的命令。到了十一月，幕府依然不慌不忙，还向长州派去了使者问罪。

首席使者是幕府的大目付永井主水正尚志，地点是艺州广岛的国泰寺。

幕府的代表团随员中，有近藤勇、伊东甲子太郎、武田观柳斋和尾形俊太郎四个新选组的人。

留守驻地的岁三心想："近藤真是太不自重了。这种事情何必跟着去凑热闹呢？去了又有什么用？"

其实近藤、伊东这几个人并不是幕府指派的使者，他们是以幕府代表永井主水正尚志的家臣的名义随行去的。为此，近藤甚至还改了名字，叫近藤内藏助。

那时，长州藩经坂本龙马等人的牵线，已经从长崎的英国人商会那里购买了大量新式武器，做好了应战准备。

长州派出的使者号称是家老宍户备后助，然而来广岛国泰寺与永井会面的却不是此人。长州开了一个天大的玩笑,他们派来了一个叫山县半藏(宍户玑,维新后受封子爵、贵族院议员)的人。此人只是一个中级藩士的三儿子,最大的特点就是口齿伶俐,能言善道。他也不姓宍户,此时只是为了应付幕府而临时借用了家老的姓而已。就这样,幕府使者的面前来了这么一位人物,可见长州从一开始就没打算诚心诚意与幕府谈判。

岁三留守在京都。

这期间,他几乎每天都在城里与看似长州藩的浪士交战,但还是不能消除他内心的一丝寂寞。

有一次,岁三带着冲田总司去祇园酒馆吃饭。途中,岁三站在四条桥上,看着被晚霞染红的几朵秋云不停地向东移动,忍不住叫住了冲田。

"总司,你看,云。"

"云怎么啦?"

冲田也停下了脚步,抬头往西看去。冲田的厚齿木屐在夕阳的映照下,在桥上拖着长长的影子。

从桥上走过的武士和市民都躲着这二人行走。他们大概以为新选组的这两个人是在讨论什么事情。

"我想到了一个句子。"

岁三说。作为丰玉师傅,他已经好久没有吟唱俳句了。

"又是傻句子吧。"

冲田嗤笑道。岁三没理他,从怀里掏出俳句本,把自己刚想到的句子写了下来。

冲田探头看去。

　　　飘向故里五月云。

"不对呀，现在是十一月。"

"傻瓜。五月的云更灿烂、更动人，不是更好吗？用秋冬相关的词过于寂寞了。"

"也是。"

冲田沉默着走了起来。

这个年轻人太了解岁三了。

堀川河畔的雨

这一天下午，岁三带着一个随从，去了黑谷的会津藩本营。

告辞出来的时候已经是夜里了。

非常不巧，天上下起了雨。

会津藩家老田中土佐和公用方外岛机兵卫二人把他们送到门口，看到下雨，就劝他："土方先生，今晚就住在这里，明天一早再回去吧。"

当时，新选组在花昌町（现在没有这个街名了，位置是在醒井七条堀川附近，当时也叫不动堂村）新建了营地，队员都住在那里。从城东的黑谷到花昌町的新驻地要穿过京都市区，少说也有两里路。

外岛机兵卫他们担心这样的雨天、这样的夜晚，他们是否能顺利回到驻地。

而且土方来的时候，既没有带护卫，也没有骑马。

"留下来吧。"

家老田中土佐从玄关的式台[1]看着夜雨的情形。

"别走了。"

他就差没拉岁三的衣袖了。

外岛机兵卫也说："就像刚才说的，割据防长二州的长州藩向城里派出了大量的密探。而且最近又有脱离土州藩藩籍的浪士与长州人一个鼻孔出气，频繁出没于城里。尽管土方先生勇敢善战，但凡事都会有万一啊。"

1　日式建筑中设在玄关处的台阶。

"说得是啊。"

岁三有口无心地应着，一转身，脚还是伸进了随从为他准备好的高齿木屐里。

"既然你执意要走，我派人送你吧。"

"不用。"

岁三冷冷地拒绝了。

两人就这样离开了黑谷的会津藩本营。

"真是个怪人。"

家老田中土佐有些不高兴。

新选组里，近藤带着伊东甲子太郎等人从十一月中旬下广岛后还没有回来。

其间岁三担任代理局长，于是去会津的次数也多了起来。

每次去他都只带一个随从，也不骑马。不像近藤总是骑着马，带着一队士兵。

"看样子他对自己很有信心。"

"是啊，应该也没什么理由。也许那个家伙的性格就是这样，愿意独来独往。在这一点上，他与近藤可大不一样啊。近藤虽然是个武士，却喜欢讲排场。"

外岛机兵卫以老熟人的口吻笑着评论岁三和近藤二人。

近藤好周旋（好政治），与他相比，外岛更喜欢光华内敛、沉默寡言的土方。

"可是，"田中土佐对岁三的简慢没有好感，"听说这个家伙连个女人都没有。"

田中土佐想起了有关近藤的一些艳闻。据说他有两处妾宅，左拥右抱养着女人。田中于是不自觉地拿近藤和岁三比了起来。

"好像是没有。"

"那也没办法。其实仔细看，他长得还挺帅的，只是表情太严肃了。是不是京都女人不喜欢这样的男人？"

"也不是。你知道岛原木津屋有一个叫东云大夫的女人吗？"

"是啊，是啊，听说过。据说此人长得相当漂亮。难道她喜欢这个家伙？"

"怎么说呢——"

外岛机兵卫不知道如何回答田中土佐。因为他不知道怎样才能说清楚东云大夫和岁三之间的那种男女关系。

曾经有一次，外岛机兵卫和近藤、土方等新选组的首领们一起去了岛原木津屋。

岁三当时点了东云大夫。

岛原与江户的吉原齐名，是天下闻名的风月场。这里的女人分级别，要想升到大夫的级位，须掌握各种学问、各门技艺。所以能够称为大夫的女人，都很有些本事，用不着卖笑卖人。

相反客人要想方设法讨好大夫。如果一个男人能讨得她们的欢心，就会被大家高看一眼，被认为是这条街上的行家里手。

近藤非常会玩。他不但是岛原木津屋金大夫的常客，同时还在三本木让一个叫驹野的艺伎怀上了孩子，此外又和一个同在三本木的叫植野的艺伎关系非常亲密，甚至把她藏到了天神的御前街。

不仅如此。

近藤去大坂出差的时候，在新町的振舞茶馆玩得也很起劲，他喜欢上了织屋包养的一个叫深雪大夫的人。后来经过新选组经常投宿的大坂八轩家的老板京屋忠兵卫的多次周旋，终于抱得美人归，安排她住到了近藤从兴正寺寺院租借的醒井木津屋桥南的一所房子里。可惜没多久深雪大夫就病死了。深雪大夫有一个妹妹，长得很像她。于是近藤就让这个妹妹做了替补。

此外，在祇园石段下的山茧近藤也有一个女人，他经常去看她。

近藤实在太热衷玩乐。虽然当时活跃在京城的雄藩公用方（常驻京都外交官）在风月场碰头谈公务时，也玩得很厉害，但是像近藤这样东一个女人西一个女人，还到处留情的男人还真不多见。队员中间甚至有了这样的传言，说会津藩拨给队里的经费有一半流进了局长女人的化妆台抽屉里了。不过，这一点大家没有猜对。

近藤的个人开支，大多是大坂的鸿池善右卫门提供的，他定期会送给近藤数额不小的钱。

之所以这样，当然是事出有因。鸿池是大坂有名的富商，很容易被人盯上。他经常被所谓的尊王浪士以"筹措攘夷军费"为名敲诈勒索。为了免遭勒索，鸿池就找上了新选组，为此他要向近藤支付保护费。而近藤就用这笔钱去玩女人和养女人。会津藩负责与新选组沟通的公用方外岛机兵卫对这些情况了如指掌。

"一个连酒都不会喝的人，居然能玩成那样。"

外岛很佩服近藤这一点，但是外岛机兵卫认为土方岁三与近藤不同。

酒，岁三稍微会喝一点。

但他并不好酒。他总是懒洋洋地端起酒杯，舔舔杯口。

女人嘛——

"听说那个东云大夫和这个家伙进了房间后也没把他拿下。"

大概是让她太难堪了，大夫事后向下女抱怨，这才传了出去，成了一桩奇闻。

据说当时，岁三只是沉默着一杯接一杯喝酒，一句话也不说，像是在思考什么。

"土方先生。"

东云大夫看不过去了。

她早就在刚才的酒席上看出岁三并不喜欢喝酒。

"您就别再喝酒了。"她藏起酒壶，"您不是不喜欢吗？"

"是啊，不喜欢。"岁三漫不经心地应了一句。

"既然这样，就不要喝了。像您这样喝自己不喜欢的东西，对身体可不好。"

"是吗？"岁三伸手从东云大夫手中抢过酒壶，"那也比花柳街的女人强。"

本来他就不喜欢妓院里的女人。还在往来于御府内及武州镇各客栈的时候就是这个样子，看来这个怪脾气到了京城也丝毫没变。

"啊。"

东云大夫性格很温顺，所以在妓院街很受欢迎。即便是这样一位东云大夫，听到岁三这番话也不禁皱起了眉头。岁三依然漠然地喝他的酒。有的人就是这么怪。

在岛原，东云大夫还从来没有碰到过如此冷淡的客人。当她消了气，心情归于平静后，架子也就放下了，自尊心也忘记了，只呆呆地看着岁三。东云大夫忽然觉得自己好像已经喜欢上这个男人了。

"也许是缘分吧。"

天快亮的时候，她终于恳请这位客人睡下了。

"说真的，"东云大夫后来对下女说，"他非常温存，完全出乎我的意料。"

客人睡下后，在床上都做了些什么，东云大夫没有说，这是妓院的规矩。但是下女会想象两人在床上的情形。于是传言中掺杂着这些谣言传播者的想象，传到了外岛机兵卫的耳朵里。

"后来怎么样啦？"

原本稳重的田中土佐忍不住问道。

"后来他和近藤一起又去过两三次木津屋，每次都点名要东云大夫。但是他的态度一成不变，和第一次完全一样。"

"上床后的温存也一样？"

"是啊。"

后来，东云大夫被京都的一个两替商人[1]赎走了。在离开木津屋之前，东云大夫多次遣用人到新选组驻地，请求岁三去木津屋最后见自己一面。

可是岁三认为"都已经是被赎的人了，就是见到也没意思"，最终还是没有去。从此以后，岁三再也没有踏进过岛原一步。

东云大夫非常怨恨岁三，为此她甚至咬掉了自己小手指上的肉，引起了一阵骚动。

即便是这样，岁三还是没有去见东云大夫。

"真是个可怕的家伙。会不会是他喜欢上了东云大夫才不去见的？"

"不会吧。如果喜欢，按理会想方设法去见一面的。这样才合情理嘛。"

"倒也是。"

"这个家伙确实让人猜不透。总之——"

外岛机兵卫笑了。可外岛不知道在岁三和东云大夫第一次见面的前一天，这个男人身上发生了什么事。那是文久三年九月二十一日，岁三在麸屋町与府中猿渡家的女儿佐绘重逢。自从在武州分手后，这是岁三第一次见到佐绘，她当时在公卿九条家工作。就在那所租来的房子里，破旧的榻榻米上，以自己特有的冷漠方式，岁三再次强暴了佐绘，并清楚地觉察到了佐绘的变化。佐绘的确变了，岁三无法不承认，她有了自己的心上人。

他没有责备佐绘变心，也没有资格责备她。在武州的时候，岁三没有给佐绘任何承诺，甚至没有说过情人之间应该说的话。他们只是因为偶然相遇才有了身体接触。从佐绘的立场来看大概也一样。猿渡家的这个女儿出嫁后，因守寡回到了娘家。当时也许她太需要

1　江户时代实行三货并用制度，有相当多的货币交换商，被称为"两替商人"。

慰藉，才与一个连家住哪里都不知道的年轻人有了苟且之事。而来到京城后，佐绘当然会有自己的人生。长州藩士米泽藤次第一个走进了她的生活。此人当时经常出入佐幕派公卿九条家，后来与佐绘发生了关系。借这种关系之便，他从佐绘那里得到了许多幕府方面的情报，而佐绘自然很乐意帮自己情人的忙。

"我认识土方岁三。"

有一次，佐绘向米泽提到了岁三，两人都认为应该杀了他。于是米泽就把暗杀土方的事情交给了经常出入长州藩、脱离了武州藩藩籍的七里研之助和他的同伙"流浪浪士"。七里自然是求之不得。自武州八王子事件以来，七里对岁三一直怀恨在心。

"没问题，你不求我，我也要杀了他。"

于是就有了七里在二帖半敷町的十字路口伏击岁三的事件。

而岁三和外岛机兵卫等人来到岛原木津屋第一次见到东云大夫，就在这件事发生后的第二天晚上。

前一天晚上，岁三走在回驻地的京城大街上，边走边想：

"我的人生是残缺的，我这一生估计不会有恋情了。"

他还想：

"我就不要再想这种事了。本来我就是个对女人很薄情的人，女人也清楚这一点。世界上怎么可能有人会傻到喜欢上我这样的男人呢？"

没有女人不要紧，至少我有剑，有新选组，有近藤。他不停地这样劝慰自己。

"有这些就足够了。有了这些难道还不能拥有一个有价值的人生吗？你要想开些，阿岁。"

途中，就在他前往芳轿馆时，却遇上了埋伏在附近的七里研之助和他的党徒，还动手打了起来。

而遭遇了七里后的第二天晚上，岁三却又若无其事地来到岛原木津屋，在楼上和大家一起喝起了酒。

也难怪东云大夫会对这个本来就有点怪异的男人表现出好奇。当然，会津藩公用方外岛机兵卫不可能知道上面的这些经过。

"他就是这样一个人。"外岛说，"也算是京城一个风云人物。用兵方面比近藤强不少。古代有太阁丰臣秀吉评价大谷刑部，他说愿意把十万大军交给那个男人由他指挥作战。我每次看到土方也会有这种想法。"

离开黑谷后，沿丸太町街笔直向西大约走了有半刻钟的光景，岁三到了堀川河边。

在这里，依稀可以看见一些灯光。那是二条城上的灯。沿着这条路越过一座小桥继续向西，就是所司代堀川分部。

岁三没有过桥。因为新选组的新驻地在堀川河的东岸，向南拐再走三十丁的距离就到了。

"藤吉，你累吗？"

岁三问随从。

雨还在下着。

"不累。我走路不怕累。"

藤吉在雨中回答。藤吉的腰间插着一盏灯笼，走在岁三的前面照路。

岁三高高举着油纸伞，穿着黑色绉绸外褂和高级丝织裙裤，腰间挂着已经杀人无数的和泉守兼定，短刀是去年夏天池田屋之变时第一次使用的堀川国广，一尺九寸五分。

"藤吉。"岁三开口，"前面路可不太好走啊。"

"是吗？"

"前面是烂泥路，跑的时候一定要脚尖着地，这样才不会摔倒，而且速度也快。"

他突然说这样的话让人感到莫名其妙。藤吉不明白，这个平时少言寡语的代理局长为什么会突然说这些。

"藤吉，记住，跑的时候，伞要用力扔到后面。你要随时做好准备。"

"啊？"

藤吉歪着脑袋看着岁三。

"现在就扔吗？"

"不用。到时候我会告诉你。你一听我叫你藤吉，你就赶紧把灯笼和伞扔掉，然后拼命向前跑。不管发生什么事都不要回头看。"

"如果看的话会怎样？"

"……"

岁三没有回答。

他把伞稍稍向后斜了一些，好像是在听后面的动静。过了一会儿，听到岁三说："藤吉，刚才你说什么？"

"哦，我说如果向后看会怎样？"

"会受伤。"岁三冷冷地告诉藤吉。

隔着堀川河，黑暗中，右侧二条城白色的墙壁若隐若现。

左边是亲藩、谱代等各藩在京都的藩邸。过了播州姬路藩的藩邸门前，二条街的一角就是越前福井松平藩的藩邸。

两人来到了越前福井松平藩的藩邸门前。

"藤吉！"

岁三急促地叫了一声。

手中的伞已经抛向空中。他弯下腰，屈蹲右腿，飞速转了一个圈。

可怕的声音在岁三手中响起。

岁三的右侧，一个人影翻了个跟头，在众目睽睽之下往下倒去，泥路上传出一声巨响，人影倒下了。血腥味立时在夜色的空气中弥漫开来。

岁三向后退了五六步。剑斜向在右侧摆好了下段位的姿势,他以越前藩邸门柱为护身,厉声问道:"什么人?"

黑暗中还有三个人。

"下雨天的晚上还出来,真是辛苦你们了。如果是认错了人就算了,如果你们是冲着我新选组的土方岁三来的,那我只能做好拼死应战的准备啰。"

"是吗?"相距十间左右的黑暗处传来了一个声音,"我们就是冲着你土方岁三来的。"

是他。岁三心想。这个尖厉的声音听过一次就会过耳不忘。

是七里研之助。

"你这个奸贼——"

一个人绕到岁三左侧,兴奋地喊了一声,逼近两三步。

虽然是雨夜,但还是有月亮出现,夜空中多少还有一丝光亮。雨云静悄悄地润湿着满眼的黑暗。

阿雪

岁三悄悄把剑移向右侧。

头上是越前福井藩邸大门的顶。

柔软的椽子像反捆了美人手似的有一些弯曲，把屋檐凸显在黑暗的雨中。

"奸贼。"

一个人影骂骂咧咧地逼近岁三，声音中带着浓重的十津川口音。这印证了最近有大批大和十津川乡士混入京城的传言。

——是十津川佬吗？

岁三使出平星眼招数。

他习惯性地把剑尖慢慢偏向右侧，再向右，全然不理会左侧那个家伙刺过来的剑。

这里插一句闲话。据说土佐的田中光显（后来封为伯爵）在昭和十年前后，在高知县的县立城东中学做过一次演讲，讲到了自己脱离藩籍后离开老家上京时的情形。他说：

"新选组着实可怕，土方岁三尤其可怕。就在我们进京的时候，土方带着队员，一双眼睛闪着寒光，从都大路对面走来。我们的同伴见到他们竟四散逃窜。"

现在在十津川人面前的就是这个令人胆战心寒的岁三。

这个十津川人顿时斗志大增。

更多的人在远处对岁三形成包围。

离岁三不远处还有一个人，是七里研之助。他在岁三的右侧，十津川人在岁三的左侧。

323

"嗖"的一声,十津川人的剑从上面劈了下来。

岁三抬起剑,向身后的柱子退了三步。十津川人的剑划破了岁三右手袖子上的左三巴纹饰,而十津川人却倒在了地上。

这家伙的上身已经开花。

岁三的剑削掉了十津川人的右肩,剑尖一直划到胸口。

同时岁三也摔了出去。

原来就在岁三砍向十津川人的同时,右侧的七里研之助也持剑猛地刺了过来。

岁三只有一条路可走,那就是逃。

不料被尸体绊了一跤,摔倒在地上。

他立刻跳起。

七里研之助的第二剑就等在他的头顶。

来不及接招。

为了躲开这一剑,岁三再次摔倒在地。这时,岁三已经离开那扇门,在雨中滚到了河边。

背后有一条河,多少安心了一些。但是左右看了一圈,岁三没有找到一棵可以用来护身的树。

"点灯笼。"

七里阴沉的声音命令同伙。

岁三刚刚用来作为护身屏障的藩邸门屋檐下,一盏灯笼亮了。

"快给我照着他。"

七里低声说。

灯笼的光照到了站在河边的岁三。

"岁三,看来你还武州债的日子到了。"

"是吗?"

岁三依然使用偏右的平星眼招数。说话声音不大,两眼却睁得极大。

不管什么时候,在什么情形下与人交锋,他都会做好一死的准备。

"就在今晚,我要报八王子时候的一剑之仇。"

七里研之助摆出上段位的架势,一步步逼了过来。

就在这工夫,雨突然大了起来。

雨点砸在地上,水花飞溅开来,在灯笼光的映照下,白色的雨雾贴着地面弥漫开来。

"七里,长州的饭好吃吗?"

"难吃。"七里也是个稳健的人。

"不过,土方。"他小心地寻找着时机,"早晚会变得好吃的。你们这帮壬生浪士根本不识时务。"

"哦。"岁三笑了,只有眼睛在笑,"在上州和武州讨生活的浑身马粪味儿的练剑人到了京城也会说一些堂而皇之的话了。"

"喂,岁三,你难道不是和我一样浑身马粪味儿十足吗?"

——还真是的。

岁三在心里苦笑。

七里右腿向前跨出一大步,紧接着剑从岁三的头上落了下来。

接住了。

手有些发麻。

这一击力量非常大。

岁三没有反击,他只是用剑身挡住七里的剑,压着七里的剑向前推,一步、两步。他想找一个有利的地形。

七里横着扫岁三的腿,岁三急忙跳起。

"你们在干什么!"七里冲着黑暗的远处骂道,"还不快上。怕什么,这家伙又不是鬼。"

踢踏踢踏。左右响起了脚步声。

岁三使出全身力气,猛地把七里推了出去。

七里向后趔趄了一下,伸出左手,剑刺向了岁三的侧脸。

但是剑转了一圈竟没有找到目标。岁三早不在那儿了，他向左侧跑了。岁三边跑边砍，又斜着砍倒一个人，随后跑进越前福井藩邸南端的胡同，向东奔去。

岁三虽然好斗，但十分清楚，单枪匹马与群敌对决时，就算是剑道高人也没有十分的把握，必须伺机溜走。

出了西洞院后，岁三总算放慢了脚步，向南走去。

"真疼——"

他捂住了左臂。

在乱战中，不知道中了谁的剑受的伤。岁三根据痛觉找到了伤口。左臂上竟然有一处可以伸进一个手指的伤口。

还不止这一处。

右脚的指甲也受了伤。

大概是在躲十津川人砍下来的一剑时受的伤。

这还不算什么。岁三觉得右腿湿漉漉的，卷起裙裤腿一看，竟然也有一处三寸见长的伤口，正在不停地流血。

——真倒霉。

还好随身带着小药盒，盒里装着膏药。

因为他以前做过药贩子，所以知道该怎样处理伤口。他心想必须先把血止住，于是迅速环视了一眼周围。毕竟在大路上敷药总是不太安全。

因为不知道那些人什么时候会找到自己。

所以他找了一个看上去比较安全的胡同，一头钻了进去。

"要是有烧酒就好了。"他一边想着一边拔出腰刀。为了包扎伤口，他脱下裙裤，撕成一条条的布。

就在这时，头顶上的一扇小窗开了。

"真对不住。"

岁三走进土间，来到厨房后面的井边。在那里脱光了身上的衣物，露出赤条条的上身。

他要在这里洗去身上的泥和血。

"我就不客气了，"岁三冲着屋里压低声音说，他很担心会惊动周围邻居，"我可以用一些架子上的烧酒吗？"

架子上放着一个大铁釉的壶。壶的中腹部贴着一张纸，上面写着"烧酒"二字。

字写得非常漂亮。

——看上去这家里好像只有这个女人。

在当时，不管是好喝酒的人家还是不好酒的人家，几乎都备有疗伤用的烧酒。

"哦。"女人用沉着的声音回答，"您用吧。我这里还有金创药，叫白愈膏，是大坂京町堀的河内屋配制的，听说效果非常好。要不要用？"

说话声音很轻，没有废话，听上去是个聪明人。

"那我就不客气了。"

岁三心里在猜测这个女人。她说话没有京都口音。

说话口气像武士家的女人。

——这是个什么人呢？

刚才打开格子门，自己闯进来的时候，岁三是滚着进土间的。进来后，他抬起了头。

女人正半遮半掩地站在中腹卷着纸的蜡烛台后面。

岁三只望了一眼这个女人，就穿过厨房进了后面，但他还是为这个女人超凡脱俗的美貌而大为惊叹。

年龄大约二十五六岁。从穿着来看，不像是个姑娘。可是再看家里，却又不像有丈夫的。

这个家很小。

一眼可以看出来。

"真疼——"

刺疼刺疼的。烧酒蜇着伤口了。

连岁三这样的人也疼得几乎要昏厥过去。

岁三蹲在井口边，全身上下只有一块兜裆布。他在给自己清洗伤口。这需要足够的勇气，否则难以做到。

女主人不知是什么时候过来的，站在土间的一头，拿着灯笼看他。

她没有走近，大概是她熟知行武之人的规矩。

岁三在她的目光注视下，自顾自地往伤口上涂抹药膏，然后用女主人拿来的白布包扎好三处伤口。

"麻烦你帮我去一趟卡子门，让看守派一顶轿子过来。"

"您是谁？"

"啊？"

伤口撕裂般地疼痛。

"您是——"

女主人问。

"哦，我还没做自我介绍呢。你就跟他们说是新选组的土方岁三，他们会照办的。"

——原来这人就是……

岁三的名字在京城家喻户晓。

大人为了阻止孩子哭闹，也会拿土方岁三来吓唬孩子。这说法一点也不夸张。

"拜托了。"

"……"

女人默默地点了点头，伸手在土间的一个角落摸索了一阵，取出伞出去了。

没多久，随着高齿木屐清脆的敲地声，她回来了。

岁三的衣服因雨水和血已经脏得不成样子。

"您要是不介意的话，就换上这身吧。"

女人把一套带纹饰的黑色木棉和服端了过来。除了外褂和裙裤，连汗衫、六尺兜裆白布也有。岁三估计是她已故丈夫的遗物。

女人把这些东西放在土间里。

——真是个细心的女人。

岁三抬起头，在蜡烛光下探看女人的眼睛。长相不太像京都人，倒是在江户的浅草寺庙会上经常可以看到的脸型。

眼睛是单眼皮，肤色略黑，唇线很清晰。

"你是江户人吧？"

岁三用句尾为升调的多摩话问道。

"……"

女人睁着偶尔眨一眨的眼睛，盯着岁三。过了一会儿，才点点头答了一句。

"是。"

"你叫什么？"

"我叫阿雪。"

"你家是武士家吧？"

"……"

女人没有回答。其实她不说岁三也猜到了。

"在京都遇见江户女人可真难得。今晚运气不错。"

——可是这个江户女人为什么一个人住在这种地方呢？

岁三心里有很多问题，他没有说出口，手掌压了压衣服笸，说："谢谢你的好意。只是伤口的血还没有止住，要是把这么珍贵的东西弄脏了，可就太对不住你了。"

系着一条兜裆布，身上缠着一条条白布的岁三拿起长剑短刀站了起来。

"您的意思是您就这个样子回去？"

女人眼中的神情好像在说，你可是有新选组副长头衔的武士。

"请穿上吧。"

语气不容分说。岁三听了心里一动。他很喜欢听女人说这话时，语气坚定、口齿清晰的声音，让他有一种眩晕的感觉。这是京都女人身上找不到的味道，这是江户女人特有的热情。虽说有点强迫的意思，却让对方很愿意听。

——这种感觉我都快忘了。

岁三出生在御府内郊外的农村，从少年时候起，就很向往十三里开外的江户女人。

因为从小有这样的情结，所以他对京都的好女人怎么也亲近不起来。

"那我就穿上了。"

穿上衣服后，岁三发现纹饰是左三巴，和岁三自己的一样，这让他感到非常惊讶。

"真是奇缘。"

岁三盯着纹饰想。

——我和这个女人之间会发生点什么吗？

女人举手投足都很谨慎、客气，但她的眼神告诉岁三，她对自己有好感。

但是，她的这种好感是什么含义呢？是因为同是东部人，所以有一种亲切感，还是喜欢岁三这个男人呢？

房东、二房东和町役人[1]赶来看岁三。

房东是临街当铺近江屋的老板，二房东是一个叫治兵卫的枯瘦老人。

"改天我再来道谢。"

1　街道办事处官员。

岁三在他们的目送下坐进了轿子。

新选组的驻地此时已经乱作一团。

接到随从藤吉的报告，原田左之助和冲田总司带着队伍立即赶到了现场。可是附近既没有找到岁三的人，也没有看到他的尸体。

而岁三又迟迟不归队，于是他们派出了所有队员到京都市内各个角落搜寻。

就在这时，岁三穿着笔挺的带纹饰的和服回来了。

"您还好吧？"

有队员问他，他也不回答，只微微一笑，快步走上式台，进了自己的房间。

马上有人叫来外科医生，重新给他进行了包扎治疗。

医生刚走，冲田总司就进来了。

"你可把我们急坏了。"

"对不起。"

"怎么回事？"

"没什么。就是在越前福井藩邸前，遇到了七里研之助。那小子真是阴魂不散。"

"还是个挺负责的鬼魂。"

冲田抽出剑柄上沾满了雨和血的和泉守兼定二尺八寸。剑刃崩了一块，上面有很多血污。

"打得很厉害呀。"

"我差点就回不来了。自从长州人退出京城后，那些人就转而出入土州藩邸或萨摩藩邸。里面还有十津川的人。从七里用下巴命令这些人的情形来看，他在京城好像很有点势力了。"

"根据监察的说法，七里好像一直嚷嚷着要由他来解决土方。"

"我真是倒霉。"

"嗬。"

冲田笑了，调皮的眼神好像在说："是你以前太坏了。"

"不过总司，"岁三的眼神若有所思，"我好像喜欢上一个女人了。"

"哦？"

冲田很惊讶。

"喜欢"这个词，岁三还从来没有在女人身上用过。

"你不许跟别人说。近藤从艺州回来后也不许跟他说。"

"那你干吗说给我听。"

"因为你和别人不一样。"

"我有什么不一样？拜托千万别把我当成你的倾诉对象。"

"呵呵，你就是。"

十天后，岁三带着随从，拿着洗净浆过重新整理好的一套衣服，去了房东的近江屋。房东把二房东治兵卫老人也叫来了。

一问，原来那个女人是在大垣藩江户定府做步卒的一个叫加田进次郎的武士之妻。接到前往京都做警卫的藩令后，加田一个人来到了京城。单身赴任在当时是最正常不过的事情，所有藩都这样，不管上士下士，没有一个人携妻带子来京城。

但是阿雪与众不同。她随后追随自己的丈夫也到了京城。因为担心在藩里影响不好，于是两人偷偷在市区租了一处房子。当然，这并不能说明他们的夫妻关系很好。

阿雪喜欢画画，她有绘画的天赋，后来用红霞这个名号在京都留下了一些作品。当然，她的画技虽好，仍然不及她这个人本身。

她追随丈夫来京城是为了跟京都的绘画大师吉田良道学习四条圆山派的画法。

后来，丈夫病死了。

阿雪就自己一个人留在了京都。本来她应该回江户的娘家，但她的娘家是宽永寺的和尚，收入丰厚，家境优越。她就用家里给的生活费独自在这里打发日子。

红白

之后不久，庆应元年阴历十二月二十二日，局长近藤勇从艺州广岛回来了。

随行的参谋伊东甲子太郎、武田观柳斋和尾形俊太郎也风尘仆仆地回到了花昌町的新驻地。

"阿岁，我不在的这段日子，你辛苦了。"

近藤重重拍了一下岁三的肩。近藤好像又变了。

一个月不见，再看岁三的眼神也有点冷。

——奇怪。

岁三敏感的神经被触动了。

晚上，新选组首领们设宴，为近藤一行人洗尘。

近藤连喝三杯酒后，脸色变得通红。他本来就不会喝酒，却硬撑着，嘴里还喃喃地直说好喝。

"各位，酒还是京城的好喝呀。"

但是再多他就不喝了，取而代之的是大口大口地吃眼前的菜，同时兴致勃勃地高谈阔论。

更多的是谈论长州的情形。

"长州表面上很谦恭，对宫廷和幕府装出一副很恭顺的样子。但那只是表面，暗地里他们已经准备了武器装备。"

"噢。"

留守驻地的首领们都很惊讶。

会津藩从骨子里讨厌长州，所以近藤也用同样的眼光看待长州。

"长州藩野心勃勃，他们一直想要夺取天下。"

近藤是这样看的。近藤对长州藩满怀憎恨，他坚信长州藩的毛利侯一心想当将军，拥立天皇是为了建立毛利幕府。对于长州人来说，尊王攘夷不过是实现他野心的一个手段罢了。不光近藤这样认为，会津藩的上上下下都这样认为，甚至后来倒戈成为长州藩盟友的萨摩藩等在当时对这一点也深信不疑。

　　证据就是在萨长秘密结盟的时候，萨摩藩的西乡吉之助（隆盛）没有轻易采取行动。就是因为有这样的顾虑。

　　"幕府太仁慈了。"近藤吐出这样一句话，"如果现在不出兵长州，彻底打垮毛利家，把他们的领地收归天领（幕府领地），事情会变得非常糟糕。"

　　"不过近藤先生，"伊东抬起白净的面孔，他另有看法，"长州去年在马关海峡面对四国舰队，单枪匹马采取了攘夷行动。天下志士都在为长州不顾自己的生死存亡毅然采取攘夷行动而齐声喝彩。近藤先生，你也是支持攘夷论的吧？"

　　"当然。"

　　这确实是新选组成立的初衷。

　　"既然这样，难道你不应该对长州温和些吗？长州贯彻朝廷的方针执行攘夷策略，却因敌人炮火太强使其沿岸炮台一座座被毁。这还不算，他们还要被幕府征讨。长州已经伤痕累累，濒临灭亡。即使他们有再多的不是，讨伐他们的也不应该是武士。"

　　"不是武士……"近藤放下筷子，"伊东先生，你说不是武士？"

　　"对。"伊东毫不回避地看着近藤的眼睛，微笑着继续侃侃而谈。聪明的伊东已经彻底看透了近藤。他知道与其用理论，不如用情绪更能打动近藤，使他更容易接受自己的观点："武士有武士之道，那就是恻隐之心。说简单点，就是武士的同情心。"

　　"你不用说得那么明白——"近藤夹起一块生鱼片，"我也懂。"

　　他苦着脸把生鱼片送进了嘴里。

近藤已经是京都政界的大人物了，至少他自己是这么认为的，所以被伊东看成没有学识，近藤心里很不是滋味。

"伊东先生，我什么都明白。你无须多说。"

"当然。经过这次旅途，近藤先生好像更能理解鄙人的意见了。土方先生——"

伊东转向了坐在近藤对面的岁三。

岁三从酒宴一开始就在闷头喝酒。

"是这样的，土方先生。"

"什么？"岁三懒洋洋地说。

"就是……"伊东说不下去了。他拿岁三一点办法也没有。

"是近藤先生。先生目睹了长州的状况，视野开阔了许多。也许要收拾目前混沌的京都政局，只有靠近藤先生了。"

"是吗？"

近藤这个傻瓜，岁三心里暗暗骂了一句。

总有人想方设法给他设套，而他又那么愿意听奉承话，早晚有一天会遭殃的。

"土方先生以为呢？"

"什么？"

"刚才我说的话。"

"我没兴趣。"

岁三冷冷地回答。

他心想，我有兴趣的只是怎样做一个真正的男子汉。新选组是尊王攘夷的集团没错，但是尊王攘夷也有性质的不同。长州藩实行尊王攘夷，目的是制造混乱夺取政权；而亲藩会津藩实行尊王攘夷是为了强化幕府政权，与长州藩完全不同。岁三认为，既然新选组是在会津藩的领导之下，那么就应该对得起会津藩的信任。作为一个男人必须这样。

——本来我就是个尚武之人嘛。

岁三脸上忍不住露出了笑意。

伊东可能觉得岁三的笑容令他不快，便不再开口。酒席变得沉闷起来，聊天也没有再出现高潮。

一年过去了。到了庆应二年。

元月二十七日，近藤再次随同幕府首席使者小笠原壱歧守去艺州广岛和长州谈判。

“又要走吗？”

出发前，岁三问近藤。

“阿岁，我不在的时候就拜托你了。这次我们要进入长州领地，我想亲眼看看长州的现状，和长州人聊聊。如果能和他们毫无保留地聊聊国事，听听他们的想法，我想或许可以判断出是通过武力还是和解的方式来解决天下的这场纷争。”

“这事又不是你说了算。”

岁三心里这样想着，没有说出口。

“伊东也去吧？”

“他是参谋嘛。”近藤说，“当然要带着。”

“参谋？”

“对。”

“我可不知道他是谁的参谋。”

“阿岁，你的话总是这么不留情面。我们是国士，不能永远停留在多摩百姓家儿子的水准上。伊东是个可用之才。虽然他为长州人辩护得多了点，但是你不能否认，以他的仪表学识，可以让我们的存在显得更加重要。”

“让我们显得更重要？”

岁三扑哧一声笑了。

"究竟伊东让我们的什么显得重要了？"

"我们的新选组。"

"近藤师傅，在伊东接触的人中流传着这样一句话，说新选组俨然已入长州帐下。你知道吗？"

"胡说。"

"你所说的重要就是这个意思啰。"

"这就是你的不对了。"近藤说，"阿岁，你总是把事情往坏处想，这样下去可不行啊。"

"没办法，个性使然。我一看到那种不知天高地厚的家伙，心里就来气。"

伊东陪同近藤一起去了长州。这次带去了伊东派的重要人物、监察篠原泰之进。

伊东和篠原到了广岛后，最初一直陪在近藤左右，可是不久，他们暗中和长州的广泽兵助（后来的真臣，与木户孝允齐名，同为维新政府的参议）搭上关系，进入了长州领地。这是长州藩对他们表示出的极大恩惠。

两人频频结交长州藩的激进分子，并互相交换意见。伊东真正做出"讨幕"决定大概就是那个时候。

我们有理由相信这一点。

伊东决定背叛新选组，是因为在这次访问长州时，得到了一个极其重要的秘密情报。

一直以来与长州水火不相容的萨摩藩，是会津藩独一无二的盟友，但它竟与长州藩建立了秘密的攻守同盟关系。

导致幕府历史发生骤变的这次秘密结盟发生在这一年的元月二十日。在土州的坂本龙马的斡旋下，由长州的桂小五郎和萨摩的西乡吉之助两人为代表缔结了同盟关系，地点是位于京都锦小路的萨摩藩邸。

当时，幕府、会津藩和新选组还没有人知道这个情况。

这很正常。为了保守秘密，桂和西乡都只告诉了各自藩里的极小部分人，没有公开。

"只要萨摩和长州联手——"

任谁都会这样想。

"在武力上，幕府断然抵挡不了。"

幕府旗本八万骑软弱无能，一无是处。御三家、御家门和御亲藩的各大名除了会津和桑名，态度都摇摆不定。面对这样的局面，连幕阁要人也都清楚结局将会如何。

正是这样的两大强藩联起手来了。

可以说，就在那个瞬间，幕府已经倒台。遗憾的是，岁三并不知情。

局长近藤也不知道。

只有一个人，参谋伊东甲子太郎知道。

"在京都——"伊东向长州人发誓，"我要建立一支义军，和近藤、土方断绝关系。"

长州人非常高兴。

伊东受到了款待，在长州逗留达五十天之久。

近藤早早就结束了这次广岛之行。这次广岛之行对近藤来说收获也不小，同行的老中小笠原壹歧守长行被这个浪士领袖特有的气质深深吸引住了。

确切地说，壹歧守被感动了。这个奇特的浪士男人为了幕府甚至愿意舍弃一切。

这样的人也许世上仅此一个吧。

"先生——"

壹歧守用这样的敬称来称呼近藤。这位四十五岁的唐津藩主家的世子长着一个大鼻子，看上去比常人软弱得多。他非常喜欢近藤这样的硬汉子，也许他是第一次见到像近藤这样的人。

"像先生这样的人才是国家的栋梁啊。"

他以一种仰慕的口吻赞美近藤。

"受了三百年恩惠的旗本在幕府最困难的时候竟然那样冷漠。让我常常生出悲观情绪。也许有一天，大幕府只能依靠新选组了。"

"怎么样？"壹歧守又说，"不如做将军家的直参。至于身份、俸禄，我会去争取，尽量满足你的要求。"

"啊？"

近藤难以抑制心脏的狂跳。但新选组是一个志同道合者的集体，不是近藤的家臣，大家都是平等的关系。他不能按个人意愿接受这么大的恩惠。

——其他人还好说，伊东甲子太郎和他的那伙人一定会反对的。

他们和近藤经历不同。大部分是脱离了各自藩籍的人，为了完成攘夷的心愿才来到京城。如果让他们重新变回家臣的身份，那么对他们来说，最初就没有脱离藩籍的必要。再说，现在要是成为德川家的家臣，也对不起原来的藩主。

——伊东甲子太郎，这小子是个麻烦。

近藤开始对伊东不满了。

但是，他又无心放弃伊东这个人才。正因为有这个家伙在，近藤才能在和各藩公用方交往时，滔滔不绝地参与到议论中去。新选组已经不是一个简单的豪侠剑客集团，而是已经开始作为一个政治团体让其他藩刮目相看了。

"等我回到队里，和队里的人商量以后，我再接受您的美意。"近藤回答。

回到驻地，他想了好几天。最后，近藤决定和伊东决裂，与岁三商量成为直参的事情。

"这事我已经听说了。"

岁三说。原来，近藤在回京的途中，把这件事透露给了尾形俊太郎。所以现在全队上下人人都知道这事儿。

"阿岁，你这个人真够差劲的。听到这么好的消息，为什么不来找我证实一下？"

"这是好消息吗？"岁三微微一笑，"如果你接受，新选组就会分裂。伊东那一派早就嚷嚷开了。有迹象表明，内海二郎已经派使者去长州找他们的首脑了。难道你不在乎队伍分裂吗？"

"如果为了义，我当然不会在乎。"近藤说，"我不是为了自身的荣华富贵。但是如果作为直参，行动起来会更方便的话，那就是为了国家社稷，也是为了报答朝廷恩宠。"

"哟嗬，最近说辞多起来了嘛。"岁三苦笑，"近藤师傅，我呢，除了让新选组强大起来，别的从来不想。如果成为直参能使队伍强大起来，我当然很乐意接受。"

"阿岁，你从来都只想一件事。真幸福啊。"

"哈哈哈。"

岁三呆呆地盯着近藤的脸。这个"国士"，一个幸遇老中的家伙，最近似乎开始认为搞政治是一件很复杂的事情了。

"是吗？我自己觉得我的思想挺复杂的。"

"不不，你是个不错的人。"近藤爽朗地笑了，"我还想变成你这样的人呢。"

"那是因为你事情太多。"

"是多。"

岁三忍不住笑了。不管怎样，岁三就是喜欢近藤的这种样子。

"不过，话又说回来，"岁三严肃起来，"在成为直参以前，我们还有一些事情需要处理。"

"伊东吗？"

"对。"

岁三点点头。

一旦成为直参，那么新选组就名副其实成了挺幕的一分子，成为天下浪士中唯一举起挺幕旗号的组织了。伊东和他的同伙当然会选择离开。

但是新选组有队规，有法令。究竟是默默看着他们离开，还是把新选组成立以来以队规为绝对法律的原则加于伊东身上呢？

"怎么办？"

岁三问。

近藤也沉默了。过了一会儿，近藤好像压抑着自己的感情似的沮丧地说："就按队规办。因为有这个队规，新选组才走到了今天。只有按队规办，才能保证队伍将来不会演变成一群乌合之众。"

"真不愧是局长。你还没有失去你的原则。"

"我听说——"近藤看着岁三的脸，"你有女人了？"

"你听谁说的？没有。"

岁三很尴尬。事实上，他只去过两趟阿雪家，连手都还没有碰过。

"呵呵，脸红了。真少见。"

近藤轻声笑了。

与兵卫的店

"干掉土方岁三。"

那件事情前后，伊东一派把这件事提到了日程上。

所谓那件事情前后，是指新选组准备放弃京都守卫官预备浪士的身份，成为德川家直参的事情公开的时候。

按照新选组年谱上的说法，是他们在京城迎来第四个秋季的时候。

庆应二年的初秋。

参谋伊东甲子太郎向队里申请外出。

"要去祭拜一下在江户时的伙伴。"

他暗地里悄悄把自己这一派的主要人物叫到城东泉涌寺庙内的小寺院——戒光寺内。

去的人除了伊东的亲弟弟、新选组九番队队长铃木三树三郎和新选组监察筱原泰之进以外，还有伊东的剑术弟子内海二郎、中西登，再加上伊东从江户带来的伙伴、伍长加纳雏雄和服部武雄、监察新井忠雄等人。最后还有一个，是唯一非新选组队员的人。

此人像怀抱柱子似的站在一旁，一言不发。

戒光寺方丈的一室是他们秘密聚会的场所。套廊对面是连接东山山崖的灌木丛生的庭院。

虽然已是初秋时节，阳光依然炙热。

风吹过山崖上的大红叶老树，又吹进了屋里。

"伊东先生，离开新选组吧。我们现在只有这一步棋可走了。除此之外，没有更好的对策。"

筱原泰之进说。维新后，他改名叫秦林亲，走上了仕途。这位久留米浪士不喜欢动脑，不喜欢麻烦。正因为他的这种性格，他一直悠哉活到了明治末年，以八十四岁的高龄离开人世。

"你呀，伊东师傅。"筱原和伊东是一起从江户过来的伙伴，年龄比伊东大七八岁，"还在想着新选组。到了现在这地步，你还在想如何夺取新选组，把它改编成勤王义军。我说的没错吧？"

"我确实是这样想的。"

"你就是想法太多。不错，现在的新选组已经三易其主。最初是清河八郎领衔，后来是芹泽鸭为首，现在又由近藤一派掌握着领导权。第四位领袖就是伊东甲子太郎。"

筱原用铁扇啪嗒啪嗒敲打着脖颈。

"可是事情会像你想的那么顺利吗？现在的新选组里可还有一个箍桶匠在。"

"箍桶匠？"

"就是土方啰。那小子在武州的时候听说是卖药的，我看他更像是箍桶的。噼里啪啦把木板刨好削整齐，在木桶上把箍捆得紧紧的，就算扔进一块大石头也不会松开。"

"筱原君，你观察得很细呀。"

伊东甲子太郎微笑道。

"那就把这个箍桶匠——"

"干掉？"

"对。"

伊东点点头。

"只要干掉土方，近藤就好对付了。只要我们好好加以诱导，他会和我们一起勤王的。我随他一起去过几个诸侯国，我太了解他了。对他我有十足的信心。那个人对政治、对思想非常着迷。我一定可以让他改变立场的。"

"这么说来，问题就在箍桶匠身上啰？"

筱原哧哧地笑。

"他可不太好对付。"

啪的一声，铁扇又拍上了脖子。一只秋天的苍蝇轻飘飘地落到他的膝盖上。

"筱原君，我可没说让你去对付他。"伊东说。

"难道要大家一起上？"

"就这件事儿，想跟大家商量个办法。"

"要杀他，最好单打独斗。"

筱原捡起死苍蝇，走到套廊，扔了出去。

"伊东师傅，这事只能一个人去做，否则难免会暴露。一旦暴露，势必会引起新的麻烦。近藤那小子很傻，所以会比常人更激愤，他一定会发誓报仇。那样一来，把他拉拢过来勤王的设想也就泡汤了。"

"这是个问题。"

伊东看了一眼套廊上的柱子。

那儿站着一个不是新选组队员的男人。

他正在抽烟。焦黄色的皮肤在院子透进来的阳光映照下，像爬满了青苔似的，看上去青黄斑驳。

他的嘴唇很薄，右侧鼻翼上的法令纹一直延伸到嘴角。

六年过去了。

这个男人也老了。

他就是武州八王子甲源一刀流道场曾经的助教七里研之助。

他曾经进出长州、萨摩藩邸，现在是京城一名勤王浪士。伊东甲子太郎能和萨摩的中村半次郎（桐野利秋）结盟，中间也有七里的功劳——是他从中撮合的。

"实际上，"伊东说，"七里师傅说过要联合浪士杀掉土方。七里师傅说，如果由我们来动手，事情一定会暴露，所以他说他愿意替我们完成此事。我们在这件事情上的确很无能。如果七里师傅出面帮忙，以后的工作就容易开展了。我们可以轻易拉拢近藤，把队伍改编成勤王义军。"

"不过七里师傅，你怎么把那个小心谨慎的箍桶匠诱出来呢？"

筱原看着套廊那边。

逆光中，七里研之助站在那里。嘭，七里用烟袋锅磕了一下竹筒。

"那小子的个性我很了解。我们是老相识了。"

说话声音非常小。

"看来你们有宿怨。"

"没有，我这都是为了皇国。为了使新选组成为倒幕义军，这点危险算不得什么。只要解决掉你说的那个箍桶匠，新选组的箍就会轻轻松松打开的。"

第二天，伊东甲子太郎带着心腹新井忠雄去了尾州名古屋。

"尾州德川家的动静有些微妙。"

去看看那儿的情势是伊东给近藤的一个理由。而此行真正的目的是去和尾州藩的勤王派交换意见。不过，私下他还有一个更重要的目的。

那就是在他离开期间，七里将杀死土方岁三。土方岁三的死一定会使队里闹得不可开交，而伊东可以免受牵连。

"七里师傅，我会在九月二十日以后回京城。这件事就拜托你在我回来之前搞定。"

伊东临走嘱咐七里研之助。

岁三自然是浑然不知。

最近一段时间，近藤一直待在驻地。于是岁三就把内务交给近藤，自己经常去市内巡逻。

他经常轮流带一个队出去。

据说只要岁三出现在京都街头，大街小巷就鸦雀无声，安静异常。

这一天，岁三带着冲田总司的番队，在傍晚时分离开了驻地。

两人在高辻的山王社前看了落日。只见山王社内大银杏树的那一边，晚霞映红了西山上空的云朵，太阳在慢慢地下沉。

"丰玉师傅，想到什么好句子了吗？"冲田调侃他。

"说秋天的句子我可不在行。"

"那四季中，你最擅长哪个季节的题材？"

"春季吧。"

"哦。"冲田装出一副很意外的样子，说，"土方老师原来喜欢春天呀。"

"你有意见？"

"那倒没有。"

"我就是喜欢春天。"

没错。冲田以前抢在手里看的"丰玉俳句帖"中，春天的句子占了多数。

他原以为按这个男人的性格应该喜欢冬天，喜欢那种冷得刺骨的感觉。

"听说喜欢春天的人总是把希望寄托在明天。"

"是吗？"

一队人沿东洞院向北走去。

从这里到六角的一段路上，聚集着许多藩的在京藩邸。有水口藩、艺州广岛藩、萨摩藩、忍藩和伊予松山藩等。

这一带的藩士在路上遇到新选组巡察也会悄悄避开。

来到蛸药师一角的时候，所有队员都点亮了灯笼。

"总司，我想一个人去那边遛遛。咱们就在这里分手吧。"

冲田没有问他要去哪里。

冲田隐隐觉察到岁三可能去的地方是哪里。

"那你可要小心。"

"哦。"

岁三向西走在蛸药师大路上。

他要去那个女人的家,阿雪的家。

女人在家。她好像在等岁三似的,脸上淡淡地化了妆。

"正好到这附近,就过来了——"

岁三的目光避开女人的脸说。这个男人还从来没有这样羞怯过。

"会打扰你吗?"

"不会。进来吧。我这就给你沏茶。"

岁三来这里已经有七八次了,阿雪对他的态度已经相当随意。

但是,岁三从来不敢对阿雪有非分之想,连她的手都不敢碰。这很不像平日里的他,但他就是不愿意对阿雪做出这样的举动。

他总是说一些家长里短的家常话就回去。

聊江户的事,聊小时候的事,聊义太夫净琉璃,聊京都市井。

岁三在阿雪面前变得特别饶舌。近藤或是冲田如果看到这时候的岁三,大概会以为这是另外一个人。

每次说起小时候的事情,简直没完没了。

阿雪是个聪明的倾听者。她会时不时地点头,发出轻轻的、好听的笑声,有时还会很有礼貌地插几句。

岁三说话非常投入,特别是说到往事的时候,更是热情高涨。

他很想对阿雪说一说自己这一代人的故事。

"我母亲在我三岁的时候就死了。"

在旁人听来,这话题实在太无聊。

"阿雪,你知道武州的高幡不动吗?"

"我听说过这地方。"

"我母亲就是那个村里出来的。听说她特别能喝酒,还遗传给了我姐姐阿信。我姐姐每天晚上都要喝上一两壶。"

"阿信小姐是在替你母亲喝吧？"

"可能她也这样想吧。其实我跟姐夫佐藤彦五郎比跟姐姐还亲近。那时，我经常去日野镇的佐藤家，比待在石田村自己家里的时间还要多。他是日野一带的名主，从他父亲那一代开始就是我们天然理心流的保护人。姐夫彦五郎的剑术水平也达到了免许呢。"

"阿信姐姐呢？"阿雪似乎对姐姐更有兴趣，"长得像你母亲吗？"

"只有喝酒这一点很像。长相和脾气听说都不像。因为当时我太小，完全不记得了。听哥哥和姐姐说，喝酒是这样……"

话说了一半，突然停了下来。

他有一个小小的发现，他很奇怪自己以前怎么就没有注意到。而这个发现在他的心中爆裂开来，惊奇充满了整个胸膛。

"太像这个女人了——"

他终于知道自己为什么一次又一次地来这里见这个女人了。

这个叫阿雪的女人与岁三迄今喜欢过的任何女人都不一样。如果说岁三还是像从前那样，喜欢有身份的女人，那么阿雪绝对不属于能吸引他的这一类型。但是他被深深地吸引住了，原因在这之前连他自己都没搞清楚。

"怎么啦？"

"啊，不，没什么……"

岁三端起面前薄薄的京都产陶制茶杯。

他装出若无其事的样子换了一个话题。

"我特别想当武士。"

"哦？"

"我呢，小时候在自己家的院子里种过箭竹。因为我听说战国时代的武士宅邸里一定种有箭竹，所以我也要这样做，于是就种了。"

他喋喋不休地说着闲话。

岁三这些乱七八糟的话，阿雪像听重要的事情一样时不时地应和一声。

"这个人不是只为说话来的。"阿雪心想,"他是为了寻找另外的自我才来的。"

不是为了聊天,好像是为了确认自己心中的另一种感情。

但是,他另一方面又太喜欢阿雪,喜欢得没有了自我。

——我要找个机会占有她。

每次来这个家的时候都这样想,可是来了以后就变成了没完没了的闲聊,浪费了他本来就宝贵的时间。

那天离开阿雪家的时候,已经过了夜里戌时。

脚一踩到沟盖上,虫子的叫声就停了。

星星挂满了天空。

岁三穿过油小路,来到一处叫越后屋町的一角。

家家户户都关着门窗,但是岁三知道有一家叫与兵卫的卖辣酒和甜酒的店一定还开着。

他走进了这家店。

里面还有客人。

岁三要了一壶甜酒。

"喝甜酒呢?"

声音不是老板与兵卫发出来的,而是坐在黑暗一角的客人发出来的。他一边笑着一边拔出了剑。

岁三在稍远的一张凳子上坐了下来。

"是七里吗?"

声音很沉着。

这个固执的甲源一刀流剑客一定是派了密探,由此得知岁三偶尔会去阿雪家。今晚岁三从阿雪家出来的时候,一定也有七里的密探在跟踪。

由此,七里先一步到与兵卫的店里,监视路上的来往行人。

"居然喝的是甜酒。"

七里从自己的凳子上站起来，走到岁三旁边。

"你要动手吗？"岁三说。

"不。"

七里在岁三对面坐下，把自己的酒壶、酒杯和菜盘放到桌上，说："咱们俩非常有缘分，可是像这样面对面坐下来喝酒好像还是第一次。"

岁三没说话。

"土方，今晚咱们好好聊聊吧。"

"对不起，我没有这雅兴。"

岁三抬起头，甜酒送来了。

"你不愿意吗？我在想咱们俩尽管有缘分，可总是这样你打我我打你的，也不是回事儿。不过既然你不愿意聊我也没办法。你太固执了。"

"固执的人是你吧。在堀川，我可是差点死在你手里。"

"土方，不知道你出生的时候请了哪位神仙，你的命真的很大。但是我讨厌你这样的人，所以咱们必须做一个了断。"

"就两个人吗？"

"你是土方岁三，你也是个男人。男人和男人之间做了断怎么可以找帮手呢？"

"那么你呢？"

"我是七里研之助。虽然很老套，但我可以白纸黑字立下字据。反而是你，我很难相信。"

"我是武士。"

岁三简短地说了一句。是武士，两人之间的恩怨应该一对一来了断。七里研之助好像就等岁三说出这样的话。他点点头。

"我相信你所谓的武士。另找时间恐怕有变，所以就定在今晚、此时。怎么样？"

"地点呢？"岁三说完，马上又补充道，"我来定。接受挑战的一方来定才公平。"

他想到，如果让七里指定地点，说不定又会有陷阱。

"二条河原不会有人来。"

"好。"七里说完，朝里面喊了一声，"老板，备两顶轿子。"

二条河沙洲上的决斗

两顶轿子分别载着岁三和七里,在洒满月光的大街上向东行去。皓月当空。

这是一个再适合决斗不过的月夜。月亮似乎还有一点缺口,所幸天上无云。街上的瓦房在月光照映下,像是披上了一层银色的外衣。

轿子离开后,三个浪士模样的人从这家位于越后屋町的与兵卫店的暗处悄无声息地闪了出来。

他们是七里研之助手下的浪士,显然事先已和七里商量好了。

"老板,刚才那两顶轿子去哪儿了?"

"不知道。"

"不知道?"

"我只管卖酒,不管客人的去向。"

京都人也不全是吃素的。一旦强硬起来,也是软硬不吃的。

唰,一人拔出了剑。

他不是在威胁。他的眼睛已经充血。这些人平时在大街上胡作非为惯了,多半会动真格。

京都人又是识时务的。老板见势不妙,心想好汉不吃眼前亏,于是就说出了实情。

"我想起来了,他们去二条河原了。"

"没错吗?"

"错不了。"

"你要是敢说谎,回来我就剁了你。"

"是是。与兵卫不卖谎言,你们放心去吧。"

京都人有时候说话也是很尖酸刻薄的。

浪士中的一人上前对着与兵卫老板一拳打了过去，与兵卫摔倒在地。

——啊，给我去死吧！

与兵卫勃然大怒。别看他现在好像规规矩矩地做着生意，年轻时候也不是什么良善之辈。他赌过钱，坐过牢，还当过捕吏的爪牙。

等他爬起来追到外面，已经不见浪士的身影。

与兵卫因为年轻时候的经历，目光一向很敏锐，一眼就能看出对方的身份。刚才进来的那位客人多半是新选组的人，而且是让京城浪士胆战心惊的土方岁三。

——那些臭浪士要杀土方。

京都人少有爱多管闲事的。与兵卫老板本来也是如此，但是刚才那一拳让他怒气横生，发誓非报此仇不可。

于是，他向花昌町跑去。他要去报告新选组，尽管路途有半里之遥。

岁三走下二条河堤。

"今晚月色不错。"

月亮照在眼前的鸭川河上，浅滩闪闪发光。河对岸零星坐落着几栋房屋，此时灯已经全熄了。

当时，二条桥不像三条那样是座大桥。所谓的桥只是连接鸭川河沙洲的一块既无栏杆也无扶手的木板而已。从沙洲到对岸还有另外一座桥。两桥之间的沙洲上长满了芦苇和秋草。

岁三和七里走上沙洲。每踏下去一步，脚下草丛里的虫鸣声就为之一顿。

"七里，拔剑吧。"岁三揪了一根草含在嘴里。

"哦，这就开始吗？"七里不急不躁，大概是在等待同伙的到来，

"土方，何必急着去冥府报到。还是让我先听听你要留些什么话给老家吧……不对，是给那个人。"

"哦，你是说阿雪？"岁三抢先说出了那个人是谁。

"是啊是啊。那可是个好女人。难道你没有什么话要留给她吗？"

"谢谢你的好心。"

岁三嚼着草，仔细听着不知从哪里传来的金铃子的叫声。

"土方，提醒你一句。我已经不是武州八王子时候的七里了，如今我是京城公认的杀人王研之助。我杀过二十多个人了，其中新选组的有七个，见回组的有两个。"

"你有种。"

这阵子经常有队员在市区被杀，很有可能就是七里一伙人所为。

突然，岁三听到远处传来了木板桥嘎吱嘎吱的声音，河的东西两岸都有人影在晃动，有七八个的样子。

"不好，土方。有人来了。"

距离岁三七八间的草丛里，七里研之助故意提高了嗓门说。

"哎，好像是有人来了。"

岁三敏捷地脱掉外褂。直觉告诉精通打斗的岁三，那些是七里的人。如果不能在他们到达之前杀死七里，自己将难有胜算。

岁三撩起裙裤两边，用剑鞘的绦带吊起衣袖带子，一个箭步冲了出去。

"七里，看剑。"

岁三的剑出鞘了，是他形影不离的和泉守兼定。

短刀是堀川国广。

唰，七里所在的草丛中闪过一道淡淡的光，七里的剑也出鞘了。

七里采用了上段位的架势。

岁三使的是他常用的平星眼招数，和近藤、冲田一样偏右。但岁三偏得最厉害，左手侧几乎毫无遮拦。

七里在等待时机。

这时，来人已经分别走过东西两座桥，在沙洲中围在七里左右。

大家默默地同时抽剑。

——不好。

岁三自责不已，自己还是个不错的谋士，居然被七里那貌似朴实的计策骗了。

是武士。

就你和我——

七里是这样说的。他的确太了解岁三的个性了。只要说是武士，这位争强好胜、平民出身的武士土方岁三一定会上钩。

——看来我不该讥笑近藤。

岁三很懊恼。直怪自己太不谨慎。

——这是武士间的约定。

这种话居然出自上州平民出身的剑客七里研之助和武州好斗大王自己的嘴里，这不是太滑稽了吗？

武士的约定算什么。岁三心想，那不过是三百年来，尸位素餐、一无是处的门阀武士的口头禅，是儒教式的、编造出来的所谓的德川武士道。绝不是自己，也不是七里或长州激进分子这样处在乱世中的人应该扛的神舆。

岁三的身后是浅滩。

沙洲上连一棵可以用来遮挡的树也没有。

——这就是我生命的最后一晚了吗？

当然，无论何时，只要有战斗，岁三都会有这样的觉悟。除非性命相搏，没有其他可以取胜的办法。

七里的剑长二尺七寸。

剑指向空中，影子落在地上和脚下。这是一个防御的架势。

七里还在等待时机。他的同伙们已经掣剑在手，一步步地在逼近。

他们想把岁三逼到浅滩边上。

"喂——"七里笑道，"在武州你让我吃了不少苦头。不过，看样子今晚可以有个了断了。"

"……"

岁三一言不发。对手步步紧逼，岁三未曾退后半步。此时，他只能随机应变。没有足够勇气的人，做不到像他这样。

依然是平星眼的招数。

"土方，如果你消失了，京城就会安静了吧？"

"少废话。"岁三厉声喝道，只是声音有点嘶哑，汗水从额头滑落到脸颊上。

七里——

还是上段位的架势。

经历了武州以来的几次交手，七里已经熟知岁三的剑术习惯。对付这个人，只要用一些小招数就可以取胜。他的左手因为习惯而完全暴露在外。

"……"

七里用气势引诱岁三。

岁三一动不动。

七里向前冲了过去。剑像电光似的从头顶向着岁三的左手劈了下去。

就在七里的剑落下来的一刹那，岁三握着剑柄的双手突然向左斜方一翻，让出了身体的右侧。整套动作一气呵成。

咔。

和泉守兼定的剑背接住了七里自上而下的剑势，火花四溅。七里的剑弹了出去，人也趔趄了一下。

而岁三的和泉守兼定在空中划过一道长长的弧线，把七里研之助的脑袋从头顶到下巴一劈两半。

尸体倒下之前,岁三已经向前跳了三间的距离。

刺中了一个人的身体。

又斜斜劈向另一个人的右肩。

岁三一直向前跑去。

前面就是木板桥。

到了木板桥上,他必须守住左右,否则再没有任何办法可以从如此险恶的境地中脱身。

与兵卫老板来到花昌町的新选组驻地,告诉了门卫土方眼下的处境。

门卫立即报告了一番队队长冲田总司。

冲田这天巡察完市区回到驻地,感觉身体有些发热,所以没脱裙裤就躺下了。听到门卫的报告,他一跃而起。

"一番队队员,马上跟我走。目标二条河原。"

话音未落,人已经冲到院子里的马棚。

队里养了几匹马,有两匹是近藤专用的,其中的一匹白马是会津侯送的,近藤视若珍宝。

"开门,快开门。"

冲田一边喊一边备鞍,手脚并用地系好腹带。这是他第一次未经许可,擅自用马。

一跃上马。马鞭一挥,"驾"的一声,正门还没有完全打开就冲了出去。

路上很亮。

沿着堀川河一路向北,到二条街的一个十字路口向东拐的时候,两只袖子系好了。路过西洞院、釜座、新町和衣棚的时候,头巾也扎好了。

岁三终于挪到了木板桥的东端。

但是对方已经识破他的用意，早在木板桥上布置了两个人，前面的沙洲上有三个人。

七里的同伙看样子都是经过精心挑选的，很是难缠。不仅武功高得可怕，而且绝不退让一步。

岁三突然转了个身，乘着转身的惯性，手中的剑挥向了桥上的一个敌人，只听到一声闷响，剑没有刺进敌人的身体。估计是剑刃已经变钝了。

迅速收剑。

趁机从沙洲杀过来的一个敌人，身体完全敞开着，飞溅起鲜血掉进水里冲走了。

岁三拔出了堀川国广。

根据打群架的经验，他选用了近二尺长的短刀。

这种刀攻击对方脸部的效果并不好，过于冒险。

沙洲那边又有一人踏上了木板桥。嘎吱嘎吱，向前走了两三步，突然刺杀过来。

岁三退后半步，咔的一声，刀扛在了左肩上。

他的架势实在太奇怪，对方犹豫了一下。就在这一瞬间，岁三一跃而起，砍下了他的右手。

冲田总司的马就在这时冲上了河堤。

他跳下马背，放开马，一边从河堤上跑下来，一边用他少有的尖叫声喊着："土方老师！"

"……"

岁三没法应声。因为他选用了短刀，此时已经非常被动。

冲田一到桥上，就一剑把岁三背后的男人打下了河。

"是总司吗？"终于听到岁三开口了。

"是我。"

冲田侧身闪过岁三的身边，手臂一伸，漂亮地刺中了岁三前面的敌人。对方一声没吭就倒了下去。

余下的人四散逃窜。

"来了几个人？"冲田一边环视周围一边收剑。

"没数。今晚我也有些走神了。"

"杀了不少。"

冲田在沙洲上数着尸体。

冲田经过之处，有一个人在他的脚下微微动了一下。

岁三倒吸一口凉气，而冲田毫无戒备地在那人身边蹲了下去。

"你还活着呀。"好像站在路边和人聊天一样，冲田慢吞吞地问，"伤得怎么样？"

冲田从怀里掏出蜡烛，用打火石点亮。

此人左肩上有一个伤口。不过可能是因为岁三的剑钝了，伤口并不深。之所以会昏过去，大概是因为岁三那一击的力量太大了。

"还有救——"

冲田脱去男人的一只袖子，在伤口上撒了些止血药，又从旁边尸体的裙裤上撕下布条，把伤口包扎了起来。

冲田让伤者在草地上原样躺着，自己走了。不知道是不是去叫医生，反正他过了木板桥向西去了。

岁三躺在沙洲的地上。他太累了，站不起来了。

——这小子真是多管闲事。

他觉得冲田多此一举。

——这小子大概因为自己身体不好，才更容易怜悯别人吧。

岁三翻了一个身，探头喝了几口浅滩上的水。

水缓缓流过他的面孔，让他清醒了许多。岁三抬起了头。

受伤的人说话了。

"谢谢。"

声音嘶哑。

——跟我没关系。

岁三不会同情别人。他认为自己有一天也会这样。而且，就在刚才，要是运气差那么一点点，说不定已经躺在这个男人的身边了。而七里一伙别说照顾，大概早就一剑要了自己的命。

他还会在市内某个地方将自己枭首示众。

——不关我的事。

岁三心里这样想着，却还是蹭到了伤者的身边。

岁三的眼睛在夜里也很好使。

那人睁着眼睛。岁三一看就知道他精神不错。

"我是土方岁三。"

那人点了点头。

"你傻了吗？我是土方岁三，是打伤你的人。给你包扎的是冲田，我的朋友。你不需要谢我。"

"土方先生，"那人看着夜空中的星星，说，"你和传说中的一样，很强大。我真不该来。都怪七里说你没什么了不起的，我才跟着来的。他来找我的时候，我留在相好家就好了。"

"相好？她叫什么？"岁三漫不经心地问。

"叫佐绘。"

"啊？"岁三倒吸了一口气。

"这个女人的心像冰做的一样，总是冷冰冰的。可是我忘不了她呀，土方先生。"

"哦？"

"你们刚救了我，不会又把我杀了吧。我真想再见她一面啊。"

"架已经打完了。我是不会对一个受伤的人出手的。冲田这会儿叫医生去了。"

"真的？"

他想坐起来。大概是太高兴了。

这个人是越后浪士，名叫笠间喜十郎。冲田好心地叫来医生给他疗伤。可是因为伤口恶化，第十天的时候，他在二条御幸町的医生家里死去。

死前，他揭发说："这次暗杀土方先生的幕后指使是新选组的参谋伊东甲子太郎。"

此人的证言成了怀疑伊东的关键性证据。

菊章旗

这一天——

也就是这年（庆应二年）的九月二十六日。一早，岁三在花昌町驻地的走廊上，和参谋伊东甲子太郎擦肩而过。

"嗨。"

伊东显得比以前热情许多。

从名古屋回来已经有几天了。

伊东抬头看了看屋檐外面的天空。

"天色放晴了。"

"是啊。"

岁三板着脸。他已经掌握了确凿的证据，证明七里研之助等刺客在二条河原暗杀自己的幕后指使就是伊东。

岁三没有对外讲，他只告诉了近藤一个人。

因为他担心队员人心不稳。

"丰玉师傅，"伊东用雅号称呼岁三，大概是从别人那里听说的，"这个季节写和歌不错。最近有什么雅作？"

"没什么，都是些乱七八糟的句子。"

"我写和歌了。昨晚坐在灯前，思潮涌动，就写了一首。你想听吗？"

"洗耳恭听。"

伊东甲子太郎面向庭院，身体靠在栏杆上。皮肤好像黑了些，大概是路上曝晒所致。但依然不失为一张清秀的脸庞。

乱世之中应有为，

粉身碎骨又何妨。

"怎么样？"

"不错。"

岁三还是冷冰冰的样子。这首和歌表达的是要在乱发缠绕似的乱世中挺身而出，为了国家社稷，粉身碎骨又有何妨，里面饱含了伊东作为一名志士的决心。岁三品出了和歌的内涵，也明白伊东的愿望。但是想到"有为"一词的背后，可能包含除掉自己的愿望，岁三实在没办法喜欢这首和歌。

"土方先生，高雄（赏红叶的名胜）、岚山峡谷的枫树已经红了吧？"

"可能吧。"

"找机会放松一下，去城外做一次吟歌之旅怎么样？我陪你去。"

"好主意。"

"近藤先生偶尔也应该出去游逛游逛。你看咱们什么时候去？"

"这个，是好主意。不过——"

高雄和岚山峡谷都是不错的赏红叶的地方，是个好主意，但是岁三有些顾虑。伊东会不会在那儿设下埋伏，趁机干掉自己呢？要真是这样，那可就不是简单的赏红叶了。

"让我想想。"

岁三刚要走开，背后又传来了伊东的叫声。

"哦，对了，土方先生。"好像突然想起来似的，他问，"今晚你有空吗？"

"什么事？要吟歌吗？"

"不是。我有事和你商量。"

——狐狸尾巴到底还是露出来了。

岁三心想。

"商量什么？"

"到时候再和你说。我现在就去找近藤先生，跟他也说一声。地点最好不要在花街柳巷。"

"要不要去兴正寺的那个居所？"

那是近藤的住处，住着大坂新町的妓女深雪大夫。

"可以。你看几点合适？"

"哦。"

岁三从怀里取出怀表。这是新近弄到手的法国货，在岁三硕大的手掌上，几根细长的针如常转动着。

"五点钟怎么样？"

岁三微微笑了一下。不是对伊东微笑，而是对着手中的怀表。

伊东感到有些不快。

也不是对土方不满，而是因为岁三手中的怀表。身为极端的攘夷论者，伊东认为像怀表这样的洋玩意儿，看一眼都会弄脏眼睛。

岁三比约定的时间早一个小时去了近藤家。

近藤这天又去了二条城。从二条城下来后没有去驻地，直接回家了。

"阿岁，你说会是什么事呢？"

"是关于离队的事吧。他们终于忍不住了。"

岁三坐了下来。

近藤的女人端来了茶水。

这个女人的长相在京都、大坂一带很常见。皮色白皙，眉毛很细，两颊有点下坠，牙齿很大。关东人近藤大概就喜欢这样的特征，但是岁三不喜欢这样的女人。

——江户女人虽然肤色较黑，脖子也显得短粗，而且脸上还可能有雀斑,但是看上去比关西人清爽多了。

他突然想到了阿雪。

"您来啦。"

近藤的女人轻轻低头行了个礼。声音很含糊,女人味儿十足。岁三听不得这样说话。

女人退下了。

"我们和伊东之间是武士之间的约定。我不能接受他们要脱离队伍。"

"我也不知道是什么事。反正我差点儿就死在他们手里了。"

"这事我听说了。"

近藤表现得非常冷淡,也许他无论如何也不愿意相信伊东和七里研之助有勾结。

过了一会儿,本愿寺传来了钟声,五点到了。

玄关处传来嘈杂的声音。

"哟,来人还不少呢。"

近藤推测外面的情形。

"好像是。"

"阿岁,不会是来这里杀我们的吧?"

"你会被杀吗?"

"啊哈哈哈,没错。近藤、土方是不会轻易被杀的。"

"打搅了。"

伊东甲子太郎拉开了拉门。

紧跟在他后面的是筱原泰之进。

伊东的亲弟弟、九番队队长铃木三树三郎和监察新井忠雄也紧随其后。这两人论剑术在新选组可是数一数二的高手。

再后面是伍长加纳雕雄、监察毛内有之介(监物)和伍长富山弥兵卫。

"就你们几个人？"

近藤正说着，门口又闪进一个人，令他大感意外。

是八番队队长藤堂平助。

——啊，这小子也……

近藤和岁三的脸上同时闪过一丝惊讶。

藤堂一直表现得非常好，很受大家的喜欢。近藤和岁三也都把他当成自己人一样亲密，因为他是江户结盟以来的伙伴。虽然藤堂的流派是千叶门的北辰一刀流，但是他很早就去近藤的道场做了食客。

听闻幕府招募浪士的消息后，他和已死去的山南敬助告知并积极促成近藤和岁三加盟了浪士组。

他们俩都是北辰一刀流出身。

但是，伊东甲子太郎也是北辰一刀流出身。

——原来同门意识可以强到这种程度。

岁三心想。

其实，藤堂平助早就有他自己的想法了。在新选组，核心成员是近藤、土方、冲田和井上（源三郎），他们都是天然理心流的同门，气味相投，自成一体。对他们来说，非同门的都是外人。这难道也叫平等的伙伴关系吗？

——我要让你们知道我是谁。

自称是藤堂侯私生子的江户人平助无法接受这样的冷遇。

很早以前，他就向同门师兄山南敬助表示过他的不满，山南也有同感。

——我终归做不到和他们生死与共。

山南等人说过这样的话。也难怪，山南本来就有很强烈的勤王意愿，他对幕府始终持批判的态度。

因为这是千叶门的门风。藤堂平助本来就有门风的教化，对新选组的做法有意见，又受到山南的影响，于是他对新选组的不满越来越强烈，甚至回江户说服同门前辈伊东甲子太郎进京，共图勤王攘夷。

关于今天的事，当初在藤堂和伊东之间曾经有过秘密约定。只是中间由于山南未能成功出逃而被迫切腹自尽，计划一度受挫。如果那时山南顺利回到江户的话，根据计划，他会在江户召集志同道合者，然后东西呼应。这样一来，此时伊东手下应该已经有一个强有力的新组织了。

近藤和岁三都没有看出藤堂平助还有这样的野心。对这个年轻人，他们都看走了眼。

平时的平助很俏皮，完全不像一个武士，说他是在江户深川的木场里唱搬运号子的人似乎更适合。

所以，没有人不喜欢他。

然而，也没有人想到他是一个有如此心机的人，会和伊东勾结在一起。现在看来，大家都被他的表象迷惑了。没想到他的城府竟有如此之深，没想到他竟心怀叵测。

"真没想到。"岁三又露出了一副不解的神情，"真是时势造人啊。连看上去最不可能的人也被时势左右了。"

幕府的威望一天天地在下降。天下的志士人人都在辱骂幕府，谈论讨幕。形势已然如此。连平时整天嘻嘻哈哈、看似无忧无虑的藤堂平助也变了。

"平助，你——"近藤笑言，"和伊东是同一件事吗？"

"是的。"

藤堂挠挠头。这是他的习惯动作，这个动作又让人觉得他其实是个天真无邪的人。

"各位，请随便坐。"

近藤最近学得很圆滑，很会应酬了。大概是和各藩公用方在祇园等地饮酒喝茶时学的吧。

"好吧，伊东先生，我来听听是什么事儿。"

"好。今天我要敞开心扉、毫无保留地和你们谈谈天下大事，讨论队伍今后的走向。话可能会有些偏激，希望二位谅解。"

"请吧。"近藤强笑。

"土方先生也没意见吧？"

"哦，可以。"岁三答道。

随后伊东谈论了当前的天下形势，又以中国为例说明了外国的野心。

"幕府已经弱不禁风，我们不能再指望幕府来捍卫我们的国家了。如果幕府再不把政权奉还朝廷，一统日本，一致对外，用不了多久，日本就会像中国的清政府一样吃苦头的。新选组最初结盟的宗旨是攘夷。但是现在社会上传得沸沸扬扬，说新选组已经堕落成幕府的爪牙了。这还不算，最近还听说新选组要被提拔为幕臣。我不相信。这不是事实。近藤先生，你说呢？"

"……"

"是不是？"

"我也听到这种传言了。"

近藤有点心虚，他很不情愿地应了一句。

今天去二条城的时候也说到了这件事。当时近藤说要听听伊东派的意向，所以还没有明确答复。

"只是传言吗？"

"这个嘛——"

"算了，现在我不想讨论这个。现在的问题是新选组的将来。新选组能不能作为天皇所信赖的队伍，作为攘夷先锋冲锋陷阵？"

近藤坚持挺幕论。

"在下非常崇敬天皇。"

近藤首先表态，但是不能因此说他会成为绝对尊王主义者。尊王论在当时是普遍的概念，别说是读书阶级的武士，就连医生、僧侣、村长及百姓心中都有勤王思想。它不算是政治理念。

"而且，我始终坚持攘夷的初衷。"

这也理所当然。在当时，提倡开国论的人是非常前卫的，在国人看来，他们不是怪物就是国贼。

"但是，伊东先生，"随后要说的才是近藤的重点，"兵权可是掌握在关东啊。"

"这个——"

"自东照大权现（家康）以来，兵权一直是由征夷大将军掌握的。这也是天皇的敕令。所以，只有统率三百诸侯的德川幕府才是攘夷的核心力量。而且据我所知，连法国皇帝都承认这一点。"

"哈哈哈，法国皇帝也承认。"

伊东很吃惊。首先从抬出法国皇帝这一点来看，明摆着近藤不是真正的攘夷主义者。这和幕府一步步对外开放的外交政策不正好如出一辙吗？

"土方先生，"伊东慢慢地把视线转向土方，"你怎么想？"

"一样。"土方不耐烦似的答了一句。

"什么一样？"

"和坐在这里的近藤一样。"

"那就是挺幕啰？"

"我不知道什么是挺幕。我只是一个平民百姓家的孩子，尽管如此，现在，我只想不管是生是死，都要像个真正的武士一样去战斗。社会的变迁、时局的变化跟我没有关系。"

"那就是说你要为幕府效力了。对吧？"

"对。"岁三的回答非常简短。

此后他再也没有开口说话，像这样谈论时势、谈论思想他并不擅长。

夜深了。

双方依然各持己见，于是暂时休战。

第二天早上，为了进行最后一轮谈判，伊东甲子太郎和筱原泰之进又到兴正寺内的近藤住处与近藤、岁三见面了。

"二位，"直性子的筱原眼睛都直了，"你们差不多该清醒了。如果今天二位还不醒悟的话，我们可就把队伍拉走，另起炉灶了。"

——筱原泰之进（维新后叫秦林亲）留下了当晚的日记。

"次日二十七日夜，吾辈（吾派）再次登门。若他们依然不从，则要他们身首异处。"

他们原打算在那里杀死近藤和土方，但是由于对方说话无隙可乘，伊东一派认为动手的时机尚不成熟。

"（我）满怀激情，与对方辩论。而他们（近藤·土方）不了解德川弊政，不懂勤王的意义，只知用武力来阻止我们。"

他们原打算先了解近藤和岁三的真正想法，然后由伊东用他的雄辩口才，逼迫二人屈服。

"最终的目的是让他们落入我们的圈套，接受我们另起炉灶的想法。"

那么，近藤和岁三是否接受了呢？

不管当时的情形如何，后来这两派人还是分道扬镳，各行其道了。

话虽如此，伊东等人并没有马上离开新选组。在与近藤和土方谈判过后，他们在驻地还住了一段时间。

这期间，军心发生了极大的动摇，队员一个接一个地倒向伊东派。

夜幕降临后，岁三悄悄问近藤有什么打算。近藤没有回答，只是用手敲了敲爱剑长曾弥虎彻的剑柄。

岁三点点头，笑了。

若以筱原的日记风格描写此时二人的对白，那就是："没有语言只有剑。"

新选组一共有十个番队，其中八番队和九番队队长原是藤堂和铃木，二人已经辞去队长之职。但就在伊东、筱原等人发布脱离新选组的声明后的第三天，出乎意料的变故发生了。和伊东派相处并不亲近的武田观柳斋独自离开了新选组。

伊东与萨摩藩的关系非常密切，他们提出脱离新选组的原因之一也是因为勾搭上了萨摩藩。武田也在私底下与萨摩藩沆瀣一气。

"武田君，听说你最近经常出入萨摩藩邸，鉴于目前的局势，这是好事。不如你去投奔他们吧。"

近藤召集队里的首领，为武田举行了送别会，并在晚上把他送出驻地大门。

在两名队员的护送下，武田观柳斋离开了花昌町。

斋藤一就在其列。

这天晚上，就在武田走到竹田街上的钱取桥时，斋藤一快如闪电般地一剑刺向武田，武田当场死亡。

——离开只有死路一条。

队规依然有效。

武田观柳斋的死是近藤和岁三对伊东派的无声回答，也是战斗的宣言。

这一年年底，孝明天皇驾崩。

第二年，即庆应三年三月十日，伊东派奉命做了御陵卫士。他们在高台寺扬起了菊花纹章，以此作为他们的大本营。

队名听上去让人备感亲切，却是勤王派新选组。

——战斗就要开始了。

这天，岁三磨好了和泉守兼定。

和阿雪在一起

六月的一天,天空下着雨。

岁三坐在阿雪家的套廊上,出神地看着庭院里的紫阳花。

"今年的梅雨季可真长。"

他自言自语道,心想,伊东甲子太郎一伙人说不定也在东山高台寺上看这场雨吧。

"……"

背后,阿雪好像抬起了头。

但是她什么都没说,只是把目光投到了手中的针尖上。

他知道她在缝衣服,也知道她膝盖上的衣服是为自己缝的,上面有左三巴纹饰。只是阿雪从来没有对岁三提到过这件衣服。

"有意思。"

岁三心想。

两个人在一个下雨天里,在同一个屋檐下,就这样静静地待在一起。岁三忽然觉得自己和她好像是一对已经在一起度过了漫长岁月的夫妻。

但是他和阿雪之间什么也没发生过。岁三不愿意这样做。

他很清楚,一旦自己占有女人,随之而来的那种寂寞感会比常人强烈无数倍。所以迄今为止,岁三的恋爱结局都是不幸的,不,他的恋爱甚至还称不上是恋爱。

"像我这样的男人,只有静静地和女人待在一起,看着她,才算是真正恋爱。"

庭院只有三坪[1]大小。

这是阿雪租住在市区的房子，旁边是围墙，围墙的另一面又是一家人。

"紫阳花很适合种在这种小庭院里。"

他并不是在说庭院太小。

"是吗？"阿雪咬断手中的线，"我娘家是江户定州的步卒，给我找的婆家和我家门当户对，也是步卒。所以说到庭院，我只知道这样的小庭院。我娘家也好，婆家也好，庭院里都种紫阳花。"

"哦，怪不得阿雪画的画儿也都是紫阳花。"

"是啊，怎么画也画不厌。"

阿雪肩膀抖了一下，像是在笑。因为没有出声，所以背对着她的岁三并不知道。

"你丈夫也喜欢紫阳花吗？"

岁三的心里有一丝淡淡的醋意。

"不。"阿雪没有抬头，她说，"我不知道他是喜欢还是讨厌……也许到死他也没有注意过自己家的庭院里还种着紫阳花。"

"这么说，这花跟他没关系？"

"是啊。不光是这花，我的画也是——"

"没关系？"

"嗯。"

阿雪的声音很小。

阿雪和她的亡夫结婚后在一起生活的时间似乎并不长。那么，他们互相了解对方吗？

岁三看着雨，脑子里天马行空地想象着阿雪和她丈夫之间的关系。

1　土地或建筑的面积单位。1坪约等于3.3平方米。

"你丈夫是个什么样的人？"

岁三知道自己不该问这种愚蠢的问题，但还是说出了口。岁三预感到阿雪会很不愿意提及她的亡夫。果不其然，阿雪语气生硬地答了一句："好人。"

这就是阿雪的为人。就算生前有诸多不满，在他死后也绝不会说他的不好。

"是吧。因为我没结过婚，没娶过妻子，所以没有体会。结婚好像也不错。"

"……"

阿雪没有理他。

"我哥哥说过——"岁三又说起了老家的事情，"说他老婆能读懂他的脚底板。午睡时，只要看一眼他的脚底板，就知道他大概是想喝水了，看一眼他的脚底板，就知道他此时正为着什么事生气等等。"

"哦。"

阿雪终于笑出声了。

"你说的是为三郎哥哥吗？还是已经去世的隼人殿下？"

"都不是，是小哥哥，叫大作。"

"哦，是在下染屋（都下府中市）当医生的哥哥。"

阿雪对岁三的家人、兄弟姐妹的情况已经了如指掌。他的小哥哥叫大作，比岁三大六岁，在下染屋村一个叫粗谷仙良的医生家里做义子，改名叫良循。

他是一个非常出色的剑客，可惜做了医生。从小他就在近藤的养父周斋那里学剑，已经达到了目录的水平。

同时大作也很有诗才。他的笔名有玉洲、修斋，创作过的诗有山阳的风格。不仅如此，他还是个书法家，字写得很豪放，颇受附近有钱人的青睐，曾经有人上门请他在隔扇上题字。他家的附近，现在还能找到良循留下来的一些书法。

"他是个豪杰，当医生实在是可惜了。可是他害怕打雷。一听到打雷声，就会紧张，慌里慌张地端起大碗，大口大口地喝酒，然后蒙头大睡。下染屋村的人笑话他，说良循的呼噜声比雷声还大。"

"既然为三郎哥哥和这位哥哥都那么有诗才，土方阁下也一定差不了。"

"别开玩笑了。"

岁三脸红了。他很清楚自己写的俳句蹩脚得要命。如果非要他把那些东西拿到台面上来，他会感觉非常难堪。

"我也就会写一些垃圾似的句子。我这人既没有诗情也没有诗才，有的只是满腔热血。我不会用华丽的辞藻作诗，我只会用自己与众不同的行动来作诗。"

"那也是诗人啊。用自己唯一的生命写下唯一的一首诗歌。"

"聚集在京城的浪士，大概也是这样吧。"

"新选组也是吗？"

"是吧。但我不太清楚。"

"我听说参谋伊东甲子太郎阁下带走了很多队员，组建了一支保卫天皇的队伍。"

"你怎么知道？"

"城里人都在议论。而且……"阿雪停下手，低声说，"我还听说，土方阁下你也出息了。"

"你是指做幕臣吧？"

岁三背对着阿雪，语气中带着一丝不快。

因为形势所趋，为了旗帜鲜明地表明自己的立场，新选组全体队员同意成为幕臣。

这件事情在几天前已经正式公布。那一天是庆应三年六月十日。

局长近藤勇被封为大御番组头领，副长岁三为大御番组副头领。

根据旗本的职位制，他们的地位已经相当显赫。近藤的大御番组头领相当于将军近卫队的总长,岁三的大御番组副头领则相当于近卫队的队长。

新选组助勤(士官)全体被封为大御番组,与助勤平级的监察分别受封为大御番并。普通队员则享受御目见得以下的待遇。如果生逢其时,他们可是天下的直参,各藩藩士在他们眼里只能算是陪臣。

"其实和以前没什么两样。"

岁三稍稍向后退了退身,说。

此时风向变了,雨随着风不断飘进屋檐下的套廊里。

"这场雨过后,恐怕鸭川会很危险。刚才我听说,荒神口的木板桥已经被冲走了。"

"世道也很危险呀。"

阿雪今天好像特别愿意说这些。大概她放心不下岁三。

伊东分裂出去了。

新选组成了捍卫幕府的军队。

御陵卫士成了保卫天皇的军队。

双方已经明确了各自的态度。

不过伊东的部队与其说是御陵卫士,不如说他们是萨摩藩的雇佣兵更合适。萨摩藩早有打算,有朝一日他们要在京都起兵,届时准备让伊东的队伍作为预备队参与进来。

顺便提一句,在京都安置有藩兵的各藩中,以新选组近藤派的靠山会津藩和与此对立的萨摩藩实力最强,兵力最多。

从萨摩藩的立场来看,会津藩有新选组做预备队,他们也要有相同的一支队伍。

所以,把伊东的队伍称作萨摩藩新选组也许更为准确。

伊东的勤王派新选组大本营设在高台寺月真院,其给养由萨摩藩藩邸的厨房、粮站和货站（兵站部）提供。把伊东的队伍拉进来的是曾经和伊东有过亲密交往的萨摩藩士大久保一藏（利通）和中村半次郎（桐野利秋）。他们给伊东提供了极好的待遇，听说一日三餐的花费，每人有八百文。这在当时可是相当奢侈的。

但是像伊东甲子太郎这样的男人，是不会甘心做萨摩藩的手下的。

"天皇的旗本"是他的目标。这是清河八郎曾经设想过的匪夷所思的想法，只是他没来得及实现就死了。

天皇手下没有一兵一卒。家康不允许他拥有军队。在德川体制中，兵权完全由将军和大名来掌握。

伊东甲子太郎希望自己的队伍成为天皇的私人军队，而且已经得到允许，可以使用十六瓣菊花的御用纹饰。挂在大本营月真院门口的帷幔上已经印上了这一纹饰。换句话说，伊东就是天皇的新选组。

"时局还会变的。"岁三说，"还会有意想不到的事情发生。"

"街上都在盛传，说花昌町（新选组）和高台寺（御陵卫士）之间会有一场大战，是真的吗？"

"那是谣言。"岁三进了房间，"阿雪，咱们不说这个了。过些天我有事要回一趟江户。这可是我来京城后第一次回去。"

"是吗？"

阿雪点了点头，语气似乎在说你很高兴吧。

"你有没有要带的东西？只要是阿雪你的事情，跑腿的活儿我一定办到。"

"小沙丁鱼干。"

阿雪冷不丁冒出这一句，说完脸就红了。

京都没有小沙丁鱼干。

"小沙丁鱼干？"

岁三笑出了声。他觉得这才像阿雪。阿雪出身的下级武士家里一般都备有小沙丁鱼干。有了这种东西，感觉厨房和饭厅都充满了生活气息。

"原来阿雪喜欢那种东西。"

"是啊，我可喜欢吃了。"

阿雪把脸埋进手里正缝着的衣服里，清脆地笑了。

"你真是个好人。"

"是吗？喜欢小沙丁鱼干的就是好人？"

"这个——"

岁三咳嗽了一声。这才是真正的江户女人，即使是一些很无聊的小事也要打破砂锅问到底，与近藤喜欢的大坂、京都女人完全不同。

"你太可爱了。"

"这也可爱？"

阿雪没有抬头，只有捏着针的手在一针一针地缝着衣服。

"……你这样刨根问底的，我怎么回答啊？"

"我是不是不够乖？"

阿雪笑得肩膀在抖。

"你不要这样。你要再这样，我会忍不住抱你的。"

"——啊？"

阿雪吃了一惊，心跳加速，连呼吸都不自在了。她垂下眼帘，只有两只手还在动。

她轻声说了一句："你可以抱我呀。"

"……"

这次轮到岁三的呼吸不自在了。再后来，连他自己都不知道自己究竟做了些什么。

这是以往从来没有过的事情。以前和任何一个女人偷情的时候，岁三总觉得身上有第三只眼睛在监视他、在批判他所做的一切，有时候甚至会冷冰冰地对岁三发号施令。

"阿雪——"

情事结束后，岁三像换了个人似的看着阿雪。

阿雪内心也受到了触动。原来这个人还有一双如此温柔的眼睛。

"原谅我。我没打算这样对你。不过你也有责任，是你把我的心抢走了。"

"你的心……"阿雪好像很当真似的，一边笑一边说，"在哪里？"

"不知道。"岁三站了起来，"大概掉到庭院里的紫阳花根须上了吧。"

岁三在雨中离开了阿雪家。

风小了，雨却更大了，密密地砸在雨伞上。

伞下，岁三心情舒畅极了。阿雪的余香伴着他一路远去。

岁三说的事情就是到江户招募队员。

"阿岁，这次你去吧。"

近藤要求他回江户招募新人。

近一段时间，新选组的队员在不断减少。减少的原因有很多。有战死的，有被处以切腹的，有出逃的，还有病死的，等等。

再加上这次伊东派的分裂。从表面上看，伊东似乎只带走了新选组十五名首领，但在岁三看来，留在队里的人中，至少还有十几个是伊东派的。岁三怀疑这些人是伊东甲子太郎为了干扰新选组而特意安插的奸细。除了这十几人以外，另外还有若干人看上去形迹也颇为可疑。

人数在一个个地减少。

作为一个队员已由浪士升为直参，组织已由会津藩京都守卫官的预备队升至幕府直辖正规军的新选组，眼下，招募队员，保证队员达到一定数量成了当务之急。

现在的人数是一百几十。

此外，至少还需要五十名能够以一当千的队员。

近藤说："高台寺的伊东他们最近好像也要去关东招兵买马。"

"我听说了。你是听斋说的吧？"

"对，是斋。"

斋指的是斋藤一。

他是从江户一起来京的伙伴，三番队队长兼队里的剑术教练。

伊东派分裂出去的时候，他投奔了伊东。

当然这只是个假象。实际上，他是打入伊东派内部的卧底。

"如果我们坐视不管，早晚我们会和他们在城里打起来的。"近藤说。

"真要是在城里打起来可就糟了。"岁三说。

"是很糟糕。我们毕竟是在京都守卫官领导下负责维持京城治安的部队。"

"更要命的是很可能还会引发会津藩和萨摩藩之间的战争。"

"阿岁，你有办法吗？"

"当然有。"

岁三说，为了避免这两个集团之间发生冲突，只有把对方的大将伊东甲子太郎引出来伺机杀掉。除此没有别的办法。

"伊东会轻易上钩吗？"

"会。"

岁三笑了。

"连我都会上七里研之助的当，单枪匹马去了二条河原。却没想到对方竟然去了那么多人。"

"真是太大意了。这可不像阿岁你。"

"不是这样的。如果你处在那种情况下，我想你也会去的。你和我都是这种人。"

"什么样的人？"

"对任何事情都自信自负的人一般来说都会有点大意。我们俩都觉得自己很聪明，遇到不太高明的骗术反而更容易上当。"

"不管怎样，到江户招募队员是当务之急。你回江户后，顺便去趟南多摩，替我向大家问声好。阿岁，你现在是大幕府的大御番组副头领。以这样的身份荣归故里，感觉不错吧。"

"别开玩笑了。"

"我是认真的，凭着一把剑能做到现在这样的，自战国以来也只有你我两人吧。"

那一年是庆应三年。

七月底，岁三换上旅行装，动身去了江户。

江户日记

"我这样穿挺好的。"

可近藤不让岁三穿一身普通浪士的衣服东下江户。

"一路上所到之处都要住诸侯住的客栈,你这样的穿着不合规矩。你听我的,一定要穿与你身份相符的衣服。"

近藤的要求非常有道理。

试想,一身浪士打扮的人如果住进了诸侯住的客栈,会让人怎么想?专为诸侯准备的客栈,除了大名、公卿、旗本以及御目见得以上身份的人以外,其他人是不能入住的。

岁三不得已换了一身装束,感觉浑身上下都很不舒服。

没有衬铁环的蓝色斗笠用一条白色的带子紧紧系在下颌上,岁三带着若党[1],还有拿鞋侍卫、扛枪侍卫、牵马侍卫一干人等上了公路。

后面还跟着五个队员。

——跟演戏似的。

刚开始时,岁三觉得很不好意思。

到了一家客栈,只见门前贴着一张高级白纸名签,上面写着:"土方岁三宿"。

客栈伙计跑出来迎接。

——真好笑。

这名签在他们过箱根时就已经贴在门口了。

---

1 武士的一种身份称谓。

——真是难为情。别人看着一定觉得可笑。就是这么回事。

他努力让自己平静下来。

岁三心境平静时，竟也是一个容貌清秀的美男子。个子高高的，眉梢、嘴角端庄，比以往的旗本看上去强多了。

"土方先生可真帅呀。"

队员嘴里没说出口，眼睛里却透着这样一份惊奇。

一路上，岁三只穿了一件单衣。

庆应三年的秋天，夏季的炎霭仍未退去，酷热难当。

当岁三看到右侧品川海面上，海水荧荧发亮的时候，他终于切身感受到自己回来了。

那是在文久三年，天气还异常寒冷的二月某日，岁三和近藤等人离开了江户。一晃五年过去了，现在岁三终于又回来了。

岁三一行进了江户大卡子门。

又走了一会儿，他们进了金杉桥下一个茶馆稍事休息。不是因为走累了，而是想坐在茶馆里体味一下回到江户的心境。

——江户变了。

他指的不是景色。

而是街上的行人，还有茶馆的老板、老板娘和女用人，岁三觉得他们的表情怪怪的。

——真无聊，还不是因为我的这身穿着。

街上的行人看到旗本时的表情和态度当然会不一样。所以变的并非江户，而是岁三。

"老板。"

茶馆老板没有应答，看着年轻的侍卫，好像在问"那是什么人？"。

"喂，菰田君，"岁三吩咐同行的一名队员，"你去叫老板过来和我说说闲话。"

他自己都觉得滑稽。

老板回过神来。

"殿下，江户这一年来变化可大了。"

他大概已经看出岁三的来历，估计他原是江户人，现在大坂任职，眼下又回来了。

"是吗？看不出有什么变化呀。"

"不，变化可大了。您有时间的话，可以去一桥御门外转转。那儿新建了一座很奇怪的建筑叫外国人讲习所。还有铁炮洲的军舰操练所后面，今年夏天也建了一个外国人的客栈叫大酒店（hotel），可高啦。附近十轩町的人都说，那边都看不见天了。"

"是吗？"

岁三感慨万千。

想当初离开江户的时候，他曾立志当攘夷先锋。

但是，执政的幕府与攘夷派的京都朝廷意见相左，正一步步地在对外开放门户。

签订条约的对象也不仅是一流大国。岁三听说，这个月幕府又和一些二流国家如葡萄牙、西班牙、比利时和丹麦等国缔结了条约。

——攘夷派的伊东甲子太郎一定很生气。

不过，岁三既不关心攘夷，也不关心是否对外开放。

只是事已至此，他已经下定了保卫德川幕府的决心。

岁三一行离开了茶馆。

他们走后，茶馆老板歪着脑袋，在大脑里努力搜索。

——我好像在哪儿见过此人。

老板是南多摩日野人，名叫吉松。日野镇离岁三的家很近。

"他是个什么人？"老板娘问。

"是大御番组副头领，听说叫土方岁三。"

"啊，对了。是阿岁。"

他终于想起来了。

阿岁！不就是那个皮肤晒得黝黑，整天在浅川河堤到多摩川沿岸、甲州公路沿线一带转来转去的不良少年阿岁吗？

"阿岁这小子，又在玩什么花样。"

老板目瞪口呆。他以为阿岁是冒充旗本在东海道上蹿下跳呢。

岁三去了近藤新置的位于牛迂二十骑町的宅子，在门口脱掉了草鞋。

近藤上次回江户的时候，关闭了位于小石川小日向柳町的老道场，买了一栋符合他身份的大房子。

在这栋大房子里，住着卧病不起的近藤周斋和近藤勇的妻子阿常，还有他的独生女琼子。他们在这里好像与世隔绝一样。

——房子真不错。

江户确实变了。岁三带着讥讽地想。武州平民出身的近藤勇，居然在江户坐拥了这样一所大宅。

周斋老人瘦得只剩皮包骨头，视力也已经不行了。

"怎么样？"

岁三坐在他的被褥旁边问。只见他睁着一双空洞的眼睛，却找不到来人在哪里。

到了晚上，他好像有了一点儿精神，用微弱的声音对岁三说：

"阿岁呀，我可是一个有过九个妻子的男人。可是现在看样子恐怕是撑不过去了。"

近藤勇的妻子阿常依然是一副爱搭不理的样子。这么久没见岁三，也不觉得亲切。

"你还好吧？"岁三问阿常。

"身体还行。"阿常答道。

五年不见，阿常的表情又比以前冷漠了许多。就算是她这样的女人，长时间被丈夫忘在脑后，只能生活在自己的天地里，也和常人一样是会生气的。

"这几天，我要在这里借宿。"

"哦。"阿常挠着肚子点了点头。

她的举止无论如何也无法和大旗本夫人联系在一起。

岁三打算以这个家为据点，开展招募士兵的工作。

"这几天会有不少人来这里，请你谅解。"

第二天开始，岁三就让队员拿着檄文，逐一拜访江户的各家道场。

江户大大小小的道场有三百家。

他尽量选择一些没有名气的小道场，至于像千叶、桃井、斋藤之类的大道场，岁三没有让队员去。

因为大道场的门人中，勤王派居多。

新选组因为清河八郎、山南敬助、藤堂平助以及伊东甲子太郎已经吃够了苦头。

"还是小流派好。最好是那些性情刚直又热心的平民百姓。"岁三对负责招募的队员说，"我们就以长州的奇兵队为榜样吧。"

长州奇兵队清一色由平民组成，现在是长州军最强的一支队伍。

一代又一代依赖俸禄的人家里，是不可能出真正的武士的。

消息很快传到了江户的各个道场，来二十骑町近藤家的剑客络绎不绝。

岁三把面试工作交给了队员们。

队员认为不错，当场就可以拍板。他们会把来人客客气气地送出玄关，并告知集合的时间。

其间，岁三一直没有露面，他就在最里面的房间，每天听取队员的汇报。

"您为什么不见他们呢？"有队员问岁三。

"我不能见他们。因为我这个人太主观，看一眼人家的脸，还没有开口说话就会有先入为主的习惯。我这样的个性怎么能选到好队员呢？"

"原来是这样。"

队员们事后议论起来。

有人说："他好像很了解自己。"

也有人说："是啊，一路上我就在想，他其实也没那么可怕，也不会乱指手画脚。"

不知为什么，这次江户之行以后，大家对岁三的评价突然好了起来。

岁三自己大概也没有意识到，自己的变化很可能与京都的阿雪之间的私情有关——

如果这时有队员善于观察，也许他会说："因为他单身一人，从来没有真正拥有过女人，所以满腔都是沸腾的热血。最近可能有了女人，所以他开始了解每一个生命都是值得怜惜的。"

根据日野的佐藤家流传下来的说法，这次岁三在江户逗留期间，只回了一次老家，去了一趟佐藤家和其他人的家。

去的时候好像是坐一种叫安步子的轿子，当时只有武士身份的人才有资格坐。

但是在日野，岁三得到的评价并不好。

大家都谴责他，说他"尾巴翘起来了"。

连姐夫佐藤彦五郎也拐弯抹角地规劝他："阿岁，你现在当上了殿下，可是也不能忘记自己的出身啊。"

"怎么啦？我不还是原来的我吗？"

岁三脸上没有一丝笑意。

过去，大家认识的岁三就是个冷冰冰的人。他的意思是，自己的这种个性现在依然没变。

"可是阿岁，你好不容易衣锦还乡了。大家都为你和阿勇成为三多摩最优秀的人而感到自豪。所以，你应该好好答谢他们。"

"啊？"岁三的眉毛皱成了一团，"那我应该怎么做？"

"不要总板着一张脸，你要学会笑。这里的人很淳朴，只要你笑脸对他们，大家就会很高兴。他们会说能成事的人就是不一样，都很谦虚的。可是，你总是吝啬你的笑。"

"我没有吝啬。"岁三想不明白了，"又没有什么好笑的事情，怎么笑出来呢。"

话虽如此，其实，据说他也是个细心、体贴的人。

在石田在的家，有一个叫奴伊的侄女。

岁三去京都的时候她还小，长大后去江户的大名家学习了礼仪。

岁三在京都时听说她嫁给了邻居，后来因为身体有病离了婚，又回到了娘家。

只有对这个奴伊，岁三给她带来了京都的簪子、绘草纸等，也不知道他是什么时候准备的。

"阿岁，你也有让我意外的时候。"

盲人哥哥为三郎很赞赏岁三。

另外在家时还提到了相亲的事情。

给岁三提亲的是岁三的姐姐阿信（佐藤彦五郎之妻）。盲人哥哥为三郎也极力劝说岁三。

"那个姑娘我知道，长得相当漂亮。明眼人看了没得说，就连我这个瞎子也这样说，可见是真的好。"

那是户冢村的一个姑娘。

是土方家的远房亲戚，在他们村也是个响当当的大户人家。因为上一代主人的嗜好，她家还兼营一家三味线店。

"哦，是那家的姑娘啊。"

岁三模模糊糊有点印象。他记得那家人的房子外有一扇冠木

门 [1]，冠木门外围了一圈枫树篱笆，对着公路一角的篱笆上开了一个小小的口，以此为"店"。

他们就在那个小口处出售三味线。

"原来是那家的阿琴啊。"

岁三笑了。

这好像是岁三这次回家后第一次大笑。

阿琴在户冢是首屈一指的美人，三味线弹得极好。岁三上京的时候，她大约有十五六岁，所以此时已经二十出头了。

"阿岁，是不是挺好？见见吧。"

盲人哥哥歪着脑袋，好像能感知别人的想法。

"你还要娶她。你是家里最小的，算一算也已经三十三岁了。一个男人到了这把年纪，也已经过了结婚的最佳时间了。"

"是啊，我都三十三岁了，还是单身一人。一想到娶了妻子，就得整夜整夜陪着她，多累呀。想想都觉得害怕。要是我只是一般的武士，靠吃俸禄就可以消磨时光，娶个媳妇回家还行。可我是有工作要做的。"

"你有什么工作？"

"我有新选组呀。"

于是，提亲的事情就这样不了了之了。

岁三在老家只待了几天就回江户了。

在江户，他见到了冲田总司的姐夫、新征组小头目冲田林太郎和他的妻子阿光（总司的姐姐）等人。

阿光一见到岁三，就絮絮叨叨地直问总司的身体如何。

"哦，你不用担心。"

1　没有屋顶的门。

岁三嘴上这么说，实际上，总司一个月中有一半时间是躺在床上度过的。

他又是喝医生开的药，又是喝岁三家祖传的药方。

土方家除了岁三以前挑着担子到处叫卖的治疗跌打损伤的"石田散药"外，还有治疗结核病的药，叫"虚痨散"。岁三特意让家人送到京都让冲田喝。

每次岁三煎完药让他喝，他总是显得很勉强，嘴里嘀嘀咕咕的。

"真难喝。"还说，"我可是为了你才喝的。"

喝了人家的药，还硬要人家领他的情。

"阿光，这次我会再带些药回去，很管用的。"

因为卖药时的习惯，他说这话时，显得自信十足。当然，岁三也确实从心底里相信自己家的药很有疗效。他就是这样的个性。

新招募的队员共二十八人，个个都是经过精挑细选的。

十月二十一日天还没亮，全体人员就在近藤家里集合，离开了江户。

几天前的十四日，将军庆喜已经向天皇奉还大政。但是这个消息此时还没有传到尚在江户的岁三的耳朵里。

在小田原的客栈里，他听到了这个消息。

当时，岁三没有表现出一丝一毫的紧张，他只说了一句："新选组就要开始行动了。"

十一月四日，一行人到达京都。

刚要过三条大桥的时候，前一天晚上开始下的雨突然大了起来。河对岸雨雾蒙蒙，天色阴沉灰暗。

岁三呆呆地站在桥上。他还从来没有看到过这种样子的京都。

剑的命运

岁三要了一顶轿子回到花昌町，一进驻地大门就说："这雨可真够大的。"

近藤和一些主要队员到门口迎接他们这一行人。

"阿岁，"近藤拍了拍岁三的肩，好像很想念他似的，"阿岁，你一回京城，上天都感动了，才下这么大的雨。"

近藤有时候也会来点幽默，只不过常常是既蹩脚又空洞。

——奇怪。

岁三对近藤的态度很敏感。他想，是不是因为大政奉还，近藤的心境也随之变了呢？

——一定是这样的。

两人并肩走在走廊上。近藤说话的语气也变了，像是在讨好岁三。

"路上累了吧。"

"嗯。"

岁三太了解近藤了。

就算他心里真的关心你，也绝不会把这种话说出口的。他不是个体贴入微的人。

"我不累。看到你，我倒觉得还是留在京城的你比我更累。"

"是吗？"

"看你，脸上一点神采都没有，一副无精打采的样子，好像还有点心绪不宁。"

"阿岁，你还不知道。"

"算了，这件事一会儿再说。"

傍晚，队里的首领聚集在近藤的家里为岁三洗尘。

"土方老师，江户那边怎么样？"

冲田总司问。

"哦，我见到你姐姐了。过会儿再跟你细说。"

酒宴上的气氛很沉闷，与他离开时完全不同。岁三觉得很奇怪。

在座的这些人原本都不是沉闷的个性。尤其是原田左之助，他是心里最藏不住事的乐天派；永仓新八对什么事都很想得开；还有性情温和又从不看书的井上源三郎、冲田总司，这二位只知道死心塌地地跟随近藤和土方，从来都是把心里的烦恼交给神佛去解决的年轻人。

岁三说起了这次江户之行。

周斋老人的病情；

佐藤彦五郎的近况；

还有江户对新选组的评论。

"今年两国桥烟花没放。江户也变样了。走在街上，我看到很多武士撑着那种叫布伞的伞。那种东西最初是在旗本中间流行起来的，现在连街上的市民都用上了。"

"变化真的有这么大？"永仓问。

永仓新八原是松前藩的藩士，后来脱离了藩籍。他是定府的一个下士官之子，是地地道道的江户人，因此他对江户的怀念显得很有些与众不同。

"真想回江户看看啊。"

说话间，脸上露出了疲惫至极的神色。

"你怎么了？"

岁三端着酒杯停在唇边，微笑着说。一旦这个人的脸上出现了这样的笑容，那一定不会有好事。

"没什么。没别的意思。只是因为土方先生带来了久违的江户气息，所以才有此感慨。"

"不过新八，我是不会让你回江户去的。"

岁三放下酒杯。

"我明白，京都才是新选组的战场。"

"不过，阿岁——"

旁边传来了一声很轻的说话声。

是近藤。他含含糊糊地说："你坚持你的做法无可厚非。但是——"

"但是？"

"要知道你不在京城期间，这里也变了。"

他大概是想说大政奉还的事情。近藤不知道该如何面对这样的剧变。

"将军已经把政权奉还给天皇了。"

"这事待会儿再说。"

岁三不想在这个时候谈论此事，但是这次近藤态度很强硬。

"阿岁，你听我说。日本三百年，不，是从源赖朝公以来，政权一直都是由武家掌握的。政权虽有盛衰交替，但这是日本自古以来的传统。更何况现在有洋夷在觊觎着我们的国家。这个时候最应该是全民拥戴征夷大将军，守卫我们国家的时候。可是将军把政权交给了公卿。这种情形下，日本还能守得住吗？"

"是这么回事。"

坐在末座上的原田左之助为近藤的话鼓掌。他真的是一个心思单纯的男人。

"左之助，你闭嘴。"近藤阻止他，又继续说，"就算这样，我们也不能把弓箭对准天皇啊，阿岁。"

"那又怎样？"岁三放下杯子。

"你有什么想法吗？"

"想法当然有。这又不是什么难事。新选组的大将是你。你没必要为了源九郎义经那样的白面狐狸而烦恼。大将是不应该心神不宁的。你要让部下看到你从来都是信心十足的样子,让部下仰起头来看你,把你当成值得信赖的靠山。这才像真正的大将。现在大家心里都很困惑,都不知道下一步会发生什么。所以你看,队里的气氛多压抑。"

"我这不是在和你商量吗?"

"不管出于什么目的,这些都是没用的话。"

岁三心想,要真是和自己商量,私下商量就可以了,何必当着这么多人的面。岁三认为,一旦队长开始向队员倾诉自己的烦恼,那么别说等到明天,今天新选组就该解散了。

"近藤师傅。"

酒宴结束后,土方去了近藤家,这里没有别人。

"我们就说说气节吧。一说到时局,说到天皇、萨摩、长州、土州怎样,公卿岩仓怎样,话题就会变得怪异起来。近藤师傅,你应该先将身上的污垢洗去再说。"

"污垢?"

"就是政治。你到了京城以后,了解了政治的乐趣。但政治是时刻变幻着的东西,如果被它牵着鼻子走,新选组以后不知道会被迫改变多少回。男人是要有气节的。这是亘古不变的东西。我们,"岁三一口喝光了已经变凉的茶,接着说,"初来京城的时候,我们完全没有幕府、天皇之类的概念。一心只想成为攘夷先锋。仅此而已。但是后来,我们和会津藩、和幕府有了渊源,不自觉地就向他们倾斜了。事情发展到现在这样是我们没有预料到的。但如果我们现在背叛他们,那么作为男人无疑是失败的。近藤师傅,你喜欢看《日本外史》,那么你应该知道历史是变化的。永远不变的是在不同的时代里,坚守节义的男人的英名。我想,现在这个时候正是表现我们节义的时候,新选组应该成为一个节义的集体。即使御家门、御亲藩、世袭大名和旗本八万骑对准德川家拉开了弓箭,新选组也绝不能背叛他们。就算战斗到最后,就算只剩下一个人,也决不背叛德川家。"

"说得好,阿岁。楠公也是这样的。"

"你不愧是个优秀学者。"

岁三笑了。他想起了脱离同盟的伊东甲子太郎,他也是楠公的崇拜者。

"但是,我们不需要借用楠公等故人的名义,我们就用近藤勇和土方岁三的方式。这就够了。"

"可是队员中已经开始人心浮动。是不是应该出一个告示之类的?"

"不,不需要。现在光说好听的话是没用的。我们必须让队员们懂得什么是节义,同时也要让他们明白,丧失节义的人只有死路一条。只有这样,大家才会定下心来。所以,我们首先要做的就是解决掉脱离同盟、投奔萨摩藩的伊东摄津。"

前面已经介绍过,伊东在江户的时候原名叫铃木大藏。

在加盟新选组的那一年,为了表示纪念,他改名为甲子太郎。投奔萨摩藩,当上御陵卫士头领后,再次改名为摄津。

当时,脱离藩籍的人改名的现象很常见。但是,每变节一次就改一次名字的人,大概只有伊东甲子太郎。

庆应三年十一月十八日的夜里,伊东甲子太郎遭到了暗杀。

这一天,他应邀来到近藤私宅,在近藤家喝得酩酊大醉。回去的时候,已经是夜里十点钟了。

这天晚上没有风,只有路是封冻的。天上的明月照在北小路街上。伊东向东行去,准备回到位于东山高台寺的驻地。

他没有点灯笼,也没有侍卫陪同。大概是太过于自信了。

伊东在近藤家里畅谈时局,痛骂幕府,演了一场精彩的独幕剧。

听的人都很受感动的样子。

近藤甚至握着他的手，说："伊东先生，我们一起干吧。舍身为国不正是大丈夫的愿望吗？"

近藤眼眶里甚至噙着泪水。那么，近藤当时真实的感受又是怎样的呢？

连原田左之助也为伊东的口才所折服。他一边发着感慨，一边不停地给伊东斟酒。

——正因为他们是愚昧的，所以一旦了解了事物的道理，他们就会比常人更加感动。

伊东非常得意。

——只可惜土方不在场。

刚来的时候，伊东心里还有一丝怀疑。觥筹交错间，慢慢地，他也不再介意土方存在与否了。

——随着时局的变化，这个愚顽不化的人也不得不离开新选组了吧？他一定是无颜与我——曾经预言过当下时局的人同席而坐。

这个愚顽不化的人此时正一动不动地藏在伊东回驻地的必经之路——崇德寺门的背后，两眼一眨不眨。

崇德寺的对面也是寺院。

前面的路非常窄，并排走的话，最多只能走三人。

那儿的板墙内、铺面房的屋檐下、高高摞起的水桶后面、背阴处等地方，藏着几个人。

伊东醉醺醺地上了桥，嘴里轻轻哼唱起了在江户时学的谣曲《竹生岛》中的一节，边唱边摇摇晃晃地下了桥。

桥下的路笔直向东，路尽头是黢黑的瓦房，那是东本愿寺的大伽蓝。

伊东的谣曲还在继续。

下一刻，他的声音突然停了。

一杆矛从伊东的右边刺来，穿透了他的脖子。

伊东直愣愣地站在路上。

气管没有刺断，鼻腔还有一丝呼吸，可是身体动弹不得。矛一动不动，伊东甲子太郎也站着一动不动。

武藤胜藏蹑手蹑脚地绕到他的背后，举起长剑，刺向了伊东。

只一瞬间，伊东抢先拔剑刺中了胜藏。若非此时此地，伊东该是一名怎样的高手。

就在拔剑的时候，扎在伊东脖子上的矛掉了下来。

与此同时，血从他的脖子里喷涌而出。矛还在脖子里的时候，尚可以勉强留住性命。

伊东向前走了五六步，脚步出乎意料地稳健。但很快，他就一头栽倒在地，发出一声木头滚落似的闷响。

就此殒命。

"战斗已经打响了。"

岁三仿佛一尊夺命凶神一样离开了。

——这就是叛徒的下场。

伊东的尸体被当成诱饵扔到了油小路七条的十字路口正中间。东山的御陵卫士驻地应该很快就会得到町役人[1]的报告。

他们大概会全副武装地立即赶去。

在这里设下埋伏，一举歼灭脱离同盟的叛逆，这是岁三的战术。用敌人将领的尸体做诱饵来设伏，如此残忍无情的战术，没有几个人能想到。

他没有把伊东当成一个人。

岁三对这个把自己的杰作——新选组——搞得差点散伙的元凶，已经憎恨到了无以复加的地步。

对他的余党也怀有同样的憎恨。

1　地方官员。

"他们很快就会来的。我们要把他们统统消灭，决不手软。"

岁三严厉地命令前去埋伏的四十余个队员。

岁三在油小路七条的十字路口以北，把位于路东的第三栋房子、乌冬面馆"芳治"包了下来，让准备作战的主力队员隐藏在里面。

其余的人三人一组，分别埋伏在十字路口的东南西北四个方向。

月亮已经开始倾斜。敌人还没有出现。

"土方先生，他们会来吗？"

原田左之助在土间里问坐在"芳治"门槛上的岁三。

"一定会来的。"

他非常自信。伊东派的人个个武艺高超，但大多数人脾气火暴。为了把首领的尸体抢回来，以免继续受辱，他们必会置生死于不顾的。

高台寺月真院的御陵卫士驻地，这天晚上真是祸不单行。留在驻地的只有很少几个人。

队中的首领新井忠雄、清原清为招募新人去了关东。

伊东的弟子内海二郎、阿部十郎为了买铁炮，前天去了稻荷山还没有回来。

伊东死后，最年长的筱原泰之进自然成了众人的依靠。毕竟在伊东生前，他是伊东倚为臂助的人。

前来报信的町役人回去后，筱原让大家安静下来。

"我们一定要把遗体弄回来。对方可能会设埋伏，但不管怎样，遗体我们一定要抢回来。大家不要有不必要的顾虑。"

"筱原先生，"说话的是伊东的亲弟弟铃木三树三郎，他浑身在发抖，"对方是我们的老熟人，大家都认识。我们应该先礼后兵，尽到我们的礼节向他们开口索要，这样就可以避免更多的麻烦。不是吗？"

"尽礼节？"

筱原笑了。如果对方懂武士礼节的话，就不会诱杀伊东了。

"看来，我们只有跟他们决一死战。"

服部武雄说。在新选组的时候，他也是个剑术高超的剑客。

"筱原先生，穿戴上盔甲去吧。"

"不行。"

筱原命令所有人穿便服。关于他当时的心境，筱原泰之进在维新后的日记中是这样写的：

> 与贼人相战，敌众我寡。既如此，着盔甲上路讨死，必
> 为后人耻笑。

前去夺尸的共有七人。

筱原泰之进、铃木三树三郎、加纳雕雄、富山弥兵卫、藤堂平助、服部武雄和毛内监物。他们都是坐轿子去的。

除了这七人，还去了两个负责搬运遗骸的人和一个侍卫。

他们走下东山斜坡的时候，刚过凌晨一点。

> 油小路已至。环顾四方，似凄然无人。伊东尸体所在，
> 惨状难以言述，同发悲声，欲尽快运血骸入轿。贼兵自三方
> 蜂拥而至，人人披挂整齐，约四十余众。

岁三站在"芳治"的屋檐下，抱臂观望双方交战。

月亮照在混战中的路上。

看到藤堂平助、服部武雄奋勇作战的样子，岁三感到身体一阵战栗。他们连退缩一步的意思都没有。

他们或躲开来剑，马上反击刺向对方；或主动上前攻击对方，

一剑也不浪费。

"土方先生，让我上吧。"候补队员永仓新八说。

"不用，就让新队员们锻炼锻炼吧。"

"话是没错的。可是这样下去只会增加死亡人数。"

永仓没听岁三的话，一跃跳进了人群。

岁三看到永仓像子弹一样飞入人群，直奔藤堂。他们是江户结盟以来的老朋友。

"平助，我是永仓。"说着拔出剑，身体靠在屋檐下，让出往南去的路，就差说出"快跑"两个字了。

藤堂明白永仓的好意，准备跑出去。他觉得有永仓相救很放心，因此放松了警惕，大意之下，挨了队员三浦某从背后刺来的一剑。

藤堂的身上已经有十多处伤。

他依然不屈服，反身杀了三浦。力尽之后，他扔下剑，笔直地倒在屋檐下的水沟里，已然气绝。

服部武雄打得更勇猛，在他手下伤了二十多人，连队里水平一流的原田左之助、岛田魁都招架不住服部凌厉的剑而挂彩。不过，最后他还是在战斗中丧命。

毛内监物也战死了。

筱原、铃木、加纳和富山在群斗一开始就迅速逃离了现场。

奇怪的是，在群斗中死去的都是一流好手，仿佛他们就算有逃走的念头，手中的剑也不答应一样。他们的剑不由自主地挥动着，击毙一个又一个敌人，也迫使主人一步步走向死亡。

——为剑而活的人终将因剑而死。

岁三突然想到了这句话。

走出屋檐下的时候，月亮已经落下去了。岁三独自走在漆黑的七条街上。

天空中，星星还在闪烁。

急转直下

天下已经大乱。

庆应三年十一月十八日，在油小路击杀脱离同盟的首魁伊东甲子太郎后，近藤整个人都变得很怪异，一副魂不守舍的模样。

大政奉还。

德川庆喜向朝廷提出辞呈。

天下会变成什么样呢？

"近藤师傅，越是这种时候，作为男人越要沉着，千万不能被时代潮流所左右。"

岁三直劝近藤，语气中带着强烈的不满。最近，近藤看上去忙得很，几乎脚不沾地，到处奔走。每天，他带着队员离开驻地，京城四处都有他的踪迹。又是去二条城拜见幕府大目付永井玄蕃头，又是到黑谷的会津藩大本营探听消息，甚至去了勤王派（多少有些同情幕府的派别）的土佐藩邸，拜见该藩参政后藤象二郎。

"因为蛤御门之变，京城被长州搞得一团糟，而他们丝毫没有悔过的意思。对此您怎么看？"

近藤很不识趣，尽说些不着边际的、早已过时的话，让后藤无话可说。实际上，讨伐幕府的秘密敕令此时已经下达到了萨摩和长州两藩。

这一天，后藤象二郎训斥了一番来访的近藤。

"现在正是国难当头之时，日本必须统一政权，一致对外。大政奉还后，皇国必须同心协力，整顿国内，改变三百年来的陋习，建立一个可以和外国平等对话的国家。现在不是议论长州的时候。如果我们整天盯着这些细枝末节，外国人就会趁我们国家内乱之际侵占日本。一个真正的志士不要总把目光放在这种地方。自今日起，应该把心思放到富国强民上去。是不是，近藤先生？"

"的确如此。一个志士应该这样……"

他就这样应了一句走了。"勇，默然，无言离去。"这是摘自后藤的记录，看得出近藤当时非常消沉，也许事实的确如此。

岁三认为近藤过于热衷政治。

"对我们来说现在的情形怎样无所谓。虽然形势对我们很不利，但越是在这种时候，越要强调节义，这才是真正的大丈夫所为。"

在后藤的记录中，近藤似乎还透露过这样的意思。他说："我也希望自己生在土佐藩人的家里。如果是这样，我将会对这个社会做出怎样的贡献！"

显然，近藤的思想极不成熟。本来他不过是一介习武之人，而才能有限的近藤勇现在得到了与他的身份极为不符的名誉和地位，于是开始对政治、对思想充满了憧憬。而近藤的可笑之处就在这里。

至少，岁三是这样认为的。

真受不了。他私底下对卧病在床的冲田总司透露过。

"对于日薄西山的幕府来说，新选组现在是一支最强大的武士队伍。像我们这样的组织，目前最好的做法就是以静制动。可是这个组织的最高首领亲自跑到幕府和各藩要人那里不知轻重地议论时局，难道他没有想过这样做只会受到轻视吗？"

"是……啊。"

冲田依然带着无邪的微笑看着岁三。

"总司，你要快点好起来。"

"我会的。"

冲田微微笑着。他的微笑……总是这样，单纯得让岁三心里发疼。

"总司，你是个好人。"

"讨厌。"

冲田歪过头。他觉得岁三今天看起来与平时很不一样。

"如果有来生，我可不想再变成现在这样的性格，我希望能变成你这样的人。"

"嗯，究竟哪样更幸福呢？……"

冲田的眼睛从岁三身上移开。他说："说不好。除了靠自己的天性努力活着，人还能怎么办？"

冲田很少说这样的话。也许他对自己的生命已经不抱希望了吧。不知道是不是因为心境如此，他的声音听起来非常空洞。

岁三急忙转移了话题。不知为什么他的眼眶有点湿润。

"我看兵书了。"岁三说，"一看兵书，内心一下子就变得非常宁静。我认字不多，但《论语》《孟子》《十八史略》和《日本外史》之类的都学过。我也明白，如果对那些东西只是一知半解，就会不自觉地执着于自己的信念，最终变成一个为信仰而活的人。所以，我觉得还是《孙子兵法》和《吴子兵书》之类的书适合我，因为里面写的都是如何在战斗中取胜的战略战术。打败敌人是我们唯一的目的。你看，总司。"

寒光一闪，剑出鞘。

是他的和泉守兼定，长二尺八寸。已经杀人无数。

"这是剑。"

岁三的语气中透着一股热情。他好像并没有把冲田当作听者，而是自己在说给自己听。

"总司，你看，这是剑。"

"是啊。"冲田无奈地笑了笑。

"所谓剑，是工匠为了杀人目的而制作的。而剑的性格、剑的目的都很单纯。与兵书上写的一样，目的只有一个，就是打败敌人。"

"嗯。"

"可是，你看，看看这种纯粹的美。剑比美人更美。看到美人在眼前，心情不会紧张。可是一把剑所拥有的美会熔化男人的铁石心肠，并紧紧抓住男人的心。所以目的必须纯粹，思想必须纯粹。新选组只能为节义而存在。"

——哦，原来他是想说这个。

冲田躺在床上，笑容依然开朗单纯。

"是不是，冲田总司？"

"我也这样认为。"

关于这一点，他深以为然，重重地点了点头。

"总司真的这样认为？"

"对。不过，土方老师。"冲田停了一下，"新选组的将来会怎样呢？"

"会怎样？"岁三朗声笑了，"男人不能说会怎样。这是女人说的话。男人应该说怎么办。"

"那么，怎么办呢？"

"孙子说，"岁三敏捷地收起剑，"侵掠如火，其疾如风，不动如山。"

岁三始终坚持要为幕府而战。将军奉还大政也罢，怎么样也好，都不关岁三的事。岁三生逢乱世，就要在乱世中死去。

——难道这不是男人平生最大的愿望吗？

"总司，我呢，不管世道变成什么样，也不管幕府军队是否会宣告失败，举旗投降。我只要还有一口气，就会坚持到底。"

事实是，在幕府军和各藩纷纷投降或准备投降的时候，土方岁三作为最后的、唯一的一位幕府志士，坚持战斗到了最后一刻。

"总司，你说，"岁三接着道，"我现在能像近藤那样左右摇摆吗？迄今为止，我为了维护新选组这个团队，手上沾了多少自己人的血啊。芹泽鸭、山南敬助、伊东甲子太郎……他们都死在我的手上。我为什么非要杀他们呢？他们在受死的时候，个个都像真正的男人那样勇敢面对，不曾犹豫片刻。而现在，如果我在这里摇摆不定，将来又有何面目到地下去见他们。"

"男人的一生——"岁三又说，"是为了创造美，创造自己人生中的最美。我坚信这一点。"

"我也是。"冲田被岁三深深地感动了，他很干脆地说，"只要我活着，我跟定你了。"

形势一天天地在发生变化。大政奉还后还不到两个月的庆应三年十二月九日。

王政复古。

命令传来，驻扎在京都的幕府旗本、会津士兵和桑名士兵群情激奋，他们不服"萨摩藩的阴谋取得成功"，京城发生战争的迹象越来越明显。

"将军庆喜出身于水户门第。因为他一直在重视朝廷的家风中长大，所以在萨摩藩'勤王、勤王'的叫嚷声中态度软了下来。将军出卖了德川幕府。"

将军出卖幕府，是让人难以理解的怪论。但是连幕臣中都有人在大声谴责将军，可想而知，当时的局面有多混乱。

庆喜无疑是个才子，在天下各诸侯中，大概还没有人可以和庆喜的判断能力及观察时局的眼光一较高低。

但是他终究抵挡不住顺应时代潮流的萨长发起的一次又一次进攻。

关于当时的"局势"，胜海舟后来这样说过：

形势实在是一种非常可怕的东西。西乡（隆盛）也好、木户（桂小五郎）也好、大久保（利通）也好，作为个人，他们并不值得接受如此的称赞（胜在其他语录中，把西乡看作一个非常难得的人物而加以盛赞）。但是，因为他们顺应了'王政维新'的形势，所以我终于无话可说。随着形势的潮流渐渐平息，个人的价值通常也会恢复原貌，原本看上去非常伟大的人也会变得意想不到地渺小。

此外，还有一章节是关于这位杰出的评论家胜海舟如何看待当时局势的内容。我们就借用一下他本人的话吧。上面的引用是完全通过速记胜海舟的话留下来的，下面的内容则是他本人在庆应三年悄悄写下来的随想，文中处处可以闻到"时局"的气息。原文是文言文，笔者把它译成了白话文。具体内容如下：

会津藩（包括新选组）驻守京师，负责治安。但是他们的思想异常顽固，还有点偏执，又没有认真思考过如何才能保护好德川家。他们以为只有他们顽固的思想才是对幕府最大的忠诚。照此下去，毁灭国家的罪魁祸首或许就是他们了。总之，这是一些没有眼光、没有见识的人，他们完全不知道保卫国家的重任究竟是什么……此时，难道不正需要一些能够稳定国家、高瞻远瞩，能够提出大方针并且指明国家发展方向的人吗？这样一想，就只剩下长吁短叹了。（站在勤王挺幕论更高一个台阶来看当时国情的幕臣，那时只有胜海舟一人，也许将军庆喜也可以算上一个。庆喜"抛弃幕府"的行为激怒了会津藩，原因就在于意识上的这种分歧。）

当京都的幕府兵和会津、桑名的藩兵刚得知新的形势动向时，庆喜为了避开他们，早早从京都转移到了大坂城。

迄今为止，庆喜一直被人们评价为：

"家康以后最为人称道的英杰"

"只要有庆喜，幕府或许还能得以继续"

然而，萨长惧怕的精明能干的德川庆喜从这个时候开始彻底变了，逆来顺受——彻底逃避时局——成了末代将军庆喜从此以后的人生。

这里还有一段闲话。庆喜从那以后，一次次地变换住处，过上了东躲西藏的生活。他这种逃避、恭顺的态度究竟到了什么样的程度，从他再次拜谒天皇一事上可见一斑。庆喜再次拜谒天皇是在三十年后的明治三十一年五月二日。他在自己曾长期居住过的城堡旧江户城里拜谒天皇和皇后，向他们请安。当时，明治天皇赐了他一对银花瓶、红白绉绸和一只银杯。这是庆喜在奉还政权相隔三十年后才得到的谢礼，仅此而已。由此可以推断，庆喜的后半生实在是悲剧的半生。

幕府军随着庆喜下大坂，像大海退潮一样纷纷离开了京城。会津藩也离开了。只有新选组以"保卫伏见"的名义，被安排驻守在伏见奉行所。

在京城，以萨摩为首的所谓倒幕势力拥立天皇。

幕府首脑部以"京都的萨长和大坂的幕府军之间随时可能发生战争"为由，把新选组安置到伏见，因为这里是大坂的最前线。

"再没有比这更荣幸的事了。"

近藤非常高兴。如果有一天战斗打响，那么最先与萨长交火的一定会是新选组。

"阿岁，你也高兴吧？"

"是啊。"

岁三很忙。马上就要撤离花昌町的驻地了，他有太多的事情要做，如装运武器和其他物资的准备工作、部队金库里的军用资金的分配，以及其他与搬迁相关的事宜等等。他是这次撤离的总指挥。

事情来得太急。明天，也就是十二月十二日，他们必须离开这里。

"阿岁，今晚是我们在京城的最后一夜了。自从文久三年上京以来，这座城里发生了太多太多的事情——"近藤说。

岁三阴沉着脸一言不发。他太忙了，没有闲情逸致去发这种毫无意义的感慨。也许这个男人的个性就不会允许自己发这种感慨吧。

但是，岁三毕竟是丰玉（岁三的俳句笔名）师傅，而且还是创作感伤俳句的"俳句师"，对很多事情不可能没有感触。

"喂，阿岁，原田左之助和永仓新八有妻室，队里已经订婚的队员也很多。今晚就让他们回各自的女人家去，明天一早集合。怎么样？"

"我反对。"岁三说，"明天就要出征了。为了和女人告别让队员们与他们的女人共度一晚，士气就会涣散。给他们一刻钟的时间回去道个别就行了。"

"你真是不解风情。"

近藤有点生气。在京城，他有三处金屋藏娇的地方，所以他生气也情有可原。毕竟一个晚上要去这三个地方，时间过于紧张了。

——我也有阿雪。

岁三虽然心里这样想，但是在这个局势极度混乱的时候，作为队伍核心的近藤和自己一刻也不能离开队员的视线。

他担心有人乘机"出逃"。

在目前这种情况下，只要稍一放松，一定会有人离开新选组的。

"虽然减少几个人也没什么大不了的，但是只要有一个人出逃，势必会影响整个队伍的士气。那才是最可怕的。"

岁三心想。

"这个，无论如何——"近藤说，"过了今晚，我们谁也不知道自己的命运将会如何，所以让他们尽情地和自己的女人依恋一个晚上才是为将之道。阿岁，我现在就去集合队员下令。"

这天晚上，岁三留了下来。

留在驻地的首领只有副长岁三和卧病在床的冲田总司二人。

"今晚我来照顾你。"

岁三把桌子搬进冲田的病房，开始写信。

"是写给阿雪的吗？"冲田躺在病床上问，"虽然我没有见过她，不过请你一定写上冲田总司向她问好。"

"嗯——"

岁三捂住了眼睛。

眼泪正夺眶而出。

是为离别京城，还是为了阿雪，抑或是因为冲田总司的关心而感伤？

岁三哭了。

趴在桌子上哭了。

冲田双眼直直地盯着天花板。

青春已逝——

这是怎样的一种感受。对于新选组的每个队员来说，京城成了永远的青春墓地。对于这个都城所有充满热情的回忆，就要在今晚彻底埋葬了。

岁三还在呜咽。

在伏见的岁三

伏见。

一个有七千户人家的小镇。

这个小镇从京都向南三里，位于伏见公路沿线，夏天连正午也是蚊子成群。下了伏见公路进入镇里，第一条街是千本町，接着是鸟居町和玄蕃町。再往前就是大卡子门。

穿过大卡子门是锅岛町，象征了两百余年间德川权威的伏见奉行所就在这里。这座用灰色土墙围起来的巨大雄伟的建筑在维新后成了一座兵营。

近藤、岁三率领新选组入主伏见奉行所后，在门口挂出了"新选组本部"的牌子。此时队员人数已经锐减到只有六七十人了。岁三此前的担心不是没有道理。就在临离开京都的前一天晚上，近藤让大家分别去和自己的女人道别。然而，有相当一部分人在这样的时局下选择了离开，他们没有在第二天规定的时间里回到花昌町驻地，就这样一走了之了。

幕府军的主力在大坂。防御京都萨摩藩以下御所方的最前线是伏见奉行所。而守卫伏见奉行所的新选组六七十人（此外还有部分会津藩兵）实在显得过于势单力薄了。

他们只有一门大炮。

"这个样子，我们能做什么？"

近藤很灰心。他马上与大坂的幕军干部、会津藩交涉，从他们那里挑选了一些武功高强的人，以此加强队伍的力量。

队员增加到了一百五十人。

"唉，这样才算有点规模。"

近藤放心了。

冲田总司到了新驻地后，依然卧病不起。

很多时候，厨房送来的饭菜连筷子都不碰一下。

"总司，你总得吃点东西呀。"

岁三每天至少来看他一次，神情非常担忧。

这一个月里，冲田总司明显消瘦了许多。

"你再不吃会饿死的。"

"我没胃口。"

"虚痨散喝了吗？"

这是岁三家的祖传药剂。

"喝了。喝完后感觉会有一点精神。可能是心理作用吧。"

"不是心理作用。这是我以前到处去推销的药，很有效的。"

"是啊。"

冲田微微一笑。

以前由冲田带领的一番队现在由二番队队长永仓新八兼任。

"新八要你快好起来。他说自己肩上的担子太重了，快受不了了。"

"是吗？"

看上去他连点头都觉得很累，显而易见他的病情已经非常严重了。

这期间，长州藩兵不断登陆摄津西宫浜，开始大规模进入京城。

"长州？"

近藤因为自己是挺幕派，所以非常讨厌长州人。当他听到长州藩兵登陆西宫时尤其感到意外，这是完全可以理解的。长州曾经在元治元年夏因所谓的蛤御门之变引起了京城的骚乱，幕府以此罪名，逼迫朝廷剥夺了长州藩主的官位，并处其恭顺、待罪。

就是这样一个藩，还没有接到朝廷命令就开始擅自调动兵力。

不仅登陆西宫，还不断涌入京城。

"他们把幕府看成什么了？"

近藤被激怒了。

但是在京都的萨摩藩已经说服朝廷改变对长州的处罚，不仅恢复了藩主父子的官位，而且朝廷还向他们下令："入京后，守护九门。"

这是长州人自元治元年以来相隔四年后的再次进京。本来京都百姓就偏袒长州，所以庆应三年十二月十二日，当长州奇兵队威风凛凛地进入京城时，京都市民看到他们印在弹药箱上的纹饰，激动异常。甚至有人热泪盈眶，喊道："长州殿下来了！"

当然，也有人小声嘀咕，说："可怕，太可怕了。"

长州军已经进京，从这支藩的藩风来推断，京都人认为战争已经在所难免。

从这一天开始，几乎每天都有长州的部队进入京城。到了十七日，总指挥毛利平六郎（甲斐守）率领的主力部队登陆摄津打出浜，拉着炮车开始向京城移动。

这支长州部队大摇大摆地通过了新选组的驻地伏见奉行所的门前。

"难道我们就这样眼睁睁地看着他们耀武扬威地过去吗？"

十八日一早，近藤纠集队伍准备去找当时还留守在二条城上的幕府大目付永井玄蕃头尚志，表明自己的想法。

"算了，你别多事了。"

岁三阻止了他。都这个时候了，就算热心政治的近藤到处奔走，也已经不是他这种从乡下来的政治家可以左右的局面。将军庆喜已经把家康以来的政权奉还给了朝廷，而且王政复古的命令也早已下达。

“阿岁，你不知道，王政复古之类的，都是萨摩的阴谋。幕府是被他们骗了。”

近藤把道听途说的政局内幕说给岁三听，岁三没有表现出太大的兴趣。

“近藤师傅，现在已经不是商量、周旋或议论的时候了。”岁三说，“事态发展到现在，只能靠战斗说话。”

“我知道。我就是想去找永井玄蕃头提这件事。”

“不需要。”

“什么？”

“你是这个阵地的总指挥。你这样惊慌失措的，会严重影响队员的情绪。你再等等，说不定战争很快就开始了。”

“阿岁，你是个笨蛋。”

“笨蛋？”

“你人在新选组，却不知天下事，不知天下的谋略。要知道，只有在战前做好充分准备，事先制定好策略才能取胜。”

“这个我懂，但我们不过是幕府军的一个小队而已。天下的谋略不是一队之长的事情。这种事情应该交给在大坂的大人物们去想，你不需要动作。”

然而近藤还是出去了。

他骑着白马，带着二十名队员走了。都是新招入伍的队员。他们向着京都走上了竹田公路。

奉行所内有一个瞭望塔。

和本愿寺内的大鼓楼一样，只是规模小了不少。登上瞭望塔，眼前的御香宫树林、桃山丘陵，还有伏见的街道尽收眼底。

这天正午，岁三登上了瞭望塔。

说不清是长州部队的第几支梯队正在通过眼下的公路。

413

人数二百有余。

这支队伍的情形有点怪异。士兵们身着洋装，却缠着白色腰带，腰间还插着长短两把剑，肩上却扛着口径十五毫米的新式米尼枪。连指挥官也都拿着枪。

——怎么像拾荒的样子。

岁三觉得很不可思议。

然而，正因为部队装束如此，行动轻便，速度也很快。回想当年，四年前的元治元年，从这条公路打过来的长州部队，大将头戴风折乌帽，身穿作战用的无袖披肩，祖传的宝物铠甲里面还穿着锦缎的武士礼服。追随者也都是清一色战国时代风格的甲胄，火器则只有火绳枪。想想当初，真是今非昔比。

——那次事件以后，已经过去四年了。

仅仅四年的时间，长州的军事装备有了翻天覆地的改变。这个攘夷主义叫得最凶的、最抵触西洋的长州藩在遭受幕府的第一次、第二次征讨期间，把藩的军事体制完全改成了西式的。京都的萨摩、土州部队也和长州一样装备精良。

——世道真的变了。

岁三看着长州部队的军容，好像突然觉醒了似的。

炮车骨碌碌地向前移动。

这又是一种新式火炮，叫四斤山炮。这种炮在炮身内部（炮膛）装有发条，射程可达千米以上。

与此相比，新选组拥有的一门大炮只是江户火炮制造所的国产货，炮膛很光滑，有效射程只有七百米左右。

和长州兵的装备相比，幕府军现在的装备还不及四年前的长州。

幕府军中，只有幕府步兵队的装备是法式的。旗本各队、会津以下各藩的藩兵部队基本上都是日式装备，以剑矛、火绳枪为主，仅有的一些西式枪支也只是一种叫燧石洋枪的荷兰式旧式枪，没有准星。

——能打赢他们吗？

的确，相比较萨长，幕府的装备处于绝对的劣势。但从兵力上来说，幕府军的人数至少要超过他们十倍左右。

"我们依靠人海战术，一定可以战胜他们。"岁三又想。

长州兵刚通过，天空中淅淅沥沥地下起了晴天雨。

太阳依然高挂在中天，阳光依旧当空照在地上。

——这天气真怪。

就在岁三准备离开瞭望塔窗口的时候，一眼瞥见下面的路上有一个女人正在打开一把蛇纹雨伞。

"呀，那不是阿雪吗？"

岁三刚想到这里，那个女人已经一头钻进了通往京町路的一片农田。

岁三急忙跑下瞭望塔，一口气跑出了大门。

"您怎么啦？"

门边上有一个队员跑过来问。

"没什么。"

岁三一脸茫然，就这样站在路中央，激动的心情久久不能平静。

"就，就在这里。"

他很冲动。

"你看见一个女人了吗？就在长州人刚通过的那会儿。很年轻……哦，也没那么年轻，快中年了吧。眉毛没有刮掉。撑着蛇纹雨伞。这个女人从门前走过，后来就消失在那片农田里了，那个……"

"土方先生，"队员觉得岁三的举动非常怪异，"我们一直在这里看长州兵，你说的女人……"

岁三走了。

向那片农田走去——

一进到那里面，他就从队员的视线中消失了。

岁三在昏暗的农田中间跑了起来。

出了京町路。

——怎么不见了呢？

左右是一条公路，没有任何遮挡。

——难道是我的幻觉？

不对呀，自己明明看得很清楚，而且连雨伞打开的声音都听到了。不过仔细一想，自己站在那么高的瞭望塔上，怎么可能听得见雨伞打开的声音呢？

此时，阿雪就住在京町路上一家叫"油桐屋"的屋檐很低的客栈里。

自从接到岁三的信后，阿雪已经悄悄来过伏见两次了。

她并没有打算见他。

——他在信中说就不来道别了，他要像个真正的武士一样不要耽溺在感情里，要斩断儿女情长，要勇敢奔赴战场。可是再往下看，信中又说如果见到她，可能会把自己的决心抛诸脑后。

那是阿雪第一次看到岁三的手书，字写得很像出自女性的手，让她大惑不解。

——难道这就是让京都市民怕得要死的土方岁三吗？

她之所以会这样想是因为信的内容。信写得非常缠绵，相信女人也写不出岁三那样的绵绵情意。

"他绝对不是一个柔情的人，也绝对不是一个内心炽热的人。没想到他竟有如此多愁善感的一面。"

阿雪想，从旁观者的角度看到感情脆弱的岁三，女人都会和他分手吧。这样想着，阿雪来到了这个镇上。

——难道他们已经不在这里了？

奉行所的土墙内总是一片寂静，无论如何也想不到会有几百个人在里面。

今天早上，阿雪在屋檐的一头看到了近藤出门。

中午，又看到了长州人通过那里。

就是不见岁三的身影。

——也许是我们缘分不够。

阿雪开始打退堂鼓了。在漫长人生中的某一时期，那个男人像个影子一样已经过去了。也许我们之间真的就只有这一点微末的缘分。

岁三很晚才吃午饭。

之后又午休了一会儿。

远处传来一声炮响，是从后面的山间发出的回音，只有一声。岁三坐起来，怀表的指针刚好指向四点半。

"刚才是什么声音？"

他走出窗外的窄廊。

正好永仓新八在庭院里。

"这——"永仓说，"可能是哪个藩在操练吧。"

"只有一发炮的操练吗？"

岁三歪着脑袋。

正是这一声炮响，改变了岁三的命运。他成了新选组的新指挥。

那一刻——

近藤带着二十个队员，沿着伏见公路快到墨染了。

这里有尾张德川家在伏见的藩邸。

旁边有一座空屋，破旧的格子门正对着公路。

谁也没有注意到那个格子门内有一门铁炮，炮口正对着路上。

就在这间空屋里，此时正埋伏着富山弥兵卫、筱原泰之进、阿部十郎、加纳道之助和佐原太郎等伊东甲子太郎的余党。

这一天，当他们探知近藤一早去了京都，就临时决定，就在今天为伊东甲子太郎报仇。

他们对近藤这一天的行踪了如指掌。首先，近藤会去二条城和留在堀川的女人那里，下午两点过后，会在伏见公路上出现。

"他带了二十个队员。"筱原说，"都是些生面孔，可能是一些新队员，起不了多大作用。到时候，我们的炮声一响，再跟着杀进去，那些人一定会四散逃窜……"

他们要在伏见公路上设伏，一报油小路之仇。他们都是当初新选组里的高手，所以不怕以寡敌众。

不一会儿，近藤"啪""啪"地挥动马鞭，策马而来。

——来了。

筱原泰之进闭起左眼，拉紧手指，放下了扳机。

"轰"的一声，一颗八匁[1]弹飞了出去。

炮弹打中了骑在马上的近藤右肩，打裂了他的肩胛骨。

"冲啊——"

伊东的余党冲上了公路。

近藤竟然没有摔下马。他把身子紧紧贴在马鞍上，飞也似的在公路上狂奔。

筱原等人紧追不舍。眨眼工夫杀死了两三个队员，但终于没有能够把剑刺进近藤的身体。

近藤身体蜷在马上，左手捂着右肩上的伤口，一路狂奔。

他一进伏见本部大门，就跳下马，进了玄关。

在走廊上碰见了岁三。

"怎么了？"

"快叫医生，外科医生。"

近藤进了自己的房间，才一头倒下去。血很快染红了榻榻米。

1　日本旧时重量单位，1匁相当于3.75克。

岁三命令永仓率队立刻搜索伏见。自己在医生到来之前，让近藤脱去衣服，并用烧酒替他清洗伤口。

"阿岁，伤得怎么样？"

近藤痛苦得扭弯了脸。

"不是什么大不了的伤。"

"我要是听你的话，今天不出去就好了。骨头怎么样？骨头。骨头要是伤着了，以后就使不了剑了。"

这时候，阿雪走过驻地门前，又悄悄地回到了"油桐屋"。

鸟羽伏见之战·之一

几天前，笔者为了走访岁三曾经驻扎过的伏见奉行所遗址，沿伏见公路从京都一路南下。

途中有一个占地面积很大的神社，叫"御香宫"，路的西侧是一片树林。

再往南一点，有一堵围墙，把一片面积大约是御香宫十倍的地方围了起来，这里就是之前的伏见奉行所。

"现在这里是什么情形？"

我向御香宫的神官打听伏见奉行所的现状。他叹了口气，说："那里已经变成了住宅区。"

到现场一看，曾经是奉行所旧址的地方，被推土机压成一块平地。上面立起了一座座建筑，有星型建筑，也有羊羹状建筑。

"以前，其实也没多久以前，这条路的旁边，还留了十坪左右的一块地，里面有一座漂亮的塔，天然石材建的，是为了告慰在鸟羽伏见之战中阵亡的幕府军士兵的亡灵，他们的后代自发修建的。明治以来，他们每年都会到御香宫来祭祀这些亡灵。但是就连这么一小块地现在也被卖了，塔被铲掉了，遗迹荡然无存。"

我茫然地看着住宅区的风景。

日本历史曾经因关原之战而改写，又因鸟羽伏见之战被再次改写。

然而，就在发生过鸟羽伏见之战的地方，现在连一小块墓碑都找不到了，目之所及都是一排排的住宅。

"真热啊。"

非常凑巧，我在这里遇见了一个人。

是一位老人，正在伏见葭岛钓鱼。他用沙哑的京都老人特有的声音招呼我。

"那年冬天，听说天气特别冷。"

老人把他从曾祖母那里听来的故事告诉了我。

"奉行所的旁边有一个水坑，里面还有小鲫鱼。听说那年年底到元月的一段时间里，水坑的冰结了足足有一寸厚。"

近藤在墨染遭到袭击，是在水坑正结着厚冰的庆应三年十二月十八日。

医生看过后，发现他的伤非常严重，肩胛骨上出现了裂痕。

"很疼吧。"岁三说。

铅弹嵌进了肉里，弹片在肌肉里炸得粉碎。肩上有拳头般大小的面积被完全炸烂，血不住地往外渗。一个晚上换了好几块白布，都是换上就湿透。

"啊，没什么。"

近藤强忍着疼痛。

受了这么重的伤居然没有从马上摔下来，真不愧是近藤啊。岁三直咋舌。

"阿岁呀——"近藤说，"新选组就拜托你了。"

"嗯。"

岁三点点头。两个从小在多摩川岸边一起玩耍的朋友，就这样简简单单的一句话，已经完成了指挥权的交接。

此后，近藤一直高烧不退，有一周的时间几乎没有怎么进食，终日或昏昏沉沉地睁着眼睛，或迷迷糊糊地昏睡。

——只要不化脓就好。

岁三很担心伤口化脓，然而流出来的血中开始出现了黄颜色的东西。

在大坂的将军庆喜派人来看望近藤。

"到大坂来养伤吧。"

来人带来了将军的邀请。伏见没有像样的外科医生，而大坂城内有一个被称为天下第一名医的将军御医松本良顺。

松本良顺时年三十六岁，比近藤大两岁。他是幕府医官松本家的义子，在长崎师从荷兰医生庞培，学习了西洋医术。还是学生的时候，他就创建了日本第一所西式医院（当时叫长崎养生所，是现在的长崎大学医学部前身），而他本人又具备超强的政治能力，让人觉得他当医生非常可惜。后来他当上了幕府的御医，被授予"法眼"的称号。尽管松本良顺非常有才华，但是由于他遇事容易冲动，幕府瓦解后不得不辗转各地，甚至在明治维新后一度被投入了监狱。后来因为新政府需要他这样的人才，这才重返政界，再任官职，改名为顺。他是陆军最早的军医总监（当时叫军医头），是他最先确立了陆军军医制度。松本良顺一直活到七十六岁，晚年被授予男爵。这只是他生活中的一部分，他还是日本第一个提倡海水浴的人，在逗子开了第一个海水浴场。今天，海水浴已经成为我们生活的一部分，而在当时，日本人认为在海里游泳、嬉戏是异想天开的事情。

松本良顺（顺）在大坂城为近藤疗伤，后来成了新选组强有力的支持者。现在位于东京板桥站东口，合葬有近藤、土方的墓碑上的碑文也是松本良顺挥毫书就的。一直到晚年，他都在讲述新选组的故事。在明治政府的达官显贵中，可以说，他是唯一一个同情新选组的人。

近藤乘坐幕府的御用船从伏见被接到了大坂，同行的还有卧床不起的冲田总司。

临走的前一天晚上——

"阿岁，听说你有一个女人，叫阿雪，是吧？"

近藤突然说到了阿雪。近藤知道阿岁从年轻时起就害怕别人说自己的私情，但是这天晚上他提到了这个话题。

"对……阿雪。"岁三面无表情地回答。

"阿岁，为什么你有女人，在离开京城的头天晚上却不去看她？"

"没有必要。"岁三语言简短。

"什么没有必要？"近藤反应有点迟钝。

"没有见面的必要。"

"没有必要吗？临走，你总得给她安排好住处，给她留下生活费什么的。怎么会没有必要呢？"近藤说。

他不知道，岁三把信交给街道投递员给阿雪送去的时候，顺便也送去了钱。手头二百两钱，他自己只留下五十两，其余的都给了阿雪。

但是在岁三的心目中，那不是"生活费"。

阿雪是岁三最珍惜的恋人，对岁三来说，她不是世俗眼中所谓的妻子或情人。

"近藤师傅，你不要误会。阿雪不是我的情人。"

"嗯？"

对岁三的说法，近藤难以理解。

"不是情人又是什么？"

如果当时有"恋人"这样一个既简单又贴切的词，岁三大概可以轻松解答近藤的疑惑。可惜这个词在当时还没有，所以他只能回答说：

"是一个很重要的人——"

"既然很重要，为什么不见？"

"这个嘛——"

岁三表情苦涩，好像不愿意再说这个话题了。因为他知道，女人成群的近藤是无法理解自己的感情的。

这天晚上，近藤还说到了令他非常担心的话题。

"时局完全变了。"

他说，日本早晚会变成一个以朝廷为核心的社会。真到了那个时候，自己可不想当叛军。

"近藤师傅，别说了。"

岁三好几次想阻止他，因为这样想东想西对身体不好。不仅对身体不好，他还会由此在岁三面前暴露出更多的弱点。岁三不愿意看到这样的近藤。

——他终究是个英雄。

岁三坚持这样认为。但是岁三也看出来了，近藤这样的英雄只能是顺境中的英雄，只有在顺境中，他才会成为英雄。只有在顺境中，他才能发挥超常的能力，甚至是两倍、三倍于他的实际能力。

然而，一旦遇到颓势，这样的英雄就会退缩。

一旦形势对自己不利，脚下的土地开始崩裂的时候，近藤甚至连一个常人都不如。

——他就像一只风筝，遇到顺风，会在风的吹动下飞得很高，甚至可以飞到任何地方。但一旦风向改变，他就会掉到地上。

确实，近藤是这种类型的人，但这并不是说，你可以谴责他。

"但是——"

我可不一样。岁三心想。

形势越是对自己不利，土方岁三就会变得越强大。

本来他就不是一只乘风而上的风筝。

他是依靠自己的力量冲天而飞的鹰。

岁三这样评价自己。至少，他想，今后我要成为这样的一只鹰。

"我只要有一对翅膀，就可以飞到任何地方。"

他想。

第二天, 近藤和冲田被送走了。

大坂是幕府军的大本营。

他们主要以会津藩和桑名藩两大松平家（藩主是兄弟）为核心势力, 对在京都挟少年天皇而随心所欲地实施阴谋的萨摩藩感到非常愤慨, 并且已经到了非战不可的程度。

庆喜已经辞去将军职位, 同时辞去的还有家康以来的内大臣官职。此时正"软禁"在距京十三里外的大坂。

尽管如此, 朝廷还是给他又出了一个大难题。要他向朝廷返还幕府的直辖领地三百万石。

辞去将军之职的庆喜, 身份已降至大名。

朝廷还是不肯罢休, 还要捏造罪名让他返还领地。如果大名必须返还领地的话, 那么萨摩、长州、土佐、艺州以及三百诸侯也应该同时返还才对, 可是谁也没有要求其他藩这样做。

只要求庆喜一个人返还。

这真是岂有此理, 欺人太甚了。

其实对于这个要求, 在京城和萨摩一同辅佐天子的土佐、越前和艺州等诸藩的诸侯曾表示了强烈的反对。

但是, 公卿岩仓具视、萨摩藩周旋方大久保一藏（利通）想凭借两个人的力量, 试图让朝廷采纳"少数人的意见"。为此, 他们多方奔走。

大久保的想法自始至终是要"讨伐并彻底消灭德川家"。

只要德川家还在, 只要德川还拥有兵力和权威, 那么萨长设想的"维新"就不能顺利开展。自古以来, 革命不通过战争是不可能取得胜利的。

所以, 必须讨伐。

讨伐需要名目。世间少有的大谋略家大久保一藏于是提出了让大坂城里的德川庆喜返还领地的意见。他的计划是，如果庆喜不答应，那就是朝廷的敌人，就可以名正言顺地去讨伐。他打着这样的如意算盘向朝廷开展了说服工作。

但是公卿对这个建议的反应非常冷淡。

以土佐侯为首的亲朝廷派各诸侯也反对萨摩式的"革命"。如果当时向全国范围内的武士开展民意调查的话，大概有百分之九十九的人都会赞成土佐的意见，他们会赞成对会津藩的德川家采取更加温和的方式。之所以这样说，是因为人类一般都不太习惯突然改变现状。而革命是少数派掌握绝对武力的时候才会出现。所以民意，或者说正确的意见，对于革命的一方来说可以算是一文不值。

不过，眼下的情形有先例可考，而且还是德川家的祖先家康留下来的。两百多年前，为了彻底消灭已经降到七十余万石大名位置上的大坂丰臣家，家康给丰臣出了许多难题，逼迫丰臣。终于迫使丰臣家不得不奋起反抗，发动了大坂冬之战和夏之战，最后被彻底消灭。

有这种宿命的大坂城里，现在住着德川家最后的一位将军庆喜。

庆喜是有知识的人。由于他出身水户家，所以他也是尊王论的支持者。他非常害怕自己给后世留下一个朝廷叛臣的恶名。如果庆喜换作家康或者再之前的英雄，他大概会动员幕府的军事力量奋起抗战。然而，庆喜的不幸就在于他是持水户史观的人。而水户史观对历史人物只分成"朝廷叛臣"和"朝廷忠臣"两种人。他不想成为朝廷叛臣。

正是出于这一顾虑，庆喜的态度异常软弱。

但是会津藩和部分幕臣的态度是强硬的，他们逼迫庆喜讨伐萨摩。

终于，幕臣怀揣"讨萨书"，采用集体向天子强行上诉的方式，开始进军京城。

然而幕府方上了萨摩方的当。萨摩所用的策略就源自挑衅丰臣秀赖，并最终消灭了丰臣的家康。

幕府军（准确地说是德川军）于庆应三年十二月底，以老中格松平正质为总督，重新整编了各个部队。

预备队达数万人，主力部队为一万六千四百人。这是一支浩浩荡荡的大军。

迎战这支部队的京都方面的兵力至今也未有定论，估计不足五千人。

从兵力上看，幕府军占有绝对的优势。

"这场战争一定能赢。"

岁三信心十足。

"好了，各位——"岁三把队伍集合起来，"我是从小打架长大的。打架这种事情，必须一开始就要做好必死的准备，只要在心里想着我已是个死人，就一定能取得战斗的胜利。"

话虽如此，他心里还有一丝疑惧。

——真的能赢吗？

他之所以疑惧，唯一的原因就在于庆喜的为人。

幕府军怀揣讨萨书（陈情书）从大坂出发了，但是庆喜并没有走在队伍的最前头。这是为什么？

庆喜留在了大坂城。他的表现并不像一个敢于迎接挑战的人，他表现出来的只是像女人或孩子那样一味地恭顺。

"这不是好兆头。"岁三心想。

关于大坂夏之战的故事，岁三早已烂熟于心。

总指挥丰臣秀赖从战争开始到结束，一步都没有迈出大坂城。当时，在四天王寺的战场上艰苦奋战的真田幸村曾几次派自己的儿子大助回城堡恳请大将御驾亲征。力劝秀赖只要亲自出征，士气定

427

会大振，士卒们定会使出浑身的力量，勇敢地与敌人决战到底。然而秀赖始终没有离开城堡，即使在他的对手家康以古稀之年的身躯从骏府城远赴野战军的阵前之时，他也没有迈出城堡一步。

——现在的情形和那时简直如出一辙。

身为总大将的庆喜据守的也同是大坂城。

他想到的"不是好兆头"，指的就是这个意思。

岁三每天都往瞭望塔上跑。

奉行所的北侧是御香宫，与伏见奉行所近在咫尺，从瞭望塔上看下去，几乎就在眼皮底下。

御香宫内，萨摩兵正驻扎其中。指挥官是藩主缘族岛津式部，兵力八百。

参谋是吉井友实（通称幸辅，后来为枢密院顾问官、伯爵）。

岁三知道幸辅。他是萨摩藩继西乡、大久保之后最有手腕的一个人，很早以前他就开始了辱幕、倒幕运动。

——真应该早些把幸辅干掉。

岁三很懊恼。幕府和会津藩当时的外交方针下，他们不愿意刺激萨摩藩，所以最终没有实施暗杀幸辅的行动。

现在，只要一开战，想必自己首先会和驻扎在御香宫里的这支八百人的萨摩军队交锋。

新选组只有一百五十人。

此外，奉行所里还驻扎着一支约千人的"幕府步兵"，由城和泉守率领。

幕府步兵都是穿着大口袋衣服，拿着西式洋枪，接受过法式训练的人。

但是，这些人不见得都靠得住。

因为他们是从江户、大坂的百姓中招募来的，大部分人在参加幕府步兵前干脆就是无赖。平日里，他们私闯民宅，抢夺财物，调戏女孩，胡作非为。这样的人一旦打起仗来又能指望多少呢？

——到时候只能依靠我们自己。我必须有这样的打算。

岁三心里暗自盘算。其实，仔细算来，新选组也只有从江户到京都一路上同甘共苦的二十人左右能派上用场。

——什么时候开战？

岁三已经做好了充分的心理准备。他想，在战争开始之初，即使有一两次输了，自己也会继续战斗下去的，即使这场战争持续一百年。

——走着瞧。

岁三的心莫名其妙地怦怦直跳。不管怎样，自己的人生就要从今天开始重写了。一种莫名的激动涌上他的心头。在多摩川岸边整天打架斗殴的少年岁三，现在要打一次具有历史意义的大仗了。

也许他的心里有这样一种亢奋。

不久，年底过去了，新年到了。

明治元年。

鸟羽伏见之战·之二

元旦这一天，岁三终日穿戴着盔甲，外套无袖外褂，一身威严的戎装坐在窗外的窄廊上。眼前是铺着白沙小石子的庭院。他突然感觉有点冷。

——天黑了。

太阳从苦楝树上落下去了。历史上第二个战国时代的戊辰之年的第一天已经结束。

"啊哈哈，今天又过去了。"

岁三的情绪异常高涨，让人觉得害怕。

"阿岁，今天过去了又怎样？"

会这样问他的近藤不在身边。如果和近藤一起被送往大坂的冲田总司还在的话，他一定会调侃他，说："土方老师难道就是为了打仗才来到这个世上的吗？"

岁三焦急地等待着战斗号角的响起。

但是元旦平静地过去了。

第二天也平平静静地过去了。

要说有变化，倒是有一点。这一天，会津的先遣部队三百人从大坂坐船，进入了伏见的东本愿寺另一处寺院。

这支部队派来使者，向驻扎在伏见奉行所的新选组问安。

使者告诉岁三，说："我们的主力部队将于明天到达这里。"

——看来战斗就要在明天打响了。

岁三看着地图。

从大坂方向进京的公路有三条，分别是鸟羽公路（大坂公路，相当于现在的京阪国道）、竹田公路和伏见公路。根据使者的说法，明天的主力部队将从这三条公路直插京都。

当然在伏见到鸟羽的这一区域，会津主力将与东西向布阵的京都萨长土各藩部队发生正面冲突。

——太好了。

岁三坐不住了。这一天，他又登上了瞭望塔。

寒风刺骨。

岁三拿出法国产的望远镜，向想象中的战场望去。

距离太远，连望远镜也无法观察到。不过根据得到的情报，岁三已经知道萨摩军的主力五百人就在京都的东寺。从东寺一直南下，就是大坂公路（鸟羽公路）。萨摩藩已经控制了这条公路。其前哨部队二百五十人也已经南下，在下鸟羽村小枝布设了阵地。

大炮八门。

一支二百五十人的部队竟配备了八门大炮，这样奢侈的装备在日本战争史上是前所未有的。应该说这是自萨英战争[1]以来，萨摩藩格外重视炮兵的战术思想的一种体现。这个前哨阵地的队长是萨摩藩士野津镇雄，他的弟弟道贯也在其中。后来在日俄战争中，他当上了第四军司令官，是一位以勇敢骁悍著称的将领和侯爵。

——装备再好，毕竟人数太少。

岁三这样认为。

向东移动望远镜，岁三看到了脚下的伏见市区。

伏见是仿照京都的都市规划建起来的一个镇，道路像棋盘一样纵横交错，房屋鳞次栉比。就在这里，日本战争史上极为罕见的城市巷战就要打响，而巷战正是新选组的长项。

萨军就驻扎在眼皮底下的御香宫内，这里有兵力八百人。

1　幕府末期，萨摩藩与英国之间的战争。

就在御香宫的后面，伏见公路沿线还屯集着上千人的长州军，主将是毛利内匠，参谋是长州藩士山田显义（维新后成为陆军少将。后来转业成为行政长官，历任内务卿、司法大臣等，被封为伯爵）。若干队长中包括后来的三浦梧楼（观树）等人。

竹田公路沿线有土佐藩兵百余人，这是预备队，后面还有一个大队。大队长是谷干城（后来的陆军中将，在西南战争中，任熊本镇台司令官，曾名震天下，被封为子爵）。

萨长土在伏见的这些部队将是岁三率领下的新选组将要面对的敌人。

——与鸟羽方面相比，这里的大炮可是出奇得少啊。

经过一番观察，岁三发现伏见的部队大炮很少。

——这样的话，我们的胜算还是很高的。

估计任谁看到这种情形都会这样想。与大坂的幕府军可用兵力相比，京都的萨长土三藩的兵力加起来连幕府军的八分之一都不到。

这一天，新选组除了挂起上书"诚"字的队旗外，又在伏见奉行所升起了一面日章旗。

这是幕府军的队旗。在他们的意识里，幕府军在国际上始终是日本的政府军（尽管已经大政奉还）。当然很可能这是亲幕派的法国公使出的主意。

此时，萨长土尚未成为"新政府军"。因为驻守在御所内的公卿和诸侯几乎都反对萨长针对德川提出的强硬政策。当然他们自有他们的算计。他们真正的想法是先做个旁观者，不要参与其中。即使萨长和幕府军之间的战斗打响，那也是他们之间的私下纠纷，与京都朝廷无关。公卿中十有八九的人认为，这场战斗幕府军一定会赢。一旦幕府军赢得战斗，那么新政府军将是幕府军（当时，萨长的首领们对于是否能赢得战斗也没有十足的把握。他们早就做好了两手准备。如果赢得战斗，那就什么事都好说。一旦在战斗中失利，他们将携少年天子，撤向山阴道，同时等待中国地方和西部地方的旁系奋起响应。萨摩藩的首领之一吉井幸辅也说"萨长的存亡不值一议"。总之，对于萨长来说，这是一次决死赌博）。

元月三日——

这是改变命运的一天。

这一天，头天晚上从大坂城出发的会津藩兵陆陆续续到达伏见，进入了伏见奉行所。

岁三到门口迎接。

"嗨，土方先生。"

拍着他的肩膀打招呼的是队长林权助老人，时年六十三岁。此人脸色红润，只是灰色的眉间略有些皱。

林家是会津藩家臣中的名家，世代世袭权助封号。权助安定性格鲁莽，从年轻时候起，他的鲁莽就已经为世人熟知。自从会津藩受命担任京都守卫官以后，他一直任大炮奉行。

岁三曾经为了加强新选组的实力，一度向会津藩提出"给新选组几门大炮"的要求。当时林权助也在场。对岁三的要求，作为会津藩联络人的公用方外岛机兵卫感到左右为难，而林权助很痛快地答应岁三给新选组一门炮。

此后岁三多次去黑谷的会津本部，和这位老人有过几次同席共饮的机会。权助好像很喜欢岁三。

权助好饮酒，酒杯在他手里仿佛盛装的只是白水。

"我很欣赏你。"

权助曾经夸过岁三。

"即使在喝酒的时候，你也不会议论天下国家大事，很有个性。"

听上去实在不像是在夸人。随后他又补充了一句，说："和我一样。"

原来他是这样夸人的。

433

他是一位立志一生从武的老人。

他很能喝酒，也经常喝醉。不过不用担心他喝醉酒后会有什么不体面的表现。他最多也就是模仿幼童的声音，说："咱们来玩玩儿吧。"

"玩儿"是会津藩上士的子女之间的一种社交团体。孩子们长到六七岁，就会加入"玩儿"这个团体。

会津藩的上士约有八百家，按照区域，他们的子女分成八个玩儿团体。团体中年龄最大的九岁。

上午他们会去私塾学习，下午则会聚在某一人的家里。

他们根据年龄大小决定在团体中的地位，九岁的孩子年龄最大，为团体的头领。这时，头领会端坐在位置上，严肃地说：

"现在我来说几句话。"

等大家坐好后，他就开始讲"玩儿"的规则。

一、必须听年长者的话。

二、必须向年长者行礼。

三、不许说谎。

四、不许胆小怕事。

五、不许欺负弱小。

六、不许在外面吃东西。

七、不许在外面和女人交谈。

林权助喝醉酒后，也经常说这些规则。不知道他是因为醉后返老还童，还是因为怀念童年时的经历，总之他会朗声宣布规则，感觉就像现在的人在酒席上唱童谣。这就是他在酒席上表现出来的醉态，说不上出丑吧。

在矛术和剑术方面，他都有免许的资格。尤其精通会津藩兵法中的长沼流派。如果让他指挥训练长沼流派的剑术，相信无人能及。

正因为考虑到这些因素，所以会津藩把伏见方面的指挥大权交给了这位年纪已经六十有三的老人。

林的部队有三门炮。队伍拉着水炮，车轮咕隆咕隆地擦着地面进了奉行所的大门。

"土方先生，现在是什么情形？"

林权助用下巴指了指北面。他是问萨长的阵地布置情况。

"一会儿我陪您上瞭望塔看看。"说着，岁三展开了自制的手绘地图。

权助发出惊叹："呀，呀。"

眼睛里流露出孩童般的欣喜之色。

"这地图是谁画的？"

"是我。"岁三说。

还在多摩川河边与人打斗的时候，他就已经懂得了要提前侦察地形，并绘制好地图。这不是他向什么人学的，而是岁三自己在无数次的打拼中得来的经验。

"这可是土方流的兵法啊。"

擅长长沼流的权助咽了口唾沫。这是这位老人高兴时的习惯。

岁三的地图画得非常精细。他已经事先对周围的地形进行了充分勘察，并根据得到的情报，把敌人的布阵详细地画在了纸上。

"我们就用这张地图布置作战。"

"不是。这张地图的敌人布阵是现在的，以后一定还会有变化。所以在战斗开始时一定要忘了它。"

说着，他就把地图撕了，并当着权助的面把它扔进了火盆中。

地图"滋"的一声烧着了。

他的意思是敌情随时都会发生变化，不能拘泥于这种东西。

"的确像土方的风格。"

权助又咽了口唾沫。对于这个即将和自己并肩作战的人，权助非常满意。

"土方先生，只要你我联手抗敌，我们一定所向披靡。"

"要不要来一壶酒？"

"不。喝酒就等到我们打赢以后吧。到时候我再让你听会津儿童的玩儿。"

二人一起吃了午饭。

之后，又一起登上了瞭望塔。

"您看。"岁三指了指脚下。御香宫近在咫尺。

那里是萨摩军的根据地，距离奉行所北侧围墙只有二十多米。

"土方先生，有变化了。"权助探出脑袋往下一看，告诉岁三，"和地图上的情形完全不同了。萨摩军的人数增加了。"

岁三之所以撕了地图就因为他早就预料到会出现这样的情况，只是不清楚敌人会出现什么样的变化而已。

岁三拿起望远镜向御香宫周围看去。

的确，萨摩军的兵力增加了。

他们对会津藩的动静非常敏感。随着林权助率领的部队的到来，奉行所兵力的增加，萨军迅速做出了反应。

御香宫东侧有一个小丘陵，叫龙云寺山，但是没有山那么高。

萨摩藩的炮兵阵地就设在这座丘陵上，兵力差不多是原来的两倍。

增援炮兵队的队长是萨摩藩第二炮队的队长大山弥助，时年二十七岁。大山很早就去江户学习了炮术，作为炮兵小队长也参加了萨英之战。此人很喜欢开玩笑。

"大山又在开玩笑了。"

家臣们都很喜欢他。不过，这一天从京都到伏见的急行军途中，他几乎没说一句话。

到了御香宫，他指挥士兵把四斤野炮拉上龙云寺山后，又马上布置好了阵地。

龙云寺山的下面就是伏见奉行所。他想，就算闭着眼睛开炮，炮弹也一定百发百中。

"那边的龙云寺山——"林权助说，"最初不是彦根藩的阵地吗？"

"是的。"岁三回答，"是彦根藩的阵地。但是不知什么时候，他们和萨摩藩串通一气，让出了阵地。所以现在成了萨摩的炮兵阵地。"

"彦根的井伊。"

众所周知，井伊一直是家康以来德川军的先锋，他家又是世袭的第一大名，是一个曾经出过幕阁大老的家族。

"他投敌了吗？"

"抱怨的话就不要说了。现在的问题是萨摩在那座山上布置了大炮。一旦开炮，就会像石头从二楼滚落下来一样，奉行所会被砸得稀烂。所以战斗一旦打响，我希望会津的炮首先摧毁那些家伙。"

"那是当然的。"

权助很有战国武士的风度，此时依旧披挂着祖先传下来的宝物盔甲。

二人下了瞭望塔，时钟移动了一小格。

这时，在奉行所西侧的大坂公路（鸟羽公路）上，不计其数的幕府军正在北上。

这支队伍是会津兵的先头部队，北上的名义是要"保护"代表庆喜的、幕府军大目付泷川播磨守。因为讨萨书就在他身上。队伍构成为幕府军法式步兵两大队（七百人）、炮四门，以及佐佐木唯三郎率领的见回组二百人。在这支队伍的后面，还远远跟着幕府军的主力部队，绵延直到山崎。

泷川播磨守的这支先头部队沿鸟羽公路一路北上，不久进入鸟羽的四冢。

　　萨摩兵早已在四冢设下关卡，并布置好了战斗阵地。

　　幕府军派出使者，请求通过关卡。

　　萨摩的军监[1]是椎原小弥太。他只带了一个人，毫无惧色地向幕府军走来。

　　"你是何人？"

　　据说幕府军的泷川播磨守当时骑在马上趾高气扬。毕竟他是幕府的大目付，而对方不过是个臣下之臣。

　　"我是这个关卡的守关人。"

　　椎原小弥太在幕府军的包围中，神色泰然地回答。

　　之后是有关让过或不让过的一问一答。

　　幕府军大概一开始就打定了"强行通过"的主意。

　　在与椎原的交涉期间，步兵指挥官石川百平悄悄跑向炮队，下达了"向萨摩军开炮"的命令。

　　炮处于行进中的状态，所以要完成开炮需要一系列的准备工作。首先要往炮筒里填炮弹，然后转动车轮，把炮口对准北方。

　　就在幕府军做出这一系列动作的时候，萨摩军的炮兵阵地抢先一步开火了。萨军炮兵指挥官野津镇雄发出了射击命令。

　　炮弹飞出，命中幕府军一门正在转动的大炮炮身，"轰"的一声炸响了。

　　炮架被炸得粉碎，站在大炮旁边的步兵指挥官石川百平和大河原鋴藏二人被炸成肉饼，散落一地。

　　野津的这一炮成了鸟羽伏见之战以及其后的戊辰战乱的第一炮。时间是下午五点左右，太阳开始西斜。

1　负责监督军队事务的官职。

炮声以及接下来的步枪射击声马上传到了位于公路东侧的伏见奉行所。

"打起来了。"

林权助马上指挥士兵,迅速打开奉行所北侧的栅栏门,推出大炮,向萨摩在龙云寺山上的炮兵阵地射出了第一炮。守在后门的新选组一百五十人紧随其后准备冲向路上,被岁三阻止了。

"别急,先喝一杯得胜酒。"

说着,岁三打开了事先准备好的酒樽。

大家依次传递勺子喝酒,还没有轮到最后一人,从御香宫和龙云寺山射出来的萨摩的炮弹已如雨点似的落了下来,不断击中奉行所建筑的屋顶、房檐。

"别慌。"岁三再次阻止急着要冲出去的队员,"两三发炮弹算什么?就当是为我们的酒宴放烟花吧。"

直到所有队员都喝到了酒,岁三这才如雷鸣般下达了命令。

"二番队,上。"

二番队队长是永仓新八。队员中有岛田魁、伊藤铁五郎、中村小二郎、田村太二郎和竹内元三郎等,共十八人。

"冲啊!"

前面是自己的阵营、奉行所的围墙。

永仓等人越过围墙,冲到了路上。

鸟羽伏见之战·之三

等一队人都冲出去以后，岁三"呀——"的一声，跳上土墙，盘腿坐在了屋顶上。

"嗖——"

"嗖——"

子弹不断从他耳边掠过。

在奉行所内待命的队员非常担心岁三的冲动举止。

"副长这是要干什么？他想当萨长的枪靶子吗？"

"土方先生，"原田左之助踮起脚，抓着岁三的腰带，说，"你想死吗？你要是中弹，新选组怎么办？"

"原田君。"

岁三抬起下巴指了指已经冲到路上的永仓新八等十八人组成的二番队。

"他们也在枪林弹雨中。"

他的脸上是坚持己见的固执表情，令人空着急不已。

——随你便。

原田松开了手。

岁三盘腿坐着。

——我只是在演戏。

他心想。所谓的战斗就是需要豁出性命的表演。只要有岁三的眼睛在注视，作为敢死队的二番队就会斗志激昂，对奉行所内待命的人也会想：

"就算是为了这个首领，我们也要血战到底。"

说起来岁三的确不能算作常人。他不仅天生好斗，而且这些年来，他也确确实实是在剑刃之下求生。

武士的虚荣是战死。

这种虚荣心已经渗透到了他的骨子里，造就了他的血肉，成就了他目中无人的气势。

瓦片炸裂了。

岁三依然是一副处变不惊的面孔，纹丝不动。这个家伙的身上似乎没有色变这种"基因"。讨人喜欢一词实在与岁三无缘。

不可思议的是，子弹好像也很讨厌这个冷冰冰的男人，纷纷绕着他。

——子弹打不到我。

这位好战之王无比自信。他稳如泰山般地端坐在土墙上。

已经冲上公路的永仓新八等人此时的境况非常惨烈。

新选组负责攻克的是称为指月庵之林的一片稀疏树林。那里，萨长兵设了一个非常奇怪的堡垒。

他们从民家征集来大量榻榻米，把它们堆起来当作胸墙，用来架步枪。

榻榻米的胸墙设置非常巧妙，林中到处都是这样的胸墙。其巧妙之处就在于胸墙阵地没有死角，不怕敌人杀进来。

闯入这个胸墙的人，即使杀得了胸墙里的步兵，他自己也很快就会受到来自其他胸墙的人的攻击。一夜时间就完成了这样一个夜战阵地，可见萨长兵中确有奇人。据说设置这样的阵地，主要靠的还是长州藩。他们在以往遭受幕府征讨的时候，积累了丰富的野战攻城经验，并创新了应战方法。

该阵地距奉行所不足三十米。

岁三挑选了永仓等剑术精湛的队员，命令他们"杀入敌人阵地”，同时又下令新选组的一门大炮不间断地向敌人射击，以掩护永仓等人。

永仓等人挥着剑刃向前冲去。

他们冒死拼命向前冲。

"冲啊！"

坐在土墙上的岁三大声喊着。他很清楚，如果队员们不能迅速冲进敌人阵地，那么在到达敌人阵地之前就会被对方的枪炮击中。

"伞，有伞就好了。"

原田左之助在土墙上探着脑袋说。

"什么伞？"岁三问。

"挡子弹的伞。下雨天用油纸伞可以挡雨，可是挡子弹，那种伞就不灵了。"

路上，队员一个接一个地倒下。

他们挨了子弹后，身体会不由自主地向上跳，然后又摔下去。岁三等人虽身在奉行所，却感觉到了那些队员身体落地时发出的"咚"的声音。

永仓跳进了松林，接着有五六个人跳了进去。大家躲到了一棵棵松树后面，却一步也不能动。因为只要一离开松树的保护，就会被来自各个方向的榻榻米胸墙射出的子弹击中。

但是永仓准备冲出去。

"永仓，别动，不能动。"

岁三吼叫着阻止住永仓。

接着，他又回过头来看着在奉行所待命的原田左之助，说："赶快从你的队里挑选十五个人。"

原田马上挑了十五人。他们从高两间的土墙上一个接一个地跳出去，冲到了路上。

岁三也从土墙上跳了下来。

"跟我来。"

他一边跑一边抽出了二尺八寸的和泉守兼定。剑刚出鞘,一颗子弹不偏不倚地正中剑身,"叮",子弹带着清脆的声音斜飞出去。

"跑,快跑。"

说实在的,像这种跑动的打法确实有点落伍。

子弹像雨点一样飞来。此外,岁三他们每跑几步,就有萨摩炮兵的炮弹从御香宫方向射来。

"轰——"

"轰——"

炮弹纷纷落在路上。因为炮弹内有霰弹,所以每一发炮弹落地,周围都会升起一股浓浓的白烟。

岁三终于跑进松林,并找到一棵树做掩护。

回头一看,倒在路上的尸体已经多达十二具。

"都不要出去。"

岁三命令。

他要等待夜幕的降临。只要再等上十来分钟,天色应该就黑透了。

他要在黑暗中杀过去。

只要靠近敌人,只要开展近身战,那就是新选组的天下了。

——我要用你们的尸体堆出一座山。

岁三信心百倍。

奉行所正门。

在这里应战的是以奉行所为要塞的幕府军主力,也就是以林权助老人为队长的会津兵。

权助老人有三门炮,他让炮兵首先对准龙云寺高地上的萨摩藩炮兵阵地开炮射击。

但是从这里每发出去一颗炮弹，就有十发炮弹从头顶上落下来，三门大炮在这里基本派不上用场。而相距不过二十米的御香宫围墙上，萨摩军的步兵队也在不断向这里倾泻弹药。

"这边开枪、开枪！"

权助老人亲自督阵会津步兵队，无奈手中的枪太落后，多是火绳枪。

这种枪不仅操作起来非常麻烦，而且有效射程最多只有一丁。

而萨长步兵队的装备是米尼枪。当时，萨摩藩有制造枪支的机床，分别安装在国许和京都藩邸内。所以他们的枪基本上都是自制的，而且多出来的还可以无偿提供给长州军。性能也绝不比外国进口的差。

所用的大炮也是对西洋野战炮进行改造后制造的，叫"弥助炮"。现在正在龙云寺高地上指挥炮兵阵地的大山弥助就是改造大炮的专家。

当时，全国最强、最精锐的藩兵被认为是会津和萨摩两藩，但是现代化的程度上两者不能同日而语。

会津藩有些保守，他们因循守旧，不仅武器装备陈旧，而且战斗中采用的战术还是长沼流，从战国时代以来没有一点进步。

于是新、旧体制在这里发生了激烈的冲撞。

权助不得已把三门会津炮拉到奉行所东侧的路上，向龙云寺高地仰射。

炮弹几乎都落在松林里，而目标阵地毫发无损。

当然，说炮一无用处有失偏颇，至少它也发挥了一点作用。萨摩军第二炮队队长大山弥助被炸裂的炮弹碎片击中了耳垂，然而也只是击中了耳垂。萨摩炮兵射出的炮弹还是越来越密。

在御香宫内待命的萨摩步兵队也出动了。他们分别从路上、屋檐下、小祠堂等地出击，向南逼近。

权助老人站在路中央指挥战斗。

"杀进去！"

他几次下令刀枪队冲锋。但每次前进不到十米远，先头的队员就一个接一个地倒在枪林弹雨中，转眼成了尸体。

在这种情况下，权助还是连续三次下令突击。然而除了尸体增加外，没有任何进展。

但是权助依然不屈服。

"既然这样，我来最后冲一次。"

就在他拿起长矛向前冲的时候，有三发子弹同时穿进了他的身体。

"咚"的一声，权助一屁股坐到了地上。

他已经无法站起来了。

一个士兵想抱着他退回奉行所，他一甩手，说："别碰我。"

就这样，林权助带着枪伤坐在路中央继续指挥部队。

入夜。

岁三把新选组的队员集中到松林里，点亮了一支松明。

"大家听好了，这火光就是我。你们要跟着火移动的方向前进。"

松林里，榻榻米堡垒群已经一片寂静。因为天黑下来后，萨摩兵看不见目标了。

"原田君。"岁三靠近原田，悄悄吩咐他怎么做。

原田左之助的嗓门很大。他按照岁三的要求，对着松林里的敌人，大声喊了起来：

"你们听着，现在，"左之助吸了一口气，"新选组千名队员就要杀过去了！"

他的声音很有威慑力。

听到新选组三个字，敌人感到了一丝恐惧。松林中的敌人是长州的第二步兵队，是主力部队。

他们开始了盲目扫射。

"黑夜里，枪火就是目标。"

岁三确认了枪口冒出的火花位置后，突然杀将过去。

一个步兵手被杀死。

接着，岁三一连又杀了四个。

原田左之助等人也奋力作战，终于让敌人感觉到了绝望，他们崩溃了。短短一会儿时间，长州方面包括小队司令宫田半四郎在内，死伤达二十余人。

敌人向北逃去。

北面是岁三准备袭击的敌人的大本营御香宫。

"跟上。"

岁三左手举着松明，右手拿着和泉守兼定，向路上突进。

他们来到奉行所的东侧。

会津藩的主力就在这里。

"林先生呢？"

"在那里。"

顺着会津兵手指的方向，林权助还一身戎装地坐在路上。

他还在指挥大炮进行射击。

"嗨，土方先生。"权助老人招呼道。

这时一颗炮弹落到了他的身旁，炮弹炸开了。权助的脸色还是那样镇定。

"你受伤了吧？"

他指着左腕、腰部和右膝。

"被子弹击中了。你呢？"

"我还好。"

正说着，一颗子弹飞来，打飞了岁三手上的松明。

岁三慢慢地捡起松明，叫了一声："佐川。"

佐川是会津藩别选队的队长,全名叫佐川官兵卫。他在家臣中是一个响当当的人物,以勇猛著称。

"从敌人大炮小枪发射的情形来看,好像西边街区的人数不多。咱们是不是从街区迂回,绕到御香宫的背后,给他们来个南北夹击?"

"好主意。"

佐川这才想到,攻敌之弱是战术的关键。在长沼流的战术中也有同样的说法。

而岁三的想法只是出于他的天赋。

"就这么办。"

佐川马上召集了会津藩、幕府军传习队的各个队长,向大家简要说明了战术要旨,并布置了作战计划。

新选组作为先锋打头阵。在以前的蛤御门之变中,新选组曾经在伏见市区和长州兵有过遭遇。因为有过这样的经历,所以岁三主动要求打头阵。

会议结束后,队伍立刻向西出发。

经过八丁田埂突入市区时,队伍遭遇了为数不多的长州兵。经过一番交战,对方很快溃散。

"我们一定能打赢。"

岁三站在两替町大路上(南北线),指挥着前进中的队伍:

"传习队沿此路向北前进。"

岁三指示传习队向北,接着又向西。

到了新町大路(南北线)。

"向北。"

岁三在突进。在狭窄的公路上,各兵种的幕府兵排成三列或四列纵队向北跑去。

但是他们只前进了二十来米。

突然，从公路两侧的民居中同时响起了枪声。随着枪支喷射出来的火花，幕府兵纷纷应声倒地。

原来他们遭遇了长州的袭扰部队。

"传习队，不要停，继续前进。"

说完，岁三又指挥新选组疾风般地快速袭击了两侧民居。他们一家接一家地击溃了藏身在内的长州兵，然后继续向前。

进入市区后，只要展开了近身战，队员就情绪激昂，奋勇杀敌。

他们继续北进，与先前到达市区的传习队、会津藩兵会合后，又绕到了敌人的本部御香宫后面。

——我们赢定了。

岁三再次确信。

对于幕府军的突然出现，敌人惊呆了。

萨摩军迅速派出步兵队展开枪战。但是，很快枪战又演变成了异常激烈的肉搏战。

指挥在此时已经不再有效。敌我双方挤作一团就在路上厮杀着、跑动着，相互遇到对手举剑就砍。这是一场真正的混战，就像簸箩里淘洗的芋头一样乱作一团。

"新选组前进，新选组，前进！"

岁三边战边叫。看到不同装束的人举剑就砍，除掉一个，又继续前进，向着御香宫前进。

眼看已经到了围墙下。

然而，在龙云寺高地上的大山弥助等萨摩军炮兵察觉到了下面情况有异，他们发现战场正在向意料之外的方向转移，于是急忙做出应对，重新调整了炮座的方向。

同时，萨摩的枪火也集中射向这边，形成了开战以来最强的火力网。

顿时，岁三周围的士兵纷纷倒地。

幕府军的步兵和传习队似乎快要坚持不住了，只有会津藩兵没有出现一丝动摇。

他们跨过一具又一具尸体，勇敢地向前砍杀。

——干得不错。

岁三很感慨。但会津藩兵有一个习惯，他们只要杀死了敌人，就一定要砍下他们的头，并挂在自己的腰间。

对此，岁三也很头疼。

会津藩无论是盔甲戎装、战场上的做法，抑或是战术，还在沿用三百年前的老一套。

脑袋是有分量的，而且很重。

腰部挂了两个脑袋后，行动就不再敏捷，脚步也不再稳健。

岁三非常着急，他在混战最激烈的时候，看到会津藩兵挂着敌人脑袋奋勇作战的情形，忍不住大声喊叫：

"你，快把脑袋扔掉。"

但是谁也不明白他的意思。

而另一边，新选组的肉搏战显得轻松多了，只是队员人数少了许多。

此时，在伏见之战中，幕府军遭遇的最大不幸发生了。

作为后方的本部——伏见奉行所的建筑物溅到了火苗，开始燃烧起来。

大火熊熊燃起，照得周围亮如白昼。萨长借着火光，看清了岁三等幕府军的行动。

子弹和炮弹落点越来越准，说像倾盆大雨似的当头浇来也绝不夸张。更要命的是，幕府军密密麻麻地都挤在一条狭窄的公路上。

已经不能算是战斗了。

这完全是屠杀。

岁三还在路上狂奔着指挥队伍。此时，他对会津藩队长佐川官兵卫说了一句话，一直流传到很久很久以后。

　　"佐川先生，"岁三说，"将来的战斗中不会再出现北辰一刀流或天然理心流了。"

　　这不是岁三绝望之时说的话。

　　这是他满怀对未来的期待而说的话。他的意思是，今后要靠西式武器进行战斗。

　　说完他好像还笑了笑。这确实是个与众不同的人。

　　伏见奉行所燃烧的火光照在他的笑容上。

　　——我真正的人生就要从这场战斗开始了。

　　岁三集合了队员。

　　"大家都在吗？"

　　枪林弹雨中，他看着眼前的六十几个人。

　　原田左之助、永仓新八、斋藤一……新选组成立以来的队长们脸上都是亢奋的表情。

　　他没有看到在故乡时一起奋战的天然理心流同门、六番队队长井上源三郎的身影，也不见监察山崎丞的踪影。

　　"山崎君呢？"

　　"受了伤，已经送到后方。"

　　"其他各位呢？"

　　不用问他也明白，余下一百数十人已经做了鬼。

　　"好吧，就咱们六十个人再杀回去。"

　　岁三突然坐倒在地下。

　　一颗子弹紧贴着他的头顶掠过。

鸟羽伏见之战·之四

这是一个剧场，戏正在上演。

观众席上的灯光转暗，只有舞台上的人物在灯光的照耀下。

对于新选组来说，此时的战场亦是如此。

后方伏见奉行所熊熊燃烧的火光让公路上的新选组队员、会津藩兵粉墨登场，把他们照得透亮透亮。

萨长阵地却在黑暗的观众席上。处于这样一个有利的位置，他们可以无所顾忌把炮火射向舞台。

"这样下去，事情将难以收拾。"

岁三看着奉行所熊熊燃起的火势吐出了这么一句话。他决定暂时集拢部队，让队员们躲到京町四丁目到二丁目之间的庄稼地里，躲开火光的"照明"。

这年的元月三日，阳历是一月二十七日。这一天，英国公使馆书记官欧内斯特·萨道义正在大坂。他是文久二年作为翻译官来日本的，后来与萨长接触较多。他用他的智慧和准确的时势洞察力，帮助上司巴夏礼公使，给萨长提了许多建设性的意见。关于这一天，欧内斯特·萨道义在他的《幕府末年维新回想录》中是这样记载的："一月二十七日晚，京都方向出现巨大的火焰。问远藤（萨道义的随从），说是在伏见，萨摩和它的同盟军正与幕府军作战。"伏见奉行所的火势在相距十三里开外的大坂都能看见，可以想见那是怎样的一个情形。

"唉，再有五十步就冲进敌人本部了，今晚运气不好。"

十番队队长原田左之助把剑收进了剑鞘。

左之助说得没错。如果奉行所没有着火，那么在伏见的这场夜战中，胜者很可能就是幕府军。

不只战场上如此，关于这场鸟羽伏见之战，无论是哪个国家的哪位名将来看，理论上，胜者都应该是幕府军。

京都的萨长兵兵力很少。

预备军也不多。他们已经出动了所有的兵力。如果在鸟羽和伏见的御香宫前线崩溃，萨摩军的首领已经想好了退路，他们将撤出京城并护着天子逃出京都，伺机再次举兵。

但是，从武器装备上来说，萨长占据了绝对优势。

当然，幕府军也有西式装备。背着行囊、已经完全西化的所谓的"步兵"还在不断西上。

人数还不少。

然而，幕府军欠缺最重要的东西——斗志。幕府军不像萨长那样拼命。这一点与历史上使日本走上封建社会的关原之战非常相似。如果从理论上推演的话，西军不应该在关原之战中失去战局。西军不仅人数居多，而且在战场上还占据着绝对有利的地理位置。但是西军缺乏斗志，在战场上拼死作战的只有石田三成队、大谷吉继队和宇喜多秀家队。

鸟羽伏见之战的第一天，在战场上拼死作战的只有会津藩和新选组。遗憾的是，这两支队伍都没有枪支，他们都不是拥有西式枪炮的队伍。

连英国人萨道义都嘲笑幕府军。他说："虽有一万大军，却毫无斗志可言。"

英国很早就对幕臣的软弱感到绝望了。他们暗中支援萨长，设想有朝一日由他们来实现日本的统一。

所以，此时他们大大松了一口气："没有辜负我们的赌注。"

岁三——

站在路中央。位于东南方的奉行所的大火清楚地照着他的身影。

——胜利一定属于我们。

岁三依然坚信。他想，只要现在死死守住作为幕府军最前线的战斗阵地，明天一早西式武装的幕府军步兵就会大举进入伏见。而且，先行的幕府军法式第七连队现在已经开始进入伏见。

友军会津藩兵虽然装备落后，但是他们的藩士毕竟是日本最强的武士之一，与萨摩兵齐名。他们充分表现出了不屈的精神，像林权助队长等人，身上中了三处弹伤依然不退一步。

然而，晚上八时左右，传令兵士野村利八回来了。他给岁三带来了一个惊人的消息。

"我方正在撤退。"

"胡说。"

岁三吼道。他命令二番队队长永仓新八等人再去确认。

新八向西跑去。

然而，原本应该在两替町一丁目附近的幕府军第七连队，此时已经不见了踪影。

——怎么会没人呢？

这里应该密密麻麻地聚集着第七连队的人才对。

——他们去哪儿了？

新八疯了似的向南跑去，终于在伏见松林院御陵的东面一角，追上了第七连队的队尾。

"你们。"

永仓新八面色剧变。永仓是大御番组，是名望地位较高的旗本。

这些所谓的"步兵"，是在江户、大坂公开招募来的，其中不乏无赖、武家仆役、消防员等等，所以永仓盛气凌人地对待他们也很自然。他问："你们去哪里？"

"不知道。大将说了快逃，所以我们是在逃。"

步兵中一人扭过脸去。永仓用力扇了这小子一个耳光。

"啊。"

步兵应声倒地，此人看上去像是应征参加幕府兵的无赖。

"你，你干什么？"

他一跃而起，倒拿着枪打永仓。永仓闪开，抬起一脚又把他踢倒在地。

"新选组的永仓新八你不知道吗？"永仓大声吼道。

"啊。"大家都惊讶得叫出了声。

这时，一个步兵指挥官（幕臣·士官）跑过来。只见他脸色苍白，连连说："你，你们在干什么？"

永仓一拳打在这家伙的脸上，骂道："混账，什么干什么。我在问第七连队要去哪里。"

"是，是撤退。"

"撤退？"

"这是丰前守阁下（松平正质，幕府军总督）的命令。他命令我们撤到高濑川弥左卫门桥那里（横大路村）。"

"新选组可没有听说。"

"那是你们的事情。"

"你说什么？"

"我们是听命令行动。新选组怎么样，我们可不知道。"

"嗖"的一声，新八亮出了剑。

指挥官赶紧溜了。

就在这时，新町九丁目附近的长州军正在南下，一时间枪声四起。

幕府步兵四处逃窜。

脚下尘土、烟雾弥漫。

"呸。"

永仓迎着敌人进攻的方向跑去。跑过一座又一座房子,穿过一家民宅,终于回到了新选组的集合地点。

"土方先生,步兵跑了。"

"哦。"

听到这一消息,岁三非常镇定,令站在他身旁的会津藩队长佐川官兵卫感叹不已。

"跑了?"

佐川好像也只问了这么一句。他的右眼被炮弹碎片击中了,此时半个脸包着白布,已经被血染得通红。那年,他三十八岁。

他是官兵卫六百石,后来,回到会津以后又转战各地,当过军事奉行头领。在会津的城池眼看就要沦陷的时候,升至家老。他指挥藩士们勇敢作战,直到城池最后沦陷。维新后他在警视厅供职,在明治十年的西乡之乱(西南战争)中,他作为政府军的警察队长,率领警视厅抽调出来的剑客,勇敢地杀向萨摩军,为戊辰之役报仇雪恨,最后战死。他和大炮奉行林权助一样,也是会津藩真正的武士。

"既然这样,"岁三歪着头说,"萨长是不会去追他们的。他们没有这个实力。佐川先生,你看呢?"

"土方先生,"佐川官兵卫顾左右而言他,"我们留下吧。"

"当然。"

岁三请会津藩抽人把伤员送往后方。

经过统计,会津藩和新选组加起来共战死三百人,重伤一百几十人。佐川马上组织人员护送伤者去后方。

他们刚刚布置完这一切,萨长兵来了。

"杀进去。"

岁三挥舞着白刃在京町路上向北跑去。新选组六十余人以及留下来的佐川官兵卫指挥的会津藩兵紧紧跟上。

萨长军的枪声响成一片。新选组队员和会津藩兵又一个接一个地倒下。

"快跑！"

此时，只有冲进敌军中间才能避免更惨重的伤亡。

两军开始了激烈的战斗，一场异常惨烈的肉搏战。

岁三边躲边砍，边砍边躲。

白刃混战是新选组的拿手好戏。

而且，有会津的矛缨队帮助。

萨摩军悍勇有余，但他们不像新选组是清一色的剑客，所以并不习惯贴身战。而且萨摩人还有一个特点，那就是只要形势对自己"不利"，他们绝不恋战。自古以来，他们的战术思想就是，与其用自己不擅长的贴身战与敌厮打，不如伺机溜走。细想想，还是很有道理的。

在后来的西南战争中，据说从熊本转入到西乡军的肥后人对萨摩人的这种做法不知所措。因为他们只要一处于劣势，转眼间就四散逃走。当肥后人意识到这一点的时候，周围已经不见萨摩兵的踪影。开溜的速度之快令人难以想象。

此时，混战中的萨摩队长也大声下达了逃跑的命令："大家快撤。"

随即，一群人迅速撤散开了。

"不要追。"

岁三阻止了队员们的脚步。因为他们已经没有足够的力量去追击并和敌人主力发生对抗了。

"撤退。"

两军同时撤退的情形也算离奇了。新选组和会津藩回到了原来的集合地。

刚回到集合地，幕府总督松平丰前守的使者来了。他带来了总督的命令。

456

"请退到高濑川的西岸。"

岁三详细询问了使者，得知已经撤退的幕府步兵第七连队根据丰前守的命令留在了高濑川的西岸。他们作为临时工程兵（法式工兵）正在那里构建野战阵地。

"是这样。我还以为他们早逃到大坂了呢。"岁三讥笑道，"请回去转告总督，谢谢他的关心。不过新选组和佐川的会津兵不打算离开这里。"

"可是这样你们会遭到敌人包围的。"

"别开玩笑了。萨长如果有足够的人数包围我们，第七连队撤退的时候早就追去了，恐怕你也早没命了。"

"可是——"

"我们就留在这里。"

岁三打发使者回去了。

京都的萨长军确实已经没有多余的兵力了，军费资金也同样没有富余。他们曾经在朝廷向各位重臣筹集资金，却只筹到五十两。像这种改变历史的战争，胜利者的手中只有五十两可用资金，这在过往所有历史上恐怕也是绝无仅有的。面对这样的对手，身为旧政府军的幕府军怎么会失败了呢？

没多久，第二个使者又来了。

还是那句话："请撤退。"

岁三觉得可笑。他问："高濑川西岸的阵地建好了吗？"

"还没有。"

"如果正在建的时候遭到敌人的夜袭怎么办？"

"这个——"

岁三笑出了声。

"好吧，我们撤。但是在高濑川阵地建成以前，我们就守在这里。"

临时赶建的阵地工程是在深夜零时以后完成的。岁三他们在深夜一点过后，放弃了前线阵地，退到高濑川阵地。

第二天，是元月四日。

在这个水乡特有的浓雾的早晨，太阳已经爬上了天空，而能见度不过数尺。

这样的气象条件与发生在庆长五年九月的关原之战开始时的早晨极其相似。

不同的只是这天没有下雨，但同样寒气袭人，水坑里结了厚厚一层冰。

"这雾下得太及时了，真是天助我也。"

岁三打了个盹儿，醒来看着大雾低声自语。

因为大雾，敌人的炮兵看不见目标，无法射击。此时周围一片寂静。

岁三知道，这雾可以帮助他们"争取时间"。

按计划，连夜从大坂急行军赶来的幕府军西式部队第十一连队此时应该快到了。这个连队的指挥官是佐久间近江守信久。他是幕府的步兵奉行，无论品格还是长相，在幕臣中都堪称少有，他像三河武士一样，非常豪爽。

和佐久间的第十一连队同时来这里的应该还有一个大队。这个大队的步兵头领洼田备前守镇章也不是一个弱将。只是他率领的这个大队是由大坂紧急招募的街头兵组成，据传还有长州的间谍混迹其中。

然而事实出乎所有人的意料。当时的确有一个长州奸细混迹于幕府军中，此人名叫英太。但是他并不在洼田的队里，而是在第十一连队，还是指挥官佐久间近江守的马夫。当然，这件事情是在明治以后才清楚的。

早上七点。

由法国士官训练的这两支幕府兵陆陆续续到达战场。

"左之助,炮兵队来了。"

岁三很高兴。

八点,大雾散尽。

天气晴好。

两军的大炮声终于在鸟羽伏见之间的上空响起来了。

新选组得到了幕府军十四大队西式枪炮等武器的支援。他们靠近由小部分萨摩军守卫的中岛村,近身突袭成功,一举占领了中岛村。

佐久间近江守的第十一连队在大坂公路上发起进攻,大大牵制了萨摩兵和长州兵的行动。

在淀山桥方面,会津部队以白井五郎大夫为首的队伍凭借两门大炮的威力,逼使萨长兵四处溃逃,并乘胜追击,直到下岛羽北端,几乎闯入敌人的阵地。

战斗的第二天,幕府军取得了全面的胜利。据说消息传到御所,公卿们大惊失色,一阵慌乱。他们纷纷指责,一致认为把兵力薄弱的萨长兵作为"新政府军"的决定过于轻率。

战斗开始后的第三天,元月五日,天气同样晴好。

这一天,两军之间的胜负不像前一天很快决出。幕府步兵的指挥官佐久间近江守和洼田备前守在前一天的战斗中,为了鼓舞士气而身先士卒,冲锋陷阵,不幸相继阵亡。为此幕府军的西式部队遭到了重创,士气受到极大影响。第三天的战斗打响后不久,幕府军开始出现溃退的迹象,很快溃逃的队伍越来越多。会津藩和新选组为了阻止幕府军的溃逃,使出了浑身解数。

新选组的原田左之助和会津藩藩士松泽水右卫门持剑阻止从淀堤溃逃的幕府步兵。

他们大声责问这些逃兵，说："你们为什么要逃？我们还没有输呢。"

然而，终究没有能够阻止步兵队的溃逃，只好退而求其次，要求"把大炮留下"。

朝廷已经决定承认萨长土军为"新政府军"，由仁和寺宫作为总督出征。于是幕府军同盟、把守山崎要塞的藤堂藩倒戈，使幕府军面临腹背受敌的战斗格局，士气最差的步兵们纷纷四散逃窜。

同时，在京都保持中立、采取观望态度的各藩随着"共举皇旗"的通告也纷纷加入萨长战线。这一情况被夸大后传到幕府军中。

会津、桑名两藩及新选组在局部战斗中基本上处于微弱的优势。但是，到了下午，由于主力部队败退的影响，他们也被迫退出战斗。

经过这一天的战斗，岁三手下的队员已经锐减到了三十人。在淀堤千本松，他叫来幕府军步兵的指挥官，经过商量，决定"再做最后一次努力"。

岁三挥动手中的剑，冲上了公路。

然而，紧跟着冲上来的除了新选组队员，只有会津藩还活着的林又三郎（权助之子，在这里战死）等寥寥数人。

岁三退到了大坂。

在充塞了残兵败将的大坂城内，一件令他大感意外的事情正等着他。

在大坂的岁三

眼前的一切归结起来就是溃逃。

这一点已经成了铁的事实，毋庸置疑。岁三让未受伤的人沿淀川河岸徒步南下，伤员坐三十石船，前往大坂。

——真的输了。

看着队员们沮丧的表情和耷拉着的肩膀，岁三不得不接受了战败的事实。不管从哪个角度去看，这是一支不折不扣的败军。就连十番队队长原田左之助那样勇气可嘉的队员此时都以矛当杖，走路垂头丧气。

岁三从马上跳下来，叫住原田，说："左之助，振作点。别忘了还有别的队员在看着你呢。"

左之助很疲惫。正因为他是一个勇敢无畏的剑士，所以一旦战斗失利，就显出异常的疲惫。他直直地看着岁三，只说了一句话："你这样子我可做不到。"

他依然耷拉着肩膀、垂着脑袋向前走去。

"各位，我们要振作起来。虽然这次战斗失败了，但是我们还有大坂城。"

岁三回到马上，大声鼓励大家。的确，大坂城里有将军，还有几万名毫发未损的幕府军士卒。当然还有武器。

"我们的城堡固若金汤。只要我们到了那里，拥护将军，奋勇作战，反对萨长的天下各藩一定都会站到我们这边来的。"

应该说这是一场必赢的战役，但还是输了。纵观鸟羽伏见之战，真正在战场上奋勇作战的只有会津藩、新选组和见回组。驻守山崎

461

要塞炮兵阵地的藤堂藩临阵倒戈，幕府直属的西式步兵几乎都在忙于逃命，更别提作战了。

然而，在大坂还有幕府军的主力，而且城堡坚固。虽说这座城堡是丰臣秀吉建的，但是自从家康以来，为了防御来自西部地区大名（特别是毛利、岛津）的叛乱，经过了一次又一次的加固，不是轻易能破得了的。

——就凭萨长的兵力是无论如何也攻不下大坂城的。

岁三非常乐观。相信古今东西的所有军事专家在这一点上也都会很乐观的。

"我们到大坂休整一段时间，以后再和他们较量。"

岁三鼓舞大家。

岁三的想法很正常。

大坂是在京都的新政府军最头痛的地方。新政府军没有足够的力量。本来乘胜追击、扩大战果是军事常识，无奈他们兵力太少。

参加了当时京都萨长同盟军作战的长州藩士井上闻多（后来的馨侯爵）等人也表达了这样的观点：

"幕府兵一定会进入大坂城。根据我的推测，他们很可能会以大坂为据点，向四方扩展兵力，控制兵库（神户）开放的港口，设法从国外购进新式武器，阻止来自国元的萨长增援部队登陆，用他们的优势舰队封锁濑户内海。这样一来，我们在京都就成了瓮中之鳖。不仅如此，幕府的世袭大名若州小浜藩的藩兵等还会控制大津口。而京都市民的粮食主要来自近江，粮食运不进去，市民就会饿死。如此一来，我们在京都的小部分军队将不战而败。我们不能让这样的事态出现。所以，我们必须赶快回到国元，集中国元的兵力从山阴和山阳两个方面攻打京畿。希望萨摩也能采取这样的行动。这是现在情况下唯一的办法。"

对这个意见，萨摩方面表示完全赞同。他们同意在国元的兵力到达之前，首先在八幡、山崎等京城南部的丘陵地带设置炮台，准备打持久战。

综合这些情况，岁三对战局表现出来的乐观也就无可厚非了。

队伍行至守口的时候，西南方向可以看到大坂城内五层楼高的天守阁。

"你们看。"岁三扬起鞭子，对队员们说，"只要我们的城堡还在，天下就不会轻易落到萨长人的手中。"

他当时的心境大概和大坂冬·夏之战时的真田幸村一样。虽然幸村当时的敌人正是岁三现在支持的德川家。

大家没有反应。队员们在伏见口已经见识了可怕的枪火。萨长军的后膛枪[1]速度太快，是会津藩的前装枪[2]的十倍。会津藩的火绳枪每发出一颗子弹，对方打过来就有二十颗。

——说到底还是世道变了。

这种感受是队员们在经历了枪林弹雨之后的切身感受。他们不是简单意义上的败军，带给他们更大影响的是思想观念上的冲击。

——有什么了不起的。我们也买那种枪不就行了。

只有岁三没把那些东西放在眼里。

但是，在这场战斗中，幕府军的损失实在太大。死者无数，伤者更多。从船上一个接一个下来的伤员，裹在身上的绷带都是红色的。而他们身上的伤几乎都不是剑伤或矛伤，而是炮伤或枪伤。伤员中，有人手脚断裂，有人下巴被碎片击中，有人身上中了三颗子弹等等，情形惨不忍睹。

1　从后面装子弹的枪。
2　从前面装子弹的枪。

"那场战斗（鸟羽伏见之战），简直乱得不行。我们向京桥方向逃去的时候，看到许多浑身是血的幕府武士坐船从淀川下来。"

有一位当时的目击者如是说。她是大阪市北区此花町一的稻叶雪枝女士，非常长寿。在一百零一岁的时候，她因长寿过百得到了市政厅的祝福。当新闻记者前去采访她时，据说她说的第一句话就是"战争的时候"。她只说战争，记者误以为她说的是第二次世界大战，再仔细一听，原来她说的竟是鸟羽伏见之战。

岁三走进分配给新选组的营地——大坂代官屋。此地位于天满桥南的东侧，是一座非常气派的房子。

"近藤在吗？"

他问代官屋的人。说是在内本町三丁目的御城代下屋疗伤。

"冲田总司也在那儿吗？"

可惜，这里的人并不知道冲田是否也在那儿。

"永仓，伤员就拜托给你了。"说完，岁三骑上马出去了。

沿着狭窄的谷町笔直向南，就到了御城代下屋。岁三在院子里拴马的时候，天上渐渐沥沥地下起了雨。

天气异常寒冷。

岁三感觉到了这些天来一直没有意识到的寒冷。

雨点滴答落下。岁三向着玄关慢慢移动脚步。累，真累。他从出生到现在，还从来没有感觉到脚步像今天这样沉重。

他忽然想到了阿雪。

——也不知道阿雪现在怎么样了。

突如其来的想念使他感觉阿雪好像就站在玄关的松树那头。

当然这是幻觉。

他太累了。

"近藤的房间是哪个？"

走廊上，他问一个像是幕府军步兵指挥官的、身穿新式呢绒服装的男人。看样子此人没有上战场。

"近藤？是哪里的近藤殿下？"身着呢绒衣服的男人反问道。

"你不知道吗？除了新选组的近藤，还能有谁？"

岁三大声斥责。当然，此时他的神经多少有点不太正常。

岁三走到近藤的房间外面，哗啦一声拉开了纸拉门。

近藤一个人躺在里面。

"我是岁三。"

岁三蹲到他的旁边，随手把剑放在他的枕边。

"我们输了。"

"听说了。"近藤一双无神的眼睛看着岁三，说，"你们辛苦了。"

"伤口怎么样？"

岁三避开了这个话题。

"肩还是不能动。良顺（松本）先生说很快就会好的，可是肩不能动真的很麻烦。好在他说，再有一个月时间就能恢复到以前一样。"

"这么说，再过一个月你又可以上战场啰？"

"也许吧。"

岁三点点头，简单地介绍了一下战场上的情形和队员的情况等，随后又问："总司怎么样？"

岁三去了冲田总司的房间。正好德川家的御医松本良顺正坐在他的枕边。

"哎呀，你就是土方先生啊。我几乎每天都听近藤先生和冲田先生说起你，感觉已是相交多年的知己了。"

没有寒暄。松本的年龄比近藤稍大，大概有三十七八岁的样子。眼睛和鼻子都很大，长相很刚毅，不像是医生。后来他转战东北，明治之后，受到特别准许成了军医总监，似乎很喜欢打仗。

"什么啊，鸟羽伏见之战才不是败仗，来来来，快跟我详细说说。"

"过会儿再说吧。"

他看了看冲田的脸。

冲田在微笑。依然是他特有的、灿烂的微笑。

——瘦多了。

"冲田君的病不要紧的。"

"是吗？"

岁三满腹疑惑地看着良顺，微笑从良顺的脸上褪去。

——看来还是不太好治。

"土方老师。"冲田开口叫土方。

"你别说话，这个病不能累着。"

岁三想拉冲田的手。冲田好像很难为情似的，赶紧把手伸进了被窝。

真的瘦了。

手腕上几乎没有肉感。也许就是因为这个，冲田才不好意思的。

"队里还有事，我走了。不过总司，我每天都会来看你。"

"土方老师，"冲田的视线移向了放在枕头边的一盆梅花上，看着它说，"那是阿雪给我的。"

"什么？"

刚要站起身的岁三又一屁股坐下了。他急切地问道："阿雪，哪个阿雪？"

"哟。"冲田看着岁三的眼睛，微笑着点了点头，"她也来大坂了。每天都会来这里看我。"

"听你这么一说，好像近藤的房间里也有一样的梅花。"

"是吧。不过，阿雪来这里从来也不说土方老师的事情。"

——她就是这样的人。

岁三站了起来，眼睛看着远处，却又不知道要看什么。他非常狼狈,甚至忘了向松本良顺道别。

良顺好像开了他一句玩笑,可是岁三没有听见,他已经出了走廊。

——阿雪。

反手关上拉门的时候,外面的雨还在下。岁三有点茫然地看着雨丝落进花盆里。

——真想见到她……

岁三轻轻地走在走廊上,等他意识到自己在干什么的时候,已经蹲在了外窗外的窄廊上,看着小小的瑞香灌木。

——不知道阿雪她还愿不愿意再听我说故乡的事。

岁三的眼里满是正在淅淅沥沥下着的雨。可是他的瞳孔是散开的,仿佛什么也没看到,表情呆滞。也许是因为被雨雾淋湿了的缘故,鼻子闻到了还留在肩头的微弱的硝烟味道。

"这是一场无聊至极的战斗。"岁三像对着阿雪说,"不过,在大坂一定还会有一场决战。"

"土方先生。"

岁三听到背后有人叫他。

他吓了一跳,回头一看,原来是松本良顺。岁三一直到很久以后都记得当时良顺脸上难以名状的表情。

"你是不是还不知道?"良顺说,"庆喜和会津中将都已经不在城里了。"

"啊?"

"他们跑了。"

"这,这,近藤和冲田他们知道吗?"

"知道。他们大概是看到你好不容易从战场上回来,说不出口。"

——我们被抛弃了。

此时的岁三,内心有一种说不出来的滋味。不光是他,也不只是在鸟羽伏见之战中浴血奋战的武士们,大概就连所有的战死者都会有这样的感觉。

"你能详细跟我说说吗？"

岁三的脑海里已经全然没有了阿雪的影像。

庆喜抛下自己的支持者逃走了。

是的，庆喜从自己的支持者身边逃走了。当鸟羽伏见之战失利的战报传到大坂城的时候，城内一片哗然。主战派提出了天经地义的要求：请将军御驾亲征。

"请将军尽早出城，亲征战场。从以往的经验来看，自家康公以来，只要御马在队伍前头，旗本、世袭大名等家臣就会抱着必死的信念冲锋陷阵。我们有的是兵力，取胜毫无悬念。而且，我们的海军军舰已经在摄海待命，只等将军一声令下。"

当时，庆喜身边的人都赞成这个意见，庆喜也表示了同意。他站起说："好吧。我们尽早出发。大家都去准备一下吧。"

大家都很兴奋，尤其是会津藩士欢呼雀跃。大家分别回到各自的驻地做出征的准备，一个个摩拳擦掌，跃跃欲试。

然而，就在大家兴高采烈地做准备的时候，庆喜趁机跑了。时间是元月六日夜里十点前后。他只带了很少几个人。这几个人中，为首的是曾经的京都守卫官、在京城曾威风一时的会津中将松平容保。就这样，会津藩士也被他们的藩主抛弃了。关于容保这个人，更多的时候可以用坚毅这个词来评价。但是正像"贵人多不知"这句话说的一样，天生的贵人一旦遇到一筹莫展的事态时，他的感觉总是和常人不一样。现实是，岁三的新选组同时被两个主人抛弃了：会津藩主和庆喜。

桑名藩兵在鸟羽方面也经历了激烈的战斗。遗憾的是，他们的藩主松平越中守（容保的亲弟弟）也加入了那几个逃亡贵族的队伍里。他们就这样偷偷地跑了。庆喜就不提了，连这两个大名都没有告诉自己身边的人说自己要"逃走"。

这天晚上，他们是从大坂城的后门悄悄溜出去的。他们通过后门时，卫兵看见了这一行人，还进行了查问。他问："什么人？"

跟着庆喜的老中板仓伊贺守谎称："我们是去换班的。"

就这样，一行人顺利地出了城。他们走过黑暗中的大坂市区，到八轩家坐上船，顺着河出了海。他们知道在天保山海面上，应该停靠着四艘幕府的军舰。

海面很黑。

有不少外国军舰在此停泊。庆喜等人不得不在这些军舰中来来回回地寻找幕府军舰，却没有找到。于是就去了距离最近的美国军舰，请求留宿一个晚上。美军舰长把一行人迎进了舰长室。天一破晓，可以看清港口内的船只时，他们告别美军军舰，上了幕府军舰"开阳丸"。

当城里的人们得知庆喜等人不见的时候，已经是第二天了。全城一片哗然。

明治记者福地源一郎（樱痴）作为幕府的对外奉行翻译，此时正在大坂城内。他是位很有名望的旗本，关于庆喜出逃一事，写下了这样一段话：

六日夜里，我在城内的翻译室里，和同事们吞云吐雾地抽着烟，说着上司的坏话。最后说累了，就像往常一样拿出毛毯睡下了。到了半夜，我的朋友松平太郎全副武装地进来。他把我们吵醒后，说："你们怎么还这样优哉游哉的。"他竖起拇指，"他们已经撤走了。"

我还怪他："太郎殿下，在这种地方就算是玩笑话也不能说这种不吉利的话。"

"你不相信，自己去御座室看看就知道了。"

469

太郎走了。

松平太郎在将军离开大坂城后，被任命为步兵头领走马上任。所以从太郎那里听到这个消息的"我"——福地源一郎应该是城里最早知道这个消息的人之一。

岁三还是不敢相信这是真的。他牵着马从正门进来，见到貌似重要官员的人就问。

"是真的。"

大家都这样说。

销毁机密文书的烟开始滚滚升起也证实了这一事实。

"殿下，"一位有地位的旗本开口，"我们也不清楚是怎么回事。不过，在天保山海面上停着许多由榎本和泉守（武扬）率领的幕府军舰。"

"那就是说，还要打啰？"

"不是吧。应该是要把我们顺利送出去吧。"

"胡说。"

岁三一拳把那个武士打倒在地。那武士不知道是不是因为岁三下手太狠，竟一动不动了。

岁三骑上了马。对庆喜和容保的一肚子怨气让他终于忍不住出手了，虽然他知道自己打错了对象。

"我是新选组的土方岁三。你要是觉得委屈随时可以来打我。"

说着，掉转马头向大门外跑去。

——我一定要坚持到底。

不管庆喜逃了也好，容保跑了也罢，土方岁三只要还有一口气就要坚持到底。

庆喜、容保逃跑有他们的理由。

但是岁三只有好战斗勇的本能。

470

松林

岁三又来到了近藤疗养中的御城代下屋,坐到了近藤的枕边。

"看来不像是假的。将军和会津中将从城里消失了。"

"是啊。听说逃得还挺顺利。"

近藤声音很小。岁三耷拉着一张脸,心想:我们还没有战败呢。

"我们尽早出发。大家都去准备一下吧。"

将军表面上堂而皇之地下了命令,可是一转身,又偷偷换好衣装,连家臣都没有告诉一声,就悄悄地溜了。他们甚至没有想过要等一等为了他们正在战场上浴血奋战的战士们从前线回来,更没有想过要向这些战士说几句慰问的话,当然也没有想过要看望一下伤员。他们就这样自顾自地跑了。

——从古到今,我还从来没听说过这样的事情。

岁三很是想不通。

近藤在京城的最后时光,曾经作为一名"政客",周旋于各藩的藩士之间,所以他此刻的心情和岁三大不一样。虽然不是很清楚,但他知道时局是怎么回事。

他理解时局的方法非常特别。他对岁三说:"阿岁,这次战争可不是一场简单的战争,不一样的。"

"哪儿不一样?"

"你是不会明白的。"

"难道你就明白吗?"

"我当然明白。"

近藤方方正正的大脸盘对着天花板。

——看他这表情也不像是明白的样子呀。

岁三很奇怪。近藤的政治感觉放在现代社会,最多也就是乡镇议员的水平。

当一个政治家,必须具备的条件之一是要有一个哲学的头脑,之二是在世界历史的进程中具备准确的判断能力。在幕府末期,真正具备这两个条件的大概是萨长志士的首领们。

近藤并不具备。

近藤虽然不具备这两个条件,但是只要他想起在京城时经常接触的土佐藩参政后藤象二郎等人说过的话,他就觉得自己什么都懂,尽管有些模糊。

如果近藤能用自己的理解梳理一下大脑中朦朦胧胧的思想,此时他一定会说:

"阿岁,这场战争其实是一场意识形态的战争。"

所谓的意识形态战争,是指萨长抢到了天子,并在战争中强行向天子索要皇旗,把自己的军队立为"新政府军"。

当萨长在京都举起新政府军旗帜的时候,最害怕的莫过于将军庆喜。因为他出身于尊王攘夷主义思想的大本营水户德川家,先是继承了一桥家,随后又继承了将军家。

他最害怕自己成为反贼。他甚至联想到了足利尊氏在历史上的地位。在幕府末期,不论是倒幕派还是挺幕派,两派中的读书人最熟悉的知识就是南北朝史。

足利尊氏曾经是一位追随南朝,并建立了足利幕府的历史人物,而水户史学把他说成是历史上最大的叛臣。同时,水户的德川光圀从地下挖掘出了尊氏的敌人楠正成,并把他当成历史上最大的忠臣,尽管当时楠正成只是一个史上无名的小人物。在形容幕府末期志士的斗志时,也称:"不及正成。"

想来在后世,没有人能像正成那样可以激发起人们革命的斗志。

472

当京城上空皇旗飘扬的时候，庆喜想到了历史。他想，如果照这样继续打下去的话，自己留给后世的将会是怎样的名声。

"第二个尊氏"

这个念头使得庆喜果断采取了"从自己的阵营中逃跑"这种绝无仅有的行动。而他这样用上述观念来决定政治上的进退或军事行动，正是幕府末期的一个怪现象。

"阿岁，现在不是战国时代。如果我们生在元龟天正时代，那么像你和我这样的人或许都能成为一国一城的主人。但是，现在的情形完全不是那么回事儿。相信将军趁着夜色逃出城堡也是出于这种想法。"

近藤嘴里说着这种想法，但是他的大脑其实并不清楚这种想法究竟是什么样的想法，他并没有详细的概念。

他只是觉得自己好像是明白了。

"好吧，就算将军是这样，那么和他一起溜走的会津藩主又是怎么回事儿？"

"阿岁，要注意你的用词。"

"又没有人听见。我们已经经历了无数次战斗，在伏见，在淀川河沿岸，在八幡，我亲眼目睹了会津人奋勇作战的场面。老人、少壮、年轻人，还有身份低微的武士、步卒，不分身份高低贵贱，会津藩士都像真正的武士那样奋勇作战。那些场面实在感人，现在我坐在这里说起他们，还想流泪呢。武士就应该像他们那样。"

"这个我知道。"近藤沉重地说，"可是，阿岁，你要知道，眼下的局势只会让我们越打越被动，会让我们步足利尊氏的后尘。"

——他又在胡说了。

岁三瞟了近藤一眼。

"是尊氏还是什么我不知道，但是一个人的身上应该有一种永远不变的东西。男人活在这个世上就是为了追求这种永远不变的

473

东西。"

"阿岁，尊氏这个人呢——"

"你别总是尊氏、尊氏的。如果将军不想成为尊氏，就应该进军京城，从萨长人手中夺回皇旗。自己当新政府军不就什么事儿都没了吗？"

"尊氏是这样做的，但是百年以后的今天，他的头上依旧扣着一顶叛臣的帽子。因为知道这种结果，所以将军才出逃的。阿岁，你不知道，这样的事在遥远的六百年前就已经发生过了。"

"遥远的六百年前。"岁三讥讽地说，"也就是说，什么事情都必须参照古人来决定行动啰？"

"是的。"近藤重重地点了点头。

岁三扑哧一声笑了，心想："我怎么觉得自己像是在对牛弹琴呢。"话没有说出口，他沉默着站了起来。

岁三不会拘泥于所谓的教养或者主义。近藤总说他这不知道那不知道，实际上他的学识并不见得比近藤浅，甚至有时候高于近藤。近藤说的那些道理他都懂，他知道得一清二楚。他很想说："庆喜也好，幕府高官也罢，正因为有那么一星半点的学问，知道一些皮毛，所以在他们的意识中才会有输赢的想法。"

不过要把这意思表达得清晰易懂，岁三显然还缺乏这个能力。

——走着瞧。等我从萨长人手中夺回皇旗的时候，让庆喜之流的人尝尝什么是尴尬的滋味。

岁三回到位于京桥的代官屋，代理队长职务的二番队队长永仓新八迎了上来，脸上挂着他特有的无畏的笑容。他说："土方先生，你知道了吗？"

"是这事儿吧？"岁三竖起拇指说。

"噢，你已经知道了。"

"永仓君，队员们怎么样？"

"目前还没有出现大的人心浮动。只有在伏见招募的五六个人出去后没有回来。"

"就当他们是长州奸细吧。毕竟这关系到其他队员的士气。"

没过多久，留在大坂城里的最高长官陆军奉行、若年寄并浅野美作守氏裕送来了登城的通知。

岁三走进了城内的大客厅。他的身份是大御番组头领。

在幕臣中，居于上席。

"今天有什么重要的事情吗？"

岁三问新任的步兵头目松平太郎。太郎后来奉命远征函馆。

"我也不知道。"

松平太郎微笑着，不停地问岁三有关伏见之战的情形。

他对岁三很有好感。

圆乎乎的脸，肤色很白，人还很年轻，很适合穿西式戎装。他出身于旗本家，很早就对荷兰的西学表现出浓厚的兴趣，也接受过幕府的西式训练。后来在函馆，有外国人说他"很像法国贵族出身的陆军士官"。

在守旧的旗本家里，可以说他是一个新新人类。

"我早就听说过土方先生，您的名字如雷贯耳。"

"过奖了。"

岁三转移了话题，详细向他介绍了鸟羽伏见之战中，萨摩军的武器和他们的战术战法。随后又补充道："松平先生，新选组以后也要改成那样。"

"那好啊。我绝对百分之百赞成。别说刀矛，现在连火绳枪也已经算不上是枪了。外国都已经有可以连发子弹的后膛枪了。时代变了，现在的这个时代，战争的胜负将由武器来决定。"

"的确如此。"

“土方先生，我可以和你成为朋友吗？”

“当然，我求之不得。对了，有关西式战术的简单易懂的书，你有吗？要是有机会看一本这样的书，我想多少也能知道个大概。”

“有有。你看这本怎么样？”

松平太郎说着从兜里掏出一本日式装订的木版印刷小册子。

上面写着“步兵心得”。

这是幕府陆军所刊发的正规步兵操典。上面写着的“一八六〇年型”是指西历年份。小册子的内容是荷兰陆军在一八六〇年的东西，已经译成了日文。

岁三随手翻了几页，发现小册子中对物的称呼都使用了荷兰语的音译，不过还是可以猜出个大概。

“所路达特是指普通士兵吧？”

“哟，土方先生会荷兰语？”

“不会，我是猜的。还有考姆帕克尼好像是组的意思，昂道鲁奥菲西露是士官，考鲁普拉鲁是下士官的意思，对吗？”

“对对，您太让我吃惊了。”

“这些词都是日语假名，所以大概可以猜出它们的意思。不过，这些内容都是旧式枪的操练法。”

“是啊。”

“这种书会津也有，结果是我们被打惨了。有关新式枪的书，你有吗？”

“现在没有。不过，虽然枪的操作方法不一样，但队伍的构成是一样的。所以这本书多少还是有点用的。”

“当然有比没有强。”

岁三埋头看起了小册子。过了一会儿，浅野美作守出现了。他宣布在大坂的各部队准备去江户，并指示了前往江户的去法。

“土方殿下。”美作守叫道。

岁三正聚精会神地看《步兵心得》，觉得非常有意思。这是有关打仗的书。岁三在此之前从来没有看过这么有意思的书。

"土方殿下。"美作守又叫了一声。

松平太郎捅了捅岁三的腿。

"啊？"岁三抬起头，吃惊地应了一声。

"你们新选组乘坐十二日出港的'富士山丸'军舰，集合地点是天保山深水码头，时间是十二日拂晓四点整。"

"明白了。"

岁三轻轻点了点头，眼睛又落在了《步兵心得》上。

——有意思。

这个时候，就在这座城池里，像他这样情绪高涨的人恐怕找不出第二个了。

——十二日？还有时间。

岁三骑马沿护城河向北走去。护城河的右侧是现在的大阪府政厅。当时是一片松林，再往前一点，御定番屋等大大小小的武士宅邸密密麻麻地连成一排。

岁三继续策马向北。

北方的天上晴空万里，阳光刺得人眼睛生疼，让人觉得几天前惨遭失败的经历是那么遥远。

——天地不管人间事，它们只是自顾自地转啊转。

岁三突然感到一种少年才会有的感伤。这是他经常会出现的一种情绪。

当他想到自己比哥哥差了很多的、上不了台面的俳句时，往往会有这样的感伤。

忽然，他闻到了河面吹来的风。新选组营地大坂代官屋（现在的京阪天满站附近）已经不远了。

再往前偏右的地方，可以看到京桥口的城门。

京桥口的前面是一条南北向的长长的河堤，河堤下面是一片松林，密密麻麻地长满了老松，把城北的风情装扮得异常美丽。

海鸥在松林边上飞翔。

河水似乎正在涨潮。

岁三走到松林边的时候，情不自禁地发出了"啊"的一声。他慌忙从马上跳了下来。

他很失态，甚至有点惊慌失措，连自己都觉得很没有涵养。

他看见松林里站着一个人——一个女人。

是阿雪。

虽然距离有点远。

——怎么可能？

岁三牵马走了过去。

女人也抬腿走了过来。

看到她走路的样子，岁三确定她就是阿雪无疑。

"我听说你也来大坂了。"

岁三想微笑着招呼阿雪，可是感到内心有一种强烈的悸动，使他无法笑出来。

此时，岁三脸上的表情大概像极了一个无邪的少年。

"我以为你会说我呢。"

阿雪强忍着，努力做出一副无所谓的表情。

她在微笑。

但是，岁三感觉只要用手戳一戳她的脸，她的微笑马上就会崩溃。

"阿雪，你在这里等着。我去去就回来。"

岁三骑上马疾驰而去，他要去徒步只要五分钟就能到的代官屋。

回到驻地，岁三一跃跳下马，人还在走廊上，嘴里就嚷嚷开了："奥菲西露（士官）马上集合。"

大家都很吃惊，不知道他在说谁。这话岁三是无意识脱口而出的，等他反应过来，自己也吃了一惊。原来刚看过的《步兵心得》中的这个词，已经深深印在他的脑海里了。

"队长、监察和伍长马上集合。"

他赶紧改口。大家很快集合起来了。

"我们将在十二日乘坐'富士山丸'东归，从营地出发的时间就定在那天的丑时。至于重整旗鼓之类的事宜，就等回到关东以后再议。还有——"岁三涨红着脸接着说，"这两天我请个假，不在营地。"

"你要去哪里？"永仓新八问。

原田左之助也表情严肃地说："你要请假吗？这事可真稀奇了。"

"我要去陪我的女人。"

岁三的回答很出乎大家的意料。他们惊讶的不是岁三有女人或没有女人的问题，而是从来也不愿意别人知道自己私情的他今天竟毫不避讳地公开说了出来。

"我有一个女人，我把她当成我的妻子，不，她比妻子还重要。"

"知道了。"原田阻止他继续说下去，"你去吧。队里的事情有我，有永仓，还有在座的各位照管着，你就放心去吧。你把我们叫过来的目的不是告诉我们'富士山丸'的事情，而是这事儿吧？"

"非常感谢。"

"应该的。听到你有这样的女人，我真的为你高兴。"

这不是讽刺岁三，而是原田左之助发自肺腑的祝福。他说这话时，眼眶里满含热泪。

因为大家曾经议论，说岁三身上流的血不是鬼血，就是蛇血。

"连我也忍不住激动了。"

永仓的脸绷不住了。原田和永仓都有妻室，但是因为这场战乱，两人都不知道自己的妻子现在在在哪里。

岁三让大家回去后，换了一身衣服，穿上了带纹饰的衣服和高级丝织裙裤。

他急急忙忙出了营地。

赶去松林。

暮色已经降临。

"阿雪。"

一个影子晃了一下。

岁三一把抱住阿雪，他已经顾不得会不会被人看见。

"阿雪，我们去一个有山有水、风景优美的地方吧。我请了两天假。就我们两个人在那里待上两天。"

"真的吗？我太高兴啦。"

阿雪低声说，声音小得几乎听不见。

西昭庵

阿雪坐在轿子里。

岁三像保镖似的走在轿子旁边。很快他们就从下寺町到了夕阳丘斜坡下面。

坡路两侧，寺院的围墙一堵挨着一堵。

坡路上没有行人。这里虽然还是市内，但是在这块高地上，大大小小几百家寺院林立着，非常寂静。

"这叫什么坡？"

"蛇坡。大家都这样叫。"

抬轿子的一个轿夫回答。

"这名字很怪。"

"也没什么怪的。您上了坡往下看一眼就明白了。"

确实，爬上斜坡往下一看，这条坡路真的像一条细长的蛇一样蜿蜒曲折。

"原来如此。"

岁三觉得这地方就事论事取名字的方法很怪。

爬上斜坡后依然是一个寺院挨着一个寺院。

上面有一家叫月江寺的著名的尼姑庵。轿夫抬着轿子绕到尼姑庵的后门，那里不再有寺院，有的是一片郁郁葱葱的树林。

树林里有一扇冠木门，上面挂着一盏漂亮的灯笼。

西昭庵。

原来这是一家酒馆。

"到了。"

轿夫放下轿子,其中的一个轿夫沿着门前小路跑去,是去告诉里面有客人来了。

"辛苦了。"岁三很大方地付了抬轿费。

浪华[1]的轿子确实方便。当时岁三就问了一句:"哪儿有可以安安静静说话的地方?"

对方看到孤男寡女两个人,早已心知肚明,于是就带着他们来这里了。这里真的很符合他们此时的心境。轿夫甚至包办了和店家之间的手续。

"阿雪,请。"

"哎。"

阿雪两眼盯着地下挪动脚步。小径上蔓延的树根在地上高低起伏。

进了西昭庵,两人被带到西侧的一个房间。

——这房间不错。

岁三坐下了。

因为伏见方面发生的战斗,客人似乎也不来这种地方了,屋里非常安静。

酒菜端上来的时候,夕阳正照在拉门上。

随着太阳的西下,远近寺院里传来了敲木鱼的声音。隐隐约约听到此刻咏唱的日落偈的声音。

"真安静啊。"阿雪说。

"是啊。"

"感觉我们像在大山深处。"

阿雪站起身,跪在拉门边上,看着岁三。

眼神好像在问"我可以打开门吗"。

表情可爱极了。

---

1 大阪市的古时名字。

"当然。不过可能会有点冷。"

"我想看看庭院。"

哗啦一声,阿雪拉开了拉门。

"呀。"

眼前的一块空地根本称不上是庭院。房间和篱笆之间的所谓庭院极其狭窄。地上只有苔藓和踏脚石,篱笆外面就是断崖。

远远看去,下面是浪华的市区。

再往远处看就看见大海了。

从这里还能看见北摄、兵库的群山。夕阳撒下通红的云朵,正在慢慢下沉。

"夕阳真壮观。"

岁三也站了起来。

"所以这个地方才叫夕阳丘的吧。"

阿雪精通和歌。

听到这里的地名,看着眼前的夕阳,她似乎想起了什么,自言自语道:"没错,就是这里。"

在遥远的过去,有一个叫藤原家隆的和歌作者,因撰写《新古今集》而留下了千古不朽的名声。晚年,他在难波[1]的夕阳丘上建了一个庵,每天看着落日,度过一天又一天。

> 得缘投宿难波乡,
> 喜看夕阳落海中。

"就是这个夕阳丘。"

"听你这么一说,我想起来了。刚才老板娘也说,他的坟墓就在

1　同浪华,为大阪市古名。

这附近。"

岁三穿上木屐，走下庭院。阿雪也跟着来了。

从庭院向西走去，有一扇树条门。从这扇门出去，有老樟树树枝交相缠绕而成的树荫，旁边的小草长得很高。

那里有一座五轮塔。塔的旁边有一块墓碑，看得出来上面写的是"家隆冢"。

"我这人学识短浅，知道的东西不多。这个家隆是个什么人？"

"他是古代的一个和歌作者，非常喜欢这里的夕阳。我只知道他在这里的时候，总是看夕阳。"

"这么说来，他是一个喜欢华丽的人。"

"夕阳很华丽吗？"

阿雪觉得岁三很奇怪。

家隆在这里看着从大坂湾落下去的夕阳，感觉很庄严，于是开始相信弥陀佛是真实存在的。在他谢世前，写了一首和歌，"遥望难波海云间，不见远方弥陀国"。从这首和歌中，很难看出喜欢这个丘陵晚景的家隆会认为落日是华丽的。

"华丽吗？"

"是的。"岁三说，"夕阳大概是这个世上最华丽的东西。就算它本身并不华丽，那它也应该是一种带有华丽外表的东西。"

岁三说得文不对题，像是在说别的。

"啊！"

阿雪准备离开家隆冢，不料脚下一滑，差点摔倒。这时，天色已经完全黑了。

"小心。"

岁三一把拉住阿雪的右胳臂，扶住了她。

自然地，非常自然地，阿雪靠在了岁三的身上。岁三紧紧抱住阿雪。

"我想吃你。"岁三一只手托着阿雪的下巴,把她的脸拉到自己眼前,说,"我要吃你的唇。"

——真是个傻瓜。

阿雪心想。

但是,这种时候相信没有人会傻到去拒绝这样的要求。

岁三第一次知道了阿雪的嘴唇是多么的甜美。

"你的嘴里放了什么?"

"什么也没放啊。"

"哦,原来阿雪的嘴唇天生就是甜的。"

岁三很认真地说。天很黑,看不清他的表情,听声音却像一个少年。

阿雪非常感动。她想天底下大概不会有第二个人知道新选组的土方岁三在这种时候说话竟然会是这样的声音。

"土方阁下,你很了解女人,是吧?"

"过去我以为是。但是自从认识阿雪以后,我觉得以前自己对女人的了解完全是一种错觉。"

"你真会说话。"

"我没有。"

说话间,语气又变成了平时冷冷的声音。

随着夜色越来越深,房间里冷得愈发让人难以忍受。

开始时两人把被褥并在一起睡觉,后来终于忍不住寒冷,两人钻进一个被窝,盖了两条被子,总算感觉暖和些了。

"这样子很难为情的。"

阿雪一开始不太情愿脱光了衣服睡。

"阿雪,我呢——"岁三认真地说,"一直很尊重你。我是家里最小的孩子,连母亲长什么样子都没有印象,是姐姐阿信把我带大的。你身上有她的影子，这是你吸引我的一个理由，同时也是让我无法亲近你的原因。随着和你的交往越来越深，我开始知道阿雪是这个世上独一无二的人，和谁都不一样。对我来说，你就是唯一的女人。我——"

岁三的嘴巴又开始变得能说会道了。

"我，怎么说呢？是个讨厌的家伙。不对，怎么说好呢？对了，我想我是一个非常不愿意让人知道自己真实想法的人。过去我也有过女人，但是从来不知道男女之间痴狂的样子是什么样的。"

"这，这个……"

阿雪是在武士家长大，也曾经是武士的妻子。她睁大了眼睛，说："你是说要我这样吗？"

"求你了。"岁三换了种语气接着说，"我马上就三十四岁了。可是我这个年龄，还不知道男女之间痴狂的样子是什么样的。"

"我也不知道啊。"

"这——"岁三一时语塞，过了一会儿，又说，"虽然是这样，可是阿雪，我不是这个意思。我也不认为男女之间爱的最高境界是痴狂之态。只是我希望能和阿雪忘记一切，做一回纯粹的男人和女人。"

"我做不出来。"

"我们有两个晚上。"

"是啊，有两个晚上。"

"不管两人可以厮守五十年，还是只有两个晚上，我想姻缘的深浅是一样的。这两个夜晚中一定——"岁三没有再说下去，他沉默了一会儿，又开口道，"我是不是说了些不该说的话。不说了。"

"不。"

这次阿雪摇头了。她说："现在我想要疯狂一下了。"

"哦。"

"你别这样。"

岁三扑哧一声笑了。

看来武士家长大的人还是不擅长辩论。

"让你见笑了。"

阿雪也偷偷地笑了。

"为难吗？"

"当然为难。虽然我下了决心说要疯狂一下，但我毕竟还是阿雪。"

阿雪话虽这么说，但由于她自己忍不住偷笑，感觉心里好像啪的一声已经裂开了。

"我一定可以做到。只是灯笼必须熄灭。"

"我要点着。"

"为什么？"

"因为这样就没办法疯狂起来。"

"我说了在黑暗中我可以为你改变，但是点着灯笼我就不敢了。"

"我就要点着。"

"不要。"

说着话，不，两人一边享受这样的对话，一边阿雪的腰带被解开，长衬衣的袖子被扒掉，襦袢也被脱去了。

"老婆。"岁三在阿雪的耳朵边轻轻地说。

阿雪点点头。

阿雪嘴唇轻轻地动了一下。

"你说什么？"

"老公。"阿雪又说了一遍，"只是想这样叫你。"

"再叫一遍。"

"你想听？"阿雪调皮地笑了。

"我一直独自一个人生活。"岁三说，"但是从小我就梦想有人这样叫我。阿雪以前也许这样叫过别人。但是——"

"你是在取笑我吗？"

岁三对阿雪亡夫的嫉妒从来没有像今晚这样强烈。

"我是真心的。"

"老公。"

"你叫谁？"

"除了岁三阁下，这里还有谁？"

"在这个身体里。"

岁三碰了碰阿雪的身体。

阿雪慌忙用手捂住嘴。她差一点叫出声来。

"就在这里面。"

"……"

"今晚我要把他从这里赶出去。"

半个时辰过去了。

外面起风了，木板套窗在激烈地晃动。

冷。

但是，阿雪并没有感觉到。

又半个时辰过去了，阿雪终于担心起来。她说："好像刮风了。"

"早刮上了。"岁三奇怪地含笑看着阿雪，"你没注意到吗？"

"不。"阿雪噘起嘴假装生气，"我刚才就知道了。那又怎样？"

"没怎样。"

岁三又变成了一副愁眉苦脸的面孔。

夜很快过去了。

岁三睁开眼睛的时候，阿雪已经整理好被褥，人不见了踪影。

岁三急忙起床整理好床铺，来到井边。

——今天天气也不错。

过了一会儿，阿雪做好早餐端来了。岁三心想，阿雪真好。

他想，阿雪大概是借用了店里的厨房，自己做的早餐。

阿雪放下长袖，拉了拉。

"早上好。"

"好像少了什么。"

"什么？"

"称呼——"

"哎呀。"阿雪红着脸叫了一声，"老公。"

"哎。"

阿雪睁大了微笑的眼睛，表情却像在责备岁三逗弄自己。

——天底下的丈夫是不是都这样？

岁三的脸上带着这样的疑惑，端端正正地盘腿坐在地上。

——幕府也好，新选组也罢，今天我要把它们统统抛在脑后，好好享受这一天。

"给。"

阿雪把饭递给他。

岁三慌忙接过来。

"没有筷子。"

"不是在你左手上吗？"

"哦，是啊。"

岁三把筷子换到右手，心想，人世间的丈夫是不是偶尔也会犯这种低级错误。

"阿雪。"

"啊？"

"一起吃吧。我们家兄弟姐妹、侄子侄女多，我是在这样的大家庭里长大的，觉得一个人吃饭不香。"

"和兄弟姐妹之间可能会这样，可我们是夫妇。"

"哦，这样啊。"

岁三还没有习惯做丈夫。

去江户

"夫妇。"

一开始两人只是闹着玩的,但如果两个人心无旁骛,一心投入这种游戏中,感觉好像真的成了夫妇。

阿雪和岁三就是这样的一对。

虽然两人在一起只过了一个晚上,但是感觉好像已经有过无数个这样的夜晚。

在西昭庵的第二天——

阿雪和岁三老老实实地坐在榻榻米上,但凡有一点小小的动静,两人都会同时发出会心的笑。

正因为两人的心越来越近,感觉越来越相似,所以才会有相视而笑的情形出现。否则不同的两个人是无论如何也做不到的。

——今天也能看到夕阳吗?

下午,岁三打开朝西的拉门,看着浪华街那头的北摄群山、街道。此时,语言已多余。可阿雪还是开口了。她说:"看天上的云,今天会怎样呢?"

的确,天际飘着几朵云彩。

"今天也能看到。"

"我听说过可以观赏月亮的名胜,但很少听说有看日落的名胜。这家店的店名叫西昭庵,大概夕阳是他们的卖点吧。"

"可是店名中的'昭'不是'照'啊。"

"也许是因为照字太亮,所以才用昭的。昭在亮的时候也有寂光般的宁静,所以更像夕阳。"

"丰玉师傅——"

阿雪强忍着笑逗岁三。岁三不愧是常吟俳句的人，竟然对汉字的语感也有研究。

西昭庵里有茶室。

阿雪去茶室生好炉子，叫来了岁三。岁三坐到炉子前。

"我不会茶道。"

"没关系，你只管喝就是了。"

"这是什么点心？"

"是京都龟屋陆奥的松风。"

——京都……

一听这个地名，岁三心中情不自禁地涌上一种隐隐的感怀。他并不喜欢京都那座城市，在京都度过的那些岁月实在太过晦暗了。

阿雪好像察觉到了他的不安，急忙转移了话题。可是岁三已经陷入沉默，此时要把他唤醒实属不易。

岁三默默地端起茶杯，只喝了一小口，又沉默了好一会儿，才"咕咚"一声一口喝干了它。

"怎么样？"

"啊？"好像突然从梦中惊醒了似的，岁三抬起头，说了声，"很好。"

随即用随身带着的白纸擦掉嘴边的蓝色泡沫。

"阿雪以后会一直住在京都学画画吗？"

"我是这样打算的。因为江户已经没有能回的家了。当然，如果世道稳定下来的话，"阿雪终于说到了两人一直避讳的话题，"如果世道稳定下来的话，我能不能和岁三阁下一起生活呢？"

"以后的事情现在说不好。我想就像茶道说的那样，我们除了努力加深我们之间的缘分，再也没有别的幸福可言。过了今天，我会继续自己颠沛流离的战斗生涯，也许我们可以一举夺得胜利，使日本重新回到以前的德川时代。总之将来的事情很难说。只是让你与我这样的男人结下缘分，我心里觉得很亏欠你，很对不起你。"

"你不要这样说。我觉得从来也没有像现在这样幸福。"

有过不幸婚姻的阿雪觉得，和亡夫在一起的生活即使持续几年、几十年、上百年，也比不上这两天两夜的幸福。

"只是……"阿雪低下了头，她的肩在抖动。她在想，如果这两天两夜能持续一万年该多好啊。

"时间差不多了。"

岁三看了看怀表。他们在等待夕阳，太阳西下的时间快到了。

"你先去西套廊吧。我收拾完这里就去。"

岁三站在西套廊上。

这时，云层越来越低，西边的天际只露出微弱的一点红色。

"阿雪，今天好像看不到夕阳了。"岁三大声朝里面喊。

"是吗？"

阿雪出来了。

"哎呀，真的不行了。不过好在昨天我们已经看过那么漂亮的夕阳了。"

"是啊，我们该满足了。人不能天天都有那么好的运气，能看到昨天那样的落日。"

太阳下山了，房间里突然暗了起来，感觉也越来越冷。

"睡吧。"岁三漫不经心地说完，看向了阿雪。

阿雪的脸红到了耳朵根。

第二天一早，岁三让西昭庵的店员叫了一顶轿子，准备打道回府。

很快店员前来告知轿子到了。

岁三把刀插入腰带，说："阿雪，我走了。"

岁三没有多说。阿雪也像妻子一样抱着岁三的和泉守兼定，把他送到玄关。

岁三下了式台，穿上白色带子的草履后，转身看着阿雪。

阿雪递上剑。

"我走了——"

留下这样一句话，岁三离开了阿雪。阿雪看着岁三渐行渐远，直到他消失在庭院外的树丛中。她回到和岁三共度了两天时光的房间里。

"我可以在这里多住几天吗？"阿雪问西昭庵的老板娘。

"可以，住多少天都可以。"

老板娘可能已经察觉到了阿雪和岁三的关系，语气中对阿雪充满了同情。

随后的几天里，阿雪把自己关在房间里，或者化化颜料，或者整理整理毛笔，再或者在宣纸上涂涂抹抹。

她希望再次看到和那天一样的落日。她想把西昭庵下面的浪华街、远处美不胜收的北摄群山、时不时闪着刺眼亮光的大坂湾、从大坂湾落下去的华丽夕阳画在纸上。

阿雪并不擅长画风景画，但是她觉得自己必须把这一切画下来。经过了无数次在底稿上的涂涂抹抹后，终于有一天，在她展开绢布的时候，看到了那天和岁三一起看过的夕阳。

元月十二日，幕府军舰"富士山丸"载着岁三等新选组幸存下来的四十四个队员，离开了大坂天保山海面。

军舰起锚的时间大概就是阿雪在西昭庵开始画第一张底稿的时间。

第一天，军舰到达纪淡海峡的时候，在战斗中负伤的一名队员——山崎丞咽下了最后一口气。他是大坂浪士。

他是新选组成立后第一批应征入伍的队员，在队里一直担任监察。他曾在池田屋之变中乔装打扮成药贩子，蹲守在客栈一楼，大胆开展侦察活动。

在淀堤的千本松杀入萨摩军阵地时，他的身上中了三颗子弹却没有倒下，充分表现出了一个刚毅男人的气概。然而，自从上船以后，伤口化脓越来越厉害，高烧持续不退，最终没有逃过死亡。

"还是没逃过一死啊。"

岁三感觉握在手里的山崎的手突然变冷，他知道眼前的山崎已非此前的山崎。

葬礼是按照西式海军的习惯，进行了海葬。

首先用一块布紧紧裹住山崎的尸体，又在尸体上面盖上国旗日之丸（自从嘉永六年佩里乘船来日后，幕府一直把它作为日本的国旗。在鸟羽伏见之战中，幕府曾经高举日章旗，幕府海军也把太阳旗作为舰旗。明治三年一月，维新政府又把它作为国旗沿用下来。[1]）舰长以下的海军士官、步炮兵在甲板上排成一列。

"是吗？海军要为山崎举行葬礼吗？"

在士官室依然卧床不起的近藤也穿上了带纹饰的和服与高级丝织裙裤，出现在甲板上。

他脸色发青。稍动一动，肩上的骨头还很疼。

和近藤同屋躺着的冲田总司已经衰弱到难以自己独立行走的程度。

"土方老师，我也去。"

他也下了床。土方想阻止他，但这个年轻人只是笑笑，自己穿上了外褂和裙裤，以剑当杖，扶着栏杆，准备上台阶。

岁三抓住他的右手想扶他走。

"用不着。"

1　日之丸、日章旗和太阳旗是同一种旗的不同说法。

冲田一口拒绝了岁三的好意。这位漂亮的小伙子不愿意被人看见自己是在别人的帮助下上楼的。他怕人家在背后说三道四，说自己——新选组的冲田总司身体已经衰弱到必须依靠别人的帮助才能行走。

"我身体很好。是医生非要我躺着，我才乖乖躺着的。其实没事儿。"

"是吗？"

看到这个年轻人脸上灿烂、清澈的笑容，岁三似乎看到了一种非常可怕的东西。

"军舰的台阶真高。"

为了掩饰自己急促的喘息，他用了这样一个理由。

爬楼梯确实难为他了。因为此时，冲田的肺部已经有一半丧失了呼吸功能。

新选组四十三个人中，除了三个不能动的重伤员外，全都到了甲板上。近藤就不说了，甲板上的人中，大部分人多多少少都受了伤。

"站在这里的人中，一点没受伤的可能只有土方老师吧。"冲田笑道。

"别说话，说多了会累的。"

"不累。我就是佩服你。看看在场的各位，只有土方老师一个人像鬼神似的，全身没有一处异常。"

"你就不能安静一会儿吗？"

过了一会儿，指挥枪队的海军士官抽剑出鞘。

一声令下。

"嗒嗒嗒嗒"，吊唁的枪声在纪淡海峡响起，监察、副长助勤山崎丞的遗体从船舷的一侧缓缓滑入大海。

喇叭不间断地鸣响。

葬礼结束了。近藤对海军举行的这个葬礼非常满意。他抓住舰长肥田浜五郎（此人很熟悉机械的原理，维新后在新政府的恳请下，出任海军的发动机总监，相当于海军少将。明治二十二年四月二十七日，因公出差，在静冈县的藤枝车站从站台上滑落，被正好进站的火车辗轧而死），连声说："不胜感激，不胜感激。"

近藤是一军之将，但不知道是不是因为身上有伤，看上去非常憔悴。他一个劲儿地向肥田舰长躬身表示感谢的样子怎么看都像是一个乡下老农。

回到士官室后，他还在不停地感慨。他说："阿岁，自从新选组结党以来，死去的人已经不计其数，但是还没有人像山崎那么幸运，得到这样的葬礼。他是个好人，死后总算有所回报。"

"近藤师傅，现在不是对葬礼发感慨的时候。有一句话说得好：志士不惧填沟壑，勇士不惧掉头颅。我们时刻不能忘记有一天我们的尸体可能会被扔在沟壑中，脑袋落到敌人手里。我想男人就应该死得其所。"

"阿岁，你的脾气太乖僻，这样不好。山崎是个勇士，得到了葬礼。我只是因为这个高兴。"

然而，近藤、土方和冲田死后也会享有葬礼吗？

军舰开足马力，在太平洋沿岸向东航行。

"富士山丸"是一艘木制的、三根桅杆的千吨大军舰。

舰载炮有十二门。

马力一百八十匹。

这是幕府向美国定制的一艘军舰，于庆应元年启用，在征讨长州的时候，参加了下关战役中的炮击。

按理，上千吨的木制军舰已经非常大了，但是由于舰上乘坐了上千人的幕府军，使得舰内的生活苦不堪言。

单靠厨房根本保证不了一日三餐的供应。于是只好拿出几口大锅在甲板上熬汤。舰艇内到处都是人，如果有人想横着躺下，那简直比登天还难。大家只能抱着膝盖席地而坐，尽量让自己舒服一些。

元月里的海面风高浪大，船上的人几乎都因晕船而变得极度虚弱，他们连饭也吃不下。几乎没有人可以一点不剩地吃下所有东西。

米的质量也很差。在大坂装上船的大米中，有很多是存在大坂城内的陈米，一煮就散发出一股霉味。

近藤在江户的时候，对饮食和生活方式从不挑剔。但是到了京城以后，他已经习惯了山珍海味，所以此时根本忍受不了这样的生活。他对岁三抱怨道："阿岁，你说这东西哪是人吃的。真受不了。"

岁三同样也没怎么吃。他觉得与其吃这么难吃的东西，还不如去死。

只有冲田总司粒米不进让近藤和岁三感到非常担心。

"总司，你必须吃。"

他们曾经强迫冲田多少吃一些，但他只是虚弱地笑笑。不进食无疑对病情的康复非常不利。

近藤向他发火了。他说："总司，武士是不应该对军粮的味道挑三拣四的。"

"我，感觉……很晕。"总司脸色苍白，"勉强吃进去，也会吐出来。呕吐很消耗体力，对身体更不好。"

于是，岁三特意在队员中找到了不晕船的队员野村利三郎，让他负责照顾冲田。野村是个很细心的男人，他让厨房用鱼汤熬粥，给冲田喝。冲田这才勉强吃下去一些。

在海上的第四天。

十五日，天还未亮，军舰到达品川海面。岁三来到甲板上，看到船舷外侧到处都是呕吐物，脏得不行。他抬头看到陆地上有灯光，于是问船员："那是什么地方？"

"是品川镇。"

船员说话带伊予盐饱口音。

——已经到品川了，我们就在这里下船吧。

他找舰长肥田浜五郎商量，浜五郎很痛快地答应了，还快嘴快舌地笑着说了一句什么话。岁三后来回想起来，他说的好像是："看来新选组也不敌晕船啊。"

天色尚未完全放亮，军舰就下了锚，放下三艘小艇。小艇只带着新选组的四十三人到岸边登陆。

在品川，他们找了一家叫"釜屋"的客栈投宿。近藤和冲田没有和大家住在一起。在港口，岁三雇了一只渔船，把他们直接送去江户，并在位于神田和泉桥的幕府医学所接受治疗。

岁三让客栈在釜屋门口挂上了"新选组宿营"的招牌。可以说这家品川釜屋就是离开京都和大坂后的新选组最早的驻营地。

"各位，战斗很快就要打响。我们就在这里逗留几天。大家因为晕船身体都很虚弱，这几天就在这里好好休养，等身体恢复后，我们再做下一步打算。"

岁三嘱咐完大家，自己要了一个面向大海的房间，随便盖了一件薄棉睡衣，一头躺了下去。

——这会儿阿雪在做什么呢？

他总觉得阿雪还在西昭庵。大概是因为分手的那天，阿雪像从家里送他出门，静静地坐在式台上的缘故吧。

他昏昏沉沉地一觉睡到傍晚才起来。

这时，阿雪就在西昭庵的那个房间里展开绢布，正思考着用什么颜色画下刚刚在北摄的群山中落下去的通红通红的夕阳。

北征

新选组回到了关东。笔者于是把此后的部分叫作"北征篇"。

对于岁三来说，一生当中最淋漓尽致发挥本领的大概就是这个时期。

历史在幕府末期这个特殊的时代里造就了近藤勇、土方岁三这样的传奇人物。他们究竟对历史起到了什么样的作用，我不知道。

然而，他们曾那么强烈地抗拒过时代的潮流。

在鸟羽伏见之战以后，之前一直保持中立的天下各诸侯都争先恐后地追随起以萨长为代表的"时代潮流"，摇身一变都成了"新政府军"。

别说纪州、尾州和水户这三个藩，就连亲藩，甚至世袭头领井伊家都摇身成为新政府军，加入了讨伐德川的行列之中。

这样一写，似乎追逐时代潮流的这些藩看上去非常功利，也非常滑稽。但事实是，几乎所有人都清楚地看到，建立一个以京都朝廷为核心的统一国家是多么必要。

他们加入的，是"日本"。

自从战国时代，诸侯割据、坐镇各地几百年后，各藩第一次有了国家的意识。

但是，还有相当一批人认为以京都朝廷为核心的统一国家不是"日本"，而是萨长，所以他们要抵制日本的统一。

他们要通过抵制日本的统一，表现自己的"侠义之气"。

历史演变成这样一种模式，反倒好像缺少了真实感。

没办法，只好用小说的手法来描述历史了。

在品川经过休整的新选组，于那一年的元月二十日进入位于江户丸之内大名胡同的鸟居丹后守。

队员共四十三人，其中伤员送进了横滨外国人开设的医院里。

幸存的首领中，除了永仓新八、原田左之助和斋藤一这三位自队伍成立以来一直追随的伙伴外，还有被认为是队里最有教养的尾形俊太郎和第一杀人高手大石锹次郎等。

冲田总司还在疗养中。

近藤的伤在回到江户后，有了明显好转，已经可以坐轿子登城了。

"阿岁，还是江户的水土更适合我们啊。"

"这是好事。"

说话间，在千代田城里，近藤遇到了一个意想不到的人。

此人位居芙蓉间诘，家禄四千石，再加上役高[1]、役知[2]，是一万石的大旗本。

他就是甲府勤番支配佐藤骏河守。

意想不到的不是这个人，而是他在近藤耳边小声说的话。

他说："近藤殿下，我有个秘密要告诉你。"

原来，随着幕府的瓦解（只是德川家及其城池、直属领地都还留着），佐藤作为在甲府的值勤管理者，为了与阁老商讨甲府今后的走向问题，回到了江户。

但是老中们根本顾不上这些，他们没有给佐藤任何意见，只是搪塞他，说："你看着办吧。"

这让佐藤感到左右为难。

甲府是一百万石，是战国时期武田家的遗留领地，后来成了德川家的私属领地（将军领地）。佐藤骏河守则是管理这一百万石的

1　职务津贴。
2　职务工资。

"知事"。

"现在，土佐的板垣退助正率领大军沿东山道东下。这支东山道军的主要目的是争夺甲府的这一百万石，把它控制在新政府军的手里。"

"哦。"

这是明摆着的事情。所谓的新政府军，表面上是朝廷军，实际上是各藩联合起来的一个集团。京都政府手上从来都没有领地。他们只有向幕府领地伸手。

"哦，甲府啊。"

"照这样下去，甲府只有等着任新政府军宰割了。"

甲府城内，有来自江户的勤番侍从二百人。现在大部分人都回到了江户，此外，只有幕府体制中属于非战斗人员的与力二十骑和同心上百人。他们都是本地人，让他们与新政府军作战，保卫甲府一百万石，显然没有可能。

"那儿现在形同空城。"

"哦。"

近藤抱着胳膊听佐藤说。这是他思考问题时的习惯。

"你说，这种情形下，我怎么能保住甲府啊。"

佐藤骏河守希望依靠新选组的力量来保住甲府。

——有点意思。

近藤和佐藤一起去了老中的办事处。

"可以吧。"

老中河津伊豆守祐邦说。

实际上，幕府虽然已经奉还大政，但是并没有让出德川领地四百万石和包括旗本领地的七百万石。

新政府逼迫幕府奉还领地，是鸟羽伏见之战的一个最重要的原因。

按理，幕府拒绝奉还领地是很自然的事。尽管政权已经奉还朝廷，但幕府毕竟还是大名。所以，在其他大名没有奉还一坪领地的情况下，没有理由只让德川一家奉还。

一旦幕府奉还领地，那么旗本八万骑靠什么生活？

但是新政府对幕府不依不饶，他们分别向各路派遣"新政府军"，开始了讨伐德川庆喜的战争。他们最主要的目的就是"夺取领地"。

但是，最关键的人物德川庆喜始终摆出一副谨慎恭顺的姿态。他逃出江户城，跑到了上野宽永寺的大慈院里。

他从来没想过要用军事力量来保卫德川领地。

——所以，甲府百万石现在是悬在空中的一个领地。新政府军只是想来拿走它。如果我们在新政府军到来之前，把它先拿到手，那么这领地不就是我们的了吗？

近藤心里这样打着如意算盘。

老中的意见也是这样。

"只靠新选组的力量能守得住吗？"河津伊豆守问近藤。

"能。"

"那么，就请你们来守住它。军费资金、武器，我们会尽可能提供方便。"

这时，不知道是老中河津还是同为老中的服部筑前守开玩笑地说了一句："如果你们能确保甲州的安全，就分给你们新选组五十万石。"

弄不清楚他这是开玩笑，还是此事确实关系重大，值得拿出一半领地来保护。总之，不管是哪种意思，在近藤听来都是一样的，那就是"分你们一杯羹"。

其实说这话的人当时已经没有那么大的权力了。老中在幕府瓦解后已经不再是政府大臣，他们充其量不过是幕府家的执事而已。虽然老中曾经是从地位显赫的世袭大名中选出来的，但是现在已经降到了从旗本中选，而且选出来的人也尽是些无能之辈。即便是有才之人，当时局变成现在这个样子，他们也不知道如何才能处理好德川家的事了。

真的不知如何是好了。

"五十万石——"

近藤兴奋得几乎失去理智。

"阿岁，是五十万石呢。"

近藤一回到位于大名胡同的新选组驻地，就悄悄地把事情的经过告诉了岁三。

"先别说这个。你的伤怎么样了？"

"不疼了。"

近藤已经顾不上身体的伤痛了。

"阿岁，咱们马上建立一支军队，直捣甲州城。"

近藤在京都的时候，常常与各藩的公用方交际，又深受土佐的后藤象二郎等人的影响，本已经变成了一个不同于常人的国士。然而在眼前这个诱惑面前，他还是显露出了本性。

对于时局，虽然近藤认为应该顺应潮流，但是面对甲府五十万石的诱惑，他毫不犹豫地放弃了自己的立场。对于近藤勇来说，一旦拿到五十万石，他就可以摇身一变成为三百年前的战国武士。在他眼里，这次戊辰战乱就好比是战国时代。

"近藤先生，你没有不正常吧？"岁三看着他的脸，"在京都的时候，你一直周旋于各藩之间，大肆鼓吹朝廷幕府统一论。还说勤王就是勤王，政治应该由朝廷委托幕府来处理。我记得我还向你提出过忠告，叫你少说这些。怎么现在你变了？这变化也太大了吧？"

"阿岁，时局变了。哎呀，跟你说你也不懂。"

"你也别整天时局、时局的了。"

对于进军甲州，以好战著称的岁三当然也很有兴趣，这很有诱惑力，甚至让他蠢蠢欲动。只是夺取一百万石这样一场大战，对于他来说，目的和意义与近藤完全不同。

——这次，我们就用西式战法让他们尝尝我们的厉害。

岁三怀里还揣着那本《步兵心得》。

"阿岁，马上着手招募士兵。"

"好。就这么办。"

岁三马上开始奔波起来。

近藤又开始了他每天的课程。每天，他都要去城内拜见老中，商讨建立一支大军的有关事宜。

建立一支大军需要招募大量的士兵。但是首先必须确定指挥官。

幕府阁僚早已授予近藤"若年寄"、岁三"寄合席"的职位，而且是得到了正在闭门思过的庆喜批准的。

"我可是大名。"近藤说。

的确如此。所谓若年寄，一直以来都是由十万石以下的世袭大名担任，而授予岁三的寄合席也是三千石以上的大旗本。

但是，幕府已经灭亡，所以作为德川家，向二人滥发这样那样的资格似乎也没什么值得大惊小怪的。

"只要捧着他们，总没有坏处。"

老中们的心思一定是这样的。的确，在顺境中，只要捧一捧他，近藤必能成就比他实际能力高得多的大事。

近藤每天登城时，也开始坐一种叫长棒引户的大名坐轿了。

相比之下，岁三穿上了西式军装。

"阿岁，你看你这是什么样子。你是寄合席，怎么穿得像拾荒的一样。"近藤看到岁三的装束，皱起了眉头。

"打仗的时候，这种衣服最方便了。"

在鸟羽伏见之战的战场上，看到萨长兵轻便的动作，岁三非常

504

羡慕。

军装是向幕府陆军所要的，面料是呢绒的，款式仿照法国陆军士官服。

士兵招募工作开展得并不顺利。

给近藤、冲田治病的德川家御医松本良顺建议近藤和岁三说："你们应该去找浅草弹左卫门，看能不能说动他。"

按照幕府的身份制度，弹左卫门是被歧视阶级的一个统领。

近藤和老中交涉，要求撤销这种阶级歧视，提拔弹左卫门为旗本，并办好了相关手续。

弹左卫门非常高兴，他连连承诺，说："我把所有人和军费资金统统拿出来。"

当即，就把万两黄金和二百人交予近藤麾下。

土方让这些新入伍的士兵穿上西式军装，并立即着手进行速成西式训练。

说是训练，其实就是练习米尼枪（后膛枪）的操作方法。近藤看到后非常吃惊，还问岁三是什么时候学会的。

德川家提供了两门大炮和五百支步枪。就这样，部队的基本装备算是完成了。接下来是部队的名称，经过商议，最后确定为"甲阳镇扶队"。

所有的首领均由新选组老队员担任。

除了入院接受治疗的人以外，又有十几个人出逃。此时，队员人数已经减少到不足二十人了。

但是近藤依旧每天情绪高涨。

一天，岁三结束训练回来，近藤看到他，马上打开一张图给他看，并解释说："这是甲府城（舞鹤城）的草图。"

"嗯。"

岁三只看一眼就知道了。年轻时候，为了卖药，在江户到甲府的路（甲州公路）上，他来回不知走过多少趟了。

作为预想中的战场，再也没有比这更理想的地方了。

"等我们拿下甲州，每人的俸禄我都想好了。"

"哦。"

岁三看着近藤。

只见他满脸笑容，兴致勃勃地说："给我十万石。这应该没有问题。阿岁，你的俸禄，我会帮你争取，怎么也要给你五万石吧。"

"……"

"总司（冲田）这小子虽然有病，那也得要三万石。永仓新八、原田左之助和斋藤一等副长助勤一律三万石。大石锹次郎等监察一万石，岛田魁等伍长各五千石，普通队员均为一千石。"

"呵。"

"怎么样？我已经跟老中说过了，他基本上同意。"

"你真是个好人。"岁三发自真心地说。

在幕府已经瓦解的此时，还在想着当大名的人也许只剩下近藤勇一个人了吧。

"你要是生在战国时代，早就是一国一城之主了。"

"是吧。"

"可现在不是战国时代。就算我们打败萨长，重新回到德川时代，大名制度也不可能恢复。在大政奉还之前，我就听说幕府阁僚中有人提出了要和法国一样建立郡县制度呢。"

"这些都是愚蠢的想法，是受了洋夷的坏影响。我们有我们的祖先德川家康殿下留下来的祖法。"

"无所谓，这种事情怎么着都行。"

岁三一头扎进了作战计划的研究中。他所面临的最致命的问题是兵源的严重不足。按照他的设想，部队至少要两千人。

——就凭这区区两百多人，我们能拿下甲州吗？

所以他计划进入甲府城以后，立即号召当地农民踊跃参加镇扶队，以补充部队兵力的严重不足。只是能否顺利实现这一计划，他心里没底。

"什么，没问题。只要拿下城池，我们就相当于百万石领主了。到那时，我们就可以命令乡士、村长，让他们到各村选拔壮丁。怎么也能招来上万人吧。"

近藤对此很乐观。

岁三心想，也许真的会那样。在社会局势如此混乱的时候，任何事情都只有在实施以后才能知道结果，否则永远无法知道下一步会怎样。

部队临出发前，岁三带着几个队员去看望了正躺在神田和泉桥医学所一角的冲田总司。

说是看望，实际上是打算把冲田送到其他地方去。因为这个医学所已经处于停业的边缘，连个医生都看不到。

总司唯一的亲人姐姐阿光和阿光的丈夫冲田林太郎（新征组队员）也与岁三一同前往。

新的疗养地位于千驮谷池桥下，是林太郎的一个朋友，叫植木屋平五郎的人的家。

冲田身体异常虚弱，只有声音还出人意料地富有磁性。他笑着说："土方先生，听说要分给我三万石。"

"什么，是近藤说的吗？"

"不是，是前几天来看我的相马主计君告诉我的。"

——哦。这么说来，近藤已经向全体队员宣布了？

近藤大概是想借此鼓舞队员士气，才告诉大家的。

但是，事实证明近藤此举收效甚微。例如相马之流的人便趁着看望冲田的机会溜走，没有再回队里。这就充分证明了万石、千石的梦想已经不能吸引队员了。

"总司，你要快点好起来。"

"是啊，为了三万石，我也要快点好起来。"

冲田扑哧一声笑了。

岁三把冲田送到千驮谷的植木屋家后，就回了驻地。

第二天就要向甲州出发了。

——这回就用西式武器和他们进行一次平等的较量，以报伏见之战的耻辱。

岁三厚厚的双眼皮下，两眼炯炯发光。

进军甲州

近藤和岁三的正面敌人是"新政府军"的东山道方面军。他们以西式装备的土萨长三藩的藩兵为主力，加入了旧式装备的因州藩兵等。参谋（指挥官）是土佐藩士乾退助（板垣，后来的伯爵）。

二月十三日，准备出征的土佐藩兵在京都藩邸喝饯行酒时，老公[1]山内容堂当时说了一句话，非常有名。他说："天尚寒，请自爱。"

意思是："虽然已是二月，但打野战，这种天气依然偏冷，注意千万不要感冒。"在一本叫《鲸海醉侯》的书中有这样的描写，说大家听了他的话，"全军欢呼雀跃"。

第二天的十四日一早，新政府军拜别京都御所，拉着炮车离开了京城。

第三天进入大垣，总指挥官乾退助在这里改名叫板垣退助。

他之所以改名，是因为临出发前，岩仓具视提醒过他。他说："甲州人性情粗暴，天下皆知。但是他们非常崇尚武田信玄的遗风，这种感情很强烈。所以你要考虑这些因素，好好安抚民情。"

非常巧合的是，乾家家系中据说有一个祖先曾经是信玄麾下的名将，叫板垣骏河守信形。

所以退助在进军的途中，果断改名叫板垣，并派人大肆散布言论说："这支新政府军的大将虽是土佐人，祖先却是甲州人，而且还是信玄的猛将板垣骏河守的子孙，对信玄公尊敬有加，视他如神。"

这样的宣传带给甲州人的影响非常巨大，效果显著。原先拥护

1　对为国家做出过重大贡献的隐退之人的尊称。

德川的人纷纷倒戈,成为"天朝"的拥护者。

新政府军主力进入甲州邻国信州,到达上谏访、下谏访的时间是三月一日。

同一天,以近藤、岁三等新选组为核心的"甲阳镇抚队"二百人沿着江户四谷的大木户向甲州出发了。

第一天行军只前进了三公里。

说是行军,队伍却拖拖拉拉的,而且下午太阳还高高挂在天上的时候,队员们就早早钻进新宿的花街柳巷,甚至把新宿的妓女屋都包了下来。

"阿岁,你别总板着脸。"近藤说,"这也是一种战术。"

正如近藤所说,除了二十几个新选组的队员以外,所有士兵都是连剑都不知道怎么举的浅草弹左卫门的人。突然要让这样一群人上战场,确实需要一些相应的手段。

"你看着吧,在一个屋檐下抱过女人的人,第二天一定会像一年都吃的是一个锅里的饭一样,二百人的行军步调会惊人地一致。"

岁三不愿意留在花街柳巷,部队就他一个人住到了一家叫高松喜六的客栈里,没有接触任何女人。

队员们很介意,但近藤说不用管他。

"那小子年轻时就像猫一样,在人前绝对不会碰女人。"

第二天上午,部队出发了。

近藤坐着长棒引户的大名坐轿,岁三穿着西式服装,外披一件外褂骑在马上,走在队伍的前头。

斋藤、原田、尾形和永仓等首领戴着摘去了蓝色内金环的旗本斗笠,披着无袖外褂。队员穿的则是便于击剑的和服,袖子里夹了棉,腰部系着白棉的带子,插着长短两把剑。下面是裤子,脚上是草鞋。

新招募的队员则是统一的幕府步兵服,每人身上背着柳条包,肩上扛着米尼枪。

怎么看，都像是一支杂牌军。

在这支战斗队伍中，近藤的大名坐轿显得非常抢眼。

岁三对他说过："我们是去打仗，你不该坐这种轿子的。"

近藤可听不进去这种话。他说："阿岁呀，你没有学问所以不懂。唐朝有一句话，叫：富贵不归乡，犹如锦衣夜行。"

行军途中，要经过近藤和岁三的故乡南多摩地区。

近藤是想炫耀一番，让故乡人看到自己"当上大名了"。

这实在有点滑稽。但是，细想想，像近藤这样的男人在现实中还有不少呢。这里，所谓的男人实际上是孩子的同义词，他们像孩子一样崇尚权势，一旦得到就会毫不掩饰地表现出来，做法非常单纯，有时候还可能表现出忘我的行动力。

——他还是跳不出战国豪杰的圈圈。

岁三不得不这样看近藤。

行军的第二天，在府中停留了一个晚上。在府中逗留期间，老家来了许多人，为他们举行了盛大的酒宴。

第三天中午到达日野镇。

"阿岁，我们回到日野了。"近藤打开轿子门，满怀感情地叫道。

——是啊，我们回日野了。

岁三也是感慨万千。

这里的名主佐藤彦五郎是岁三姐姐的夫君，同时也是天然理心流的热心保护者。新选组成立当初，他出过不少力，从金钱上给予了大力支持。说他这里是新选组的发祥地一点也不为过。

"阿岁，今天就在日野住下吧。"

就要进入小镇的时候，近藤心情异常激动，喜形于色。

"可现在才中午呀。"岁三苦笑着说。

佐藤彦五郎的家在甲州公路沿线日野镇的中间一带。因为他是日野本乡三千石的管理者，所以他家非常气派。

他的孙子佐藤仁翁写过《离荫史话》。这篇文章的手稿现在还保存在他的家里，里面有这样一句话："全体队员在前院及门前公路上休息。"

下面，我们就摘录文章中的若干内容。

从轿子中下来的近藤头发向后束成一团，身披外褂，脚穿一双白带子草鞋，从前院向玄关走来。

近藤满面笑容地看着和彦五郎一起出去迎他的老父亲源之助的脸，老远就喊："呀，身体不错呀。"

他的身上全然不见将赴战场的神情。

土方岁三头发梳成一个发髻，身上穿着西式服装。

彦五郎满怀久别重逢后的喜悦把一行人招呼到屋里，并准备了美味佳肴招待他们。

近藤受伤的右手没有完全恢复，只能把酒杯举到胸前。端起酒杯的时候，好像还很疼的样子，会皱一皱眉。他说："用左手就行了。"

说着，左手拿着酒杯咕咚咕咚一口干了。

近藤酒量不大，说是咕咚咕咚地喝，最多也就两三杯的样子。不过从他喝酒时豪爽的样子来看，此时的他是多么意气风发。

"这期间，岁三——"

手稿中还有这样的内容。

岁三离开酒席去了另一个房间见他的姐姐阿信。是她像母亲一样把家中最小的自己抚养长大的（也是文章作者仁氏的奶奶）。

"好久不见。"

岁三郑重其事地和姐姐寒暄后，解开了背在身上的包裹。

"这是什么？"

阿信探头看去，里面是一件通红的绉绸类的东西。

这东西阿信在古代画卷上见过，是骑马的武士披在身上用来防箭的母衣[1]。风灌进去后，大概有两三间大。

"是武士的母衣呀。"

阿信说。

"你知道？"

"知道。"阿信解释说，"我在武士画上见过。可是你怎么会有这种东西呢？"

去拜见书院番[2]头领的时候，从将军家拜领的。"

"你真的出息了。"

"出息了吗？"岁三好像自问自答似的，歪着脑袋说，"说起来很有意思。多摩一个平民家的老幺亲眼目睹了时局的变化，还成了一个大旗本。不过这都算不上是出息。"

"你以后打算怎么办？"

"以后吗？"岁三压低声音说。很快又发出少有的爽朗笑声，把这个问题糊弄过去了。

他说，这件母衣就留在家里吧。

"你要把将军家赐的东西留下来？"阿信感到很为难。

"不行吗？拿去给孩子们做和服不是挺好吗？没事儿的。"

说着，把母衣团成一团硬塞给了阿信。

岁三和姐姐在另一个房间说话的时候，厨房外面突然传来了闹哄哄的声音。有队员出去一看，原来是日野镇周围一些血气方刚的年轻人正跪拜在地上，粗粗一数，整整有六十人。他们中的代表磕着头说："请无论如何让我们见见近藤先生。"

为首的一个人说，他们想拜谒近藤，请他讲几句话。可能的话希望加入他们的队伍。

"哦，可以可以，当然可以。"

---

1 装饰在背后的一幅布，骑马疾驰的时候，当风鼓起，可蔽箭。
2 德川幕府亲卫队。

近藤听说后非常高兴。他放下手中的酒杯，脸上挂满了笑意。这大概是近藤一生中最为得意的瞬间吧。

六十个年轻人都是同乡的后辈，对天然理心流也都有一些了解。从宗家近藤看来，就算互相不认识，他们也是自己的"师弟"。

"我去一下。"

近藤起身离开了酒席。

身上的外褂是黑色纺绸布做的。

外褂上的纹饰是从将军家拜领的五朵葵花纹饰。身后跟着一个持剑的小姓，派头和大名如出一辙（顺便提一句，这个持剑小姓名叫井上泰助，当时十三岁。他是最早的战友之一、本地出身的井上源三郎的侄子。前面已经提到，井上源三郎在伏见奉行所的战斗中不幸战死。泰助是作为近藤的小姓去的京城，后来就在佐藤家留下了。再后来泰助的妹妹嫁给了冲田总司的侄子芳次郎，冲田家的家谱现在还留在立川）。一会儿，拉门开了，近藤慢条斯理地走了出来。

所有人齐刷刷地跪拜下去。

近藤坐到前厅的中央，微笑着说："各位乡亲，看到大家都很好，我很高兴，真是太好了。"

一种别样的感动霎时传遍整个土间。

大家都流着泪请求加入队伍。

"不行不行，这个我不能同意。"

近藤极力拒绝大家的要求，依然是笑容满面。站在近藤的角度来说，他不能允许自己让同乡的后代再去流血牺牲。

在这块土地上，近藤还保留了一点正气。

但是在场的六十个人态度非常坚决，他们哭着嚷着要求入伍。于是近藤不得已挑了三十个单身的、非家中长子的人，取名"春日队"，日后一同出发。

"时间不早了，赶紧出发吧。"

岁三一个劲儿地催促近藤动身。可是近藤还在滔滔不绝地对聚在土间里的这群人高谈阔论在京都时的功绩，毫无起身的意思。

岁三面对同乡，一丝笑容也没有。这是他的性格所致，没办法。所以，在这个地方，一直到很久以后，关于他的口碑还是："土方这个人总是摆出一副位高权重的样子，是个令人讨厌的家伙。"

这天是庆应四年（明治元年）三月三日，关东、甲信越地方很罕见地下起了春雪。

"阿岁，下雪了。"

近藤好像早就打算留在日野镇。

就在这一天，板垣退助率领官兵三千人，离开上诹访，冒雪向甲府行进。

而作为主力的土佐士兵皆来自南方，行军途中不堪严寒，手冻得甚至连枪都拿不稳。

骑在马上的板垣退助指示各队，让大家反复咏唱老公的话："天尚寒，请自爱。"

老公说此话的本意是让大家当心不要感冒。可唱着唱着，官兵们的胸中涌上了世袭士卒特有的感情，士气越来越高涨。

这时，负责侦察的队员跑回日野镇的佐藤家，报告了甲信方面的消息。他说，新政府军已经到了上诹访、下诹访。

听到这个消息，近藤脸上露出了极度惊讶的神色，一句话也没说。

他退到另一个房间，急匆匆脱下外褂，换上盔甲和击剑服，披上无袖外褂，说了一声："阿岁，走吧。"

轿子也弃置不用了。

他穿上草鞋，在土间地上跺了两三脚，下令："牵马来。"

就这样带领部队出了门。此时，近藤脸色通红，风雪纷纷扬扬地扑打在这张脸上。

"好大的雪。"

一跃上马，往昔的近藤又回来了。

部队开始出发。

但是太阳很快下山，当晚部队就住在了与濑。

新政府军的先遣部队却在继续夜行军，第二天一早就到了甲府城下。

新政府军代表向城里派出使者，让守城官佐藤骏河守和地方官中山精一郎到本营走一趟。

虽然佐藤和中山都抱着决一死战的决心，只可惜最关键的近藤勇还没有到。

"新选组在干什么呢？"

两人脸色铁青。

如果新选组先于新政府军到达甲州，说不定此时早就定下了守城的作战计划了。

"没办法。在近藤到达之前，我们只能尽可能拖延时间了。"

佐藤骏河守暂时摆出一副恭顺的态度，去了新政府军先遣部队的营地。

新政府军要求他把城里的所有武器拿到城外，并打开城门让他们进去。

"我知道了。只是这事来得太急，城里还没有准备。我回去后马上布置，等我安排好武器交接工作后，马上通知你们开城的时间。"

佐藤骏河守暂时算是稳住了新政府军。回到城里后，他就一心一意地等待新选组的到来。

但是新政府军并没有因此而轻敌。

他们不断向甲州公路沿线派出侦察人员打探情况，不久接到了

这样一个情报:

"幕府大久保大和(近藤)号称甲府镇抚,正向此地急行军而来,估计今晚进入城里。"

"很好。现在我们要分秒必争。"

新政府军先遣部队迅速做出判断。尽管部队人数不多,但是为了一举拿下城池,决定不再坐等佐藤骏河守的通知,即刻攻城。

佐藤大惊失色,最后不得不打开城门,向新政府军交出了城池。

这一天,近藤的部队越过笹子岭,终于进入驹饲的山村。

当晚就在驹饲宿营。从这个山村向前是下山路,离甲府盆地只有二里的路程。下了盆地,一场激战将在那儿发生。

队员们分别住进了村民家里。

村民中间已经传开了新政府军进入甲府城的消息以及新政府军的详细情况。

新入伍的队员从村民口中听到这些消息后,开始人心浮动,当晚人就溜走了一半。

对此,近藤不知所措。他不断地向队里承诺:"会津援兵很快就会来的。"

但是他的话并没有安抚住惊慌失措的队员。

"阿岁,怎么办?"

他只好找岁三商量,脸上再也不是坐在长棒引户的大名轿子里时的得意神态了。

"我去一趟神奈川。"

岁三立刻动身前往神奈川。他知道在神奈川驻扎着一支叫菜叶队的一千六百人的幕府军,他打算去请他们紧急援助。

"晚上去?"

"没办法。"

岁三从宿营地拉出一匹马,骑上就走,连灯笼都没打。

然而,太迟了。新政府军已经清楚地掌握了甲阳镇抚队的动向。以土州的谷守部(后来的干城、中将)等人为队长的进攻部队已经做好了充分准备。

只是他们没有探听到,他们当前的敌人正是几年前在京都砍杀了无数土州藩士的新选组。

胜沼之战

岁三单枪匹马走上公路，越过山谷河川，疾风似的穿过一个个村庄，向着神奈川的菜叶队大本营赶去。

"请求援军支援。"

除此之外，没有任何希望可以在甲州取得胜利。

"在援军到达之前，近藤能控制住局面吗？"

岁三想，这事用不着担心，近藤应该没问题。岁三心里有一种强烈的信念，那就是只要打仗，在当代不可能有人比得上自己和近藤。京都时的新选组的历史已经证明了这一点。

夜深了，清晨渐渐临近。

岁三不敢有丝毫懈怠，一个劲儿地赶路。

多亏了这天下雪。地上的积雪映得周围一片白茫茫，没有灯火也不至于会迷路。

越过小佛岭的时候，天色突然亮了。太阳升起来了。

就在这一时刻，在驹饲的名主家睡了一晚上的近藤悠然地走在清晨的阳光下。

他在庭院里散步。

主人家名主看到近藤悠然自得的样子，非常感慨。心想："虽然武士年鉴中找不到大久保大和这位旗本的名字，但是，看他的样子真有一种大将风范啊。"

近藤绕着屋子转了一圈，叫来十个队员，交给他们每人一摞纸。他吩咐说："你们立刻动身去附近各村，紧急招募士兵。"

纸上的字是近藤亲笔写的，内容是：

愿为德川家尽心尽力者，事成后必有重赏。
大久保大和昌宜

此时，近藤依然坚信自己可以挽救德川家，当然他也没有放弃甲州百万石的幻想。

在甲州农村，和近藤有着同样梦想的、血气方刚的人很多，到了傍晚一看，竟也招来了近二十个身强力壮的小伙子。

其中有一个年轻人看上去很特别，眼睛很亮，其他人对他好像很客气。

"你是什么人？"近藤一眼就看出此人与众不同。

"我是雨宫敬次郎。"他态度很傲慢。

"你有姓？"

"当然。"

原来此人是甲州东山梨郡一个小村村长的儿子。

近藤接着问他："看你衣服上的纹饰，圆中一个上字，我还从来没有见过。有什么说法吗？"

"我家祖先是武田信玄的部将雨宫山城守正重。武田家灭亡后，我们家族隐居在山野已经三百年，一直是村里的村长（名主）。现在遇上天下纷争，我要建功立业，重振我家族，发扬祖先的武家威名。"

他说话带着极重的甲州口音。

"志向可嘉。"

近藤于是重新审视了自己的心境，感觉自己好像也是一名战国武将。

"我们甲阳镇抚队受前将军家（庆喜）之托将接收甲州百万石。只要我们赶走西军，夺回甲州城，我们将论功行赏，所有人都能得到满意的恩赏。"

"这太好了。"

"我想请你担任甲州组的组长，其他人有异议吗？"

"没有。"回答声此起彼伏。

此时，雨宫敬次郎真的认真思考起了如何夺取甲州。

而后来，他的人生轨迹发生了变化。明治十三年，他看好面包市场，认为国民对面包的需求一定会增加，于是在东京深川开了一家面粉厂，赚到了第一桶金。之后又从事过多种投机事业，几乎没有不成功的。虽然曾经受东京市自来水水管事件的牵连而获刑，但是出狱后，他又奔走在市内电车电线的架设工程上，曾涉足川越铁路、甲武铁路和北海道煤矿等事业，成为巨富。最后于明治四十四年去世。

"那好，雨宫君，你来看。"近藤指着地图上的胜沼，说，"你就带领你的队伍到这个位置上设一个关卡，阻止西军。"

从驹饲的山上往下走，不足三里的地方就是胜沼，这是位于甲府盆地的一个小镇。

近藤的设想是把这里作为第一道防线，阻止新政府军进攻驹饲。等岁三的援军一到，部队就从胜沼向五里开外的甲府城杀过去。

雨宫等人拉着装满建关卡所需木材的拖车，扛着近藤提供的米尼枪，威风凛凛地下山去了。

"啧。"

原田左之助看着威风凛凛的雨宫的背影直咋舌。

他心里大概在想，此人是来"趁火打劫"的。

随后，近藤指挥余下的队伍在柏尾（现属于胜沼町）设阵。他认为柏尾是个军事要冲，决定把这里当作战场。

柏尾是一个小山村，位于一条公路的沿线，甲府盆地就在它的眼皮底下，说它是军事要冲并不为过。

阵地就设在村子东端的丘陵（柏尾山）上，以神愿沼泽为护城河, 拆除了连接沼泽两端的公路桥。又把两门大炮拉上丘陵, 安置在上面。这样就可以瞄准眼皮底下的公路射击。此外, 在公路上还设置了大量的障碍物。

另一方面, 已进入甲府城的新政府军指挥官板垣退助不断接到最新情报。有情报说: "东军频繁地在柏尾出没。"

"是那个叫大久保大和的人吗?"

板垣在武士年鉴上查过这个名字, 但是没有查到。进入甲州以后, 他也问过旧幕府的幕士, 但最终也没有弄清楚大久保大和究竟是什么来历。

板垣退助等土佐人对新选组是恨之入骨。如果他们知道这位大久保大和就是新选组的局长近藤, 绝不会坐等他的到来。因为新选组在京都的时候曾经杀人无数。而被杀的人中, 按各藩来统计, 土佐人比长州人还多。当然, 新选组从来没有杀过萨摩人。

关于近藤的情况, 板垣并不清楚, 在探子们送来的第一个情报中, 他听到这位敌将的名字叫"近藤勇平"。但是, 他做梦也想不到近藤勇平就是近藤勇。

原来, 近藤有两个化名。近藤勇平是他的两个化名之一。

总之不管怎样, 板垣从土佐藩士中挑选了五个指挥官, 下令攻打近藤的队伍。

谷守部

片冈健吉 (后来的自由民主权利活动家、众议院议长)

小笠原谦吉

长谷重喜

北村长兵卫

作为新政府军，自鸟羽伏见之战以来，谷守部将是第一个面对敌人的指挥官。所以他非常谨慎，派出大量侦察兵查探敌情。侦察兵回来后，有说敌人人数上千的，也有说敌人还有数万后续部队的，等等。总之情况很不明朗。

其实这些都是近藤要求队员向村庄散布的假情报。

"不管怎样，我们必须出击。"

炮队队长北村长兵卫说。

于是，队伍以北村的炮兵为领头兵开始向胜沼方向前进。那个年代，由于大炮射程较短，所以正常情况下都是由炮兵走在队伍的最前面。

天已经放晴，山野上的雪也开始融化。

快到胜沼镇的时候，北村长兵卫带着五六个炮兵，拉着两门大炮大胆而快速地向前走去，很快就进了镇中心。

公路的中央，甲阳镇抚队已经紧急设置了关卡。守关人是由雨宫敬次郎等十来个人组成的甲州组。

北村长兵卫挥着红毛狮子头盔，走近栅栏。

"什么人让你们在公共道路上设置栅栏的？快打开。"他慢悠悠地说，好像在和一个什么人寒暄似的。

栅栏内，雨宫上前一步，冷冷地拒绝道："不可能。"

"哟，为什么呀？"

"我们是奉队长之命在此把守的。没有队长的命令，不能开。"

"你们的队长是谁呀？叫什么名字？"

"不知道。"

"是吗？那就别怪我们不客气了。"

北村扭头对着后面的炮兵，下令："准备射击。"

北村跑进左侧客栈的屋檐下，发出了射击的命令。

"轰——"

四斤山炮喷出了火舌。

等到大炮的烟雾散尽时，栅栏内已经不见了人影。雨宫敬次郎等十来个人早就连滚带爬逃到了远处。炮弹从他们的头顶上飞过，在更远的地方炸裂（雨宫就这样跑了，一路跑到了横滨）。

北村打开栅栏，带领众人进入里面，把胜沼镇搜了个遍，没有找到一个敌人。

他问小镇上的人，说是："这里只有这些守军。"

就这样，在胜沼小镇的这一炮成了东征军东征的第一声炮响。

谷守部随后也进入了胜沼镇。他分析说："敌人就在柏尾山上。他们一定是把胜沼作为前哨才设了栅栏的。从守军只有十个人的情形来看，柏尾山上的主力人数最多不会超过二百人。"

他的判断异常准确。当即下令，队伍向柏尾山上进发。

近藤就在柏尾山上。

"他们来了。"

原田左之助踮着脚往山下看。

"近藤先生，他们戴的是红毛狮子头盔，应该是土州人。"

因为萨州人是黑色的，长州人是白色的，只有土州人才是红色的。

萨长土三个藩的装备都是西式的，但又各有不同的战术特点。即使同为步枪射击，长州人是卧射，萨州人是立射，而土州却是刚开始射就停下改成刀剑刺杀。

"是土佐啊。"

近藤对此时的敌人了解不多，他脑子里能想到的只有在京都时的情况。他说："在池田屋，土佐可被我们打惨了。野老山五吉郎、石川润次郎、北添佶麿、望月龟弥太……"

"是啊。"

原田左之助也在想着往事，脸上却一片茫然。

"还有,我们是最先闯进天王山的。"永仓新八在一旁插言道。

元治元年的蛤御门之变中,长州军溃败。在长州浪士队困守天王山时,幕府军包围了该地,是新选组最先冲上去的。

但是,在那儿,他们看到的只有真木和泉等十七个志士的自刃尸首,其中土州浪士有松山深藏、千屋菊次郎、能势达太郎和安藤真之助。

"时局真是说变就变啊。"

近藤非常不情愿地从往事的回忆中醒过来。

"永仓君,在池田屋,一开始我们是五个人杀进去的。那也没觉得怎么样啊。"

可现在不同了。

当时的新选组有京都守卫官的大力支持,会津动员各藩前来增援的藩兵多达三千人。在他们的包围圈内,新选组可以尽情地向敌人大开杀戒。

当时他们是顺应时代潮流的队伍,也正因为如此他们才有那么大的威力。但是现在,顺应时代潮流的是对方。

用近藤的天然理心流的术语来说,双方在"气势"上相差太大。

——会不会打起来呢?

临时招募的队员中有一大半人跑了,留下来的也都像在山地上粘住了一样一动不动。

"尾形君,"近藤叫了一声正探头观察下面公路上的情形的尾形俊太郎,说,"敌人还在向我们靠近。我们是不是该到桥对面点火了?"

"是。"

尾形指示十个农民兵手持松明,突击跑到桥的对面。不一会儿工夫,有几家民居着起来了。

噼里啪啦、噼里啪啦,几条火舌突然喷了出来,转眼工夫,大火熊熊燃起。弥漫开来的白色烟雾笼罩在近藤阵地的前面。这是古代战术中的一种，既可以起到烟幕的作用，又能防止民居被敌人的步兵队利用。

谷守部看到这股白色烟雾，大致判断出了敌人阵地的位置。

"我们兵分三路吧。"

谷守部一边眺望敌阵的地形一边说。各队长一致表示同意。

谷守部本人率领五十人外加两门大炮，从主路进攻。

片冈健吉和小笠原谦吉各率领五百人，横渡敌阵前面的日川河，从右侧登山进攻。

长谷重喜从左侧上山，一边向山上、公路上扫射，一边前进。

"就这么定了。"

谷守部一点头，各队队长立刻回到自己的队里，带领人马出发了。动作之快捷正是组织化了的藩兵所表现出来的优势。

很快，队伍到达日川河东岸，双方开始了激烈的枪战。

近藤站在山顶上。

"阿岁怎么还不回来。"

他不停地回头看，可是心里也很清楚，岁三又不是神也不是鬼，这么短的时间是不可能从神奈川走一个来回的。

"开枪，快开枪！"

近藤指挥着他并不熟悉的枪战。可是临时召集起来的步枪手们几乎是每发一枪就往后退十步，怎么看都不像是在作战的样子。

"没办法，我们杀进去！"

近藤马上决定改变战术，他大声呼叫。然而以前的新选组首领都成了步兵队的指挥，分散在不同的位置上。这支队伍不再是以前具有强大凝聚力的部队了。

近藤身边只有从京都一直追随而来的近臣、普通队员三品一郎、松原新太郎和佐久间健助等几个人。

他们同时拔剑。

敌人已经爬上了前面的山脊，连五官都看得很清楚了。

"杀！"

近藤冲了上去。因为右手还不太得劲，所以剑在左手上。

正面发生冲突的土州部队是小笠原谦吉的队伍。因为是先遣部队，所以只有十几个人。

山上一片混战。

近藤虽然左手使剑，但依然很厉害。眼看他手起剑落，一连杀死了三个土州兵。架势越来越凌厉。

"这是个什么人？"

小笠原谦吉在猜想。小笠原是公认的矛术能手，但此时他没有把矛带到战场上来。

他赶紧拔剑应战。

他想和近藤展开近身肉搏战，却被一个队员（似为松原新太郎）挡住了。

小笠原纵身一跃，手起剑落，砍了松原的肩。松原一个踉跄没有站稳。接着小笠原队伍中的副队长今村和助在他背后又是一剑，给了他致命的一击。战斗结束后，再看松原的剑，卷刃都集中在离剑柄五寸以内的范围内。由此可见这场短兵相接的战斗有多么激烈了。

看到敌人的人数在不断增加，近藤大惊失色，急忙下令："撤退。"

于是他带着众人逃进了背后的松林里，接着又继续向笹子岭退去。

在笹子岭，近藤集合了残兵败将，准备给继续追来的敌人迎头再击。可是原田左之助没有心情再打了，他说："算了吧。"

"是吗？那我们就退到八王子吧。"

到了八王子，部队只剩下五十来个人了。

“不行，我们还是回江户吧。”

于是，近藤就此解散了甲阳镇抚队。新选组队员各自换上便服，三三两两地分头回江户。

此时，岁三沿着东海道也在向江户疾驰。

在神奈川请求援兵遭到拒绝后，他想回江户找前将军庆喜商量，直接向幕府借兵。

当然岁三做梦也没想到，近藤在甲州已经被彻底击溃了。

流山屯集

"惨败。是做梦,一定是做梦。"

近藤躺在神田和泉桥医学所的一张病床上,大声地笑道。

声音听起来非常空洞。

老家南多摩的人挑着蔬菜来看他。

三月的阳光正照在玻璃窗上,室内非常暖和,让人感觉全身都懒懒的。

"大老远跑到甲州,得到的就是旧伤的撕裂。我实在想不明白新政府军怎么会那么快就进入甲府城。"

"我听说新政府军的先遣部队已经到了武州深谷。"有一个人说。

这是实情。在新政府军总督府,已经定下了攻打江户城的时间——三月十五日。

这一天是三月七日。看来江户也时日不长了。岁三回到这座城市的时候满脸憔悴。回来后,他一直在寻找已经回到江户的近藤,并终于查到了他的下落。现在,他就站在近藤面前。

"对不起。"岁三低下了头。

他到神奈川、江户奔走,请求援军。可是最后连一兵一卒都没有请到。

"这次失败责任在我。"

"别这样说,阿岁。"

近藤已经开始对时局灰心了。

"就算当时援军到了也来不及。西部来的新政府军动作很快。在进军速度的比拼方面,我们确实比不上他们。"

不久，在八王子分手的原田左之助、永仓新八、林信太郎、前野五郎和中条常八郎等新选组的同志也来了。

"可找到你们了。"永仓说。

在永仓和原田身上丝毫也看不出战败后的疲惫。他们说想商量一下重整旗鼓的事。

"今天晚上天黑后，你们能去一趟深川森下的大久保主膳正殿下的家里吗？"永仓新八说。

——哟，永仓和原田什么时候掌握队里的领导权了？

岁三心里有些不快，但是仔细一想，队伍已经名存实亡。现在大家都不再是一个集团里的人，而是个人了。不过，即使是个人，永仓和原田也还都是大御番组的身份，是德川家名正言顺的家臣。

"一定要来哦。"

永仓临走又嘱咐了一句。近藤好像也没介意，点了点头说去。

傍晚，近藤和岁三二人去了大久保家。主人主膳正以前是京都的町奉行，和近藤、岁三都很熟。

会议就借用了他家的书院。

已经有五六个人在房间里了。近藤嘴里说着好好，不客气地坐到了上座的位置。

酒菜端上来了。

这个时期，前将军庆喜正蛰居在上野宽永寺。他也不剃头发，只是一味地保持着他谨慎谦恭的态度。

每当听到幕府主战派有不安分的举动，庆喜就会下谕阻止。海军榎本武扬和陆军松平太郎是江户幕府主战派的代表人物，于是庆喜特意召见二人，明确告诉他们："你们的一举一动如同刀刃架在我的脖子上。"试图以此打消他们主战的念头。

但是，旧幕臣中的有志之士不会因为将军的训说而放弃自己的信念。他们于上月十二日、十七日和二十一日分别举行了三次幕臣有志之士会议，会议的结果是成立了一支彰义队。

前将军庆喜用了一个词来形容这支德川家臣团。这个词就是："无赖壮士"（和高桥泥舟的谈话）

另一方面，为了让新政府军停止攻打江户城，庆喜也采取了一系列措施。

胜海舟和山冈铁舟根据庆喜的意愿，开始与新政府军议和。

但是，关于胜海舟，当时还有另一个说法。说幕府从金库里拨了五千两军费资金给近藤勇，还借给他两门大炮、五百支步枪，指示他组织成立"甲阳镇抚队"，并给出甲州百万石的诱饵，让他兴致勃勃地离开江户也是胜海舟所为。

当时胜海舟的意见是："萨长土对新选组恨之入骨，而新选组又口口声声喊着要留在江户府内忠于前将军。如果他们留在江户，新政府军从感情上很难接受我们。所以最好把他们赶出江户。"

事情的经过好像是这样的。

不过，仔细一想，这话也不太可信。旧幕府本来就已经捉襟见肘，让他一下子拿出五千两的大额银两不仅没有可能，反而很离谱。而且庆喜和胜都十分清楚，只要向近藤许诺"甲州百万石"如此这般，已经足够让他高兴得跳起来了。

然而，对于旧幕府来说，新选组的名称已经成为沉重的负担也是事实。可以说只要把近藤和土方收在麾下，那么谁也不敢说德川家、江户城以及江户府民将会变成怎样。

以下是一段闲话。

明治九年，岁三的哥哥糟谷良循、侄子土方隼人和近藤的义子勇五郎等人为了在高幡不动神社内（日野市）给这二人立碑，求大槻磐溪撰写了碑文，又拜托军医总监松本顺来书写。没几日，撰文和书写都完成了。

他们还想请德川庆喜来写墓碑上的篆额。于是旧幕府的御医松本顺前去问安,通过管家小栗尚三试探庆喜的口气。当庆喜听到两人的名字时,吃惊地抬起了头。脸上的表情告诉来人,他陷入了对往事的回忆。

"……"

庆喜嘴里反复念叨着两人的名字,既不说写也不说不写。

管家小栗再问他的时候,他哽咽着再次念叨起两人的名字:

"近藤、土方——"

眼眶里溢满了泪水。

管家小栗尚三在给松本的信中这样写道:"就这样他拿着碑文草稿,看了一遍又一遍,只是无声地落泪。问是否挥毫书写,却只言不语。再问,依然不语。"

也就是说,当时不管小栗怎么催促,他只是一味地落泪,最后也没有说出个所以然来。

从庆喜落泪这一情况来推测,大概是因为他想到这两个并非世袭幕臣出身的人为了自己甘愿战斗到最后,胸中不免涌上怜惜之情而不能自制。同时,可能他还想到了为了主和外交的需要把他们赶往甲州的事实吧。

最后庆喜还是拒绝了写篆额的请求。这不能怪他,因为这是庆喜在维新后的生活信条。庆喜此人终其一生,都生活在与外界完全隔绝的世界里。

不得已,写篆额的事情就落在了旧京都守卫官会津藩主松平容保的身上。碑于明治二十一年七月完成,立在不动堂境内的一棵老松下,正面朝南。

我们再回到深川森下,大久保主膳正家的书院里。

近藤在这里表现出来的态度在永仓、原田等老战友看来非常妄自尊大。

当时，永仓和原田的心里已经有了一个很具体的方案。

"近藤先生，我认识一位直参叫芳贺宜通。他在深川冬木辩天内有一个神道无念流的道场，门人很多。芳贺氏说了要和我们合作成立一支队伍共同对抗新政府军。"永仓说。

确实，一回到江户，永仓新八的熟人就多了。

回想一下，在文久二年的年底，最早得知幕府招募浪士消息的是已死去的山南敬助和藤堂平助，再有就是永仓了。

永仓和御书院看守芳贺宜通不仅流派相同，而且还是旧交。永仓新八原是松前藩藩士，后来脱离了藩籍，而这位芳贺原本也是松前藩藩士，后来给旗本芳贺家做义子，从而进了芳贺家。

"怎么样，土方先生？"

"哦。"

这种时候，岁三往往不会明确说出自己的意见。这是他的一贯作风。人们之所以说他阴险，这也是原因之一。

"近藤先生，你看怎么样？"

永仓两眼盯着近藤，目光犀利。他之所以敢这样，也是因为新选组既然已经解散，近藤也就什么都不是，更别说是局长了。从这里也可以看出永仓对近藤是心怀不满的，他不能接受近藤对待战友像对待家臣一样的态度。

的确，回到江户后，近藤曾经漏过一句话。他说："你们如同我的家臣。"

因为这一句话，几个从京都开始一直在一起的同志离开了他。

——这次新党成立时，我们一定要请芳贺来主持新党，近藤和土方只能做新党的成员。

永仓和原田心里打着这样的算盘。

"芳贺是个什么人？"

"他可是个人物。"永仓加强了语气说。

近藤觉得身体很倦怠。到了现在这种时候，和一个从没见过面的人一起共事，怎么都觉得心情很沉重。

在后来的讨论中，他也透露了自己的这种心情，最后甚至吐出了主和的意见。

"近藤先生，你非常令我失望。很遗憾，你让我很看不起你。"

原田认为这是诀别的机会，于是站了起来。

"好啦好啦。"近藤叫住他，"阿岁还没开过口呢。阿岁，你看怎么样？"

岁三抬起头，手在膝盖上摆弄着小酒杯。他说："我去会津。"

"啊？"

所有人的眼睛齐刷刷地看向岁三。去会津！这是谁也没有想到的结果。此时，会津仍然是萨长强有力的对手。

"在江户要打赢这场战争很困难。"

"有什么困难的！"原田怒吼。

岁三瞥了一眼原田，说："你愿意在江户打你就留在江户好了。我已经看出来了，在这里打绝对没有胜算。"

就在几天前，为了请求援军支持而四处奔波的实际感受让他得出了这样一个结论。

世袭旗本完全没有斗志，有斗志的人也被前将军的"绝对谦恭"绊住了腿，无法行动。

"江户眼睁睁地看着我们败走甲州。在这种地方怎么可能争取到我们的支持者呢？"

"那么土方先生，你准备怎么做？"

"去流山。"

"流山？"

534

"流山在下总（千叶县），属于富庶之地。那儿的情形我多少还是了解一些的。值得庆幸的是，那儿现在还是幕府的领地。我们可以在那儿扎营，只要从周围募集到二百人的士兵，就转去奥州。奥州地方虽说很穷，但是那民风剽悍，又对西部各藩的专横跋扈非常不满。即使有一天萨长攻陷了江户，在奥州同仇敌忾的气势面前也只有望洋兴叹的份儿。"

"阿岁，"近藤很吃惊，"你这是耸人听闻。"

"是吗？"岁三突然捏紧了小酒杯。

"不过阿岁。"

"什么？"

"我们能赢吗？"

"能赢不能赢不试一下怎么知道。我们不能首先考虑输赢。我们首先想到的应该是，只要我们还有一口气就要战斗到底。看来，我一生中最有意义的时刻就要开始了。"

"你真是个天性好斗之人。在多摩川边的时候就这样。"

"是啊。"

岁三轻轻放下小酒杯，拉了拉裙裤站了起来。

"原田君、永仓君，时局已经变了。到了现在这一步，我们不可能再回到从前的新选组了。大家都有自己的想法，在京都的时候，是我压制大家的思想，一心一意想让新选组强大起来。现在新选组已经不存在了，我们就此别过吧。"

说着，他拍了拍原田的肩。

原田突然觉得心里空落落的。

"好啦，以后大家就各走各的路吧。"

岁三说完，快步走出了玄关。近藤紧随其后。

走在夜间的街道上，近藤说："阿岁，又变成你跟我两个人了。"

"不，我们还有冲田总司。"

"总司？是啊。现在，我们天然理心流就剩三个人了。如果在伏见阵亡的井上源三郎还活着的话，是四个人。"

"可总司是个病人，而井上已经死了。"

"所以就只有我和你啰。"

星星高高地挂在天上。

近藤对着星星张开嘴笑了。近藤和土方又找回了从前的友谊。

"不过，阿岁，我们真的要去流山吗？"

"当然要去。你是队长，我是副队长。"

"士兵能招募到吗？"

近藤好像积极性不高。他没有参加鸟羽伏见之战，所以甲州是他第一次接触现代战争。对近藤来说也是第一次失败的经历。自甲州之战以来，他的情绪一直很低落。

——说来说去，这个家伙只有在顺境中才能成为英雄。

岁三带着讥讽的眼神看着近藤。

"大家都说我天性好斗，所以我决定去的地方始终是要去的。不过，你要是不愿意，不去也可以。"

"不，我去。"

近藤知道除了和岁三在一起，现在哪里还有什么可以安身立命的地方。兵分三路、势如怒涛、不断逼近的新政府军所有参谋的脑海里大概都有一个念头，就是向曾经的新选组报仇。

"我们就去天涯尽头。"

岁三爽朗地笑了。

既然江户不愿意和自己一起奋勇作战，那么寻找一个愿意和自己一起作战的地方，不就是自己和近藤今后的人生吗？

"阿岁，你会写俳句吗？"

近藤突然提到了这个话题。

岁三沉默了好一会儿，突然飞起一脚，踢飞了一块石头。他说：

"在京都的时候，我还是写过一些的，不过都是些出去办事的路呀、春天的月光呀之类的东西。"

"哈哈哈，我想起来了。京城的大街小巷，曾经都因为我和你的剑而战栗。"

"以后还会战栗的。"

"希望如此。"

近藤也踢了一脚石头。就这样，两人并肩走在夜幕下的路上，感觉好像又回到了儿时。

之后的几天，近藤一直待在江户。而岁三独自去了流山，做一些驻营的准备工作。

近藤把幕府仓库里的枪支武器尽可能集中到一起，通过浅草弹左卫门，招了一些搬运工，组成一支运输队，不断送往流山。

这次幕府还拿出了两千两银钱给近藤做经费。

对此近藤非常感激。他深深感到德川家对他们有着强烈的期待和感激。

"必须坚持。"他想。

旧队员中有人听说近藤还在医学所，于是来了几个人，其中有曾经的三番队队长、新选组剑术最好的斋藤一。

还有大坂浪士野村利三郎。

再有近藤和岁三的同乡、又是土方家远房亲戚的松本舍助。

他们听到要去流山的消息，两眼发亮，盯着问："真的要在流山重整旗鼓吗？"

队旗还在，是红色绒布上一个白色的"诚"字。只是经过鸟羽伏见之战的硝烟，队旗已经非常脏了。

"把这面旗装进行囊中。"

近藤指示。他很清楚，往后再向新政府军挑明新选组的名号是不明智的。

"不，还是举起来吧。"

斋藤说。他认为只要飘扬着队旗，队伍的士气就会不一样，队伍的气势也会不一样。在江户府外的一个地方飘扬起新选组的旗帜，不是正好可以激发起关东男儿的斗志吗？

"不不，还是收起来吧。"

第三天，近藤带着几个人出发了。近藤骑在马上，牵马的是在京都时就在一起的忠助。他是在墨染死去的久吉之后的第二任马夫。

过了千住大桥，他们就出了武州境内，前面是一望无际的下总原野。

一行人很快到了松户镇。

幕府自开创以来，这里就是水户公路上的最后要冲，所以设有值守的人。小镇靠近江户，是江户人经常来消费的一个近郊村落。人口有五千，非常繁华。

近藤一行就要到小镇了。也不知道当地人是何时何处得到的消息，远远就看见小镇前有近五十人在等候迎接他们，其中还有松户小镇的官吏。

在客栈用餐的时候，又不断有人从流山前来迎接，眼看着来了近二百人，站满了土间、屋檐下，甚至公路上。

当然这一切都是先期到达流山的岁三安排的，而好热闹的近藤因此也彻底振作起了精神。

"流山快到了吗？"

他问流山来的人。来人回答说："是啊，就在前面不远了。内藤先生（岁三的化名）正在驻地等着呢。"

来人是流山当地的居民，他们情绪高涨，大概是受到了岁三的鼓动吧。

诀别

从江户看去，下总的流山相当于一个鬼门关。

——阿岁也真是的，干吗一定要把营地设在江户的鬼门关上呢？

近藤不是一个讲迷信的人，但是从松户骑马一路前往流山的路上，他不自觉地介意起了此事。

公路很窄，只有一匹马勉强可以通过的宽度。道路的两边，蒲公英已经开放。

"你帮我去采一枝蒲公英。"他吩咐马夫忠助。

忠助过去，采了一枝交给近藤。

蒲公英艳黄艳黄的色彩，刺得两眼生疼。

"……"

近藤把它含在嘴里，随着马的跑动上下抖动。茎汁似乎有一丝苦涩味。

"忠助，你觉得这地方怎么样？"

"很大。"

忠助牵着马，耸了耸肩走在下总原野的中央。这里没有山峦，没有丘陵，只有一望无际的原野，这让他感到莫名的畏惧。

原野上到处种着赤杨树，要说有变化，这勉强可以算是变化。

流山街上有低矮的丘陵，地名大概就源于此。

街西侧有江户川河流过。河边有一个码头，从这里可以去行德、关宿和上下利根川方向。

"这街上蚊子怎么这么多。"

蚊子成群结队地围着骑在马上的近藤飞。

蚊子多是因为这里是水乡，但是更主要的原因是这里是产酒地，街上到处都是大酒窖。蚊子一定是因为受酒窖里散发出来的甜味的诱惑，才聚集到这里的。

近藤在长冈酒屋的门前（现在属于千叶县流山市酒类批发商秋元鹤雄氏）下了马。

酒屋门口挂着一块牌子，上面写着："大久保大和宿"。

大概是岁三挂上去的。

近藤进了屋里。

岁三出来把他带进一个单间。

当地曾给岁三提供过各种帮助的人们纷纷前来问候近藤。等他们都走了以后，近藤看着打开的拉门外面，说："阿岁，这屋子真大呀。"

整个宅邸面积大约有三千坪。院子里有好几个木板搭建的仓库。

"这里有几个仓库？"

"三个。每个仓库的面积在一百五十到三百坪之间，正好可以用来安置士兵。对面那个里面有两层，我请他们腾出来借给我们用。"

作为兵营，确实没有比这更理想的建筑了。

"不过阿岁，"近藤啪的一声打死一只停在手背上的蚊子，沮丧地说，"这儿蚊子太多了。"

"是啊。这里的人晚上睡觉都要挂蚊帐。因为都是喝酒长大的蚊子，所以比江户的蚊子要大出两倍呢。"

岁三突然使劲拍了一下右脸。

"啪"，血迹留在了脸上。近藤愣愣地看着，苦笑道："我们真的是落魄了。"

连生满野草的沿河街道上的蚊子现在也敢欺负新选组了。

真是可笑。

招募到的士兵多于预料中的人数。

没多长时间就招募到了三百人，他们都是附近农村的年轻人。岁三让他们一个个报上姓名，给他们发了枪支，配了长短剑。

岁三向全体新兵教授米尼枪的射击方法，近藤则教授他们凶悍的剑法。

三百年来，静悄悄地沉睡着的这块土地突然热闹起来。

每天都可以听到从长冈酒屋传出来的射击训练时的枪声和近藤严厉的吆喝声。百姓们吓得远远地不敢靠近。

"阿岁，新政府军已经包围了江户。"

这天是戊辰三月十五日。

新政府军大总督府收复了东海道沿线的一个又一个小镇，此时已经到了骏府。

把近藤等人从甲州赶走的东山道先遣部队在土州藩士板垣退助的率领下，于三月十三日抵达板桥，等候进攻江户的命令。

攻打江户的时间早早定在了三月十五日的拂晓。

但是新政府军中的萨摩人西乡吉之助和幕府代表胜海舟之间还在就和平交接江户事宜进行谈判，进攻被无限期地推迟。

谈判的结果是由胜海舟负责江户的治安，新政府军驻扎在江户的周边。

新政府军中，最大的兵团之一是以板桥为大本营的东山道先遣部队。

"流山上有幕府的军队。"

得知这一消息的时候，已经过了三月二十日。

东山道先遣部队马上派出侦察兵探听情况。得知在流山的幕府军队兵力近三百，全部都是农民兵。

只是从指挥官的着装来看，身份好像是旗本。首领的名字叫大久保大和。

"那不就是在甲州败在我们手下的家伙吗？"

参谋头领板垣退助说。他知道在武士年鉴中没有这个幕臣的名字。

"是近藤。"

这一推测得到了大家一致的认可。

这支东山道部队在甲州胜沼打败大久保大和后，又沿着甲州公路继续进军，于十一日进入武州八王子镇。在武州八王子，板垣退助把横山町上的客栈"柳濑屋"作为大本营，在周围对溃败后的敌人进行了地毯式的搜捕。

在新政府军官兵的意识中，"这里是新选组的发祥地"。

他们对天然理心流的保护者、岁三的姐夫日野镇名主佐藤彦五郎家进行了尤为仔细的搜查。

这一家人在新政府军到来之前已经逃走。他们没有集中逃到某一地点，而是分别投奔了在多摩的亲戚家，所以找起来颇费了一番工夫。

彦五郎的儿子佐藤源之助（昭和四年去世，享年八十岁）当时十九岁，因为接触了他人的击剑道具，感染上了疥癣，此时身体非常虚弱，已经到了步履维艰的程度。

他先是躲到了粟须的亲戚家，接着又翻山越岭逃到邻村宇津木，最后在一个农家壁柜里被新政府军发现。

他被带到八王子的本营，接受了审讯。

父亲佐藤彦五郎的去向是这次审讯的焦点，源之助回答说不知道。

审讯官有三人。其中两人带着非常浓重的萨摩口音，不太容易听懂。三人中只有一个人说话可以听懂，他是土佐藩的谷守部。

谷守部的审讯非常执着。不管是谷，还是参谋头领板垣，总之土佐藩的藩士对新选组都恨之入骨。在京都，该藩有太多的人因新选组而命丧黄泉，尤其是他们坚信暗杀坂本龙马的就是新选组。

"你爹彦五郎现在在哪里？"

这是审讯的第一个问题。他们的目的是找到彦五郎，并通过彦五郎了解近藤和岁三的下落。

审问的第二个问题是"彦五郎和近藤勇、土方岁三是什么关系"。第三个问题是"日野镇是否有武器"。第四个问题是"日野镇及附近居民有谁向近藤勇学过剑术，有多少人"。

问来问去就是这四个问题。审讯结束后，源之助被监禁在一个仓库里，第二天下午又被带到后院，在草席上坐下。

源之助的遗言中有这样一段话：面前的拉门开了，进来一个非常威严的人。藩兵轻轻呵斥我：低头。还非常恭敬地向此人行礼。这人就是板垣退助。

板垣看到源之助生着病，就没有过多地进行审问。他只问了一个问题："大久保大和和内藤隼人在出征前据说在你家吃了午饭，还接见了乡邻。这是真的吗？"

昨天也问过同样的问题，只是昨天问话中的人名是"近藤和土方"。

板垣很狡猾，他装作漫不经心的样子提到"大久保和内藤"，轻易地让源之助中了他的圈套。源之助回答说是。

于是，新政府军知道这个化名的主人是谁了。

而现在，他们就在流山设营。

在板桥大本营的新政府军炸开了锅，士兵们跃跃欲试，纷纷要求前去攻打流山。如果这支东山道先遣部队的主力不是土佐兵的话，大概整个部队的情绪也不至于这么激愤吧。

"我们要报京都的一剑之仇。"

激愤的情绪在军营中弥漫开来。

相当于新政府军副参谋级别的御旗扱中有一个叫香川敬三的人。他本是水户藩士，后来被派到京都相国寺，与长州、土州的激进志士接触很多，不久脱离藩籍，参加了土佐藩浪士队中的陆援队。

陆援队的队长是中冈慎太郎，此人和海援队队长坂本龙马同时死于非命。

中冈死后，队里的指挥权落在了脱离土州藩籍后的田中显助（后来的光显，伯爵）手上。香川是副队长，在鸟羽伏见之战中作为讨幕军的别动队，曾经设阵地于高野山，负责控制纪州藩。

香川在维新后，一直在宫廷担任各种职位，最后当上了皇太后宫大夫[1]、伯爵，于大正四年谢世，享年七十七岁。

他有一个外号叫"狐狸香川"。此人性格异常阴险，连从幕府末期起一直在一起共事的搭档田中光显，在维新后和他的关系也闹得很僵。直到香川去世，田中没有和他说过一句话。

就是这位香川，他向板桥大本营提出请求，说："请允许我参加讨伐新选组的行动，为中冈报仇。"

他的理由非常充分。

但是这个自告奋勇的人在这支讨伐小分队里没有任何指挥权。

萨摩人有马藤太（副参谋，后来的纯雄）率领三百人马组成讨伐小分队前去讨伐近藤的队伍，香川在这支小分队里担任副手。

有马的部队离开宿营地千住的时间是四月二日一早。

有马知道流山方面不断有密探出入千住附近，所以他没有直接向目标地出发，而是瞒着所有人，下令"去古河"。

1　日本五位官阶通称。

当天晚上，部队住在千住，第二天在粕壁（现在的春日部市）过夜。

第三天，部队突然掉头南下，很快便到了利根川河的西岸。

士兵们很奇怪，问其原因，有马指着河对岸的流山，说："我们要打那儿。"

他下令征用了附近农家、渔家的所有船只，神速渡过利根川河，并在河堤下面集合。

时间是早上九点左右。

最早发现有马小分队的是正在街道西侧警戒的一组士兵。

他们立即开枪射击。

但是枪的射程太短，根本打不到新政府军的队伍。而新政府军一直保持沉默，没有开一枪。

"阿岁，有枪声。"

近藤说这话的时候，一名警戒的士兵跑来说有敌人来袭。

"知道了，我去看看。"

岁三跑向马厩，一跃骑上马，沿着村落群狭窄的路上跑到街道西侧尽头。

——果然来了。

远远地，在河堤附近的民居后面，不断有新政府军的影子出没。

人影晃来晃去的，大约有五百人。他决定主动出击，给他们来一个突然袭击。于是急匆匆赶回了大本营。

"全体队员在大本营院子集合。"他大声吩咐道。

岁三人还在檐廊的边上，一伸手就拉开了近藤房间的门，

"怎么回事？"

岁三大吃一惊。

近藤已经换上了便服。

"阿岁，我去一趟新政府军的大本营。我要向他们解释，我们不反对皇旗。"

"你是认真的？"

"当然是认真的。这几天我一直在想，怎么说现在也是个敏感时期。"

"什么敏感时期？"

近藤没有回答。他知道只要自己回答，必定引起一番争论。

近藤穿上白带子的草鞋。

"我去跟他们解释清楚，相信他们一定会理解的。"

近藤太天真，想得太简单了。他没想到，新选组局长近藤勇的真实身份早已经暴露。

他以为，只要自己坚持说驻扎在流山的部队是为了维护利根川河东岸的治安，就可以万事大吉。

他以为如果新政府军说没必要，最多也就是要求解散这支队伍，而不会有更加激烈的动作。

他之所以会这样认为，是因为在维护江户府内的治安问题上，新政府军半推半就地承认了彰义队。

——驻扎在流山的部队不也是这样吗？

所以近藤才会这么天真。

"别去。"岁三说，"去了，你就是自投罗网。"

"没事的。而且阿岁，"近藤说，"我一直以来都很尊重你的意见。但是，这次你一定要让我按自己的意思去做。"

近藤微微笑着，笑容里有一种岁三从没见过的平静。

"我很快就会回来。"

近藤带着两个部下走了。

到新政府军临时营地有一条田埂相连。

近藤让两个部下在前面带路，三人踩着草地一路慢慢走去。

很快三人来到了用木篱笆围起来的百姓家门前。新政府军中的士兵举起枪，喝住了他们。

近藤通报："我们是使者。"

他说想见队长。

他们被带到了房间里。

"我是大久保大和。"近藤首先做了自我介绍。

有马以萨摩人特有的温和态度，问他有什么事。

香川就在他的旁边。

有马和香川都没见过近藤，但是他们听说过近藤有着不同常人的风采。

——没错，就是这个人。

香川两眼放光。

"今天早上——"近藤说，"我们不知道是新政府军来了，部下不小心开了枪。我是特意前来道歉的。"

"此事确实不该，念你不知暂不追究。但须辛苦你亲自去粗壁大本营诚意致歉。眼下，望速交出枪炮。"

"明白了。"

近藤点头答应。近藤此时的心情，想必岁三无论如何也无法理解。

"回营后我马上安排。"

近藤回来了。

岁三和近藤之间发生了有生以来最激烈的一场争吵。

到最后岁三忍不住落下了泪。算了，算了，反正还有奥州。岁三不知道吼叫了多少次。最后岁三甚至公开批评近藤，说："你在我们走上坡路的时候表现得那么出色；现在我们走下坡路了，你就变了，你就不要自己的理想了。"

"没错。"近藤点头说，"我就是不愿意留一个反贼的名声。我和你不一样，我懂什么是大义。"

"王也好寇也罢，身份是可以转变的。所谓三十年河东三十年河西就是这意思。可作为一个男人，投降难道不是一件很可耻的事吗？去甲州争夺百万石时的雄心壮志哪里去了？"

"时过境迁。我近藤勇也好，你土方岁三也罢，都已经成了时代的弃儿。"

"不是。"岁三两眼发直，他说，"时局之类的不是问题，胜败也是身外之物。只要是男人，就应该坚守自己的信念，甘愿为坚守自己心中的理想去死。"

近藤显得异常平静。他说："我认为服从大义就是我的理想。阿岁，长期以来，我们虽然一直都是战友，但是每逢重要关头，我们的意见总是相左，又何来谈共同理想呢？"

"所以，阿岁，"近藤又说，"你走你的路，我走我的路。今天，我们就在这里分道扬镳吧。"

"我不会让你走的，我一定要带着你。"

岁三一把抓住近藤的右手。这手像松树枝一样健壮。

岁三以为他会甩开自己的手。出乎他意料的是，近藤竟反握住他的手，说："一直以来，谢谢你的关照。"

"喂。"

"阿岁，你就还我自由吧。你创立了新选组，也扶持我成了那个组织的局长。现在回想起来，我总觉得那时的近藤勇好像不是我自己。你松开手，还我自由吧。"

"……"

岁三看着近藤，一脸的茫然。

"我走了。"近藤走出房间，下了庭院，直奔酒库，下令就此解散部队，只留下自京都以来的几个队员，说，"各位，还是自由了的好。我也要还自己自由。各位，谢谢你们的关照。"

近藤再次离开了这个家的大门。

岁三没有追出去。

——我一定要坚持下去。

"啪"的一声，手打在自己的脸上。一只长脚黑蚊子粘在了上面。

大鸟圭介

现在我们换一个话题说说。

这一天是庆应四年（明治元年）的四月十日。

因为是丑时的"第二个时辰"，所以准确地说是十一日的凌晨。

骏河台的旗本家里忽然闪出几个人影。

总共三个人。

其中一个是仆从，扛着行李；一个是穿棉服的壮士。

还有一个是这个旗本家的主人，年纪大约三十六七岁，穿着带纹饰的黑色纺绸衣服、高级丝织裙裤，戴着韭山笠，一只手高高举着伞。

上半夜就开始下的雨还没有停下来的意思。

"木村（隆吉）君，我们怎么会选了这种天气出门呢？"旗本苦笑着说。

三人中就他说了这一句话，之后谁也没有再开口说话。过了昌平桥，出了浅草茸屋町，下了大川桥，不久来到了向岛小梅村的小仓庵。

"集合地点就在这附近。木村君，你去那儿的豆腐店问一下。"

这个时间，豆腐店的人应该已经起来了。

看似门徒的木村跑去，又很快跑了回来。

"他们说不知道。"

"奇怪。有四五百个穿西式服装的人聚集在这里，周围的人不应该不知道呀。你去把警备所的人叫起来吧。"

旗本在雨中等候。

这是一个皮肤白皙、额头宽阔、鼻子笔挺的标准美男子。

警备所内有四五个穿着幕府步兵服装的人，正挤在一起睡觉。

他们被木村叫醒后，跳了起来，说："哎呀，我们正等你们呢。没想到竟睡着了。"

"先生在外面等着呢。"

"是吗？"

几个人赶紧跑出去，向那个被叫作"先生"的人行了一个法式军礼。

"好。"先生应了一声。

"我们带您去那儿的报恩寺。"

雨中，一行人向目的地走去。

被叫作先生的是幕府军步兵首领大鸟圭介（后来为新政府工作，历任工部大学校长、学习院院长、驻中国清朝特命全权公使、枢密顾问官，受封男爵，于明治四十四年去世，享年八十岁）。

他和维新时参加过反政府战斗的众多幕臣一样，不是世袭旗本。

他是播州赤穗的一个乡医的儿子。

他曾经在大坂绪方洪私塾学习过兰学[1]，对西洋陆军尤其感兴趣。翻译过军队编制和管理条令、战术、训练、筑城术等著作，颇受幕府的赏识，于两年前的庆应二年被提拔为直参。后来支持幕府的法国皇帝拿破仑三世向日本派出由步兵、骑兵、炮兵和工程兵将校组成的二十余人的军事教导团，他便接受过他们的训练。

很快，大鸟被提拔为幕府军步兵团头领，负责指挥法式步兵队。

再后来，幕府瓦解。

"不可理喻。"

大鸟等法式幕府军的将领们怎么也想不明白。他们比谁都清楚，

---

1 荷兰学。

幕府军的新式陆海军在装备上完全可以抗衡萨长。

陆军松平太郎和海军榎本武扬自始至终都在坚持反对幕府打开江户城门。

他们秘密召集陆海军将领策划如何保住江户，被正在上野闭门思过的前将军庆喜知道了。他把松平等人叫去，训斥了一番。他说："你们的任何武力行为都如同把刀刃架在我的脖子上。"

不得已，他们只有放弃保卫江户的计划。

但是他们并不甘心，于是决定在城门尚未打开之前逃出江户，并立即付诸行动。

大鸟圭介离开骏河台的家，来到向岛这个秘密集合地就是这个缘由。

再提一下时间，这一天是四月十一日。

太阳还没有升起来。

就在这一天，最晚到正午，江户城门就要打开，江户城就要交给新政府军代表接收。而就在这之前，幕府军的步兵队伍大规模地逃出了江户。

报恩寺里已经聚集了将校（指挥者）三四十人、步兵四五百人。

步兵头领大鸟很自然地成了这支队伍的司令官。相信在队伍前往聚合地的路上，人数还会不断增加。

一大早，大鸟带领队伍离开了向岛。

部队行进在泥泞的路上，向着市川（现在的千叶县市川市）前进。他们事先约好在市川会合，此时，在市川应该已经聚集了其他许多旧幕士、会津藩士和桑名藩士。

来到市川渡口的时候，旧幕士小笠原新太郎已经准备好船只等在那里了。

在船上，小笠原兴致勃勃地贴着大鸟的耳朵说："新选组的土方岁三殿下也来了。"

"哦？"大鸟很吃惊，却努力装出满不在乎的样子。

小笠原没有注意到。他还在说："我只在远处看过他一眼。看上去，他的眼神和气度与常人很不一样，不愧是曾经在京都之乱和鸟羽伏见之战的刀光剑影中出生入死过。"

"……"

大鸟对岁三没有什么好感。

因为岁三的性格很乖僻，一点小事情都会让他突然甩脸子。事实上，当岁三从流山回到江户的时候，城内的一些旧幕臣都心照不宣地在心里嘀咕："怎么又回来啦？"

旧幕臣中，胜海舟、大久保一翁等人是坚决的主和开城派，他们最害怕新选组出现在江户城里，成为和新政府军和平谈判的障碍。所以，他们才拿出大量的资金让他们前去保卫甲州，后来又去流山扎营。

而主战派也因为大部分是西式幕府军的将校，所以与这个剑客团体性情不合。新选组在京都杀了太多的人，好像以嗜杀为乐趣似的，令人感觉非常不舒服。

岁三回到城里的时候，大鸟只是礼节性地对岁三说："听说近藤先生被捕了，真是可惜。"

岁三当时就狠狠地瞪了大鸟一眼，没有说话。

大鸟很生气，同时也感受到了一种莫名的威严。

岁三回到城里以后，一直不愿意提起近藤。一想到长期以来同心协力经历无数腥风血雨的盟友最后竟落得如此不幸的结局，心情就非常沉重。他很介意有人提起近藤。

大鸟当然不会理解他的这种心情。

他只是觉得岁三"实在是个令人讨厌的家伙"。

现在，坐在船上——

小笠原新太郎也不理解大鸟的这种心情，还在一个劲儿地说。

他说："步兵队的人得知他就是新选组的魔鬼土方，都非常高兴。因为他的参加，现在士气都很高涨。到底是个当代英雄啊。"

"不过是个剑客。"

大鸟扔下这一句话。听到他说话的语气，小笠原新太郎非常吃惊，他看着大鸟，沉默了。

实际上，在先行到达市川的幕士中间，已经在议论是立大鸟为将还是立土方为将的问题。小笠原心想，如果大鸟对土方有偏见的话，将来很可能会有麻烦。

部队进入市川镇以后，发现从江户逃出来的幕士、各藩的藩士、步兵等千余人已经占满了这里的客栈、寺院等，热闹非凡。

大鸟圭介下令部队就地解决午饭，自己则离开队伍，在小笠原新太郎的引导下，走进了一个寺院。

"这里是大本营。"小笠原说。

进入大本营，里面已经坐满了人，空气显得非常沉闷。一排将领个个背对须弥坛，按身份高低依次而坐。

在这一排人当中，身份最高的是大御番头领土方岁三。

只见他身穿带纹饰的服装，闷声不响地坐在那里，显得格格不入，也没有加入众人的谈笑之中。

再看一眼在场的各位，他们分别是：

幕　　臣　土方岁三、吉泽勇四郎、小菅辰之助、山濑
　　　　　司马、天野电四郎、铃木蕃之助

会津藩士　垣泽勇记、天泽精之进、秋月登之助、松井
　　　　　某、工藤某

桑名藩士　立见鉴三郎、杉浦秀人、马场三九郎

554

幕臣天野电四郎是大鸟的旧识,他看到大鸟进来,赶紧招呼道:"呀,我们正等你呢。来来来。"

他让大鸟坐在土方岁三的上座。因为他的级别稍高一些,所以这是应该的。但是大鸟出于礼节,假装很犹豫。

岁三看着大鸟,淡淡地说了一声:"请。"

大鸟好像被人推着似的坐到了上座。坐下后,他又觉得好像是岁三让自己坐在上座的,心里隐隐又多了些不快。

一屋子的人开始讨论军事行动。

进攻宇都宫是既定方针,是早就已经定下来的。

"大鸟先生,"天野电四郎开口,"现在聚集在市川的有大手前大队[1]七百人、第七连队三百五十人、桑名藩士二百人、工程兵二百人,再加上你带来的兵,一共有两千多人,还有大炮两门。"

"有炮?"

大鸟对此表现出了特别的兴趣,这是因为他主修的就是法式炮兵专业。

"总之,与新政府军东山道总督旗下相比,我们在兵力和人数方面与他们不相上下。现在我们的问题是还没有统率这支部队的将领。"

"土方氏不是在这里吗?"

大鸟口是心非地说。但是坐在一旁的当事人岁三面无表情,一句话也不说。

"已经有人提过请土方先生指挥这支部队。因为在我们所有人当中,只有土方氏一人有过实战经验。可是土方氏坚辞不受。"

"为什么?"

"我——"土方看上去很痛苦的样子,说,"在伏见打了败仗。"

1　陆军队。

"你说的不对。那是整个幕府军打了败仗,不是你一个人打了败仗。"

"我说过我们是输给了西式枪炮。我不懂西式武器,所以只有学过这些知识的大鸟先生才适合统率这支队伍。"

"谢谢你的推荐。"大鸟看了一眼在座的各位,说,"不过我也不适合担任这支队伍的统帅。一来我没有上过战场,没有资格;第二,我只了解大手前大队,因为这是我指挥的,而对其他各队、各藩士的情况我全然不知。所以统帅的重任我不能接受。"

"你就别推辞了。在你到来之前,我们已经一致同意推荐你做统帅。你已经错过了说这话的时间和机会,你就痛痛快快答应了吧。"天野电四郎说。

大鸟圭介好像很不情愿似的接受了。

岁三为副统帅,统率西式军队以外的剑矛队。步枪人手一支。

定下了行军计划,部队马上开始向宇都宫进军。

岁三穿着法国士官服,骑在马上。

他和身着同样的法国士官服的大鸟圭介并肩走在队伍最前面。

十二日,在松户,一位披戴盔甲的武士率领约五十个乡士、农兵加入这支队伍中。

十五日,在诸川宿,幕臣加藤平内、三宅大学、牧野主计和天野加贺等人率领御料兵[1]加入这支队伍。队伍不断壮大。

十六日,先遣队第一大队(带两门大炮)在小山(现在的栃木县小山市)与新政府军的小部队遭遇,把他们打败后,缴获了一门大炮。

十七日,同样在小山方面,部队又遭遇了约两百人的新政府军。一番激战过后,缴获两门大炮、两匹马、若干旧式步枪,以及其他战

---

1 在幕府天领招募的兵。

利品。

这两天遭遇的敌军不是新式装备的萨长土三藩的兵，他们是彦根藩、笠间藩等藩兵。虽然同为新政府军，这些藩的装备却十分陈旧，藩兵的士气也很低落。

总之，幕府军方面可以用势如破竹来形容这两场战斗。

这一天的午餐就在小山镇解决了。

这是一个人口达三千，在下野属于最好的小镇。

大鸟、岁三等士官刚要在大本营休息，门前突然响起了一片嘈杂声。出门一看，原来是村民们纷纷拿着酒樽，端着红小豆米饭，前来祝贺胜利的。

大鸟非常高兴，马上下令吹响集合号，让分散在四处的各队到大本营附近集合。他打开酒樽盖，说："今天是东照宫的祭日，非常凑巧，今天我们取得了胜利。这大概是重兴德川氏的神示。"

大鸟乘机鼓舞大家的士气。小山镇上的客栈挤满了胜利后的战士，客栈女招待全体出动，整个小镇从中午开始又是弹三味线又是唱歌，热闹非凡，一派歌舞升平的气象。

——难道这就是法国式的军风吗？

岁三听着从外面传到大本营尽里头的琴声、歌声，心想。

"大鸟先生，你打算今晚就住在这个镇上吗？"

"是的。"

大鸟很得意。大鸟还没有亲身经历过枪林弹雨，他觉得战斗原来就这么简单。他说："我想让部队在这里休息，好好鼓舞鼓舞大家的士气，然后再向宇都宫逼近。"

"这样不好。"岁三笑了，"我们在这里玩得这么高兴，想必很快就会传到新政府军各路部队的耳朵里。如果今晚他们来夜袭我们怎么办？难道我们就抱着三味线跑吗？"

"……"

"而且，这个小镇周围都是田地，不利于防守。从这里沿壬生公路向北两里的地方有一个叫饭冢的小村庄。那里有三拜川河、姿川河环绕，是两条天然的护城河。所以，我认为部队去那里宿营才是上策。"

"这……"

因为大鸟出生在播州，对关东地区的军事地理不太熟悉。而且他虽身为统帅，像侦察地形之类的事情却从来都是交给别人，自己从不亲自察看。

"不错，这的确是个好主意，如果敌人已经到了饭冢一带的话。但是——"

"如果他们已经到了那儿，那么这个小山镇也就危险了。算了，这样吧，你在这里安排宿营，我去侦察一下那边的情形。"

岁三来到大本营的庭院，集合了西式装备的传习队两百人，带着一门大炮在前面开路，离开了本营。因为周围都是敌人的地盘，所以侦察自然也变成了火力侦察。

然而，岁三的侦察部队刚要出小山镇的时候，东方突然响起了炮声。约三百人的新政府军（彦根兵）从结城方向攻过来了。

——来了！

岁三赶紧掉转马头，大喊一声："跟我来。"

他从小镇的中心道路跑去。传习队队员紧紧跟上。

几发炮弹落在小镇内。

不出岁三所料，此时的小镇已是乱作一团。有位女招待身着襦袢在路上跑，四处乱钻；喝醉酒的士兵忘了拿枪，一头钻进桑田。这不禁会让人联想到，战争史上平家所遭遇的狼狈经历是不是也是这样一种情形。

岁三来到小镇尽头，从马上一跃而下。根据从西式兵书上学到的知识，他命令步枪手散开，向着沿公路直扑而来的彦根的旧式部队猛烈射击。

一会儿，大炮到了。

大炮每发出一弹，岁三就让分散的步枪手前进几步。没过多久，岁三来到了由一个叫佐久间悌二的人指挥的部队旁边，指着东南方向约一丁距离的一片树林下令道："迅速绕到那片树林后面，从那儿对敌人形成包围圈。"

说完，自己带着新组的老队员斋藤一等六人，冲进左侧桑田，穿过桑树林，出现在敌人的侧翼。

斋藤等人手上也拿着枪。

他们边冲边射，边射边冲。来到距离敌人约十间的时候，岁三拔出剑喊道："冲啊！"一跃跳进了路上的敌群中间。

他斜向从右侧砍中了第一个人，然后稍稍抬起剑尖，又刺向其身后的另一个家伙，往回抽剑的同时，又扫到了旁边一人的身体。

岁三连杀三个敌人，斋藤也杀了三个，野村利三郎杀了两个。

传习队及时赶到后也发起了突然袭击，彦根兵顿时四处溃逃。

敌人留下二十四五具尸体跑了。他们还留下了法式山炮三门、水户造日式炮九门。

攻城

在下野的小山镇,岁三听到了一个让他精神为之一振的侦察报告。

——真是不是冤家不聚头啊。

在小镇东郊结束战斗后,岁三缓步走在小镇主路上,他是去总帅大鸟圭介所在的大本营。

从这里向北七里就是宇都宫城。这时部下报告说,眼下驻扎在宇都宫里的新政府军部队就是在流山抓走近藤的那支部队。

指挥官是萨摩人有马藤太、水户人香川敬三。

这两人就是岁三此时最大的仇敌。

他们部队的兵力是三百人。

——我要把他们剁成肉酱。

他想通过野战攻城的方式堂堂正正地解自己的心头之恨。

而这位善打好斗的岁三还从来没有过攻打城池的经历。

走在小山镇乌黑的土地上,岁三难以平息心头的那份激动。

到了大本营,岁三穿着草鞋就进了房间。

大鸟也穿着草鞋盘腿坐在尽里头的一室内。

只见他脸色苍白,正全神贯注地看着地图,没有注意岁三进来。

大鸟是旧幕臣中首屈一指的西洋通,西洋的军事知识非常丰富。

只是他掌握的知识都是翻译过来的知识,在实战能力方面还是个未知数。

无疑他是一个秀才。正因为他是秀才,又有极其丰富的知识,所以人们普遍认为他具备做武将的能力,这才推他坐上了总帅的位置。

然而事实与人们的想象总是有出入。实际上，他只是秀才，却不是将才。岁三以一个实战经验丰富的人的直觉已经看出了这一点。

——下一步我们该怎么办？

大鸟有些不知所措。的确，之前遇到的都是小规模战斗，又是连战连胜。但是以后怎么办呢？

"大鸟先生。"

岁三站在大鸟的旁边，眼睛朝下看了他一眼。

大鸟吓了一跳，抬起头来。

"是我。"

不是敌人。

大鸟脸红了，但是很快转为对岁三擅自闯入的不满。

"什么事？"大鸟非常有礼貌地问。

"下一步我们最好直接攻打宇都宫城。"岁三斩钉截铁地说。他好像已经看出了大鸟的迷惘。

"攻打宇都宫城？"

大鸟满脸的不以为然。宇都宫城可是个著名的城池。按西洋兵书上的说法，进攻城池就是进攻要塞。在日本人看来，西洋人要是进攻要塞，是需要十分充足的准备工作的。

"不可能的。"

大鸟带着怜悯的微笑说。他心想，这个新选组的头目懂什么呀。

岁三也完全读懂了这位兰学家话语背后的含义。

但是岁三自有出入枪林弹雨锻炼出来的自信。他认为："作战不需要学问。自古以来，有哪位名将是靠做学问做出来的？将领的才能不是学来的，而是天生的。我就有这种才能。"

岁三虽然在大鸟的学问面前有一种自卑感，但同时对自己的作战能力所表现出来的自信也很强。

"不可能？"岁三说，"那么你认为下一步我们应该打哪儿？"

"这里。"

大鸟用手指着地图上距离小山镇西北方向二里半的一个地点。

壬生。

壬生是鸟居丹后守三万石的城下，有一个只有四方三町大小的小城堡，目前已有部分新政府军进入此地。但是那儿毕竟只是一个小城，所以要拿下它应该比较轻松。

"我们就从壬生前面通过。如果对方打过来，我们就应战。如果他们不打，我们就一路直奔日光。"

日光是这支部队的最终目标，这是在军事会议上早就确定下来的。

岁三认为占领日光是上策。部队驻扎在关东北部，以日光东照宫为屏障，再利用日光山头的天险，估计新政府军轻易不能得手。而当新政府军为久攻不下此地而苦恼的时候，对萨长心怀不满的各路诸侯一定会群起而攻之。这样一来，建武中兴时的楠正成的战略思想就可以通过这支队伍而得以实现。日光将成为德川的千早城。

"是啊，我们可以打壬生。但是弃宇都宫城于不顾会后患无穷。"

"……"

"宇都宫是兵法上所说的要冲。以奥羽公路、日光例币使公路为首，多条公路在这里交会，又向四方延伸。如果我们不抢先占领这里，将来新政府军进攻日光时，就会把大军驻扎在宇都宫，并从这里出兵，对我们造成极大的威胁。所以这个城池必须拿下。"

"你说得倒容易。"大鸟用铅笔敲着地图说，"假如，我是说假如，我们把城池夺到了手，要想守住它至少也要上千人的兵力。考虑到守城的难处，我想都不想碰宇都宫。"

"先拿下来再说。如果我们拿下了北部关东的一个重镇，对持观望态度的天下各诸侯影响一定会很大。"

"我不同意。"

"是吗？"岁三苦笑了一下。这样的回答一开始他就已经猜到了。

"那就借我三百士兵，两门缴获的大炮。"岁三说。

"你的意思是，你要凭这些攻下宇都宫？"

"是的。"

太阳快下山的时候，岁三带着队伍出发了。

走在队伍前面的是未经过太多西式训练的桑名藩兵，后面跟着传习队和回天队的一部分士兵。

副将是会津藩士秋月登之助。

当天晚上，部队分别住进了公路沿线的民家，第二天又宿营于距离宇都宫城四里处一个叫鬼怒川东岸的蓼沼。岁三把这里定为进攻发起点。

"秋月君，你了解宇都宫城吗？"岁三说。

秋月是会津藩士，他非常尊重曾经的新选组副长土方岁三。

"我去过，不过因为当时不是为了去打户田土佐守的七万七千石城下，所以印象不深。"

岁三很难得地笑了。他说："我也不了解宇都宫。我只听说书人说过，宇都宫城内有活动天花板[1]。"

岁三吩咐部下找来当地人。他仔细询问了护城河、周围地形以及交通网分布情况，准备绘制一份尽可能详细的地图。

"看来从城东南方向发起进攻比较可行。"他小声地嘟囔道。

宇都宫城正面的护城河很深，而且城内箭楼上的射击角度也很刁，城门非常坚固。但岁三根据当地人的描述，还是找到了宇都宫城的软肋。

---

1 必要时可以放下来将人压杀的机关。

他认为城池的东南角比较薄弱，这一带杂木林、竹林很多，容易躲避来自城楼上的射击。而且这个方向的堤坝较低，护城河里的水位也不高，现在几乎处于干涸的状态。

"正面进攻不需要太多的人，只要能吸引敌人的注意力就可以了。主力抄小路进入这片杂木林，我们就从这里发起进攻。"

第二天天色未明，部队出发了。

——听说近藤被带到板桥的大本营了。真的会没事儿吗？

骑在马上，岁三的心里总也放不下这件事。

不管怎样，下总流山的敌人现在就盘踞在下野宇都宫城里。

消灭他们，并抓获俘虏，无论如何也要从俘虏口中得到一点消息。

城内，萨摩人有马藤太、水户人香川敬三听到从各个方向回来的骑马侦察和情报人员的报告，亦喜亦忧。

报告都是有关由小山到饭冢又向壬生前进的大鸟圭介所指挥的主力部队的情况。

他们完全没有注意到，岁三率领的小部队已经出现在宇都宫城西南方向的蓼沼。

"江户逃兵队"

他们这样称呼大鸟军。

"逃兵队大概是要避开宇都宫城，抄近道到鹿沼，再从那里去日光。"

有马和香川都这样以为。

"这样一来，我们就只有看着他们走的份儿了。"

有马放弃了出战的念头。

因为宇都宫城里的新政府军，说是新政府军，其实除了指挥官有马藤太是萨摩人外，士兵都不是萨长土的精锐，而是只配有旧式装备、每战必败的三百名彦根藩兵。

有马的这支部队只是一支小分队，他们的大部队是新政府军东山道部队，以板桥为大本营，目前仍没有采取任何行动。

"逃兵队的队长好像是大鸟圭介。"

他已经听到了这样的风闻。大鸟是幕府西式陆军中的最高权威，而逃兵队的大部分又都是西式步兵。有马手下的彦根藩兵完全没有打赢他们的可能。

"时代变了。"有马藤太说。

彦根的井伊家在家康时期，被说成是"井伊的红色装备"，号称天下第一精锐。家康的德川军团以关原之战以后的世袭头领井伊和旁系的藤堂为先锋，在大坂的冬·夏之战中起到了先锋突击队的作用。

家康致力于把井伊家打造成一个最强大的兵团。他征召了许多甲斐武田家的浪士，补充给井伊家，于是武田的红色装备也就成了井伊家的红色装备。

然而，剑矛时代已经过去。

彦根藩现在成了各藩中可以说是最弱的一支队伍。

"不管怎么说，旧幕府的军队中，应该是目前由大鸟率领的平民百姓出身的步兵队和传习队、冲锋队实力最强吧。"

"时代的变迁不只是力量的强弱问题——"香川歪着脑袋说，"被认为是德川世袭头领的彦根也抛弃德川家，摇身变成新政府军，成为旧幕府军的敌人了。"

说不清楚是为了什么，香川对彦根人没有好感。

萨摩人有马也不喜欢香川这种喜欢在背后说三道四的性格。

按照他的说法，香川自己不也是德川御三家之一的水户家的一个家臣吗？

率领主力部队的大鸟那里来了一位壬生藩的使者。这位使者说："城里已经有新政府军进入，如果贵军通过城下必定遭遇一场战斗。我们作为德川世袭的一家会成为夹板夹在中间，左右为难。一旦城下变成战场，也会给壬生百姓带来灾难。既然你们要去日光，可不可以不通过壬生而走栃木？我们可以派人给你们带路。"

既然有使者这样说，大鸟也就做个顺水人情，痛快地答应了。于是，队伍迂回到栃木，在险峻的路上，向着鹿沼一路北上。从栃木到鹿沼五里半，再从鹿沼到日光六里多点。

香川在宇都宫城里得知大鸟部队的行动，高兴得一个劲儿地拍手，说："毫无疑问，他们已经避开我们这里了。"

那天是四月十九日。

然而，这一天的下午，城东南角突然出现了拉着大炮的三百轻装步兵。有马和香川着实吃了一惊，一时间不知所措。

有马马上向城东派出一小队彦根兵。

岁三站在突击队的前头。

只要城东田野上一出现彦根兵的身影，岁三就命令步兵立刻散开，边开枪边前进。

岁三神色坦然地骑在马上。马的一侧，一面写着"东照大权现"几个大字的队旗正迎风飘扬。

"快下来，快下来。"

秋月躲在田埂下面，不停地冲岁三喊。

"……"

岁三微笑着摇了摇头。他非常自信，子弹不会打到自己。

的确，子弹像长了眼睛似的总躲着岁三飞。

士兵们从一个掩体向着另一个掩体，跑一步开一枪，开一枪跑一步，一点点地前进。

敌我之间只剩下五十间的距离了。

岁三在马上大声喊道："停止射击，冲啊！"

桑名兵、传习队和回天队一齐冲了出去。

岁三跑在最前头。突然一颗子弹打中马脸，马应声倒地。

几乎同时，岁三一个飞身跳下马，冲进了正想后退的彦根兵中间。

杀！

杀得敌人抱头鼠窜。这时，队员们跟到了。

敌人四处逃窜。

队员们边追边跑进城堡东南面杂木、竹子丛生的地方，架起大炮，对准城堡东门射出了第一发炮弹。

"把门打掉。"岁三说。

三发炮弹出膛。第三发炮弹不偏不倚正好命中东门，门被炸开了。

与此同时，岁三让一部分桑名兵跑到城下各处放火，又让传习队从正门向城内正面射击，自己则带领主力，跳下护城河，在子弹的掩护下一口气跑到了东门口。

顺便提一句，由于德川初期一次有名的宇都宫骚动，幕府对宇都宫城很忌讳，没有在城堡建设上花过多的心思，所以里面没有像样的建筑。

所以只要大门一开，城池内的战斗打起来就太容易了。

"冲进门去，冲进去！"岁三高喊。

门旁有不少彦根兵，正在用旧式步枪向这边射击。

岁三的突击队则用米尼枪一边反击，一边接近东门。

终于，敌我双方只剩下十步的距离了。在这个距离上，双方展开了激烈的对射，长达好几分钟。

岁三非常着急。

在新选组显赫一时的时候，敌我双方到了这样的距离，就等于没有了距离。

岁三身旁有曾经的新选组副长助勤斋藤一等六个旧同志。

"停止开炮！停！"

他向自己的队员喊道，命令停止射击。

"新选组，上！"他大声喊着，率先冲进了大门。

挥舞着长矛从斋藤一和岁三身边跑过的一个彦根兵，被从上往下劈成两半倒在地下。

当此人的鲜血喷溅而出的时候，岁三的和泉守兼定划过一条弧线，又是一剑砍死从背后跳出来的另一个人。

"新选组来了！"

彦根兵慌不择路，一个个向门内逃去。

这时，岁三的炮兵从后面稀疏的树林里射出来的一发炮弹正好打中了城里的火药库。

转眼工夫，大火熊熊燃烧起来。不一会儿，随着一声巨大的声响，火药库爆炸了。

岁三等人跑进了城里。

"快找新政府军的参谋，参谋。活捉他们！"

岁三浑身上下沾染着敌人的血，大声地叫着。他要活捉他们，一报流山之仇，再问出近藤的下落。对于岁三来说，攻打宇都宫的最主要目的不外乎这两个。

岁三在城里来来回回地找。不时会有没来得及逃走的彦根兵飞身向他扑过来，但都是有来无回。

对方做梦也想不到，这个穿着西式戎装的男人就是曾经的新选组副长土方岁三。

城内的战斗到了日暮时分还没有结束。

敌人顽强地在坚守。

岁三左手拿松明，右手提剑，继续寻找敌人。

过了晚上八点，敌人终于抛下同伴的尸体，逃出城堡向北方撤去。他们打算暂时到位于城北明神山上的寺院休整。

敌人开始撤退的时候，岁三率领新选组的旧日同僚，继续向松明成群的敌人勇猛地冲了上去。

敌群中响起了二三十声枪声，子弹穿过夜空迎面飞来。

岁三他们躲开子弹继续突进。

突然，一股强烈的气息出现在岁三面前。

他一闪身躲开了。

与此同时，他的剑劈了下去。

前面的确有人，但是敌人的影子并没有倒下，而是跌跌撞撞地跑进了逃兵队伍中。

那个人好像就是有马藤太。

岁三的剑似乎砍中了有马的胸部。

但只是划伤，有马保住了一条命，被担架送到横滨的医院接受治疗，不久就康复了。

第二天，大鸟的部队到了宇都宫向西三里的鹿沼，看着远处城里熊熊燃起的大火，大鸟知道岁三已经攻下了宇都宫。

"那小子——"他悄悄咋了咋舌头。

冲田总司

说起花木店,现在在千驮谷只剩下两三家祖上传下来的老店,而在当时,这一带花木店非常多。

园林堪比小旗本,有五百坪、七百坪大小。

冲田总司疗养的平五郎园林位于内藤骏河守家(现新宿御苑)的南面,房子的北侧有一台水车在转动。

冲田住在一个小仓房里。

冲田从来也没想过死,也许是因为他天生乐观的性格吧。

医生已经不再来给他看病了。

只有旧幕府御医松本良顺偶尔还会派个年轻人或弟子来给他送药,但是次数也在逐渐减少。

目前,他主要服用岁三留下来的虚痨散,这也是土方家祖传的一种治疗疑难结核病的药。

"这药很管用。"

这是岁三特别推荐的药。既然岁三一口咬定这药有效,总司觉得这药一定有效。所以,即使偶尔会把良顺开的西医处方药扔掉,这服药也是一定要吃的。

姐姐阿光经常来看他。每次来都会到肉店买一些猪肉,在院子里做给他吃。

"汤也要喝。"

阿光会在总司的床边看着他把肉吃下去,把汤喝光。她知道,如果自己不盯着,一定会被他扔掉的。

"真难吃。"

冲田像吃药似的把猪肉放进嘴里。他不喜欢吃猪肉。

"总司，你必须好起来。虽说冲田家有林太郎继承，但是血脉正统的只有你一个人。"

"你这话我可不爱听。"总司依然很开朗，他歪着脑袋说。

"什么？"阿光像是被感染了一样也笑了。

"姐姐说话总是这样。我觉得我的病其实没什么大不了的。"

"没错呀。"

"你呀——"

总司忍不住笑出了声。

"姐姐都这样担心我了，还那么说。如果我的病不严重，你也用不着这么担心了。"

"我很担心吗？"

"我会好起来的。一定！"

像是自言自语。只是不知道他是不是真的这样想，总之阿光弄不清楚这个年轻人心里到底是怎么想的。

现在已经没有任何东西可以勾起他的食欲。即使勉强吃下去一些东西，也不能在他体内充分消化。

"病情已经发展到肠道了。"

松本良顺对林太郎和阿光说过。

病情发展到肠道，治愈的机会连万分之一都没有了。

在大坂回江户的"富士山丸"军舰上，连外行近藤都对岁三说过这样的话：

"看来总司的时间不会太长了。"

即使如此，在"富士山丸"军舰上，总司还是不停地开玩笑，说笑话，不停地笑。他不知道应该多顾及自己的身体，也不管笑多了以后会咳嗽。

回到江户后，近藤对妻子阿常（江户打开城门后，疏散到了江户府外中野村本乡成愿寺）说过：

"像总司这样已经彻底悟透了生死的人可不多见了。"

但那不是他靠修行修来的，而是他天性如此。当时总司不过二十五岁。

此时总司住的千驮谷池桥下的花木店平五郎家的小仓房，严格来说不像仓房。这里经过改造后，里面有榻榻米，有门窗。

采光拉门朝南，光照度很好。

心情不错的时候，总司会打开拉门，呆呆地看着外面。

外面的景色并不好。相距二十町的地方是百姓家的地，种着萝卜之类的东西。

他经常一动不动地坐上很长一段时间，连照顾他的老婆婆都忍不住会问：

"你不觉得累吗？"

这位老婆婆不知道这个年轻人曾经是名震京城的浪士、新选组的冲田总司。

他现在的名字是"井上宗次郎"。

如果他还用冲田的名字，新政府军一定会来找麻烦。他们会认为总司表面上是疗养，实际上说不定是潜伏在这里的。

老婆婆知道他的另一个身份，庄内藩士冲田林太郎的内弟。

阿光对老婆婆说过："我们住在藩邸宿舍里，我弟弟有这样的病，住在藩邸宿舍会遭人嫌的。"

这话在老婆婆听来非常合情合理。

顺便提一句，关于阿光的丈夫林太郎前面已经提到过几次。他出生在八王子千人同心井上松五郎家，也是近藤的义父周斋的弟子，有天然理心流的免许资格，倒插门进了冲田家，并改姓冲田家的姓。

因为冲田家的儿子总司当时还很年幼。

林太郎在总司等人上京后，在江户也参加了新征组。在新征组离开幕府以后，现在在庄内藩，就住在藩邸宿舍里。他有一个男孩儿，名叫芳次郎。在这个家族中，这个孩子非常重要。这一家的后代现在还在立川市。这些都是题外话。

庆应四年二月下旬，庄内藩主酒井忠笃离开江户回故乡去了。留下家老处理在江户的房产以及遗留的一些事务。

冲田林太郎也留在了善后组，但早晚他会离开江户去出羽庄内。

阿光心里很害怕这一天的到来。她知道离开江户的那天就是和总司生离死别的日子。

这一天终于来了。

四月份，时间很巧合，是三日。这一天正是近藤主动前往流山的新政府军阵地，并亲手把自己的剑交给新政府军的日子。

阿光不知道这些。这天一早，她急匆匆地跑到千驮谷池桥下冲田的住处，告诉总司："总司，我们要去庄内了。"

总司的微笑突然从脸上消失了。

但很快他又恢复了往日的神情，只说了一句："是吗？"

说着，从被子里伸出了手，胳膊瘦得吓人。

阿光看着他的手。一时间，她不明白总司是什么意思。

总司是想让姐姐握自己的手。但是阿光惊恐万状。她很害怕，不知道留在江户的弟弟以后会怎样。

阿光专心地收拾起屋子来。看不见她的脸，只见她的手和身体在不停地动。

对于总司，她有担不完的心，她想现在只有钱还能帮到他，于是，她把林太郎的收入几乎都塞进了总司的被子下面。

"事情来得很突然。"

阿光边哭边把总司的随身物品装进一个大柳筐里。其实把这些东西装进筐里也不会有什么奇迹发生，但是她很专注于这个动作。她把总司在京都用过的带菊字的佩剑也装进了里面。

总司头枕着枕头，两眼紧紧盯着姐姐。

——连剑都装进去了，她这是要干什么呀？

姐姐慌里慌张的样子让总司感觉很奇怪。他没有笑，只是耸了耸肩。

阿光的时间很紧，不能在这里久留。她必须马上赶回藩邸和丈夫一起出发。

"总司，我把新内衣和束带放在这里了。以后我不能再来给你洗衣服了，可是内衣你一定要保证干净。"

"哎。"

总司像孩子似的点点头。

"你姐夫说去了庄内，可能还要上战场。"

"是吗？听说庄内藩的作风很硬朗。在老家的藩士以下雨天不打伞为荣，是真的吗？小时候我听说过这事。如果是真的，那一定是个强大的团队。"

阿光没有接茬儿。

"我还听说在鹤冈的城下，旭日会从羽黑山升上去，非常漂亮。只是那儿离江户太远了。一想到在北国那样的地方也会有旭日升起，总觉得难以置信。"

"唉，你呀。"

阿光的心情终于平静了。

"这个季节雪应该已经化了吧？不过山上可能还会有积雪。不管怎样，姐姐走着去会很辛苦的。"

"你不用担心我，只要担心自己就行了。"

"等我好了就去庄内找你们。如果萨长兵从西面打来，我就一个人守住超过六十里的尾国山峰。到时候，我会带近藤师傅和土方老师一起去。"

"呵呵……"

和弟弟一说话，阿光觉得自己都变得怪怪的。

"近藤师傅和土方老师现在在做什么呢？听说新政府军已经占领了江户周围。流山那边不会有事吧？"

"他们不会有事的。"阿光说。

总司笑了。

"是啊。在江户的时候，因为近藤师傅说人家送来的加吉鱼鱼肉吃光后，再把鱼骨烤一烤嚼着吃很好吃。于是大家都嚼着吃烤鱼骨。那个时候，他可真让人吃惊。"

"因为他嘴大嘛。"

阿光忍不住笑了。

"是啊是啊。那么大嘴的人全日本恐怕找不出第二个了吧。在京都的酒席上，土方老师还出人意料地唱过一曲小调。但要近藤师傅表演节目，他就只会把拳头塞进嘴里。不过这也确实可以叫作表演。"

"真的？"

阿光终于高兴了。

"那总司的表演才能是什么呢？"

"我没有表演才能。"

"这么说，你是继承了父亲。"

"这话可扯远了。"

总司突然换了话题。

"什么？"

"父亲的脸。那时候我只有五六岁，只有模模糊糊一点印象。你说会怎么样呢？"

"啊？"

"死了以后我能在那儿见到他吗？"

"别瞎说。"

阿光此时终于明白了总司把右手伸出被窝的意思。

"总司，会感冒的。"

说着，阿光悄悄握住总司的手，把它塞进了被窝里。

"你要快点好起来。好起来后还要娶媳妇呢。"

总司没有回答，只是枕着枕头微笑。在京都，他曾经对艺州藩邸旁边一个镇医的女儿有过一丝淡淡的恋情。但无果而终。

——真奇怪。

总司看着房梁，思索着。这是件很无聊的事情。

"如果我死了——"总司在想，"谁会给我烧香上供呢？"

这时，总司莫名其妙地想到了死。虽然觉得无聊，但是终究没有留下可以为自己烧香上供的人，他觉得自己的人生非常虚幻。

一个月以后的庆应四年五月三十日，就在这个仓房里，冲田总司一个人悄悄地离开了人世。

他死得很突然，因为他死在了套廊上。

可以猜想，他是想爬到外面去的，没想到在套廊上突然倒下，怀里还抱着那把带菊字的佩剑。

根据冲田林太郎家传下来的说法，说他是想去杀一只常来院子的黑猫。

他没有杀死那只猫，自己却倒下了。

坟墓就建在冲田家的菩提寺[1]麻布樱田町净土宗专称寺内，戒名为贤光院仁誉明道居士。永代祠堂[2]的使用费五两，是阿光和林太郎后来回到江户后付的。

后来，由于墓石腐烂，阿光的孙子冲田要氏于昭和十三年进行了重建。此时永代祠堂的使用费为二百日元，在当时可以说是一笔非常大的支出。

1　埋葬祖先遗骨的寺。
2　子子孙孙一直可以祭拜祖先的祠堂。

阿光的后代、冲田家现在的主人是东京都立川市羽衣町三之十六的冲田胜芳氏。在这个家里现在还保存着一篇文章,是关于总司短暂的一生的。作者不详。

> 冲田总司房良,幼年进入天然理心流近藤周助门下学习剑术,颇有天赋。十二岁那年,他与奥州白川阿部藩的指南番过招,获胜。从此在藩中声名鹊起。
>
> 总司,幼名宗次郎春政,后改名房良。文久三年,值新选组成立之际,年仅二十的他即被任命为新选组副长助勤头领、一番队队长,十分活跃。
>
> 然而,上天不公,未与长寿。庆应四年戊辰五月三十日,病逝,甚惜。
>
> (原文是一篇汉文)

总司去世前一个月的二十五日,近藤在板桥被斩首。

当时,总司还躺在病床上。近藤被斩首的消息没有传到正在千驮谷东端养病的总司的耳朵里,直到咽气,他还坚信近藤依然健在。

岁三风闻近藤死去的消息时,正值他的队伍放弃宇都宫城后,以日光东照宫为据点威胁江户新政府军之时。

其后,他又征战各地。队伍越来越庞大,后来进入会津若松城下的时候,岁三手下的人数达到了千余人。

岁三给这支队伍取名为"新选队"。

那个时候,给部队取名已经流行把以前的"组"改称"队"了。

副队长是新选组成立以来奇迹般幸存下来的原副长助勤、三番队队长斋藤一。

斋藤剑术精湛,在京都的时候甚至被称为魔鬼斋藤,死在他剑下的人大约有三十人。

但是，他自己从未受过伤，连一点擦伤都没有过。后来他在东京高等师范学校等地教授剑术，练习过程中，达三、四段水平的人群起而攻他，依然连他的手都碰不着。

他老了以后，就在南多摩郡由木村中野的一所小学里当了一名教员。

在京都的时候，斋藤虽然非常厉害，但性格乖僻，很不合群。然而在征战各地的过程中，不知为什么，他的性格渐渐变得开朗起来。有一天，他说："队长，我给自己取了个雅号。从今天起，你就用雅号叫我吧。"

问他雅号是什么，他笑着说："是诺斋。"

他年纪不大，却取了一个像隐居者似的雅号。

岁三忍不住笑了，问他为什么取这样的名字。他回答说："因为我什么都听你的，所以叫诺斋。"

从此这个雅号伴随他一生，直到他去世。

除了斋藤，还选拔了一个副队长级别的人。他是岁三的远房亲戚、武州南多摩郡出身的旧队员松本舍助。他跟佐藤彦五郎学过天然理心流，有目录资格。虽然没有多大才气，但是在枪林弹雨中能做到面不改色心不跳，率先冲进敌群之中，而且一冲进新政府军队伍，必自报家门："新选组松本舍助来也。"

因此，他在新政府军中名气很大。

陆军奉行并

从这个时期开始，土方岁三的名字再次浮出水面，成为戊辰战役史上举足轻重的一个重要人物。

他先去了庄内藩，说服庄内藩主加入自己的部队，后来又在会津若松的护城战中奋勇作战，还为争取奥州最大的雄藩仙台藩做出了贡献。当时仙台藩的归属被认为是战局的分水岭，为了促使他们早做决定，岁三率领两千士兵进入仙台城下的国分町，分头驻扎在城下各个客栈，以武力逼迫青叶城内的仙台藩早拿主意。

东北的秋天来得很早。

仙台城下的寺町[1]及武家屋敷町的树叶已经开始泛黄。

其间，关于近藤在板桥被处死的情况，他详细询问了在会津若松战役中捕获的新政府军俘虏，之后又在若松的爱宕山半山腰上为近藤立了一块墓碑，上面刻着近藤的戒名"贯天院殿纯义诚忠大居士"。

进入仙台城下以后，岁三照例在二十五日忌日这天，为了给近藤祈祷冥福，全天没沾荤腥。

在这期间，逃出江户、转战关东各地的反萨长之士不断涌入仙台城下，投奔岁三的部队。

岁三一次次前去青叶城，劝说藩主陆奥守庆邦以及家臣。他说："奥州有日本土地的六分之一，如果把奥州各藩的兵力统一起来就有五万，可谓兵强马壮，绝对胜于西部。我们可以凭借这里来二分天

---

1 寺院群中的街道。

下，之后再去声讨萨长之过。如果他们不听，我们可以用武力攻之。伊达家的勇武在藩祖贞山公（政宗）以来，声震天下。所以，我希望你能出面做奥州同盟的盟主，向天下昭示正义。"

岁三是作为旧幕府代表前去与仙台藩谈判的，当时还有众多逃离江户的士兵，在这个背景下，他的一句一言足以震撼仙台藩。

当时，仙台藩主伊达庆邦亲手解下佩剑的绦带，交给了岁三。那是浅蓝色合股线做的绦带，现在为日野市佐藤家所收藏。

与此同时，旧幕府海军副总帅榎本和泉守武扬于八月十九日晚上率领旧幕府舰队，驶离品川港，正在北上。

舰队以"开阳丸"为旗舰，率"回天丸""蟠龙丸"和"千代田形丸"，加上运输舰"神速丸""长鲸丸""美嘉保丸"和"咸临丸"，组成了当时日本最大的舰队，新政府军无论如何也难与这支海军舰队相抗衡。

榎本舰队满载着逃离江户的旧幕府士兵北上，同船还有旧幕府陆军的法国教官、炮兵士官布吕内、炮兵下士官富尔丹、步兵下士官巴菲尔和卡兹努等人。

舰队在北上的途中，遇上了大风浪，舰队被冲散，"美嘉保丸"和"咸临丸"这两艘运输舰不见了踪影。好在不影响舰队的整体实力。

八月二十四日至九月十八日期间，舰艇陆续到达仙台藩领地内的寒风泽港和东名浜。

旗舰"开阳丸"于八月二十六日进港，同日榎本率领幕僚和陆战队威武登陆。

榎本听说土方岁三和大鸟圭介等人把旧幕府军的大本营设在了国分町，决定先去那里完成海陆两军的协议。

途中，榎本问"开阳丸"上的指挥官荒井郁之助。

"荒井君。"他说，"大鸟这人我了解，但是不知道土方岁三是个什么样的人。你知道吗？"

"我在江户见过此人。他是个沉着刚毅的人，在指挥大军的才能方面可能在大鸟之上。"

荒井郁之助和榎本一样都是旧旗本出身，在幕府的长崎海军传习所学习过，历任江户筑地小田原町的海军训练所头领、幕府船只"顺动丸"的船长等，是地地道道的海军出身。不过后来也担任过步兵头领。

他的后半生经历很有意思。他改行学习气象学，维新后出任了第一任中央气象台台长。总之，以曾经留学荷兰的榎本为首，旧幕府军中的荒井、大鸟等人是旧幕府最优秀的西洋学者。

然而，即将见面的原新选组副长土方岁三究竟是个什么样的人物，他们毫不知情，也不敢妄加猜测。总觉得此人和他们不是一路人，在一起总有些不太协调。

到了国分町营地本部一看，岁三出去了，不在。据说他去拜访仙台藩的藩主富小五郎了。在仙台藩，富小五郎是坚决的主战论者，他的队伍就驻扎在城南大年寺内。

在大本营，榎本向士兵们问起岁三，大家对他的评价很好，好像很受欢迎。相反说大鸟好的人不多。

关于大鸟，甚至有人断言说："或许他是个学者，但无疑他是个胆小鬼。"

不久岁三回来了。

"我是榎本釜次郎。"武扬先做了自我介绍。

"我是土方岁三。"

土方微笑着回答。这个平时总是一副冷冰冰面孔示人的人，对初次见面的榎本笑脸相迎实属难得。

仙台城下为旧幕府舰队的进港而沸腾。嘉永六年，佩里大佐率领美国东洋舰队进入日本,曾经给全日本带来过一次巨大的冲击。现在,和那时实力相当的一支舰队进入了仙台领地。

舰队中,旗舰"开阳丸"的排水量是三千吨,动力是四百马力,为荷兰建造的最新舰艇。"回天丸"排水量是一千六百八十七吨,仅次于"开阳丸"。只要用这两艘舰艇上的炮对仙台藩沿岸进行轰炸,估计用不了一个小时,仙台藩沿岸的炮就该沉寂无声了。

不仅如此,舰队还从江户送来了一千几百人的陆军部队。

"榎本先生,仙台藩内,主战派和主和派依然各执一词,左右摇摆。你这一来可比我们费尽口舌、极力劝说管用多了。"

"土方先生,你是旧幕府中经历战斗最多的人。以后就拜托你了。"榎本按西方人的习惯握了握岁三的手。

当晚,榎本召集各位将领举行军事会议,定下了每人的角色。

从这一天起,岁三正式担任统率陆军部队的陆军奉行并。会上同时定下了阵地的部署。

大本营就设在日和山下。

位于现在的石卷市(仙台湾北岸)西南的一片低沙丘是南北朝时代奥州第一豪族葛西氏的城堡遗址。

沙丘虽然不高,但是很适合向海面和陆地眺望。东面隔着一条北上川河,正对着牧山。

岁三把宿营地设在日和山山脚下的鹿岛明神,在这里到松岛、盐釜之间约十里的海岸上布下了阵地。

榎本很诧异,他不理解岁三的做法,问道:"土方先生,我看还是把兵力集中在仙台城下更好。你为什么要把兵力分散在那么长的海岸线上呢?"

"这个我知道。"对岁三颇有好感的旧步兵头领、现任陆军奉行的松平太郎说,"他是要进行法国式的演习,挫一挫青叶城(仙台城)内那些软弱派的气势。演习结束后,马上就会把队伍拉回到城下的。"

仙台藩星恂太郎指挥的西式步兵队也参加了这次演习，总人数达到三千余人。演习完全按照法国方式进行，分成红白两队，进行大规模的模拟作战。

当然，有关演习计划的立案、作战计划和战术等都是在法国顾问团的指导下进行的。

岁三和松平、大鸟是这次演习的总监。三人中只有岁三一人没有西式战争的知识，但是他凭着自己独有的直觉，通过这次大演习完全了解了法国式的用兵方法。

炮兵教官布吕内很惊讶，他甚至有一次一本正经地对岁三说："土方先生，法国皇帝一定很想要你这样的师团长。"

九月三日，仙台藩邀请旧幕府军首脑们到城内接待处，举行了军事会议。会上大家设想了新政府军来袭的场景，并讨论了相关的作战方案。

然而不到十天的时间，仙台藩主和派占了上风，并于九月十三日做出最终决定——归顺新政府军。随之，主战派重臣从藩的重要位置上被撤了下来。

在城下国分町宿舍里的榎本听到这个消息后大为吃惊。他说："土方先生，请你和我一起走一趟。"

两人登上城堡，与重新掌握了藩主导权的执政远藤文七郎见面。

远藤是仙台藩的名门，祖祖辈辈都以栗原郡川口一千八百石为领地，曾经于安政元年升任藩执政。但是由于其性格偏激，与藩中身居要职的其他人不合，被长期派驻京都。

其间，他和西部各藩人士交往密切。回来后，在藩内提出了强硬的勤王论，为此又被挺幕派治罪，以后一直在自己的领地内隐居。

在仙台藩主和派占上风的时候，他突然受到了重用，并再次执政。

远藤在京都与萨长的人交往密切，他也亲眼见识过新选组的势头，对新选组充满了憎恨。

那个新选组的副长土方现在就在他的眼前。

而且土方在这里正历数萨长的不是，力劝自己主战。

远藤觉得很荒唐。他心想："你小子算老几呀。"

岁三在见到远藤的时候，也觉得这位新执政很面熟，好像在哪里见过。

——没准是在京都市内巡逻的时候见过他。

岁三记忆力超强。一想到京都，和这位新执政相遇时的情景马上浮现在眼前。

那是冬季里的一天，岁三顺着乌丸路南下，来到四条路上时，遇到了这个人和另外的四五个人。

当时在京都，只要见到新选组在巡逻，连大藩的藩士都会让道，浪士等更是四处东躲西藏。那天的情形也是如此。

"土方来了。"

和远藤在一起的几个人中，有一人看见了土方等正在巡逻的新选组队员。从发髻上看此人应该是土州浪士。

大家立刻分头躲避。

只有一个人站着没动。因为他是大藩的重臣，所以他很傲慢，两手揣着站在路中央。

岁三查问。

回答是：

"我是伊达陆奥守家臣远藤文七郎。"

双手依旧揣在怀里。

"我们是奉命查问，请把你的手拿出来。"

岁三要求远藤有点规矩。远藤听后，哼了一声，说："你让我把手拿出来，我还得问问我的主人陆奥守是否同意。在下虽不肖，但是伊达家的世臣从来没有接受过陆奥守以外的人的命令。"

他的态度不卑不亢。

——这小子不要命了。

当时，永仓新八忍不住要拔剑，被岁三阻止了。

"你说得对。"

岁三让队员先走，自己一个人留下来对远藤说："不过，我总觉得你是在故意惹事。我接受你的挑战，拔剑吧。"

两人之间的距离，只有五步。

远藤抬起左手，准备拔剑。

就在这时，一只麻雀突然落到了两人中间。

——正因为它是一只小麻雀，所以不知道什么叫害怕。

岁三突然有了创作俳句的灵感。在这个时刻，丰玉师傅写俳句的兴趣突然冒了出来，虽然他写的俳句并不高明。

远藤向前迈出一步。

麻雀倏地飞走了。

"笨蛋，麻雀逃走了。"岁三说。

远藤置若罔闻，一步跳起，从正面向岁三攻了过来。

岁三向下一蹲，右手上的剑划了一道弧线，越过空中，打在远藤的剑上，化解了远藤并不凌厉的攻势。

"剑术不精，最好别干傻事。"

远藤的剑落在了地上。

"还有，以后不要再这样狂妄自大，作践仙台藩的名声。这些在京都已经吃不开了。我们是奉命维护市内治安的，既然你是伊达家的大人物，应该了解这一点。"

说完，岁三撇下远藤一个人在路上，向南走了。

想一想，那时候岁三的确很风光。

而现在，那个岁三成了江户逃兵队、旧幕府军的陆军奉行并，穿着法式军装，与远藤面对面坐在一起。

——就是那个土方。

远藤的眼睛里含有轻蔑和憎恨。

榎本武扬开口了。他是全日本屈指可数的到过欧洲大陆的人。

他从世界形势说起，说到了眼下萨长拥立幼帝，任意滥用权力，正在把日本国引向歧途。

岁三又是另一番理论。

他不善言辞，不像榎本很有世界观。在仙台有关戊辰的资料中，当时的他是这样说的。

"对于仙台藩来说，先不说是归顺新政府军有利还是与新政府军为敌有利。我们暂时先不去考虑这种利害关系。"他说，"从现在的情形来看，就好比弟弟（大概是指纪州、尾州、越前这御三家家门）打哥哥（好像是指德川家），臣（萨摩、长州）打君（德川家）。这完全是颠倒是非，违反纲常的。"

他用革命时期完全行不通的旧秩序道德来弹劾萨长的不是。

"把天下大政交到他们这样的人手里绝对不是好事。只要是懂得武士道义、圣人教诲的人，是断然不会成为萨长的爪牙的。你说是不是？"

遗憾的是，岁三归根结底只是一个以战见长的人，并不善言辞。要想说服一个大藩的阁老，他的论点显得过于朴实。他的理论，与清水次郎长、国定忠治的理论没有多大区别。

这个人还是适合在战场上显身手，而不适合这样的舞台。

只有从在京都起便一直追随岁三的队员斋藤一和松本舍助对岁三的表现佩服至极，他们一直追随岁三登城攻阵，此时正等候在另一房间里。后来拜访日野佐藤家时，他们说到了当时的情形。他们说："真是太了不起了。他举止稳重，谈吐大方得体，有大名家老天生具有的威仪风采，实在令人钦佩。"

在斋藤和松本等老部下的眼里看来，这位出身武州南多摩郡石田村平民百姓家的儿子，凭着一把剑带给他的荣耀，能够在青叶城内一个大客厅里舌战仙台六十二万五千石的归属决定，这本身就已经是非常了不起的一件事情了。

但是，那实在不是岁三展示自己的舞台。

后来，仙台藩执政远藤文七郎对同为执政的大条孙三郎说："榎本是个真正的男人。"

他对榎本的才学和政治敏感度赞赏有加，但是对岁三的评语非常过分。他说："至于土方，市井之徒，不足与论。"

远藤是藩内勤王派的领袖，又对岁三有仇，所以才会这样说。但不管怎样，事已至此，已经无法挽回了。

回到住处后，岁三对松平太郎说："这个任务太艰巨了。"

他一边擦汗一边告饶，说："我不适合在大厅里与人争辩。还是枪林弹雨、刀光剑影更适合我。"

在一旁听到此话的大鸟圭介嘲笑岁三说："你不知道对方有多厉害吗？远藤这人我可知道，在江户游学时，他在昌平黄也是个公认的秀才。"

昌平黄是幕府官设的最高学府，是今天东京大学的前身。

至于大鸟，他是想借此奚落一番没有学问的、来自平民家庭的剑客岁三。

不久，仙台藩归顺新政府军。

榎本舰队离开仙台藩领地，在风浪中开始了去北海道的新航程。

岁三乘坐在旗舰"开阳丸"上。

舰队北上

这天夜里,风大浪高。

舰队正在北上。

岁三乘坐的幕府军舰"开阳丸"右舷挂着绿色的灯,左舷挂着红色的灯,主桅杆上挂着三盏将官灯。

挂将官灯的多少是有规定的。只挂一盏,表示该舰艇上的舰队司令官为少将,挂两盏为中将,挂三盏则是大将。

也就是说,榎本武扬是大将,住在将官室。而岁三则被安排在次一等的参谋长室。

该舰艇是达到了当时世界水平的大舰艇,舰上有十二厘米口径的克虏伯大炮二十六门,其战斗力可以与新政府军的十艘舰艇相抗衡。

太阳下山后,榎本来到甲板上巡视。

风浪很大,非常利于扬帆航行。为了节约用煤,舰长关闭了锅炉,烟囱没有吐烟。

榎本走过岁三房间时,只见窗户上还有灯光透出来。

——难道他还没睡?

榎本是个彻头彻尾西化了的武士,却不怎么信任同是西化了的法国式武士大鸟圭介。

但是榎本对近藤勇很感兴趣,虽然两人从来也没有见过面。

后来在函馆的攻防战中,榎本把防守城市的指挥权交给了一个叫永井玄蕃头尚志的旧幕府文官(若年寄)。为此决定,他一直耿耿于怀,直到晚年还在说:"如果当时把函馆交给已故的近藤勇或者陆军奉行并土方岁三来守的话，也许就不会落得那个下场了。"

榎本很喜欢新选组。在后来成为维新政府高官的旧幕臣中，最热爱新选组的是第一任军医总监松本顺（原名良顺），第二人就是榎本武扬。

榎本在岁三房间的门前停下了脚步。他有一种冲动，"想跟他聊聊"。

他是在仙台的城下第一次见到这位大名鼎鼎的新选组副长土方岁三的。

后来两人一起去青叶城，劝说仙台藩主加入反新政府军的行列中来。但是两人还没有坐下来好好说过话。

——的确，这个人口才欠佳。

但是，他又不像那些住在城堡里，整天穿着礼服、闷声不响的男人。

看上去他好像生来就是为了打仗。

因为榎本是幕臣出身，所以他非常清楚所谓的旗本是多么软弱。在见到岁三以前，他还从来没有看到过像土方岁三这种气质的男人。

——陆军最好交给这个人来指挥。

榎本做出了这样的决定。

他已经从土方手下的一个旗本出身的士官那里听说了有关土方岁三的一些事情。他自觉对土方岁三已经了解很多，至少他知道了这个人自从逃出江户以来，在夺取宇都宫城、保卫日光城、转战会津、会津若松城外的战役中，他是怎样出生入死、勇敢战斗的。现在又亲眼目睹了这位新选组的原副帅充分吸收西式的战法，研究出了自己独到的战术。

这种独到的战术从若松城外的战役中可见一斑。

榎本听到的说法是，当时岁三亲自率领一支小部队，前去侦察敌情。

在若松的尽头，有一片杂树林。路就从杂树林中穿过。

此时天色已黑。他们进入杂树林的时候，突然从林中传来了米尼枪的射击声。

一队人以为遭遇了新政府军大部队。有人四散逃窜想找地方躲避，有人想开枪反击，总之非常狼狈。但是岁三很快稳住了队员，下令："大家在各自的位置上大声喊，要一齐喊。"

"哇——"

所有人齐声喊起来，感染了杂树林中的敌人，他们也跟着"哇——"地喊了起来。

岁三笑了，他说："人数不多，是前哨兵。"

根据对方发出的声音，他判断敌人约五十人左右。

"别理他们，继续前进。"

于是他带领队伍继续向前。因为这支敌人队伍只是前哨兵，所以没有恋战就跑了。

岁三侦察结束回来后，平时总被岁三说是胆小鬼的大鸟圭介故意向他发难，说："你为什么不打？"

"理由就在你手上的法式步兵操典上。侦察的目的始终是侦察而不是战斗。"

但大鸟不愿服输，他不依不饶地说："敌人只是前哨兵。你只要与他们交战，活捉几个俘虏，不就可以从他们口中得知他们主力的情况了吗？"

"你说得没错。但是与其从俘虏口中套取情报，不如自己亲眼看一看敌人的情况更可信。"

的确，在这次侦察中，他大胆接近了敌人的主力阵地，在一个连敌人的眼睛、鼻子都可以看得一清二楚的位置上，侦察了解了敌人的动向。

身为军官却充当侦察兵，可以说他的这次侦察行动绝对完美。

而且岁三侦察结束回来后，马上带领三十名剑客、二百人步兵，没有点灯，摸黑向敌人的主阵营地急行军，对敌人营地实施了突然袭击，一举击溃敌人，把他们远远地赶跑了。

——这种事情，大鸟是无论如何也不可能做到的。

听了事情的经过，他觉得岁三的指挥已经成了一门艺术。他认为岁三的战术精巧细致，判断迅速准确，行动大胆敏捷，这些是世袭旗本们所遥不可及的，他们三百年来已经习惯了依赖祖先留下来的俸禄生活，眼睛只盯着捞取一官半职。

海面开始笼罩起浓重的大雾。

跟在"开阳丸"后面距船尾约十町的甲贺源吾舰长指挥的"回天丸"船舷上的灯看不见了。

"开阳丸"发出了雾中警笛。

过了一会儿，传来"回天丸"在黑暗中从远处发出的雾笛声。

——一切都很顺利。

榎本敲响了岁三的房门。

"……？"

岁三还不太习惯西方的礼节。他一把抓起剑走到门旁，压低嗓音问："谁？"

他很警惕，这是他在京都新选组时养成的习惯，已经渗透到了他的骨子里。

"是我，榎本。"

"哦。"

岁三打开了门。

伴着漆黑中的海风，身着舰队将服的榎本走进了房间。

"我没打扰你吧？"

榎本微笑着说。这个男人脸上轮廓分明，在荷兰中央政府所在地海牙的市官厅，有人说他不像东方人，而是像西班牙人。他的长相确实不像江户人，因为江户男人中长脸居多。

榎本家是三河以来的幕臣，但是这位武扬身上没有榎本家的血统。

他父亲圆兵卫是备后国深安郡汤田村箱田的一个村长的儿子，很有才学，深受郡奉行的赏识。后来郡奉行把他送到江户，师从幕府天文学家高桥作左卫门、伊能忠敬二人，成了江户屈指可数的数学家之一。在江户期间又巧遇幕臣榎本家以千两的价格出售股份，于是就买了下来，并改名榎本圆兵卫武规，被赐五人俸禄五十五俵。

榎本武扬就是此人的儿子。

他的血液里还流淌着乡下人的野性。但是武扬是在三味线堀出生的，是地道的江户人。他学问很好，堪称学问狂。不仅狂歌做得好，还很有幽默感。乡下人的血液和城市里的生长环境在他身上很好地融合在一起，塑造了他这样一个杰出人物。

岁三于文久三年三月十五日和近藤勇、芹泽鸭等联手在京都成立新选组的一个月后，即四月十八日，榎本作为十五个幕府留学生中的一员，踏上了荷兰的鹿特丹港口。

当时的鹿特丹市民为了一睹传说中的东方"武士"，多达数万人聚集在河岸迎接他们，场面异常混乱。官府甚至出动了骑警维持交通秩序，但还是有人被挤伤或被踩伤。

在岁三于京都砍杀流浪浪士的三年半里，榎本在荷兰学习了化学、物理、船舶应用术、炮术和国际法，他甚至学了当时极为罕见的发报机，熟练掌握了莫尔斯信号的收发技术。

在荷兰期间，正好赶上丹奥战争（一八六四年丹麦和奥地利之间的战争）爆发。作为观战武官，榎本上了前线。

最后，弱小国家丹麦在这场战争中受到当时的大国奥地利和俾斯麦领导下的新兴国家普鲁士的联合攻击，很快以失败告终。就是这样一次小小的战争，给榎本带来了极大的冲击。

多年后，榎本说："置身于枪林弹雨之中，在实战中看到所谓的文明国家之间的战争，收获甚大。"

奥普联军入侵丹麦，攻陷石荷州的时候，榎本亲眼目睹了那场异常激烈的战斗。

按照阴历，正是元治元年六月五日，岁三等人杀入京都三条小桥西端的池田屋的前后。

当新选组在花昌町建起新驻地，在京都极尽威风的庆应元年十月，榎本正在荷兰的韦特伦火药厂研究火药成分，并为幕府订购火药制造机械进行了谈判。

庆应二年九月十二日夜半，岁三指挥原田左之助等三十六人，在三条桥畔与土州藩士大战的时候，榎本来到了位于距离鹿特丹市约十里的一个叫多德雷赫特的小村的造船厂。

几天后，他将看到现在正载着岁三等人的"开阳丸"下海。建造"开阳丸"这样大的舰艇在荷兰都很罕见，所以当时的报纸、杂志大书特书这艘舰艇。在一本当时的荷兰杂志中有这样的报道："这艘舰艇能否顺利下到河床并不深的多德雷赫特河里，是体现技术最后一关的时刻。"

当舰艇顺利下水，并浮起在两岸风景优美的梅尔韦德河面上时，无论是在场的海军大臣还是附近的村民都一齐发出了欢呼声，现场气氛异常热烈。

而这个时候，岁三让斋藤一在鸭川钱取桥一剑解决了有私通萨摩藩嫌疑的五番队队长武田观柳斋。

"你好。"

岁三给榎本让座，表情有些羞怯。两人隔着桌子相对而坐。

榎本坐下了，却也显得有些手足无措。

两个人的经历完全不同，就好像是两个不同国家的人。

593

"你没有晕船吧？"

榎本一时不知说什么好，只好说一些无关痛痒的话。

岁三无声地笑了一下，很快又露出了这个男人特有的冷漠表情。

榎本说："土方先生，你是第一次坐军舰吗？"

"不是。从大坂回江户的时候，坐过'富士山丸'军舰。那时候有点晕船。"

"晕船很正常。"

榎本随后问起了他在京都新选组时的情形。

岁三轻描淡写地说了一句："都已经过去了。"

他没有多说，只提了一句近藤。说近藤"是一个堪称英雄的男人"。

榎本点了点头，说："在欧美的军人和贵族中，像他那样的男人不少。日本虽说是武士之国，但是刚毅方面比不上西方人，至少在江户的旗本是这样的。我每次想到新选组，就会想起新兴国家普鲁士的军人。他们很有几分相似。"

"是吗？"

岁三不知道他想说什么。

"土方先生，你想一想，我们一直称欧美人为洋夷。可是他们连商人都敢坐着不及'开阳丸'一半大的船，在惊涛骇浪中冒着生命危险，万里迢迢来日本做生意。我们没有理由小看他们。"

接着榎本又说到了函馆（也称箱馆）。

榎本从小就富有冒险精神。在他十八九岁的时候，后来当上目付、函馆奉行的幕臣堀织部正利熙当时还只是个使臣。此人接受幕府的秘密指令，为查探松前藩的情况去过北海道。

当时他恳请堀收他做随从。于是两人化装成富山药贩子搭伴去了函馆。

"就是书上说的密探。那时我还奇怪真有这样的事情。"榎本说。

这次榎本要去函馆的理由之一就是因为以前曾经去过。当然，这只是一个极小极小的原因而已。

他去函馆的最大愿望就是要让北海道独立，在函馆建立独立新政府。

"到时候，我们也要和外国签订条约。这样就可以有别于京都政府，成为外国承认的独立政府。"

还在仙台的时候，岁三已经听榎本说过，将来这个独立国家的元首要请有德川家血统的人担任。

"保卫政府要靠军事力量。我们有京都朝廷对付不了的大舰队，还有以土方先生为首的松平、大鸟等陆军。"

此外，榎本还说："那儿有一座旧幕府建的西式城堡，叫五棱郭。"

榎本的理想是建立一个由德川家血统的人担任元首的君主立宪国家，他理想中的政体是荷兰的政体。

除此之外，榎本去函馆还有一个更大的理由，就是函馆目前还是新政府军的军事力量尚未涉足的最后一个国际贸易港。

长崎、兵库和横滨已经被控制在新政府军手中，通过那些港口和外国商行，新政府军源源不断地在补充武器。

只有函馆，虽然行政上还是由以公卿清水谷公考为首的朝廷命官和少数兵力以及松前藩掌握，但是要赶走他们不用费很大的力气，好歹这是唯一一个有可能夺过来的贸易港。

而且函馆市内也有外国人的商行。

榎本考虑占领那个地方以后，通过外国商行进口一些武器，加强部队的军事装备，以抵御来自本土的侵略，并积极开发产业，谋求富国强兵。榎本甚至想到了将来让那些现在被迫生活在静冈的旧幕臣移居到北海道来。

"土方先生，你觉得怎么样？"

榎本红润的脸上笑开了花，显得非常得意。

榎本是个乐天派。

的确，根据他所熟知的国际法，他们在那里既能和外国订立条约，也能在经济上维持下去，将来还可以在军事上达到与本土同等的力量。

"三年。"榎本伸出三根手指说，"三年，只要京都朝廷不招惹我们，我们完全可以做好充分的准备。"

"可是——"岁三歪着脑袋说，"如果新政府军不给我们这三年的准备时间，又该怎么办呢？"

"是啊。所以我们要依靠外交手段争取时间。首先要稳住朝廷，谎称我们并无叛逆之心，我们只是想在德川领地上建立一个独立的国家，外国各国也都支持我们，我们不会挑衅新政府军。到时候，我就这样去跟他们谈。"

"哦。"

榎本太像近藤。岁三心想，他和近藤一样，乐观得毫无道理。

——也许只有这种性格的男人才能当好统帅。

岁三想到自己始终只是副职。当然这样很好。他想以后要好好辅佐榎本。

只是这第二代的乐天派与第一代不同，他很有学识，而且极其聪明。岁三也折服于他的学识。

——新政府军绝对不会给我们三年的时间，他们一定会在这期间来争夺函馆。不知道这个人是不是能经受住届时的战斗。

岁三认为条约之类的东西怎么样都可以，对他来说唯一重要的是战斗。他想知道榎本身上是否具备近藤那样的作战能力。

小姓市村铁之助

舰队继续北上。

舰队由"开阳丸""回天丸""蟠龙丸""神速丸""长鲸丸""大江丸"和"凤凰丸"七艘舰船组成。

戊辰秋天十月十三日,榎本的舰队为了补充柴火和淡水,进入了南部藩领地宫古湾。

舰队穿越在水路复杂的湾内。

"哦。"

站在"开阳丸"甲板上的岁三看着湾内美丽的景色,不禁眯缝起了眼睛。

"市村铁之助。"岁三叫着小姓的全名。

"真冷。"岁三说。

一到旧历十月,奥州的海风吹在身上感觉已经很冷了。

大垣藩出身的小姓市村铁之助当时十六岁。他给岁三拿来了外套。岁三站在甲板上以剑为杖,外套随意地披在肩上。

宫古湾位于现在的岩手县宫古市,现在是陆中海岸国立公园。这是锯齿状多拐角的所谓沉降海岸,北部山脉悬崖峭壁,直插大海。远远望去,高高的海蚀崖上零零星星有一些渔村。

"铁之助,你看,这里真美啊。"岁三说。

他内心充满了希望。当然不只岁三如此。

榎本舰队的所有人都为即将在北海道建立第二德川王朝的希望而兴致激昂。

为此,本土最后一个靠岸港的宫古湾的风景,在所有人眼里都显得那么美不胜收。

如果要把这个湾的风景画到画布上，只能使用西洋画的画法。因为要画这里的风景，需要用到大量的黄色颜料。要在画布上表现任何一个岛屿、任何一个断崖的断层，大概都需要用到黄色或者暗绿色。

"松岛也很美，不过好像比不上宫古湾美。"

今天，岁三很难得地特别想说话。希望，使风景看上去更加美丽。

"哎。"

十六岁的市村回答。他为岁三高涨的情绪而高兴。

舰队一边测量，一边缓缓驶入海湾。

北湾相对比较开阔。从渔村立埼进去水深达二十庹[1]，比较深。往里走却越来越浅，而且海底全是泥。

还有，北湾的缺点是向外海过于开阔，有风浪入侵的危险，所以这里说不上是个安全的抛锚地点。

榎本司令官做出这样的判断。

舰队进入一个叫锹崎的渔村前面。在这里的测量结果是水深三庹至五庹。

首先，抛锚的深度够了。而且由于湾内地形复杂，这里可以遮挡风浪。

就是这里了。榎本说。但是这个湾实在太窄，舰队的舰船无法全部进入。没办法，最大的"开阳丸"和"回天丸"就停靠在狭隘的出入口稍稍往外突的岛屿后面。

岁三看到榎本的指挥能力，对这个人的评价越来越高。

——这是个能干的家伙。

他这样想是因为榎本的部署合理、过程细心。

1　读"tuǒ"，两臂平伸时两手之间的距离，约 5 尺。

榎本一方面向南部藩派出使者,同时对宫古湾的地形进行测量。非常认真,认真得让人感觉有点偏执,毕竟等到起锚离开南部领地的这个宫古湾后,这里就是一个没有任何关系的海湾了。

——奇怪。

这是榎本天性如此,还是在外国受到熏陶后的做法,岁三不得而知。

"榎本先生,你可真细心。"穿着法式陆军将官制服的岁三对榎本说。

榎本穿着从荷兰回国后自己精心设计并向旧幕府推荐而得到采纳的海军制服。

制服的面料为黑色呢绒,由西装背心和裤子组成,外加一件男式大礼服(这个叫法不太准确,它是介于礼服和外褂之间的服装),扣子全部为金属制,礼服的袖子上绣有表示士官官阶的金色丝绦。因为榎本是大将,所以有五条丝绦。

裤子的皮带上挂着日本刀,鼻子下面留着留欧时蓄起来的八字胡。

胡子曾经深受战国武士的喜爱,但是在德川三百年间一直没有再流行。

西方人喜欢胡子。榎本的胡子可以说是欧派幕臣的标志。

"测量要在每次进港时认真做,还要画到海图上。不管这个港口以后是否还会用到,这些都是不能省的功夫。当然这也是西洋海军的习惯。"榎本耐心地对这个没有学识的剑客解释道。

"是这样。"岁三在思索。

这位好战之人的脑海里好像突然出现了榎本从来没有想到过的新奇想法。

"土方先生,你在想什么?"

榎本饶有兴趣地问。第二德川王朝军的将领清一色都是旧幕臣中最优秀的学者、秀才，只有这个土方岁三不是。正因为如此，对榎本来说，这个没有学问的实战家的想法让他特别感兴趣。

"榎本先生，你别笑我。我在想，将来一旦新政府军的舰队来攻打北海道的时候，这个宫古湾会是怎样的情形呢？"

"……"

"蒸汽船不停靠任何港口，在海上可以行走多少天？"

"这要根据舰船的大小。一支舰队行动必须一致，所以所有舰船都会跟最小的一艘保持一致。新政府军舰队的运输船最大也就是二百吨，所以如果这样的舰船满载陆军士兵的话，仅仅饮用水一项，连三天也坚持不了。"

榎本多少有些喜欢炫耀自己的才学，所以有用没用的话他都说。

"如果单说航海能力——"他接着说，"只烧蒸汽锅的船，即使用优质煤最多也只能维持二十天。为了节省煤，在顺风的时候会尽可能停用锅炉，而用帆。能巧妙利用这两种方法的才是好舰长、好船长。如果这两种方法用得好，在大洋上航行一个月是完全有可能的。"

听起来好像在讲课。但是岁三希望听到更实际的内容。

"榎本先生，如果新政府军舰队从江户湾出发，一定会在宫古湾停靠吧？"

"哦，你是说这个。应该是要停靠的。"

"那么，到时候就打那儿了。"这位新选组的头领说。

"嗯？"

"榎本先生，现在我才知道，西式军舰其实也没那么方便。一旦抛锚，锅炉的火就要熄灭，帆也要放下来。这样一来，万一有敌人来袭，就会手忙脚乱，难以应付。如果到时我们乘新政府军舰队在这里停靠的时机，突然袭击敌人军舰，一定可以全歼敌军。"

"哦，然后呢？"榎本两眼放光。

"让我们的陆军上我们的军舰。可能的话最好不要炮战。也就是说，我们在不破坏敌人军舰的前提下靠近敌人，从舷侧杀进去，这样不就可以连军舰一起俘获了吗？"

"哈。"榎本忍不住想笑。

——新选组到底是新选组，说到最后还是打打杀杀。

他心里这样想着，却不敢笑出来。他努力在丹田处用力，装作非常认真的样子，说："是个好主意。"

这个好主意在后来堪称世界海战史上罕见的宫古湾海战中得到了应用。只是在此时，榎本当作玩笑话听过也就忘了。

在船上，岁三的起居由小姓市村铁之助来照顾。

铁之助是个细长脸、眼睛清澈的年轻人。他的眼睛看上去有点像冲田总司。

"你长得很像冲田。"

岁三曾经这样对他说过。

"像冲田先生？"

从此，市村时常为此而自豪。

前面提到过，市村的出身在美浓大垣藩。

在鸟羽伏见之战开始前，新选组还在伏见奉行所的时候，最后招募了一次队员。

市村就是在那一次和他哥哥刚藏一起脱离大垣藩的藩籍，前来应征的。

当时，近藤和冲田因为一伤一病，已经被送往大坂，不在奉行所。岁三是事实上的队长，有权决定人员去留。

当他看到市村铁之助时，吃惊不小，因为市村年纪太小了。

"几岁啦？"

"十九岁。"

市村说了谎。因为现在才十六岁，所以当时应该只有十五岁。

岁三笑了一下，什么也没说。

"你学的是什么流派的剑术？"

"我学的是神道无念流，已经达到目录的水平。但是因为战乱，没有证明。"

"那你就过几招给我看看。"

他让队员野村利三郎和市村比试一番。

说实话，两人的剑术都算不上好，但是在气势上铁之助略胜一筹。

"我看你长得很像冲田。虽然你谎报了年龄，不过看在总司的面上，就要你了。"

当时岁三是这样对市村说的。也就是说，市村被录用多亏了冲田总司。

为了这一句话，市村铁之助对冲田总司一直感恩在心。在伏见的战斗结束，部队撤到大坂后，他第一次见到了躺在病榻上的冲田总司。

冲田事后对岁三说："他一点儿也不像我。"

"是吗？"岁三也苦笑了一下。其实当时那么说并没有什么特别的理由。

总之，那时奉行所的情形是连猫爪都希望能借来一用。

当时他就觉得这孩子年纪太小，转眼又一想，算了，就要了他吧。于是就把市村铁之助留了下来。那时，岁三给自己的理由是，因为他和冲田长得像，所以就看在冲田的面子上录用他。

然而，岁三的这一句话左右了市村铁之助此后的人生。

在从大坂回江户的"富士山丸"军舰上，市村寸步不离冲田身边，悉心照顾他，和新选组的头号人物、局长近藤勇却连一句话都没有说过。

回到江户后，哥哥刚藏劝他，说："铁之助，咱们跑吧。"

此时，天下人已经把德川看成反贼，所以为了将来打算，几乎每天晚上都有一两个人从新选组消失。

刚藏想带着弟弟铁之助一起出逃同样情有可原。他说："铁之助，我们是新来的，在伏见参加过一次战斗已经够得起新选组了。萨长举起了大旗，我们再在队里待下去就会变成贼军的。"

"不，我要留下来。"

刚十六岁的铁之助异常坚决地拒绝了哥哥的好意。

"为什么？"

"土方先生说过要我照顾好冲田先生。"

"啊？"

然而，这就是铁之助留下来的全部理由。

刚藏很生气。他骂铁之助："你什么意思？冲田总司是你哥还是我是你哥？"

"哥，你这样就让我为难了。"

除了他自己，没人能理解他的心情。

不管别人怎么说，自己长得和冲田总司很像。

"我看你长得很像冲田，就要你了。"

副长土方岁三说得很明白。说起冲田总司，在京都那是无人不知、无人不晓。市村当然也听到过他的名气。市村曾经把冲田总司想象成鬼神般的勇士，是幕府末期造就的少有的剑客。

但是，在大坂的病房见到真实的冲田总司时，发现他非常腼腆。他对市村这样的年轻人，说话也用敬语，而且从来不要求市村做这做那。

在"富士山丸"军舰上，冲田还对市村说过："市村君，我很好。你不用像照顾病人那样照顾我。"

在总司整夜整夜咳嗽、睡不着觉的夜里，市村很想彻夜看护他。这时他会发牢骚，说："市村君，你好像是为了把我当病人才加入新选组似的。你在这里，我会越来越觉得自己像个病人。"

总之，他拒绝市村的一切照顾。

市村也拿他没办法。

回到江户以后，依然如此。市村抽空就去医学所照顾他，但是他并不领情。

"你这样可不行，市村君。"传说中和铁之助长得很像的眼睛里满含笑意，冲田说，"你是个男人，你不是为了看护别人才加入新选组的，对不对？"

冲田对岁三也说：

"那个人——"他这样称呼市村铁之助，"你就别再让他来了。我害怕会传染给他，担心得不行。"

于是，岁三把冲田的原话告诉了市村铁之助。

铁之助非常感动，眼泪忍不住直往下流。他想，原来像冲田这样身份的人也会那么关心自己。

"他的性格就是这样。"

岁三解释说。但是对于年轻的市村铁之助来说，不是这样的。

"他是为了我——"

这一想法让他感动得身体直打哆嗦。

哥哥刚藏劝他逃跑的时候，他想告诉哥哥自己要留下来的理由其实是这个。但他转念一想，哥哥是不会理解的，所以到最后也没有说出口。

首先，他不知道怎么表达自己的思想。士为知己者死，古话中有这样的说法，但是实际情形又不完全一致。

总觉得有些怪。

这种奇怪的、毫无道理的、朦胧中却带着一种活性的东西变成了黏合剂，使人与人之间互相牢牢地粘到了一起。

"我要留下来。"

铁之助很明确地告诉哥哥。

刚藏后来去向不明。

铁之助跟随岁三一起转战各地,在战场上表现非常勇敢。

他的理由很单纯。"我像冲田"这一信念时时鼓舞着他。

市村铁之助是后来新选组幸存下来的少数几个人之一。明治后,几乎成了唯一一个讲述土方岁三的事迹的人。明治十年,作为警视厅队的一员应征西南之役,参加了与西乡的萨军之间的战役,战死在疆场。

南部藩害怕榎本舰队的威力,按要求提供了所有物资。

柴火是主要物资。榎本很希望得到煤炭,但是在奥州,要这东西有些勉为其难。

没办法,燃料只好改用柴火。舰队满载着所需物资,浩浩荡荡地出发了。

离开宫古湾的时间是十月十八日。这一天天气晴好,浪略有些高。舰队继续北上,途中与几艘外国船相向而过。

每当这时,榎本就下令挂上幕府军的舰旗——太阳旗。

那些外国船的船长们很清楚这支舰队的意图。在横滨发行的各国报纸上,几乎每天都刊登有关榎本要在函馆建立新政府的消息。

夺取松前城

舰队开进北海道喷火湾的时间是戊辰十月二十日。

这里有一个叫鹫木的渔村。舰队的各舰船纷纷在海面上抛锚。这一时刻成了戊辰史上震惊天下的事件的开始。

岁三站在"开阳丸"的甲板上。眼前,自己将要登陆的山野已是白茫茫一片。

榎本、松平和大鸟等人结束了关于登陆后的作战计划会议。

计划分两个队进攻函馆（箱馆）。主力队的指挥官是大鸟圭介,预备队的指挥官是土方岁三。

"土方先生,咱们都是武州人,想不到来到了这个地方。不过,只要心里想着这里的一切是属于我们国家的,这里是我们国家的土地,这里就会变得可爱起来。"榎本武扬走近岁三旁边说。

岁三正拿着望远镜看远处。

"那儿有人家。"

而且还不止一家,粗粗一看,怎么也有一百四五十家。这让他非常吃惊。

"榎本先生,那儿有人家。"

"是啊,很出乎我意料。我听说过有人生活在鹫木,心想大概是阿伊努人穴居在这里。唉,世界之大,有些事情还真搞不懂。"

上了陆地一看,和东海道的小镇一样,这里连诸侯住的客栈也有。看到出来迎接的客栈主人同样身穿带纹饰的衣服、高级丝织裙裤,岁三更是吃惊不小。

更让他们意想不到的是,这家诸侯住的客栈建筑竟是日式建筑,里面有七八个房间，甚至还有接待贵宾的高级房间。

连榎本也惊讶不已。

"这和日本没什么两样啊。"

十八岁时来过松前的榎本都这个样子，何况岁三、大鸟和松平，他们更是惊呆了。

"土方先生，我原来还以为这里很荒芜呢。"松平太郎说。

"不过仔细想想，松前藩在这里也坚守了几百年。真让人不敢相信。"

年轻的松平笑了。

第二天，部队向函馆进发。

大鸟军以旧幕府军步兵为主力，游击队和新选组也归于其统率之下。这是岁三的意见，他想万一步兵队坚持不住，新选组可以与敌人展开肉搏战。

当时他明确表示"新选组是政府的一个组织，不是我个人的私人军队"。

不过，岁三的部队完全是西式部队。看上去好像他和大鸟换了一个角色。

从鹫木一直往南，到函馆相距十里。大鸟军走了这条路。

岁三的部队则绕道海岸线，准备从东面进攻函馆。途中要从川汲翻过一座雪山，到达汤川。

函馆有新政府军的裁判所（行政府），公卿清水谷公考是这里的首领。还有一个长州藩士、一个萨摩藩士协助他。松前藩、津轻藩、南部藩和秋田藩等藩兵作为新政府军的守军驻扎于此。

大鸟、岁三两军分头发起进攻，攻陷了此地，清水谷公考逃往青森。

占领函馆是在舰队登陆后的第十天，即十一月一日。

榎本军在函馆府内外升起幕府军的日章旗，从已进入港口的军舰上发射了二十一响礼炮以示庆祝,并以此告知日本人和外国人,自己已经占领函馆。

他们把行政官厅设在元町的原箱馆奉行所,任命永井玄蕃头尚志为"市长"。榎本军的指挥部设在位于函馆北郊龟田的旧幕府建造的西式城堡"五棱郭"内。

乘着占领函馆的机会,榎本军原本应该邀请在市内设有公馆的各外国领事举行盛大的庆祝活动,但是在北海道的唯一一个藩——松前藩此时还盘踞在函馆西面二十五里处,没有投降。

"土方先生是攻城名将。"松平太郎在军事会议上说。

岁三没有说话。他想,松平大概是指攻打宇都宫城的事情。

"这次能不能就辛苦你去一趟?"

大鸟圭介说。大鸟虽然不喜欢岁三,但是他很清楚如果攻不下松前藩,会造成外国公馆对函馆新政府的不信任。

此时,岁三刚刚结束从鹫木到函馆的二十里战线的战斗,他的部队还没有得到很好的休整。

"攻下他们越早越好。"

榎本也说。榎本把这场战争看成一场政治战,他也认为,早早拿下这次攻克战,应该会提升外国公馆、商社对函馆政府的信任。

"……既然这样。"

在这些函馆新政府将领中,唯一没有学问的岁三严肃地点了点头。他有一种满足感。

在座的同僚几乎个个都是西洋学者,而且汉学素养也很高。他们不仅会作汉诗,在一起还会谈论荷兰、法国的事情。每当这种时候,岁三只能默默地待在一旁,无论如何也插不进他们的闲谈中。

他很有自知之明,他清楚只有战斗才能证明自己存在的意义。

"好吧,我去。"岁三点头答应了。

岁三率领包括新选组、幕府军步兵、仙台藩西式部队额兵队以及彰义队共计七百人出发了。

松前藩是三百诸侯中唯一一个没有俸禄的藩，该藩的经济全部依赖北海道的物产。

前藩主松前崇广是一个很有才干的人。他当过幕府的寺社奉行、海陆总奉行，甚至当过老中，只是因病现在已经不在人世了。

现任藩主是十八代德广。此人体弱多病，无力管理藩政，属于有名无实之辈。藩的权力完全由勤王派掌控，但是不管怎么说，要攻陷一个藩，区区七百人的兵力究竟够不够，连榎本军的法国顾问都很担心。

虽说松前藩是一个小藩，但是他们的城池不可小看。

安政二年刚刚竣工的新建城池（现在为日本国家保护文物）面积达两万一千三百七十四坪，天守阁有三层，铜葺的房顶，墙壁是用涂料涂成的白墙。而且因为新城是在佩里来日本后新建的，所以城池的南面设有面向海面的炮台。

"差不多吧。"

岁三说。他想，在鸟羽伏见之战中，自己是输给了萨长的米尼枪。但是这一次拿着米尼枪的是自己的部队，而对方只有火绳枪和射程仅五十步到一百步的步枪。

然而队伍出发后，很快就遇到了困难。在雪地中行军实在不是南方士兵所擅长的。

到达当别、木古内、知内和知内岭的一路上都有居民，所以晚上部队就住在当地百姓家。然而第二天晚上到了一个前不着村后不着店的地方，只能露天宿营。

"尽可能把火烧大些。"

除此之外，实在也没有别的办法。

岁三身上盖了一件外套，躺在烧得很旺的篝火旁。一开始感觉暖融融的,很舒服,可是没一会儿工夫,身体下方的雪化了,身体反而像冻住了似的,难以忍受。

半夜,他叫起全体队员,说:"看来今晚是没法睡了,我们还是动身赶路吧。等我们夺取了敌人阵地后,再痛痛快快睡吧。"

他下令部队开始夜行军。

敌人的第一道防线在人口近千人的港口城市福岛。据侦察员报告那里有守兵三百人。

全军上下一心以夺取睡觉地为目的向这个城市发起了猛烈的进攻。经过一番激战,最后夺取了这个城市。然而长期在北海道的松前藩非常清楚在雪中露营的滋味,他们不能给敌人留下舒适的宿营地,所以他们边撤退边放火。

当天晚上,部队只好睡在被大火烧过后留下的废墟上。到了半夜风雪越来越大,又无法露营了。

"起来。"

岁三半夜又把大家叫了起来。

"我们的床就在松前城。现在摆在我们面前的只有两条路。一条是现在出发早些夺取松前城,那儿有我们的床。另一条就是冻死在这里。你们想想应该怎么办。"

一队人马摇摇晃晃地又开始了夜行军。

岁三一行终于来到了一个能看见松前城天守阁的高地上。

岁三选择了距离城堡六七丁的小山(法华寺山)。他在那里安置了两门四斤山炮,下令对准城内开始轰击。

敌人匆忙应战。他们改变了设在城南筑岛炮台上的十二斤加农炮的方向,也向这边射击。一场炮击战打响了。

岁三把队伍分成两部分:一部分由彰义队和新选组组成,负责攻打正门;另一部分由步兵和额兵队等西式部队组成,负责攻打城堡后门。他让炮兵不间隙地射击,在炮火的掩护下,两队人马分别向各自的目标推进。

他自己则骑在马上指挥战斗。

城堡背靠地藏山，中间有一条宽达三十间的河。

队伍来到河岸边。

敌人从河对岸、城堡内不断向这边开枪，但是带火石式发火装置的这种步枪操作起来非常麻烦，而且命中率也很低。

"那东西只会出声，没什么用。我在伏见之战中已经领教过了。"岁三笑着说，"你们就当它是在放火花。快下河。"

他踢了一脚马肚子，自己率先下了河。

彰义队冲在最前面，新选组在他们的下游稍后跟进。

——哎。

岁三有点着急。他要统率全军，不能只盯着新选组。

"市村铁之助，"他把小姓叫到马旁，说，"你去跟斋藤说，让他想想京都时的威风。"

市村跑过沙洲，越过浅滩，遇到水深处靠着游泳，终于接近新选组指挥官诺斋即斋藤一，把岁三的话告诉了他。

"开什么玩笑！"斋藤在枪林弹雨中怒吼，"在京都的时候我们也没游过鸭川河。我可没想过要在冬天的北海道游泳。你回去就这么跟他说。"

全军终于上了对岸。

一场肉搏战开始了。新选组队员所在的位置不时有血溅起，打得最为激烈。

斋藤带领新选组和彰义队把敌人撵到了正门前，不料闪进大门内的敌人随手关闭了城门。

"不好。"

仅仅靠剑，无论如何奈何不了这扇钉有铁钉的门。

正门前，斋藤一和彰义队的涩泽成一郎、寺泽新太郎等人商量，说：“看来我们只能绕到城后门去了。在这里，我们束手无策。”

于是他们擅自改变岁三的部署，向城堡后面跑去。途中遇到了骑在马上的岁三。

“你们两个队干什么呢？”

岁三大吼道。斋藤一边在他的旁边跑，一边简短地解释了原因。

“是这样。好吧，我也去后面，大家跟上我。”

几百人向城墙的下面跑去。

城墙上不断有炮弹落下来，但是很遗憾，总也打不中目标。

在后门，敌人采用了一种非常奇怪的战术。

他们在城门内安置了两门大炮，装好炮弹后，在打开城门的同时立即开炮，然后又迅速关上城门。

额兵队和步兵队不知如何攻打此门。他们唯有东躲西藏，苦于在炮弹的轰炸声中努力自保。

岁三策马来到他们中间，叫来了额兵队队长星恂太郎。

星穿着红底上绣有金线的漂亮的额兵队呢绒制服。

“那扇门现在是第几次打开？”

“第四次。”

“从开门到关门要多少时间？”

“这个，呼吸二十次左右吧。”

“好，你给我选出二十个枪手，其余人做好突击准备。”

门第五次打开了，两门炮同时从门内喷出火舌，掀翻了岁三后面的八个步兵。

马上门又关上了，只留下炮弹射出后尚未散尽的烟雾。

“跟我来。”

岁三和二十个枪手一起向前跑去，到了城门跟前，岁三让他们列队，站着摆好立定射击的姿势。岁三指示：“门一开，你们就对准炮击手一齐开枪。”

在他们后面的人匍匐在地上，直咽唾沫。

如果大炮发射快，那么这二十个人包括岁三在内就会粉身碎骨。

很快门又开了。

两门大炮出现在眼前。

几乎与此同时，二十支步枪一齐喷出了火舌。位于大炮旁边的松前藩兵纷纷倒下。

"冲啊！"

第一个冲进去的是彰义队的寺泽新太郎，紧跟着他的是新选组的斋藤一、松本舍助和野村利三郎。

此时，从法华寺山上的炮兵阵地射出的炮弹已经使城内燃起了大火。全军蜂拥而入，藩兵弃城败走江差。

岁三本应该下令乘胜追击，但是大家拼命把松前城攻下来后，现在最迫切需要的是好好睡上一觉。

"睡觉。"他下令。

然后，自己只带了新选组的几个队员，亲自出马充当侦探，走上了去江差的近道大野口。

走了大约二丁左右的山路，看见山上有一个樵夫的小屋。不知道怎么回事，屋里有旧幕府步兵。

看到岁三，他们显得很狼狈。

"怎么回事？"

看样子，他们像是在追一个弃城而逃的女人。

岁三走进小屋里的土间。那儿有五个诸侯家下女模样的姑娘正守着一个像是病人的年轻妇人，只见她们一个个手里握着短刀，脸色苍白。

岁三向他们报上自己的姓名和身份，说："我没有恶意，请告诉我发生了什么事。"

"土方岁三殿下？"

女人们都听说过这位在京都时大名鼎鼎的武士的名字。只是这个名字在她们的心目中是什么形象,不得而知。

被围在中间的妇人是个孕妇,年龄约二十出头,说不上漂亮,但很有气质。

"报上我的名字。"她对下女们说。

原来此人是松前藩主松前志摩德广的正妻。

在这里,岁三表现出了与他性格极不相符的非常有人情味的一面。

"志摩守殿下这会儿应该在江差。"他说。

根据侦察人员的报告,岁三知道他是在攻城开始前去的江差。至于为什么留下身怀三甲的藩主夫人就不清楚了。

"我让队员护送你到江差吧。"他说。

岁三当即决定由谁护送。是斋藤一和松本舍助二人。

这二位都是新选组(新选队)的指挥官。

岁三指示他们:"你们把她们安全护送到江户。"

"土方先生,你没开玩笑吧?"斋藤皱起了眉头。

"当然。"

"我不干。自从新选组成立以来,我一直和你并肩作战。现在我们在北海道又要一起战斗了。这个时候让我去江户,我不干。"

"到了江户以后,你们就回老家去。"

"……"

斋藤和松本愣住了。

岁三表情严厉地盯着他们说:"违反命令者格杀勿论。难道你们忘了新选组的队规吗?"

他不由分说叫来部队的后勤拿钱给他们做盘缠。

给两人的盘缠金额不同,松本舍助十两,斋藤一三十两。

至于他为什么这样做,岁三自有他的道理。这两人都是南多摩郡人（斋藤是播州明石的浪士之子），但是斋藤在故乡已经没有亲人，而舍助父母健在，而且家里有房有地。

"所以——"

岁三没有再多说什么。

两人从江差离开北海道后，一直活到明治末期。而希望他们活下去，就是岁三逼着他们离开北海道的最大理由。

"真是个难以捉摸的人。"

山口五郎（斋藤一后来改的名）直到晚年都这样评价岁三。

甲铁舰

我们来换一个话题。

大本营设在江户城西丸的新政府军总督府，通过来自密探及外国公馆方面的报告，对北海道的情况了如指掌。

总督府内几乎每天都在举行参谋会议。

"整个北海道好像都被他们占领了。"

这则报道是在岁三占领松前城十天后，通过外国轮船传过去的。

又过了几天，传来了北海道政府成立的消息，甚至连政府成员的名单都有了。

在横滨的外国人一直在议论这件事情。

"函馆政府好像邀请了在函馆的外国公馆、商社和商船船长等各方面的人参加盛大的庆祝活动。"

这是在横滨的英文报纸上刊登的一则报道。

江户城内各种小道消息四起。还有传言说，法国等因为旧幕府的关系，暗中向这个政权示好，并有迹象表明他们愿意与函馆政府订立条约。

榎本等人通过英、法、美、意、荷、德等各国公使，力图谋求与京都政权的和平共存，每天兴致勃勃地从事着他们对外的斡旋活动。

对此，京都新政府做出了"讨伐"的决定。

京都政府做出这样的决定完全可以理解。试想，京都政权好不容易刚刚成立，如果任由内乱失败者建立另一个政权，割据北部地区，那么作为正式政府对外的信誉就会毁于一旦。

"行动要快"，这是萨长首领们的一致意见。

只有总参谋长、长州藩士大村益次郎反对立即讨伐函馆政府的建议。他说："现在天气还太冷。"

这是这位战术家唯一的理由。其门人在回忆录中这样记录了益次郎的意见。

> 隆冬时节，北方天寒地冻，工作定难展开。现在尚未见骚乱，且对方未有来攻迹象。讨伐以来春为宜。其间陆军可在青森扎营，海军可维修军舰，以完善准备工作为上策。

在函馆，通过选举已经产生出新政府领导。

总裁是榎本武扬。

副总裁是松平太郎。

海军奉行是荒井郁之助，陆军奉行是大鸟圭介，陆军奉行并是土方岁三。

曾经在旧幕府位居若年寄的永井玄蕃头（尚志，原叫主水正）担任相当于首都市长的函馆奉行。此外还在松前城内设置了松前奉行，渔港江差设置了江差奉行，还有作为开拓长官设置了开拓奉行，等等。作战部队的编制中设置了海军头领、步兵头领、炮兵头领和器械头领等旧幕以来的职位，共计二十二人。

岁三在五棱郭的大本营内。

明治二年二月，函馆政府从驻函馆的外国商社处得到一个消息，说新政府军的八艘舰船正在品川的海面上做出航前的准备。

榎本马上召集了军事会议。

"其中战舰有四艘。"榎本武扬说，"运输船也是四艘。据说这些船上共乘坐了六千名陆军士兵。这些都不值得我们担心。我担心的是军舰中还有一艘甲铁舰。"

在座的军官们脸上明显闪过一丝诧异。尤其是海军出身的人，因为他们知道这种军舰的威力。他们因此表现出来的惊讶之情已经不能简单地用"诧异"来形容了。

那是恐惧的神情。

"土方先生。"榎本笑着对岁三说，"你知道甲铁舰吧？"

你当我是傻子呢。岁三心想，谁不知道这种军舰。

在当时，甲铁舰大概算得上是世界上威力最大的军舰了。

这艘甲铁舰原是旧幕府政府向美国定购的，但是就在军舰建成后驶入日本时，幕府政权已经瓦解了。于是，美国方面就把它停靠在横滨港内，一直没有交付给任何一方。因为"根据国际惯例，在内乱平息之前，不得交付双方中的任何一方"。

榎本在离开品川的海面之前，曾经执着地和美国方面进行过交涉，但没有结果。

"夸张点说，如果当时我把那艘甲铁舰弄到了手，那么保卫北海道仅靠那一艘军舰就足够了。"

榎本在向北海道航行的途中，曾经对岁三说过这样的话。

这艘军舰在京都新政府官员大隈八太郎（后来叫重信）等人的全力斡旋下终于到手，给海军力量薄弱的新政府军注入了强大的威慑力。

军舰还没有取名。

军舰虽然是木制的，但四周用铁甲包裹，并用铆钉固定，所以才有了这样的一个通俗的叫法。

舰船的大小与函馆政府的"回天丸"基本相同，但是动力比"回天丸"高出三倍。"回天丸"是四百马力，而甲铁舰则达到一千二百马力。

甲铁舰上有四门大炮。

数量不多，但都是三百斤的石榴炮以及七十斤的舰炮，威力巨大。只消一炮即可打碎敌方的军舰，是日本最大的巨炮军舰。

又是一段题外话。这艘军舰是在美国南北战争打得难分难解的时候，应北方军队的要求而建造的。据说，北方军队只要有这一艘军舰就可以打败南方军队的舰队。但是，当军舰建造完毕的时候，南方政府已经投降，战争业已结束。

正好那时，幕府负责订购军舰的官员到了美国，在港口见到这艘新建的军舰后，当即表示要购买并当场做出了决定。

然而，当军舰进入横滨的时候，幕府已经不复存在。也许这就是此军舰的宿命吧。

军舰后来被命名为"东舰"，在二十几年后的中日战争中，作为颇具影响力的军舰而广为人知。

"日清谈判破裂，品川东舰出征。"

这首中日战争期间的歌虽说是歌颂这艘军舰的，但是严格地说，该军舰早在明治二十一年，便因为破旧不堪而退出了舰队的行列。

"榎本先生，这艘甲铁舰会在南部领地（岩手县）的宫古湾停靠吧？"岁三问。

"当然，应该会。"

"那么我们可以去宫古湾袭击这艘军舰，争取把它夺过来。"

"……"

大家听了岁三的建议，很不以为然，脸上非常不屑。

也许他们心里都在想"这个不学无术之辈起什么哄呀"。

岁三半睁着肿胀的眼睛，一眨不眨。

只有榎本边听边不住点头。在宫古湾停靠的时候，他已经听岁三说过这种当时以为随便说说而已的新奇战术。

"不过土方君，我们已经少了一艘'开阳丸'。我们现在的条件和那时不一样了。"榎本说。

"开阳丸"军舰在去年秋天的十一月在江差的瓣天岛抛锚时遭遇台风而沉没了。可以说,函馆政府的海军力量因此锐减了一半。

"我们不是还有'回天丸'吗?而且还有'蟠龙丸'和'高雄丸'。我是陆军,由我来说可能不太合适,不过海军只要把我们送到宫古湾就行。夺取甲铁舰的任务可以由我们陆军来完成。当然等我们夺到以后,还要靠海军把它开回来。"

"……"

大家都沉默了。而此时的沉默并不表示他们接受岁三的意见。无疑,旧幕府陆海军的秀才们从来没有见识过这样的战术。

"这不是古时候的强盗行为吗?"

他们心想。

随后,军事会议就在闲聊中结束了。

函馆海军当局对甲铁舰表现出来的畏惧情绪通过居住在函馆的外国人传到了京都新政府的耳朵里,并刊登在了当时横滨的英文报纸《先驱》上。

文章中写道:"函馆政府将校们听到甲铁舰将于近期到达函馆,表现出了异常的恐慌。不知是否因此缘故,他们频频向海峡派出搜索舰。昨夜又出动了两艘蒸汽船,在函馆港内外巡航。"

这个消息被外文报纸大肆报道。可以看出,函馆政府的动静无疑也是居住在横滨的外国人最关心的事情之一。

岁三的方案通过榎本转告给了旧幕府的法国人军事教师团。

有一个叫尼克的男人说:"这种战术在外国也有。"

听到法国教官这么一说,榎本对岁三的方案表现出了极大兴趣。他还知道了这种战术的名称叫接舷战术。

"土方君，听说外国也有你说的这种战术。"

"是吧。打仗这种东西不是学问，而是如何在战斗中取胜的方法。不管是日本还是外国，这个道理应该是一样的。"

"的确如此。"榎本心服口服，他用他特有的倒挂眉毛的笑法笑着拍了拍岁三的肩，"我服了你了。"

"我不懂船，所以事先问过'回天丸'舰长甲贺源吾君。甲贺君虽然很有学问，但是——"岁三看着榎本苦笑，"我这样说不是批评学问高深的你。甲贺虽然是个学者，但是他的想法很朴实。他告诉我说应该可行，还说会认真研究。当然军舰的事情我管不了，但是陆军一定得我来指挥。"

"陆军奉行不应该亲自去参加战斗。"

"我习惯了战斗。近藤勇没有能够夺取甲州城就含恨而死了。我希望我能把甲铁舰夺到手，作为对他的祭礼。"

"萨长会很吃惊的。"

榎本似乎把岁三当成了军神一样，像外国人那样一把握住了他的手。

"光是想想我就觉得很开心。土方先生，萨长连做梦都不会想到新选组会坐着军舰杀过去的。"

"是啊。但是为了贯彻这一战术，我们需要情报。最重要的是要知道对方舰队什么时候到达宫古湾。"

"这个，今天应该会收到我们在江户的侦察员委托英国船只来的信。看到那封信，就可以大致推算出他们到达宫古湾的时间。"

京都新政府为了舰队的编队而深感头疼。作为新政府的舰队，除了一艘名震天下的甲铁舰，就只有一艘运输船"飞龙丸"了。

所以，要组建一支舰队只能征用旧幕府以来各藩自行从国外购买的舰船。

明治二年三月初，舰队终于完成编队，所有应征舰船在品川海面上集合完毕。

共计有军舰四艘、汽船四艘。

甲铁舰为旗舰，仅次于它的是萨摩藩的"春日丸"（一千二百六十九吨）。

另外两艘军舰分别是长州藩的"第一丁卯丸"（一百二十吨）和秋田藩的"阳春丸"（五百三十吨）。这个舰队在吨位、航速和火力等方面与函馆的舰队相比毫不逊色。

三月九日，京都新政府的舰队起锚出航。

这个消息通过函馆政府潜伏在横滨的密探（可能是外国人）很快传到了函馆方面的耳朵里。报告中是这样写的：

"停靠宫古湾的时间为十七或十八日。"（《麦丛录》）

新政府军舰队的第二大军舰"春日丸"（萨摩藩）上，乘坐着当时二十三岁的三等士官、后来的东乡平八郎。

舰队士官为舰长赤冢源六、副舰长黑田喜左卫门。此外还有谷元良助、隈崎佐七郎和东乡平八郎。

这个寡言少语的年轻人作为火炮士官负责侧舷炮。

"东乡元帅的经历非常传奇，他几乎参加了我国所有的海战。"

正像后来小笠原长生翁写的这样，有他这种海战经历的人在外国也没有先例。

这是一个非常幸运的男人。

据说在日俄战争前夕，东乡（当时是中将）作为舞鹤镇守府长官的闲职人员，等待应募参加预备役。当时的海军大臣山本权兵卫认为他是个连上帝都眷顾的人，因而破格任命他为联合舰队的司令长官。

明治天皇问山本海军大臣为什么选东乡，他回答说："我这里有几个候选人，各方面条件不相上下。但是只有东乡身上总有好运相伴。"

乘坐"春日丸"的士官、萨摩藩士东乡曾经在阿波海面与榎本率领的幕府舰队交过手。

那是庆应四年的元月,在鸟羽伏见之战打得最激烈时的事情。当时"春日丸"在兵库港,接到了护送同藩两艘汽船回藩地的命令。

四日一早,离开大坂湾来到阿波海面的时候,"春日丸"遭遇了榎本指挥下的日本当时最大的军舰"开阳丸"。

无疑,"春日丸"敌不过"开阳丸",只好开足马力企图躲避"开阳丸"的进攻。但是榎本紧紧咬住不放,步步紧逼,强行交火。

榎本同时打开了十三门右舷炮的火门,向"春日丸"开炮。

奇怪的是,没有一炮命中"春日丸"。"开阳丸"不仅吨位大,而且在海军技术方面,旧幕府军也占绝对优势。但是不知为什么,打出去的炮弹纷纷落在"春日丸"的前后左右,只激起阵阵水柱。

"开阳丸"步步逼近"春日丸",最后两舰之间甚至只有一千二百米的超近距离。

这时,东乡亲自操作一门左舷四十斤炮,向"开阳丸"发出了第一发炮弹。

第一发炮弹就击中了"开阳丸"。接着第二发、第三发炮弹也纷纷落在"开阳丸"上。

这场海战是这个国家在自己的海面上由西式军舰打响的第一场海战。

在这场具有纪念意义的战斗中,非常精通海军技术的"开阳丸"舰向"春日丸"发射了近百发炮弹,却一弹未中。除了说他们运气太差,实在没有其他词可以来形容那场战斗。

而东乡的运气又实在太好。

山本权兵卫最初的印象大概就来自这命中"开阳丸"的第一发炮弹吧。最后"春日丸"平安脱险,回到了鹿儿岛。

新政府军的舰队继续北上，途中遭遇了几次暴风雨，到达宫古湾的时间比原定计划晚了许多。

身居五棱郭的榎本吩咐海军奉行荒井郁之助不间断地向宫古湾周遍派出侦察船只。

陆军奉行并土方岁三身着军服，脚穿长马靴，每天在停泊于函馆港内的"回天丸"上训练"长剑队"。

"刺出去的剑是否有威力，归根结底要看你是否有足够的气势。要在剑术上取得胜利，必须对准对方的脸狠狠刺去，除此没有更好的办法。最重要的是，要在战斗中彻底忘掉学过的剑术招式。"

岁三站在甲板上，向前迈出右脚，同时拔出了和泉守兼定。

一种令人生畏的恐惧感霎时充满了四周，陆、海军士兵们鸦雀无声地望着岁三。在京都时，历史上杀武士人数最多的此人就要在这里展示他杀人的技巧了。

岁三的面前吊着一个包成团的吊床。

岁三向前迈出一步。

和泉守兼定在阳光下一闪，吊床已经被劈成两半落在了地上。

"要注意腰部。"岁三拍了拍自己的腰，说，"剑出手的时候，要尽量压低自己的腰身；刺出去时，动作一定要果断、有力。还有，向敌人砍去的时候不能依靠剑尖，那是胆小鬼的做法。这种时候，一定要使出全身的力量，用剑身砍。再有，不能用剑护着身体想着如何躲避敌人的进攻，而是要全神贯注地投入到战斗中去。"

在场的都是从各队选出来的剑客，都不是外行。

这些人中有：

新选组：野村利三郎、大岛寅雄等二十人；

彰义队：笠间金八郎、加藤作太郎、伊藤弥七等二十余人；

神木队：三宅八五郎、川崎金次郎、古桥丁藏、酒井钤之助、同良祐等二十余人。

他们全都是在京都、鸟羽伏见、上野战争、东北战争和虾夷平定战等战役中几度出生入死的剑士。

三月二十日夜里十二点，他们分乘三艘舰船，在函馆市区的灯光映照下悄然离开了北海道。

"回天丸"航行在最前面，舰尾点着白色的灯，引导后面的舰船。

目标，宫古湾。

宫古湾海战

"回天丸""蟠龙丸"和"高雄丸"这三艘军舰依次排成一列开始南下。

岁三一直站在旗舰"回天丸"的舰桥上。

二十二日进入南部藩领地久慈边上的一个无名港口,这个地方叫"鲛"。三艘舰都降下了幕府军的舰旗太阳旗,取而代之,在桅杆上挂起了新政府军的舰旗菊章旗。因为他们担心渔民或海上船只看到太阳旗会去向新政府军通风报信。

"土方先生,要不要在这里放陆军的侦察员下去?"

舰长甲贺源吾问岁三。侦察是为了了解在宫古湾的新政府军军舰的动向。

"我亲自去。"岁三说完,带上小姓市村铁之助跳下了小艇。

他们到一个名叫鲛村的渔村,向当地渔民打听新政府军的去向。但是没有人知道。

岁三失望地回到舰上。

"甲贺先生,新政府军的情况还是不清楚啊。"

侦察敌情不顺利,意味着这次奇袭很可能会以失败告终。

"是吗?鲛村离宫古湾太远,他们不知道那里的情形有情可原。土方先生,我们还是马上起锚出发吧。在这里逗留时间太长会被敌人发觉的。"甲贺舰长说。

这话有道理。岁三点了点头,看起了甲贺舰长手上拿着的陆地地图。

从这里到宫古湾之间,似乎没有合适的港口可以停船下去侦察。

不过过了宫古湾，向南距离该湾五里的地方，有一个叫山田的渔港。

"这个地方不错。虽然距离有点近，但是山田村的人，应该会知道相距五里开外的宫古湾的情形吧。"

"好主意。虽然有被发现的危险，但打仗总是有风险的。"

甲贺源吾马上联络另两艘军舰的舰长，立刻起锚，开始低速前进。

出了港口外，舰船关闭了蒸汽，改为扬帆航行。

风向正好是顺风。

舰桥上非常安静。

岁三是个寡言少语的人，而甲贺源吾也是除了非说不可的话以外几乎不开口的人。

——也许只有这个人才是函馆最优秀的人才。

岁三带着欣赏的眼神看着甲贺。

甲贺的年龄比岁三稍小一些，此时三十一岁。耳朵好像削过似的很薄，眼睛不大，身材矮小，但体格健壮。

——此人的体形像藤堂平助和永仓新八，不过性格有点像我。

甲贺源吾是个幕臣，但他和其他函馆政府的几乎所有首领一样，也不是世袭旗本。

他是远州挂川藩士甲贺孙太夫的第四个儿子。这个家族的远祖来自以忍者闻名的近江国甲贺郡。

在江户的时候，甲贺向幕臣矢田堀景藏（后来的鸿，幕府末期的海军总裁）学习了航海技术，后来又跟着荒井郁之助（函馆政府的海军奉行）翻译过荷兰出版的高等数学以及有关舰队训练的书籍，还在长崎实地学习了航海技术。由于掌握这门技术，他被提拔为幕臣，担任过军舰训练所教习和军舰指挥等职。

甲贺源吾对岁三好像也很有好感。

岁三很重视对敌情的侦察。为此需要军舰一次次地在沿岸抛锚，派人去渔村打探情况，非常麻烦，军舰的行动自然也变得很缓慢。对于海军来说，这样的战前准备实在很不适合。

尽管如此，甲贺还是尽力协助陆军完成一次次的侦察工作。

"土方先生，池田屋之变的时候，你们也在事先做了充分的侦察吗？"

甲贺很想知道发生在元治元年六月的那次著名事件。

那是新选组以寡敌众，冲进池田屋并立下奇功的一次战斗。

"那是近藤的功劳。当时我去了木屋町的四国屋重兵卫，后来才赶到池田屋的。等我赶到的时候，战斗已经基本结束。不过我们确实对池田屋做了充分的事先调查，当时的副长助勤叫山崎丞。"

刚说到这里，军舰开始剧烈地摇晃起来。

岁三向窗外看去。只见浪头比先前高了许多。大概是因为进入了外海。

"这个山崎，"岁三依旧两眼看着窗外，继续刚才的话题，"是个侦察好手。当时他化装成药贩子住进了池田屋。他设法接近敌人，并取得他们的信任，甚至为他们的酒宴端菜什么的。敌人去了很多，但是因为房间小，所以药贩子山崎说要帮他们保管刀剑等，把所有人的剑都集中放到了隔壁的壁橱里。近藤只带着五个人杀进去却一击奏效，全靠了山崎的这一手。要取胜必须有谋略，为了制定策略就必须做好充分的侦察工作。这是战斗常识。"

军舰的晃动更加剧烈了。

风越来越大。虽然雨没有下下来，但是云层很厚，低低地挂在海面上空，连外行人也看得出天气正变得越来越糟。

——如果在陆地上的话，这种天气正适合夜袭。

岁三下了舰桥，走到舷侧，把刚才吃下去的东西一股脑儿地吐了出来。

628

入夜，晴雨表开始急剧下滑。风浪更大了。

于是，"回天丸"只好一张一张地降下帆，终于换成了马力航行。

军舰喷着浓浓的黑烟，在大风大浪的黑夜里继续航行。

到了半夜，值班士官看不到一直跟在后面的"蟠龙丸"和"高雄丸"的舷灯，顿时紧张起来。

他们叫醒了正在舰桥上打盹儿的甲贺舰长。

甲贺不慌不忙地说："不要紧，他们采取了随波逐流的航海术。"

那两艘军舰和"回天丸"的马力不同。由于马力不足，所以在这种大风大浪中，如果靠马力航行反而会增加危险。

"蟠龙丸"和"高雄丸"大概是为了避免舰船的损伤，关闭了锅炉，抛了锚，任由舰船在海面上漂浮。

在这样的大风大浪中，只要把住舵，方向不出错，应该可以漂浮南下的。

那天夜里，"回天丸"舷侧外的船樯被侧面打来的一个浪头打坏了。

天色放亮的时候，风停了。

"真的不见了。"

岁三看着窗外，扑哧一声笑了。除了笑他不知道该说些什么。原本应该跟在后面的"蟠龙丸"和"高雄丸"两艘军舰在这片目力所及的海面上连个影子都看不见。

——军舰这东西也太不方便了。

军舰"回天丸"开始向着靠岸地点前进。

在朝霞的映照下，山田湾的风景呈现在了眼前。

就在这时，令人备感紧张的一幕出现了。山田湾入口处停着一艘正冒着黑烟的军舰。靠近一看，原来是"高雄丸"。

看来还是随波逐流的军舰来得快。只是还不见"蟠龙丸"的行踪。

"回天丸"和"高雄丸"进入了山田湾。

这一天,"回天丸"在桅杆上挂起了美国旗,"高雄丸"则挂起了俄国旗。

"土方先生——"站在舰桥上的甲贺突然有了什么重大发现似的,回头看了一眼岁三,指着陆地上一个小丘陵,说,"那儿有油菜花地。"

油菜花鲜黄鲜黄的颜色遍染整个丘陵和原野,鲜艳得很有些刺眼。

北海道还有积雪,而在奥州的南部领地上已经是初夏的感觉了。

岁三也眯缝起了眼睛。他感觉很亲切,好像时隔多年后回到了家乡一样。

军舰为了防备敌人突然来袭,没有抛锚就放下了小艇。

侦察员是法国人。他带了两个日本人,对外称是翻译。因为既然伪装成外国船,那么由岁三等日本人前去侦察就显得很不真实了。

这次侦察收获极大。

正像他们预计的那样,宫古湾已经有新政府军舰队入港了。而且目标军舰甲铁舰也在其中。

根据山田村人的说法,宫古湾沿岸的渔村因为这支舰队突然进港而变得异常热闹。

岁三马上在"回天丸"军舰上召开了军事会议,决定于明天未明之时发起突然袭击。由"回天丸""高雄丸"两艘军舰执行这一任务。

考虑到在这里静等"蟠龙丸"可能贻误战机。下午两点,两艘军舰出港了。然而出港后没多久,"高雄丸"由于昨夜的风浪造成的发动机故障,速度下降到了最低点。

紧急在海面上进行了维修,但是没有修好,只好随它落在了后面。

结果,攻打甲铁舰的任务落在了"回天丸"一艘军舰上。

话说在宫古湾,新政府军的甲铁舰、"春日丸""阳春丸"和"第一丁卯丸"以及运输船"飞龙丸""丰安丸""戊辰丸"和"晨风丸"共八艘船正抛锚停在这里。

陆军在这里登陆后分别住进了渔村里。

甲铁舰上满是身裹铠甲的武士,正静静地停在岛的后面。舰上有两根桅杆,烟囱比普通军舰短。此时所有军舰的烟囱都没有冒烟,因为锅炉没有点火。一旦有意外情况发生,要启动舰船,首先必须从点锅炉开始,所以在正式投入行动前还需要不短的时间。

这一天是三月二十四日。太阳下山前,海军士官几乎都登上陆地了。太阳下山后,天色很快黑了。这时,担任突袭任务的"回天丸"熄了灯,像刺客屏声静气地隐藏在黑暗里似的,漂浮在宫古湾外的海面上,一刻不停地为第二天黎明时分发起的进攻做着准备。黑暗给大海也给军舰抹上了一层黑色,让停泊在港内的新政府军舰队无法发现他们。

但是新政府军中也有观察异常敏锐的人。

他不是海军士官,他是指挥陆军部队的参谋黑田了介(萨摩藩士,后来的黑田清隆。除了耍酒疯,像他那样在政治和军事两方面都才能出众的人在当时还不多见)。

黑田住在沿岸渔村的名主家里,并把那里作为大本营。这天傍晚,他听到了从鲛村方面传来的风闻。

"什么,挂菊章旗?"黑田追问部下。

"是的。渔民是这样说的。据说是三艘军舰,是新政府军队的军舰吗?"

"浑蛋,新政府军的军舰天上地下合起来不只有停在港内的这四艘吗?他们一定是叛军的军舰。"

他很放心不下。

黑田了介带上长短两把剑，马上叫了一只渔船把他带到停在港内的甲铁舰上。甲铁舰上几乎没有士官。舰长也不在。

"那么，石井呢？他也不在吗？"黑田抓住一个年轻的三等士官，乱吼一通。

石井是肥前藩士石井富之助，位居舰队参谋。

"他在陆地。"

"他们都在干什么？是在泡女人吗？"

"不知道。"

甲铁舰的乘组人员中，舰长是长州藩士中岛四郎，乘组士官主要是肥前佐贺藩士及宇和岛等其他藩士，就是说舰上是一支杂牌军，没有统一的管理，士兵的风气非常松散。这让陆军参谋黑田大为恼怒。他吼道："去把石井、中岛给我叫来。"

"这是陆军参谋的命令吗？"年轻的带肥前口音的三等士官很不高兴。大概是因为萨摩参谋旁若无人的态度让他难以接受吧。

黑田嚷道："喂，你叫什么？"

"我是肥前佐贺藩士加贺谷大三郎，是甲铁舰上的三等士官。"

"我是黑田。"

"我知道。"

"那好，你给我听好了。我说房子着火了，去把水拿来。请问这叫命令吗？还不快去陆地把石井、中岛叫回来。"

"对佐贺的人真不能客气。"黑田说完心里嘀咕了一句，擅自闯进了舰长室。

从舷窗向外看去，黑田马上看出了只有萨摩的军舰"春日丸"管理严格，没有乘员登陆。

——哟。

黑田环视了一周室内，发现放在架子上的一个二升大酒壶。

黑田伸手取下酒壶，斜着往嘴里灌。酒在黑田的一生当中让他数次惨遭厄运，而这次或许也可以算是失败中的一次。

很快，一升酒进了肚。

眨眼间，酒从酒壶转移进了黑田的肚子里。

刚喝完这一壶酒，就听到甲板上传来脚步声，不一会儿脚步声在舰长室前停了下来。

门打开了。

石井海军参谋、中岛舰长吃惊地看着擅自闯入的黑田。此时的黑田已经醉了。他回过头，说了一句："难道海军从来不侦察敌情的吗？"

他的话说得很不客气。石井和中岛是海军，而黑田是陆军，本身就不是一个系统的，再加上中岛是长州人，自幕府末期以来，长州人对萨摩藩士一直有一种难以释怀的恨意，所以本来他们之间在感情上就有隔阂，而黑田的指责在石井和中岛听来更像一种挑衅。

"你这话是什么意思？"

"意思很明白，我在问海军难道不派侦察员侦察敌情吗？"

"我们当然会派。刚才你对舰上的加贺谷大三郎说着火了，火在哪里？"

"现在已经不是着火的问题了。难道你们不知道敌人的舰队已经到鲛了吗？"

"黑田先生，这里是南部领地，南部藩就在前不久还属于奥州联盟，现在当然还会有逆贼作乱。虚报一定是从那儿传来的。"

"虚报？"

"侦察也许很重要，但是判断侦察报告的正确性才是一员良将的工作。"

"你说什么？"黑田腾地站起来一脚踢开椅子。

"唉，算了。"石井说，"你现在不正常。你喝醉了，而且喝的还是我的酒。"

就这样，陆海军的临时会议以决裂告终。黑田把人家临睡前喝的酒给喝光了，给对方留下了把柄，所以不好再对人家拍桌子瞪眼，只好灰溜溜地离开了舰艇。

"回天丸"像刺客一样隐藏在黑暗的大洋上。

这天晚上，舰长甲贺源吾让士兵给所有大炮都装上了炮弹。

随后，岁三把陆军和其他乘组人员全部集合到漆黑的后甲板上，一次次反复说明了接舷战的作战方案。

"大家要同时跳到敌人的甲板上。如果零零散散跳下去，我们就只有挨打的份儿了。"

他把队伍分成了五个小队。

最能发挥进攻优势的是坽门队。

这个队负责关闭甲铁舰甲板上的所有出入口，并守住这些门，把睡在船舱里的乘员统统囚禁在下面，不让他们出来。只要行动顺利，仅此一举就可以把甲铁舰完整地抢到手。

甲板上只有为数不多的几个敌兵，就由二队负责解决。

其余三个队的任务是占领甲铁舰甲板上最可怕的武器。

甲铁舰的甲板上，除了舰炮外，还有一种新式武器叫格林机关炮，用来扫射敌舰的甲板。这是一种带有六个炮管的机关炮，只要转动炮尾的机械装置，两倍于尼尔枪子弹大小的小炮弹，在一分钟内就可发射一百八十发。

"只要控制住这门炮，胜利就属于我们了。"岁三说。

随后，全体在船舱里举行了酒宴。

满天的星星闪着耀眼的光芒，大海如了无生命般寂静。

袭击

军舰"回天丸"在黑暗中起锚,发动机低速运转,在海面上向着目的地宫古湾悄悄滑行。

军舰就像陆地上的一名刺客。

岁三站在舰桥上,从西装背心口袋取出怀表,轻声自语:"再有三十分钟天就该亮了。"

放回怀表,他走下舷梯。

岁三个子很高,脸部轮廓分明,如果没有挂在腰部的和泉守兼定,怎么看都像是一位西方绅士。

各队队员陆续来到甲板上,他们努力抑制住兴奋的情绪。岁三走过他们的旁边,说:"还有三十分钟天就亮了。到时候我们应该进入宫古湾了。"

他又说:"外面雾大,会弄湿衣服,行动起来会妨碍手脚,还是在船舱里等吧。"

他像赶鸭子似的把众人赶回了甲板下面的船舱里。

头上听到了绳子吱吱作响的声音。

那是在往桅杆上挂舰旗,此时挂的是星条旗。甲贺想在进湾之前把"回天丸"伪装成美国军舰。这种做法没有什么好与不好,在欧洲国家之间的海战中,入侵敌人阵地时悬挂外国旗,待战斗开始则迅速换上自己国家的旗子已经成了一种惯例。

不久,黑暗中的海面渐渐变成了深蓝色,突然一道亮光闪过,东方水平面上,明治二年三月二十五日的太阳染红了天际,冉冉升起。

眼前是断崖绝壁,群山峰峦起伏。

闭伊崎的松树出现在眼前。

——这个时刻终于来了。

岁三转身对小姓市村铁之助说："快去招呼大家，到甲板集合。"

岁三也下到了甲板。

很快，参加袭击的队员们从舱门鱼贯而出，根据事先部署分别列队排好。他们的右肩缠上了白布，以区别敌我。

队员中有背着枪手持剑的，也有背着剑抱着枪的。

"看样子今天天气不错。"

岁三很难得地笑着，眯起眼睛看着冉冉升起的太阳。

舰长甲贺源吾正麻利地指挥乘务人员。

桅杆的楼上座内，水兵正握着枪，或拿着投弹，整装待命。

两舷的舰炮也已装上炮弹。

所有炮筒都装上了杀伤力巨大的霰弹和用来破坏甲板的实弹各两发。

因为采用了实弹和霰弹合装的方法，所以只要一发射，两发炮弹将同时射出。

岁三回到了舰桥。

舰艇正敏捷地滑进狭窄的湾口。

由八艘舰船组成的新政府军舰队已经过了起床的时间，但是各舰的甲板上只有稀稀拉拉很少的几个人出现。

处于紧张状态的只有桅杆楼座上的哨兵。

所有舰船的锅炉都没有点火。

当然帆也没有扬起，完全处于抛锚停航的状态。一旦发生战斗，要想正常投入行动，无论如何也需要十五分钟的时间。

所以，可以说舰队还处于休眠状态。

"回天丸"继续向湾内深处行驶。

这个像狼口似的既深又窄的海湾,从入口到尽里头还有二里之遥。

岁三最后一次来到甲板的时候,眼前的景象完全变了,他看到了一艘舰船。

锚沉入海底,舰船沉默着。

"这是'戊辰丸',是运送陆军的运输船。"舰艇上的见习士官告诉岁三。

"回天丸"没有理睬"戊辰丸",擦着舷优哉游哉地从它的旁边通过。

而"戊辰丸"上,哨兵则向值班士官报告,说:"右侧有美国军舰通过。"

但是没有人在意这艘军舰。

"是美国军舰。"

所有人都确信无疑。这不仅是因为悬挂在桅杆上的星条旗,还有一个原因是他们从来没有见到过像眼前的"回天丸"一样的日本军舰。因为在新政府军的海军记忆中,"回天丸"不是现在这个样子。

说到"回天丸",凡是海军都知道,它有三根桅杆、两根烟囱。但那是以前的"回天丸",现在的"回天丸"只有一根桅杆和一根烟囱。原来去年在逃出品川,向北航行的途中,"回天丸"在犬吠岬海面遭遇暴风,刮断了两根桅杆和一根烟囱。

所以,现在出现在新政府军舰队眼前的"回天丸"外观非常另类,他们从来没有见过。难怪他们坚信这一定是美国军舰。

在后来成为元帅的东乡平八郎口述、小笠原长生执笔的《东乡平八郎传》及《萨摩海军史》中,提到此时新政府军舰队方面的情形时是这样写的:

舰员中有人上了陆地，有人留在舰内。当"回天丸"进入宫古湾时，大多数人还在睡觉。新政府军的舰队中无一人登陆，全体战士都留在舰上的只有萨摩藩的军舰"春日丸"。

　　已经起床的各舰乘组人员都聚集到甲板上，想一睹先进国家美国军舰的投锚及其他操作手法，一个个看着"回天丸"，开心地说笑着。

　　"回天丸"桅杆楼座上有士官新宫勇在执勤，搜索湾内的甲铁舰。

　　"发现甲铁舰。"

　　就在新宫大声喊出此话的同时，全体人员迅速站到了各自的位置上。

　　袭击队藏身于舷内侧，剑已出鞘。

　　岁三站在军舰的船头，看到蹲守在眼前的甲铁舰时，身体不由自主地战栗起来。

　　——太了不起了。

　　舰的腹部用铁板包裹着，上面用了无数颗铆钉固定。

　　桅杆有两根，烟囱一根，都是短粗型的。舰艇的前后都有旋转式炮塔，尤其是前面的炮是三百斤炮，相当于"回天丸"主炮四倍的力量。在岁三的战斗历史中，和这样的庞然大物作战，这大概是第一次也是最后一次。

　　"回天丸"的目的不是仅仅与甲铁舰进行对决，而是要夺取它，并把它带回到函馆，能否成功，就看这一击。这完全是一场赌博。

　　距离越来越近。

　　可以清楚看到甲铁舰上乘组人员的五官了。这时，甲贺舰长一声令下："挂上太阳旗。"

美国旗降下，太阳旗升起。

新政府军舰队像白日里见到了鬼似的，惊愕不已。总而言之一句话，甲铁舰上一片混乱。有人在甲板上四处乱窜，有人逃进舱门，甚至有人跳入大海。

只有甲铁舰的舰尾，有人从容地拿起信号绳，升起了信号旗。这是全军警戒的信号。遗憾的是，这位勇敢者的名字没有流传下来。

"回天丸"开始了接舷，根据事先计划，舰船首先要和甲铁舰并行。但是"回天丸"的舵有一个缺点，而这个缺点在这场战斗中又是致命的。那就是右转舵不灵。

第一次接舷失败。不得已，"回天丸"只好离开甲铁舰。

接着，又一次冲上去，进行了第二次接舷。

咚。

两舰撞到了一起，巨大的冲击力传遍了整个舰艇。

站在船头的岁三摔出去两三间远。他立刻站起身察看究竟发生了什么。

——不好。

他脸上的血色瞬间褪尽。

"回天丸"的船头压在甲铁舰的左舷上，两舰形成了一个"丁"字形。

全体突击队员要同时跳到对方的甲板上必须两舰平行接舷才能做到。然而现在的情形，只能一两个人、一两个人地从船头跳下去。

这是事先完全没有料到的。由于舰艇操作不当，竟然出现了这种无法应对的突发情况。

问题还不只这些。"回天丸"是一艘船体很高的舰艇，再加上船头压在甲铁舰的上面，所以比甲铁舰的甲板至少要高出一丈。从这么高的地方跳下去，如果不是身子异常轻盈或运气极佳的人，恐怕不出人命也会骨折。

——这样可不行。

岁三很气馁。他原本是个不打无准备之仗的人。

舰桥上，甲贺舰长也紧紧地咬着嘴唇，就是想不出一个好主意来。但一直纠结也没有用。

"土方先生，上吧。开始接舷战。"

他从舰桥上往下喊。

"上吧——"

岁三回过头来，微微一笑。甲贺点点头，挥了挥白刃。

这是岁三最后一次看到甲贺。

他下令从船头放下绳子。

"跳啊！"

岁三挥舞着剑。

"我先跳。"

一个海军士官从岁三身旁跑了过去。他是测量士官、旧幕臣大冢波次郎。

紧跟着，新选组的野村利三郎也跳了下去。

第三个是彰义队的笹间金八郎。

第四个还是彰义队的加藤作太郎。

接着是新选组的十五个队员，最后彰义队和神木队的队员依次纷纷跳了下去。

虽然大家接二连三地往下跳，终究只能一个跟着一个落到敌人的甲板上，所以甲铁舰上的敌人防守起来非常容易。

甲铁舰上终于一扫张皇失措的样子，振作起来了。

他们有人躲在甲板上的建筑物后面，用步枪向闯舰者乱扫，有人拔出剑团团围住一个接一个落下来的敌人。一场惨烈的战斗在甲铁舰的甲板上打响了。

"不好。"岁三心想。

他是陆军奉行并，也就是函馆政府的陆军大臣。但此时他已经下定决心，要和士卒们一起共进退。

"各位，大家不要再用绳子往下滑了，跳下去，快往下跳。脚断了也不过如此。"

说着，他高高抡起长剑，纵身一跃，跳向了一丈远的敌舰甲板上。

岁三跳下去了。

身体一落地，岁三一个鲤鱼翻身，站起身来，回手一剑就切开了倒拿着枪打过来的敌军士兵的身体，士兵立时毙命。

接着他抬头环视，看到桅杆下面，新选组的野村利三郎被五六个人围着正在苦苦应战。

岁三的长靴嘎吱嘎吱地踩着地面，大踏步地跑了过去。他一跃从敌人的背后斜向刺中一人，又对准另一个狼狈的敌人颈部刺去。一剑比一剑凌厉，眨眼工夫解决了两个人。

不愧是行家里手。

到他击毙第三个人的时候，还没有用到两分钟的时间。

"野村君，右肩怎么了？"

岁三边问边慢慢靠近野村，围着野村的余下两个敌人傻了似的站在那里一动不动。

"被子弹打中了。"

也许是因为呼吸困难，野村脸色苍白。岁三想把野村架起来，突然又一颗子弹飞来，正好打穿野村的脑袋。野村脑袋一歪，倒在了岁三的身上。

——这样不行啊。

再一看，第一个跳下来的大冢波次郎全身像马蜂窝似的全是弹孔，已经倒在了排气管的旁边。

甲板上已经有几十个袭击队的队员在战斗，但与其说他们在和敌人的白刃决战，不如说正被子弹追着打。

封锁甲铁舰出入口的战术由于接舷的失败而最终没有能够实现，甲铁舰上的乘员都手持武器到了甲板上。

——这次战斗失败了。我们撤吧。

岁三想把队员集合起来，准备撤退，但是"回天丸"舰桥上的甲贺源吾依然没有放弃。他下令舷侧炮群向甲铁舰轰击。

"轰——"

"轰——"

有十发炮弹打中了甲铁舰的侧腹，但是全然没有用。

炮弹打在铁板上，就像以卵击石，炸裂的只是炮弹。

炮弹爆炸的冲击力几次三番把岁三掀倒在甲板上。

——他还太年轻。

第三次爬起来的时候，有几十发子弹同时从他的头顶飞过。

"回天丸"的人最害怕的敌方机关炮发出凄厉的连射声，开始发威了。

同时，投掷弹也开始在岁三的前后左右纷纷爆炸。

既有敌人的投掷弹，也有从"回天丸"上投下来的自己人的炮弹。

在爆炸过后的烟尘中，岁三不顾一切地挥舞着手中的剑。

再看停靠在宫古湾内其他新政府军舰船。第一时间做好战斗准备的只有萨摩的军舰"春日丸"。

"春日丸"比起其他军舰来，还有一个小小的优势。其他舰船因为有甲铁舰挡着，无法向"回天丸"开炮，而"春日丸"有一个很好的角度可以直接轰击"回天丸"。

而且，在"春日丸"的舰载炮中，正好可以利用这个小角度的只有担任左舷一号炮的三等士官东乡平八郎。

"春日丸"开始了炮击。有两发炮弹击中"回天丸",打翻了甲板上的建筑和乘员。

其他舰船已经起锚,锅炉也已经点着,等待发动机开始运转。

一旦发动机运转起来,那么七艘舰就可以对"回天丸"形成一个包围圈,并集中火力向"回天丸"炮击。

"回天丸"不能就这样坐以待毙。

他们向四面八方发射炮弹,至少有"戊辰丸"和"飞龙丸"两艘舰船受到了不同程度的损伤。

"戊辰丸"和"飞龙丸"上满载着陆军士兵。他们拿着数百支步枪向"回天丸"射击。

甲贺还在舰桥上。脚下躺满了士官和联络兵的尸体,靴底因为地上的血而变得很滑。

终于有一颗子弹穿透了甲贺的左大腿。

甲贺扶着柱子站起来。接着右手又被击中。他倒了下去,却不忘自己的职责,下令联络兵:"拉响撤退汽笛。"

就在这时,一颗步枪子弹正中他的脑袋。甲贺当场咽气。

汽笛响了。

甲铁舰上,还能站着战斗的除了岁三,只剩下两三个人。其余的全部倒在了甲板上。

甲板上,幕府兵和新政府军的死伤者混在一起,其惨状用尸山血河来形容一点也不为过。

"撤。"

岁三把幸存的队员集中到绳子下面,让他们一个接一个地爬上去。

岁三是最后一个抓住绳子的。

五六个敌人步兵从一个个遮挡物后面追了过来。

岁三把剑收入鞘内,向敌人喝道:"我们已经停手了。你们也给我住手。"

敌人终于没有开枪。岁三回到"回天丸"后，军舰离开了甲铁舰。驶出了宫古湾。

"春日丸"等舰船追了出来，但是终究没能追上速度更快的"回天丸"。

"回天丸"于二十六日回到函馆。

重逢

岁三是个很有点神经质的人,一天里不知道要擦多少次马靴。

马夫泽忠助总是求他停下来,让自己来擦。但是岁三根本不听。

他说自己的武器必须自己维护。

他把靴子看成"武器"。

那天下午,他又拿着一块呢绒布头,仔细擦拭起马靴来。

过了一会儿,小姓市村来了。他说:"大和屋的友次郎殿下求见。"

"让他进来。"

岁三正在给靴子上油。沾在皮革上的血已经渗到里面,怎么擦也擦不掉。

大和屋的友次郎是大坂富商鸿池善右卫门的二掌柜,现在是位于函馆筑岛的鸿池分店的负责人。

鸿池屋和新选组之间的关系很深。

早在新选组刚成立的时候,文久三年初夏的一天,正在市内巡逻的近藤、山南和冲田等人发现有几个浪士结成的敲诈团伙闯入鸿池的京都店,于是在路上伏击了他们。从此结下了不解之缘。

后来岁三和近藤等人到大坂出差,还接受过鸿池的邀请,得到盛情的款待。

鸿池不仅向队里赠送了队服,还送给近藤一柄"虎彻"。而且鸿池主动提出请他们推荐管理人。

在治安非常不好的当时,鸿池希望通过和新选组建立密切的关系来保障自己的安全。

岁三到了北海道以后,鸿池的感恩之心依旧。他特意从大坂指示函馆分店，要求"尽可能地提供方便"。

友次郎进来了。只见他穿着一件带纹饰的衣服，高级丝织裙裤，发髻梳得一丝不苟，油光可鉴。

他年纪只有二十七八岁的样子，会说一些英语。

"很久没见你了。"

岁三穿上长靴，推过一把椅子给友次郎。

"是啊，正好有一艘英国汽船去横滨，我就去了一趟横滨。"

"哦，那么江户你也去了？"

"去了。顺便去看了一下东京。大名的房子已经成了官府，旗本的房子里有新政府的官员出入。旧幕府时代正在成为遥远的过去。世道的变化快得出奇。"

"鸿池的生意很忙吧？"

"怎么说呢，我们和住友等商社不同，我们贷给大名很多。您听说萨长土已经奉还藩籍的事了吧？其实说好听点是奉还，实际上是把借款转嫁给了新政府。新政府说了，旧幕府时代的事情他们管不着。所以现在大坂富商中已经有五六家倒闭了。"

友次郎还带来了新政府军的消息。他说，从品川坐英国船回来的时候，看见品川海面上有新政府军的军舰"朝阳丸"正吐着黑烟。在横滨听到的传闻是说"朝阳丸"正在运送陆军最后一批部队。

"目的地是青森。"

岁三脸色凝重。他知道，新政府军的陆军正源源不断地向青森集结。

"不过，"友次郎面不改色地说，"我从东京带来了一位稀客，就住在我们店的里屋。名字嘛，对了，是阿雪小姐。"

"阿雪——"岁三腾地站了起来，"你骗我。我不知道你听谁说过这个名字，我不喜欢这样的玩笑。"

他显得很慌乱，把擦靴子的呢绒碎布放进了西装背心的胸兜里。

"不管你喜欢不喜欢，这个人是阿雪小姐没错。"

从五棱郭本营到函馆市区有一里多地。

岁三戴着一顶法式帽子，帽檐压得很低，脚踩马镫，急速奔市区而去。

"难以置信。"他想。

按照友次郎的说法，他是在去看望冲田总司的时候，从他口中知道阿雪这个人的。

"有时间希望你去看看她。"

冲田在自己病重的情况下，拜托友次郎照顾阿雪。

"这个总司，这么爱管闲事，还死得那么早。"

岁三慢慢放下缰绳，抬头望了望头顶上的白云。

白云像白银一样闪闪发光。

他眼前突然浮现出冲田总司的笑容，又转瞬即逝。

在北海道这块土地上，自然的力量太强大，非常不适宜想念故人。

进入市区，岁三在筑岛的鸿池屋前下了马，把缰绳递给了店里的店员。

"给马喂些草。"

店员好像有阿伊努的血统，他长着一双大大的、清澈的眼睛，让人感觉他似乎总在思考什么问题。

友次郎在玄关迎接岁三。

"您来啦。"

岁三一双充血的眼睛看着友次郎，显然昨夜没有休息好。

"这件事请你少跟别人说。"

下女把岁三带到了另一栋建筑物内。这栋建筑物可能是用来向外国人提供住宿的，因为只有这里是西式的二层建筑。

下女走了。

岁三走近窗边，窗子外面可以看到函馆港。港口内外的汽船正在下锚。

为了预防敌舰的入侵，港口外拉着警戒绳，"回天丸""蟠龙丸"和"千代田形丸"三艘舰船轮流在港内巡逻。

岁三感觉背后有人来了，但他依然看着窗外，没有回头。

不知为什么，他就是无法坦然回头面对来人。

"是阿雪吗？"

他想问，但是这个声音从嘴里出来的时候，却变了样。

"那儿是瓣天崎炮台，昼夜有炮兵值守。那儿沦陷的时候，大概就是我的生命终结的时候。"

背后鸦雀无声。仿佛可以听到阿雪小小的心脏发出的激烈的跳动声。

"我不该来的，是吗？"

"……"

岁三转过身来。

阿雪真真切切地站在面前。右眉毛上方一个线头大小的烫痕映入岁三的眼里。

那是岁三数次亲吻过的地方。

一看到这个伤疤，岁三不由得掉起了眼泪。

"阿雪，真的是你来了。"

岁三一把抱住她，嘴唇落在了烫痕上。

阿雪挣扎着。岁三想起了阿雪以前也有过与此时完全相同的举动。

"不知不觉中我就到了这里，毁了约定。"阿雪说。

"别说话——"岁三的嘴唇压到阿雪的嘴唇上。

阿雪非常热烈地回应了岁三的吻。

这是迄今为止两人之间从没有过的亲昵举动。

但是，在这条外国建筑和外国人聚居的街上，像他们这样的亲昵举动丝毫不显另类。

许久，岁三终于放开了阿雪。

不知什么时候，门开了。长着一张孩子脸的下女端着茶壶，正不知所措地站在门口。

"给你添麻烦了。"

岁三认真地向下女道歉。

"不，不，不。"

下女好像这才醒过神来似的，显得非常尴尬的样子。

"我放在这里了。"

"谢谢。我想请你帮个忙，帮我借个小砚台和卷纸，行吗？"

下女很快拿来了岁三要的东西。岁三三言两语给小姓市村铁之助写了一封告知自己所在的信。

"现在筑岛鸿池店，明日下午回营。"

文字间自有一种男人的风采。

"找人把这封信送到龟田五棱郭。哦，对啦，就让刚才给我看马的那个人去吧。那个人是虾夷人的混血吧？"

"据说是的。"

下女唯唯诺诺地直点头。

下女走后，岁三突然感觉呼吸困难。

他带着阿雪走上街头，来到栈桥附近。

"你是坐那条船来的吗？"

岁三指着海上。那里有一艘三根桅杆的外国轮船垂挂着英国旗，正停泊在碧绿的水面上。

"是的。是鸿池的友次郎极力向我推荐的。我一听从横滨到这里有五百三十里，差点没晕过去。没想到只用四天时间就到了。"

"什么时候回去？"

"那艘船走的时候。"

阿雪尽可能装出很开心的样子说。

这时，海面上突然出现了一条形状奇特的阿伊努船。

有十来个女人在一起划桨。她们唱的号子和内地船夫不一样。

"她们在喊什么？"

岁三侧着脑袋假装仔细在听，然后说："好像在说舍不得阿雪。"

这个男人难得地开起了玩笑。

"你说什么呀……"

"不是吗？"

"我听她们像是在说阿岁这个大傻瓜、阿岁这个大傻瓜。"

"好像两个都对。"

岁三大声地笑了。

阿雪用手按住和服下摆，起风了。

"回去吧。"

岁三催阿雪。阿雪开始移步。

"你是什么时候开始梳这种发型的？"阿雪抬头看向岁三的头，问。

岁三来北海道后，剪掉发髻改成了大背头。因为头发多，所以这个发型很适合他。

"有发髻戴帽子不方便，所以就剪成这样了。我也忘了是什么时候开始梳成这样的。来这里以后吧，我现在是尽可能过一天忘一天，过去对于我已经没有任何意义了。"

"和我在一起的过去也是吗？"

"不，只有这个过去不一样。这个过去里面住着阿雪、近藤和冲田。对我来说，那是永生难忘的珍贵记忆。但是从那以后的过去，每天只是纯粹的时间延续而已。"

"我不明白，不知道你在说什么。"

"我觉得在北海道的每一天都没有意义。对于我的一生来说，现在也许是多余的。在北海道我只活在今天、今天、今天，活在一个接一个的今天中。但是，未来在我眼里实在是清楚得不能再清楚了。"

"什么样的未来？"

"战斗。"岁三沉默了一会儿，又接着说，"是新政府军给我安排了这样的未来。一旦新政府军来了，我们会通知各国领事，要求外国人退避到停泊在港口内的本国军舰上。然后就是战斗，是子弹、炮弹、血和硝烟。我的未来就在眼前，有声音，有颜色，有气味。"

"坐那艘英国船——"

阿雪突然插话道。不，不是突然，很可能她在心里已经无数次想过要对岁三这样说。

但是，"跑吧"两字终究没有说出口。她说："友次郎已经在西式房里备好晚餐等着我们去吃呢。"

两人围着餐桌坐了下来，餐桌上已经摆好了晚餐。

"我来伺候你。"

听到阿雪的话，岁三笑了。

"在这种西洋风格的地方，男女好像是要同桌吃饭。在船上，你吃过西餐了吧？"

"是啊。不过——"

"很难吃，是吧？特别是牛肉之类的东西难以下咽吧？"

"我没吃。岁三，你呢？"

此时，阿雪对岁三直呼其名。

"我不吃。一说牛肉，我就会想起冲田。他很讨厌医生建议他喝肉汤。他当时的表情现在还历历在目。"

"所以，你才不吃的？……"

"也不完全是。我对吃的东西本来就很挑剔，没吃过的东西一般不会碰。不过近藤的饮食习惯很好，他什么都吃，包括猪肉。我很不理解。"

岁三喋喋不休地说着，连他自己都惊讶于自己的能说会道。

仔细想想，自从和榎本、大鸟等人来到北海道以后，每天说话的次数、说的话真是少得可怜。

"我也挺能说的呀。"

他耸了耸肩。

"咦，那条船怎么回事？"

阿雪看着窗外。

港口内的天色已经完全黑了。在那黑暗的海面上，有一艘点着舷灯的黑色船体在移动。

"噢，那条船是在巡逻。如果新政府军军舰突然进来会造成混乱，所以我们要随时保持警惕。以前，我们的军舰也开出去过。"

"是去宫古湾吗？"

"你知道？"

"听说了。在横滨，对宫古湾的那件事情，据说还是外国人知道得多。都说报纸上有报道。"

"可惜那次我们没有成功。幕府三百年的气数好像已经到头了，做什么都不顺。"

弯弯的月亮开始升上天空的时候，岁三紧紧抱着阿雪的身体，解下了她身上的绳子和腰带。

"不要，会有人来的。"

"大门已经锁上了。"

卧室在二楼。室内的床和灯看上去好像是船上的东西。

"我，我自己来。"

阿雪挣扎。岁三一言不发，继续手上的动作。

很快，阿雪身上的东西全部散落到了地上，露出赤裸裸的身体。

岁三横着放倒她的身体，又抱住了她。

"今晚，我不让你睡觉了。"

岁三笑着。

一滴眼泪却落到了阿雪的脖子上。凉丝丝的泪水让阿雪打了个寒战。她的眼睛里也溢满了泪水，抬眼看着岁三。

"……"

阿雪很奇怪，岁三并没有哭。

正奇怪着，阿雪突然身体离开地面，在空中转了一个圈，接着离开岁三的胳臂，摔倒在床上。

这一天，新政府军舰队满载着登陆部队从青森出发，开始了向北海道的航行。

旗舰是甲铁舰，第二艘是"春日丸"，随后是"阳春丸""第一丁卯丸""飞龙丸""丰安丸"和"晨风丸"。陆军中，长州兵为主力，此外还有弘前、福山、松前、大野和德山等藩的藩兵。

新政府军登陆

新政府军的战舰和运输船队出现在江差海面上时，岁三正抱着阿雪躺在床上。

阿雪的发髻完全散落在毛毯上。

"这个男人，好疯狂啊——"

阿雪没有说出口，但是内心很震惊。

曾经的岁三非常注意自己的形象，在大坂的夕阳丘上，他都没有像这次这样。

窗户开始透白的时候，两人沉沉睡去。

可是，没过一刻钟时间，岁三又抱住了阿雪的身体。

"阿雪，你好可怜。"

岁三自己也觉得可笑，忍不住哧哧地笑出了声。

"一点也不可怜。"

"你是硬挺着的吧。看你的眼睛，还没睡醒呢。"

"瞎说。岁三的眼睛才像在做梦呢。"

"噢，是做梦。"

猛然闪现在岁三脑海中的竟然是这般陈词滥调的托词。

在可以俯视函馆港口的二层楼上，自己和阿雪躺在一起的情形会不会是做梦呢？

——人生就像梦中梦啊。

这话听起来毫无新意，但是岁三此刻的心境的确如此。三十五年的人生就像梦境一样已经过去。

他想到了在武州多摩川沿岸的事情、江户试卫馆的时代、应征浪士组、上京、成立新选组、在京都市内的无数次战斗……一个又一个片段，像戏剧中的布景，像画卷一样，带着一种极不真实的色彩浮现在他的眼前。

人生也是一场梦。

岁三现在只剩下回顾这一切的自己。他已经做好了准备，准备在敌人登陆之时，竭尽全力奋勇作战，直到生命的最后一刻。

对岁三来说，未来只有死。

"太好了，阿雪。"岁三突然说道。

"什么太好了？"

"没什么。我只想说太好了。"

话说了半句又笑了。如果他有巧舌如簧的表达能力，或许他会说自己"活得值了"，尽管只有三十五年的短暂时间。

"我的名字将作为恶名留下，太固执的人留下的都是恶名。"

岁三现在可以把自己看成剧中人而不是现实中的自己了。

不。也许应该说，回忆往昔的岁三在自己的体内重新分裂出了另外一个人。

"阿雪。"

岁三又紧紧抱住了阿雪。他要尽情蹂躏阿雪的身体，而阿雪努力回应着他的蹂躏。

岁三只能在阿雪的身体里寻找自己还活在世上的真实感，他没有其他办法证明自己现在还活着。

不对，还有一个办法。那就是战斗。

除了这些，岁三的现实世界已经完全消失。

阿雪用自己的身体感受着岁三对生命的呼唤，感受着为呼唤生命而爆发出来的东西。

毛毯上的阿雪只剩下一个躯壳，没有大脑。大脑在这种时候没有任何作为。只有身体才是唯一的媒介，它能够接受岁三的感情、岁三的过去、岁三的悲欢、岁三的理论、岁三的辞藻、岁三的悔恨，以及岁三的满足，等等。阿雪热切地扭动着身体，通过她温软的身体努力回应着岁三的感情。阿雪紧闭双眼，微张着嘴，脸上挂着满足的笑容。

不久，岁三沉沉睡去。

阿雪悄悄从床上下来，她想起隔壁房间里有一面镜子。

她想梳理一下自己蓬乱的头发。

手搭在隔壁房间的门把手上时，阿雪不经意看了一眼窗外。

大海就在窗户的下面。

那儿有函馆政府的军舰。

阿雪当然没有注意到桅杆上飘着的信号旗有什么不一样。

新政府军已经登陆距离函馆十五里的一个叫乙部的渔村，击退驻扎在附近的函馆政府军三十人，并保持继续进攻的态势。这一急报已经送达五棱郭和函馆，为此，港内军舰扬起了信号旗。

阿雪梳理好散乱的头发，化好妆，穿好了衣服。这时岁三也醒了。

也可能他是为了让阿雪整理自己的身体而故意闭上眼睛的。

岁三穿上裤子。他一边系背带，一边看窗外。

军舰上飘扬着信号旗。岁三知道那是在告诉居住在函馆的外国人，要求他们紧急避难。

"阿雪，你收拾好了吗？"

"好了。"

阿雪进来了。岁三睁大了眼睛盯着她看。阿雪已经不是刚才的模样，她又变成了原来那个干净利落的妇人，与刚刚在床上时简直判若两人。

岁三在床上坐下，抬起脚准备穿靴子。

"他们来了。"

"谁来了？"

阿雪蹲下身体，拿起另一只靴子想给岁三穿上。

"敌人。"

阿雪倒吸一口凉气。在她的头顶上，岁三闻了闻自己的手。

"我的手上有你的气息。"

"傻瓜。"

阿雪苦笑道。可是敌人在哪儿呀？

岁三什么也没说，阿雪也什么都没问。

岁三下楼进了客厅，吩咐招待员叫来这家的店主友次郎。

友次郎急匆匆地赶来。

"抱歉突然把你叫来。函馆府内已经发出避难通知了，是不是？"

"是的，刚刚发出。市内有传闻说，新政府军已经在乙部登陆了。"

"函馆还不至于马上变成战场。这里有外国商行，港内有外国舰船，新政府军多少会有些顾忌，不会炮轰这里。所以鸿池的生意可以照做。"

"当然，我打算继续做。"

"有胆量，像个大坂商人。"

岁三再三再四拜托他照顾好阿雪。难得见到这个男人如此啰唆，他甚至向友次郎低头行了个礼，让友次郎心里非常感动。

"拜托了。"

"这是我应该做的，您不说我也会照顾她。您放心，既然鸿池答应了，一定会比新政府军的保护更可靠。"

"对不起，我有点不知好歹。"

说着，岁三抱起放在房间一角的马袋子，从里面拿出所有的金片，都是两分[1]金，共六十两。

"我还有一件事情拜托你。在阿雪回去的英国船上，你帮我多要

1　一分为一两的四分之一。

一间客房，这是那个人的船费，有多的话你就交给他。哦，对了，你只要把他送到品川就行，之后就随他了。"

"好的，我知道了。不过，你说的到底是谁呀？"

"是市村铁之助。他是我们在伏见最后一次招募队员时来应征的，是美浓大垣的藩士，当时年纪太小，只有十五岁……"

"……"

"因为长得像冲田，我就把他留下了。他自己也很高兴，在我们转战关东、奥州、虾夷的时候，一直跟着我。我不想再带着他去打仗了。"

这时，市村为了向岁三报告敌人已在乙部登陆的消息，从五棱郭赶到了这里。

"友次郎，就是他。"岁三拍了拍铁之助的肩说。

听到岁三的安排，市村哭了，他请求留下来，甚至说不让他留下来就切腹自尽。

岁三当时对市村说的话，在市村留下来的谈话内容中是这样的：

"从江户沿甲州公路一直往西，有一个叫日野的小镇。那个镇的名主佐藤彦五郎是我姐夫，你就去投靠他。

"这是任务。你要把我们之前经历过的每场战斗的经过详详细细地告诉佐藤彦五郎。至于你以后的出路，我想他一定会关照你的，他会像对待自己的亲人一样对待你的。"

市村始终不肯答应，于是岁三非常生气，他说"你要是拒不执行命令，我立刻杀了你"。他的样子可怕极了，和平时生气的时候一模一样。市村终于拗不过岁三，极不情愿地接受了这个任务。

岁三当场向友次郎要了半张纸，拿出小刀，裁成一张两寸大小的小纸片，用极小的字在上面写上了：

"此人的事拜托了。义丰"

又在纸片中夹了一张照片，好像是送给佐藤彦五郎的遗物。

照片上的他身着洋装，佩带着剑。这是他来函馆后照的。而这张照片成了岁三现存的唯一一张照片。

最后他又拿出一件东西让他带上，是他心爱的佩剑。

是从去京都开始，一直跟随岁三经历了无数次战斗场面的和泉守兼定。

"铁之助，这一切就拜托给你了。如果不能从你的嘴里说出去，近藤、冲田等人就只能是默默无闻的、与其他浪士没有两样的浪士，那样，他们的死就太不值了。"

岁三并不害怕后人对自己的批判。他多少还是有一些文才的，所以如果他担心自己会留下恶名的话，至少会留下一些手迹为自己辩解。

而他只想给亲属留下自己的遗物和生前的行踪。

尤其是姐夫佐藤彦五郎。他不只是自己的亲属。在新选组成立之初，财政非常困难的当时，是佐藤一次次地满足自己厚着脸皮请求资助的要求，说他是新选组创立之初的出资人一点也不为过。如果说新选组是否有义务向出资人汇报最后的结局，答案当然是"有"。

但是有一点很奇怪。

岁三到最后也没有告诉市村铁之助将和他同船离开函馆的阿雪的事，也没有给他介绍阿雪。也可能他希望一切顺其自然，因为上船后，市村难免会和阿雪聊天，那么在闲聊中他完全有可能得知自己和阿雪之间的事。总之到了最后时刻，他还是没有改变不愿意让别人知道自己私情的性格。

阿雪在岁三离开之前终究没有下楼来。就像在夕阳丘的时候一样，她不喜欢分离。

岁三在鸿池店门前骑上马，勉强走出十来步的时候，突然感觉背后有人在注视自己，不由得回头望去。

阿雪站在二楼的窗户跟前，眼睛一眨不眨地正看着岁三。

岁三轻轻向她点了点头，马上又端正坐姿，挺身蹬了一脚马肚子。马带着英姿飒爽的主人，向龟田的五棱郭跑去。

一回到五棱郭，岁三就从榎本、松平和大鸟那里听到了最新战况。

"江差沦陷了。"大鸟说。

这也难怪。在乙部登陆的新政府军有两千人，而驻扎在那里的函馆军只有三十人，眨眼工夫就被拿下了。

距离乙部三里的江差有二百五十人，还有炮台。也都在新政府军舰队的炮击下失陷。

"我们的兵力超不过三千人。而防御部队必须达到进攻部队的数倍兵力才有可能守住阵地。可是以我们目前的情况，还有可能守住全岛吗？"榎本武扬表情沉重地说。

总之，函馆政府本来兵力就严重不足，而且守备又过于分散。五棱郭的本城八百人、函馆三百人、松前四百人、福岛一百五十人、室兰二百五十人、鹫木一百人，其他还有数十人分别在森、砂原、川汲、有川、当别、矢不来及木古内等地。

"首先我们要集中兵力，给登陆的新政府军主力以迎头痛击。"岁三说。

于是马上通知分散于各处的兵力集中，但是为此耗费了好几天时间。

就在兵力还没有完全集中前，岁三和大鸟分别率领五百左右的兵力分两路出发了。

大鸟往木古内。

岁三向二股口。

其间，守在松前的守备队以心形刀流派的宗家、旧幕臣伊庭八郎等人为队长，曾经向新政府军占领中的江差发起进攻，与新政府军主力部队遭遇后，成功击破敌人，迫使他们败走，缴获了大量战利品。有四斤炮三门，还有小炮、背包、刀枪、弹药等。

岁三占领了二股口的险要位置，等候敌人的进攻。

"把新政府军钓上来。"

岁三指挥建起了一个纵向深入的阵地，最前线设在中二股口，以下二股口为中军阵地。这两处分别安置了少量的兵力。

"敌人冲上来时，你们象征性地阻挡一下就跑。当敌人的部队完全散开以后，我们将从二股口突然出兵，消灭他们。"

四月十二日下午三时左右，新政府军（萨摩、长州、备后福山等的士兵）六百人出现在岁三阵地的最前线中二股口。

岁三在山上的阵地听到下面枪声大作，不久看到队员按原定计划开始撤退。

战场移到了中军阵地，与敌人发生冲突后，中军阵地也向后撤去。

"来吧。"

岁三眯缝着眼睛，通过望远镜看着前方。

上面筑有十六处胸墙，队员们正持枪待命。

敌人终于靠近了。

岁三下达了射击的命令。一场激烈的枪战开始了。

岁三在第一胸墙内，红白相间的队长旗高高地在这里飘扬。

只要有土方在，我们就一定会赢。这是函馆军几乎所有人的信仰。

队长旗被子弹打翻三次，三次都被岁三以极快的速度重新竖起。

战斗一直持续到深夜依然没有停下来的迹象。第二天拂晓来临，枪战愈发激烈。

在这场战斗中，岁三的队伍射出去的步枪子弹达三万五千发，战斗时间长达十六小时，从而创造了日本战争史上最长的作战时间纪录。

早上六点，敌人终于坚持不住了。

"举起队长旗。"

岁三发出了全军突击的信号。他让旗手扛着队长旗，从山崖一气滑落到路上。

剑出鞘。

眼看着枪战演变成了白刃战。不到五分钟时间，敌人开始从下坡路上连滚带爬地溃逃了。

追出这支敌军一里多，给了敌人几近全歼的打击，夺取了枪支弹药无数。

己方的损失是战死一人。这是令人难以置信的大胜。

几天后，在新政府军参谋报给内地军务官的急报文书上这样写着："敌人多为身经百战之士，与奥州之敌不可相提并论。要取得快速成功困难重重，请求紧急援军。"

五棱郭

岁三是函馆政府军中唯一的常胜将军。

由他率领的一个大队把守着二股的陡峭之地,坚不可摧,在十多天的时间里,以不多的兵力连续打退了新政府军一次又一次的进攻。

这是岁三一生中最辉煌的时期之一。

士兵们在这位善战的首领的指挥下,个个以一当十,勇敢作战。

他们打得十分投入,许多人一天用一杆枪发射出千余发子弹,弄得个个脸上黑乎乎的,满是硝烟灰迹。

他们的枪被烧坏了,装子弹的装置失灵了。因为枪身发烫,这些人的手上也都是烫伤,皮肤破了。

于是岁三让士兵从山脚下运来一百桶水,当枪身开始发烫时,放进水桶里泡凉,然后再拿出来继续射击。像他这样利用水冷式打射击战的人,恐怕在同时代的欧洲也找不出第二个人。

"子弹多的是,你们尽情地射吧!"

岁三走在一个个阵地里,不断给大伙儿鼓劲。

岁三指挥的部队占据的这个叫二股的山岭是函馆湾背后的群峰之一,距离函馆市内十里。从日本海岸江差到函馆,有一条近道通过这里,只要新政府军打算从背后袭击函馆港,那么此地就是他们的必经之地。

如果按战略地理分类,这里相当于日俄战争时,旅顺港攻防战中的松树山或者是二○三高地之类的地理位置。这里一旦失陷,那么函馆市区就完全置于敌人的眼皮之下,没有任何遮拦。说到日俄战争，有必要提到两个人，一个是施塔克将军，此时的榎本武扬就好比彼时的施塔克将军，两人都很聪明，又有过人的学识。只是两人也都太年轻，没有常性（据说逃出江户加入榎本军的幕臣、心形刀流的宗家伊庭八郎在离开江户的时候，曾经对他的小弟弟想太郎说过这话。他说："榎本这人意志力很薄弱，所以这场战争能坚持到最后的可能性不大。"关于榎本，这样的评价在当时很普遍）。

另一个是旅顺港攻防战中的俄罗斯陆军康特拉琴科少将，此时土方岁三在各方面都酷似彼时的康特拉琴科少将。他们俩的生长环境都不是太好，又都没有学问。但两人都喜欢打仗，而且战术多变，集将士的威望于一身。康特拉琴科少将战死后，旅顺的士气一下跌到低谷，成了不得不打开城门的最主要原因之一。

二股现在通常叫中山岭或鹑越。

山路在北方的袴腰山（六百一十三米）和南面的桂岳（七百三十四米）之间延伸，在岁三那个时候，这条山路异常狭窄，只能勉强过一匹马。

这里是真正的天险。

岁三在这条山路上搭起了不久前从函馆的外国商行购入的西式司令部帐篷，让部下也搭起便携式帐篷，就地野营。

身边没有新选组的队员。虽然还有几个人留在函馆，但分别担负各队的队长之职，分散于各地，所以二股的阵地上只有经过西式训练的士兵。

几乎每天都有榎本的传令官从五棱郭大本营过来。

看样子，榎本对这里的战况极为关心。

"没问题。"

岁三始终就是这一句话。

不知道是第几次的时候，岁三向来人夸下了海口。他说："你们总来只是在损害马的脚力。如果战况有变化，我会派人回去报告。你回去告诉榎本先生，就说萨长虽然取得了天下，但是二股绝不会落到他们的手里。"

这在岁三是极少有的事情。

司令部帐篷里有法国军事教官霍尔坦和他同住。

战斗间隙，岁三随时会把想到的句子写到本子上，霍尔坦觉得非常新奇，问他写什么。

"俳句。"

岁三回答很生硬。略懂法语的一个叫吉泽大二郎的步兵头领给霍尔坦翻译了他写的句子。

常见迷人虾夷月。

本子上有这样一个句子。

"西诺壁丽卡"（音译，上文翻为"迷人"）是岁三到北海道后学到的唯一一句阿伊努语，意思是"非常好"。

"阁下是 artist（艺术家）吗？"法国陆军下士官满脸疑问。

"artist 是什么意思？"岁三问。步兵头领说"是指和歌作者、画师"。本来 artist 还有"高人"或者"奇人"的意思。想必岁三应该属于奇人吧。

对于战斗，这个男人身上有一种类似艺术家的冲动。

榎本武扬、大鸟圭介等人对这场战争各有各的想法和信念，但与其说他们是战争贩子，不如说他们是政治家更为准确。他们之所以发动这场战争，归根结底是为了贯彻他们的政治思想。

但是，岁三不同，岁三是无偿的。

就像艺术家追求的目标是艺术一样，岁三则是以战斗为目标而战斗的。

带着这种纯粹的动机，岁三来到了这片虾夷之地。在榎本军的将领中，怎么看他都是一个"奇人"。

或者这位法国下士官的问题中就包含有这一层意思。

在二股的攻防战中，岁三几乎是带着艺术家的激情创造了这场战斗奇迹。

鲜血、刀剑和弹药是岁三成就艺术的材料。

新政府军前线指挥部不断向东京请求援军。

在他们的信中，关于岁三等人勇敢的作战状态，用了非常极端的语言来表现，如"狗急跳墙的劲敌""狐狸般的狡猾"等等。萨摩出身的参谋黑田了介（清隆）哀叹自己军队的软弱，他给东京的信中这样写道：

"仅靠这支新政府的军队（即各藩组成的军队），我们难以取胜。我军中唯有萨摩兵和长州藩最为强大。除了我藩，可以依靠的只有长州兵。其他藩兵无法与贼军抗衡，这让我感叹不已。望尽早派出增援部队。"

到了十六日，新政府军陆军的增援部队在松前登陆，同时舰队向海岸沿线的炮轰也开始奏效，取得了比预期更大的效果，形势急转直下。岁三的二股阵地不断接到来自各地溃败的消息。

十七日，松前城陷落，二十二日，大鸟圭介防守的木古内阵地（距函馆湾海岸线七里处）沦陷。至此新政府军舰队果断决定直接进攻函馆港。

"真没出息。"

在二股的这位 artist 非常愤慨。此时，在前线阵地上依然飘扬着太阳旗的就只剩下岁三的阵地了。

新政府军扫荡了其他所有阵地，继而集合大军于二股的山脚下，并于四月二十三日开始了猛烈的进攻。

"来吧。"

岁三在山上瞪着他那双被京都人说成"像演员"那样带厚重双眼皮的眼睛。

激战持续了三天三夜，新政府军共发动进攻十余次，均被击退，却依然在不断发起进攻。于是在二十五日天未亮时，岁三挑选了二百个剑术高超的人组成敢死队，并亲自担任敢死队队长。

他不再让旗手挥舞太阳旗，而是让他举起了印有"诚"字的火红呢绒底的新选组队旗。

"这是召唤新政府军进鬼门关的旗子。"

岁三站在二百人的最前面，一跃跳到路上，在枪声的掩护下，向十町之远的地方展开了长距离的突击。

激烈的冲突开始了。

岁三大肆砍杀。他命令敢死队和步枪队轮番进攻，时而让敢死队队员隐藏到两侧的山崖后，由步枪队向敌人扫射，时而让步枪队停止射击，敢死队杀向敌人。

经过十几次这样的轮番进攻，新政府军终于抵挡不住，开始溃逃。

岁三立刻下令向在山上待命的敌人大本营发起了总攻。

"不给他们留下一兵一卒！"

部队不断向前突进。

新政府军死亡过半。长州出身的军监驹井政五郎也在这场战斗中阵亡。

但是，其他战线已经陷入了溃败总撤退的境地，在五棱郭大本营的榎本于是决定收缩战线，把战斗控制在龟田的五棱郭和函馆市区的防御上。

——看来榎本是准备投降了。

岁三直觉地意识到这一点就在这个时候。

传令官面无人色，前来劝说岁三放弃二股阵地。从他的脸上可以察觉到大本营此时的气氛。

"我们还没有输。"岁三没有答应。

然而，紧接着岁三从传令官口中得知了一个令人震惊的消息。

位于二股到函馆路上的矢不来阵地在敌人舰炮的轰击下已经沦陷。一旦新政府军从那里登陆，岁三的军队将成为一支孤军。

不得已放弃了十几天来连连击退新政府军无数次进攻的二股阵地，岁三回到了龟田的五棱郭。

"土方先生，打得好啊。"

榎本在城门口迎接骑在马上的岁三他们，眼睛里满含着泪水向回到大本营的将士一一行注目礼。

这是榎本的一个优点，而他的这一品德又使他具备了一种统率力。

岁三原本不讨厌榎本的这一面——这在近藤身上是看不到的。但是现在这个场合，他的眼泪是多余的，它大大挫伤了战士们的士气。

因为榎本的眼泪，大家很快意识到局势的严重性。

回到大本营后，又有一件事让岁三更加吃惊。陆军奉行大鸟率领的幕府步兵中竟有数百人逃跑了。

这些人生性就不是武士，他们是在江户、大坂等地网罗到一起的市民，一旦战败，本性尽显。

得知有人逃跑的事实后，岁三这支获胜的部队中也有一些士兵思想上出现了波动，回大本营后约十天的时间里，也有一百来人不见了踪影。

更受打击的是，被函馆政府军认为是敌人克星的军舰也一艘接一艘地退出了战场。"高雄丸"已经没有了，"千代田形丸"在函馆瓣天崎海面触礁，战斗力最强的"回天丸"也在函馆港内的海战中中了一百零五发炮弹而搁浅，失去了战斗力。

剩下的"蟠龙丸"也因为发动机故障而丧失战斗力。榎本最信赖的海军全军覆没。海军的被歼给了以榎本为首、海军出身的将领沉重的打击，而他们的消沉情绪进一步削弱了全军的士气。

五月七日，函馆海军全军覆没，新政府军舰队全面进驻函馆港。

海军被全歼的这一天，五棱郭大本营在极度紧张的气氛中召开了军事会议。

"怎么办？"

尽管野战阵地被攻破，但是除了五棱郭，函馆港的瓣天崎炮台、千代岱炮台依然健在。

"我们守城吧。"提出这个意见的是大鸟圭介。

但是榎本和松平太郎都主张坚持战斗。

岁三像往常一样默不作声。他知道无论如何都已经回天乏力。

"我怎么样都行。"

他模棱两可地说。在他看来这两种意见的结果无疑都是失败。

岁三现在能想到的是自己的死期将至。

他已经失去了参与讨论函馆政府如何生存下去的兴趣。

"你这可不算是意见。"大鸟说。

"那么大鸟先生，请问这次会议是讨论如何取胜的会议吗？"

"当然啦。军事会议不就是这样的吗？你在想什么呢？"

"我很吃惊。"岁三说。

"吃惊什么？"

"你们认为我们还有赢的可能吗？"岁三表情严肃地说，"如果为了取胜而举行军事会议，我想事已至此，已经没有这个必要了。如果讨论战术，我当然有我的想法。"

"战斗不就是为了取胜吗？"

"算了，你们继续讨论吧，我就当个听众吧。"

再说新政府军的指挥部，此时已经在着手准备劝降五棱郭大本营。在正式派出招降使之前，他们通过出入五棱郭的商人，不断散布流言，打探城内的反应。

听到这些传闻，以榎本为首的五棱郭将官都付之一笑。但是在部下将士中间，一个疑问在逐渐加重："榎本会投降吗？"

这话传到了千代岱守将中岛三郎助的耳朵里，他策马跑来了。

中岛三郎助曾经是浦贺奉行所的与力，嘉永六年六月三日，佩里乘船来日本的时候，是他坐小艇前去查问的，他也因此而出名。

之后，根据幕府的命令，他在长崎学习了军舰操作法，后来当上了军舰训练所的训练头领，榎本曾是他的手下。

幕府末期，他又是两御番上席格的军舰官员，但是由于身体抱恙，没有实际意义上的职务。

随着幕府的瓦解，他和长子恒太郎、次子英次郎一同追随榎本来到函馆，出任相当于五棱郭分城的千代岱炮台守备队队长。时年四十九岁。

此人精通诗文乐理，而且又接受过西洋教育。但是他的骨子里依然流着与古代武士相同的血，性格非常暴烈，与他的那些教养极为不符。

后来榎本投降，打开了五棱郭城门。但是他和他的千代岱炮台始终没有投降。五月十五日，炮台受到新政府军猛烈的攻击，浴血奋战的结果，他和两个儿子一起战死在战场上。

"这个谣传不会是真的吧？"

他进了大本营一个西式房间里。不巧室内只有岁三一个人，他又在认真地擦拭他的长靴。

"什么事？"

岁三回头问他。中岛一直坚持自己的原则，穿着一身和服。在战斗开始前，他曾担任函馆奉行。

"哦，是土方殿下。"

看这背影，他误以为是榎本。

"我是土方。"

"找您也行。不知道您听说没有，有风闻说榎本要投降，不会是真的吧？"

"我不知道。可能是士兵之间瞎传的。"

"这样我就放心了。"

中岛三郎助拉过椅子坐下，看着岁三说："土方殿下，我这么说可能不太好，榎本这人其实没有表面上那么坚强，一旦有什么波折，他是很容易折腰的。我在军舰训练所的时候，他曾经是我的下属，所以我很了解他这点。万一，我是说万一，榎本说投降，作为陆军奉行，你会怎么做？"

"这个——"

岁三显得很为难的样子。在他的意识里，现在已经别人是别人、自己是自己了。

"我可能有点任性，但是榎本怎么做我都无所谓。只是如果你问我自己准备怎么做，我可以回答你。"

"您会怎么做？"

"以前我有一个伙伴叫近藤，他很倒霉，在板桥死在了新政府军的刀刃之下。既然我活到了现在……"

岁三突然打住话头。

他觉得这不是应该说给别人听的事情。他又开始埋头擦他的靴子。

近藤就在地下。

如果自己和榎本、大鸟等人一起继续活下去的话，将来会没脸去见地下的近藤。岁三一边擦靴子一边心情轻松地想着这些事情，好像这是再正常不过的事情。

硝烟散尽

这天晚上岁三见到了亡灵。

五月九日夜里五点，天空晴朗。岁三从战场上回来，待在五棱郭大本营自己的房间里。突然他感觉房间里有一种很奇怪的气息，他从床上滚落下来。岁三凝神看着房内，眼前有人。不是一个人，也不是两个人，而是一群人。

"武士心中无冤魂。"

自古就有这样的话，岁三也坚信这一说法。以前在壬生的时候，有一次住持跑到驻地说，新德寺的墓地出现了切腹自尽的队员的亡灵。

岁三不相信。他说："这种东西肯定没有武士的气性。如果真的有人心有不甘而把怨灵留在现世，我会杀了他，把他重新送到那个世界中去。"

岁三去了墓地，他抚摸着剑，彻夜等待亡灵的出现，却始终没有看见什么亡灵。

然而现在，亡灵就在这个房间里。他看见亡灵们或坐在椅子上，或盘腿坐在地上，或趴在地上。

他们都穿着京都时候的衣裳，表情轻松。

近藤勇坐在椅子上。

冲田总司头枕着胳膊躺在地上，看着岁三。他的旁边是在伏见之战中饮弹而死的井上源三郎，依旧是一副平民百姓的神情，盘着腿，两眼蒙眬地看着岁三。山崎丞在房间的一角正在换护手。除了他们，还有另外几个旧时的战友。

——看来我是累了。

岁三在床沿上坐下来，心里想着。进入五月份以后，岁三几乎每天率领轻兵从五棱郭出战，打退不断进攻的新政府军。

不眠之夜一个连着一个。房间里出现的幻影大概就是因为这个缘故。

"怎么回事？"岁三问近藤。

近藤无言地笑着。岁三把眼光转向了冲田。

"总司，你还是那么不懂礼貌。"

"因为我累了。"冲田说，眼睛骨碌碌地在转。

"你也累了？"

岁三很吃惊，冲田却沉默了。虽然没有灯光的照明，但他确实是在微笑。岁三心想，大家都累了。回想一下，在幕府末期，旗本八万骑还在过着安逸舒适生活的时候，正是现在出现在这个房间里的这些新选组队员在努力维护着不断下降的幕府大家庭的威望。他们究竟在历史上起了多大的作用，时至今日，岁三也不知道，他只知道他们累了，即使成了亡灵，疲劳似乎也没有远离他们。

岁三呆呆地想着这一切。

"阿岁，函馆明天就要失陷了。"

近藤终于开口说话了。听他的语气，既不像是预言也不像是忠告。

岁三本应该被这话所惊倒，但是事态发展至此，早已经没有了能让他一惊一乍的新鲜感了。他有的只是疲劳，他的内心已经干枯。

"会失陷吗？"岁三表情漠然地说。

近藤点点头，说："函馆城的后面有一个叫函馆山的地方，那儿防守好像很薄弱。新政府军大概会派奇兵悄悄爬上那里，然后一举进攻市区。守将永井玄蕃头本来就是个舞文弄墨的官吏（文官），他守不住的。"

673

岁三觉得很奇怪。这个意见很早以前他就跟榎本武扬提过,当时他要求把那座山作为要塞。遗憾的是,函馆军既没有足够的兵力,也没有足够的物资。

"至少可以让我去守。"

这话今天早上刚跟榎本说过,但是榎本害怕岁三离开五棱郭,没有同意。

——噫,这不是我的意见吗?

他翻了个身,在床上坐起来。刚刚好像只是打了个盹儿,他身上的军装、长靴都没有脱。

——原来是做梦。

岁三下了床,在房间里踱来踱去。房间里确实有一把刚才近藤坐过的椅子,岁三还在冲田躺过的地板旁边蹲了下去。

他伸手摸了摸地板。很奇怪,上面有人的体温。

——总司这小子真的来过呀。

岁三在那个位置上躺了下去。头枕着胳臂,和冲田一模一样的姿势。

又过了半刻钟,他听到门把手转动的声音,立川主税进来了。立川是在甲州战争前后加盟进来的甲斐乡士,维新后改名鹰林巨海,剃光头发当了和尚。后来成为山梨县东山梨郡春日居村的地藏院住持,并在那里度过了余生。在岁三成为"岁进院殿诚山义丰大居士"后,终身为他祈祷冥福的就是这位巨海和尚。

"您怎么啦?"立川主税吃惊地推醒岁三。原来岁三躺在地上又睡着了,和冲田刚才的姿势一模一样。

"总司这小子来过了,近藤、井上、山崎也都来过了……"

岁三起身,盘腿坐好,声音爽朗地告诉立川。

立川主税的表情好像在说岁三是不是疯了,因为这时的岁三与平时的岁三太不一样了。

岁三让他把新选组幸存下来的队员都叫进来。

大家都来了，马夫泽忠助也来了。说是大家，其实也不过十二三人。其中在京都时加入新选组的有两三人，他们是资格最老的原新选组伍长岛田魁、尾关政一郎（泉）等，其余的都是在伏见、甲州和流山招募的人。他们现在分别担任步兵大队的各级指挥官。

"我想和大家一起喝喝酒。"

岁三在地上依次放好垫子，大家坐下，酒宴开始了。下酒菜只有墨鱼干。

"酒宴是为了什么事啊？"

"没什么，就是想大家一起高兴高兴。"

岁三什么也没说，只是兴致很高，反而让大家感觉很不舒服。

等大家弄清楚他的意图时，已经是第二天早上了。这天，兵营告示板上贴出了新的人员隶属关系变更信息，包括前一天晚上参加聚会的人在内，全体士兵都成了总裁榎本武扬直接统辖的下属。

就在这一天，函馆沦陷。

永井玄蕃头等人不敌敌人的进攻，逃回了五棱郭。函馆政府最后只剩下瓣天崎炮台、千代岱炮台以及大本营五棱郭这几个据点了。

"土方先生，让你说中了。敌人就是从函馆山方向打过来的。"

榎本脸色苍白。岁三越想越觉得奇怪。他想自己的确说过敌人会从函馆山方向打过来，但是并没有说什么时间会打过来。他觉得昨晚的梦不是简单的一个梦，而是近藤他们特意来提醒自己的。

"明天去函馆吧。"岁三说。

榎本表情疑惑，他想，市区不是已经成了新政府军的天下了吗？

五棱郭内马上召开了一次军事会议。

榎本、大鸟主张守城，岁三照例不说话。副总裁松平太郎坚持要岁三说一说自己的意见，于是他开口了。

"我要去和敌人决战。"

简简单单就说了这么一句。陆军奉行大鸟圭介的脸上毫不掩饰地露出了对岁三的厌恶。

"土方君，你这不是什么意见。我们现在是在开军事会议，不是来听你要干什么。我们应该商量下一步该怎么办。"

此人后来成了一名外交官，就是因为他具备这样的性格。他总是要求什么时候说什么话。

"你提守城的意见，我听见了。但是守城的目的是等待援军的到来。请问，放眼全日本，我们的援军在哪里？现在这种时候，除了出战，还有什么必要坐在这里举行毫无意义的军事会议，商量什么对策？"岁三说。岁三很怀疑他们所谓的守城实际上是为投降做准备。

松平太郎、星恂太郎等人同意岁三的意见。于是会议决定，第二天天未亮开始夺回函馆的战斗。

凑巧的是，就在这一天里，新政府军参谋府也决定了向五棱郭发起总攻的时间。

这天，岁三走出五棱郭城门的时候，天地间还是漆黑一片。这一天是明治二年五月十一日。

岁三骑在马上。

跟随他的只有五十个人，都是从榎本军中被认为是最强的西式训练队、旧仙台藩的额兵队和旧幕府的传习士官队中抽调出来的。

他的这一大胆举动让松平等人大吃一惊。岁三说："我不需要太多的人，我只要有几十个人就行。我要带领大家像锥子一样在新政府军中钻出一个洞，向函馆杀过去。至于扩大洞穴的任务就交给你们了。你们就带着所有的兵力和武器弹药扩大我们的成果吧。"

这一天，岁三已经做好了决死的准备，他要在这场战斗中告别世界，去和近藤、冲田相聚。他很清楚，只要自己在这个世界上再苟活几天，就会和榎本、大鸟等人一样成为投降者。他想："他们要投

676

降就让他们去好了，我是绝不会向一直以来的敌人萨长投降的。"

可能的话，他希望自己像个真正的勇士那样深入敌阵深处，死在无数敌人的尸体面前。

岁三以三门炮车开道。炮车走在队伍最前面是因为当时的炮射程都很短。

途中要穿过一片树林。快到树林跟前的时候，突然从昏暗的树荫里跳出一个人来，一把拉住了岁三的马绳。是马夫忠助。

"忠助，你干什么？"

"我们都来了。大家说了我们要为新选组而死。"

抬眼一看，以岛田魁为首的、头天晚上聚在一起喝酒的人都来了。

"胡闹，快回去。今天的战斗靠你们的剑术是赢不了的。"

说完策马就走。岛田等新选组的人在马的旁边跟着跑了起来。

太阳升起来了。

就像等着岁三他们似的，新政府军的四斤山炮队、舰炮发出了隆隆的震天巨响，新政府军开始进攻了。

五棱郭的二十四斤要塞炮队、舰炮也开始喷出火舌。在岁三的队伍之后，有松平太郎、星恂太郎、中岛三郎助的队伍跟着，他们的山炮也开始了边前进边射击。

眼看着天地被炮灰所笼罩。

岁三的身边不断有炮弹炸裂后的碎片飞过，但是他的队伍速度越来越快。

途中还有一片原始森林。

穿过这片森林，他们遭遇了新政府军百人左右的先遣部队。

敌人已经在路上向岁三的队伍瞄准。

岁三蹬了一脚马肚子，马飞也似的向前冲去。岁三骑在马上，挥剑砍死一个炮手。

这时，新选组、额兵队和传习士官队纷纷赶到，他们白刃中交织着枪声，奋力作战。这时松平、星和中岛的队伍也赶到了，他们一举击退了敌人的先遣部队。

岁三带领队伍继续前进。途中又碰上一队新政府军，像是津轻兵。队伍中有穿和服的，也有穿洋服的。在岁三的三门大炮和米尼枪的连续射击下，新政府军又败退了。正午，队伍来到函馆郊外的一本木关卡跟前。

新政府军的主力集中在这里。他们已经布置好了排炮和枪阵，开始了猛烈的射击。

松平指挥的部队用枪炮进行反击。

这是一场绝无仅有的激战。

战斗的激烈程度可想而知。

岁三肩上扛着白刃，在马上不停地指挥，但是形势不容乐观。敌人是以久经沙场的萨长兵为主，其余藩的兵力作为后备力量，没有后退一步的迹象。而且到了这里，从函馆港射出来的舰炮命中率也提高了，松平太郎等人的作用只剩下阻止己方的溃退而已。

岁三看出此时除了打近身战，已经没有任何办法。他发现敌人左侧射出来的子弹不是很密集，于是回头看了一眼队伍里的士兵，说："我要从这里冲过去到函馆，可能不会再回五棱郭了。谁要是不想再活在这世道，可以跟我来，否则都不许跟着。"

好像被他的话吸引了似的，松平队、星队和中岛队中有不少士兵跑上前来，要求同去，人数达到了二百余。就这样，这支队伍没有组织队形，就开始大声地叫喊着向敌人的左侧冲去。

岁三从敌人的头顶上越过，一边左右开弓，一边前进。

此时，除了"鬼"字，没有其他词可以形容他。

这时，新政府军的后备队伍赶到，保住了左侧部队的溃败，也导致五棱郭的部队再难前进一步。

队伍停滞不前。

只有一骑，只有岁三还在前进。他在硝烟弥漫中无所畏惧地前进。

士兵们想追随在他的后面，却被挡在了新政府军的人墙面前，一步前进不得。

大家茫然地看着岁三骑在马上的身姿。不只是五棱郭军，就是匍匐在地射击的新政府军将士也被正穿过自己队伍的敌将大无畏的气势所压倒，谁也不敢靠近一步，甚至忘了向他对准枪口。

岁三走了。

他来到函馆市区一端的荣国桥时，从地藏町方向跑步赶来增援的长州部队见到了这个面生的穿法式军装的将官。有士官上前问："你去哪里？"

"去参谋府。"

岁三眯起一笑就会让人胆战心惊的双眼皮眼睛回答。他打算单枪匹马杀进参谋府。

"你叫什么名字？"

长州部队的士官心想，或许他是萨摩的新任参谋。

"名字吗？"

岁三想了想，不知为什么他不太愿意说自己是函馆政府的陆军奉行。

"我是新选组副长土方岁三。"

听到这个名字，新政府军像大白天里见到了鬼似的惊讶不已。

岁三继续前行。

士官让士兵们散开，准备射击。在开枪前，有人问："你去参谋府干什么？如果是投降的军使，应该有惯例的做法。"

"投降？"岁三没有放慢速度，"刚刚我已经说过了，我是新选组副长，去参谋府除了杀人没有别的。"

"啊——"

全军立刻摆出射击的姿势。

岁三踢了马一脚,从他们的头上一跃而过。

然而当马再次落地的时候,坐在马鞍上的岁三,身体也飞落在地,发出一声重重的闷响。

没有人敢靠近。

当岁三黑色的呢绒军装开始被鲜血染红的时候,长州人这才知道,这个敌人的将领已然变成一具尸体。

岁三死了。

又过了六天,五棱郭开城投降。总裁、副总裁、陆海军奉行等八个阁僚中,只有岁三一人战死。八个阁僚中,有四人后来得到赦免为新政府工作,他们分别是榎本武扬、荒井郁之助、大鸟圭介和永井尚志(玄蕃头)。

岁三的尸体被安葬在函馆市内的纳凉寺,墓碑是鸿池的代理友次郎立在该市净土宗称名寺内的。

为岁三善后的是友次郎,但钱是全市各商家捐的。他们的理由只有一个,那就是岁三曾经为函馆人做过"善事"。在五棱郭后期,大鸟曾经提出过让函馆居民捐献战争经费的意见。

"这些钱只是杯水车薪。"岁三表示反对,他说,"就算五棱郭灭亡了,这个城市还会继续存在。只要我们对这个城市有一分钱的亏欠,横征暴敛的政府形象将永远难以消除。"

他的这番话阻止了大鸟的提案。

刻在墓碑上的戒名是广长院释义操,俗名是土方岁三义直,上面有一个字是错的。而函馆居民建的墓碑上俗名则是义丰,这是对的,但戒名是"岁进院殿诚山义丰大居士"。

会津的藩士中也有人祭祀岁三,并留下了有统院殿铁心日现居士的戒名。

明治二年七月,岁三的小姓市村铁之助拜访土方家,家人得知了他阵亡的消息。第二年的明治三年。又有马夫泽忠助来访，知道了他的戒名，选用了"岁进院殿……"这一戒名作为牌位来供奉。

市村铁之助的来访极富戏剧性。

那一天，在雨中，他一身乞丐的装束站在武州日野小镇尽头的石田村土方家门前。当时，因为社会上普遍认为函馆政府军是叛军，所以他只好装扮成这个样子悄悄来到土方家。

"请允许我拜祭佛堂。"

被带到佛堂后，市村叫了一声："队长——"就大哭不止。据说，他趴在岁三的佛堂前整整哭了一个多小时。

铁之助在土方家和佐藤家藏匿了约三年之久。在社会舆论开始松动后，土方家的人安排他跟附近一个叫安西吉左卫门的人离开武州，把他送回了故乡大垣。前面提到过，后来他又离开故乡，在西南战争中阵亡。也许是岁三的狂热传给了这个年轻人，他终于没有按捺住戊辰时代[1]的疯狂，在这个时候爆发出来了。

阿雪——

死在了横滨。

其他的事情不得而知。明治十五年树木长出新绿的时候，一个身材矮小的妇人在函馆的称名寺里留下了供奉岁三的钱。寺院的僧人问她与故人的关系，妇人脸上只是露出很怀念的微笑。

什么也没有说。

此人大概是阿雪。

这年初夏，函馆晴天雨很多。这一天，或许也有晴天雨滴落在这个寺院里的石板上。

---

1 日本幕府末期，即 1868 年 1 月至 1869 年 7 月期间的戊辰战争期间。

图书在版编目（CIP）数据

燃烧吧！剑 /（日）司马辽太郎著；计丽屏译 . —
北京：北京联合出版公司，2021.11
ISBN 978-7-5596-4969-0

Ⅰ . ①燃… Ⅱ . ①司… ②计… Ⅲ . ①长篇小说—日
本—现代 Ⅳ . ① I313.45

中国版本图书馆 CIP 数据核字 (2021) 第 015186 号

燃烧吧！剑

作　　者：[日] 司马辽太郎
译　　者：计丽屏
策划机构：雅众文化
策 划 人：方雨辰
出 品 人：赵红仕
策划编辑：赵　磊
特约编辑：马济园
责任编辑：牛炜征
装帧设计：typo_d

北京联合出版公司出版
（北京市西城区德外大街83号楼9层　　100088）
北京联合天畅文化传播公司发行
山东临沂新华印刷物流集团有限责任公司印刷　　新华书店经销
字数516千字　　1092毫米 × 787毫米　　1/32　　21.5印张
2021年11月第1版　　2021年11月第1次印刷
ISBN 978-7-5596-4969-0
定价：99.00元